비탈길에서 만난 사람들

비탈길에서 만난 사람들
김현진 장편소설

도화

차 례

이 책을 읽으려는 분들께

읽기 전에 한 번쯤 상기해보는 것이 좋을 것 같아 말씀드립니다.
여러분도 잘 아시다시피, 그해 여름에 조선이 개벽 되었습니다.
36년 일제강점이 드디어 막을 내린 것이지요.
그동안 지배세력에 빌붙어 호의호식하던 이들은 남몰래 탄식했고,
자주독립 외치며 핍박받던 사람들은 좋아 미칠 듯이 환호했습니다.

그런데, 얼마 지나지 않아 청천벽력 같은 일이 일어났습니다.
미·쏘라는 힘세고 덩치 큰 두 패권자가 갑자기 나타나서는
멀쩡한 조선반도를 두 동강 내 하나씩 차지해버린 것입니다.
그때부터 우리는 이념투쟁에 휘말리면서 두 편으로 나누어졌고,
끝내는 동족상잔이라는 끔찍한 전쟁까지 치르게 되었습니다!
그래서 그해 여름에 끝나야 할 굴욕과 분단의 시대적 비탈길이
70년도 더 지난 지금까지 험난하게 이어지고 있습니다.

다른 과거사는 그냥 그런가 보다 하는데, 유독 이 장면만큼은
들을 때마다 왠지 모르게 미안하고 억울하고 부끄러워집니다!
왜 그럴까요? 도대체 무엇이 우리를 그렇게 만드는 것일까요?
그 해답을 찾아 여러분은 이제 곧 긴 여정을 떠나게 될 것입니다!

시대의 비탈길에서 서로 만나, 탄식하고 환호할 여유도 없이,
온몸을 부딪쳐 그해 여름을 살다 간 무명의 조선 주인들!
죽음 앞에 용감하고 불의 앞에 정의로웠던 사람들!
사심 없어 민족 앞에 한 점 부끄러움 없고,
시대를 한탄하며 삶을 허비하지 않았던 사람들!
사랑해서 죄를 고백하고 사랑해서 용서하는,
아름다운 화해의 모습을 보여주었던 사람들!
바로 그런 사람들의 열정과 소망을 헛되이 날려버렸기에
우리 양심이 미안해하고 억울해하고 부끄러워하는 것 아닐까요?

이제 저는, 그들에게 이름을 지어주고 숨결을 불어넣어
이 끝 모를 시대의 비탈길에 새로운 동반자로 모시고자 합니다!
독자 여러분의 많은 관심과 성원을 부탁드립니다.
아울러, 이 책이 코로나 팬데믹에 시달리는 여러분에게
조금이라도 위안이 되길 진심으로 기원합니다! 고맙습니다!

2021년 이른 봄날, 눈 덮인 부암산을 바라보며.
저자 김 현 진 올림

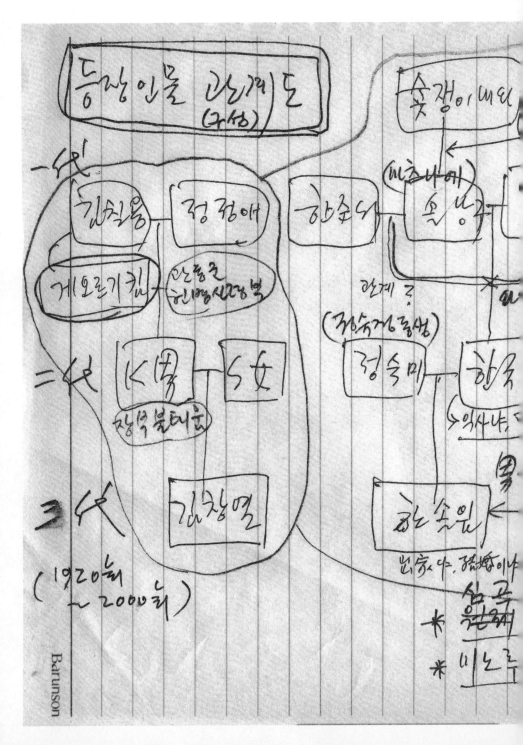

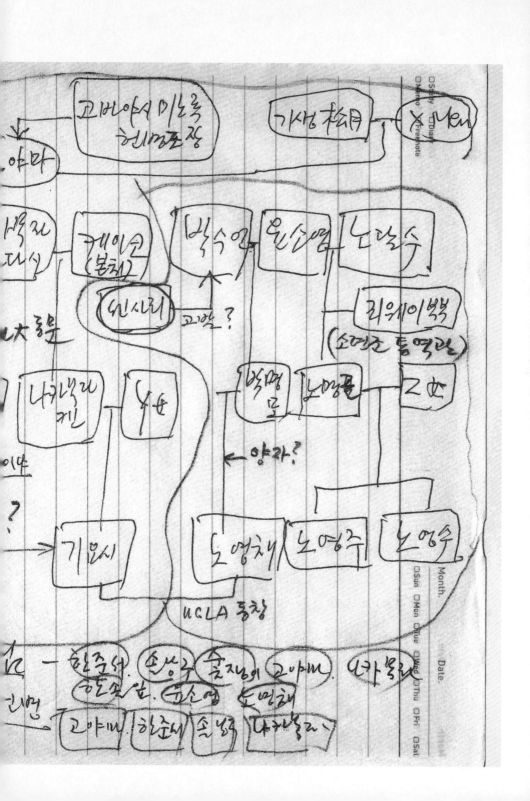

◆◆ 프롤로그

　구곡산 그늘이 덕천강 자갈밭을 서서히 덮어갈 무렵이었다. 시천矢川 주재소 소사가 나카무라 타다시(中村 正)의 약초밭을 찾아와 쪽지를 내밀었다.

　　今すぐ駐在所に来てください。小林 実。
　　(지금 바로 주재소로 좀 오시요. 고바야시 미노루.)

　쪽지를 본 타다시는 얼핏 불길한 생각이 들었다.
　고바야시 미노루는 조선 헌병대사령부 진주지구대 소속 헌병 조장曹長이었다. 그는 군대 관련 범죄자와 불령선인을 체포하기 위해 한 달에 한두 차례 자신의 관할지인 산청 함양 거창지역을 순찰하고 다녔다.

　'고바야시가 무엇 때문에 날 부르지?'
　타다시는 문득 한 달 전 조선총독부에서 들은 친지 말이 떠올랐다. 지난 6월, 미군의 공격을 받아 사이판섬이 함락될 때 그곳에 주둔하고 있던 수비대 4만여 명 전원이 옥쇄했는데, 그때 원주민 만여 명도 같이 사망했다는 끔찍한 이야기였다. 2월에 있었던 마설제도 전투에서의 4천여 명 전사에 이어 연거푸 들리는 패전 소식에 총독부 분위기가 말이 아니라고 했다. 그뿐 아니었다. 본토 군사시설에 이미 미군의 공습이 시작되었고, 시골로 피신하는 도쿄 시민들이 갈수록 늘어나고 있다고 했다.

꺼림칙했지만, 타다시는 시국이 시국인지라 어쩔 수 없이 소사를 따라나섰다.

주재소 문 앞에 서 있던 미노루의 충견 고야마(小山)가 타다시를 보고 히죽히죽 웃으며 허리를 굽혔다. 타다시는 마른침을 한껏 끌어올려 고야마 발앞에 탁 뱉었다. 고야마가 '어이쿠' 호들갑스럽게 껑충 피했다. '짐승만도 못한 놈!' 타다시는 속으로 욕을 해주고 주재소로 들어섰다. 고야마가 능글맞은 미소를 지으며 뒤따랐다.

주재소 안에는 사복 차림 청년 두 사람과 조선인 중장년 네 사람이 잔뜩 긴장된 얼굴로 서 있었다. 사복 청년 두 사람은 미노루가 산청 경찰서에서 데리고 온 순사였고, 바지저고리 중장년 네 사람은 이웃 마을 이장들이었다.

반들거리는 가죽 장화를 의자에 올려놓고 헝겊으로 장화 콧등을 닦고 있던 미노루가 타다시를 보고 환하게 웃으며 손을 내밀었다.

"아, 나카무라 박사, 오랜만이오. 반갑소이다!"

미노루의 상냥한 태도에 타다시는 순간 어리둥절했다. 지금까지 자신을 못 잡아먹어 안달하던 미노루가 아니었다.

"오늘 중요한 일이 있어 불렀소. 선생은 여기 편안히 앉아서 들으시오."

타다시가 의자에 앉자, 미노루가 앞에 선 사람들을 향해 턱을 한껏 치켜들고 소리쳤다.

"자, 이제 다 모였으니 중대 사항을 말하겠소! 여러분은 잘 모르겠지만, 작년에, 그러니까 쇼와 18년 봄에, 조선 황해도 개성에서 아주 끔찍한 살인사건이 있었소. 먼저 우리 주재소장이 당시 신문에 난 그 살인사건 내용을 읽어줄 테니 잘 들으시오!"

미노루 조장 말이 끝나자, 다께다 소장이 '으흠!' 하고 목을 가다듬은 뒤 손에 들고 있던 종이를 펴서 읽기 시작했다.

　－이틀 전, 개성 선죽교 부근에서 일본인과 조선인 간에 패싸움이 벌어져 조선인 세 명과 일본인 무사 두 명, 모두 다섯 명이 숨지는 끔찍한 살인사건이 일어났다. 현장을 조사한 경찰 말에 의하면, 술집 작부로 밝혀진 조선인 여자가 먼저 지나가는 일본인 낭인 무사를 유혹했고, 이에 일본인 무사가 백주에 많은 사람 앞에서 명예를 더럽혔다며 차고 있던 칼로 여자를 베었다. 그러자 같이 있던 조선 장정 두 명이 달려들었고, 격투 끝에 두 사람 다 일본 무사의 칼을 맞고 쓰러졌다. 그런데 멀리서 이 모습을 지켜본 조선 청년 두 명이 몰래 다가가 돌멩이로 두 무사의 두개골을 깨트려 그 자리에서 즉사시켰다. 두 조선 청년은 동경에서 학도병 징집을 피해 도망 나온 와세다 대학 유학생 한준서와 경성 보성전문학교에 다니는 김칠용으로 밝혀졌다. 경찰은 살인자 두 조선 청년을 잡기 위해 곧바로 수배령을 내리고, 만주대륙으로 도망가지 못하게 검문검색을 철저히 하고 있다.

다께다 소장이 종이를 접자 미노루 조장이 다시 나섰다.
"잘 들었소? 범인 한준서와 김칠용은 사람 골통을 돌멩이로 깨부수는 아주 흉악하고 잔인한 살인자요! 당시 신문에는 피살된 두 무사의 신분을 숨겼지만, 사실 이들은 도망친 비적을 체포하기 위해 낭인으로 위장하고 임무를 수행 중이던 관동군 헌병들이었소! 무슨 말인지 알겠소? 그냥 지나가던 낭인 무사가 아니었단 말이요! 그럼, 이번에는 이 살인사건과 관련해서 바로 어젯밤 진주 헌병 지구대에 하달된 상부 전문을 내가 읽어주겠소! 잘 들으시오! 매우 중요하니까!"

ㅡ개성 두 헌병 피살사건의 범인 한준서와 김칠용의 도주 경로를 추적하던 군 수사당국이 전라북도 장수 부근 농가에서 범인이 머무른 흔적을 발견하였음. 이에 범인들이 한준서의 외조부 고향이 있는 경상남도 산청으로 잠입했을 가능성이 큰 것으로 판단 됨. 따라서 산청 함양 보안담당자들은 그 일대 은거 가능한 곳을 철저히 수색하여 흉악범 일당을 하루속히 검거해 천황폐하의 성은에 보답하도록 할 것.

전문을 다 읽은 미노루 조장이 장홧발로 마룻바닥을 탕 치며 소리쳤다.

"무슨 말인지 알겠소? 다시 말하면, 대일본제국 천황폐하의 충신인 헌병 두 명을 돌멩이로 내리쳐 잔인하게 죽인 흉악범 한준서 일당이 여기 산청으로 잠입했으니, 하루빨리 잡으라는 천황폐하의 엄명이란 말이오! 여기 있는 우리 모두도 천황폐하의 충직한 신민이오! 이 점 명심하고 조금이라도 의심스러운 자가 있으면 즉각 잡아들여 심문토록 하시오! 알겠소? 자, 여기 나와 있는 범인들의 사진을 잘 보고 단단히 기억하도록!"

미노루의 말에 모두 예! 하고 대답했다.

의자에 앉아 이야기를 듣고 있던 나카무라 타다시는 놀라 까무러칠 뻔했다. 바로 닷새 전 한밤중에 범인 한준서를 자신의 집에서 만나, 두 시간 넘게 이야기를 나누고 헤어졌기 때문이었다. 그뿐 아니었다. 한준서가 자수 이야기를 했을 때 자신은 말리기까지 하지 않았던가! 놀란 사람은 나카무라 타다시만이 아니었다. 고야마도 범인들의 사진을 보고 놀라긴 마찬가지였다. 두 사람 중에 한준서라는 자가 어디서 본 듯한 얼굴이었기 때문이었다. 그런데 언제 어디서 봤는지 얼른 기억이 안 났다.

사진을 다시 돌려받은 미노루가 손을 내저으며 소리쳤다.

"자, 자. 그럼 어서들 돌아가 살인범 한준서 일당을 빨리 잡아 오시오! 나카무라 선생은 달리할 이야기가 있으니 좀 남고!"

고바야시 조장 말에 타다시는 바짝 긴장했다. 자신이 한준서와 만난 사실을 알고 취조 하기 위해서라고 생각했다. 자기도 모르게 몸이 굳어졌지만, 애써 태연한 표정을 지었다.

"나카무라 선생은 이 사건과 무관하니 신경 쓸 것 없소."

순사들이 장정들을 데리고 나가자 미누루가 얼굴에 미소를 띠며 말했다. 타다시는 미노루의 말과 부드러운 표정이 더 불안했다. 음흉한 미노루 속내를 알 길 없었기 때문이었다. 더듬더듬 물었다.

"그렇다면, 무, 무슨, 일로…?"

"조심하라는 거요! 당신을 해칠지도 모르니까! 그건 그렇고, 내지에 간다고요?"

"그, 그렇소만."

"언제 떠날 거요?"

"모레 경성으로 올라가서…."

"그 숯쟁이 딸년도 같이 갑니까?"

"아니요. 나중에 데려갈 생각이요."

타다시는 '숯쟁이 딸년'이라는 말에 울컥 화가 치밀었지만 꾹 눌러 참았다.

"쯧쯧. 그 안 됐군! 하필 이럴 때 임신을 하다니!"

미노루가 위로인지 비웃음인지 모를 묘한 미소를 짓다 말고 갑자기 목소리를 한껏 낮추었다.

"선생! 가는 길에 내 부탁 하나 들어주시오."

"부탁이라니, 무슨?"

타다시는 자신의 귀를 의심했다. 천하의 미노루가 자기한테 부탁을 다

하다니!

"이번 내지 가는 길에 내 짐 하나 갖다 줄 수 없겠소?"

"짐을?"

"그게 그러니까, 선박으로 보내기에는 좀 곤란한 물건이 돼서….."

"내지에 가는데 선박 아니면, 뭐 달리 방법이 있습니까?"

"어허, 참. 나카무라 선생, 왜 그러시오? 선생 약초는 총독부 비행기로 운반할 것 아니오? 그러니 내 짐도 선생 짐 뭉치에 섞어서 운반 좀 해주시오."

"…?"

타다시는 속으로 깜짝 놀랐다. 자신의 비행기 귀국은 총독부 농림국 국장과 둘만 알고 있는 일이었다. 그뿐 아니라, 비행기로 약초를 옮긴다는 은밀한 계획까지 속속들이 알고 있다니, 제국 헌병의 정보력에 소름이 돋았다. 그러나 한편으로는 자신과 한준서가 만난 사실은 모르고 있는 게 분명해 보여 안심했다.

미노루가 멍해 있는 타다시를 향해 싱긋 웃으며 또 한 번 아픈 데를 찔렀다.

"선생이 가고 나면, 그 숯쟁이 딸년은 어떻게 될 것 같소? 당신 첩 노릇하다 애까지 밴 여자를 조센진들이 가만히 둘 것 같소?"

"…?"

"거기다, 엄밀히 따지면 지금 선생의 행동은 천황폐하에 대한 반역이란 말이오!"

"아, 아니요! 나는, 조, 조금도 그런 적 없소!"

반역이라는 말에 타다시는 깜짝 놀랐다. 미노루가 번쩍이는 장화를 책상위에 탁! 올려놓으며 소리를 버럭 질렀다.

"뭐? 그런 적 없다고? 그럼, 정신대에 나가 천황폐하 군대를 위해 충성해야 할 처녀를 첩으로 만들어 노리갯감으로 데리고 사는 일이 떳떳하단 말이요?"

"그 여잔 노리갯감이 아니오! 내 아내요! 이름도 마츠에(松枝)로 바꿨고, 이제 곧 정식 혼인신고도 할 거요!"

"그땐 그때고!"

미노루가 고함을 꽥 지르며 얼굴을 바짝 디밀었다.

"그래, 당신이 그처럼 떳떳하면 내가 지금까지 조사해놓은 당신 행적을 보고서로 한번 써볼까?"

"…."

타다시는 그만 입을 다물었다. 지금 같은 상황에서 미노루와 맞서 득 될 게 하나도 없다는 생각이 얼핏 들었다. 미노루가 작심하고 보고서를 쓴다면 자신의 신변에 무슨 일이 벌어질지 아무도 모를 일이었다.

타다시가 시무룩해져 가만히 있자 미노루도 다시 목소리를 낮추었다.

"우리끼리 이럴 필요 없잖소? 선생이 내 짐만 무사히 내지로 운반해 주면 나도 책임지고 숯쟁이 딸년, 아니 선생이 지금 데리고 사는 그 조선 여자를 안전하게 보호하고 있다가 내지로 데려다주겠소. 어떻소?"

타다시는 마츠에(松枝)를 데려다주겠다는 말에 귀가 솔깃했다. 말로는 나중에 데리고 가겠다고 했지만, 지금 돌아가는 상황을 봐서는 미노루가 트집 잡을 게 분명해 나중을 장담할 수 없었다.

"태어날 아이까지 책임질 수 있겠소?"

"물론이요! 내가 신분을 보장하면 가능하오!"

타다시는 속으로 잠시 생각했다. 선박 편으로 보내지 않고 군이 자신한테 비밀리 부탁하는 것으로 봐서 합법적인 물건이 아닌 것은 분명했다. 자칫하다가는 큰 위험에 빠지게 될지도 모르는 일이었다. 하지만, 타다시는 마츠에를 데려가기 위해서는 웬만한 위험은 감수해야 한다고 생각했다. 그는 미노루 부탁에 응하기로 했다.

"짐이라는 게 뭐요?"

"약속부터 하시오!"

"알았소. 약속하겠소."

"좋소! 그럼."

미노루가 옆에 선 다게다 소장한테 눈짓했다. 소장이 금고에서 사각으로 생긴 큼직한 나무궤짝 하나를 꺼내 책상 위에 올려놓았다. 궤짝은 가느다란 철사로 여러 겹 묶여 있었다.

"바로 이거요. 내용에 대해서는 자세히 알려고 하지 마시오! 물건이 수취인한테 정확히 전달됐다는 것이 확인되면 나도 당신 여자를 아이와 함께 안전하게 보내주겠소!"

"좋소. 반드시 전달해주겠소. 대신 당신도 약속 꼭 지켜주시오!"

"하하하! 걱정하지 마시오! 내가 누구요? 대일본제국 헌병 조장 고바야시 미노루요, 미노루! 그런데, 이걸 어디로 갖다 주면 되겠소?"

"약초밭에서 포장할 거요."

"그럼 그곳으로 옮겨다 주겠소."

그러고는 옆에 부동자세로 서 있는 고야마한테 명령했다.

"이봐, 고야마! 이걸 나카무라 박사 약초밭까지 갖다 주고 와! 대단히 중요한 거니까 특별히 주의하고!"

"옛!"

고야마가 거수경례를 힘차게 갖다 붙이며 우렁차게 대답했다. 그러나 그 궤짝은 수취인에게 전달되지 않았다. 고야마의 어깨에 얹혀 주재소를 나간 짐이 그날 밤 감쪽같이 사라져버렸기 때문이었다. 짐뿐 아니었다. 나카무라 박사도, 고야마도 연기처럼 사라져버렸다. 다음날 저녁때쯤 이 사실을 알게 된 고바야시 조장이 혈안이 되어 수색에 나섰지만 두 사람의 행적은 묘연했다. 쇼와 19년(1944년) 초가을 어느 날에 일어난 일이었다.

제1부
내원골의 붉은 맥박

"나카무라 박사가 친할아버지라는 사실은
제 몸에 흐르는 피가 한국 사람 피가 아닌
일본사람 피라는 태생적인 문제죠!
시간이 아무리 흘러도 변하거나 무뎌질 수 없는 이 문제를
저는 평생 마음의 티눈으로 안고 절름거리며 살아야 해요!
'일본사람 핏줄'로 그냥 아무렇지 않게 살기에는
이 땅의 역사적 사실이 너무 가혹하니까요!"

1

무심코 마당으로 들어서던 솔잎은 깜짝 놀랐다. 하마터면 들고 있던 장바구니를 떨어트릴 뻔했다. 웬 사내가 법당 축담에 퍼지고 앉아 기둥에 등을 기댄 채 비스듬히 쓰러져 있었기 때문이었다. 솔잎은 멀찍이 서서 축담의 사내를 살펴보았다. 아무리 봐도 낯익은 사람이 아니었다. 해진 청바지에 아무렇게나 걸친 갈색 조끼, 그리고 마루에 던져놓은 낡은 배낭. 서울에서 윤 여사님을 찾아온 사람이라고 보기에도 차림새가 영 아니었다. 솔잎은 장바구니를 땅바닥에 툭 내려놓으며 기척을 내봤다. 하지만 사내는 여전히 그대로였다. 솔잎은 심호흡을 한번 한 뒤 용기를 내 축담으로 다가갔다. 일부러 발소리를 내며 옆에까지 다가갔지만 사내는 꼼짝도 안 했다. 갑자기 '죽었나?' 하는 생각과 함께 무섬증이 훅 들었다. 솔잎의 입에서 비명이 터지려는 순간, 사내가 고개를 슬그머니 옆으로 젖히며 웅크리고 있던 다리를 쭉 뻗었다. 그 바람에 사내 손에 들렸던 잡지가 툭 떨어졌다. 눈에 익은 표지, 미국 시사주간지 타임(TIME)이었다. 솔잎은 무섬증 대신 호기심이 솔깃했다. 누군지는 몰라도 도둑은 아니라는 확신도 들었다. 그렇다고 낯선 사람을 외딴 집안에 그냥 두고 있을 수는 없었다. 솔잎이 뒷걸음질로 살금살금 마당을 나서는데 뒤따라오던 윤 여사가 물었다.

"무슨 일이냐?"

솔잎은 대답 대신 손가락으로 축담을 가리켰다.

"누구니?"

"모르는 사람이에요. 코까지 골며 자고 있어요."

"뭐, 자고 있다고? 어디 보자. 어떤 무뢰한이 법당 앞에서 행패를 부리는지!"

윤 여사가 솔잎을 제치고 앞장서 축담으로 다가갔다. 몇 발짝 가던 윤 여사가 갑자기 달려가며 소리쳤다.

"아니, 저놈 우리 영채 아니냐?"

윤 여사 목소리에 사내가 부스스 고개를 돌리더니, 벌떡 일어나 축담을 훌쩍 뛰어내렸다.

"아, 할머니! 저 왔어요! 그간 안녕하셨어요?"

"그래, 그래. 영채야! 기별도 없이 네가 갑자기 웬일이니?"

"웬일은요! 할머니가 보고 싶어서 왔죠! 할머니, 저 변호사시험 합격했어요!"

"뭐라고? 그게 정말이냐?"

"그럼요, 할머니! 제가 누구예요? 할머니 손자잖아요?"

사내가 어린아이처럼 자랑하며 윤 여사를 와락 끌어안았다. 윤 여사도 사내를 끌어안고 연신 얼굴을 쓰다듬으며 눈물을 글썽거렸다.

"아이고, 우리 손자 장하다, 장해! 드디어 해냈구나! 네 에미애비가 있었으면 얼마나 좋아하겠니? 에구, 불쌍한 내 손자!"

"할머니, 고정하세요! 저 불쌍하지 않아요. 제가 젤로 사랑하는 우리 할머니가 계시는데 왜 불쌍해요?"

사내가 손바닥으로 윤 여사의 뺨에 흐른 눈물을 닦아주었다.

"녀석, 말하는 거 하곤. 어릴 때하고 하나도 안 변했구나! 그런데 혼자 어떻게 이 칠평산 골짝까지 찾아왔니? 차편도 불편한데! 전화했으면 마중 나갔을 거 아냐!"

"사천공항서 차를 한 대 렌트 했습니다. 여기저기 헤매고 다니는 것보다 그게 나을 것 같아서요. 차를 마을 공터에 뒀는데 괜찮죠?"

"그래, 그래. 잘했다. 우리 차도 거기 둔다."

"그런데 막상 와서 보니 아무도 안 계셔서, 집을 잘못 찾았나 했죠!"

"바람도 쐴 겸해서, 저기, 단성마트에 좀 갔다 왔다. 어디, 한 번 더 안아보자, 우리 손자!"

윤 여사가 다시 사내를 끌어안았다. 솔잎은 다정한 두 사람을 보고 돌아가신 할아버지를 떠올렸다. 단박 눈시울이 아렸다. 윤 여사가 솔잎을 돌아보며 사내를 소개했다.

"얘, 솔잎아. 넌 이 녀석 처음 보지? 미국서 로스쿨 졸업하고 이제 변호사가 된 우리 큰손자 영채라는 놈이다. 전에 왔던 영주 영수완 사촌 간이고."

솔잎이 영채를 향해 고개를 살짝 숙였다. 그러고는 영채가 무슨 말을 할 새도 없이 부엌으로 들어 가버렸다. 처음 만난 남자한테 자신의 붉어진 눈시울을 보이고 싶지 않았다. 윤 여사가 그런 솔잎의 뒷모습을 미소로 잠시 바라보고 있다가 영채의 손을 잡고 방으로 들어갔다.

"앉아라. 여기가 할미 방이다. 그래, 서울 회사엔 들렀다 오는 거야?"

"아뇨. 김포공항에서 작은아버지랑 전화통화만 하고 곧바로 내려왔어요."

영채는 방 가운데 서서 방안을 이리저리 둘러보며 건성으로 대답했다.

돈 많은 할머니가 거처하는 집이라고는 도저히 믿어지지 않았다. 큼직한 방에 가구는 하나도 보이지 않고, 윗목 앉은뱅이책상에 흙으로 빚은 조그마한 불상 하나만 덩그러니 놓여 있었다. 토담 벽 봉창 문종이는 누렇게 퇴색된 채 바싹 마른 파리똥이 검정 깨알처럼 다닥다닥 붙어있었다.

지금 윤 여사가 거처하고 있는 '해원암'은 해방 전에 화전민이 살던 집으로, 6·25 때는 문태, 진태, 생비량 등지에서 피난 온 사람들이 거처하기도 했다. 심곡心谷 스님이 절터로 좋다고 천거해서 이 토담집을 사긴 했지만, 내부구조는 손 하나 대지 않고 삭은 슬레이트 지붕만 가벼운 플라스틱 기와로 새로 얹었다. 그러고는 심곡 스님한테서 받아온 '해원암' 현판을 토담 흙벽에 붙이고, 서울 집에서 옛날부터 모시고 있던 흙으로 빚은 불상만 큰방 윗목에 옮겨다 놓고 법당으로 썼다. 말이 '解怨庵'이고 법당이지, 연기로 새까맣게 그을린 부엌과 거기 붙은 손바닥만 한 부엌방, 그리고 안방이라고 할 수 있는 제법 큼직한 방 하나가 전부였다. 그 대신, 헛간이던 곳을 현대식으로 개축해 사무실 겸 솔잎이 거처하는 공간과 손님을 위한 방 하나, 주방을 만들었고, 뒤쪽에 별채로 지은 집에 집안 살림을 돌보는 서우실댁과 운전을 하는 남편 최 씨 내외가 거처하고 있었다.

"앉지 않고 왜 서서 그러느냐?"

"아니, 진짜 여기서 거처하셔요?"

"그렇다."

"도대체 왜 이러셔요? 할머니!"

"왜, 내가 어때서?"

"이게 어디 사람 사는 집이에요? 할아버지도 그렇지, 어떻게 할머니를 휴대전화도 안 터지는 이런 산골짝에다 내버려 둘 수 있지?"

"네 할아버지 탓하지 마라! 내가 이렇게 살고 싶어 사는 거지, 그 양반이 이렇게 한 게 아니다! 그리고, 나처럼 사는 사람한테는 휴대전화 같은 거 아무 필요 없다! 거추장스럽기만 하지!"

할머니의 단호한 말에 영채는 속으로 뜨끔했다. 사촌 영주의 전화를 받고, 할머니가 시골로 거처를 옮겼다는 것은 예전부터 알고 있었지만, 이 정도로 험악한 집에서 지내고 있을 줄은 꿈에도 생각 못 했다.

'내가 없는 동안 두 분 사이에 도대체 무슨 일이 생긴 걸까? 그렇게 할아버지를 사랑하시던 할머니가 따로 나와, 이런 돼지우리 같은 집에서 살고 있다니! 그것도 수년 동안!'

영채가 잠시 생각에 잠겨있는데 윤 여사가 영채의 팔을 잡아끌어 방바닥에 앉혔다.

"그래, 졸업식 때 이 할미가 안 가 서운했지? 할미도 가고 싶었지만, 비행기 타는 게 무서워 포기했다."

"잘하셨어요, 할머니. 미국이라는 데가 어디 한두 시간 걸리는 데라야 말이죠!"

"칠순을 넘어서니 모든 게 예전 같지 않구나. 그래선지 너만 생각하면 하루가 여삼추다!"

"할머니도 참! 제가 뭐 어떻다고 그러셔요?"

"어서 결혼해서 아이도 낳고 해야 할 것 아니냐!"

"아, 그러고 보니 우리 할머니 증손주 기다리시는 거구나!"

"그거 말고 내가 뭘 더 바라겠나. 죽을 때가 다 됐는데!"

"에이, 할머니도! 그런 말씀 마세요. 할머닌 백 세까지도 거뜬히 사실 거예요! 그리고 그렇게 증손자 보고 싶으면 영주부터 시집보내셔요."

"영준 여자다. 외손 보고 싶어 내가 이러는 줄 아느냐? 할미 말 농으로 듣지 말고 명심해라!"

"예. 알았어요, 할머니! 그러니 제발 제 걱정은 마시고 할머니 건강이나 잘 챙기세요!"

영채가 윤 여사 손을 잡으며 정색으로 말했다. 솔잎이 녹차를 가져와 두 사람 앞에 놓고 나갔다.

"그런데 할머니. 저 솔잎이라는 아가씨는 누구예요?"

"내 비서다."

"비서요?"

"왜, 할미가 말동무 삼아 데리고 있는 건데, 안 되냐?"

"안 되긴요. 할머니도 어엿한 사장님이신데. 근데, 저 아가씨, 상큼한 이름과 달리 어째 좀 어병해 보이네요?"

"어병하다니, 어디가?"

"하얀 머릿수건도 그렇고, 긴 드레스에 앞치마 두른 모습이 마치 19세기 유럽 귀족 가문의 하인 같잖아요?"

"그런 소리 마라! 19세기면 어떻고 20세기면 어떠냐? 난 좋기만 하다."

"그래요? 그 참. 뭐가 우리 할머니 맘에 들었을까?"

"네 눈엔 어병해 보일지 몰라도 이 할미 눈엔 그저 순박하게만 보인다."

"에이, 할머니도. 비선 순박해선 안 돼요. 지금은 모든 게 경쟁이거든요. 머리는 영리하고 생각은 영악해야 해요!"

영채가 손가락으로 봉창을 톡톡 두드리며 남의 얘기처럼 말했다.

"네가 몰라서 그렇지, 저 아인 뭐든 혼자 다 해냈다. 학교 담장도 구경 못 했으면서 독학으로 학위까지 딴 애다. 영어도 일본어도 웬만큼은 한다."

"그래요?"

영채가 이외라는 듯이 할머니를 쳐다보았다.

"왜? 내 말이 안 믿기니? 한번 잘 지켜봐라. 미워할 수 없는 애라는 걸 금방 알게 될 거다."

윤 여사는 말끝에 가볍게 한숨을 쉬었다. 솔잎을 데리고 올 때 심곡(心谷) 스님이 한 말이 문득 생각났기 때문이었다.

─암자 현판을 부탁하러 스님을 찾았을 때였다. 여러 이야기가 끝나고 일어서 나오는데 스님이 다시 불렀다.

"그런데 윤 회장, 윤 회장 혼자 이것저것 다 할 수 있을까? 이제 젊었을 때하곤 달리 건강도 생각해야 해."

"그러잖아도 데리고 있을 여자애를 하나 구하려고 합니다만."

"그래, 잘 생각했네. 내가 한 사람 천거해도 될지 모르겠군."

"아이고, 스님이 그래 주시면 백 번 감사하지요. 어디 마땅한 아이라도 있는지요?"

"저어기, 지금 마당 쓸고 있는 저 아이, 윤 회장도 그동안 몇 번 보았지요?"

"예. 속 깊은 애 같더군요. 얼굴도 곱고요."

"내가 한 이태 너머 데리고 있으면서 지켜봤는데 심성도 매우 착하다네. 어째 한번 데리고 있어 볼 텐가?"

"배움은 어떤지, 사무도 좀 거들어줘야 해서…."

"글쎄. 독학으로 웬만큼 공부는 했다지만, 여태 산속에서만 살아 아무래도 바깥일은 경험이 없어 서툴겠지. 하지만 워낙 똑똑하고 영리한 아이라 일은 쉽게 배울 거네. 그런데…."

"무슨 달리하실 말씀이라도?"

"저 아인 지금 출가를 생각하고 있어. 기이한 인연으로 태어나 산속에서만 죽 자랐으니 그런 마음이 들만도 하겠지. 하지만 내가 보긴 부처님 모시고 살 인연이 아니야. 그러니 우리 윤 회장이 얼마간 곁에 데리고 있으면서 한번 지켜봐 주게. 그때 봐서 내가 비구니로 만들든 말든 할 테니까."

"아, 그런 애라면 염려 마세요, 스님! 제가 잘 데리고 있겠습니다."

"허허, 내가 우리 보살님한테 또 신셀 지는군! 나무 관세음보살!"

"왜 그러셔요? 할머니!"

영채가 고개를 할머니 얼굴 가까이 갖다 대며 물었다.

"아, 아니다. 내가 잠시 다른 생각을 했구나. 지금 이 할미한텐 경쟁이고 뭐고 다 필요 없다. 그저 옛날 만주 시절처럼만 살았으면 좋겠다!"

"또 만주 이야기! 할머닌 만주 시절이 그렇게도 그리우셔요?"

"그립다 뿐이겠냐? 할 수만 있다면 가진 거 다 버리고라도 그 시절로 돌아가고 싶다."

그때 문밖에서 솔잎의 청아한 목소리가 들렸다.

"사모님, 저녁 준비 다 됐는데요?"

"그래, 곧 나가마."

윤 여사가 자리에서 일어서며 영채한테 나지막이 말했다.

"쟤 귀찮게 굴지 마라. 아무것도 모르는 순진한 애다."

영채가 아무 말 않고 할머니 얼굴을 잠시 쳐다보다가 피식 웃었다. 윤 여사가 그런 영채의 뺨을 슬쩍 꼬집었다. 영채는 할머니를 부축해 바깥으로 나왔다.

저녁은 마당 평상에 두리기상으로 준비돼 있었다. 반찬은 간소했다. 삶은 호박잎과 된장찌개, 가지나물과 호박 부침개, 그리고 김치가 다였다. 살림을 도맡고 있는 서우실댁이 발목을 다쳐 진주 병원에 입원하는 바람에 며칠째 솔잎이 밥상을 차리고 있었다. 영채가 상에 놓인 반찬을 보고 어이없다는 듯 할머니를 멍하게 쳐다봤다.

"왜, 찬이 맘에 안 들어 그러냐?"

"늘 이렇게 드셔요?"

"그래도 만주 때 비하면 진수성찬이다. 그런데 애야, 이 호박 부침개는 어디서 났니?"

"텃밭에서 따와 부쳤습니다. 손님이 오셔서…."

솔잎이 앞치마에 손을 닦으며 수줍게 말했다.

"봐라 이 녀석아, 그래도 네가 왔다고 반찬을 특별히 더 만들었단다. 어서 고맙다고 말하지 않고 뭐해?"

"아, 예. 고, 고맙습니다."

영채가 머쓱하게 고개를 숙였다. 솔잎도 살짝 고개를 숙였다.

"자, 어서 먹자. 나는 호박잎 쌈만으로도 밥 한 그릇 거뜬히 비운다."

세 사람은 두리기상에 둘러앉았다. 어느새 땅거미가 울타리 밑에서 스멀스멀 기어 나오고 있었다. 어디론가 떼 지어 날아가는 갈까마귀 울음소리가 멀리서 들렸다. 바람이 불 때마다 한낮 싱그럽던 풀냄새 대신 오래된 낙엽 냄새가 소록소록 났다. 영채는 마치 낯선 어느 산속에 캠핑 나온듯한 기분이 들었다. 비로소 자신이 한국에 와있다는 생각이 들었다.

"아니, 그렇게 막 찍어 먹지 말고 날 따라 해봐라."

윤 여사가 영채한테 호박잎 쌈 싸 먹는 요령을 하나하나 가르쳐주었다. 영채는 할머니를 따라 호박잎을 손바닥에 펴놓고 밥을 얹은 다음, 그 위에 된장찌개를 떠놓고는 호박잎을 둥글게 싸서 먹었다. 그래도 까칠한 호박잎 가시가 입천장에 거슬리기는 마찬가지였다. 영채는 자기도 모르게 얼굴을 찌푸렸다. 그걸 본 솔잎이 안타깝다는 표정을 지었다.

"몇 번 먹다 보면 입맛에 들게다."

"할머니도 참, 만주 시절이 아무리 그리워도 그렇지. 먹는 것까지 이러실 필요는 없잖아요?"

그러다 옆에 앉은 솔잎을 흘깃 쳐다보며 동의를 구했다.

"안 그렇습니까?"

솔잎은 대답 대신 살짝 미소만 지었다.

"먹는 것 가지고 투정 부리지 마라. 이래 봬도 네가 미국서 먹는 핫도그니 스테이크 같은 거보다 몸에 훨씬 더 좋다."

어느새 밥그릇을 다 비운 윤 여사가 숟가락을 내려놓으며 솔잎을 보고 물었다.

"그래, 서우실댁 다리는 좀 어떻다더냐?"

"접질릴 때 신경을 다쳐 앞으로 며칠 더 입원치료를 받아야 한대요."

"그러게 매사 허둥대지 말랬거늘…. 네가 부엌일까지 하느라 힘들겠구나."

"아니에요, 사모님. 그다지 힘든 일도 아닌데요, 머."

"그렇담 다행이고. 요새 서울 일은 어떠니?"

윤 여사는 회사 관련 일을 늘 서울 일이라고 말했다.

"특별한 일은 없습니다."

"그럼 시간 내서 심곡 스님 한번 찾아뵙고 오너라. 엊그제 탁발수행에서 돌아오셨다더라. 너도 스님 뵌 지 한참 되었지, 아마?"

"예. 한 1년 반쯤 됐습니다."

"영채 너도 솔잎하고 같이 가서 스님한테 인사부터 드려라. 날 만나면 꼭 널 물어보신다."

"아직도 그 스님과 연락하고 지내셔요? 지금 어디 계시는데요?"

"저기, 덕산 내원사에 내려와 계신다."

심곡 스님은 영채도 잘 알고 있었다. 영채는 어릴 때부터 할머니 손에 이끌려 서울 근교에 있는 절에 다녔는데, 심곡 스님은 그때부터 유달리 영채를 귀여워했다. 영채가 미국으로 유학 갈 때 친히 격려법문을 써주시기도 했다.

"찾아뵙고 인사드려야죠. 법문까지 받았는데. 그렇지만, 전 친구부터 좀 만나보고 나중에 갈게요."

"왜, 하루도 안 돼 벌써 좀이 쑤시냐? 친구부터 찾게!"

"그런 게 아니고요, 얼마 전에 그 친구 아버지가 돌아가셨는데 조문을 못 했거든요. 그래서 나온 김에 며칠 다녀오려고요."

"어디 사는 친군데 며칠씩이나 걸려 조문을 해? 웬만하면 친구는 담에 만나고, 스님부터 찾아뵙도록 해라. 그리고, 이제 직장도 어서 알아봐라. 금쪽 같은 시간 낭비하지 말고! 변호사시험 합격했다고 그게 다가 아니잖니? 대학 졸업하고 빈둥빈둥 노는 거 보기 안 좋다!"

"걱정 마셔요, 할머니. 설마 밥이야 굶겠어요? 정 안 되면 뭐, 할머니 회사서 일하면 되잖아요? 히히."

"그건 꿈도 꾸지 마라. 할민 나중에 회사 몽땅 사회에 기부할 생각이다!"

"정말요? 어떻게 그런 생각을 다 하셨어요? 하지만 할머니, 할아버지랑 잘 의논해서 결정하세요. 괜히 다투지 마시고. 노년에 가족끼리 재산 싸움하는 거만큼 추한 거 없으니까! 안 그래요? 그쪽 생각은 어때요?"

영채가 옆에 앉은 솔잎을 보고 물었다. 솔잎은 그냥 살짝 미소만 지었다.

"내 재산 처분에 그 양반 생각은 필요 없다. 이북에서 내려온 실향민들 자녀 장학자금으로 내놓기로 이미 결심했다."

"암튼 전 할머니 생각 존중합니다. 그리고 제 직장문제는 너무 걱정하지 마세요. 뭣하면 변호사 개업해도 되니까요. 그러니 낼모레 도쿄 가서 친구 좀 만나고 올게요. 서울 나오면 꼭 좀 들러달라고 했거든요.”

“뭐? 도쿄라고? 그럼 일본 친구란 말이냐?”

윤 여사가 갑자기 미간을 찌푸리며 물었다

“예. 기요시(清), 나카무라 기요시라는 일본 친구예요. 대학 동기고요.”

영채가 말하는 동안 윤 여사의 표정이 점점 험악하게 변했다. 영채는 순간 아차 했다. 할머니가 일본을 극도로 미워한다는 걸 미처 생각 못 했다. 할머니 눈치를 살피며 영채가 머뭇머뭇 말했다.

“일본 애지만, 진짜, 괜찮은 친구예요. 그러니 할머니.”

“됐다, 그만해라!”

“하지만, 할머니.”

“그만하래도!”

윤 여사가 버럭 고함을 질렀다.

“이런 못된 녀석! 전부터 내가 말했지? 무슨 일이 있어도 너는 일본사람을 친구 해서는 안 된다고!”

영채가 흠칫 놀라 옆에 앉은 솔잎을 처다봤다. 솔잎도 놀라긴 마찬가지였다. 여태까지 윤 여사의 그런 냉엄한 표정은 한 번도 본 적이 없었다.

윤 여사는 갑자기 명치가 아렸다. 그동안 가슴 깊숙이 얼어붙어 있던 목단강 석가촌의 원한이 일본 친구라는 말에 서릿발처럼 날을 세웠다. 금방이라도 목구멍으로 핏물이 올라올 것 같았다.

“난 피곤해서 그만 들어가야겠다! 넌 아래채 뒷방에서 자도록 해라.”

“…예, 할머니.”

윤 여사가 방으로 들어가자 영채가 한숨을 푹 쉬었다.

“후—! 일본을 왜 저토록 미워하시는지 모르겠네! 이제 좀 그만할 때도 됐잖아요? 지금 시대가 어떤 시댑니까? 세상 사람 다 불러 놓고 올림픽 치른 지가 언젠데! 그리고 또, 앞으로 2년 후면 월드컵도 치르잖아요? 그것도 한국과 일본이 공동으로!"

"사모님 그런 표정 저도 처음 보았어요."

저녁상을 다 치운 솔잎이 앞치마에 손을 닦으며 영채 옆에 앉았다. 두 사람은 얼마 동안 말이 없었다. 어느새 어둠에 묻혀버린 소나무숲이 깊은 적막감을 자아냈다. 멀리 푸르스름한 하늘을 배경으로 그려지는 거무스름한 산등성이 실루엣이 간간이 구름을 빠져나온 달빛에 짐승 같은 모습을 드러내고 있었다. 영채가 그런 산등성이를 바라보며 혼잣말을 했다.

"기요시는 제가 미국에서 친형제처럼 지낸 친구예요! 그 친구 아니었으면 전 아마 학업도 중도에서 포기했을 겁니다!"

영채는 중학교를 졸업하자마자 미국으로 유학 갔다. 아버지와 어머니가 한꺼번에 교통사고로 돌아가고 여섯 달 만이었다. 무슨 연유인지 영채를 그토록 애지중지하시던 할머니가 오히려 서둘러 떠나보냈다.

열다섯 어린 나이에 낯선 미국에 혼자 떨어진 영채는 모든 것이 힘들었다. 어학연수과정도, 고등학교 수업과정도 어려웠다. 그러나 그보다 더 힘든 건 외로움과 싸움이었다. 고등학교 때까지는 할머니가 1년에 두세 차례 미국에 와서 몇 주씩 함께 지내주었고, 할머니의 친구가 친손자처럼 자상히 보살펴주었지만, 마음을 털어놓는 친구가 될 수는 없었다. 그래도 영채는 묵묵히 잘 견뎌내고 UCLA에 합격했다.

대학 같은 과에 동양인은 한국인 영채와 일본인 기요시 둘 뿐이었다. 자연히 두 사람은 가까워졌다. 거기다 기요시는 처음부터 한국말을 잘했다. 조선인 집단 거류지역에서 태어나 조선인 또래 친구들과 어울려 자란 어머니한테서 배웠다고 했다.

신입생 오리엔테이션을 마치고 영채와 기요시가 벤치에 앉아 이야기를 나누고 있는데 미국 학생 네댓 명이 다가왔다. 그들은 키 작은 동양인을 업신여기는 듯 건방진 태도로 악수를 청하며 연신 비웃음을 흘렸다. 영채는 화가 났지만, 꾹 참고 영어로 느릿느릿 자신을 소개했다. 인사가 끝나자 파란 재킷을 입은 녀석이 앞으로 나서 팔짱을 턱 끼면서 말했다.

"내가 알기로 한국은 일본의 오랜 식민지였다. 그런 한국을 우리 미국이 독립시켜주었다. 그렇지만 한국인은 미개한 민족이라 앞으로도 일본 식민지 근성을 쉽게 버리지 못할 것 같은데, 어때? 꼬맹이! 내 말이 맞지?"

그 순간, 영채는 격분을 못 참고 그만 미국 학생의 얼굴을 쥐어박고 말았다. 그때부터 두 사람은 서로 치고받는 싸움이 붙었다. 다른 학생들은 모두 파란 재킷을 응원하며 재미있어했다. 그때 기요시가 영채를 거들고 나섰다. 그러자 나머지 미국 학생들도 우르르 달려들어 결국 패싸움이 붙고 말았다. 다행히 다른 쪽에 있던 학생들이 뛰어와 말리는 바람에 곧바로 싸움은 끝났지만, 그래도 영채는 코피가 터지고 기요시는 이마에 멍이 드는 상처를 입었다. 두 사람은 학내 의무실에 가 치료를 받았다. 담당 의사가 가해 학생 처벌을 원하느냐고 물었지만 둘 다 원치 않는다고 했다.

"넌 왜 괜히 끼어들어 이마가 시퍼렇도록 얻어맞았니?"

영채가 의무실 앞 벤치에 걸터앉으며 기요시를 올려다보고 물었다. 기요시가 옆에 앉아 이마를 슬슬 문지르며 무뚝뚝하게 말했다.

"괜히 끼어든 거 아니야."

"그럼?"

"그런 새낀 그냥 둬서 안 되니까!"

"왜? 너한텐 꽤 듣기 좋은 소리였잖아?"

"네가 그렇게 생각해도 어쩔 수 없지만, 난 우리나라도 그렇고 미국도 그렇고, 한국에 대해 다 같이 미안해해야 한다고 생각해."

"무엇 때문에?"

기요시의 엉뚱한 대답에 영채는 조금 놀랐다.

"우리가 오랫동안 한국의 주권을 빼앗았으니까."

"잘났다! 지금 보니 기요시 너, 대단한 위선자구나. 나한테 그런 침 발린 소리 안 해도 되니까 걱정 마!"

영채가 화를 버럭 내며 자리에서 일어섰다. 자존심이 팍 상했다. 기요시가 영채의 재킷 자락을 잡아당겨 다시 앉혔다.

"소갈머리하고는!"

"…?"

영채가 고개를 돌려 기요시를 멀거니 쳐다보았다.

"나는 우리 일본이 조선에 잘못한 역사에 대해 미안해하는 것이지, 한국이 좋거나 네가 불쌍해서 그러는 게 아니다. 너도 알겠지만, 미국과 우리 일본은 오래전에 소위 '가쓰라 태프트 조약'이라는 걸 맺었다. 일본은 조선을, 미국은 필리핀을 지배하고 통치하는 걸 서로 묵인하자는 비겁하고 음흉한 밀약이었지. 나는 이 밀약을, 당시 동양에서 패권 다툼에 혈안이던 일본과 미국이 힘없는 필리핀과 조선을 강제로 탈취하기 위해 맺은 야합이었다고 본다. 나는 이런 패권주의 행태를 혐오하고 저주한다. 그래서 나는 미국과 일본은 한국과 필리핀이 입은 역사적 피해에 대해 공범으로서 사과해야 한다고 생각하고 있다. 그런데 아까 그 파란 재킷 녀석처럼 패권주의 역사관에 사로잡혀 우쭐대는 녀석을 어떻게 가만 보고만 있겠냐? 이런 내가 위선자인가?"

그 말에 영채는 얼른 대꾸를 못 했다. 기요시의 확고한 반패권주의 역사관에 중압감을 느꼈다. 또 조선의 운명을 결정지은 '가쓰라 태프트 밀약'이라는 역사적 사건이 있었다는 사실도 까맣게 모르고 있었던 자신이 부끄러웠다. 기요시가 주먹으로 영채의 어깨를 한번 툭 치고는 손을 내밀었다. 영채도 아무 말 않고 그의 손을 잡았다. 그날 이후 영채와 기요시는 2년간 룸메이트로 지내며 우정을 쌓았다.

"정말 역사 인식이 분명한 분이네요."

영채의 이야기를 들은 솔잎이 앞치마에 손바닥을 문지르며 말했다.

"솔직히 난 그때까지 미국과 일본 사이에 그런 밀약이 있었다는 것도 몰랐죠. 그래서 다음날 바로 도서관에서 찾아봤는데, 참 어처구니가 없었어요!"

"정말 그런 내용이었어요?"

"그럼요. 일본 외무대신 가쓰라 다로와 미국 육군장관 윌리엄 태프트가 1905년 7월 도쿄에서 맺은 밀약인데, 미국이 필리핀을 지배하는 데 일본은 관여하지 않고, 일본의 한반도 지배를 미국이 눈감아 준다는 내용이었어요!"

"세상에! 그래서 일본이 미국을 믿고 강압적으로 우릴 합방시켰군요. 그런데 그런 사실을 우린 왜 몰랐죠?"

"말 그대로 밀약이었으니까 아무도 몰랐던 거죠. 그 밀약이 있고, 19년이 지난 1924년에야 세상에 알려졌으니까!"

"그런 줄도 모르고 고종임금이 헤이그 만국평화회의에 밀사를 파견했으니, 일본으로서는 그런 조선 임금이 속으로 얼마나 가소로웠겠어요? 정말 기요시라는 친구분 말처럼 미국도 우리한테 사과해야 할 거 같아요!"

"우리가 우물 안 개구리처럼 세상 물정 몰라 그렇게 된 걸, 이제 와 누굴 원망하겠습니까? 그렇지만."

영채가 몸을 일으켜 솔잎을 내려다보며 조금 격하게 말했다.

"우리 할머니가 저토록 일본을 미워하는 거, 저도 이해는 해요! 일제 식민시대를 살아온 어른들이 겪은 고난의 역사를 잘 아니까요! 그렇다고 일본인이라고 해서 막무가내 무조건 미워만 하면 안 되잖아요? 더구나 글로벌 시대에, 세계인이 다 한 식구 같은데 말입니다!"

"우리 할아버지도 생전에 일본의 극우 패권주의를 배척할 일이지, 일본인이라고 무조건 다 미워해서는 안 된다고 하셨어요. 못된 조선인보다 백배 천배 훌륭한 일본인도 많다고 하시면서요!"

솔잎이 단호한 목소리로 영채 말에 동의했다. 영채는 솔잎의 말에 묘한 기분이 들었다. 또렷한 목소리로 자신의 의견을 확실히 말하는 솔잎이 어벙해 보였던 첫인상과 너무 달랐기 때문이었다. 영채가 지금과 달리 목소리를 낮추었다.

"저 부탁 하나 할게요."

"뭔데요?"

"다른 게 아니고."

영채가 솔잎 귓가에 얼굴을 바짝 갖다 대고 소곤거렸다.

"낼모레 일본 친구 만나러 갈 겁니다. 할머니한테는 직장문제로 서울 간다 하고. 이건 비밀입니다. 아셨죠?"

"그런데, 저한텐 왜…?"

솔잎도 따라 소곤거렸다.

"비밀을 공유해야 동지가 되니까요!"

솔잎이 눈웃음을 지으며 고개를 끄덕였다.

2

하네다공항 입국장 역시 월드컵 광고로 도배되어 있었다. 나카무라 기요시는 입국장 로비에서 기다리고 있었다.

영채와 기요시는 반갑게 악수했다. 거의 3년 만의 만남이었다. 기요시는 대학을 졸업하자마자 일본으로 돌아와 병든 아버지를 대신해 몇 대째 내려오는 가업인 과자점을 운영하고 있었다.

"배낭 차림은 여전하군. 그동안 별일 없었지?"

"그럼, 잘 지냈지. 아버지 장례식 때 못 와 정말 미안하다."

기요시가 한국말로, 영채가 일본말로 했다. 두 사람은 첫인사를 늘 이렇게 말을 바꿔서 하는 버릇이 있었다.

"어머니가 몇 번이나 너 안부 묻더군. 내심 기다렸던 모양이더라."

"사과드리지 그랬어. 불가피했다고."

"걱정 마. 잘 말했으니까."

기요시가 영채를 택시에 태웠다. 영채가 차창밖을 내다보며 말했다.

"여기도 월드컵밖에 안 보이는군."

"얼마 안 남았으니까! 서울은 안 그래?"

"왜 아니겠어. 마찬가지지."

"이번 일한 공동개최, 잘 된 거지?"

"…?"

"두 나라가 더 가까워지는 계기가 될 테니까."

"그렇다면 이 기회에 양국 문제를 화끈하게 매듭지어버리면 어떨까?"

"어떻게?"

"개막식 때 너희 일본이 침략역사에 대해 진솔하게 사과하고, 폐막식 때 우리 한국이 일본의 사과를 화끈하게 받아들이면, 정말 역사적인 월드컵이 되지 않겠어?"

"아니면, 한국이 먼저 무조건 일본을 용서한다고 선언해버리든지! 우리 나라 정치인들 낯부끄럽게!"

"그건 안 되지!"

"왜?"

"사과 없는 용서는 용서가 아니라 복수고 증오라고 했으니까!"

"그럴듯한데? 자비심과는 거리가 좀 멀지만! 누구 말이니?"

"탈무드."

택시가 프린스 호텔 앞에 멈추었다.

"집으로 가는 거 아니었어?"

"여기가 이야기하기 편할 것 같아서."

영채는 속으로 '아버지 장례 뒤끝이라 그러는가 보다'고 생각했다. 그렇지 않고는 기요시가 자기를 호텔로 데리고 올 이유가 없었기 때문이었다.

영채는 이번 도쿄 방문이 세 번째였다. 대학 다닐 때 한 번, 졸업하고 로스쿨에 들어가기 전에 한 번 방문했는데, 그때는 메구로 구에 있는 기요시

집에서 지냈다. 영채가 미리 호텔 예약을 해놓고 왔는데도 기요시가 막무가 내 자기 집으로 끌고 갔다. 자기가 도쿄에 있으면서 친구를 혼자 호텔 방에 재우는 건 말이 안 된다고 했다.

"우선 샤워부터 해. 피로하잖아?"

"좋지."

기요시의 말에 영채가 옷을 홀홀 벗어 던지고 샤워실로 들어갔다. 기요 시는 영채의 오른쪽 어깻죽지에 있는 커다란 흉터를 보고 자기도 모르게 눈 살을 찌푸렸다. 대학 2학년 때 엘에이 근교에 등산 갔다가 사고를 당했다. 영채가 자일을 놓치는 바람에 바위에서 10여 미터를 그대로 미끄러져 내리 며 옷이 찢어지고 어깨뼈가 허옇게 드러날 정도로 살이 패인 사고였다. 그 때 기요시는 영채를 업고 한 시간 넘게 골짝을 빠져나오느라 온몸이 피투성 이가 되었다.

"어디 마실 거 있는지 한번 찾아봐."

샤워를 마친 영채가 배낭에서 새 옷을 꺼내 입으며 말했다.

"그러지 말고 여기 스카이라운지로 올라가자."

"그럴까?"

두 사람은 방을 나와 스카이라운지로 올라갔다. 어둑한 실내를 가로질러 창가 자리에 앉았다. 오렌지빛 조명으로 화려하게 치장한 도쿄타워가 바로 눈앞에 보였다. 탑이 너무 크고 높아 얼굴을 창에 바짝 들이대고 올려다봐 야 꼭대기가 보였다.

"저놈은 언제 봐도 아름답군!"

"도쿄 야경 최고라 할 만하지. 저거 잘 감상하라고 일부러 여기 실내조명 을 어둡게 한다더군."

기요시가 타워에 건배라도 하듯, 웨이트리스가 갖다 놓은 스카치 잔을 유리창에 갖다 댄 뒤 영채를 향해 들어 보였다.

"먼저 변호사시험 합격한 거 축하한다. 자, 한잔하자!"

"고맙다. 네 사업을 위해서도!"

두 사람은 술잔을 한번 때린 뒤 한 모금씩 마셨다. 기요시가 잔을 든 채 물었다.

"그래, 이제 어떻게 할 거니? 앞으로 계획은 정했어?"

"아직은. 우선 할머니부터 찾아뵙고 나서 천천히 생각하려고."

"할머니 되게 좋아하시지?"

"응. 뭣보다 우리 할머니 기대를 저버리지 않은 것 같아서 다행이야!"

"그렇지. 할머니가 너를 좀 사랑하셔야 말이지! 그래, 한국엔 얼마나 있을 거니? 바로 나갈 거야?"

"아직 모르겠다. 왜?"

"너 있을 때 한국에 한 번 나갔으면 해서."

"그래? 그렇담 너 나올 때까지 기다리지, 머! 급한 거 없으니까! 그런데, 한국에 무슨 볼일이라도 있는 거야?"

"예전에 내가 우리 할아버지 이야기 잠깐 한 적 있지?"

"해방 전에 우리나라에서 행방불명되셨다고 했잖아? 그런데?"

"이번에 아버지가 유언하셨어. 할아버지 유골 꼭 찾아서 함께 봉안해달라고."

"…?"

영채가 뭔 말이냐는 표정으로 기요시를 쳐다보았다.

"사실은 나도."

기요시가 말을 끊고, 지나가는 웨이트리스에게 영채의 **빈 잔을 턱으로 가리킨 뒤 계속했다.**

"그게 쉬운 일 아니라는 거 알아. 이미 50년도 훨씬 더 된 오래전 일이니까. 하지만 아버지 영전에 약속한 걸 어떡하니?"

"그래도 그렇지. 언제 어디서 돌아가셨는지도 모르는데 무슨 수로 찾는단 말이야?"

"할아버지 마지막 행적을 대충 알고 있어!"

"마지막 행적을 안다고?"

"여기 어디쯤에서 행방불명되신 게 분명해!"

기요시가 봉투에서 지도 한 장을 꺼내 내밀었다. 한국지도를 복사한 것인데, 경상남도 어느 부분을 형광펜으로 둥그스름하게 빗금을 쳐서 영역표시를 해두었다. 그러나 영채는 그곳이 어디쯤인지 알 수 없었다. 서울에서 나고 자란데다 중학교를 졸업하자마자 미국으로 유학 간 영채로서는 그럴 수밖에 없었다. 영채가 한국에서 서울을 벗어나 가본 데라고는 중학교 때 수학여행 갔던 경주가 유일했다.

"이게 뭔데?"

"할아버지가 행방불명되시기 직전까지 머물던 곳이야."

"그래? 그런 걸 어떻게 알았지?"

"우리 아버지가 돌아가시기 직전에 유언과 함께 말씀하셨어. 아주 오래전, 내가 갓 태어났을 무렵에 미노루라는 사람이 우리 집엘 찾아와서 할아버지에 대해 아주 비밀스러운 이야기를 해주고 갔다는 거야."

―종전되고 25년쯤 지난 어느 여름날 오후, 늙수그레한 시골 노인이 도쿄 메구로구에 있는 나카무라 타케루(健たける) 집을 찾아왔다. 그 노인은 문 앞에서 자신을 옛날 조선에서 나카무라 타다시 박사와 함께 있었던 고바야시 미노루라고 소개했다. 타케루 내외는 조선에서 아버지와 함께 있었다

는 노인의 말을 듣고 놀라움과 반가움에 두 손을 잡고 서둘러 집안으로 모셨다. 그동안 아버지의 생사도 모른 채 난감한 삶을 살아온 타케루 내외로서는 노인의 출현이 꿈같은 일이 아닐 수 없었다.

미숫가루 탄 시원한 얼음물을 벌컥벌컥 마신 미노루가 컵을 내려놓기가 바쁘게 타케루가 물었다.

"어르신과 우리 부친은 어떤 사이였습니까?"

미노루가 입가에 묻은 미숫가루를 손등으로 문질러 닦으며 천천히 입을 열었다.

"당시 나는 조선 헌병 진주지구대 소속 헌병 조장으로 불령선인들과 군 범죄자들을 감시하고 체포하는 일을 맡고 있었는데, 자네 부친이 조선 약초를 연구하고 있던 산청이라는 소읍도 내 관할지 안이라 자주 만나 친하게 지냈지. 조선 시골에는 일본인이 흔치 않았거든. 그러던 차에 귀국하는 자네 부친한테 작은 물건 하나를 도쿄에 있는 내 지인한테 좀 전해달라는 부탁을 하게 되었지."

그리고는 1944년(소화 19년) 가을, 나카무라 타다시가 행방불명 되던 그날 오후 산청 시천면 주재소에서 있었던 이야기를 자세히 했다.

"난 오랫동안 자네 부친의 행방불명을 믿지 않았네. 내가 부탁한 물건을 중간에서 가로챘다고 생각했으니까. 그래서 종전 뒤 귀국해서도 오랫동안 자네 집을 몰래 지켜보고 감시했다네. 언젠가는 반드시 가족 앞에 나타날 거라고 믿었거든!"

미노루의 말에 타케루의 표정이 순식간에 일그러졌다.

"아니, 어르신! 참으로 야속하십니다! 어찜 그럴 수가 있습니까? 아버지 행방을 몰라 오매불망 노심초사하는 가족한테 소식 전해줄 생각은 않고, 그렇게 몰래 숨어서 감시만 하며 지켜보고 있었다니, 그게 사람의 도립니까? 그리고 우리 아버지를 모욕해도 유분수지, 남의 물건을 중간에서 가로채는 그런 좀도둑으로 취급하다니! 나는 당신을 도저히 용서할 수 없소!"

흥분한 타케루가 당장이라도 미노루를 쥐어박을 듯 주먹을 치켜들었다. 옆에 있던 아내가 얼른 남편의 허벅지를 집적거려 흥분을 진정시켰다. 그 순간, 노인이 벌떡 일어나 무릎을 털썩 꿇으며 고개를 숙였다.

"그래서 이렇게, 이렇게 죽기 전에 사과하러 찾아온 것이니, 제발 용서해 주시게, 젊은이!"

뜻밖에 노인이 무릎을 꿇고 용서를 빌자 당황한 타케루가 들었던 주먹을 내리고 멍하게 쳐다보았다. 그러다 잠시 뒤 따라 무릎을 꿇으며 고개를 숙였다.

"나이 드신 어른께 제가 너무 흥분했습니다. 그만 일어나십시오."

타케루는 노인을 부축해 바로 앉혔다. 그러고는 옆에 있는 아내에게 눈짓으로 얼음물을 더 시켰다. 여자가 얼른 가서 다시 냉차를 따라 왔다. 노인이 냉차를 다 마시기를 기다렸다가 감정을 억누르고 차분하게 물었다.

"아까 말씀에 우리 아버지한테 임신한 조선인 애첩이 있었다고 하셨는데, 그 여자와 아이는 어떻게 되었는지 혹시 아십니까?"

"그거야 모, 모르지. 애를 낳기 전에 종전되었고 난 귀국했으니까."

미노루는 거짓말을 했다. 자신의 핍박으로 여자는 조산했고, 그 때문에 자신의 눈앞에서 죽었다는 사실을 숨겼다.

"그럼 그때 우리 아버지한테 부탁한 짐이 무엇인지 말해주시겠습니까?"

타케루 질문에 노인이 잠시 곤혹스러운 표정을 지었다.

"말씀하기 곤란하면 안 해 주셔도 상관없습니다만."

"아, 아닐세! 지금 와서 뭘 망설이고 숨기겠는가? 이제 나도 암에 걸려 살

날도 얼마 남지 않았는데!"

노인이 남은 냉차를 마저 마시고는 마당으로 고개를 돌리며 혼잣말처럼
했다.

"어른 허벅지만 한 황금불탑이었다네."

"황금불탑요?"

"그래, 불탑. 황금 덩어리로 된 3층 탑에 층마다 4면에 부처님을 조각한
희귀한 불탑이었다네! 조각된 열두 부처님 모두 다른 모습을 하고 있어 참
으로 기이했지. 좌불, 와불, 입불, 다 보았지만 그렇게 미묘하게 조각된 부
처님은 생전 보지 못했으니까!"

노인은 마치 지금 그 불탑을 눈앞에 보고 있기라도 하듯이 감격스러운
표정이었다.

"그런 진귀한 물건을 어떻게…?"

타케루가 믿기지 않는다는 듯이 혼잣말로 중얼거렸다. 그 소리에 노인이
고개를 돌리며 말했다.

"어떻게 내 손에 들어왔나, 이거지? 하지만 우연이었다네. 그래, 정말 우
연이었지. 조선 도굴꾼들 사이에서, 천하에 둘도 없는 진귀한 물건이 나타
났다는 소문이 떠도는 정보를 우연히 입수하고, 내가 직접 확인해보기로 했
지. 당시 조선에는 조선인과 손잡고 활동하는 일본 도굴밀매꾼이 많았는데,
그중에 나고야파가 제일 크고 유명했지. 그래서 내가 나고야파 부산 아지트
를 덮쳐 지하창고에서 그 불탑을 찾아낸 거라네. 처음엔 나도 그게 그런 엄
청난 물건인지 몰랐다네. 어디로 옮기기 위해 막 포장 중이었던지 담요에
둘둘 말린 채 그대로 구석에 방치되어 있었거든. 하긴 그게 놈들의 수법이
기도 하지. 허접스럽게 해놓으면 해놓을수록 수색하는 사람이 눈여겨보지
않는다는 기만술이지!"

"어르신 말씀대로 그렇게 진귀한 물건이라면 꽤 값비쌌겠네요?"

"꽤, 라니! 금값으로만 쳐도 엄청나게 큰돈이었다네. 그런데 그건 그냥 금덩어리가 아니었거든. 문화재에 문외한인 내가 봐도 금값으로 따질 게 아니더라고! 그래서 도쿄에 있는 문화재 전문가를 몰래 불러 감정을 의뢰했지. 그랬더니 그 사람들이 뭐라고 했는지 아는가? 깜짝 놀라 정색하고 말하더군. 대일본제국의 국보급으로도 손색이 없다면서, 내지로 은밀히 가져다만 주면 값은 얼마가 되었든 요구하는 대로 다 주겠다고 하더군!"

"아니, 국보급이라고요? 그렇게나 엄청난 거였습니까?"

"그렇다네. 그처럼 엄청난 거였다네. 지금은 어디, 누구 손에 들어가 있는지 모르지만!"

"그 고야마라는 사람은 어떤 사람이었습니까? 믿을만한 사람이었습니까? 그 사람이 혹시 변심하고 우리 아버지를…?"

"그럴 리 없네. 그놈이 비록 조센진이기는 하지만, 수년간 내가 키운 내 수족 같은 놈이라 배신할 리가 없지. 거기다 하룻밤 새 내 정보망을 빠져나가 사라져버릴 만큼 기민한 놈도 못되고! 지금 생각해보면 그 물건에 대해 잘 알고 있는 나고야파 일당이 조선 도굴꾼과 손잡고 꾸민 짓이거나, 아니면 지리산에 숨어 있던 불한당들 소행임이 틀림없네. 당시 지리산에는 공산당이나 학도병 기피자들, 반일시국사범들이 많이 숨어 있었거든."

"이렇든 저렇든 그 물건은 조선의 귀중한 유물이고 조선사람이 주인임이 분명한데, 어르신은 왜 우리 아버지한테 그런 장물아비 일을 부탁한 겁니까? 지금 보아하니 그 엄청난 물건이 화근이 된 게 분명합니다. 만약 그때 어르신이 우리 아버지를 핍박해서 그런 부탁을 하지 않았더라면, 그래서 우리 아버지가 그 물건만 몸에 지니고 있지 않았으면, 우리 가정에 이런 불행한 일이 일어나지 않았을 것 아닙니까? 정말 한탄스럽고, 어르신이 원망스럽습니다!"

타케루가 눈물을 글썽이며 격하게 원망을 쏟아놓자 노인이 다시 무릎을 꿇었다.

"그 점에 대해서는 다시 한번 이렇게 사죄하니 부디 용서해주시게나! 그때 나도 모르게 큰돈에 눈이 멀어 그만 그런 죄를 저질렀다네! 하지만 이 말은 듣게나. 그 당시에는 조선 것 일본 것이 따로 없었다네. 내선일체라, 조선 것도 일본 것이고 일본 것도 일본 것이었으니까! 그리고 조선인은 미개해서 그런 엄청난 물건을 알아볼 눈도 없고 간수 할 힘도 없었다네. 돼지한테 옥구슬을 맡겨놓는다는 게 가당치나 한가 말일세! 그만 물러가겠네. 제발 부친 일은 용서해주시게나!"

노인이 엉거주춤 일어나 문을 나가도 타케루는 그냥 멍하게 앉아있었다. 대신 부인이 문밖까지 노인을 배웅했다.

"노인이 다녀가고 난 후 우리 아버지는 그만 마음의 병을 얻고 말았어. 황금 덩어리를 욕심낸 누군가에 의해 억울하게 돌아가셨다고 생각하자 가슴에 너무 큰 한이 맺혔던 거지!"

영채가 잔으로 탁자를 탁! 치며 소리쳤다.

"그 미노루라는 작자, 정말 나쁜 놈이군! 뭐? 조선 것도 일본 것, 일본 것도 일본 것이라고? 순 날강도 같은 놈! 거기다가 또 뭐? 돼지한테 옥구슬이라고? 나 원, 참! 기가 막혀서! 옆에 있음 면상을 후려쳐버리고 싶다!"

"미안하다. 당시엔 일본사람들 대개가 다 그렇게 생각하지 않았겠나! 내가 대신 사과하마."

기요시가 진지하게 말했다.

"아니다. 네가 사과할 필요 없다. 내가 너무 흥분했나 보다! 그런데, 아버지는 그럼 왜 그때 바로 찾아보지 않았을까?"

"너도 알다시피 그 당시엔 일본인이 한국을 방문한다는 건 불가능했잖아. 양국 국교도 정상화 되지 않았고, 한국국민이 우리를 원수로 대했으니까!"

"그건 그래. 우리 할머니는 지금도 일본인을 몹시 미워하고 있어!"

"그러다 한참 뒤인 서울올림픽 때 취재 나가는 모 신문사 기자한테 아버지가 경비를 넉넉히 대주며 할아버지 행방을 좀 알아봐 달라고 부탁했고, 그 기자가 한국 기자 도움을 받아 거기 마을 사람한테서 단서가 될 만한 걸 하나 알아 왔다는 거야."

"무슨 단선데?"

"여기 이 부근 야산에서 그 동네 산삼 캐러 다니는 사람이 일본인 것으로 보이는 신주 고리가 달린 고급 가죽 허리띠를 하나 주웠대. 그래서 그 산삼 캐는 사람을 한번 찾아봤으면 해서."

"당연히 그래야지!"

"그런데, 일본사람인 내가 여기저기 묻고 다니기가 좀."

"그래, 무슨 말인지 알겠다. 이참에 나랑 같이 나가자! 이런 중요한 일을 늦출 이유가 없잖아?"

"나도 그러고 싶지만, 지금 당장은 좀 그래."

"왜, 무슨 일이 있어? 아버지 뒷일 때문이야?"

"그게 그러니까…."

기요시가 말을 얼버무렸다.

"말하기 곤란하면, 괜찮아. 말 안 해도."

"아냐! 오해하지 마! 사실은, 얼마 전에 우리 집 재산 문제로 소송이 붙었어."

"소송? 누구와?"

"고모할머니 손자가 날 상대로. 우리 아버지 유산 상속이 잘못됐다는 거야."

"뭐가 잘못됐는데?"

"나도 아직 상세한 건 몰라. 법원 통보만 받았지, 그쪽 사람들을 만나보지 못했거든! 아무튼, 이 문제는 지금 막 시작이니까, 좀 더 진행되면 그때 자세히 말해줄게."

"알았다. 그럼 한국 나올 때 연락해라. 너 나올 때까지 내가 우선 슬슬 알아보고 있을 테니까."

"고맙다. 신경 써줘서. 자, 그럼 이제 술이나 한번 마셔보자. 너하고 술 한잔한 지가 언젠지 기억도 안 난다!"

기요시가 탁자 위에 있는 서류를 가방에 챙겨 넣으며 말했다.

"그래, 좋지!"

기요시가 탁자 위를 치우고 술과 안주를 다시 시켰다. 영채가 남은 잔을 비우고 넌지시 물었다.

"영주하곤 그 뒤로 계속 연락하고 지내나?"

"응. 간간이. 서로 바쁘니까. 잘 있지?"

영주와 기요시는 3년 전, 영주가 미국 왔을 때 영채가 소개해서 서로 알고 있었다.

"나도 아직 못 봤어. 들어올 때 김포공항서 바로 할머니한테로 갔거든. 이번에 들어가면 봐야지."

"2년 전엔가, 삿뽀르에서 전화가 한번 왔었는데 시간이 안 돼 못 만났어. 보면 안부 좀 전해줘."

"그러지."

3

도쿄에서 기요시와 사흘을 보내고 귀국한 영채는 김포공항에서 바로 할아버지 회사를 찾아갔다. 몇 년 만에 들르는 회사라 낯설었다. 직원한테 물어 먼저 사장실에 들렀다. 그러나 사장인 작은아버지는 자리에 없었다. 영채가 중학교 다닐 때까지만 해도 영채 아버지 노명모가 사장이었다. 영채는 다시 사촌 동생 영주가 있는 디자인 부서를 물어 찾아갔다. 영채를 본 영주가 뛰어와 손을 덥석 잡았다.

"언제 올라왔어? 오빠!"

"일본 좀 갔다가, 지금 막 공항에서 오는 길이다. 별일 없었지?"

영채와 영주는 세 살 차이지만 어릴 때부터 사촌 간이 아닌 친구처럼 지냈다. 차분한 영채와 달리 영주는 남자 못지않게 활달하고 운동도 좋아했다. 테니스 실력은 웬만한 국가대표선수를 능가할 정도였다. 공부 욕심도 많아 대학 내내 장학금을 받았다. 졸업하자마자 할아버지 회사 디자인 부서에서 일했다.

"작은아버지, 자리에 안 계시던데 바쁘신가 보지?"

"그래? 어디 나가신 모양이네. 그런데 오빠, 정말 멋지다! 어디, 좀 봐!"

영주가 영채를 이쪽저쪽 돌려보며 놀렸다.

"이제 완전히 귀국한 거야?"

"아니. 졸업도 했고, 잠시 쉬러 나왔다."

"로스쿨이었잖아? 시험은?"

"됐으니까 이렇게 나왔지."

"으와! 우리 오빠 만세! 미국 변호사라니, 오빠 정말 대단하다! 축하해! 영채 오빠!"

영주가 팔딱팔딱 뛰며 손뼉을 치다 영채를 와락 끌어안았다.

"그래, 고맙다! 영주야!"

영채도 기분이 좋아 영주를 안고 한 바퀴 빙글 돌았다.

"지난번엔 여기 들르지도 않고 바로 할머니한테 내려 가버려서 얼마나 서운했는지 알아? 오빠!"

"미안하다. 그래서 이번에는 도쿄서 김해로 가지 않고 일부러 서울로 왔잖니?"

"내가 보고 싶어서지?"

"그래, 그래. 네가 보고 싶어 죽겠더라! 그런데, 너 일본 공부하니?"

영채가 영주 책상 위에 펼쳐진 채 엎어져 있는 일본 서적을 턱으로 가리키며 물었다.

"한번 해보는 중이야. 재작년 홋카이도에 스키 장갑 시장조사를 갔었는데, 그들의 장갑 디자인은 가히 세계적이었어! 그래서 결심했지! 앞으로 일본 좀 배워보려고!"

"역시 너답게 공부는 쉬지 않는군! 좋은 일이지! 하지만, 할머니한텐 숨기는 게 좋을 거야!"

"왜?"

"일본의 일자만 들어도 학을 떼시는 분이니까!"

"그런 막무가내식, 나한텐 안 통해! 할머닌 할머니고 난 나잖아?"

"그래, 네 말 맞다. 열심히 해봐! 참, 기요시가 안부 전하더라."

"그 오빠도 잘 있어? 예전에 홋카이도 갔을 때 전화 한번 했었는데!"

"그러잖아도 그때 시간이 안 돼 못 만났다며 미안해하더라."

"미안하긴. 나도 서로 만날 정도로 시간이 많았던 건 아닌데 뭘."

"할아버진? 건강은 어떠시니?"

"여전하서. 지금은 간호사 출신 간병인이 보살피고 있어. 근데, 이따 저녁에 한잔해야지? 오랜만인데! 축하도 해야 하고!"

"그래. 할아버지한테부터 다녀와서 하자. 할아버지 집, 구기동 옛날 거기지?"

"응. 맞아. 내 차로 갔다 와. 기사가 집 잘 아니까."

"그래. 고맙다."

영채가 자리에서 일어나 나가다가 다시 돌아보고 물었다.

"영주 너 혹시, 할머니와 할아버지가 왜 언제부터 떨어져 사시는지 아니?"

"이윤 몰라. 물어볼 때마다 두 분 다 그냥 얼버무리기만 하니까. 서로 떨어져 사시는 건 오빠 미국 가고 바로야. 할머니가 시골로 가신 지는 한 6년 됐지, 아마."

"그래?"

온실에서 휠체어에 앉아 난초 잎을 고르고 있던 할아버지는 몇 년 만에 큰손자를 보고도, '그래, 영채 왔구나!' 하고는 하던 일을 계속했다. 표정으로는 반가운 기색도, 싫은 기색도 없이 그냥 무덤덤했다.

"할아버지. 건강은 좀 어떠셔요?"

"여전하다."

"다행이시네요. 할아버지!"

"이제 졸업하고 완전히 나온 게냐?"

"아뇨. 아직 정리할 게 남았어요. 참, 할아버지! 저 변호사시험 합격했어요!"

"미국 변호사?"

"예."

"그래, 애썼구나! 이제 회사만 맡으면 걱정 없겠다!"

"그건 안 되죠. 지금 작은아버지 잘하고 계시잖아요!"

영채 말에 할아버지는 고개를 끄떡이며 다시 난초 잎을 매만졌다. 영채는 그런 할아버지의 옆모습을 한참 동안 쳐다보고 있다가 물었다.

"할아버지, 몇 가지 궁금한 게 있는데, 여쭤봐도 될까요?"

"뭐냐?"

"할머니랑 왜 같이 안 사세요?"

"…."

"떨어져 계시면 서로 불편하시잖아요!"

"네 할미한테 물어봐라. 그렇게 사는 게 편한지 불편한지."

"그러시지 말고, 안 좋은 일이 있었다면 할아버지가 먼저 손을 내밀어보세요. 할머니도 그걸 바라고 있을 테니까요."

"됐다. 그래서 될 일이 아니다."

영채는 더 할 말이 없었다. 할아버지는 아예 틈을 주지 않았다.

"그럼, 회사는 어떻게 된 거예요?"

"회사?"

"왜 나눠서 가졌냐고요?"

"네 할미가 원하고, 네 할미도 그럴 자격이 충분하니까!"

"그럼 할머니를 지금도 사랑하셔요? 그리고 할아버지도 할머니처럼 옛날 만주 생활이 그리우세요?"

영채는 자신도 모르게 대들 듯 물었다. 영채 말에 할아버지가 갑자기 난초 만지던 동작을 뚝 멈추었다. 왼손으로 화분을 가슴에 껴안듯 잡고, 오른손으로 난초 잎을 매만지던 그 자세 그대로 꼼짝도 안 했다. 할아버지의 갑작스러운 태도에 영채는 아차 싶었다. 환자한테 너무 심하게 대했다는 불안감을 느꼈다. 아니나 다를까, 잠시 뒤 할아버지가 몸을 부르르 떨며 화분을 툭 떨어트렸다. 영채는 깜짝 놀라 서둘러 할아버지를 들쳐업고 안채로 달려가며 소리쳤다.

"이봐요, 간호사! 간호사 어딨어요!"

마루에서 책을 읽고 있던 간병인이 마당으로 뛰어 내려오며 외쳤다.

"그 자리에, 어서 그 자리에 그냥 눕히세요! 어서요!"

영채는 간병인의 말에 영문을 몰라 잠시 머뭇거렸다. 달려온 간병인이 빼앗듯이 할아버지를 받아 안아 잔디밭에 눕혔다. 그러고는 가운 주머니에서 꺼낸 갈색 약병의 알약을 할아버지 혀 밑에 밀어 넣었다. 영채는 간병인의 기민한 손놀림을 멍하게 쳐다보고 있다가 정신을 차리고 물었다.

"갑자기 왜 이러시죠?"

"협심증 쇼크예요. 그런데 댁은 누구시죠?"

"아, 예. 전 큰손자 노영채라고 합니다. 미국서 이제 막 귀국해 인사드리러 왔습니다. 가서 차 가져올게요. 병원 모시게."

"아니에요. 괜찮아요! 이게 병원서 처방해준 약이니까요."

"전에도 이런 일이 있었습니까?"

"한두 번요. 이번엔 거의 반년만이네요."

그 사이 할아버지가 눈을 떴다. 발치에 앉아있는 영채를 발견하고는 손을 내밀었다. 영채가 얼른 다가앉으며 손을 잡았다.

"할아버지, 죄송해요. 제가 심기를 건드렸나 봐요."

"아니다. 네 잘못이 아니다. 할아비가 이런 모습 보여서 미안하구나. 이제 네가 왔으니 조만간 할미랑 다 함께 한번 모여야겠다."

"예, 할아버지. 그렇게 하셔요! 정말 잘 생각하셨습니다!"

"이제, 그만 가보거라. 나도 좀 쉬어야겠다."

"예. 할아버지. 몸조리 잘하셔요. 간호사님, 우리 할아버지 잘 부탁드립니다."

영채는 일어나 간병인한테 고개를 숙여 보이고 자리를 떴다. 노 회장이 영채의 뒷모습을 물끄러미 바라보며 중얼거렸다.

"명모를 빼 박았어!"

간병인이 노 회장을 일으키려고 목 밑에 손을 넣으며 말했다.

"회장님, 안에 들어가셔서 편안히 쉬세요."

"아니다, 괜찮다. 손 치우게. 넘어진 김에 쉬어간단 말 있잖나! 자넨 가서 일 봐."

"그럼 담요 갖다 드릴게요. 잔디에 깔게."

"괜찮아. 이대로가 좋아."

노 회장은 손짓으로 간병인까지 물렀다. 간병인이 자리를 뜨자 손자 말을 떠올렸다.

'지금도 할머니를 사랑하셔요?'

'할아버지도 만주가 그리우셔요?'

노 회장은 고개를 저었다. 며칠 전 꿈 생각이 났다. 쫓기고 있었다. 자신을 쫓는 사람도 만주 사람들이었고, 자신이 쫓겨 달아나는 곳도 만주 산과 들이고 강이었다. 꿈은 갈수록 잔혹해졌다. 낭떠러지에 떨어져도 그냥 떨어지지 않고 꼭 뾰족한 나뭇가지나 모난 바위에 떨어졌다. 그래서 살이 찢기고 피가 철철 흘러 연못을 이루고, 그 피 연못 속에서 허우적거리다 익사 직전에야 깨어났다. 그때마다 식은땀이 혼곤했다. 노 회장은 다시 중얼거렸다.

'지금도 할머니를 사랑하냐고? 만주가 그립냐고? 제깟 녀석이 뭘 안다고!'

영주는 영채를 데리고 회사 건물 내 지하에 있는 칵테일바로 내려갔다. 바 여사장이 영주를 잘 아는 듯 반갑게 맞았다.

"여기 맥주 좀 주세요. 오빠, 맥주 괜찮지?"

"그럼."

"할아버지 뭐래? 왜 할머니랑 떨어져 산대?"

"할머니한테 물어보라시더라."

"그 봐. 그런다니까! 할머니도 마찬가지고!"

사장이 두 사람한테 거품 가득 맥주를 따라주었다.

"그래도, 이제 내가 나왔으니 가족이 다 한번 모이자고 하셨어!"

"그래? 역시 할아버지한텐 오빠뿐이네! 그동안 누가 무슨 소릴 해도 들은 척도 않더니만!"

"그런데 두 분이 회사는 언제부터 나눠 가지신 거니?"

"꽤 됐나 봐."

"뭔 말이야?"

"내가 대학 졸업하고 회사 들어왔을 때 이미 둘로 쪼개져 있었어. '알프스 장갑'은 할아버지, '속리산 내의'는 할머니 앞으로 법인등록이 되어있었으니까. 아빠 말론 큰아버지 돌아가시고 난 뒤부터라니까, 꽤 됐잖아?"

영주가 영채를 쳐다보며 맥주를 쭉 마셨다.

"그럼 15년 가까이 된 셈이군. 어때? 할머니 회사는 잘 돼? 적자 안 봐?"

"전문경영인이 맡아 하니까 그런대로. 연 매출 한 50억 넘어 돼. 이익금 대부분을 사원복지와 장학금으로 써버려서 문제지만."

"그게 왜 문젠데?"

"속리산 쪽만의 문제가 아니니까 그렇지. 알프스 쪽은 제조수출업이라 국내 도매업인 속리산 쪽보다 인건비 비율이 훨씬 높아. 그러니 내의 쪽처럼 사원복지 수준을 높이면 회사 운영을 못 해. 그래서 우리 아빠, 할머니한테 불만이 많아. 그건 그렇고, 시골 할머니 집, 솔잎 씨 잘 있어?"

"솔잎 씨를 알아?"

"한 번 봤어. 아주 재밌는 아가씨던 걸?"

"뭐가?"

"글쎄. 새침 발랄하다고나 할까? 왜, 어리숙해 보이면서도 은근히 사람 마음을 끌어당기는, 머 그런 분위기 있는 여자 있잖아? 거기다 얼굴까지 예쁘고! 아무튼, 그런 애, 오빠가 좋아하는 스타일 아냐?"

"별소릴! 아직 제대로 이야기도 한번 못 해봤다!"

"그래도 내 예감이 맞을걸? 두고 봐! 앞으로 오빠와 틀림없이 썸싱이 생길 테니까!"

영채는 문득 입가에 살짝살짝 머금다 마는 솔잎의 미소를 떠올리며 맥주 잔을 들었다.

"쓸데없는 소리 그만하고, 네 이야기나 좀 해봐."

"피―. 오빠, 부끄럽나 봐! 크크!"

"까불지 말고!"

"그래, 알았어! 요새 영수 때문에 골치가 좀 아파!"

"걔가 왜?"

"작년에, 임신한 여사원이 갑자기 영수를 경찰에 고발하는 바람에 회사
가 발칵 뒤집힌 적이 있었어!"

"뭐라고? 그래서?"

"많은 위자료를 주고, 아빠가 빌고, 빌고, 해서 겨우 해결했는데 글쎄, 또
일을 저질러서는 여자한테 협박을 받고 있지 뭐야!"

"협박이라니, 도대체 무슨 일인데 협박까지 받아?"

"말은 안 하지만, 뻔하잖아? 여자가 협박하면 그렇고 그런 일 말고 뭐가
있겠어?"

"안 되겠다, 이 녀석! 지금 어디 있니?"

영채가 자리에서 벌떡 일어섰다. 영주가 얼른 영채 팔을 잡았다.

"그냥 앉아, 오빠! 영수 좀 있으면 이리 올 거야. 작년 그 일로 영업부 외
근으로 쫓겨났는데, 내가 아까 전화했어. 오빠 왔다고!"

"그래, 잘 했다. 도대체 무슨 일인지 알아보고."

그때 영수가 이쪽으로 다가오는 걸 본 영주가 영채 팔을 잡으며 소곤댔
다.

"오빠, 내가 말했다고 하지 마. 난 모른 척할 거니까."

"알았다."

"이런! 나 빼놓고 둘이서만 마시는 거야? 형, 언제 왔어?"

영수가 넉살 좋게 영채를 끌어안고 얼쑤얼쑤 했다.

"조금 전에 왔다. 어서 앉아라. 같이 한잔하자."

웨이터가 영수 앞에 잔을 갖다 놓고 술을 따라주었다. 영수가 잔을 들며 영주를 힐난했다.

"누난 이제 좀 빠져줄래? 지금부턴 남자들 술자리니까!"

"너도 남자니? 책임감이라곤 눈곱만치도 없으면서!"

"아니, 왜들 만나자마자 그래? 자, 자, 한잔 쭉 하자!"

영채 제안에 둘 다 아무 말 없이 잔을 쭉 비웠다. 영채가 두 동생 잔에 술을 따라주며 말했다.

"영주 너도 슬슬 결혼 생각해야 하는 거 아냐? 할머니 증손자 타령하시던데!"

"오빠 두고 나 먼저 가라고?"

"형! 누난 시집 못 가! 콧대가 좀 높아야 남자가 붙지! 최소한 형 정도는 돼야 쳐다볼걸?"

"그래? 하긴, 우리 영주 아무한테나 보낼 순 없지! 내 동생이라서가 아니라, 내가 봐도 최고니까! 인물로나 능력으로나!"

"형이 형 같은 남자 하나 소개해줘. 누나가 어서 시집가버려야 내가 편하니까!"

"영수 너 그만 까불어? 자꾸 그럼 나 가만 안 있다?"

"가만 안 있음 어떡할 건데? 좋잖아? 형 정도라면!"

"그래도 저게! 오빠한테 네 얘기 확 다 말해버릴까 보다!"

"됐다, 됐다! 그만 들 하고, 영수 넌 요즘 어떠니? 회사일 잘하고 있지?"

영채 말에 영수가 술잔을 든 채 두 사람을 번갈아 쳐다보았다. 영주는 영수 눈길을 피해 술만 홀짝거렸다. 영채가 영수 등을 툭 치며 말했다.

"왜 그래? 무슨 일 있어? 누나가 말해버리겠다는 게 무슨 소리니?"

"그래, 영수야! 영채 오빠한테 다 말해! 좋은 기회잖아?"

"누나도 알고 있었어?"

"난들 귀가 없겠니? 회사 사람들이 다 아는데!"

그러나 영수는 손가락으로 빈 잔만 빙글빙글 돌리고 있을 뿐, 얼른 입을 열지 않았다. 영채가 영수 술잔에 술을 부어주고는 어깨를 다시 툭 쳤다.

"무슨 일이냐니까?"

"말하기가 참, 그렇네!"

"뭘 그리 어려워해? 나도 다 알고 있는데!"

"누나까지 아니까 더 그렇지!"

영수가 버럭 소리를 질렀다.

"그럼 말하지 마. 술이나 마시자."

영채가 딱 자르고, 술잔을 들어 영주 술잔에만 툭 치고는 쭉 들이켰다. 영수가 뒤늦게 잔을 들며 더듬거렸다.

"아, 알았어, 형. 다 말할 테니 비웃지 마. 특히 누난 부모님께 입만 벙긋해봐라. 가만 안 둘 테니까!"

―그날도 영수는 여느 때와 마찬가지로 오후 새때쯤, 곽 주임한테 한남동에 가자는 사인을 보냈다.

"이봐요, 곽 주임. 용산 거래처 좀 갔다 와요. 사장님한테 내가 부탁한 거 빨리 좀 해결해 달란다고 해."

"예, 대리님."

곽 주임이 영수를 향해 묘한 눈짓을 보내고는 사무실을 나갔다.

'흥, 그새 또 몸이 달았군. 그럼, 그래야지!'

곽 대리는 오늘은 쉽게 응하지 않으리라 맘먹었다. 애를 바짝 태워 안달 나게 만든 뒤 응해야 자신의 몸값이 올라간다고 생각했다. 영수는 곽 주임이 사무실을 나간 뒤 책상 위에 널어놨던 서류들을 대충 치우고 자리에서 일어섰다.

"회장님 좀 뵙고 오겠소."

옆에 앉은 여직원한테 말하고 사무실을 나왔다. 복도에서 마주친 서무과 직원이 봉투를 내밀었다.

"노 대리님 앞으로 온 편집니다."

"그래? 내 책상에 갖다 놔."

영수는 편지 볼 마음의 여유가 없었다. 마음은 이미 한남동에 가 있었다. 복도 끝 기사대기실에 있던 운전사가 노 영수를 보고 급하게 뛰어나왔다. 영수는 손을 저었다.

"아니, 괜찮아요. 요 부근에 가니까."

그는 기사를 남겨두고 회사를 나와 택시를 잡았다.

"한남동 햇빛 빌라!"

그는 목적지만 간단히 말하고 눈을 감았다.

'비싸게 샀으니 본전은 뽑아야지!'

영수는 속으로 중얼거리며 입맛을 다셨다.

빌라에는 곽 주임이 이미 모든 준비를 해놓고 기다리고 있었다. 영수는 서둘러 옷을 벗어 던지고 여자를 끌어안고 물속에 푹 잠겼다. 두 사람은 욕조 안에서 한참 동안 유희를 즐긴 뒤 타일 바닥에 드러누워 휴식을 취했다.

"약속 꼭 지키셔야 해요?"

"무슨 약속?"

"어머, 잊으셨어요?"

곽 주임이 영수의 가슴을 쓰다듬으며 콧소리를 냈다.

"아, 제과점?"

"그래요. 이제 한 달밖에 안 남았어요. 약속 기한."

영수는 곽 주임과 1년간 내연관계를 맺는 조건으로 동생에게 제과점을 차려주었다. 자본금 2천만 원은 차용 형식으로 하고, 제과점에 근저당을 설정했다. 그리고 1년이 지나면 근저당을 풀어 소유권을 완전히 넘겨준다는 조건이었다. 영수는 곽 주임과 계약을 맺은 후 이 빌라를 비밀리에 임대했고, 두 사람은 이틀이 멀다 하고 이곳에서 성애를 즐겼다.

"그깟 것 가지고 날 쩨쩨한 사람 만들지 마!"

영수가 한껏 거만을 떤 뒤 다시 곽 주임을 끌어안았다. 그들은 차례로 사무실로 돌아왔다.

영수는 의자에 앉아 책상 위에 있는 편지 봉투를 뜯었다. 내용을 본 그의 표정이 대번에 팍 찌그러졌다.

─젊은이도 아버지 닮아 여자 좋아하는군! 하지만 걱정하지 말게. 난 젊은이 사랑놀이엔 관심 없으니까!─

"도대체 어떤 새끼야?"

자기도 모르게 욕설이 튀어나왔다. 직원들이 일제히 영수 쪽으로 고개를 돌렸다. 곽 주임의 안색이 누구보다도 변했다. 영수는 편지를 좍좍 찢어서 휴지통에 처넣으며 '개새끼!' 하고 다시 욕을 했다. 그때 책상의 전화벨이 요란하게 울렸다.

"영업부 대리 노영숩니다."

그는 반 신경질적으로 전화를 받았다.

"젊은이, 화가 단단히 났군."

상대방은 마치 옆에서 보고 있기라도 하듯 말했다.

"뭐야, 이건 또! 당신 누구요?"

"어허, 화내지 말게. 여자들하고 재미 보려면 무엇보다 몸이 건강해야지.

안 그런가, 노 대리?"

"아니, 뭐 뭐라고요? 당신, 정말 누구요? 누군데 이런 엉뚱한 전화질이요?"

"솔직하지 못하군! 조금 전까지 한남동 햇빛 빌라에서 여자 끌어안고 있지 않았나?"

순간 영수는 뒤통수가 띵했다. 그의 목소리가 갑자기 초조해졌다.

"여보세요, 전화한 용건이 뭐요? 도대체 뭘 원하는 거요?"

"그럼 그래야지. 젊은이가 예의가 있어야지. 하지만 젊은이, 난 자네 사랑놀이에 관여할 생각 조금도 없네. 나도 사내니까! 그러니 걱정하지 말게. 입도 벙긋 안 할 테니!"

"그럼 뭐죠? 나한테서 뭘 원하죠?"

"다음에 천천히 말하지. 어차피 우린 한번 만나야 하니까!"

"그러죠. 만나서 이야기합시다. 어디로 나갈까요?"

"허허, 급하긴. 다음에 또 전화하지."

상대방은 영수가 말하기도 전에 전화를 끊어버렸다. 영수는 수화기를 손에 든 채 잠시 멍하게 있었다. 전화 건 사람이 누군지 도통 감이 잡히지 않았다.

그 남자로부터 다시 전화가 걸려온 것은 사흘 뒤 퇴근 시간이 조금 지난 뒤였다. 남자의 말은 어느새 명령조로 바뀌어 있었다.

"충무로 차이나 호텔 뒷골목 '백합 다방' 8시까지. 난 기다리는 거 질색이니까 그리 알게."

그러고는 전화를 끊어버렸다. 영수는 수화기를 던지듯 내려놓으며 소리를 꽥 질렀다.

"개새끼! 그래 어떤 놈인지 한번 보자! 여차하면 죽여 버리고 말 테다!"

영수는 시계를 들여다보고 자리에서 일어섰다. 만나는 장소를 회사 바로 코앞에 있는 차이나 호텔 부근으로 정한 것도 은근히 기분 나빴다. 자신의 편리를 위해서라기보다 옆에 바짝 붙어서 숨도 못 쉬게 압박하려는 의도가 확실했다. 영수는 천천히 걸어서 약속장소로 갔다. 영수가 구석 자리에 앉아 주위를 두리번거리고 있는데 바바리코트를 걸친 희멀겋게 생긴 중년 사내가 다가왔다.

"젊은이, 좀 앉아도 괜찮겠나?"

"글쎄요."

영수가 무뚝뚝하게 대답하고는 남자를 힐끗 쳐다봤다. 사내가 히죽 웃으며 말했다.

"내가 바로 전화 건 사람이네."

사내가 망설임 없이 앞에 앉았다. 영수는 남자를 보고 멍해졌다. 전화의 주인공이 이런 중년 사내인 줄은 전혀 상상하지 못했기 때문이었다. 목소리로 봐서 적어도 자기 또래나 아니면 곽 주임의 애인이 될 만한 젊은 사내일 줄 알았다.

"도대체 무슨 용문지, 어서 말씀해보시죠? 전 아저씨와 이렇게 앉아있을 시간 없으니까!"

"왜, 그 빌라에서 또 만나기로 한 건가?"

"아니, 그 일엔 관심 없다고 하지 않았습니까? 지금 보니 결국 그 일이군요! 나이 드신 분이 좀 치사합니다!"

"흐흐, 오핼세, 오해! 난 정말 그 일엔 관심 없네. 내 말만 잘 들어주면 앞으로 그 문제로 두 번 다시 신경 쓸 일은 없을 거네! 자네는 날 잘 모르겠지만, 나는 자네를 예전부터 잘 알지!"

"그래요? 어떻게요?"

"알프스에 근무한 적이 있으니까. 하지만 그건 중요하지 않네."

"참, 아저씨도. 그럼 저한테 원하는 게 뭡니까? 탁 까놓고 말씀해보세요!"

"좋아. 그렇다면, 나도 솔직하게 말하지! 회사에 내 일자리 하나 만들어주게! 자네 힘이면 충분히 할 수 있을 테니까!"

"그게, 무, 무슨 말씀이죠?"

"이런, 정말 못 알아듣겠어? 먹고 살게 취직 좀 시켜달라는 건데!"

영수는 속으로 난감했다. 이건 단순한 문제가 아니었다. 끝까지 물고 늘어지겠다는 의미였다. 일자리 만들어주는 것으로 끝날 일이 아니었다. 회사에 일자리를 만들어주면 그때부터 한 줄에 엮여 시도 때도 없이 끌려갈 수밖에 없었다.

"그런 일은 제 혼자 힘으로 못합니다! 전 이만 가보겠습니다. 여기 찻값은 제가 내고 가지요."

영수는 자리에서 일어났다. 사내가 몸을 휙 돌려 영수의 팔을 거머잡았다.

"돌아가서 잘 생각해보게! 이런 식이면, 자네한테 좋을 것 하나도 없으니까! 경찰에 날 신고해도 좋아!"

그날 밤 영수는 잠을 설쳤다. 못 들은 척 뭉개버릴 수 없을 것 같았다. 그러기에는 그 사내의 말이나 표정이 너무 진지했다. 경찰에 신고해도 좋다는 말도 계속 마음에 걸렸다.

'그렇다고 그 자식을 옆에 놔두고 언제까지 책잡힌 채 눈치 보며 살 수는 없잖은가!'

영수는 될 대로 되라는 심정으로 버텨보기로 했다. 그렇게 며칠이 지나도 연락이 없었다. 그런데 일주째 되는 날, 회사 부근에서 친구와 점심을 먹고 혼자 건널목에서 신호를 기다리고 있는데, 그 사내가 슬며시 옆으로 다가왔다. 영수는 자기도 모르게 몸이 굳어졌다.

"어째 좀 알아봤는가?"

영수는 힐끗 쳐다만 보고 아무 대꾸 안 했다. 태연한 척했다. 그때 신호등이 바뀌었다. 사내가 영수 옆에 바짝 붙어 따라 걸으며 혼잣말처럼 중얼거렸다.

"좋게 이야기할 때 내 말 들어! 나중에 후회하지 말고! 난 곽 주임 문제 말고도 자네 집안일에 대해 많은 걸 알고 있으니까! 앞으로 열흘 시간 주지!"

그러고는 아무 일 없었다는 듯이 사라져버렸다. 그때부터 영수는 그 사내 때문에 일이 손에 잡히지 않았다.

영수는 형과 누나 앞에서 이런 내막을 자세히 털어놓을 수가 없었다. 그래서 두루뭉술 말했다.

"형, 지금 나 영업부 곽 주임이라는 여자와 사귀고 있어. 그런데 이걸 아는 어떤 놈이 취직시켜 달라며 떼를 쓰고 있어 골치 아파! 이 자식을 어떻게 처리하지?"

"경찰에 신고해!"

"안 돼! 만약 아버지나 할아버지가 아시면 난 죽은 거나 마찬가지야!"

"네가 그걸 무서워한다는 걸 알고 더 협박하는 거야!"

"남자 새끼가 비겁하게 여자 문제를 꼬투리로 협박하니 더 괘씸해! 그것도 우리 회사에 근무한 적이 있다는 놈이!"

"그래? 우리 회사에서 뭐 했대?"

"그건 말 않고, 날 어릴 때부터 잘 안다고 했어!"

"그럼 오래됐단 말인데?"

"그런가 봐."

영채는 그 순간 뭔가 느낌이 퍼뜩 들었다.

'영수를 잘 안다는 말은 우리 가족을 안다는 말인데, 그럼 우리 할아버지와 할머니에 대해서도?'

"전화해. 내가 대신 한번 만나볼게!"

"형이? 하, 그거 좋겠네!"

사내가 영수한테 알려준 약속장소는 뜻밖에도 시골 장터 선술집 같은 허름한 막걸릿집이었다. 서울 한복판에 이런 집이 다 있다니, 영채는 속으로 생각하며 삐딱하게 붙은 여닫이문을 밀고 들어섰다.

기다리는 사람은 50대 초반으로 보이는 선비 스타일의 남자였다. 여리고 말쑥한 용모가 위협이나 협박과는 어울리지 않았다. 영채가 노영수 대리 부탁으로 나왔다고 하자, 남자가 엉거주춤 일어서며 손을 내밀었다. 영채는 의자에 앉자마자 일부러 딱딱한 말투로 캐물었다.

"아저씨 신분부터 밝혀주세요! 성함이 어떻게 되지요?"

영채 말에 남자가 당황한 기색으로 영채를 말끄러미 쳐다봤다.

"성함이 어떻게 되냐고요!"

영채의 다그침에도 아랑곳하지 않고 빤히 쳐다보다가 툭 내뱉었다.

"너, 나 몰라? 너 영채 맞지?"

"예?"

영채가 깜짝 놀라 후딱 몸을 뒤로 젖히며 물었다.

"아저씬 누구서요? 절 어떻게 아서요?"

"나, 노달수 회장님 자가용 운전했던 홍갑수 아저씨다!"

"그래요? 전 기억이 잘 안 나는데요?"

"넌 어렸고, 차를 몇 번밖에 안 탔으니까. 또 미국으로 가버렸고. 나도 처음엔 긴가민가했다."

"그런 분이 우리 가정 이야길 하며 동생을 협박하셔요?"

"협박은 무슨! 영수가 하도 버릇없이 굴어 겁을 좀 준 것뿐인데!"

"그럼 저한테 솔직히 말씀해보셔요. 제가 이해할 수 있는 거라면 아저씨 말씀 따를게요."

"형만 한 아우 없다더니, 역시 그렇군! 자네가 그렇게 예의 바르게 말하니 나도 숨기지 않고 말하겠네. 그동안 나는 형편이 참 어려웠네. 10년 동안 병으로 누워있던 마누라를 떠나보내고 나니 남은 거라곤 빚밖에 없더군. 내 몸도 다 망가지고! 할 수 없이 사장님한테 일자리 하나 부탁하려고 찾아갔는데 만나주시질 않았어. 그래서 영수를 찾았지. 그런데 영수는 아예 날 무시했어! 사람 취급을 안 했어! 그래서 화가 나서, 뭐, 그렇게…"

"그게 사실이라면 동생이 소홀했네요. 제가 사과드리겠습니다."

영채는 홍갑수 앞에 놓인 빈 양은 술잔에 막걸리를 가득 부어주었다. 홍갑수가 기다렸다는 듯이 잔을 들어 단숨에 쭉 들이켰다.

"아저씬 우리 할아버지 차 운전을 몇 년이나 하셨어요?"

"그게 그러니까, 보자. 86아시안게임 다음 해에 그만뒀으니까, 한 5년 했는가 본데?"

"제가 85년에 미국으로 갔으니까, 제가 가고 2년 더하고 그만두셨네요."

"그럴 거야. 네가 미국 갈 때 내가 사모님하고 널 김포공항에 태워다줬으니까."

"그랬죠. 이제 기억납니다. 그런데 왜 그만두셨어요?"

"뭐 이유가 있나. 우리 같은 운전수야 사장님이 관두라면 그냥 나가는 거지. 아침에 출근하니까 총무부 직원이, 오늘 퇴근할 때 경리부에 가서 퇴직금 타가라고 하더군. 그게 바로 해고 통보인 거지. 그래서 내가 왜 그러냐고 했더니, 계약 기간 만료 해고라더군! 그래도 양판석 경비 주임님에 비하면 난 행복한 놈이지!"

홍갑수가 자작으로 빈 잔을 채워 쭉 마셨다. 영채도 남은 술을 비우고 두 잔에 다시 술을 채웠다.

"그 양판석 아저씨는 생각이 어렴풋이 납니다. 체격이 굉장히 뚱뚱하셨지요, 아마?"

"그렇지. 90킬로 나간다고 했으니까!"

"그분은 얼마나 우리 회사에 근무하셨지요? 지금 뭐하시는지 아셔요?"

"뭐하다니? 돌아가신 지가 언젠데! 그러고 보니 넌 잘 모르겠구나! 따로 살았으니까. 노 회장님 병원서 퇴원하고, 한 달쯤 됐을 때 교통사고로 그만 가버렸지! 그것도 고물 오토바이에 치여서!"

"아, 그때 교통사고, 들은 기억납니다."

"큰 사고였지. 두 사람이나 죽었으니까!"

"두 사람이 사망했다고요? 그렇게 큰 사고였어요?"

"오토바이 몰던 놈은 경비 주임님을 치고 그냥 달아나다가 전봇대를 들이받고는 그 자리에서 즉사했고, 주임님은 병원 가는 도중에 죽었지!"

"어떻게 그런 일이…!"

영채는 황망한 얼굴로 주섬주섬 담배를 꺼냈다. 운전기사가 라이터를 켜 불을 붙여주었다.

"그래도 회장님은 양판석 주임님이 친구라고, 주임님 아들한테 위로금 조로 많은 돈을 주었다더군! 아파트 한 채 값도 더 줬다는 말이 있었어! 아들놈이란 자가 제 아버지 장례식에서도 히죽히죽 웃었을 정도였다니까!"

"참, 그 사람도! 아무리 많은 돈을 받았어도 그렇지! 그런데, 아저씨! 그

경비 주임님은 어떤 사람이었어요?"

"참 좋은 사람이었지. 나한테도 잘해주었고! 회장님이 차 안 쓰실 때면 늘 경비실에서 같이 노닥거리고 놀았으니까! 저녁엔 가끔 술도 한 잔씩 했고!"

그러고는 입가를 쓱 훔치며 진지하게 말했다.

"그리고 이런 말은 해야 할지, 말아야 할지, 잘 모르겠다만."

"뭔데 그러셔요? 괜찮으니 뭐든 다 말씀하셔요."

"자네 아버지 이야긴데."

"예? 우리 아버지요?"

영채가 깜짝 놀라며 들었던 술잔을 다시 내려놓았다.

"그래. 돌아가신 노명모 사장님."

"뭔데요? 어서 말씀해보셔요! 아저씨도 아시다시피 전 어릴 때 부모님을 잃어버려 아버지에 대해 아는 게 별로 없어요!"

"그래, 영채 넌 부모님을 너무 일찍 여위었어! 나도 널 생각하면 마음이 아파! 네 아버지 노명모 사장님은 진짜 좋은 분이셨다. 너 앞이라서 이런 말 하는 게 아니고, 내가 해고될 때 만약 노명모 사장님이 계셨으면 바로 잘리지 않고 틀림없이 재계약했을 것이다. 이건 나 혼자 생각이 아니고, 당시 같이 해고된 계약직 세 사람 다 그렇게 생각했으니까! 지금 영수 아버지, 그러니까 네 작은아버지인 노명근 사장님하고는 직원들을 생각하는 인간성 자체가 달랐어! 노명모 사장님은 회장님과 싸워서라도 직원들 복리를 늘려나갔는데, 노명근 사장님이 들어서면서부터는 사장이 먼저 회장님을 꼬드겨 직원들 복리를 늘리는 게 아니라 오히려 줄여버렸다니까!"

"그런 건 다 회사 사정 따라 그러셨겠지요."

"그건 그래. 내가 하려는 이야기는 그게 아니고, 네 부모님이 돌아가신 그날 저녁에 있었던 사장님과 회장님의 싸움 이야기야."

"예? 우리 아버지가 할아버지와 싸웠다고요? 왜요?"

"그건 모르지. 기사 방과 안채는 멀리 떨어져 있어서 문만 닫으면 꽹과리를 두들겨도 안 들리니까!"

"그런데 싸웠다는 건 어떻게 아셔요?"

"아, 그건 네 아버지가 내 방 앞을 지나가면서 큰소리로 막 소리를 질러서 알았지. 기사 방이 차고 바로 옆에 있었거든!"

"우리 아버지가 뭐라고 소리 질렀는데요?"

"뭐랬냐면, 확실히는 기억 안 나지만, 혀 꼬부라진 소리로 '내가 사십 년 넘게 노명모로 산 것도 억울한데, 내가 죽어야지! 내가 죽어야지!' 이러신 것 같다!"

"분명히 그렇게 말씀하셨어요?"

"내가 기억하기론 대충 그래. 그리고, 네 부모님이 나가시고 얼마 안 돼 사모님이 급하게 불러서 가보니, 회장님이 2층 계단 밑에 쓰러져있었어. 그날 병원에 가서 몇 달을 입원했다 퇴원했는데, 그때부터 지금까지 저렇게 휠체어 신세를 지고 있는 거라고."

영채는 그날 기억을 떠올렸다. 비가 억수로 오는 날이었다. 어머니와 둘이 저녁을 먹으며 고등학교 진학 이야기를 하고 있는데, 아버지한테서 전화가 왔다. 술 취한 목소리로 어머니를 바꿔 달라고 했다. 전화통화를 한 어머니가 그랬다.

'아빠가 지금 택시 타고 할아버지 댁에 가신다며 나더러 차 가지고 그쪽으로 오란다. 술을 많이 드신 모양이다. 얼른 다녀올 테니 넌 공부하고 있어라.'

그러고는 돌아오지 않았다. 영채가 부모님과 나눈 이야기는 그것이 마지막이었다. 다음날 경찰이 한강에서 차 속에 엉켜있는 두 분 시체를 건져 올렸다. 음주운전으로 다리 난간을 들이받고 추락한 것이었다.

영채는 기사 아저씨와 더 대화하고 싶지 않았다. 영채는 자리에서 일어났다.

"아저씨 사정 잘 알았으니까, 어디 일자리는 한번 알아봐 드릴게요. 그래도 한때는 한 가족이나 마찬가지였는데, 형편이 그러시다니 마음이 아픕니다. 우선 이거라도 가지고….."

영채는 지갑에 있는 돈을 다 꺼내 홍갑수 손에 쥐여 주었다. 홍갑수가 영채의 손을 두 손으로 움켜잡고 눈물을 글썽거렸다.

"고맙네, 고맙네! 정말 고맙네!"

영채는 술집을 나서며 아버지가 생전에 하셨다는 말을 떠올렸다.

'사십 년 넘게 노명모로 산 것도 억울한데, 내가 죽어야지! 내가 죽어야지!'

뭔지는 모르지만, 아버지가 혼자 감내할 수 없는 크나큰 일에 부닥쳤고, 결국 그것 때문에 할아버지와 싸워 그런 큰 사고가 일어났다는 생각을 지울 수가 없었다.

'우리 아버지를 그렇게 막다른 골목으로 몰아붙인 일이 도대체 무엇일까?'

4

서우실댁이 건강하게 퇴원해왔다. 그녀의 수다스러운 입원 경험담으로 법당 안은 순식간에 활기에 넘쳤다. 서우실댁의 수다가 계속되자 윤 여사가 웃음기를 거두고 영채와 솔잎을 보고 말했다.

"너흰 어서 가서 심곡 스님 찾아뵙고 오너라!"

"예. 지금 준비해서 바로 출발하겠습니다."

영채는 할머니가 서우실댁의 수다를 멈추게 하려고 그런다는 걸 알아채고 서둘러 법당을 나왔다. 솔잎을 뒤따르던 영채가 사무실 앞에서 엉거주춤 걸음을 멈추자, 솔잎이 문 옆으로 비켜서며 말했다.

"들어, 오시고 싶으면, 들어오셔요."

영채가 가렸다는 듯이 훌쩍 문 안으로 들어섰다. 솔잎이 얼른 한쪽에 걸린 커튼을 죽 펴서 자신이 잠자리로 쓰는 침대를 가렸다.

영채의 사무실 출입은 처음이었다. 솔잎이 거처하는 사적 공간이라 쉽게 드나들 수가 없었다. 큼직한 방 반쯤을 커튼으로 갈라놓고 안쪽은 솔잎이 잠자리로 쓰고, 바깥쪽은 사무실로 쓰고 있었다. 책상과 서가, 그리고 전화기와 팩스, 복사기 같은 간단한 사무용품이 갖춰져 있었지만, 사무실이라기보다는 솔잎의 개인 서재 같은 곳이었다. 영채는 생각보다 많은 책을 보고 조금 놀랐다. 일본과 미국의 잡지 신문들도 있었고 일본, 영어 원서 소설책도 눈에 띄었다.

"다양한 책을 읽으셨네요."

서가를 죽 훑어본 영채가 말했다.

"별로…예요. 다 예전 거고요."

솔잎이 의자에 놓인 책을 들어내 주며 자리를 권했다. 영채가 의자에 앉으며 심통 궂게 말했다.

"참, 우리 할머니도! 돈 됐다 가져가는 것도 아닌데, 여기처럼 깨끗이 수리해서 살면 좀 좋아요?"

"할머님을 그렇게 말씀하시면 안 되셔요!"

영채 말에 솔잎이 갑자기 정색하고 나무랐다. 솔잎의 당돌한 꾸지람에 영채가 의아한 눈으로 쳐다보았다.

"죄송해요. 제가 함부로…."

"아닙니다. 그렇지 않습니다! 그런데, 방금 그 말, 무슨 뜻이죠?"

"사모님은 당신 앞으로 들어오는 돈, 모으는 거 없이 거의 다 장학금으로 쓰셔요. 매년 1억도 넘게요!"

"아니, 그렇게나 많이요? 언제부터 그런 큰 장학사업을 하셨죠?"

영채가 놀란 듯 몸을 곧추앉았다.

"제가 온 지 3년 됐는데, 와서 보니까 5년 전부터 하셨더라고요. 처음엔 지금보다 액수가 적었지만."

"그렇다면 개인적으로 하지 말고, 장학재단을 설립해서 공개적으로 하면 일하기도 쉽고 혜택도 많이 받을 수 있는데!"

"지금은 서울과 부산에 있는 두 대학에 '목단강 장학금' 지급 협약을 맺고 한 대학에 매년 오천만 원 정도 지급하고 있어요. 하지만, 사모님은 지금까지 당신께서 장학금 주신 학생들 한 사람도 얼굴을 모르세요. 매년 학기 초에 해당 학교로 장학금만 전달하시고, 일체 간섭 안 하시니까요. 우리 부산사무소 김 소장님도 졸업 때까지 모르시다가 우리 회사에 입사한 뒤에 본인이 '목단강 장학금' 수혜자라고 말을 해서 아셨을 정도니까요."

"아! 이제 보니, 우리 할머니, 정말 대단하신 분이네! 전 그런 줄도 모르고! 솔잎 씨, 고맙습니다. 깨우쳐줘서!"

영채가 정색하고 솔잎을 향해 고개를 숙여 보였다. 솔잎이 당황한 표정으로 얼른 영채 따라 고개를 숙였다. 영채가 주위를 둘러보며 혼잣말로 중얼거렸다.

"그래도 이왕 사실 거면 처음부터 좀 좋은 집을 사시지…!"

"원래는 집을 헐고 새로 암자를 지으려고 샀대요. 그런데 사모님이 부엌과 방을 보시고는 있는 그대로 그냥 암자로 쓰겠다며 헐지 못하게 하셨대요. 대신 여기 아래채는 전부 새로 꾸몄고요. 위채 부엌하고 작은방 보셨죠? 그 부엌과 방이 사모님 만주 살 때 신혼집하고 아주 비슷하대요."

"참, 우리 할머니도! 정말 못 말리실 분이네! 저, 먼저 나가 있겠습니다. 준비해서 나오세요."

영채는 방을 나왔다. 잠시 뒤 솔잎이 옷을 갈아입고 나왔다. 영채는 잠깐 사이에 모습이 변한 솔잎을 보고 놀랐다. 할머니 말씀대로 솔잎은 보면 볼수록 희한한 아가씨였다. 날씬한 몸매에 또렷한 얼굴 윤곽은 누구한테나 호감 받을 만한 미인이었다. 머릿수건에 긴 드레스와 앞치마 차림일 때는 유럽 귀족 집안 하인 같이 다소곳해 보였는데, 지금처럼 청바지에 가벼운 티셔츠 차림을 하고 머리를 묶으니, 이제 막 뜀박질을 시작하려는 암사슴처럼 날렵해 보였다. 새침 발랄하다는 영주 말이 새삼 그럴듯했다.

"사과할게요. 제가 잘못 생각했습니다."

영채의 뜬금없는 말에 솔잎이 의아한 표정으로 쳐다봤다. 크고 까만 눈이 빨아들일 듯 빛났다. 영채는 자기도 모르게 말이 더듬어졌다.

"어, 어벙한, 아가씨 같다고, 했거든요. 할머니한테."

그러고는 머리를 긁적거렸다.

"저 원래, 좀 어벙해요."

솔잎이 예의 그 짧은 미소를 살짝 지어 보이며 조그맣게 말했다. 영채가 얼른 시선을 돌려 할머니한테 인사했다.

"할머니, 저희 다녀오겠습니다."

윤 여사는 나란히 걸어나가는 영채와 솔잎의 뒷모습을 솔숲에 가려져 안 보일 때까지 바라보고 있었다. 윤 여사는 문득 솔잎이 새삼스럽다는 생각을 했다. 요즘 솔잎은 예전의 솔잎이 아니었다. 함께 지낸 3년 동안 요새처럼 생기 넘치는 솔잎을 본 적이 없었다. 지금까지는 혼자 있을 때 늘 책을 읽거나 아니면 개울가에 우두커니 앉아 무심히 생각에 잠겨있기가 일쑤였다. 그러다 자신이 부르면 화닥닥 놀라 일어서곤 했다. 자신과 함께 있을 때도 마찬가지였다. 묻는 말 외에는 거의 입을 다물고 있었다. 어쩌다 간혹 말을 많이 하며 조금 수다스러워질 때가 있었는데, 바로 할아버지와 살던 지난날을 이야기할 때였다. 그렇지만 그런 경우도 아주 짧은 순간뿐이었다. 그런데 영채와 어울리고 나서부터 생판 다른 모습이 되었다. 수줍어하면서도 자기 생각을 분명하게 드러내는 똑 부러진 말과 표정은 지금까지 보지 못했던 활달하고 자신만만한 모습이었다. 밥상머리에서 영채를 향해 지어 보이는 가냘픈 미소도 어린 시절 이야기할 때 짓는 미소와는 또 다른 여자다운 사랑스러움이 묻어났다.

'둘이 잘 되었으면 좋으련만….'

그러다 심곡 스님 말을 또 떠올리고는 한숨을 쉬었다.

차가 청현마을을 벗어나 양천강을 건너 큰길에 들어서자 영채가 물었다.

"도대체 만주 생활이 어땠길래, 우리 할머니는 말끝마다 만주, 만주, 하시는 걸까요? 솔잎 씨는 혹시 뭐 들은 이야기가 있습니까?"

"아뇨. 없어요. 하지만 사장님은 만주 시절 회상할 때 참 행복하신 거 같아요."

"어떻게요?"

"그럴 때면 노래를 흥얼거리시거든요."

"우리 할머니가 노래를요? 어떤 노래죠?"

"'연분홍 봄바람이 불어 드는 북간도. 아름다운 찔레꽃이 피었습니다.' 대충 이런 노랜데, 제목은 저도 잘 모르겠어요.

"역시, 북간도군! 그러고 보면 우리 할머니 만주 생활이 퍽 행복했던 거 같아요."

"사모님은 그 시절을 정말 그리워하셔요. 빨래도 그때처럼 손빨래하실 정도니까요."

"빨래를 세탁기로 안 하고 손으로 한다고요? 우리 할머니가?"

"지금은 거의 다 세탁기로 하지만, 제가 처음 왔을 때만 해도 모든 빨래를 사모님이 직접 개울물에 손으로 빨아 숯불 다리미로 다리시더라고요. 그래서 제가 왜 그렇게 수고스럽게 손빨래로 하시냐고 여쭤봤죠."

"그랬더니요?"

"서울에선 생각이 있어도 엄두를 못 냈는데, 여기 산골짝에 흐르는 깨끗한 물을 보니 옛날 만주 신혼 때 생각이 나서 시작하셨대요. 그래서 저도 세탁기 제쳐놓고 사모님하고 개울가에 나란히 앉아 빨랫방망이 두드리며 손빨래를 했죠. 참 재밌었어요! 사모님도 몹시 즐거워하시고! 그러다 서우실댁 아주머니 오신 뒤로 사모님은 빨래 안 하셔요. 법당 뒤편에 세워져 있는 작소바리하고 빨래 말리는 간짓대 보셨죠? 그것도 사모님이 직접 만드신 거래요."

"그럼, 솔잎 씨는 언제 그런 걸 배웠습니까?"

"어릴 때부터 하다 보니 그냥 몸에 밴 거죠, 머."

"어릴 때부터라니, 그럼 솔잎 씨 부모님도 그렇게 손으로 빨래를 하셨어요?"

"전, 부모님은, 기억에도 없어요. 한 번도 뵌, 적이 없으니까…."

솔잎 목소리가 갑자기 떨렸다. 영채는 옆에 앉은 솔잎을 흘깃 쳐다보았다. 무심한 표정으로 차 창밖을 내다보고 있었다. 갑자기 우울해진 표정에 영채는 쉽게 말을 걸 수가 없었다.

솔잎은 스님한테서 받은 사진을 떠올리며 속으로 다짐하고 있었다.

'그래, 나에겐 애당초 낳아준 어머니도, 길러준 어머니도 없는 거야!'

─윤 여사를 따라 절을 나오고 1년 반쯤 지났을 때 심곡 스님이 솔잎을 불렀다. 솔잎도 뵙고 싶던 차라 바로 스님을 찾았다. 솔잎을 본 심곡 스님은 아이처럼 기뻐했다. 오랜만에 스님을 만난 솔잎도 기쁘긴 마찬가지였다. 솔잎은 한눈에 심곡 스님의 건강이 예전만 못하다는 걸 알고 마음이 아팠다.

"아무래도 요놈 고뿔 때문에 내가 고생 좀 할 것 같구나."

심곡 스님이 무겁게 몸을 일으키며 말했다. 솔잎이 얼른 팔을 잡고 부축했다.

"저기, 뒤뜰 좀 걷자. 네게 줄 게 있다."

두 사람은 바깥으로 나왔다. 상좌스님이 다가와 부축하려 했지만, 심곡 스님이 손짓으로 물러나게 했다. 심곡 스님이 시들해진 원추리 꽃대를 지팡이로 제쳐보며 지나가는 말처럼 물었다.

"얼마나 됐지? 절 나간 지."

"1년하고 반쯤 되었습니다."

"1년 반이라…. 그래, 어떠냐? 바깥세상이."

"그냥 그럭저럭 잘 지내고 있습니다, 스님."

"그래, 아무래도 여기서 보단 생각이 많겠지. 보고 듣는 게 많을 테니까. 그래도 그냥 그렇게 가만히 놔두어라. 생각이 많으면 많을수록 빠져드는 번뇌의 연못도 깊은 법이니라."

"명심하겠습니다."

"오늘 너를 보자고 한 건, 너를 있게 해준 인과에 대해 알려줄 이야기가 있어서다."

"무슨 말씀이신지…?"

"네 어머니에 관한 이야기다."

스님 입에서 '어머니'라는 말이 나오자, 솔잎은 자신도 모르게 가슴이 울컥했다. 남한테서 처음 들어보는 '어머니'였다. 금방 목이 메고 눈물이 핑 돌았다. 솔잎은 얼른 고개를 돌렸다. 스님이 솔잎의 표정을 보고 빙그레 웃었다.

"거봐라. 너는 아직 바깥에서 할 일이 많다. 내가 오늘 하는 이야기 잘 듣고 가서 마음이 편안해지는 방도를 스스로 찾아보아라."

"예, 스님…."

솔잎은 멘 목이 풀리지 않아 목소리가 떨렸다. 스님이 장삼 품에서 작은 봉투 하나를 꺼내 보이며 다시 말을 이었다.

"이건 네 할아버지가 내게 준 것이다. 4년 전, 몇 달밖에 못 산다는 의사 진단을 받고 나서였지. 내용은 안 봤으니 나도 모른다. 단지 이런 말만 주고 받았다."

—이 서신을 솔잎한테 좀 전해주십시오.

—유선가요?

—아닙니다.

—그럼?

—솔잎 어미가 솔잎을 내게 보내면서 강보에 함께 넣어 보낸 편집니다.

—그리 소중한 걸 왜 직접 주지 않고….

—지금은 때가 아니라 그럽니다.

—때라니, 무슨?

—솔잎은 산속에서만 살아 바깥 물정을 전혀 모릅니다. 작은 충격에도 마음을 크게 다칠 수 있지요. 그래선지 모르지만, 그 아이는 전부터 출가를 원하고 있습니다. 그러니 좋은 사람 만나 정붙이고 살게 된 후에 이걸 전해 줘야 합니다. 꼭 그래 주시기 바랍니다. 제 아비 전철을 밟게 해서는 절대 안 되니까요!

—무슨 말인지 알겠네.

—이래저래 스님께 신세만 지고 가게 생겼습니다.

—무슨 말을. 내겐 당신이 부처님인데.

—이것으로 솔낭구와의 연도 완전히 끊을 수 있을 것 같습니다. 잘 부탁 드립니다.

─알았네. 적당한 때 전해주겠네. 마음 편히 가지시게. 자, 집에 가세나.

스님이 봉투를 내밀었다. 솔잎은 두 손으로 다소곳이 받았다. 가벼운 전율이 가슴에 일었다.

"집에 가서 조용히 보그라. 너한텐 더없이 소중한 것일 테니! 네 할아버지 말대로, 더 이따가, 네가 결혼해서 출가를 단념할 때 줘야겠지만, 이 문제 또한 네가 출가 전에 풀어야 할 숙제이기에 지금 주는 것이니라."

"예. 스님. 무슨 말씀인지 잘 알겠습니다."

솔잎은 서신을 그대로 품에 간직했다.

"그리고, 때가 되면 네 할아버지와 네 할머니에 관한 이야기도 들려주마."

"예. 스님. 부디 건강 잘 추스르시기 바랍니다."

집으로 돌아오면서 솔잎은 차를 몇 번이고 길가에 세웠다. 형체도 불분명한 어머니 환영이 눈앞에 어른거려 운전을 제대로 할 수 없었다. 집에 와서도 솔잎은 쉽게 봉투를 열어 볼 수가 없었다. 속에 든 내용이 궁금증과 두려움을 함께 몰고 와 솔잎을 안절부절못하게 했다. 스님한테 하셨다는 할아버지 말씀이 자꾸 떠올랐다.

'솔잎 어미가 솔잎을 내게 보낼 때 강보에 함께 넣어 보낸 편집니다.'

그러자 솔잎은 더 겁이 났다. 솔잎은 밤이 이슥해져서야 더 참지 못하고 편지를 꺼냈다. 접힌 종이를 펼치는데 속에서 사진 한 장이 툭 떨어졌다. 아이를 가운데 두고 젊은 부부가 양옆에 서 있는 사진이었다. 그런데, 여자의 얼굴이 흉측했다. 까맣게 칠해져 있어 어떻게 생겼는지 형체를 알아볼 수 없었다. 또 할아버지 말씀이 떠올랐다.

'솔잎 어미가 솔잎을 내게 보낼 때 강보에 함께 넣어 보낸 편집니다.'

솔잎은 실감이 나지 않았다. 사진 속의 아이가 자신이고, 양옆 두 사람이 자신의 부모라니! 마치 오래된 잡지 속의 사진을 바라보듯 솔잎은 한참 동안 멍하게 쳐다보고 있다가 접힌 편지를 펼쳤다.

아버님에게—

(이렇게 부르면 안 되지만, 적당히 부를 말이 없어서….)

이 아이는 한국남 씨 딸입니다. (확인은 사진으로….)

제가 도저히 키울 수 없는 사정이라서 이렇게….

* 생일—1975년 6월 20일(양력)

* 이름—아직 없음(그냥 예쁜이라고 불렀음)

* 태어난 곳—부산 영도다리가 내려다보이는 '갈매기 여인숙'

* 한국남 씨는 작년 가을에 일본 다녀온다고 나갔다가 소식이 없음.

(경찰은 밀수선 타고 밀항하려다 들켜 바다에 뛰어들어 익사했다고 했음)

* 먹이던 젖병과 분유 1통 두고 갑니다. (돈 조금 하고…)

—정말 죄송합니다. 못난 며느리(?)라 얼굴을 못 들겠습니다.

글을 읽는 동안 솔잎의 머릿속은 점점 하얘져 갔다. 다 읽고 난 뒤에는 모든 것이 눈앞에서 사라져버리고 아무 생각도 느낌도 없었다. 솔잎은 무의식 속에 집을 나와 솔밭길을 걸었다. 그녀의 머릿속에서는 편지 글귀들이 끊임없이 맴돌았다. 키울 수 없어서…, 젖병, 분유 한 통, 밀항, 익사, 6월 20일생, 갈매기 여인숙…,

모든 것이 지금까지 생각했던 것과 달랐다. 아름답고, 우아하고, 품위 있고, 딸이 그리워 매일 같이 눈물짓고…, 하는 그런 어머니가 아니었다. 자신은 불장난 끝에 태어난, 키울 수 없는 짐 덩어리일 뿐이었다. 알 수 없는 분노가 가슴 저 밑바닥에서 서서히 피어올랐다. 키우지도 못할 거라면 차라리 지워버리지, 낳기는 왜 낳아! 죽을지도 모르고 불 속을 뛰어드는 불나방처럼 눈앞의 쾌락에만 빠져 생명의 숭고함을 짓밟은 두 사람은 천벌을 받아도 싸다! 분노와 저주가 뒤엉켜 심장을 활활 태웠다. 솔잎은 속으로 외쳤다.

'그래도 얼굴 지운 거 보면 부끄럼은 아나 보지? 그래, 나는 처음부터 엄마 아빠가 없는 거야!'

각골명심이라도 하려는 듯 솔잎은 몇 번이고 속으로 되뇌고 또 되뇌었다. '나는 처음부터 엄마 아빠가 없는 거야!' '나는 처음부터 엄마 아빠가 없는 거야!' 그러나 그렇게 다짐하면 다짐할수록 분노 저 밑바닥에서 가느다란 서러움의 물줄기가 조금씩 흘러들어 고이기 시작했다. 솔잎은 끝내 울음을 터트렸다. 한번 터진 울음은 시간이 갈수록 커지고 서러움이 보태져 이윽고 통곡으로 변했다. 여인숙 구석진 방에서 혼자 분만의 고통을 겪고 있는 어머니 모습이 서러워 울었고, 강보에 싸인 자식 옆에 젖병을 놓고 떠나는 어머니의 뒷모습이 애처로워 가슴이 시렸다. 한참 동안 흐느끼며 숲속을 헤매던 솔잎은 통나무 그루터기에 앉았다. 더 걸을 기운도 없었지만, 딱히 갈 곳도 없었다. 드넓은 천지에 혼자라는 생각뿐이었다

솔잎의 침묵은 길었다. 솔잎이 창밖만 쳐다보며 한참 동안 가만히 있자, 영채는 괜히 부모님 이야기를 했다고 후회했다. 영채가 뭐라고 하려는데 솔잎이 먼저 혼잣말처럼 나직이 말했다.

"우리 할아버지도 5년 전에 돌아가셨어요."

"미, 미안합니다. 괜한 걸 물어서."

"괜찮아요. 이젠 아무렇지도 않아요."

솔잎이 그때야 고개를 돌려 영채를 쳐다보았다. 말과 달리 솔잎 눈에는 눈물이 글썽했다. 영채는 분위기를 바꾸고 위로해주고 싶었다.

"솔잎, 이름이 참 특이해요. 누가 지었어요?"

"우리 할아버지가요. 할머니 성함이 솔가지를 의미하는 솔낭구라서 절 솔잎으로 지었대요."

"솔가지에 솔잎, 아, 할아버지 정말 센서 있으시네! 근데 솔잎 씨는 우리 할머니와 어떻게 같이 있게 되었습니까?"

"3년 전, 내원사에서 심곡 스님 소개로요."

"옛날부터 우리 할머니는 부처님한테 푹 빠졌죠. 나도 어릴 때부터 억지로 끌려 절에 많이 다녔으니까!"

"사모님한테 그쪽 이야기 많이 들었어요."

"그래요? 혹시 내가 말썽부린 걸 다 까발리신 건 아니죠?"

영채가 익살맞은 말투로 너스레를 떨었다.

"아니에요. 그런 말씀 안 하시고 늘 보고 싶단 말씀만 하셨어요."

"우리 부모님 교통사고 이야기도 하시던가요?"

"아뇨. 그때 처음 뵌 날 저녁에 처음 알았어요."

"할머니로선 자식의 죽음을 두 번 다시 떠올리고 싶지 않으셨겠지만, 저는 미국서 힘들고 외로울 때마다 우리 아버지 어머니의 사고를 생각하며 용기를 다잡았죠!"

아무렇지도 않게 말하는 영채 이야기에 되레 솔잎이 가슴 저렸다. 영채가 조금 밝아진 목소리로 물었다.

"서울 사는 제 사촌 영주 알죠? 이번에 만났는데, 솔잎 씨 안부 전하데요."

"노영주 과장님, 한 번 만난 적 있어요."

솔잎은 노영주 과장 만났을 때가 떠올랐다. 처음 본 순간 솔잎은 왠지 자신이 위축되는 느낌을 받았다. 늘씬한 키에 수수하게 차려입은 옷맵시도 멋있었지만, 무엇보다 자신감 넘치는 표정이 은근히 상대방을 휘어잡았다. 말씨도 상냥하고 부드러워 고상한 느낌마저 들었다.

윤 여사한테 인사를 한 뒤 옆에 선 솔잎을 보고는 환하게 웃으며 말했다.

"어머, 할머니! 여기 이 예쁜 아가씨는 누구서요? 소개 좀 해주서요!"

"내가 데리고 있는 말동무 비서다. 이름은 솔잎이고, 너보다 한두 살 밑이다."

"그러서요? 전 노영주예요. 전화론 몇 번 통화했지만, 서로 얼굴 보는 건 처음이죠? 우리 할머니 잘 부탁드려요."

"무슨 말씀을요! 저는 한솔잎입니다."

"예. 한솔잎 씨, 전부터 이름 참 예쁘다고 생각했는데, 얼굴도 예쁘시네요! 간혹 서울에도 좀 올라오서요. 바람도 쐴 겸해서요. 제가 멋진 데 구경 시켜드리고, 맛있는 것도 많이 사드릴게요!"

"고맙습니다. 과장님."

솔잎은 서둘러 자리를 떴다. 산을 나온 뒤로, 두 번째로 같은 또래 여자한테서 열등감 비슷한 걸 느꼈다. 처음은 자동차운전면허시험장에서 자유분방한 아가씨들 속에 섞여 있을 때였다.

"참, 일본 친구 보러 가셨던 일은 잘 됐어요?"

"예. 하지만, 무거운 숙제만 하나 받아왔습니다."

영채는 기요시 할아버지 유골 찾는 일에 대해 말했다. 솔잎이 의외의 관심을 보였다.

"정말 어려운 숙제네요. 풀기 쉽잖겠어요!"

"그래도 힘닿는 데까지 도와줘야죠. 잘 될지는 모르지만. 혹시 산청 시천면이라는 곳을 아십니까? 행방불명 된 곳이 거기 어디쯤이라던데!"

"어머, 그래요? 지금 심곡 스님 계시는 데가 바로 그 부근인데! 지금 가다가 덕산을 지나갈 거에요."

"덕산?"

"예. 시천면은 행정 이름이고, 면 소재지 동네 이름은 덕산이에요. 이따 지날 때 말씀드릴게요."

"하, 그거 잘됐네요. 말을 듣고도 지리를 몰라 은근히 걱정했는데!"

얼마 안 가 시천 방향으로 가는 교통표지판이 나타났다.

5

"스님 그간 안녕하셨어요? 저 영채 문안 올립니다."

영채 인사에 심곡 스님이 환한 얼굴로 반기며 손을 내밀었다.

"그래. 이 녀석, 이제야 보는구나! 우리 몇 년 만이지?"

"예. 뵌 지 한 10년 넘어 된 것 같습니다."

"허허. 어째서 사람 생각은 세월을 못 따라갈까! 여태 까까머리 학생으로만 생각하고 있었으니! 그래, 어디 보자. 미국 변호사가 되었다고?"

"예. 모두 스님 가르침 덕분입니다."

"아니다. 아니다! 다 네 노력이고, 네 할미 심덕이다!"

심곡 스님이 자리에서 힘들게 일어났다. 생각보다 건강이 안 좋은 듯했다. 영채와 솔잎이 같이 스님의 손을 잡았다. 솔잎은 벌써 눈물을 글썽거렸다.

"스님, 먼저 미음부터 좀 드셔요. 제가 떠드릴게요."

솔잎이 탁자 위에 놓인 미음 그릇을 들고 와 한 손으로 심곡 스님 어깨를 받쳐 안았다. 그러자 심곡 스님이 빙그레 웃으며 스스로 몸을 움직여 벽에 기대앉았다.

"괜찮다. 아직 안 죽는다."

그러다 영채와 솔잎을 번갈아 보며 새삼스러운 듯 혼잣말로 중얼거렸다.

"그래, 보기 좋구나! 선남선녀가 따로 없어!"

"예?"

영채와 솔잎이 동시에 움찔하며 서로 얼굴을 쳐다보았다. 솔잎이 먼저 얼굴을 숙였다. 스님이 그런 솔잎을 보고 말했다.

"그래, 네 밝은 얼굴을 보니 네 부모님 일은 엔간히 털어낸 것 같구나."

"예. 스님."

"무엇을 얻었느냐?"

"제 생일이 실제 태어난 날과 일치한다는 걸 얻었습니다. 지금까지 주민 등록번호 출생일을 믿지 않았거든요."

"버린 건?"

"부모님에 대한 은혜와 원망, 모두 버렸습니다. 스님."

"어떻게?"

"낳아준 은혜, 길러주지 않은 원망, 두 마음이 서로를 할퀴어 괴로웠습니다. 그런데, 산즉시양産卽是養 양즉시산養卽是産이라고 생각하자 괴로움이 조금 가벼워졌습니다."

심곡 스님이 얇은 미소를 지으며 고개를 끄떡거렸다.

"낳아준 것이 곧 키워준 것이고, 키워준 것이 곧 낳아준 것이다? 그래, 하나를 갖고 둘을 버렸으니 됐다. 계속 그렇게 수양하거라. 언젠가는 공을 깨닫게 될 터이니."

"하지만 스님, 저의 그런 생각이 고통에서 도망치기 위해 스스로 만들어낸 자기변명일 뿐이라는 생각이 떠나질 않아 마냥 편치만은 않습니다!"

"너무 집착하지 말아라. 원래 수양이라는 게 처음엔 다 자기변명과 합리화라는 정반합에서 출발하느니라! 가자. 지금쯤 내월천이 햇빛에 물들었겠다."

어디서 갑자기 기운이 생겼는지 심곡 스님이 벌떡 일어섰다. 솔잎도 얼른 일어나 스님을 부축했다. 영채가 앞서 방문을 열었다.

뒤뜰을 돌아 내월천 바로 옆 잔디밭에 스님이 먼저 자리를 잡고 앉았다. 스님 말씀처럼 내월천에는 골짝으로 빠져나온 햇살이 부챗살처럼 내려앉아 비경을 만들어내고 있었다. 솔잎이 옆에 앉아 상좌스님이 건네준 차 통에서 차를 한 잔 따라 스님한테 바쳤다. 스님이 한 모금 마시고 입을 열었다.

"오늘은 네 할아버지와 할머니에 관한 이야기를 해주마. 이제 나도 나이가 들어 몸이 더 기다려주지 않을 것 같다. 그래도 이렇게 너희 두 녀석이 나란히 있는 걸 보니, 새삼 마음이 놓이는구나."

심곡 스님 말에 솔잎은 속으로 긴장했다. 그동안 가슴속에 품고 살았던 할아버지와 할머니에 대한 궁금증이 풀릴지 모른다는 생각이 들었다.

"이야기가 길어 한꺼번에 다 할 수 있을지 모르겠다. 영채 너도 잘 들어두어라. 그러구러 45년도 넘는 세월이 흘렀구나. 1954년 봄이었으니까. 네 할아버지를 처음 만났을 때 난 군인이었다. 계급이 중위였지. 클 태, 이룰 성, 김태성. 이게 내 속명이다."

스님이 다시 차를 한 모금 마셨다.

"3년을 끌던 6·25가 휴전으로 끝났지만, 이곳 지리산 골짝은 그때부터가 전쟁의 시작이었지. 북으로 도망 못가고 지리산에 숨어든 인민군 잔당과 공비들에 대한 토벌 작전이 시작되었거든. 군경합동으로 편성된 토벌대는 저기 골짝 입구 큰길 옆에 있는 대포국민학교 앞 공터에 주둔하고 있었다. 절 뒤 능선에 올라서서 보면 골짝 사이로 멀리 지리산 써리봉이 감감하게 올려다보이지. 우리는 아침에 골짝을 더듬어 올라가며 수색작전을 폈다가 해지기 전에 내려오곤 했지. 그때 나는 생포한 공비들을 상대로 정보를 수집하는 정보장교였다."

 —작전 나갔던 군인들이 다리를 심하게 절름거리는 한 젊은 남자를 잡아왔다. 김태성 중위보다 나이가 한두 살 어려 보이는 사내였다. 경찰이 먼저 사내를 심문하기 시작했다.

"이름!"

"한준섭니다."

"이 새끼, 상판떼기 딱 보니 빨갱이가 확실하군!"

경찰이 사내를 한번 힐끗 쳐다보고는 투박한 소리로 다짜고짜 윽박질렀다. 그러나 사내도 만만치 않았다. 경찰을 똑바로 보고 단호하게 말했다.

"난 빨갱이가 아니요!"

"그럼 인민군 잔당 새끼냐?"

"인민군이 어떻게 생겼는지 보지도 못했소."

"이 새끼 봐라? 네가 적어 낸 요 종이에는, 본적이 황해도 개성인데 지금 사는 데는 지리산 써리봉 밑으로 되어 있잖나! 빨갱이나 인민군 새끼가 아니면 어째서 황해둣놈이 지리산 써리봉 골짝 같은 데서 숨어 사나? 으? 이 새끼야!"

"내 사는 곳 하고 빨갱이하고 무슨 상관이 있소? 나는 빨갱이가 아니요!"

"야, 야, 자꾸 사람 귀찮게 하지 말고, 그만 싹 불어라! 우리 빨갱이 잡는 장사 한두 번 해보는 거 아니다! 자, 자, 소속이 남부군 어디고? 보나 마나 전라도당 소속이겠지?"

"난 남부군이 뭔지도 모르오."

"하, 이 자식 봐라? 어디서 고개 빳빳이 치켜들고 거짓말을 해? 좀 얻어터져야 말할 거야?"

"내가 뭐 때문에 거짓말하겠소? 나는 틀림없이 거기서 거주하고, 지금 내 아들이 거기서 내가 돌아오길 기다리고 있소. 그러니 날 그만 집에 보내주시오!"

"진짜 이 새끼 똥배짱이네! 지금이 어떤 세상인데 꿈속에서 헤매고 있냐? 으? 그냥, 콱 총살해 버릴까 보다, 개새끼!"

"내가 뭘 잘못했다고 총살 운운이요? 여긴 법도 없소? 당신 상관이 누구요? 불러주시오. 좀 만나봐야겠소!"

"에라이, 씨팔노무 새끼! 상관 좋아하네!"

심문하던 경찰이 벌떡 일어나 군홧발로 사내의 얼굴을 냅다 걷어찼다. 얼굴을 정통으로 얻어맞은 사내가 '큭!' 하는 비명과 함께 뒤로 벌렁 나자빠졌다. 순식간에 그의 얼굴이 코피로 범벅되었다. 사내가 부스스 일어나 얼굴을 두어 번 흔들었다. 핏방울이 툭툭 튀었다.

"이건 불법이요. 당신 상관 좀 불러주시오!"

옆에서 그 모양을 보고 있던 김태성 중위는 더 보고 있을 수 없어 경찰한테 눈짓해 밖으로 내보냈다. 그리고 의자를 들고 사내 앞으로 갔다. 김 중위는 먼저 휴지를 줘서 얼굴의 피를 닦게 한 뒤 담배도 한 대 줬다. 그러나 사내는 담배를 안 피운다며 거절했다.

"이보시오. 지금은 평화시대가 아니고 전쟁 중이란 말이요. 그런데 자꾸 그런 식으로 법을 들먹이면 어느 경찰이 화 안 내겠소?"

"아무리 전시라도 법은 있는 거요. 이렇게 마구 사람을 패면 일본 순사놈들하고 뭐가 다릅니까?"

"그래, 그 말은 맞소."

"당신은 장교니까 부할 시켜 내가 말한 걸 확인해보면 금방 알 것 아니요? 확인도 안 해보고 무조건 빨갱이로 몰아붙이면 내가 무슨 말을 하겠소? 다시 말하지만, 난 빨갱이도, 공비도 아니요. 그저 지금까지 어린 아들 하나 데리고 약초 캐 먹고 살아온 약초꾼일 뿐이오! 죄라면 일본 순사 놈들 보기 싫어 산에 숨어 산 죄뿐이요!"

김 중위는 사내의 조리 있는 말을 듣고 그가 빨갱이나 공비가 아니라는 느낌을 받았다. 그뿐 아니라 그냥 약초꾼이 아닌, 상당한 교육을 받은 지식인이라는 생각도 들었다. 그래서 김 중위는 부하들을 시켜 그가 그려 준 약도를 가지고 움막에 가서 확인해보도록 했다.

한참 후, 부하들은 진짜 어린 사내아이와 함께 책을 한 아름 안고 돌아왔다. 그의 처소에서 찾아낸 책들이라고 했다. 책은 불교 관련 서적 몇 권과 서너 권의 일본 서적이었다. 일본 서적은 와세다 대학 출판부에서 펴낸 책이었다. 김 중위는 먼저 아이한테 물었다.

"얘, 너 몇 살이고, 이름이 뭐니?"

"하, 한국남, 아홉 살요."

"이분이 네 아버지 맞니?"

"예."

"네 아버지 이름이 뭐지?"

"하, 한, 준, 서, 요."

아이가 한준서를 쳐다보며 더듬더듬 말했다. 김 중위가 이번에는 책장을 주룩 넘겨보며 남자를 향해 물었다.

"이 책들은 뭐요?"

"대학 교과서요."

"와세다를? 졸업했소?"

"3학년 다니다 말았소."

김 중위는 사내가 와세다 대학을 다녔다는 말에 놀랐다. 그의 말에 믿음이 갔다. 은근히 친근감도 우러났다.

"이러지 말고, 토벌 작전이 끝날 때까지 여기서 지내는 게 어떻겠소?"

"…?"

"다른 뜻은 없소. 지금 거처하는 곳은 안전을 보장할 수 없기 때문이요."

김 중위 말에 사내가 주위를 둘러보며 고개를 끄떡였다.

"좋소. 대신, 내 아들과 단둘이 지낼 수 있도록 저쪽 개울가에 따로 텐트를 쳐줄 수 있겠소?"

"그야 당연하지. 민간인이 군경과 함께 잘 수는 없지 않소?"

김 중위는 즉시 부하를 시켜 한준서 부자만을 위한 텐트를 한옆에 별도로 지어주었다.

"그렇게 해서 한준서와 나는 공비토벌대 숙영지에서 6개월 정도 함께 지내게 되었단다."

심곡 스님이 다시 차를 한 모금 마신 뒤 이야기를 계속했다.

"나와 한준서는 시간 날 때마다 많은 이야기를 나누었다. 어떨 땐 내가 그의 텐트로 찾아가기도 하고, 또 어떨 땐 그가 내 숙소로 찾아오기도 했지. 당시 나는 사범학교를 졸업하고 교편을 잡다 입대했기 때문에, 전쟁 중이긴 해도 어떤 의미 있는 철학적 대화에 몹시 굶주려 있었다. 그래서 그와 만나면 여러 이야기로 몇 시간이 그냥 훌쩍 지나갔단다. 우리는 서로를 신뢰하게 되었고, 모든 이야기를 진솔하게 나누었다."

-"대학에서는 뭘 공부했나?"

"영미문학을 공부하고 있었다."

"고향 황해도 개성에서 지리산은 먼 곳인데 어떻게 여기까지 오게 되었나?"

"그러니까 10년쯤 전인 쇼와 18년, 아니지. 1943년 봄이었다. 학도병 징집을 피해 개성 고향 집에서 친구 김칠용과 숨어 있을 때였다. 진달래가 피고, 개울가 수양버들 파릇한 나뭇가지에 봄 햇살이 따사로운 참으로 평화로운 봄날이었다. 친구와 나는 답답함을 풀기 위해 선죽교 부근 숲으로 바람 쐬러 나갔다. 우리는 숲속 그늘에 숨어 앉아, 개울가 빨래터에서 빨래하고 있는 마을 아낙들을 구경하고 있었다. 그런데 점심때가 다 되어갈 무렵, 낭인 차림의 일본인 무사 두 사람이 마을 아낙들한테 다가와 다짜고짜 빨래하는 한 여자를 부둥켜안았다. 갑작스러운 낭인들의 행동에 놀란 여자가 고함을 질렀고, 옆에서 밭일하던 두 남자가 달려와 낭인을 밀쳤다. 그러자 낭인이 마치 기다렸다는 듯이 칼을 뽑아 안고 있던 여자의 가슴을 휙 베었다. 악! 하는 비명과 함께 여자가 풀썩 넘어졌고, 두 남자가 다시 낭인한테 덤벼들었다. 그러자 옆에 있던 다른 낭인이 조금도 망설이지 않고 칼을 휘둘러 두 남자를 차례로 베어버렸다. 눈 깜짝할 사이에 조선사람 세 명을 칼로 벤 낭인들은 아무 일도 없었다는 듯이 태연히 길을 갔다. 나와 내 친구는 우리 눈을 의심했다. 그리고 곧바로 피가 거꾸로 솟는 분노를 느꼈다. 우리는 이심전심으로 놈들을 그냥 둬서는 안 된다는 생각을 했다. 에도시대 사무라이들이 자신의 칼을 시험하기 위해 지나가는 사람을 무작정 베는 쓰지기리[辻斬(り)] 같은 무법자를 그냥 두고 볼 수가 없었다. 우리는 서로 눈길을 주고받은 뒤, 누가 먼저랄 것 없이 숲길을 이용해 낭인을 앞질러 갔다. 그러고는 길가 숲속에 숨어 그놈들이 다가오길 기다렸다. 그때 마침 저만큼에서 나무

를 실은 소달구지가 오는 것을 보고 친구와 나는 주먹보다 더 큰 돌멩이 하나씩을 주워들고 소달구지 뒤에 바짝 붙어 숨어서 걸었다. 우리는 그놈들을 스치는 순간 한 놈씩 급습해 처단하기로 했다. 이윽고 놈들과 교차하는 순간, 우리는 놈들의 뒤통수를 사정없이 돌멩이로 내려쳤다. 우리의 계획은 적중했다. 예상도 못 했던 놈들은 속절없이 꼬꾸라졌고, 우리는 엎어진 놈들의 칼을 뽑아 가슴팍을 한 번 더 푹 쑤셨다. 꿈틀거리는 놈들의 머리와 입에서 붉은 핏물이 울컥울컥 솟아나는 것을 보고 우리는 억울하게 칼을 맞고 죽은 세 조선사람에 대한 복수의 통쾌함을 느꼈다. 그런데, 도망치면서 신문에 난 기사를 보니까 술집 작부가 먼저 유혹을 했고, 패싸움 중에 일어난 정당한 칼부림처럼 기사가 났더라! 정말 조선사람 기자 중에도 더러운 기자 놈이 있다는 걸 그때 알았다! 친구는 나와 헤어져 연해주로 도망쳤는데, 지금 어떻게 됐는지 모르겠다."

한준서로부터 선죽교 일본인 낭인 검객 살인사건과 복수 이야기를 자세히 들은 김 중위는 몹시 놀랐다.

"정말 대단한 용기다! 죽음을 불사하지 않고는 감히 달려들지 못했을 텐데! 그럼 해방이 된 뒤엔 왜 고향에 돌아가지 않았나?"

"사람의 운명은 아무도 모른다. 그때 지리산에 숨어들어온 순간, 난 이미 여기서 떠날 수 없는 운명의 덫에 걸려들고 말았다."

일본인 두 무사를 돌멩이로 쳐 죽인 준서와 칠용은 재빨리 현장을 벗어났다. 집에서 피 묻은 옷을 바꿔 입고 변장을 한 뒤 간단한 짐을 챙겨 바로 송악산으로 숨어들었다. 두 사람은 산속에서 휴식을 취하다 야음을 틈타 남쪽으로 행군을 시작했다. 가능하면 빨리 사건 현장에서 멀리 벗어나야만 했다. 사흘 만에 임진강을 건넜고, 닷새 만에 북한산 밑 고양에 도착했다. 그날은 아침부터 종일 비가 내렸다. 두 사람에게 폭우는 천재일우의 기회였다. 한밤 빗속을 뚫고 도봉산 아리랑고개를 넘었다. 경성 길목에 있는 의정부 검문소는 옆 논두렁 밑을 기어서 피했다. 새벽녘 불암산 기슭에 숨어들때까지 단 한 번도 검문을 받지 않았다. 모두 밤새 쏟아진 폭우 덕분이었다. 두 사람은 경성 도심을 피해 동쪽 변두리 용마산을 타고 내려와 청계천 하류 강냉이밭에 숨어드는 데 성공했다. 사건 일주일 만이었다.

"개새끼들! 생각할수록 통쾌해 죽겠네! 순진한 시골 마을 사람들이 무슨 죄가 있다고 멋대로 칼질을 해? 그리고 뭐? 여자가 먼저 유혹을 했다고? 개같은 기자 놈들!"

수수깡 틈으로 바깥 동정을 살피던 칠용이 새삼 분개해 소리를 질렀다.

"지금 그런 거 생각하고 있을 때가 아니다! 어서 서둘러!"

보따리를 챙겨 든 준서가 칠용의 어깻죽지를 낚아채며 재촉했다. 두 사람은 가마때기 거적문을 밀고 밖으로 기어 나왔다. 청계천 하류 진창의 악취가 서늘한 새벽공기와 범벅되어 코를 후볐다. 저만큼에서 한강이 희번들하게 흐르고 있었다. 상류 쪽 멀찍이 그물질하는 어부 모습이 여명 속에 실루엣으로 어른거렸다.

"일단 강부터 건너자!"

준서가 작은 목소리로 말했다. 두 사람은 각자 보따리를 머리에 이고 물속으로 들어갔다. 4월 하순이라지만 새벽 강물은 소름이 돋을 만큼 차가웠다.

"서둘지 말고 천천히 움직여! 자칫 저 어부 눈에 띄면 위험하니까."

준서가 소곤거리듯 주의를 시켰다. 두 사람은 무릎을 굽힌 채 머리만 내놓고 천천히 앞으로 걸어나갔다. 그러나 곧 수심이 깊어지면서 몸이 저절로 떠올랐다. 준서는 그래도 침착하게 두 발을 놀려 몸의 균형을 잡고 계속 앞으로 나아갔지만, 칠용은 두 손을 허우적거리며 물소리를 내기 시작했다. 준서가 황급히 칠용을 껴안고 한 손으로 헤엄을 쳐 간신히 남쪽 강기슭에 도착했다. 수풀 속에서 서둘러 옷을 입은 준서가 그때까지 숨을 헐떡이고 있는 칠용의 손을 잡았다.

"여기서 헤어지자."

"왜, 같이 안 가고?"

"안 돼! 같이 다니다간 둘 다 위험해! 한 사람이라도 살아남아야지!"

"그러지 말고 이왕 이렇게 된 거, 정애가 있는 연해주로 같이 가자. 거긴 일본 놈들도 우릴 어떻게 못 할 테니까!"

"우기지 말고 내 말 들어! 넌 여기서 잠시 쉰 뒤, 저 어부가 들어가면 상류 쪽으로 좀 더 올라가. 그리고 송팟길로 해서 남한산성 골짝에 숨어 있다가 적당한 기회를 봐서 양평 홍천을 거쳐 설악으로 가. 거기까지만 가면, 금강산 구경꾼들 틈에 섞여 홍남을 거쳐 쉽게 두만강을 건널 수 있을 거다."

"넌?"

"난 반대로 남쪽으로 갈 생각이다. 서둘러야 추적을 벗어날 수 있다! 나 먼저 가마!"

준서가 미련 없이 돌아섰다. 칠용이 벌떡 일어나 준서의 소매를 끌어당겼다.

"그럼 몸조심해라! 끝까지 살아서 우리 다시 만나자!"

"그래! 끝까지 살아남자!

두 사람은 서로를 힘껏 껴안은 뒤 준서가 먼저 새벽 안갯속으로 사라졌다.

칠용과 헤어진 준서는 한강 남쪽 기슭을 따라 노량진 쪽으로 한참 걷다가 관악산 기슭에서 왼편으로 꺾어 남태령을 넘었다. 그러고는 과천과 인덕

원을 지나 수원 부근까지 오는 데 한 달 걸렸다. 낮에는 되도록 사람들 눈에 띄지 않는 곳에 숨어 지내고 밤에만 샛길을 이용해 걸었기 때문이었다. 또 식량을 조달하기 위해 외진 시골 마을에서 한참 동안 들일을 해야 할 때도 있었다. 그렇게 잠행한 끝에 준서는 무주, 장수를 거쳐 가을이 끝나갈 즈음 지리산 북쪽 백무동으로 숨어드는 데 성공했다. 하지만 준서는 그곳이 응달이라 곧 다가올 겨울을 나기에는 어렵다고 판단했다. 그래서 양지를 찾아 천왕봉을 넘었다. 높은 곳에 숨을수록 안전하긴 하겠지만 그만큼 또 식수 구하기가 어려웠다. 준서는 다시 중봉을 거쳐 써리봉을 타다가 남쪽으로 방향을 틀어 길게 뻗은 능선을 내려와 8부 능선쯤에 아지트를 마련했다. 관목 덤불 속에 엇비슷하게 걸쳐진 바위를 이용해 움막을 만들었다. 식수를 구할 수 있는 골짝 개울까지 오르내리는데 반 시간 남짓 걸리는 위치였다. 능선 끄트머리 평지에 내원사라는 큰 절이 있는 것을 준서는 처음에는 몰랐다.

지리산 겨울은 매서웠다. 준서는 밤마다 추위와 싸워야 했다. 연기 때문에 불도 마음대로 피울 수 없었다. 낮에는 그런대로 양지쪽에 웅크리고 앉아 몸을 덥히고, 밤에는 돌을 달구어 품에 안고 잤다. 입산하기 전 함양에서 날품으로 구해온 양식은 최대한 아껴야 했기 때문에 배불리 먹을 수도 없었다. 가능한 몸을 덜 움직여 체력소모를 줄였다. 하지만 아무리 애를 써도 시나브로 체력은 약해졌고, 그럴수록 추위는 더 탔다. 그렇게 쇼와 18년 겨울을 어렵게 넘기고 쇼와 19년 봄을 맞았다. 추위는 한결 풀렸지만 이제 식량이 걱정이었다. 입산 때 간신히 준비해온 식량이 겨울을 넘기며 바닥을 드러냈기 때문이었다. 준서는 식량이 완전히 떨어지기 전에 양식을 보충하기 위해 사냥이라도 해볼 요량으로 준비를 서둘렀다. 이제 막 자라나는 가느다란 청올치로 올가미를 몇 개 만들어 토끼가 다닐만한 길목을 찾아 나섰다.

그러나 험준한 지형 탓에 덫을 놓을 만한 자리를 찾기가 쉽지 않았다. 그렇다고 아무 데나 덫을 놓을 수도 없었다. 토끼는 자기가 늘 다니는 길을 벗어나는 경우가 거의 없었다. 한참을 헤맨 끝에 바위너설 가장자리에서 토끼굴을 발견했다. 반질반질한 바닥에 부드러운 털이 얼기설기 흩어져 있는 것으로 보아 토끼가 사는 게 분명했다. 입구에 올가미만 설치하면 포획은 확실할 것 같았다. 하지만 굴 입구에는 올가미를 묶을 만한 나무가 없었다. 준서는 할 수 없이 토끼가 다니는 흔적을 더듬어 가며 올가미 묶을 곳을 찾았다. 그러다 바위틈에서 낭창하게 가지를 늘어뜨리고 선 자그마한 소나무를 발견했다. 올가미를 묶기에는 쉽지 않아 보였지만 토끼가 다른 곳으로 빠져나갈 수 없는 외길이라 덫을 놓기에는 더없이 좋은 자리였다. 준서는 소나무를 향해 반쯤 기다시피 해서 다가갔다. 그러고는 간신히 나뭇가지에 올가미를 묶고 막 돌아 나오는데 저 멀리 골짝 아래서 가느다란 연기가 피어오르고 있는 모습이 눈에 띄었다.

'이런 깊은 산중에 웬 연기지? 산불 났나?'

준서는 호기심이 생겼다. 몸을 엎드린 채 한참 동안 연기를 관찰했다. 연기는 한 지점에서 일정한 양으로 계속 피어올랐다. 산불이나 누가 일시적으로 작은 물체를 태우는 연기가 아니었다. 하늘로 피어오르는 연기 줄기로 보아 적어도 굴뚝같은 장치가 있는 곳에서 장시간 태우는 것이 틀림없었다.

'저렇게 대놓고 연기를 피우는 걸 봐서는 숨어 사는 사람은 아닌 것 같은데, 누가 무엇을 저렇게 계속 태울까? 일본 사람들이 이런 깊은 산골짝까지 들어와서 지낼 턱도 없고….'

그렇다면 화전민일 가능성이 제일 컸다. 만약 화전민이라면 잘 사귀어두면 앞으로 도움받을 일이 있을 것 같았다. 하지만 산등성이 위로 피어오르는 연기만 보일 뿐, 연기의 발원지는 보이지 않아 확실한 것은 알 수가 없었다. 준서는 내일 산골짝이 잘 보이는 건너편 능선으로 가서 연기 발원지를 확인해보기로 했다.

'하지만 경거망동해서는 절대 안 된다.'

그는 자신도 모르게 몸을 움츠렸다. 지금도 누군가가 자신을 지켜보고 있을지 모른다는 생각이 들었다.

다음날 준서는 아지트를 나와 산등성이로 올라갔다. 조금이라도 높은 곳으로 가야 골짝을 더 잘 관찰할 수 있을 것 같았다. 9부 능선쯤에서 그는 서쪽으로 방향을 틀어 건너편으로 향했다. 예상대로 건너편 능선에서는 산골짝이 멀리까지 훤히 내려다보였다. 연기는 피어나지 않았다. 그러나 조그만 흙집이 눈에 보이고 그 옆에 큰 무덤처럼 생긴 흙무더기가 세 개 보였다. 그리고 흙무더기 위에는 뭔가 탑처럼 보이는 것이 얹혀 있었다. 준서는 그것들이 도대체 뭔지 감을 잡을 수 없었다. 그는 나무 그늘에 숨어 앉아 한참 동안 지켜보았다. 한 시간 정도 지났을 무렵 흙집에서 한 남자가 나와 가운데 있는 흙무더기 안으로 들어갔다. 잠시 뒤 흙무더기 위에 있는 탑 같은 곳에서 연기가 피어올랐다. 어제 본 그런 연기였다.

'저기서 뭘 하지?'

준서는 내심 궁금해 견딜 수가 없었다. 더 가까이 내려가 보기로 했다. 준서는 왔던 길을 되돌아와 올가미 쳐둔 곳을 먼저 살펴보았다. 올가미가 조금 헝클어져 있을 뿐 토끼는 없었다. 올가미를 바로 해놓은 뒤 준서는 천천히 골짝으로 더듬어 내려가기 시작했다. 자신의 행동이 위험천만하다는 생각이 들어 그만두고 싶었지만, 또 한편으로는 요행이 좋은 사람을 만날지도 모른다는 생각도 들어 용기를 냈다.

준서는 집 가까이 도착해 몸을 숨기고 한참 동안 살펴보았지만 별다른 위험을 느낄 수 없었다. 준서는 주위를 한 번 더 살펴본 뒤 조심스럽게 마당으로 들어섰다. 그때 흙마루 돗자리에 누워있던 사람이 기척을 듣고 벌떡 일어나 앉았다. 얼른 보기에도 아까 산등성이에서 본 그 사내는 아니었다. 준서는 예상 못 한 사람에 약간 놀랐다. 재빨리 사내를 살펴보았다. 차림새를 보아서는 평범한 약초꾼 같았다. 준서는 별생각 없이 앞으로 다가갔다. 그런데 사내가 별안간 허리춤에서 권총을 불쑥 빼 들며 일본말로 외쳤다.

"당신, 누구야?"

"나, 나는….."

갑자기 벌어진 일에 당황한 준서는 얼른 대답을 못 하고 더듬거렸다. 사내가 권총으로 준서를 겨누며 이번에는 조선말로 말했다.

"처음 보는 놈이군! 수상해! 잡아서 조사해봐야겠어!"

사내가 재빨리 다가와서 준서의 멱살을 움켜잡았다.

"왜 이러시오? 나는, 나는 그냥 토끼 잡으러 온 사냥꾼이요! 이 총 좀 치워요!"

"뭐, 사냥꾼? 야, 이 새끼야, 내가 바본 줄 알아? 나를 뭐로 보고 속이려 들어? 응? 딱 보니까 넌 입영 기피자가 분명해! 일단 주재소로 가자! 주리를 틀어도 그딴 사냥꾼 소리를 하는지 보자!"

사내가 주위를 두리번거리다 마당 구석에 있는 새끼 다발을 발견하고는 준서의 등을 확 떠밀어다.

"가서 저 새끼줄 가져와! 어디, 도망가기만 해봐라! 바로 쏴 죽여 버릴 테니까!"

준서는 그 순간 상대가 일본 헌병이거나 조선인 헌병 앞잡이라고 판단했다. 말투로 봐서 그냥 말로 끝낼 놈도 아니었다. 이대로 잡혀가면 끝장이라는 위기감을 느꼈다.

'도망쳐야 한다! 그러기 위해서는 상대를 방심하게 만들어야 한다!'

"그래, 좋소! 주재소가 아니라 헌병대라도 따라갈 테니, 내 말이 거짓말인지 어디 한번 가서 따져봅시다!"

준서가 태연히 말하며 새끼줄을 가져와서 두 손을 앞으로 내밀었다. 준서의 당당한 말과 태도에 사내가 안심한 듯 권총을 허리춤에 꽂고 새끼줄을 받아 준서를 묶으려고 했다. 그 순간 준서는 있는 힘을 다해 사내의 가슴을 확 밀쳐 넘어뜨렸다. 그러고는 허리를 바짝 굽히고는 잽싸게 집 뒤란으로 휙 돌아가 도망치기 시작했다. 넘어졌던 사내가 금방 일어나 급하게 쫓아오며 외쳤다.

"이 새끼! 거기 안 서? 안 서면 정말 쏴버린다!"

준서는 나무들을 엄폐 삼아 필사적으로 도망쳤다. 그러나 산비탈을 뛰어 도망치기는 쉬운 일이 아니었다. 얼마 안 뛰어 가슴이 터져버릴 듯 숨이 가빴다. 준서는 다급했다. 이대로 가다가는 곧 잡힐 것만 같았다. 설령 잡히지 않더라도 쫓아오는 놈이 지치면 그냥 총을 쏠 것이 분명했다. 준서는 어떡하든 쫓아오는 놈의 시야에서 빨리 비켜나야 한다고 생각했다. 그때 눈앞에 커다란 바위가 보였다. 준서는 더 생각할 겨를이 없었다. 바위 뒤로 숨기 위해 마지막 힘을 다해 펄쩍 뛰는데, 땅! 하는 총소리와 함께 오른쪽 다리가 떨어져 나가는 듯한 통증을 느꼈다. 준서는 순식간에 바위 너머로 굴러떨어졌다.

시간이 얼마나 흘렀을까, 한참 만에 준서는 어렴풋이 정신을 차렸다. 그래도 처음 얼마간은 쓰러진 그 자리에서 꼼짝할 수가 없었다. 정신마저 혼미해 어디를 어떻게 다쳤는지도 짐작이 안 갔다. 시간이 지날수록 몸이 조금씩 풀리며 정신도 완전히 돌아왔다. 하지만 준서는 꼼짝하지 않고 그대로 누워 죽은 척하며 뒤쫓아 오던 놈의 행방을 살폈다. 그러나 그냥 돌아갔는지 기척도 없고 눈에 띄지도 않았다. 준서는 비로소 상반신을 일으키고 앉아 상처를 살펴보았다. 총알이 오른쪽 무릎 바로 위를 스치고 지나간 듯했다. 옷 사이로 피가 흔곤하게 흐르고 있었다. 그리고 발목뼈가 부러져 살갗을 뚫고 나와 있었다. 발목은 굴러떨어지면서 부러진 게 분명했다. 발목이 순식간에 퉁퉁 부어오르며 욱신거렸다. 준서는 먼저 옷자락을 찢어 허벅지를 꽉 졸라매 과다 출혈부터 막았다. 종일 아무것도 먹지 않아 허기진 데다 떨어지면서 충격을 받아 그런지 정신이 자꾸 가물거렸다. 해는 뉘엿뉘엿 저물어가고 기온은 갈수록 떨어져 몸은 점차 식어갔다. 준서는 하는 수 없이 다시 반듯이 누웠다. 노을로 불그스름해진 하늘이 눈썹 사이로 아련히 올려다보였다. 문득 '아, 내 인생이 여기서 이렇게 끝나는구나!' 하는 생각이 머리를 스쳤다. 고향에 계신 부모님을 생각하자 참으로 기막히고 슬펐다. 그런데 그때 구세주가 나타났다. 누더기를 걸친, 온몸에 때꼽이 졸졸 흐르는 어린 사내 녀석이었다. 준서는 반가우면서도 한편으로는 녀석의 신분을 몰라 두렵기도 했다. 그래서 그냥 멍하게 쳐다보고 있는데 녀석이 살금살금 다가오더니 피투성이가 된 다리를 보고는 그만 놀라 도망을 쳤다. 준서는 겨우 정신을 차리고 '도와줘! 제발 나 좀 도와줘!' 소리쳤지만 녀석은 뒤도 돌아보지 않고 달아나버렸다. 그 순간 준서는 자신이 발각되어 위험해졌다는 생각이 들었다. 준서는 엉덩이를 질질 끌어 숨을 곳을 찾았다. 한참을 기어 다닌 뒤 겨우 바위틈서리를 발견하고는 몸을 숨겼다. 준서는 모든 걸 하늘에 맡기고 밤을 거기서 보내기로 작정했다. 체온을 유지하기 위해 최대한 몸을 웅크린 채 바위에 기대 눈을 감았다.

산그늘이 골짝을 덮어 어둑어둑해질 즈음 준서는 인기척에 놀라 눈을 떴다. 준서는 잔뜩 긴장해 주위를 살폈다. 잠시 뒤, 준서가 처음 쓰러졌던 자리에 아까 그 녀석이 다시 나타났다. 준서는 숨을 죽이고 녀석의 동태를 살폈다. 녀석은 손에 뭔가를 들고 있었는데, 누굴 데리고 온 것 같지는 않았다. 그래서 준서는 '으흠' 하고 기척을 해 자신이 있는 곳을 알렸다. 그러자 녀석이 준서를 발견하고는 조심조심 다가와 손에 들고 있던 걸 앞으로 휙 던졌다. 그 순간, 군고구마 냄새가 코를 확 찔렀다. 준서는 고구마 냄새를 맡는 순간 자신도 모르게 몸을 벌떡 일으켰으나 곧바로 비명을 지르며 다시 쓰러졌다. 그러자 녀석이 다가와 보따리에서 고구마를 꺼내 준서한테 내밀었다. 준서는 얼른 고구마를 낚아채 한입에 덥석 베어 물었다. 그런 준서를 보고 녀석이 흰 이를 드러내며 배시시 웃었다. 그런데 그 웃는 모습이 어찌나 순박하고 귀엽던지 준서는 자신의 처지도 잊은 채 녀석의 머리라도 쓰다듬어주고 싶었다. 그러나 녀석은 딱 준서 손이 닿지 않을 만한 곳에 쭈그리고 앉은 채 더 다가오지 않았다.

고구마 두 개를 순식간에 먹어치운 준서는 그때야 상처를 어떻게 해야 한다고 생각했다.

"얘, 그 박수건 좀 빌려주지 않을래?"

그러자 녀석이 아무 말 없이 나머지 고구마를 꺼내놓고 수건을 휙 던졌다. 준서는 박수건을 이빨로 찢어 허벅지가 무지근해질 정도로 한 번 더 꽉 묶었다. 어떻게 해서든 피를 덜 나게 해야만 했다. 그리고 나머지 하나로 발목뼈 상처를 칭칭 감아 꽉 졸라맸다. 준서가 그런 작업을 하는 동안 녀석은 눈살을 찌푸린 채 쳐다보고 있었다. 이제 준서는 어서 자신의 거처로 가 응급조처를 해야 했다. 준서는 옆에 있는 나무를 붙잡고 겨우 일어섰다. 그리고 몇 걸음 떼어 봤으나 지팡이 없이는 불가능했다. 준서는 다시 주저앉을 수밖에 없었다. 피는 어느 정도 멈춘 것 같았지만 발목이 종아리만 하게 부어올랐다. 준서는 할 수 없이 녀석에게 다시 도움을 청했다.

"애, 짚을만한 작대기 하나 찾아봐 줄래?"

준서의 말이 떨어지기가 무섭게 녀석은 후닥닥 일어나 어디론가 달려갔다. 준서는 속으로 녀석이 벙어리라고 생각했다. 그러지 않고서야 여태까지 말 한마디 안 할 수 없기 때문이었다. 준서는 또 녀석이 왜놈 앞잡이는 아니라고 확신했다. 이 부근 어디에 있는 화전민의 아들일 거라고 믿었다.

'저 아인 괜찮겠다. 하지만 내 거처까지 드러내서는 안 돼.'

준서가 이런저런 생각에 빠져 있는데 녀석이 정말 제대로 된 목발을 가지고 왔다. 겨드랑 받침대까지 있는 것으로 보아 누군가가 준서처럼 다리를 다쳐서 사용했던 게 분명했다. 준서는 지팡이를 받아들고 물었다.

"이것 어디서 났지? 누가 쓰던 거니?"

그러나 녀석은 아무 말을 안 하고 말똥말똥 쳐다만 봤다.

"암튼 고맙다. 내가 좀 쓰고 나중에 돌려줄게."

준서는 지팡이를 짚고 일어섰다. 그리고 몇 발짝을 걸어봤다. 한 발짝 절뚝거릴 때마다 다리가 통째 떨어져 나가는 듯했다. 그래도 어쩔 수 없었다. 준서는 나머지 고구마를 주머니에 챙겨 넣고 녀석에게 마지막 인사를 했다.

"애, 정말 고맙다. 오늘 도움 잊지 않으마. 또 보자!"

그러고는 자신의 거처가 있는 반대쪽으로 걷기 시작했다. 녀석을 따돌려놓은 뒤 거처로 돌아갈 심산이었다. 그런데 자신의 판단이 틀렸다는 걸 이내 깨달았다. 비탈진 산길을 목발로 걷는다는 건 애당초 불가능한 일이었다. 더구나 바위와 넝쿨들이 어지럽게 엉켜있는 곳을 한 발로 껑충거리고 걷기란 여간 힘 드는 일이 아니었다. 준서가 껑껑거리며 한참을 가다가 문득 뒤를 돌아보니 녀석이 멀찍이서 뒤따라오고 있었다. 준서는 그만 도망치는 걸 포기하고 그 자리에 털썩 주저앉고 말았다. 그러자 녀석이 다가와 준서의 옷소매를 잡아끌었다. 준서는 녀석의 행동에 멈칫했다. 지금까지는 늘 손이 닿지 않는 곳에서 쳐다만 보고 있던 녀석이었기 때문이었다. 준서는 일단 녀석이 끄는 대로 따라갔다. 골짜기를 향해 조금 내려가더니 옆으로 비스듬히 산등성이를 향해 오르기 시작했다. 녀석은 준서를 위해 편편한 곳을 골라 가는 게 분명했다. 준서는 땟물이 줄줄 흐르는 녀석의 머리카락 냄새를 맡지 않기 위해 고개를 한껏 옆으로 젖힌 채 쩔뚝이며 따라갔다. 반 시간쯤 가더니 녀석이 앞쪽을 가리켰다. 나뭇가지 사이로 쳐다보니 바로 눈앞에 아담하게 만들어진 움막이 보였다. 시옷 자로 맞선 커다란 바위틈에 갈대를 이어 비가 안 새게 지붕을 얹은 석굴 움막이었다. 녀석은 준서를 거기까지 데려다주고는 뒷걸음질로 슬금슬금 물러나더니 예의 그 순진한 미소를 보이고는 어디론가 뛰어 가버렸다. 준서는 한참 동안 어떻게 해야 할지를 몰라 멍하게 서 있었다. 그러다 이윽고 정신을 차리고는 녀석을 끝까지 믿어 보기로 했다. 준서는 일단 그 석굴 같은 곳으로 들어가 보았다. 안은 밖에서 보기와 달리 아늑하게 잘 꾸며져 있었다. 옹색하지만, 그런대로 한두 사람은 거처할 만했다. 간단한 이부자리도 있고 먹을거리로 삶은 옥수수도 여러 개 있었다. 하지만 약간의 그런 안도감이 오히려 준서를 더 버티지 못하고 그냥 쓰러져 버리게 했다.

한동안 혼절해있던 준서는 갑자기 몰려오는 통증에 눈을 번쩍 떴다. 웬 남자가 자신의 다리를 만지고 있다가 멈칫 놀라며 뒤로 물러섰다. 준서도 놀라 윗몸을 벌떡 일으키며 소리쳤다.

"누, 누구세요?"

남자 옆에서 호롱불을 들고 있던 여자가 박박 얽은 얼굴을 준서 앞으로 쓱 내밀며 무뚝뚝하게 내뱉었다.

"가만히 있으소! 이대로 놔두면 다리 다 썩어버리니까!"

그러고는 우악스럽게 달려들어 준서의 바짓가랑이를 벗기기 시작했다. 준서는 몸을 피하고 싶었지만 꼼짝할 수가 없었다. 다리가 남의 다리처럼 말을 듣지 않았다. 뒤에 물러서 있던 남자까지 가세해 준서의 바지를 벗겼다. 그러고는 총알 상처에 흰 가루약을 듬뿍 뿌리고 천 조각으로 칭칭 감았다. 또 부러진 발목뼈를 꾹꾹 눌러서 살 속에 집어넣고는 불그스름한 반죽을 떡처럼 처바르고는 역시 보자기로 칭칭 감쌌다. 얼음 같은 찬기가 발목 상처를 통해 전해지는가 싶더니 이내 바늘처럼 찔러대기 시작했다. 준서는 그때까지 이를 악물고 고통을 참았다. 하지만 자신도 모르게 얼굴은 한껏 찡그려졌고 이빨 사이로 신음이 새 나왔다. 옆에서 쳐다보고 있던 그 사내 녀석이 따라 얼굴을 찡그렸다. 남자가 녀석 손에 들린 나무막대기를 받아 발목에서 허벅지까지 길게 부목으로 대고 청올치로 허벅지까지 칭칭 감아 맸다. 그러고는 혼잣말로 중얼거렸다.

"이래 놓고 한 보름 지내보면 죽든지 살든지, 판가름 나겠지! 그나마 절에서 얻어다 놓은 양약이 있었기 망정이지! 살아나면 다 부처님 뜻이라는 걸 아소! 그건 그렇고, 당신 도대체 머하는 사람이요?"

준서는 잠시 망설이다 우물쭈물 둘러댔다.

"사, 사냥꾼이요. 토끼 잡으러 왔다가, 그, 그만 길을 잃어버려서….'

"참, 별사람 다 보겠네! 맨몸으로 요런 데까지 토끼 잡으러 오다니!"

"그래도 고놈 만나서 안 죽고 이리 살아난 게 천만다행이요!"

얼굴 얽은 아낙이 남자가 묶어놓은 청올치를 다독이며 말했다.

"저한테 총 쏜 놈이 누군지 아세요?"

"고야마라는 왜놈 순사 아니요! 독사보다 더 독한 놈이지! 앞으로는 여기서 꼼짝도 하지 마소. 고놈한테 또 들키면 도와준 우리도 다 죽으니까! 지난 여름 일 생각하면 지금도 가슴이 벌떡대는구면!"

"무슨 일이 있었는데요?"

"우리 딸 낭구가 목욕하는 걸 그놈이 몰래 보고는 물속에 뛰어들어 우리 딸을 덮쳤다, 아니요! 우리 딸이 얼마나 놀랐던지 옷도 못 입고 홀딱 벗은 채 산속으로 도망쳐서 하룻밤을 꼬빡 숨어서 샜는데, 온몸이 가시넝쿨에 긁히고 찔리고 반 죽다 살아났답니다. 그때부터 집에 못 있고 여기 이 바위틈에 이렇게 움막을 지어 놓고 혼자 숨어 산다, 아닙니까. 그러니 당신도 살고 싶으면 함부로 나다니지 말고 죽었다, 하고 여기서 다 나을 때까지 엎드리고 있으소! 숯가마 옆에 얼씬거리지도 말고!"

준서는 아낙의 말에 속으로 놀랐다. 하는 짓을 보고 대충 짐작은 했지만, 그렇게 못된 놈일 줄은 몰랐다. 아무한테나 무대포로 총을 쏘는 걸 봐서 정상적인 인간이 아니었다. 도쿄에서는 일본 순사나 헌병이 그렇게 막무가내로 총을 쏘지 않았다. 또 사낸 줄 알았던 녀석이 여자애라는 말에도 놀랐다.

"그 고야마라는 놈이 여기 자주 옵니까?"

"우리 솔낭구 잡으러 시도 때도 없이 온다 아니요."

남자가 곰방대에 담배를 재워 물고는 뒤에 서 있는 아이한테 말했다.

"그러니까 앞으로 솔낭구 네가 이 양반 단단히 지켜라!"

그러고는 할 일 다 했다는 듯이 여자를 데리고 그냥 가버렸다. 준서는 난감했다. 산에 숨어든 지 반년도 채 안 돼 왜놈 순사를 만나 죽을 고비를 넘기다니, 앞으로 일이 큰 걱정이었다. 그런 데다 이 사람들이 어떤 사람들인지 몰라 불안했다. 지금까지 이야기하는 것으로 봐서는 일본 순사 놈들 편은 아닌 게 분명해 보이지만, 그래도 자신이 살인사건 범인이라는 것을 알면 또 어떻게 마음이 변할지 모를 일이었다.

준서는 하루빨리 몸을 추슬러 여기를 벗어나 아지트로 몸을 숨겨야 한다고 생각했다. 하지만 다리 상처가 문제였다. 도대체 무슨 약을 발랐는지 아무도 말해주지 않아 불안한 데다, 이렇게 그냥 앉아서 그 사람들 말대로 한 보름을 무작정 버티고 있어도 괜찮을지 걱정이었다. 그렇다고 당장 어떻게 해 볼 방법이 있는 것은 아니었다. 모든 것을 운에 맡기는 수밖에 없다는 생각을 하며 준서는 몸을 뉘었다. 녀석이 부스럭거리는 소리를 내며 옆으로 다가와 아직 온기가 있는 삶은 고구마를 턱밑에 내밀었다. 준서는 힘없이 고개를 저었다. 손을 내밀 기운도 없었다. 점점 심해지는 무릎 통증과 엄습해오는 한기로 정신까지 혼미해졌다. 준서는 자신도 모르게 신음을 토했다. 녀석이 걱정스러운 눈빛으로 준서를 내려다봤다. 움막 안이 좁아 거의 몸이 닿을 정도인데도 녀석은 이제 피하지 않았다. 준서는 자신을 내려다보는 녀석의 맑은 눈을 올려다보며 깊은 잠속으로 다시 빠져들었다.

그날 이후로 준서는 봄이 다 가도록 오도 가도 못 하고 동굴 움막에 갇혀 지내고 있었다. 그동안 숯장수 내외와 솔낭구의 꾸준한 보살핌으로 준서의 상처는 많이 아물었다. 통증도 크게 완화되어 혼자 힘으로 자리에서 일어서서 방안을 쩔뚝거리며 몇 발짝 걸을 수도 있었다. 하지만 무릎과 발목이 어느 사이에 기형으로 변해있었다. 무릎은 완전히 뻗어지지 않았고, 발목도 바깥쪽으로 뒤틀려 있어 원하는 대로 발걸음을 옮길 수가 없었다. 준서는 뼈와 근육이 완전히 굳어버리기 전에 물리치료를 해야 한다는 걸 절실히 깨달았지만, 현실적으로 불가능했다.

준서는 솔낭구 식구에 대해서도 어느 정도 알게 되었다. 남자가 숯을 굽기 시작한 지는 20년이 넘었고, 십수 년 전에 장바닥에서 아이를 데리고 동냥하는 여자를 데리고 와 함께 살고 있었다. 남자는 그저 숯만 구워 내다 팔

줄 알았지 아무것도 모르는 숙맥이었고, 여자가 모든 걸 좌지우지했다. 젊었을 때부터 어린 딸을 데리고 시장바닥을 헤매고 다니며 보고들은 게 많아서 그런지, 눈치도 빠르고 남의 의중도 잘 알아차렸다. 처음에는 남자가 숯을 팔러 가서 곧잘 사람들한테 속아서 돈을 떼이기가 일쑤였다고 했다. 그런데 여자가 들어오고 나서부터는 그런 일이 두 번 다시 안 생겼다. 여자가 돈 떼먹은 남정네를 찾아가 여러 사람 앞에서 조목조목 따져 한 푼도 에누리 없이 다 받아낸 뒤부터 숯값 가지고 장난치는 사람이 없었다. 솔낭구도 동냥으로 살기에는 딸보다 아들이 수월해 어려서부터 남자아이로 키웠다고 했다. 여자아이는 원래 이름도 없었는데 남자가 솔가지를 뜻하는 솔낭구라고 이름을 지어주었다고 했다.

세 식구는 남자가 닷새마다 이십 리 길을 걸어 덕산 장에 숯을 내다 팔아 근근이 입에 풀칠하고 사는 형편이었다. 그들은 글을 모르는 것은 물론, 날짜도 모른 채 살아가고 있었다. 그저 봄 여름 가을 겨울 사시절 변화에 맞추어 숯만 굽고 내다 파는 일을 반복하고 있었다. 그렇다 보니 솔낭구의 나이가 몇인지, 남자도 여자도 정확히 몰랐다. 대충 스무 살 가까이 되었다고 했다.

솔낭구는 준서한테 날이 갈수록 살갑게 다가왔다. 부끄러움도 타지 않고 스스럼없이 준서의 상처를 어루만지며 약도 발라주고 물수건으로 얼굴도 닦아주었다. 준서도 그런 솔낭구가 동생처럼 느껴져 다정하게 대했다.

고야마는 수시로 숯가마 터에 들랑거리며 여전히 솔낭구를 탐할 기회를 엿보고 있었다. 솔낭구도 낮 동안은 준서와 함께 지내다가 밤이 되면 부모한테 내려가 자고, 새벽녘에 다시 움막으로 올라왔다. 준서의 상처는 그새 거의 다 아물어 통증은 완전히 없어졌지만, 오른쪽 다리가 어느새 불구로 굳어버려 걸을 때면 심하게 절뚝거리지 않고는 한 발짝도 뗄 수가 없었다.

준서는 솔낭구에게 글을 가르치기 시작했다. 종일 우두커니 누워있자니 마음만 심란했기 때문이었다.

"앞으로 나를 '선생님'이라고 불러라."

솔낭구가 키득키득 웃으며 '선생님, 선생님'하고 따라 했다.

처음에는 숯 조각으로 바위에 쓰기도 하고 나무꼬챙이로 땅바닥에 쓰면서 가르쳤다. 나중에는 숯장수 아저씨가 덕산 장에서 비싼 값으로 종이와 연필을 사 왔다. 준서의 뻗정다리는 여전히 정상으로 돌아올 기미를 보이지 않았다. 그러던 어느 날, 준서는 갑자기 심한 몸살을 앓았다. 처음에는 그냥 환절기 기후 탓이라고 생각했다. 하지만 하루가 지나자 고열과 함께 뼈를 깎듯 아픈 고통이 찾아왔다. 준서는 겁이 덜컥 났다. 상처를 아무렇게 취급해 감염으로 발생한 큰 병일 거라는 불안을 떨쳐버릴 수 없었다. 솔낭구가 물수건으로 얼굴과 팔다리를 계속 훔쳤지만 땀은 쉴 새 없이 흘렀다. 그런데도 한기가 뼛속까지 파고들고 몸은 천근만근 되어 손가락 하나 움직일 힘이 없었다. 이를 악물고 끙끙거리던 준서는 끝내 혼절하고 말았다.

준서가 다시 정신을 차린 것은 오랜 시간이 흐른 뒤였다. 자신이 누워있는 곳은 바위틈 움막이 아니었다. 다리를 뻗기도 힘들 정도로 좁은 공간인데다 사방이 흙으로 된 벽이었다. 높은 천장 꼭대기에서 엷은 빛이 희미하게 새어 들어오고 있었다. 준서는 우선 몸이 한결 가벼워진 것 같아 마음이 놓였다. 온몸이 땀에 젖어 있었지만, 정신은 맑았다. 갑자기 허기가 몰려왔다. 몸을 뒤척이는데 뭔가가 손에 걸렸다. 자세히 보니 미음 그릇이었다. 숟가락이 그대로 걸쳐져 있는 것으로 보아 누군가가 지금까지 자신에게 떠먹인 것 같았다. 준서는 순간적으로 콧등이 시큰해지며 가슴이 먹먹해졌다.

순박한 사람들을 몰래 의심했던 자신이 부끄러웠다. 그때 벽 한쪽 쪽문이 열리며 누가 들어왔다. 준서는 실내가 어둑해 그 사람을 잘 알아볼 수가 없었다. 자신이 지금까지 본 세 사람 중 누구도 아닌 것만은 확실했다. 갑자기 경계심이 일었다. 준서는 상체를 일으키며 물었다.

"누, 누구세요? 여기가 어, 어디지요?"

"…."

"당신 누구요?"

"…."

상대는 아무 말 않고 다가와 준서를 부축해서 문 앞에 있는 들것에 눕혔다. 그 순간 준서는 안도했다. 자신을 부축한 사람이 뜻밖에도 치마저고리 차림의 솔낭구였기 때문이었다. 늘 하고 다니던 바지저고리 남장 차림이 아니어서 얼른 알아보지 못한 것이다. 솔낭구가 들것을 끌고 가 커다란 나무 밑에 준서를 비스듬히 기대 앉혀주었다. 준서는 그때야 정신을 차리고 주위를 둘러보았다. 준서는 눈 앞에 펼쳐진 풍경에 정겨움을 느끼고 자신도 모르게 탄성을 질렀다.

"아! 정말 아름다운 풍광이군!"

쏟아지는 초여름 햇살을 받은 싱그러운 숲들이 고즈넉이 숨죽이고 있는 산골짝에, 굴뚝이 우스꽝스러운 흙집과 세 개의 숯가마가 띄엄띄엄 세워져 있었다. 그중 한 곳에서 지금 한창 연기가 피어오르고 있었는데, 산그늘을 헤쳐 하늘 높이 햇살 속으로 사라져가는 연기 모습이 높이 솟은 산봉우리들과 어울려 가히 환상적이었다.

준서는 지금까지 자신이 머물다 나온 곳이 세 개의 숯가마 중 한 곳이었다는 것을 알고는 묘한 기분이 들어 솔낭구를 돌아보고 물었다.

"숯가마 속이었네?"

솔낭구가 대답 대신 미소를 지으며 고개를 끄떡였다. 준서는 비로소 솔낭구를 찬찬히 쳐다보았다. 사내모습 때와 달리 얼굴을 깨끗하게 씻고 있어 해맑고 귀여운 얼굴이었다. 또 꾀죄죄한 바지와 적삼 대신 검정 치마에 흰 저고리를 입고 있어서 그런지 제법 성숙한 처녀티도 났다. 짧게 깎은 머리와 치마저고리 차림이 얼른 보기에 패션 스케치북 속의 이방인 같이 보였다.

"내가 저 속에서 얼마나 있었지?"

이번에도 솔낭구는 말로 하지 않고 대신 손가락을 세 개 펴 보였다.

"세 시간?"

솔낭구가 고개를 가로저었다.

"사흘?"

솔낭구가 고개를 끄떡였다. 준서는 깜짝 놀랐다. 자신이 사흘 동안이나 혼수상태에 빠져 있었다니, 생각만 해도 아찔했다.

준서는 그동안 아편에 취해 비몽사몽 지냈다. 처음 숯장수 내외가 준서의 다리 상처에 발라준 것도 생아편 반죽이었다. 준서가 통증으로 고통스러워할 때마다 생아편을 조금씩 먹였지만, 준서는 아편이라는 걸 까맣게 모르고 있었다.

"그럼 그동안 네가 쭉 나와 함께 있으면서 미음을 떠먹였니?"

"…."

그 순간 솔낭구가 얼굴을 붉히며 고개를 숙였다. 눈가에 부끄러운 웃음기가 번졌다 사라졌다.

'내가 혹시 나도 모르게 저 애를 괴롭힌 건 아닐까?'

준서는 자신 생각에 깜짝 놀라 고개를 저었다. 솔낭구를 조금이라도 귀찮게 했다면 자신은 천벌을 받아 싸다고 생각했다.

해가 지자 숯가마 주인 내외가 들것을 들어 준서를 바위 움막으로 데려다주었다. 준서는 자신의 목숨을 살려준 은인들에게 진심으로 감사했다.

"어떻게 이 은혜를 갚아야 할지, 두 분 어르신 정말 고맙습니다!"

"아직 모른다, 죽을랑가 살랑가! 요번 한기는 숯가마에 삶아서 겨우 면했다만 함만 더 고런 한기가 오면 그땐 그만 끝장이 날 테니까! 하기야 우리 솔낭구가 죽 떠먹이는 것도 모르고 사흘 동안 고렇게 죽어지내다가도 요리 깨나는 거 보면 명줄은 긴 거 같다만! 앞으로 오한 끼가 조금이라도 있다 싶으면 우리 솔낭구한테 후딱 이야기하소! 그럼 우리가 아까 그 숯가마에 데려다가 또 삶아 줄 테니까. 알았소?"

"예, 예! 정말 감사합니다. 아주머니!"

"그리고 앞으로 우리 솔낭구 괄시하지 마소. 당신 살린 은인이요!"

"예, 예. 명심하겠습니다."

"그럼 그만 쉬소!"

두 내외가 투박해도 정이 담긴 위로를 남기고 내려갔다. 여름 날씨에도 깊은 산속이라 그런지, 해만 떨어지면 으스스 추위가 몰려왔다. 잠시 뒤 솔낭구가 예의 그 남장 차림에 바구니를 들고 올라왔다. 바구니에는 보리밥 한 덩어리하고 삶은 고구마 두 개, 그리고 무김치 한 접시가 담겨 있었다. 준서가 허겁지겁 저녁을 먹는 사이 솔낭구는 군불을 지폈다. 얼마 지나지 않아 바위로 된 구들이 따끈따끈해졌다.

6

여름 따가운 햇볕이 조금씩 시들해질 즈음, 준서의 기력은 온전히 회복되었다. 그는 오랜만에 자신의 아지트에 가봐야겠다고 생각했다. 몇 달을 비워나 옷가지나 책들이 걱정되었다. 바위 움막에서 나와 자신의 아지트가 있는 위치를 가늠해보았다. 써리봉 밑으로 자신이 토끼 올가미를 놨던 바위가 멀찍이 올려다보였다. 솔낭구를 길잡이로 데려가고 싶었지만 낭구는 숯 팔러 가는 아버지를 따라 새벽같이 덕산 장에 가고 없었다.

준서는 산비탈을 걷기에는 턱없이 힘이 부쳤다. 반은 걷고 반은 기고 딩굴었다. 책 몇 권과 솔낭구 글자 가르치는 데 필요한 도구 몇 가지만 챙겨오는데도 하루해가 거의 다 갔다. 바위 움막 앞에서 기다리고 있던 숯장수 내외가 절뚝거리며 들어오는 준서를 보고 부리나케 달려와 준서를 붙잡고 울부짖었다. 아저씨는 입술이 퉁퉁 붓고 눈두덩이 꺼멓게 멍이 들어있었다.

"아이고, 선생님, 우리 낭구 좀 살려주소! 예? 제발 우리 낭구 좀 살려주소!"

준서는 숯장수 내외의 뜻밖 행동에 깜짝 놀랐다.

"아니, 무슨 일입니까? 낭구가 왜요?"

"이 일을 어쩌면 좋습니까? 우리, 우리 낭구가, 고야마 그 순사 놈한테, 그만 잡혀갔다, 아닙니까! 어서 좀 구해주소! 예? 선생님!"

"고야마한테? 어쩌다가요?"

"아이고, 장터 국밥집에서 밥을 먹고 있는데 지나가던 고야마가 우리 낭구를 보고는 다짜고짜 끌고 갔다, 아닙니까! 그러니 이 일을 어쩌면 좋습니까, 예?"

남자는 말을 하면서도 안절부절 몸을 가만히 있지 못했다. 퍼지고 앉아 울음을 꺽꺽 삼키던 여자가 치마폭을 감싸 코를 횡 풀고는 울부짖었다.

"여태 잘 숨어 있던 가시나가 선생님 보릿대모자 하나 사준다고 지 애비 따라 장에 가더니, 그만 이리 순사한테 잡혀버렸으니, 아이고, 아이고, 이 일을 어쩌면 좋을꼬! 우리 낭구한테 탈 생기면 나는 못 산다, 아이고, 아이고, 이 일을 어쩌면 좋을꼬! 으흐흑…"

여자는 말을 하다 말고 다시 눈물 콧물을 삼켜가며 울기 시작했다. 두 내외의 태도는 지금까지와 달리 매우 유약하고 절박했다. 준서는 자식을 걱정하는 부모 심정을 이해하고 비장감을 느꼈다. 하지만 솔낭구를 잡아간 사람이 다름 아닌 고야마라는 사실에 준서는 곤혹스러웠다. 준서는 일단 숯장수 내외를 동굴 움막 안으로 데리고 들어가 자리에 앉히고 진정부터 시켰다.

"제가 어떻게 해서든 낭구를 구해볼 테니 너무 걱정하지 마십시오."

"예, 예. 선생님만 믿으니, 제발 우리 낭구 좀 살려주소! 예?"

"우선은 이 일의 내막을 알 만한 사람을 찾아서 자세한 이야기를 들어보는 게 중요합니다. 그러니 아저씨, 그동안 장터에 다니면서 자주 만나 잘 알고 지내는 사람이 있으면 어디 말씀해보세요."

"아이고, 내 같은 숯쟁이야 맨날 장돌배기 상놈들만 만난다 아닙니까? 그러니 아까 우리 낭구가 잡혀가는 거 보고도 아무도 입도 뻥긋 못 했다, 아닙니까!"

"아저씨의 숯을 사는 사람은 주로 어떤 사람들입니까?"

"내 숯은 박사님 집에서 전부 다 도리로 사줍니다."

"박사님 집에서 전부 다? 무슨 박산데 숯을 그렇게나 많이 쓰지요? 혹시 그 사람 뭘 하는 사람인지 아셔요?"

"약촌가 뭔가 연구하는 사람이라던데, 잘은 몰라요! 몸 아픈 사람들이 와서 박사님, 박사님 하니까 그런 줄만 아는 거지…."

"아픈 사람들이 온다면, 약방을 하는 모양인데, 조선사람을 박사라고 부를 턱이 없고…."

"아니요, 아니요! 그 사람 조선사람 아니고 일본사람이오! 낭구 잡아간 고야마 순사도 그 집에서 몇 번 봤습니다."

"그래요? 그럼 당장 그 박사라는 사람을 한번 만나봐야겠습니다."

준서는 속으로 다행이다 싶었다. 박사라면 그래도 인격을 갖춘 지성인으로 사리 분별은 확실히 할 것 같았기 때문이었다. 준서는 떠날 준비를 서둘렀다. 낮에 무리해 산을 타서 그런지 허벅지가 결리고 전신이 욱신거렸지만, 그냥 앉아있을 수가 없었다. 그는 어떠한 대가를 치르더라도 낭구를 구해야 한다고 생각했다. 순진하고 힘없는 조선사람들이 아무 잘못도 없이 일본인한테 핍박받는 걸 그냥 구경만 하고 있을 수는 없었다. 자신의 신분이 탄로 나 위험해질 수도 있지만, 낭구와 이들 내외는 자신의 목숨을 살려준 구명 은인이었다.

준서는 물 한 바가지를 통 채로 마시고 지팡이를 짚고 자리에서 일어섰다. 그러자 남자가 얼른 달려가 커다란 숯 포대를 가지고 와 준서 앞에 놓으며 말했다.

"집도 절도 모르면서 혼자 어떻게 갈라고? 그리고, 그 다리로는 낼까지도 못 갈 거요! 자, 얼른 여 들어가소. 내가 지고 갈 테니!"

준서가 두말하지 않고 숯 포대에 들어앉자, 아낙이 무릎을 꿇고 두 손을 싹싹 빌며 고개를 연신 숙여댔다. 준서는 눈물범벅이 된 여자의 얼굴에서 고향 어머니를 떠올렸다.

"아주머니, 너무 염려하지 마셔요. 어떻게 해서든 낭구 꼭 데리고 오겠습니다!"

남자가 숯 포대를 덜렁 들어서 지게에 얹었다. 그러고는 부리나케 내달리기 시작했다.

습기를 잔뜩 머금은 산속 밤 기온은 그날따라 몹시 후텁지근했다. 내원사 앞에 이르렀을 때 달이 떠올랐다. 준서는 숯 포대 속에 웅크리고 앉아 솔낭구 구할 방법을 궁리했다. 하지만 당장은 뾰족한 수가 떠오르지 않았다. 우선은 그저 박사라는 사람의 인격에 호소해보는 수밖에 없을 것 같았다. 그 정도 학식 있는 사람이라면 적어도 자신의 이야기는 들어줄 것이고, 그렇다 보면 낭구를 구할 방법이 생길 것이라 믿었다. 밤길을 두 시간 가까이 걸은 뒤 덕산마을 입구에 도착했다. 남자가 걸음을 멈추고는 숨을 헐떡거리며 바지작대기로 저만치 불빛이 보이는 집을 가리켰다.

"저기 저 집이요."

"그럼 절 내려주시고 아저씬 여기서 기다리세요."

준서는 지게에서 내려 혼자 박사 집으로 갔다. 잠든 이웃 사람들이 깨지 않게 조심해서 걸었다. 박사가 거처하는 집은 마을 여느 집처럼 다 낡은 조선 초가집이었다. 특별히 경계하는 사람도 없는 듯했다. 준서는 골목 안에 있는 삽짝 대신 무너진 돌담 틈으로 힘들게 들어섰다. 불이 켜진 방 밑으로 다가가 주인을 막 부르려고 하는데 등을 뭔가가 쿡 찔렀다.

"꼼짝 말고 손 들엇!"

목소리는 나지막했지만 단호했다. 준서는 직감으로 자신의 등을 찌른 게 권총임을 알고 두 손을 번쩍 들었다. 지팡이가 덜그럭 소리를 내며 담벼락에 떨어졌다. 남자가 얼른 지팡이를 집어 들며 다시 말했다.

"뭣 하는 사람인데 한밤중에 남의 집을 몰래 침입하느냐?"

"저는 대포 마을에서 온 골절환잡니다. 박사님을 뵙고 치료방법을 상담하기 위해 왔습니다."

준서는 흥분하지 않고 일본말로 차분하게 말했다. 준서의 예의 바른말에 남자는 약간 놀라는 듯했다. 말투도 훨씬 부드러워졌다.

"이 늦은 시간에 말이요?"

"낮엔 박사님이 바쁘실 것 같아 부득이 이렇게 밤늦게 왔습니다. 죄송합니다."

"그래도 그렇지, 너무 늦었지 않소!"

"정말 죄송합니다. 한 번만 봐주십시오!"

"혼자 온 거요?"

"예. 혼자 왔습니다."

"정말 그런 발로 혼자 왔단 말이요?"

박사는 준서의 말이 믿기지 않는 듯 주위를 두리번거렸다. 준서는 끝까지 거짓말을 할 수가 없었다.

"저…, 사실은, 저기 동네 입구까지 누가 데려다줬습니다."

"그럼 그렇지. 어디 한번 봅시다."

박사가 권총을 주머니에 넣고 준서를 부축해 방으로 들어갔다.

방안은 많은 책으로 가득했다. 두 개의 양초가 사방 벽에 진열된 책을 비추며 환하게 타고 있었다. 그중에 맨 먼저 준서의 눈을 사로잡은 것은 와세다 대학 캠퍼스를 배경으로 찍은 사진이었다. 사각모를 쓴 젊은이를 가족들이 빙 둘러선, 졸업기념 사진이었다. 준서는 불과 2년 남짓 지난 학교 시절을 떠올리고 감회에 젖었다.

"그래, 다리는 어쩌다 다쳤소?"

구부정하게 서 있는 준서를 의자에 앉힌 뒤 다리를 내려다보며 남자가 물었다. 준서는 학교 시절의 감회에서 벗어나 단도직입적으로 말했다.

"박사님, 용서하십시오. 사실은 제 다리 때문에 온 게 아니고, 오늘 시장 바닥에서 죄 없이 잡혀간 조선 여자 때문에 부탁 좀 드리러 왔습니다!"

준서의 말에 남자가 흠칫 놀라며 허리를 곧추세웠다. 준서는 다시 고개를 숙였다.

"제발 부탁드립니다, 박사님!"

준서의 뻣정다리를 물끄러미 바라보고 있던 박사의 표정이 눈에 띄게 굳어졌다. 말투도 냉정하게 달라졌다.

"그런 일은 내 소관이 아니오. 그만 돌아가시오!"

그러고는 의자에서 벌떡 일어섰다. 준서도 얼른 따라 몸을 일으켰다. 그러나 준서는 급하게 일어서는 바람에 몸의 균형을 못 잡고 그만 휘청거렸다. 박사가 깜짝 놀라며 준서의 팔을 붙잡았다. 준서가 박사의 소맷자락을 붙잡고 급하게 말했다.

"저도 잘 압니다, 박사님! 박사님께서는 이런 일과 무관하다는 거! 하지만, 박사님 말고는 어디 하소연할 데가 없어서 찾아왔으니 제발 제 말씀 좀 들어주시기 바랍니다!"

준서의 품위 있는 말과 절박한 하소연에 박사의 표정이 조금 부드러워졌다. 그러나 그의 말은 여전히 냉정했다.

"도대체 누가 누굴 잡아갔단 말이요?"

"예. 박사님도 아시는 사람의 딸입니다."

"내가 아는 사람이라고? 누구지?"

"박사님한테 숯을 대주는 그 숯장수 딸이 헌병한테 잡혀갔습니다."

"아, 그 숯장수 영감? 참 양심적인 사람이지! 단 한 번도 물건을 속인 적이 없으니까! 하지만, 헌병한테 잡혀갔다면 그럴만한 이유가 있었을 것 아닌가! 내가 왈가왈부할 일이 아니네. 그만 돌아가게!"

박사가 벽에 세워져 있는 지팡이를 준서의 손에 잡혀주며 문 쪽으로 이끌었다. 준서는 여기서 포기하고 돌아서면 솔낭구를 영영 못 구한다는 생각이 들었다. 그는 마지막 결심을 했다. 박사의 손을 뿌리치고 의자에 털썩 주저앉으며 비장하게 말했다.

"박사님! 제가 대신 잡혀가겠습니다! 그 여자를 좀 구해주십시오!"

"억지 쓰지 말고 그만 돌아가게! 그런 게 어디 대신 할 수 있는 일인가? 죄가 있으면 대가를 치를 것이고, 죄가 없으면 풀려날 일이네!"

"박사님, 당돌한 말씀입니다만, 저는 이 일이 그렇게 법치로 이루어지지 않을 거라고 봅니다. 정말 박사님 말씀대로 될 거라면 처음부터 그런 식으로 막무가내 체포는 하지 않았을 거니까요!"

"무슨 말이요? 막무가내 체포라니!"

"왜 딸을 잡아가냐고 묻는 아버지한테 이유를 말해주기는커녕, 건방지다며 개 패듯이 몽둥이질을 하는데 어떻게 법대로 처리한다고 믿겠습니까?"

"아니, 그게 정말인가? 직접 봤소?"

"제가 직접 보진 않았습니다. 하지만 얼굴을 얻어맞아 피투성이가 된 숯장수 아저씨가 저기 있습니다. 그 사람이 저를 지게에 지고 마을 입구까지 데려다주었습니다.”

“제국 헌병이 그런 짓을 했다니, 믿을 수가 없군! 정말 그랬다면 고야마 그 못된 놈 짓이 틀림없을 거야!”

“맞습니다. 딸을 잡아간 사람이 고야마라는 헌병이라고 했습니다.”

“그럼 그렇지! 그놈은 제국 헌병이 아니고 미노루 헌병 조장 앞잡이 노릇을 하는 조선인 헌병보조원이네! 하지만 아무리 그렇다고 해도 잡혀간 사람을 다른 사람으로 바꿀 수는 없지 않은가?”

“맞습니다, 박사님. 그렇지만 저하고는 바꿀 수 있을 거라고 봅니다!”

“억지 부리지 말게. 봐하니 알 만한 사람 같은데!”

“박사님! 제가 한준섭입니다! 박사님도 아시지요? 작년 봄에 있었던 황해도 개성 집단살인사건! 그때 두 낭인 검객을 죽인 조선 청년 한준서가 바로 접니다!”

준서의 말에 박사가 깜짝 놀라며 벌떡 일어섰다. 준서는 계속 말했다.

“저는 지금 전국에 지명수배되어 있습니다! 숯장수 아저씨의 딸을 구해주시면 제가 자수하겠습니다. 이 조건이면 박사님께서 헌병대와 협상할 수 있지 않겠습니까?”

박사의 표정이 조금 전처럼 다시 굳어졌다. 준서는 불편한 다리를 뻗은 채 한쪽 무릎을 꿇고 머리를 조아렸다.

“저 사진을 보니 박사님도 와세다 인이시네요! 와세다 후배로서 다시 한번 선배님께 간곡히 부탁드립니다. 제발 제 구명 은인인 숯장수 내외의 딸 솔낭구를 구해주십시오!”

준서의 말에 박사가 멈칫하며 준서의 팔을 잡았다.

“자네 정말 와세다를 다녔는가?”

“네. 선배님. 졸업은 못 했지만…, 영미문학을 공부했습니다.”

"그랬겠지. 사건 뒤로 다시는 학교로 돌아갈 수 없었을 테니까. 자, 그만 일어나 앉게. 나는 나카무라 타다시라네. 기계공학을 전공했지."

"아, 예. 나카무라 선배님. 고맙습니다. 다시 한번 인사 올립니다."

준서는 어렵게 일어나 고개를 깊이 숙여 예를 차린 뒤 의자에 앉았다. 박사가 벽에 걸린 졸업사진과 준서의 얼굴을 번갈아 쳐다봤다. 그의 표정은 이제 굳어있지 않았다. 후배를 만나 기쁜 듯 목소리도 밝았다.

"당시 나는 그 사건을 라디오 뉴스로 듣고, 불의를 응징하는 방법이 비록 잘못되긴 했지만, 와세다 인의 기개만큼은 장하게 살아있다고 생각했지!"

"방법에 대해서는 저도 후회하고 있습니다."

"어째서?"

"결국, 눈에는 눈, 귀에는 귀라는 비민주적인 방법을 택한 셈이 되었으니까요."

"그렇게 생각하고 있으면 됐네. 그 이야긴 그만하고, 잡혀간 여자에 대해서는 내가 내일 알아보고 가능하면 힘을 한번 써보겠네."

"고맙습니다, 선배님. 낭구가 나오면 저는 바로 자수하겠습니다."

"굳이 그럴 필요는 없을 것 같네"

"…?"

"조만간 전쟁이 끝날 거 같으니까."

"예? 그게 정말입니까?"

준서는 박사의 말에 속으로 놀랐다.

"전세는 이미 미국 쪽으로 기울었네! 이 전쟁은 태평양을 누가 차지하느냐의 전쟁인데, 태평양의 군사요충지인 미드웨이와 과달콰날 등 모든 섬이 이미 미국 손에 다 들어갔는데 일본이 무슨 수로 버티겠나!"

"…!"

나카무라의 이야기를 듣고 준서는 속으로 뛸 듯이 기뻤다. 전쟁에 대해 어떤 정보도 들을 수 없었던 준서는 그동안 일본이 승승장구하는 줄로만 알고 있었는데 그게 아니었다니! 그러나 준서는 그런 감정을 겉으로 드러낼 수 없었다.

"오늘은 밤이 늦었으니 이만 돌아가고 모레 저녁쯤에 다시 와보게."

"고맙습니다, 선배님. 그럼 모레 다시 뵙겠습니다."

그 시각, 고야마는 장터 목로술집에서 혼자 막걸리를 마시고 있었다. 낮에 잡아 온 숯쟁이 딸을 생각하며 혼자 싱글벙글하고 있었다. 횡재가 따로 없었다. 몇 년 전, 사냥 나갔다 처음 보았을 때만 해도 온통 숯검정으로 칠갑한 어린애였다. 그런데 이태 전에 골짝에서 목욕하던 낭구는 이미 그때의 때꼽재기 아이가 아니었다. 어느새 여색이 풍만한 어엿한 처녀가 되어있었다. 비록 그때는 산속으로 도망치는 바람에 욕망을 채우는 데 실패했지만, 지금은 철창 안에서 꼼짝없이 자기 처분만 기다리고 있으니, 횡재라도 이만저만한 횡재가 아니었다.

고야마는 술이 얼큰해지자 몸이 달아올랐다. 당장 주재소 유치장으로 달려가 욕망을 채우기로 했다. 고야마는 주전자에 남은 술을 그냥 주둥아리로 꿀떡꿀떡 다 마신 뒤 자리에서 벌떡 일어섰다. 그러고는 왕소금 한 알을 집어 입속에 넣고 어금니로 꽉 깨무는데 짠물과 함께 갑자기 미노루 조장의 얼굴이 퍼뜩 떠올랐다.

"천황폐하를 위해 몸과 마음을 바쳐 대일본제국에 충성할 처녀다! 출정 때까지 엄중히 관리하라!"

고야마의 보고를 받은 미노루 조장이 내린 명령이었다. 고야마는 그만 털썩 주저앉았다.

"참자! 진주 집합소로 인솔하는 도중에도 기회는 얼마든지 있다!"

고야마는 다시 술 한 주전자를 시켰다.

이틀 후 준서는 해가 지고 컴컴할 때 숯 포대 지게에 얹혀 몰래 나카무라 박사 집을 찾았다. 그러나 마음은 이전보다 한결 가벼웠다. 나카무라 박사도 그제와 달리 차까지 끓여 놓고 친절하게 맞이했다. 낭구 아버지도 한데가 아닌 나카무라 집 마당에서 기다렸다.

"쉽지 않겠어. 내막이 간단치가 않아."

준서 앞에 찻잔을 내려놓으며 나카무라 박사가 운을 뗐다.

"낭구는 만나보셨습니까?"

"체포 이유가 풍기문란죄라더군. 여자가 남장했으니까. 하지만 그보다."

박사가 말하다 말고 심각한 표정으로 찻잔을 들었다. 준서는 박사의 표정에서 불안을 느꼈다. 풍기문란죄 외에 뭔가가 더 있다는 예감이 들었다. 차를 몇 모금 마신 박사가 찻잔을 내려놓으며 준서를 쳐다보고 물었다.

"자네 '여자정신대 근로령'이라는 말 들어봤는가?"

"아뇨, 못 들어봤습니다."

"미혼여성들을 각종 근로에 동원하기 위해 제정한 법령인데, 그 여자아이가 거기에 지원했다며 지장이 찍힌 서류를 보여주더군."

"그럴 리가 없습니다. 거짓말입니다. 정신대가 뭔지도 모를뿐더러 글자도 잘 모르는데 어떻게 자원한다는 겁니까?"

"물론 나도 그들 말을 믿지 않네. 조선에서뿐만 아니라, 중국, 만주, 동남아, 등 여러 나라에서 수단과 방법을 가리지 않고 경쟁적으로 인원 모집에 열을 올리는 상황이니까. 여기 산청 함양 지역에서도 어제오늘 세 사람을 모집했는데 내일 진주 집합소로 보낸다고 하더군."

"거기 가게 되면 어떻게 되는 겁니까?"

"내지에 있는 군수공장 같은 곳에 배치하겠지. 지금은 전시체제라 어디든 일손이 턱없이 부족하잖은가? 그래서 미혼여성들까지 동원하는 건데, 심지어 국민학교를 갓 졸업하는 어린 학생들까지 모집한다더군."

"설마! 그런 애들을 데려다 무슨 일을 시킨다고!"

"어린 손은 어린 손대로, 다 쓸 데가 있다는 거지. 그렇다 보니 각 국민학교 교장 앞으로 은밀히 지시가 내려가 졸업반 담임선생들 중심으로 아이들을 설득하고 있어. 그리고 실제로 타이큐우(대구)의 한 국민학교에서 갓 졸업한 여학생이 담임선생의 권유로 도야마현에 있는 군수공장으로 보내졌다더군. 그런데 문제는, 이렇게 모집한 여자들을 공장노동자로만 배치하는 게 아니고, 경우에 따라서는…."

"…?"

"군수공장 같은 데면 크게 걱정할 게 없지만."

"아니면, 다른 어떤 위험한 곳에 갈 수도 있다는 말씀입니까?"

"18세가 넘은 성인 미혼녀는 멀리 남양군도 전선까지 간다는 소문도 있다네."

"그런 데도 군수공장이 있습니까?"

"그런 게 아니고 군인 위안부로 가는 거지."

"뭐라고요? 군 위안부요? 아, 안 됩니다, 절대 안 됩니다!"

준서는 위안부라는 말에 놀라 자기도 모르게 고함을 질렀다. 낭구가 군인들의 성 노리갯감이 된다고? 생각만으로도 전신이 부르르 떨렸다. 맑고 천진한 낭구의 미소가 떠올랐다. 준서는 의자에서 일어나 나카무라 앞에 다시 무릎을 꿇었다.

"저는 죽음 직전 그 아이 덕분에 살아났습니다. 이제 제 목숨과 바꿔서라도 그 아일 구하는 게 사람의 도리라고 생각합니다. 박사님! 아니, 선배님! 낭구를 그런 곳에 절대 보낼 수 없습니다! 제발 그 아일 좀 구해주십시오! 아니면, 제가 어떡하면 낭구를 구할 수 있는지, 방법이라도 좀 알려주십시오. 네, 선배님!"

준서의 진정 어린 말과 행동에 나카무라 박사는 크게 감동했다. 그는 어젯밤 혼자 가져봤던 생각을 떠올렸다.

어제 아침 주재소에 나간 나카무라 박사는 주재소장이 보여주는 정신대 지원 서류를 보고 솔낭구를 구하기에는 이미 때가 늦었다고 판단했다. 지원서에는 본인의 무인은 물론이고, 미노루 헌병 조장의 추천서까지 붙어있기 때문이었다. 포기하고 일어서서 나오던 나카무라는 무심결에 옆에 있는 철창 안을 들여다보고 움찔했다. 솔낭구와 눈이 마주치는 순간, 마치 죽은 아내 케이코(慶子)를 본듯했기 때문이었다. 유치장 구석에 웅크리고 앉아 공포에 질린 눈빛으로 자기를 바라보는 모습이, 열병으로 죽음을 눈앞에 두고 자신을 올려다보던 아내의 마지막 눈빛과 영락없이 닮아있었다. 가쁜 숨을 몰아쉬며 '타다시! 절 봐서라도 앞으로 조선 여자들을 잘 대해주세요!' 하고 부탁하던 아내 말을 떠올리고 나카무라는 하마터면 '케이코!' 하고 소리칠 뻔했다. 그날 밤 나카무라는 밤새 몸을 뒤척였다. 케이코가 죽고 난 뒤 겪었던, 밤마다 케이코가 환생하여 나타나는 고통이 다시 재발하는 듯해 두려웠다.

'케이코가 그 여자를 나에게 보낸 게 틀림없다! 내 옆에 두고 자신을 돌보듯 보살펴주라고!'

나카무라는 밤새 궁리한 끝에 솔낭구를 구해낼 수 있는 한 가지 방법을 생각해냈다. 그러나 그 방법은 한준서의 동의가 필요했다.

"이러지 말고 자, 자, 어서 일어나 앉아요. 그래서 나도 생각해 본 게 있으니까."

"선배님의 가르침을 듣기 전에는 일어나지 않겠습니다!"

"알았네, 알았어. 자네가 일어나야 나도 말을 하지 않겠나?"

나카무라가 준서의 양어깨를 잡고 일으켜 의자에 앉혔다. 나카무라가 턱으로 준서의 찻잔을 가리키고는 먼저 한 모금 마셨다. 준서도 말없이 찻잔을 들었다.

"그 여자아일 정신대에서 빼낼 수 있는 사람은 딱 한 사람, 바로 고바야시 헌병 조장뿐인데….'

"…?"

"그런데 그자와 나는 견원지간이니 어쩌면 좋나!"

"어쩌다 그렇게 되었습니까? 두 분 다 천황폐하의 충직한 신민이시지 않습니까?"

준서는 어쩔 수 없이 천황폐하라는 말을 꺼냈지만 속으로 역겨웠다.

"내선일체의 방법론 차이 때문이지."

"예?"

"내선일체가 뭔가? 일본과 조선이 모든 면에서 하나가 된다는 것 아닌가? 그런데 나는 조선의 일본화와 동시에 일본의 조선화도 내선일체의 한 요건이라고 보는 거지. 남녀가 결혼해서 서로 양보하고 협력해서 일심동체 부부가 되어가듯이 말이네! 이렇다 보니 미노루 입장에서는 나를 불령선인과 같은 부류로 보고 사사건건 감시하고 시비를 걸 수밖에!"

"아, 선배님! 그래서 선배님이 조선집에 살면서 조선옷을 입고 조선 음식을 먹고 조선 약초를 연구하고 조선말을 잘 하시는군요!"

"사실은 그래서만도 아니네. 아무튼, 이런 나를 고바야시 조장이 어떻게 좋아하겠나? 하지만 나는 고바야시가 직무상 조선인을 그렇게 대할 수밖에 없다는 점도 이해는 한다네. 군인인 데다 지금은 국가적 위기인 전쟁 중이 잖는가!"

"그럼 고바야시 조장을 어떻게 설득할 방법이 없겠습니까?"

"내가 직접 설득은 불가능해. 제국 헌병의 충성심이 녹록하지 않으니까! 그래서 달리 손을 써볼까 하는데, 자네가 동의할지 모르겠군."

"무슨 말씀입니까? 낭구만 구해낼 수 있다면 제가 뭘 동의 못 하겠습니 까, 선배님!"

"정 그렇다면 내 생각을 말하겠네. 나는 지금 총독부 허락을 받아 조선 약초를 연구하고 있네."

나카무라 타다시는 원래 와세다대학에서 기계공학을 전공한 뒤 일본 철 도청에 근무하고 있었다. 그러다 5년 전 부인 케이코가 아들을 낳고 얼마 안 되어 열병에 걸려 그만 죽고 말았다. 첫돌도 채 되지 않은 자식을 두고 죽어가는 아내의 애절한 표정을 보고 타다시는 큰 충격을 받아 직장까지 그 만두고 방황했고, 이를 안타깝게 여긴 나카무라 집안 어른이 그를 조선총독 부 철도국에 넣어주었다. 새로운 환경인 조선에 나가 기분전환을 하면 건 강을 찾을 거라는 생각에서였다. 그러나 타다시는 조선으로 나와서도 마음 의 안정을 찾지 못하고 케이코의 환영에 빠져 힘들게 나날을 보내고 있었 다. 그런 그에게 조선인 동료가 한방으로 된 보약을 권했다. 6개월 치 보약 을 복용한 결과 타다시는 심신이 안정되고 정신이 맑아졌다. 그 후 타다시 는 조선 한방약에 흥미를 느끼고 처방전을 수집하기 시작했다. 동시에 처방 전에 나온 약재에 관해서도 공부했다. 그는 갈수록 조선 한방약에 빠져들었 다. 어느 정도 공부를 한 타다시는 본격적으로 조선 한방의학을 연구하기 위해 철도국을 그만두었다. 연구목표와 과제를 기술한 자신의 연구계획서를 조선총독부에 제출해 승인받고, 지금 3년째 국비로 조선 약초를 연구하고 있었다.

"그래서 하는 말인데."

나카무라 박사가 말을 잠시 멈추고 차를 다시 따라 입을 적셨다. 준서는 찻잔을 든 채 박사의 말을 초조하게 기다렸다.

"그 여자아일 내가 조수로 데리고 있으면 어떨까, 하는 생각이지. 내가 필요하다고 총독부 지인한테 부탁해 승낙받으면 고바야시 조장도 어쩔 수 없을 테니까."

"그, 그렇게만 해주신다면, 선배님! 조수가 아니라, 더한 일을 시키셔도 좋습니다. 선배님! 정말 감사합니다!"

나카무라 선배의 말을 듣는 순간 준서는 가슴이 울컥하며 눈시울이 뜨거워졌다. 정말 믿기지 않는 해결책이었다.

"그런데, 선배님. 저야 백번 찬성하고 감읍하지만, 정말 그렇게 될 수 있을까요?"

"기다려보게. 낼 날이 밝는 대로 한번 힘써볼 테니까. 나도 지금 잔일도 봐주고 탕약도 제대로 달일 수 있는 섬세한 손이 필요하니까!"

나카무라 타다시는 약속대로 다음 날 아침 주재소에 나가 총독부 지인한테 전화했다. 나카무라의 이야기를 들은 지인은 진주 헌병 지구대의 협조를 받아 타다시의 부탁을 매듭지었다. 낭구는 그날 오후 주재소 유치장에서 나와 나카무라 집에 머물며 바로 조수로 일하게 되었다. 준서도 나카무라의 권유로 그때부터 약초를 채집하기 시작했다. 그런데 한 보름쯤 지난 뒤 뜻밖의 일이 벌어졌다. 낭구가 한밤중에 박사의 집을 도망쳐 나온 것이었다.

낭구 어머니가 준서가 머무는 동굴 움막에 찾아왔다.

"선생님! 어서 함 나와 보시소, 예? 낭구가 왔어요! 낭구가!"

"뭐라고요?"

준서는 낭구가 왔다는 말에 놀라 읽던 책을 던져놓고 밖으로 나왔다.

"아니, 정말 낭구가 왔습니까?"

"진짜라요! 이 밤중에 무슨 일인지 모르겠네!"

"이러면 안 되는데…! 왜 왔는지 가서 한번 물어봅시다."

낭구는 원래 입고 다니던 남장 차림으로 흙마루에 걸터앉아있다가 준서를 보고는 벌떡 일어섰다.

"낭구야, 이 밤중에 웬일이니?"

준서 말에 낭구가 흙마루에 다시 털썩 주저앉으며 옹골차게 말했다.

"나는 여 있을래요!"

준서가 빙긋 웃으며 낭구 옆에 가 앉았다.

"지금 보니 낭구가 아직 어린애구나. 여기보다 박사님 집이 훨씬 좋을 텐데, 왜 그러지? 맛있는 음식도 먹고, 잠자리도 편하고, 사람들 구경도 많이 하고."

"그런 거 다 싫어요! 여 있을래요!"

"왜 그래? 박사님이 너보고 가라든?"

낭구가 고개를 저었다.

"그럼 누가 널 괴롭히든? 고야마 그놈이?"

낭구는 대답하지 않고 가만히 있었다.

"그렇구나! 그놈을 그냥 내가."

낭구가 준서의 소매를 잡아 흔들며 나지막이 말했다.

"그냥 여 있으면 안 돼?"

준서는 그때 비로소 낭구가 박사 집을 나온 이유를 눈치챘다. 마음이 짠했다. 준서는 다른 손으로 낭구의 손등을 감싸 잡았다.

"낭구야, 내 말 잘 들어봐. 네가 박사님 집에 있어야 안전해. 그렇지 않으면 그 못된 미노루 헌병 놈이 널 아주 먼 전쟁터로 보내버릴 거야. 그러면 넌 총을 맞아 죽을지도 모르고, 또 죽지 않아도 엄마 아빠를 평생 못 보게 돼. 그래도 괜찮겠어?"

"그럼 전처럼 동굴 속에 둘이 숨어 있으면 안 되나?"

낭구가 준서를 빤히 쳐다보며 말했다. 낭구의 초롱초롱한 눈에 어린 눈물이 어둠 속에서 반짝였다. 준서는 콧등이 시큰했다.

"그러면."

준서는 목이 잠겨 말이 잘 안 나왔다.

"그러면, 더 위험해. 우리를 잡기 위해 엄마 아빠를 엄청 괴롭힐 거고, 또 어쩌면 우리 모두를 죽일지도 몰라. 고야마 그놈이 얼마나 못된 놈인지, 네가 잘 알잖아? 미노루는 고야마 보다 백배 천배 더 못된 놈이야. 그러니 낭구야, 네가 박사 집에 얌전히 있는 게 엄마 아빠와 나를 지켜주는 일이야. 내 말 무슨 말인지 알겠지?"

준서 말에 낭구가 한숨을 푹 쉬었다.

"아, 알았다."

"그래, 우리 낭구 착하구나. 가서 박사 말 잘 듣고 시키는 대로만 하면 너도 안전하고 엄마 아빠도 다 무사할 거다. 자, 가자! 내가 바래다줄게."

준서가 낭구의 손을 잡고 일어섰다. 낭구 어머니가 바쁘게 앞을 막아섰다.

"지금 바로 데려다주려고요? 오늘 밤은 여기서 재우고 이따 낼 보내면 안 될까?"

"안됩니다. 아주머니! 미노루나 고야마가 낭구 도망 나온 걸 알게 되면 박사님이 곤란해집니다. 오늘 밤에 바로 가야 합니다!"

준서 말에 낭구 어머니는 아무 말 않고 딸을 와락 끌어안았다. 낭구 아버지가 부리나케 달려가 빈 숯 포대를 지고 왔다. 준서가 지게에 앉고 낭구는 그 옆에 붙어서 어둑한 별빛 속으로 걸어갔다.

도망친 솔낭구 일이 무사히 잘 풀리자 숯장수 내외는 준서를 하늘 같이 떠받들었다. 준서의 아픈 다리 수발은 물론이고, 먹고 입고 자는 것 모든 것이 자신들보다 준서가 먼저였다. 딸을 살려준 하늘 같은 은혜를 모른 체하면 짐승만도 못한 사람이라는 것이었다. 준서가 자신의 목숨을 구해준 당신들의 은혜에 비하면 솔낭구 일은 아무것도 아니라며 아무리 만류하고 사양해도 듣지 않았다. 준서는 어쩔 수 없이 그들의 성의를 받아들이기로 했다. 대신, 부지런히 약초를 캐다 말려서 남자 편으로 박사한테 보냈다. 그러면 박사는 적당하게 값을 매겨 약초값을 보내주었고, 준서는 그 돈을 모두 숯장수 내외한테 주어 살림에 보태 쓰도록 했다. 어떨 때는 숯값보다 약초값이 더 많을 때도 있었다.

전쟁이 곧 끝날 거라는 박사의 말과 달리 여름 막바지가 되어도 일본이 패하고 전쟁이 끝났다는 소식은 들리지 않았다. 고야마는 낭구에 대한 욕망을 끝까지 버리지 못하고 있었다. 솔낭구가 나카무라 박사 조수가 되고 난 뒤로도 숯가마 터를 찾아와 숯장수 내외를 괴롭혔다. 산림법을 어겼으니 잡아가겠다고 남자를 협박하는가 하면, 낭구를 박사한테 맡겨놓지 말고 집으로 데려오면 자기가 잘 보살펴주겠다며 여자를 구슬리기도 했다.

그러던 어느 날, 동굴 움막에 숨어 지내던 준서의 존재가 고야마한테 발각되고 말았다. 준서가 약초채집 갔다가 무심결에 숯가마 터에 들렀는데, 그때 마침 마루에 걸터앉아있던 고야마와 딱 마주치고 만 것이다. 처음에는 두 사람 다 갑작스러운 만남에 당황했다. 하지만 곧 상대방을 알아보았다. 고야마는 그때처럼 약초꾼으로 변장하고 있었지만, 허리춤에 숨긴 권총이 삐죽이 보였다. 도망치기에는 이미 때가 늦었다. 거리가 너무 가까웠다. 영악한 놈이라 처음 만났을 때처럼 그런 빈틈을 보일 리도 만무했다. 등을 보이기만 해도 그냥 총을 쏘고도 남을 놈이었다. 전혀 예상하지 못했던 일이었기에 준서는 참으로 난감했다. 준서가 어정쩡하게 서 있는 사이에 고야마가 권총을 빼 들고 달려들어 준서의 목덜미를 움켜잡았다.

"이 새끼! 그때 죽은 줄 알았더니 안 뒈지고 살아있었구먼! 그러잖아도 네놈 정체가 뭔지 계속 궁금했는데, 그래, 오늘 잘 걸렸다! 이번에는 확실히 잡아가서 족쳐보겠다!"

준서는 목덜미를 잡힌 채 얼른 생각했다. 여차하면 여러 사람이 다칠 수 있는 상황이었다. 자신은 물론이고, 자신을 살려준 숯장수 내외와 낭구, 심지어 박사한테까지 화가 미칠 수 있었다. 준서는 스스로 자신의 신분을 솔직히 밝히고 같은 조선사람이라는 이름으로 선처를 호소해볼까 하는 생각을 했다. 하지만 이내 단념했다. 그런 동족애가 있었다면 진작 개과천선했을 것이기 때문이었다. 그때 저만치 떨어진 숯가마에서 숯장수 내외가 놀라 달려오는 모습이 보였다. 준서는 재빨리 생각했다. 모든 사람을 살리는 방법은 자신이 이 사람들과 전혀 모르는, 산적행세를 하는 수밖에 없었다. 고야마는 아직 자신의 신분을 모르기 때문에 가능할 것 같았다. 준서는 가까이 다가온 아주머니한테 재빨리 눈짓하고는 큰 소리로 먼저 떠들기 시작했다.

"그래 이 더러운 연놈들아! 다리 병신이 배가 고파 삶은 강냉이 하나 훔쳐 먹었다고 이렇게 순사한테 신고를 해? 에라이, 인정머리 없는 연놈들! 내가 우리 두목한테 일러 너희 연놈들을 가만 놔두나 봐라!"

준서의 갑작스러운 육두문자에 남자가 뭐라고 하려는데 눈치 빠른 여자가 얼른 남자를 밀치고 앞으로 나섰다. 그러고는 준서를 향해 삿대질을 해 대며 고야마한테 하소연하기 시작했다.

"아이고, 조놈이 또 왔네! 순사님, 잘 왔소! 이참에 조놈 좀 혼내 주소! 조 다리 병신 때문에 우리가 못 살겠소! 잊을 만하면 이리 산을 내려와서는 강냉이고 감자고 눈에 보이는 대로 다 훔쳐가니 우리가 어찌 살겠소! 제발 좀, 다시는 조놈이 못 오게 혼을 좀 내주소, 예? 순사님!"

"낭구 어멈, 이 사냥꾼이라는 새끼와 잘 아는 사이요?"

"아이고 내가 어찌 잘 압니까? 몰래 와서 먹을 것만 훔쳐가는 도둑놈인데!"

"뭐, 도둑놈? 이 새낀 자기가 사냥꾼이라고 했는데?"

"아이고, 사냥꾼은 무슨 사냥꾼! 애초부터 우리 강냉이나 훔쳐먹는 산도둑놈이었는데!"

"그래요? 안 되겠어! 잡아가서 진짜로 뭣 하는 놈인지 한번 족쳐봐야겠소! 내가 보기에도 아주 수상쩍단 말이야! 자, 빨리 앞장서!"

고야마가 준서를 휙 밀어 앞세웠다. 그러자 준서가 몇 발짝 뒤뚱거리다 땅바닥에 픽 쓰러졌다. 고야마가 준서의 엉덩이를 걷어찼다.

"이 새끼, 어디서 꾀병이야? 어서 일어나지 못해?"

"이런 시팔, 때리긴 왜 때려? 가면 될 거 아냐! 당신 눈엔 내가 다리 병신 인 거 보이지도 않소?"

준서가 고야마를 한번 째려보고는 절뚝절뚝 걷기 시작했다. 어떻게 하든 무식쟁이 산적 나부랭이로 보여야 했다. 아낙이 고야마의 팔을 잡으며 넌지시 말했다.

"아이고, 순사님! 이리 그냥 가려고요? 그러지 말고 온 김에 막걸리라도 한 사발 마시고 가소. 내 퍼뜩 술 가지고 오겠소."

그러고는 뒤돌아 가며 혼잣말처럼 중얼거렸다.

"오늘 우리 낭구가 순사님 봤으면 참 좋아했을 건데…!"

아낙의 마지막 말에 고야마가 헤벌쭉 웃으며 준서를 끌고 다시 마루로 갔다. 준서를 기둥에 붙여 세워놓고 권총으로 가슴을 쿡쿡 찌르며 말했다.

"꼼짝 말고 서 있어! 조금만 움직이면 그냥 쏴버릴 테니까! 알았지?"

"여기 이 지리산이 다 우리 집인데 내가 왜 도망을 가? 살고 싶으면 당신이나 어서 도망치시오! 우리 두목 오면 왜놈 개 노릇이나 하는 당신을 절대 살려주지 않을 테니까!"

부엌에서 나온 여자가 철철 넘치는 막걸리 대접을 고야마한테 건네며 소곤거렸다.

"막걸리 요거 잡숫고 어서 횡하니 그냥 가소. 산적 두목 오면 큰일 날 테니!"

"큰일은 무슨, 그깟 자식 총 한 방이면 끝날 텐데! 어, 술맛 좋다. 그라고, 낭구 아범, 전에 장터서 내가 때린 거 미안하오. 자, 이리 와서 화해하는 의미로 같이 막걸리 한잔합시다!"

"아이고, 순사님. 우리 낭구 아버지 술 안 줘도 괜찮소. 그러니 순사님이나 어서 들고 저물기 전에 얼른 가소. 혼자 스무 명이나 되는 산적을 어찌 감당하겠소?"

"뭐요? 산적이 스무 명이나 된단 말이오?"

"아이고, 스무 명이 뭡니까? 여기 산속에 있는 도적 다 합치면 백 명도 더 될 건데! 저기, 몇 달 전에 함양 주재소 불 난 거 안 있습니까? 그것도 저 다리 병신 두목이 부하들 끌고 가서 지른 불이라 안 합니까!"

"그게 정말이요?"

여자 말에 고야마가 들고 있던 술잔을 마룻바닥에 내려놓으며 눈을 동그랗게 떴다. 준서가 가래침을 한껏 돋아 마당에 탁 뱉고는 겁먹은 고야마를 몰아붙였다.

"그러나 짜나 지금쯤 다들 날 찾아 나섰겠군. 내가 여기 숯가마 터에 감자 털러 온 걸 우리 두목이 아니까!"

준서의 말에 고야마는 미노루 조장의 말이 떠올랐다. 정보원들을 모아놓고 훈시할 때마다 늘 하는 말이었다.

'문제는 지리산에 숨어 있는 도적놈들이란 말이야. 그놈들은 대부분 살인자나 강간 같은 중범죄자들이거나 입영 기피자, 심지어 공산당 놈들도 있는데, 이놈들 중에는 조선 독립운동하는 자들과 연계된 놈도 있지. 그런데 이런 놈들을 부락민들이 몰래 도와주고 있으니, 너희들이 그런 부락민을 색출해서 잡아 오란 말이야, 알겠어? 그리고 놈들이 무장도 하고 있으니 산속에 함부로 들어가지 말고, 불가피하게 갈 경우는 두세 사람씩 나무꾼이나 약초꾼으로 위장해서 다니도록 해!'

고야마가 벌떡 일어나 준서를 끌고 마당으로 내려섰다.

"이 새끼, 빨리 가자! 넌 아무래도 수상한 놈이니까 미노루 조장님한테 데리고 가야겠다!"

여자가 질겁하며 고야마의 팔을 잡았다.

"아이고, 순사님. 이 다리 병신 끌고 언제 이십 리가 넘는 주재소까지 갈라고요? 이제 곧 산적들이 들이닥칠 텐데! 어서 그냥 이 병신 놔두고 혼자 내빼소! 이놈 끌고 가다가는 순사님도 산적들한테 죽고 맙니다!"

여자 말에 준서가 고함을 꽥 질러 고야마를 더욱 겁먹게 했다.

"지금 보니 저년이 왜놈 앞잡이 살려주려고 안달을 하는군! 그런다고 이 왜놈 앞잡이가 살아갈 수 있을 거 같아?"

"그렇다면 할 수 없군! 네놈을 죽여 버리고 가는 수밖에!"

고야마가 권총을 준서의 머리에 겨누었다. 여자가 얼른 고야마 앞을 가로막고 섰다.

"아이고, 순사님! 저 병신 죽일 테면 우리도 다 죽이고 가소! 살아있어 봤자 산적한테 몽둥이 맞아 죽을 건데 차라리 총 한 방 맞고 깨끗이 죽을랍니다!"

"산적들이 왜 당신들을 죽이겠소? 양식을 대주는데!"

"아따, 순사님 참말로 모르겠소? 두목이 와서 우리한테 저 병신 왜 죽었냐고 물으면 우리가 다 말해야지 어쩌겠소? 그러면 우리가 순사님 편인 걸 알 텐데 우릴 어떻게 살려주겠소? 그리고 또 순사님을 '그래, 그냥 잘 가라' 하고 냅둘 거 같습니까? 한번 작정하면 하늘 끝까지라도 쫓아가서 보복하는 게 산적 놈들인데! 주재소 불타는 거 안 보려면 그냥 어서 이 병신 놔두고 빨리 달아나소! 산적 두목한테는 순사님 이야기 암 것도 말 안 할 테니까!"

여자의 말은 고야마의 행동을 저지하는 데 확실히 효과가 있었다. 고야마가 권총을 슬며시 내리고는 뒷걸음질을 치며 소리쳤다.

"그래, 오늘은 네놈을 살려주마! 하지만 언젠가는 내가 부하들을 몽땅 데리고 와서 네 산적대장 놈까지 반드시 잡고 말겠다!"

"이 겁쟁이 새끼야! 그래 언제든지 오느라! 네놈 오도록 기다리마! 네가 군대를 끌고 와도 우리는 겁 안 난다! 으하하핫!"

고야마는 뒤를 힐끗힐끗 돌아보며 서둘러 달아났다. 고야마가 시야에서 사라지자 준서가 두 내외에게 허리를 굽혔다.

"죄송합니다. 어쩔 수 없이 욕을 했습니다."

"잘했소! 잘했소! 아이고 그냥 총을 쏴버릴까 봐 얼마나 놀랐던지, 지금도 가슴이 콩닥거리네! 자, 자, 마루로 가서 막걸리 한 대접 쭉 드소. 애 많이 썼소!"

아주머니가 부엌에서 술 주전자를 들고나와 대접에 철철 따랐다.

"그러나 짜나 저놈이 우리 낭구를 언제까지 쫓아다니려고 저러는지 모르겠네!"

아주머니가 말을 하다 갑자기 목이 메는지 몇 번 훌쩍이고는 막걸리를 쭉 들이켰다.

"이제 우리 낭구한테 남자는 선생님뿐이니, 어떡하든지 잘 좀 지켜주소!"

"너무 걱정하지 마셔요. 아주머니. 박사님한테도 단단히 일러두었으니까요."

그날 이후 준서는 낭구가 거처하던 바위 움막에서 숨어 지냈다. 그러나 고야마는 숯가마 터 근처는 얼씬거리지 않았다.

7

준서와 나카무라 박사 사이는 갈수록 돈독해졌다. 준서가 필요한 물품을 적어 보내면 박사가 진주 같은 도회지에서 구해놨다가 숯장수 편에 보내주었다. 준서는 틈틈이 숯 굽는 일도 도왔다. 그러나 다리가 불편한 준서로서는 이런 모든 일이 결코 쉬운 일이 아니었다. 특히 산을 헤집고 다녀야 하는 약초채집은 준서한테 너무 벅찼다. 그래서 그는 쉽게 구할 수 없는 약초는 아예 숯가마 옆 공터에 땅을 일구고 씨를 뿌리고 뿌리를 심어 재배하기 시작했다.

준서는 일주일에 한 번쯤 야밤에 숯 지게에 얹혀 박사 집을 방문해 많은 이야기를 나누다 새벽에 돌아오곤 했다. 나카무라 박사는 단파방송을 들을 수 있는 라디오를 갖고 있어 일본방송뿐 아니라 미국방송도 든는다고 했다. 수신 상태가 양호하진 않지만, 띄엄띄엄 몇 마디만 들어도 대략적인 내용은 알 수 있다고 했다. 대체로 전쟁 상황 보도는 일본방송보다 미국방송이 빠르고 정확하다고 했다. 박사가 들려주는 전쟁 상황은 아주 고무적인 것으로, 준서한테 큰 희망을 품게 해주었다. 특히 미 해병의 과달카날섬 함락과 뒤이은 일본의 탈환 작전실패 이야기는 준서의 답답한 마음을 시원하게 만들어주었다. 또 최근에 있었던 가미카제(神風) 특공대 이야기는 준서로하여금 비인륜적인 일본의 만행에 분노를 느끼게 했다.

가미카제 특공은 일본 대본영 참모들이 사이판섬 탈환을 위한 최후의 방법으로 생각해낸 공격수단으로, 비행기에 폭탄을 싣고 적의 함정에 격돌하는 육탄공격이었다. 비행기 기름도 돌아올 기름은 아예 주지 않는다고 했다. 그래서 조종사가 살아 돌아올 확률은 처음부터 하나도 없었다. 말 그대로 자살공격이었다. 특공대를 이끄는 지휘관은 출발하기 전에 이렇게 외친다고 했다.

'우리가 전쟁에서 지면 미국 놈들은 일본 여자들을 가만두지 않고 마음대로 능욕할 것이다! 나는 내 아내를 지키기 위해 죽음의 길을 떠난다!'

천황을 위한 일본군대의 이런 미치광이 같은 충성심에 준서는 소름이 돋았다.

나카무라 박사는 준서와 이야기할 때 언제나 솔낭구를 옆에 두고 차를 따르게 하는 등 잔시중을 들게 했다. 준서는 자신과 솔낭구의 만남을 위한 배려라고 생각하고 속으로 박사한테 감사했다. 그러던 어느 날 솔낭구의 불은 몸을 보고 준서는 깜짝 놀랐다. 그 사이 낭구가 임신을 했기 때문이었다. '박사와 낭구가?' 준서의 마음은 혼란스러웠다. 언젠가부터 마음 한구석에 자라고 있던 낭구에 대한 막연한 생각이 소리 없이 사라지는 것을 느꼈다. 자신이 가르치고 일깨워서 평생을 서로 의지하고 싶었던 꿈, 준서는 비로소 자신이 낭구를 사랑하고 있었다는 것을 깨달았다. 박사에 대한 신뢰도 한순간에 무너졌다. 박사가 자신의 동의를 구했던 게 바로 이런 의미였다는 것을 미리 알지 못한 것이 후회스러웠다. 그때 알았다면 자신은 결코 동의 안

했을 것이다. 그리고 낭구가 도망쳐 왔을 때도, 낭구를 절대 돌려보내지 않았을 것이다. 엄마 아빠를 죽일지도 모른다며 겁박하고, 뭐든 박사가 시키는 대로만 하면 모두 다 안전하다고 구슬은 자신이 미웠다. 하지만, 준서의 마음 한구석에는 이런 생각을 탓하고 나무라는 소리도 있었다. 그때 내가 박사의 말에 동의하지 않았다면, 도망쳐온 낭구를 돌려보내지 않고 숨겼다면, 과연 낭구는 지금 어떻게 되었을까? 가족 중 누구 하나는 십중팔구 목숨을 잃었을 것이고, 낭구는 낭구대로 정신대에 끌려가 일본 군인들의 성 노리개가 되었을 것이다. 내 힘으로 낭구를 지켜주어 은혜에 보답하고 싶은 마음은 굴뚝같지만, 나는 지금 내 몸 하나도 간수 못 하고 지게에 얹혀 다니는 천하에 쓸모없는 다리 병신이 아닌가? 그래, 차라리 솔낭구한테는 잘된 일이다. 박사도 아내 잃고 외로운 몸이니 그와 부부의 연을 맺는다면 서로에게 행복한 일 아닌가! 하지만 솔낭구에 대한 박사의 행동이 사랑이 아니라 한순간의 희롱에 불과한 것이라면?

나카무라 박사는 이런 준서의 심경을 아는지 모르는지 여전히 똑같은 밝은 표정으로 준서를 대했고, 늘 솔낭구의 영리함을 칭찬했다. 솔낭구도 마찬가지였다. 준서를 보는 눈빛은 예전과 다름없이 언제나 애틋하고 다정스러웠다.

저녁에 찾아간 준서에게 박사가 새로운 이야기를 했다.

"며칠 후 내지에 좀 다녀올 생각이네."

"무슨 급한 일이 생겼습니까?"

"지금 내가 연구하고 있는 약초를 내지로 옮겨 성분을 정밀분석하고, 시험재배 할 수 있는 여건을 만들어보라는 상부 지시를 받았네."

"그럼 얼마나 걸리죠?"

"성분검사야 관련자들이 할 거니까 난 신경 안 써도 되고, 내가 할 일은 재배지를 찾는 일인데, 이곳 지리산과 입지조건이 비슷한 장소를 찾아보려면 아무래도 시간이 좀 걸리겠지. 내 생각에는 한 두 달쯤 보고 있는데, 확실히는 모르지."

"그럼 그동안 낭구를 부모 곁에 데려다 놓으면 어떨까요?"

"거기보단 여기가 더 안전할 걸세. 식모 아주머니 보살핌도 받을 수 있고, 아직도 고야마라는 놈을 안심할 수 없으니까. 그리고 …."

박사가 말을 하다 말고 잠시 뜸을 들였다. 준서가 말없이 쳐다보았다.

"낭구 걱정은 이제 하지 말게. 이번 기회에 혼인신고까지 할 생각이니까."

"호, 혼인신고를, 한다, 고요?"

준서는 박사의 말에 놀랐다. 당연한 일인데도 막상 박사 입에서 그런 말이 나오자 자신이 그들로부터 이제 완전히 밀려난다는 생각이 들었다.

"아니, 왜 그리 놀라는가?"

"본인, 생각은… 물어봤습니까?"

"가타부타 말 않더군. 하지만 우린 함께 아이를 보호하고 키워야 할 의무가 있잖나? 요즘은 마쓰에한테 좋은 보약을 먹이고 있다네. 아, 참. 솔낭구 이름을 마쓰에(松枝)로 바꿨네. 어때? 마쓰에, 송지! 이름 괜찮지 않은가?"

"아, 예…."

"왜, 마쓰에라는 이름이 마음에 안 드는가?"

"그게 아니라…"

"아니면?"

준서는 여태껏 혼자 다독이고 있던 자신의 감정을 더 참지 못하고 격하게 토했다.

"선배님은 정말로 선배님과 낭구가 어울린다고 생각하십니까?"

"그건 또 무슨 말인가?"

준서가 갑자기 따지듯 대들자 박사가 어리둥절해 물었다.

"선배님은 어쨌든 일본사람이고, 솔낭군 조선사람이란 말입니다!"

"허허 참! 난 또 무슨 일인가 했네. 그러니까 자네 말은, 일본사람과 조선사람은 서로 사랑하면 안 된다는 말 같은데 그걸 말이라고 하는가? 생각보다 자네 철학이 빈곤하군."

"철학 빈곤이 아니라 현실적인 문제 제깁니다!"

준서는 선배의 정확한 지적에 되레 화가나 큰소리로 대들었다. 마음 한구석에서 '준서 너 지금, 무슨 억지를 부리고 있느냐'는 자책을 애써 외면하면서!

"두 사람 다 성인이고, 서로 사랑하고, 그래서 결혼하기로 했는데 뭐가 문제지? 결국은 일본인과 조선인이라는 문제 제기 아닌가? 하지만 됐네. 난 자네가 생각하는 그런 일본인이 아니니까! 아무튼, 자세한 이야긴 돌아와서 하지! 지금으로선 이 방법만이 우리 모두를 위한 최선의 길이라는 걸 잊지 말게! 잘못되면 우리 모두 다 반역자로 몰릴 수 있으니까!"

"무, 무슨 말씀이죠?"

"지금 고바야시 조장은 천황폐하를 위해 충성할 처녀를 내가 가로채 노리개로 데리고 산다고 생각하고 있으니까! 만나기만 하면 그런 말로 날 겁박해! 그런데 내가 낭구를 정식 아내로 삼아 호적에 올리면 천하의 미노룬들 인정하지 않고 어떡하겠어?"

그 말에 준서는 그만 말문이 막혔다. 준서는 자리에서 일어섰다. 더 앉아 있다가는 너무 초라해질 것 같았다.

"낭구는 정말 착하고 고운 아입니다. 부디 행복하게 해주시기 바랍니다.”

“알았네. 잘 가게. 다녀와서 연락하지!”

준서는 후들거리는 다리를 겨우 버텼다. 마당에서 만난 낭구가 준서의 소매를 잡고 한옆으로 데리고 갔다.

“겨울에 추위 안 타는 약입니다. 빼먹지 말고 잡수어요.”

준서는 순간 가슴이 먹먹해지며 눈물이 핑 돌았다. 약 대신 낭구의 팔목을 잡았다. 그대로 끌고 숯가마 터로 달아나고 싶었다. 정말 박사의 아내가 되고 싶냐, 다그쳐 물어보고 싶었다. 하지만 차마 물어볼 수가 없었다. 그렇지 않다고 대답할까 봐 두려웠다. 그렇지 않다고 했을 때 자신이 할 수 있는 일이 없었다. 팔목 잡은 손이 떨렸다.

“왜 그러세요?”

낭구가 넌지시 손목을 빼며 준서를 빤히 쳐보았다. 준서는 목으로 뜨겁게 넘어오는 감정을 겨우 눌러 참았다.

“아, 아무것도 아니다. 잘 있어라. 몸조심하고.”

준서는 낭구의 귀뺨을 한번 살짝 매만진 뒤 조용히 돌아섰다. 낭구가 얼른 준서의 팔꿈치를 잡았다.

“머 하나 물어볼게요.”

“뭔데?”

“박사님이 일본 같이 갈 건지 물어보데요”

“그래서 뭐라고 했니?”

“그쪽한테 물어보고 대답하려고 아무 소리 안 했어요.”

“네 생각은 어떤데?”

“그쪽 시키는 대로 할게요.”

“그쪽?”

준서는 낭구가 계속 그쪽이라는 말을 하자 어이가 없었다.

"그쪽이 뭐냐? 선생님이라고 해라!"

낭구가 몸을 반쯤 돌려 수줍은 듯 고개를 숙였다.

"따라가라. 나는 너를 못 지켜준다."

준서는 일부러 싹둑 잘라 말하고 돌아섰다. 저만치 달그림자 속에서 누군가가 허우적허우적 걸어오고 있었다. 준수를 담고 갈 빈 숯 포대를 진 아저씨였다.

그날 이후 준서는 거처를 원래 있던 아지트로 옮겼다. 솔낭구도 없는 데다 숯장수 내외의 분에 넘치는 보살핌도 부담스러웠지만, 무엇보다 자신의 처지를 조용히 성찰해보고 싶었다. 그러나 두 내외가 불편한 다리로 어딜 가느냐며 한사코 말렸다. 그래도 준서는 끝까지 우기고 아지트로 돌아갔다. 그러자 숯장수 아저씨가 수시로 먹거리를 챙겨 갖다 주었다.

준서는 바위 움막에 들앉아 겨울을 보내는 동안 박사가 주고 간 라디오로 전황을 들으려 애썼다. 그러나 전파가 신통치 않아 잘 들을 수가 없었다. 어쩌다 겨우 몇 마디 잡히는 것으로는 전황을 파악할 수가 없었다. 그래도 며칠 동안 들은 조각 소식들을 모아보면 그런대로 없는 것보다는 나았다. 봄에 접어들면서부터는 얼른 듣기에도 금방 전쟁이 끝날 것 같았지만 실제 일본이 항복했다는 소식은 없었다. 지난가을에 내지로 떠난 나카무라 박사는 해가 바뀌어 봄이 되어도 돌아오지 않았다. 그가 없으니 무엇보다 전쟁이 어떻게 돌아가고 있는지 알 수가 없어 갑갑했다. 그러나 실제 일본의 패망은 준서가 궁금해하는 그 순간에도 시시각각 다가오고 있었다. 그즈음 미국 해병과 육군은 이미 한 달 전에 일본 본토 폭격이 가능한 비행거리에 있는 이오지마 섬을 점령해 본토 대도시에 소이탄 폭격을 퍼붓고 있었다. 이

폭격으로 도쿄는 물론 나고야 오사카가 불바다가 되었다. 거기에 더 나아가 미국은 전쟁을 완전히 끝낼 최후의 무기인 핵폭탄 개발계획 맨해튼 프로젝트도 완성 단계에 이르러 마지막 폭발실험을 준비하고 있었다.

준서가 책을 읽다 말고 나른한 봄 햇살을 쬐며 무료함을 달래고 있는데, 갑자기 골짝 아래서 총소리가 긴 여운을 끌며 들렸다. 산울림 여운으로 보아 숯가마가 있는 골짝에서 울려온 게 분명했다. 순간적으로 불길한 생각이 스치며 숯장수 내외가 걱정되었다. 준서는 서둘러 골짝을 향해 내려가기 시작했다. 하지만 마음만 바쁠 뿐, 몸은 엎더지며 곱더지며 굴러가다시피 내려갔다. 나무에 부딪히고 가시넝쿨에 할퀴고 찔리고, 준서의 몸은 상처투성이가 되었다. 준서는 다급한 마음에 생각할 여유도 없이 숯가마 공터로 다급히 들어서다 그만 돌부리에 걸려 풀썩 엎어지고 말았다.

"저 새낀 또 뭐야?"

누군가가 일본 간사이 지방의 강한 사투리로 외쳤다. 준서는 고개를 들고 마당 쪽을 쳐다보았다. 아뿔싸, 준서는 놀라 기겁했다. 바로 눈앞에 숯장수 아저씨가 얼굴이 피투성이가 된 채 쓰러져 있었고, 세 명의 장정들이 총을 들고 집 주위를 경계하고 있었다. 순간적으로 아까 들린 총소리가 떠올랐다. 흙마루에는 아주머니와 솔낭구가 서로 부둥켜안은 채 쓰러져 있고, 나카무라 박사 집에서 본 적이 있는 식모 아주머니가 옆에 앉아 오들오들 떨고 있었다. 두 모녀는 아저씨의 죽음에 혼절한 한 듯했다. 준서는 너무도 황급한 상황에 어쩔 줄 몰라 자신도 모르게 고개를 다시 떨궜다.

"이리 끌고 와!"

다시 고함소리가 들리고, 장정 하나가 다가와 준서의 목덜미를 낚아챘다. 장정은 힘이 장사였다. 준서는 반쯤 치켜 들린 채 쩔뚝거리며 끌려갔다.

그런 상황에서도 준서는 재빨리 생각했다. 낭구가 왜 여기 있지? 이놈들은 도대체 뭐 하는 놈들일까? 모두 변장을 해 정체를 확실히 알 수는 없었지만, 총을 소지한 것으로 봐서 정말 산적들이거나 아니면 일본군임이 분명했다.

'낭구까지 잡혀 있는 걸 보면 예삿일이 아니다. 어쩌면 누군가 또 죽을지도 모른다. 아니, 네 사람 다 죽을 수도 있다! 어떻게 할까? 그냥 정체를 밝히고 자수해서 저들을 살려달라고 빌까? 아니다. 오히려 강하게 나가야 한다! 이판사판 아니냐! 내가 먼저 죽을 각오로 나가면 저들을 구할 수 있을지 모른다!'

준서는 무엇보다 이들의 정체를 파악하는 것이 급선무라고 생각했다.

옆구리에 일본 군도를 찬 사냥꾼 차림의 사내가 눈을 부라리고 준서를 훑어보았다. 준서도 지지 않고 사내를 정면으로 쳐다봤다. 그때 만약 준서가 다리를 절지 않고, 얼굴에 가시에 찔리고 넝쿨에 긁힌 상처가 없었다면 상대방은 준서가 바로 전국에 수배된 개성 살인사건의 주범 한준서라는 것을 대번에 알아보았을 것이다. 그런데 다행히도 상대는 준서를 몰라봤다. 사내가 일본말로 물었다.

"뭐 하는 놈이냐?"

"보다시피 아무짝에도 쓸모없는 다리 병신이요!"

준서는 일부러 도쿄말로 분명하게 대답했다. 준서의 반듯한 일본말에 사내가 조금 놀란 표정을 지었다.

"몸뚱이를 물은 게 아니고 하는 일을 물었다!"

"하는 일? 하는 일이라면 예전 일, 현재 일, 어느 것이 알고 싶소?"

준서의 대찬 대답에 사내가 칼 손잡이를 움켜쥐며 고함을 버럭 질렀다.

"둘 다 말해라!"

"좋소. 대답하리다. 그런데 먼저 나도 하나 물어봅시다. 당신들도 지금 여기 지리산 산적 패거리요?"

준서의 예기치 않은 물음에 사내의 얼굴이 벌겋게 달아올랐다.

"무엄하다! 감히 천황폐하의 군인을 산적으로 보다니! 나는 대일본제국 헌병 조장 고바야시 미노루다!"

준서는 상대 말에 순간 움찔했다.

'아, 저놈이 바로 나카무라 박사도 어쩌지 못한다는 악명 높은 고바야시 조장이구나! 그렇다! 저런 놈일수록 약자한텐 강하고 강자한텐 약한 법, 아주 세게 나가야 한다! 그런데 어떤 방법으로 저놈의 야코를 죽이지? 그렇다! 둥근 구멍은 둥근 것으로, 모난 구멍은 모난 것으로 막으라 했다! 저놈들의 하늘인 천황을 끌어들이는 수밖에 없다!'

"하하하! 뭐, 제국 헌병? 우리 천황폐하의 제국 헌병은 목에 칼이 들어와도 그따위 사냥꾼 복장으로 위장하지 않는다! 거짓말하지 마라!"

"아니, 저 새끼가! 죽고 싶어 환장했군!"

고바야시 조장이 칼 대신 권총집에 손을 갖다 대며 당장이라도 총을 뽑아 쏠듯이 위협했다. 그러다 갑자기 손을 멈추고 고개를 끄덕이며 씩 웃었다. 준서가 고함을 버럭 질렀다.

"좋다! 나도 내가 누군지 알려주마!"

"필요 없다! 나는 이미 네놈이 누군지 알고 있다!"

"그래? 그럼 어디 한번 말해봐라! 만약 네가 정말로 내 신분을 안다면 제국 헌병의 자질을 인정해주겠다!"

"이 새끼가 미쳐도 단단히 미쳤군! 산적 나부랭이 새끼가 어디서 감히 제국 헌병의 자질을 운운하고 그래? 네놈을 한 방에 죽여 버리겠다!"

미노루가 권총을 쑥 뽑아 들고 앞으로 성큼 다가섰다. 준서는 얼른 뒤로 한 발짝 물러서며 손바닥을 들어 미노루를 제지했다.

"잠깐!"

"왜? 이제 죽음이 두렵냐? 이 새끼야!"

"천만에! 오해하지 마라! 네가 한 말이 궁금해서 그런다!"

"뭐가 궁금하다는 거냐?"

"지금 날 보고 산적 나부랭이라고 했는데, 그렇다면 예전에 나를 여기 지리산에서 본 적이 있나?"

"내 부하 고야마의 보고서를 읽었다! 입영 기피자로 보이는 수상쩍은 산적 놈을 체포하려다 놓쳤다고 했는데, 지금 보니 바로 네가 그놈임이 틀림없다! 나한테 걸린 이상 오늘은 절대 도망 못 간다! 각오해라!"

미노루 말에 준서는 속으로 움찔했다. 고야마가 자신에 대해 모두 보고했을 거라고는 미처 생각 못 했기 때문이었다. 준서는 위기감을 느꼈다. 만약 미노루가 고야마의 보고서에 근거해 자신을 입영 기피자로 의심하기 시작하면 정말 위험을 벗어나기 힘들다고 생각했다. 자신뿐만 아니라, 자기와 관련된 모든 사람의 생사가 걸린 문제였다. 이제는 어떡하든 자신이 고야마가 말한 수상쩍은 산적이 아니라는 걸 미노루한테 증명해 보여야 했다. 지금 이 자리에 고야마가 없는 것이 다행이라면 다행이었다. 준서는 나카무라 박사가 들려준 과달카날 전투 이야기와 대학 다닐 때 친구 이름을 재빨리 떠올렸다.

"틀렸다! 나는 산적 나부랭이가 아니다! 내 신분은 3년 전 과달카날 핸드슨 비행장 탈환 전투에 참전해 총상을 입고 전역한 대일본제국육군 중위 아오키 마사자마(靑木 勝樣)다!"

준서의 고함에 미노루가 잠시 멈칫하다가 다시 씩 웃으며 총구로 준서의 턱을 치켜들며 물었다.

"헛소리 마라! 내가 바본 줄 아냐? 그런 놈이 왜 이런 산골에서 산적 노릇을 하고 있나? 네놈이 다리 병신이 된 건 전투 부상이 아니고, 바로 고야마 한테 안 잡히려고 도망치다 권총을 맞고 생긴 부상이다!"

"천만에! 네놈이 뭔가 착각하는 모양인데, 나는 지금 천황폐하께 다시 충성하기 위해 이곳에서 야영하며 혼자 재활 극기훈련 중인 아오키 대일본제국육군 중위가 틀림없다!"

그 말에 미노루가 권총으로 준서의 턱을 후려치며 고함을 버럭 질렀다.

"그래도 이 새끼가! 지금 당장 네가 참전했던 그 부대 지휘관의 관등성명을 대보라! 거짓이 드러나면 폐하의 대일본제국육군 장교 사칭죄로 즉시 참수하겠다!"

"하하하! 내 꼴이 이 모양이니 네놈이 못 믿는 것도 당연하지! 그리고 내가 참전했던 과달카날섬 핸드슨 비행장 탈환 작전 지휘관을 말해본들 너 같은 후방 헌병 나부랭이가 어찌 알겠냐만, 이왕 네놈이 물었으니 알려는 주마! 당시 우리 대대장님은 이츠키 대령님이셨다. 그분은 우리가 미군 탱크부대의 기습공격을 받아 작전에 실패하자, 황궁을 향해 세 번 절하시고는 일장기 앞에 무릎 꿇고 할복하셨다!"

준서는 나카무라 박사한테서 들은 쇼와 17년(1942년) 8월에 있었던 이츠키 대령의 테나루 강 전투 이야기에 '일장기 앞에 무릎 꿇고'라는 말을 지어내 보태서 말했다. 이츠키 대령의 할복자살은 사실이었다. 그는 해안에서 대기하라는 상부의 명령을 무시하고 대원 9백여 명을 인솔하고 핸드슨 비행장 탈환을 위해 일루강을 따라 진군하다 미국 탱크부대와 조우, 전상자 수십 명만 살아남는 대패를 당하고 할복한 지휘관이었다. 당시 과달카날 전투는 워낙 유명해 일본 국내에서도 잘 알려져 있었다.

준서의 말에 미노루가 놀란 표정으로 서너 발짝 주춤주춤 물러섰다. 준서는 미노루의 표정을 보고 자신의 말이 통했다고 판단했다. 한 번 더 밀어붙였다.

"나도 그때 이츠키 대령님을 따라 할복해서 천황폐하의 위엄을 훼손하지 말았어야 했다! 하지만, 용기가 없어 죽지 못 했다! 이제 네가 나를 죽여 준다면, 좋다! 이제라도 기꺼이 죽어 천황폐하의 위엄을 살리겠다! 자, 어서 죽여라!"

그러면서 준서는 어깨를 세차게 흔들어 목덜미를 잡고 있는 사내의 손아귀에서 벗어나려고 했다. 그러나 사내의 손아귀는 너무 억셌다. 미노루가 사내한테 놓아 주라는 눈짓을 했다. 그러고는 입가에 비웃음을 흘리며 다시 말했다.

"보아하니 참전군인은 맞는 것 같군! 그러나 넌 일개 패잔병일 뿐이다. 구차하게 목숨을 부지해 대일본제국육군 장교의 명예를 더럽힌 비굴한 놈이다. 난 너를 죽이지 않겠다! 왜 내가 너를 죽여 충신으로 만드느냐? 죽고 싶으면 너 스스로 여기서 자결해라!"

미노루의 말에 준서는 순간적으로 최악의 위기는 모면했다고 생각했다. 하지만, 여기서 물러서서는 안 된단고 판단했다.

"좋다! 내 손으로 죽겠다! 하지만 죽기 전에 네놈의 천황폐하에 대한 무엄함은 반드시 지적하고 죽겠다!"

"뭐, 내가 폐하께 무엄하다고? 어째서냐?"

"정말 모르겠나?"

"모르겠다. 설명해 봐라!"

"좋다! 지금 우리 대일본제국은 대동아 공영을 위해 국운을 걸고 미 제국주의와 전쟁을 하고 있다. 젊은이들은 전장에서 피 흘리며 죽어가고, 후방의 아녀자나 나이 든 사람들은 너나없이 일심동체가 되어 전쟁 뒷바라지에 주야로 맡은 직분을 성실히 수행하며 천황폐하께 충성을 다하고 있다. 그런데 네놈은 지금 그런 폐하의 충직한 신민을 저렇게 살해한 것도 모자라, 힘없는 아녀자들을 괴롭히고 있으니 어찌 무엄하고 불경하다 하지 않겠나? 내 말이 틀렸나?"

"틀렸다! 저놈들은 대일본제국 폐하의 충직한 신민이 아니라 죄인과 공모한 폐하의 반역자들이다!"

"어떻게 저 사람들이 반역자란 말인가?"

"내 말 잘 들어라! 지난해 가을에 고야마라는 놈과 나카무라 타다시라는 두 반역자가 한통속이 되어 대일본제국의 귀중한 물건을 훔쳐 달아났다! 이는 천황폐하에 대한 반역이다. 너는 모르겠지만 저 숯쟁이 딸년은 나카무라 그 반역자의 애첩으로 함께 살고 있었다. 그래서 나는 오늘 이놈들을 상대로 그 반역자들의 행방을 취조하고 있는 거다. 이게 폐하에 대한 충성이지 어찌 무엄한 행동인가?"

고바야시 조장은 그동안 함양 산청 일대를 뒤지며 암암리에 나카무라 박사와 고야마의 행적을 뒤쫓았다. 그러나 어떤 단서도 찾지 못했다. 자신이 관련된 불법도굴품 사건이라 드러내놓고 수사를 할 수 없는 한계 때문이었다. 오히려 사건이 밖으로 드러나 상부에 알려질까 봐 조심해야 하는 형편이었다. 그렇다고 그 엄청남 보물을 그대로 포기할 수도 없었다. 사정이 그렇다 보니 미노루는 화가 날 대로 났다. 그는 나카무라 측근들한테 분풀이하기 시작했다. 먼저 솔낭구와 식모, 그리고 숯장수 내외를 서로 대질시켜 족치기로 했다. 주재소나 헌병대로 잡아들일 수 없어 수하 몇 명만 데리고 솔낭구와 식모를 끌고 직접 숯가마 터로 찾아왔다.

준서는 미노루의 말을 듣고 의아한 생각이 들었다. 나카무라 박사와 미노루가 함께 행방불명이라니! 그럴 리가 없었다. 분명히 박사는 약초 시험 재배하러 내지에 간다고 했다. 미노루 말이 정말이라면 고야마 그놈이 농간을 부린 것이 틀림없었다. 하지만 지금은 나카무라 박사를 걱정할 여유가 없었다. 눈앞의 사람들부터 살리는 것이 급선무였다.

"그렇다면 이 사람들이 그 반역자들과 관련된 무슨 증거라도 있나?"

"있고말고! 저놈은 숯을 판다는 명목으로 장날마다 그 나카무라 역적과 만나 왔다. 또 그놈들이 사라지기 며칠 전, 한밤중에 저 숯쟁이 놈과 정체불명의 어떤 놈이 나카무라 집에 들렀었다고 저 식모가 증언했다. 그날은 장날도 아니었다. 천황폐하를 음해할 역적모의가 아니라면 왜 정체불명의 사나이를 데리고 나카무라를 한밤중에 만났겠나? 그래서 오늘, 그 정체불명의 사내놈이 누구며, 또 만나서 무슨 이야기를 했는지 알아보기 위해 왔는데, 저놈은 아무것도 모른다며 끝까지 시치미를 떼더니 끝내 나를 죽이겠다며 낫을 들고 덤벼들었다. 그래서 내가 어쩔 수 없이 총을 쏴 죽였다. 이것이 천황폐하를 대신해 반역자를 처단한 충성이 아니고 무엇이냐?"

준서는 미노루의 말을 들으며 속으로 생각했다.

'이유 막론하고 또 다른 희생자가 나오면 안 된다! 여기서 자칫 나약해 보이면 저놈은 우릴 다 죽일 것이다. 더 강하게 나가야 한다.'

"아무리 그래도, 이렇게 천황폐하의 신민을 함부로 죽이면 안 되지!"

혼잣말처럼 중얼거리던 준서가 갑자기 몸을 휙 돌려 바로 옆에 서 있는 장정의 총을 뺏었다. 엉겁결에 총을 뺏긴 장정이 황급히 준서한테 달려들어 총을 다시 뺏으려고 했다. 다른 장정들이 일제히 준서를 향해 총을 겨누었다. 미노루도 몸을 낮추며 방어 자세를 취했다. 그러나 준서는 하늘을 향해 땅! 한 방 쏘고는 총을 다시 장정한테 휙 던져주었다. 그러고는 아무 일 없었다는 듯 미노루를 향해 큰 소리로 말했다.

"네놈은 지금 반역자를 죽인 것이 아니다! 천황폐하의 힘없는 신민을 죽인 것이다! 잘 들어라! 어떤 것이 반역자 처단인지 내가 알려주마! 우리 부대가 솔로몬군도 한 작은 섬에 상륙했을 때였다. 내 부하 한 놈이 그곳 원주민 여자를 겁탈했다. 그러고는 항의하는 남편을 개 패듯이 두들겨 팼다. 내가 그 부하를 어떻게 처벌했는지 아는가? 소대원들이 다 보는 데서 단칼에 그놈의 목을 쳐버렸다! 네놈이 지금 차고 있는 그런 작은 군도가 아닌, 대일본제국육군 장교가 차는 긴 군도로 말이다! 그런 것이 바로 반역자 처벌이다! 내가 만약 그때처럼 대일본제국 현역 육군 중위라면 천황폐하의 이름으로 네놈을 이 자리에서 당장 참수해버렸을 것이다!"

준서의 말에 장정들이 화들짝 놀라며 눈을 동그랗게 뜨고 고바야시 조장을 쳐다보았다. 그러나 어찌 된 노릇인지 미노루 조장은 묵묵부답이었다. 평소 조선인들 앞에서 하늘의 새도 떨어트릴 정도로 권세를 자랑하던 그 고바야시 미노루 헌병 조장의 모습이 아니었다.

고바야시 조장은 순간적으로 혼란에 빠졌다. 미노루는 준서한테서 대일본제국육군 중위의 위엄을 절실히 느꼈다. 고등교육도 제대로 받지 못하고 오직 충성심 하나로 대일본제국 헌병 조장까지 오른 미노루로서는 준서의 말 한마디 한마디가 천황폐하를 위한 충성의 금과옥조로 들렸다. 자신의 헌병 지구대장 연설보다도 훨씬 더 깊은 천황폐하에 대한 충정에 자신도 모르게 탄복하고 있었다. 하지만 준서한테는 이 순간 모든 것이 자신의 생명을 담보로 구명 은인들의 목숨을 살리기 위한 위험천만한 임기응변에 불과했다. 숯장수 아저씨의 참혹한 죽음을 보고 부들부들 떨리는 분노를 격정으로 토로하다 보니 자연히 그의 말에는 힘이 실렸다. 그러면서도 그는 한순간도 냉정함을 잃지 않았다. 조금 전 총을 빼앗을 때만 해도 준서는 그대로 미노루를 쏴 죽이고 싶었다. 하지만 그렇게 되면 자신이 죽는 것은 물론이고, 무궁 순진한 두 모녀까지 죽음을 면치 못한다는 것을 알고는 하늘에 한 방 쏘아 대일본제국육군 장교의 용감성을 내보여 미노루의 기를 꺾어놓는 것으로 참았다.

준서는 미노루의 굳은 표정을 보고 다시 고함을 꽥 질렀다.

"그래, 아직도 할 말이 남았나? 이 새끼야!"

준서의 고함에 미노루는 문득 혼란에서 벗어나 정신을 차렸다.

"뭐, 이 새끼? 패잔병 주제에 감히! 널 당장 죽여 버리겠다!"

미노루가 권총을 치켜들어 준서를 겨누다 말고 권총을 도로 집어넣고 대신 칼을 뽑아 들었다.

"너 같은 패잔병은 실탄도 아깝다! 칼로 네놈 목을 쳐주마!"

고바야시 조장이 장검을 들고 준서 앞으로 성큼 다가섰다. 그러자 한 장정이 재빨리 준서 앞을 막아서며 외쳤다.

"조장님! 이러시면 안 됩니다! 즉결처단은 지구대장님만이 할 수 있습니다!"

장정의 말에 나머지 사람들도 준서 앞을 막아섰다. 고바야시 조장이 험상궂은 표정으로 앞을 막은 부하들을 노려봤다.

"아니, 이 새끼들 봐라! 감히 어딜 나서는 거야? 비키지 못해?"

"고바야시 조장님! 우린 아오키 중위님의 말씀이 옳다고 생각합니다! 진정하십시오!"

"하! 이 자식들이 이제 명령 불복에 하극상까지 하겠다는 거네? 좋아, 네놈부터 처단해주마!"

독이 바짝 오른 미노루가 칼을 치켜드는데 어디서 갑자기 아이 울음소리가 들렸다. 모두가 놀라 흙마루 쪽으로 고개를 돌렸다. 어느새 정신을 차린 아주머니가 낭구의 몸을 잡고 흔들고 있었다. 사람들이 우르르 모녀한테로 달려갔다. 식모가 아이를 안고 있었다. 아주머니가 미친 듯이 울부짖었다.

"낭구야, 낭구야, 에미다, 에미! 눈 좀 떠봐라! 아이고, 아이고, 우리 낭구가 죽게 생겼네! 이 일을 어쩌면 좋나!"

숨을 헉헉 몰아쉰 뒤 다시 통곡했다.

"아이고, 아이고, 우, 우리 낭구가 죽는다! 누가 우리 낭구 좀 살려주소! 불쌍한 우리 낭구, 아이고, 아이고, 제발 우리 낭구 좀 살려주소, 예? 이 일을 어쩌나, 이 일을 어쩌면 좋나!"

뒤늦게 도착한 준서가 낭구를 와락 끌어안았다. 아랫도리가 피범벅 된 채 가냘픈 숨을 몰아쉬고 있던 낭구가 준서의 팔을 꽉 잡았다. 어렴풋이 뜬 두 눈에서 가느다란 눈물이 흘러내렸다. 눈동자는 이미 움직이지 않았다. 정신을 잃은 상태에서도 산기가 돌자 모성이 본능적으로 뱃속 아이를 밀어내고 기진맥진한 것이었다. 준서는 어금니를 악물었다. 육탄으로 미노루한테 돌진했다. 장정들이 중간에서 준서를 낚아채 땅바닥에 처박아버렸다. 준서는 발버둥 쳤다. 소리치고 싶어도 소리가 나오지 않았다. 억장이 무너지며 가슴이 꽉 막혀 숨조차 쉴 수 없었다. 벌겋게 충혈된 눈을 뒤집으며 헉헉거리는 준서를 보다 못한 장정 하나가 준서의 가슴을 흔들며 등을 툭툭 쳤다. 그러자 잠시 뒤 준서가 후ー 하며 숨을 몰아쉬기 시작했다. 다른 장정이 달려가 물을 한 바가지 떠와 준서한테 먹였다. 물을 마신 준서가 비틀거리며 낭구 옆으로 다가갔다. 그는 냉정함을 되찾았다. 낭구를 안고 벌떡 일어나 미노루를 향해 잡아먹을 듯이 외쳤다.

"이 자식아, 당장 가서 약 가져오지 못해? 안 그러면."

"안 그러면?"

갑작스러운 상황에 당황해 있던 미노루가 뚱한 표정으로 말을 받았다.

"당장 진주 헌병 지구대를 찾아가 너를 고발하겠다! 이 개자식아!"

준서의 고함에 주위에 있는 장정들이 일시에 미노루를 쳐다보았다. 멍한 표정으로 서 있던 미노루가 부하들의 표정을 한번 쓱 훑어보고는 갑자기

'철수!' 하고는 서둘러 장정들과 사라져버렸다.

광란의 순간이 지나고 곧 정적이 찾아왔다. 준서는 낭구를 안은 채 멍하게 벽에 기대 있었다. 식모는 아이를 안고 방으로 들어갔고, 낭구 어머니는 죽은 남편을 끌어안고 통곡하고 있었다. 준서는 모든 것이 꿈속 같았다. 숯장수 아저씨의 죽음도, 낭구의 죽음도, 전혀 실감이 나지 않았다. 잠시 후면 여전한 평상시 모습으로 돌아올 것 같았다. 그러나 봄 햇살로 가득 찬 눈부신 5월의 지리산 내원골은 깊은 침묵에 잠긴 채 깨어날 기미가 없었다.

"그렇게 태어난 아이가 백일쯤 되었을 때 히로시마에 원자폭탄이 떨어졌다. 그리고 얼마 안 되어 일본은 항복했고 우리는 해방이 되었지. 그때 그 아이는 사내였는데, 처음엔 식모가 데려다 젖을 먹이고 키웠다더군. 그런데 세 살도 채 안 되어 좌익 하는 사람들이 왜놈 새끼를 키운다며 죽일 듯이 핍박해, 식모는 어쩔 수 없이 네 할아버지한테 아이를 데려다주었고, 그때부터 네 할아비가 자기 성을 따서 '한국남'이라 이름을 짓고 밥물을 먹이며 키웠다고 했다. 이게 그때 내가 네 할아버지한테서 들은 이야기 전부다."

스님이 긴 이야기를 끝내고 가부좌를 하고 눈을 감았다. 영채와 솔잎도 무거운 침묵에 빠졌다. 그러나 두 사람의 침묵은 서로 달랐다. 영채는 한준서라는 사람의 불행한 젊음과 처절한 삶이 어깨를 무겁게 짓눌렀다. 힘없는 조선사람을 살리기 위해 자신의 목숨을 내놓고 고바야시 조장과 맞붙는 그 비장한 용기에 숨이 막혀 감히 입을 열지 못하고 있었다. 이런 영채와 달리 솔잎은 새삼 알게 된 자신의 신분이 지금까지 알고 있던 것과 생판 다르다는 사실에 엄청난 충격을 받고 있었다.

'내 몸에 일본사람 피가 흐르고 있다니! 그럴 리가 없다! 내 할아버지는 나카무라가 아니고 한준서다!'

솔잎은 도저히 믿을 수가 없었다. 심곡 스님이 뭔가를 잘못 들었든지, 아니면 오래된 일이라 뭘 잘못 기억하고 있는 게 틀림없다고 생각했다. 솔잎 기색을 눈치챈 영채가 손을 잡아주려고 했지만, 솔잎은 그냥 손을 거두었다.

한참 동안 침묵하던 스님이 몸을 돌려 차를 찾았다. 퍼뜩 정신을 차린 솔잎이 얼른 차를 따라 올렸다. 그러고는 충격을 억누르며 담담하게 말했다.

"그런데 스님! 전 제 아버지가 나카라무라 박사 아들이 아니라, 한준서 할아버지 아들일지도 모른다는 생각이 들어요!"

"어째서 그런 생각을 하느냐?"

"한준서 할아버지는 사지에 처했을 때 기적처럼 솔낭구 할머니를 만나셔서 함께 아픔을 극복하며 오랫동안 오붓하게 지내셨지 않습니까? 그때 이미 솔낭구 할머니와 한준서 할아버지가 부부의 연을 맺었는지도 모르잖아요? 솔낭구 할머니가 숯가마에서 한복차림을 하셨던 것이나, 나카무라 박사한테서 도망쳐 나온 것을 보면, 솔낭구 할머니가 한준서 할아버지를 얼마나 사랑하셨는지 알 수 있으니까요!"

"그래, 나카무라 박사의 핏줄을 부정하고 싶은 네 마음을 어찌 내가 모르겠느냐! 하지만 내가 한 말은 사실이다!"

"그렇지만, 스님."

"더 들어보거라. 그해 겨울, 나와 한준서는 만난 지 6개월여 만에 헤어졌다. 부대가 하절기 공비토벌 작전을 마치고 철수했기 때문이다. 그런데 우리 두 사람의 인연은 피할 수 없었지. 그렇게 헤어지고 40년이 지난 뒤, 우리가 이 지리산 골짝 같은 장소에서 다시 만나게 되었으니 말이다. 하지만 이번에는 다 큰 너를 데리고 있으면서 한국남의 딸이라고 했다! 그래서 내가 그 아들은 잘 지내냐고 물었더니, 제 아버지를 찾아 일본에 가겠다며 집을 나가서는 소식이 없다고 했다!"

"그럼 제 아버지에 대해 다른 자세한 이야기는 안 하시던가요?"

"없었다. 깊은 이야기는 병원에서 나눈 그 이야기가 전부다. 우린 옛날처럼 서로 쉽게 만나고, 사사로운 이야기를 나누고 할 그런 처지가 아니었다. 거처도 다르고 하는 일도 달랐으니까!"

스님이 다시 차를 한 모금 마셨다. 두 사람의 대화를 묵묵히 듣고 있던 영채가 이윽고 입을 열었다.

"스님. 이참에 저도 전부터 궁금해하던 거 좀 여쭤봐도 될까요?"

"뭐가 알고 싶으냐?"

"스님은 우리 할머니를 언제부터 아셨어요?"

"허허. 그게 그리 궁금했느냐? 꽤 오래됐지. 가만있어봐라, 어디 보자. 그러니까, 경기도 의정부 도솔암에서 처음 네 할머니를 만났으니까 그러구러 20년도 더 됐구나. 내가 토벌 작전 끝난 뒤 바로 출가해서 강원도 토굴 수행을 끝내고 경기도 도솔암에 갔더니, 네 할머니가 거기서 여신도회 회장을 맡고 있더구나. 신심이 어찌나 돈독한지 내가 감복했지. 내가 거기 머무는 3년 동안 매월 초하루와 보름 법회에 한 번도 안 빠지고 꼬박꼬박 참석해 기도를 드렸으니까! 그때도 어린 너를 데리고 다녔지."

"저도 어렴풋이 기억나요. 그런데 할머니는 뭘 그렇게 열심히 기도했을까요? 지금도 불경을 손에 놓는 일이 없으시거든요."

"이 녀석아, 뭐긴 뭐겠냐. 다 너 잘되라고 드리는 기도였겠지! 궁금하면 네가 직접 할머니한테 물어봐라. 바로 옆에 답을 놔두고 왜 다른 곳에서 찾으려고 하느냐!"

"예. 잘 알겠습니다. 그럼, 스님께서는 우리 할머니가 왜 서울을 떠나 여기 시골로 내려와 사시는지, 혹시 아셔요?"

"네 할머니는 십수 년 전부터 암자 하나 짓는 게 소원이라며 나한테 터를 좀 알아봐 달라고 했다. 그래서 내가 5년쯤 전에 지금 '해원암' 그 터를 잡아주었다. 토담집을 헐고 암자를 지으면 좋은 자리였거든. 그런데 얼마 안 있어 암자 이름을 써달라기에 이상해서 가보았더니, 암자를 새로 지은 게 아니라 그냥 그 토담집 흙벽에 암자 현판만 갖다 턱 붙여놨더구나! 허허허! 자, 그만 일어서자. 나는 가서 좀 누워야겠다!"

스님과 헤어져 절을 나온 뒤로 솔잎은 통 말이 없었다. 자신이 한준서 할아버지의 친손녀가 아니라는 충격에서 쉽게 벗어나지 못하는 듯했다. 준서는 무슨 말이든 해주고 싶었지만 마땅한 말이 떠오르지 않았다.

차가 대포 마을 앞에 이르렀을 때 솔잎이 갑자기 입을 열었다.

"잠시만, 차 좀 세워주실래요?"

"그러죠. 무슨 볼일이라도?"

"여기서 잠깐만 기다려주세요."

솔잎이 차를 내려 맞은편에 있는 가게로 가 비닐봉지에 무엇을 담아 나왔다.

"할아버지 무덤에 좀 가보려고요!"

"잘 생각했습니다. 저도 얼핏 그 생각을 했었는데! 어디죠? 산소가!"

"차를 돌려서 내려왔던 길로 다시 올라가야 해요."

"알았습니다."

영채가 가게 앞 공터로 들어가 차를 단번에 휙 돌렸다. 절을 지나쳐 조금 더 올라가자 지금과 달리 길이 험해졌다. 개울을 따라 좁게 나 있는 데다 커다란 돌멩이가 군데군데 울퉁불퉁 박혀있어 차가 만만히 다닐 수 있는 길이 아니었다. 그래도 집들이 띄엄띄엄 나타났다. 솔잎이 창밖을 내다보며 혼잣말로 중얼거렸다.

"집은커녕 사람 걷는 길도 제대로 없었는데…."

"정말 첩첩산중이네요! 이런 데서 어린 시절을 보냈다니!"

영채가 백미러로 솔잎을 흘깃 쳐다보았다. 솔잎은 무심한 얼굴로 창밖을 물끄러미 내다보고 있었다. 어느 순간부터 집이 보이지 않더니 이윽고 길이 끊어졌다.

"이 부근입니까?"

"한참 더 올라가야 하는데…"

솔잎이 비닐봉지를 들고 먼저 차에서 내렸다. 영채가 차를 간신히 돌려 놓고 오자 솔잎이 바짓가랑이를 걷어 올린 채 개울가에 서서 머뭇거리고 있었다.

"물이 너무 많은데 어쩌죠?"

영채가 보기에도 솔잎이 건너기는 쉽지 않아 보였다. 듬성듬성 흩어져 있는 큼직한 바위를 에돌아 굽이치는 물살이 흰 물거품을 일으키며 제법 세차게 흐르고 있었다. 그러나 다행히도 물이 맑아 바닥 모래알까지 훤히 들여다보여 발을 헛디딜 염려는 크게 안 해도 될 것 같았다.

"조심해서 천천히 건너면 될 것 같습니다. 제가 건네줄게요!"

영채가 바지를 무릎까지 걷어 올리고 먼저 물에 내려서서 솔잎을 안으려고 했다. 솔잎이 얼굴을 붉히며 뒷걸음을 쳤다.

"괜찮아요. 이리 와요!"

솔잎이 잠시 망설이다가 앞으로 한 발짝 나서며 조그맣게 더듬거렸다.

"차라리 드, 등에."

"그럼 그러셔요, 자."

영채가 돌아서서 무릎을 굽히며 등을 낮추자 솔잎이 살며시 업혔다. 개울을 건너는 동안 솔잎은 몸을 움츠리느라 숨도 제대로 못 쉬었고, 영채는 한 발 한 발 조심하느라 솔잎을 업었는지도 몰랐다.

개울을 건너 10여 분을 더 걸어 올라가자 풀숲으로 뒤덮인 제법 널따란 평지가 나타났다. 솔잎이 앞장서서 풀숲을 헤치고 나가 흙무더기 앞에 섰다. 솔잎이 비닐봉지에서 막걸리와 과자를 꺼내 흙무더기 앞에 차려놓고 두 번 절을 했다. 영채는 옆에 서서 솔잎을 따라 합장하고 절했다.

"여긴 원래 숯가마였어요. 할아버지가 생전에 스님한테 부탁하셨대요. 당신이 돌아가시면 여기 숯가마에 넣고 화장한 뒤, 그대로 가마를 허물어서 묻어 달라고요! 그땐 몰랐는데, 아까 스님 말씀 듣고 보니 왜 할아버지가 여기 그대로 묻어달라고 하셨는지 알 것 같아요."

"왜 그랬을까요?"

"할아버지가 혼수상태에 빠졌을 때, 이 숯가마에서 솔냥구 할머니가 떠먹이는 미음을 받아 잡수시며 사나흘을 버티신 뒤 간신히 살아나셨잖아요? 그 은혜를 할아버지는 차마 못 잊으신 거예요! 어쩌면, 어쩌면, 할아버지는 지금 여기서 솔냥구 할머니를 품고 계실지도 몰라요!"

말하는 동안 점점 목이 메더니 끝내 솔잎이 고개를 숙이며 눈물을 떨어뜨렸다. 그 순간 영채도 감전이 된 듯 가슴이 저릿했다. 자신도 모르게 솔잎의 어깨를 껴안았다. 솔잎이 몸을 돌려 두 손으로 얼굴을 가린 채 영채 가슴에 머리를 기댔다.

"솔잎 씨 말이 맞아요. 지금 할아버지는 솔냥구 할머니와 함께 정말 편히 쉬시고 계실 겁니다!"

솔잎이 고개를 끄덕이며 손바닥으로 눈물을 훔쳤다. 솔잎이 주위에 있는 솔냥구 할머니 무덤과 솔냥구 할머니의 부모님 무덤에도 차례차례 막걸리를 부어놓고 절했다.

솔잎과 영채는 다 허물어진 옛집 흙마루에 걸터앉았다. 솔잎이 손바닥으로 흙마루를 쓸어보며 다시 울먹였다.

"여, 여기서, 우리 할머니가 그렇게 비참하게 우리 아빠를 낳으시다 돌아가셨다니…, 그 모습을 지켜보신 우리 할아버지는 얼마나 가슴이 찢어졌을까!"

"그래요! 준서 할아버지가 그때 미노루 헌병한테 대들었던 그 비장한 모습은 정말로 감동적이었습니다! 아마 제 평생 잊지 못할 것입니다! 지금도 여기 어딘가에는 준서 할아버지의 그 목숨을 건 정의가 붉은 맥박으로 뛰고 있을 겁니다!"

"고마워요! 그렇게 우리 할아버지를 생각해주셔서!"

솔잎이 비로소 영채의 눈을 똑바로 보며 엷은 미소를 지었다. 영채 등에 업힌 뒤로 지금까지 부끄러워 눈을 맞추지 못하던 솔잎이었다. 눈물 젖은 솔잎의 눈빛이 영채의 폐부를 깊숙이 파고들었다.

그날 저녁, 영채는 사무실에서 기요시한테 전화를 걸어 심곡 스님한테서 들은 이야기를 모두 해주었다. 특히 나카무라 박사의 아들 한국남과 손녀 솔잎의 이야기를 들은 기요시가 얼마나 놀라워하는지, 영채는 전화를 통해서도 생생히 느낄 수 있었다.

"그, 그 사실이, 정말인가? 내, 내 사촌이, 지금 너하고 함께 있다고? 세상에, 이, 이럴 수가! 아, 친구, 고맙다, 고마워!"

"고맙긴! 나도 처음엔 이런 기막힌 사실이 믿기지 않더라고! 그런데 알고 보니까 고바야시 그 헌병 놈이 만삭인 네 작은 할머니를 핍박해서 죽인 거였어! 그래놓고는 네 아버지한테는 모른다고 거짓말을 한 거지! 정말 나쁜 놈 아냐?"

"그럼 우리 작은 아버지는? 어떻게 됐는지 몰라?"

"생부 찾으러 일본 간다며 집을 나간 뒤로 소식이 끊겼대."

"아, 우리 아버지도 태어나자마자 어머니를 잃으셨는데, 어쩌면 우리 작은 아버지도 똑같이 그렇게 불행하게 어머니를 잃으셨을까! 제발 어디서든 살아계시기라도 하면 좋으련만!"

"이봐, 기요시! 너무 안타까워하지 마! 우선은 그 심마니를 찾아 할아버지 행방부터 알아내는 게 급선무 아냐?"

"그래, 맞다! 나도 가급적 빨리 나가도록 할 테니 같이 한번 찾아보자. 그리고 그 사촌 동생 솔잎한테 내 이야기 좀 잘해줘! 솔잎, 마츠바(松葉), 정말 이름도 예쁘군!"

"알았다. 나올 때 전화해라!"

영채가 전화를 끊고 일어서는데, 맞은 편 책꽂이 책갈피에 삐죽이 나와 있는 사진이 눈에 띄었다. 영채는 무심코 사진을 조금 빼보았다. 반쯤 뽑힌 사진에 얼굴이 심하게 훼손된 사람이 나타났다. 순간 영채는 자신도 모르게 사진을 쑥 뽑았다. 사진을 싸고 있던 종이가 툭 떨어졌다. 영채는 우선 사진부터 보았다. 젊은 남녀가 어린아이를 양쪽에서 보듬고 있는 모습이었는데, 여자의 얼굴이 엉망으로 문질러져 있었다. 원래 까맣게 칠해진 얼굴을 수건 같은 것으로 문질러 닦은 흔적이었다. 영채는 흉측하다는 생각이 들었다. 누가 사진 얼굴을 이렇게 만들었을까? 그때 밖에서 인기척이 났다. 영채는 얼른 종이를 주워 짧게 적힌 편지 내용을 눈으로 빠르게 훑었다. 그런 뒤 사진을 싸서 원래 자리에 끼워놓고 일어섰다. 할머니 모시고 저녁 산책갔던 솔잎이 들어왔다.

"미안합니다. 주인도 없는데. 기요시한테 전화 좀 했습니다."

"괜찮아요."

"그럼, 전 그만."

영채가 솔잎 옆을 비켜서는데 문득 사진 속 아이 모습이 떠올랐다. 아까 낮에 스님과 솔잎이 나누던 솔잎 부모님 이야기도 되살아났다.

8

솔잎은 며칠째 일이 손에 잡히지 않았다. 스님한테서 들은 할아버지 이야기가 헝클어진 실타래처럼 엉켜 분별력을 마비시켰다. '내 몸에 일본사람 피가 흐른다! 나는 조선사람이 아니다!'라는 생각이 끊임없이 맴돌았다.

저녁도 거른 채 침대에 웅크리고 앉아, 할아버지가 물려준 하모니카만 만지작거리며 혼자 시름겨워하던 솔잎은 도저히 견딜 수가 없어 솔밭으로 나갔다. 하모니카라도 실컷 불어 기분을 돌려볼 생각이었다.

사립을 나간 솔잎이 한참이 되어도 돌아오지 않자 영채는 은근히 걱정되었다. 혹시 자기가 없는 사이 할머니한테 무슨 꾸중이라도 들은 게 아닌가 해서 할머니를 쳐다보았다. 윤 여사가 영채 눈치를 알아채고 말했다.

"무슨 일인지 나도 모르겠구나. 스님한테 갔다 온 뒤로 통 웃지를 않는다. 네가 나가서 좀 다독여줘라. 저기 솔밭 어딘가에 있을 게다."

"네. 할머니."

영채가 기다렸다는 듯이 뛰어나갔다. 사립문에서 조금만 나가면 갈림길이었다. 오른쪽은 솔밭을 지나 칠평산으로 가는 길이고, 왼쪽은 청현 마을로 내려가는 길이었다. 영채는 솔잎이 다 저문 저녁에 마을로는 가지는 않았을 거라 판단하고 솔밭길로 들어섰다. 칠평산 뒤 높다랗게 솟은 집현산 산마루에 머물고 있는 여명이 소나무 숲속을 헤집고 들어 오솔길은 괴기스러울 정도로 적막했다. 좌우를 살피며 한참 걷던 영채는 앞쪽에서 인기척을 느끼고 걸음을 멈추었다. 저만치 소나무 숲 사이로 통나무 그루터기에 앉아 두 손으로 얼굴을 가리고 있는 솔잎 모습이 희미하게 보였다. 울고 있는 듯했다. 영채는 방해하고 싶지 않아 몸을 숨긴 채 그 자리에 가만히 있었다. 한참을 그러고 있던 솔잎이 이윽고 눈가를 훔치며 고개를 들었다. 나지막이 혼자 중얼거리는 목소리가 들렸다.

　─밤안개 낮게 깔리고 물소리 청량하다. 저녁 새는 나뭇가지에 앉아 쉬는데, 내 시름은 하늘을 나는구나!

　자신의 심정을 시로 읊어 낸 듯해 영채는 숙연해졌다. 이윽고 솔잎이 많이 안정된 듯했다. 영채는 기척을 크게 내며 다가갔다. 솔잎이 멈칫 놀라 돌아보았다.

　"할아버지 생각하셔요?"

　"아, 아니에요….."

　솔잎은 얼른 손가락으로 눈초리에 어린 눈물을 찍어냈다.

　"우리 아직 동지 맞죠?"

　솔잎이 얇은 미소를 지으며 고개를 까딱했다. 영채는 마음이 놓였다.

　"그럼 이야기해 봐요. 하늘을 나는 그 시름을요! 맘 아플 때는 동지한테 풀어버리는 게 제일 좋으니까요!"

　"미안해요. 오신 줄도 모르고."

　솔잎이 얼굴을 돌린 채 자리에서 일어섰다. 영채가 솔잎의 팔꿈치를 살짝 잡았다.

"할머니도 걱정 많이 하셔요. 저러다 병나겠다, 하시면서."

영채의 말에 솔잎이 갑자기 흑! 하며 두 손바닥으로 얼굴을 가리고 흐느끼기 시작했다. 영채가 뒤에서 가만히 솔잎의 어깨를 잡았다. 솔잎이 살그머니 비켜났다.

"할아버지가 너, 너무, 보고 싶어요!"

"그래요. 떠난 사람은 언제나 그리운 법이죠. 사랑했던 사람이면 더더욱 그렇고요."

"불쌍한 우리 할아버지…!"

"저도 한준서 어르신 사랑이 너무 안타까워 울뻔했습니다! 하지만 어쩌겠어요. 이제 다 지나버린 일인 걸요. 이럴 땐, 떠난 사람과 함께 지낸 즐거운 날들을 추억하면 슬픔은 사라지고 행복해지지요. 자, 우리 같이 할아버지를 추억해봐요. 솔잎 씨가 할아버지와 지냈던 이야길 한번 해봐요. 내가 들어줄게요."

담담한 영채의 목소리가 솔잎의 마음을 다독였다.

"저는 어릴 때부터 약초 재배하는 할아버지와 단둘이 살았어요. 며칠 전에 가봤던 거기서요. 우리 할아버지가 돌아가신 뒤에 나왔으니까 꼭 20년을 거기서 산 거죠. 우리 할아버지는 약초에 대한 애정이 유별났어요. 뿌리를 캘 때는 행여 잔뿌리 하나라도 상하게 할까 봐 심혈을 기울여 땅을 팠고, 잎이나 순을 딸 때는 가지가 다치지 않도록 세심하게 신경을 썼죠. 그리고 캐온 약초를 다듬을 때도 이만저만 정성을 들이는 게 아니었어요."

―솔잎이 어쩌다 뿌리에 붙은 흙을 땅이나 나무등치에 툭툭 때려 털라치면 대경실색했다. '이 녀석아, 살살 다뤄라! 약초의 정령이 놀라면 산의 정기를 날려 보내버린다! 정기 빠진 약초는 지푸라기와 하나도 다르지 않다'

하며 야단을 쳤다. 할아버지는 또 약초를 말릴 때도 햇볕을 너무 많이 받아서도 안 되고, 바람기가 없는 곳에서 말려도 안 된다고 했다. 많은 햇볕은 약초의 정기를 갈증 나게 하고, 바람이 통하지 않는 곳은 약초의 정기를 질식시킨다고 했다. 그리고 땅바닥이나 바위에서는 절대 못 말리게 했다. 순이나 잎, 또는 껍질일 경우에는 싸리나무 소쿠리에 담아 그 약초가 원래 있던 높이만큼 되는 나뭇가지 위에 얹어 말렸고, 뿌리나 줄기는 반드시 청올치로 엮어 세워서 말렸다. 그런 정성 때문인지는 모르지만 솔잎 할아버지 약초는 한약방에서 최고의 값으로 거래되었다.

"전 어머니와 아버지의 목소리를 들은 적이 없어요. 또 할머니가 누군지도 몰랐고, 어떻게 할아버지와 단둘이만 산속에서 살게 되었는지도 몰라요. 저는 나이가 조금씩 들어가면서 우리 부모님이 어떤 분인지 몹시 궁금했고, 할아버지는 제가 물어볼 때마다 '네가 다 커서 시집갈 때쯤 되면 이야기해 주마.' 하면서 제 볼을 톡톡 쳐주시곤 하셨어요."

―어릴 때부터 솔잎의 친구는 나무와 바위 그리고 새들과 갖가지 풀들이었다. 그들과 함께 키재기를 하며 자랐고, 그들의 숨소리를 들으며 철이 들었다. 잠자리에서 듣는 나뭇잎 사부랑거리는 소리는 바람이 들려주는 자장가였고, 이른 아침 숲속에서 들리는 온갖 새들의 지저귐은 기상나팔이었다. 솔잎의 몸은 잘 자란 나무처럼 날씬했고, 얼굴은 가을 하늘처럼 밝고 깨끗했다. 또 두 눈은 크고 맑고 총총했다. 나이가 조금씩 들면서 왠지 모르게 슬퍼지는 날이 간간이 생겼는데, 그럴 때면 솔잎은 높고 긴 산등성이를 사슴처럼 달렸다. 그래도 슬픔이 풀리지 않으면 바위에 걸터앉아 무심히 떠가는 조각구름을 바라보며 마음을 달랬다. 그런 날 밤에는 유난히 어머니가

그리웠다. 솔잎은 자신의 어머니는 아름답고 교양 있으며 우아하고 품위 있는 여자였을 거라고 항상 생각했다. 그리고 지금도 어머니는 하늘나라 어디에서 두고 온 딸을 그리워하며 눈물을 흘리고 있을 거라고 믿었다. 그래서 그런 어머니를 위해 자신은 예쁘고 착한 딸로 자라야 한다고 속으로 다짐했다.

솔잎을 처음 본 사람은 다 남자로 알았다. 언제나 삭발 머리에 늘 바지저고리로 된 남장 차림이기 때문이었다. 그런 차림은 솔잎의 할아버지도 마찬가지였다. 그래서 얼른 보기에 두 사람 다 절간 중처럼 보였고, 바깥사람들도 그들의 모양새를 보고 그냥 노스님과 동자 스님이라고 불렀다. 그러나 그들은 출가승이 아니었다. 그저 시간이 나는 대로 한두 시간씩 불경을 읽으며 마음 수양을 할 뿐이었다. 불경은 골짝 아래 있는 내원사 종무소에서 빌려다 보았다. 할아버지는 다 읽은 불경을 갖다 줄 때마다 항상 산채 나물도 한 보따리 안겨서 보냈다. 그러면 종무원 스님은 새로 읽을 불경을 무친 나물 한 대접과 함께 내주곤 했다.

솔잎은 지금껏 학교 다닌 적이 없었다. 그렇지만 영리하고 똑똑했다. 다섯 살 때부터 할아버지는 솔잎한테 영어와 일본어를 가르쳤다. 언젠가는 외국말 쓸 기회가 반드시 온다며 열심히 배우라고 쉼 없이 독려했다. 오래된 외국잡지까지 구해와 독해력을 시험하기도 했다. 이밖에도 솔잎은 매년 봄이 되면 일 년 치 읽을거리를 한꺼번에 사다 주는 할아버지 덕분에 상식이나 지식도 두루 갖추었다. 그래서 솔잎은 일찌감치 검정시험을 거쳐 통신강좌로 학사학위도 취득했다. 모든 공부는 할아버지가 직접 계획하고 가르쳤다. 솔잎이 스스로 선택하고 배운 것은 택견 품밟기였다.

"제가 열일곱 살 막 지날 때쯤이었어요. 여느 때처럼 다 읽은 불경을 가지고 내원사 종무소에 들렀는데, 바로 옆 공터에서 이상한 몸짓을 하는 노스님을 보았죠. 그때까지 한 번도 본 적이 없는 낯선 스님인 데다, 처음 보는 몸짓이라 저는 너무 신기해 한참 동안 서서 구경했어요. 그런데 얼마 지난 뒤, 그 스님이 바로 우리 할아버지와 속세 인연이 깊은 심곡 스님이라는 것을 알게 되었죠. 그때부터 저는 내원사에 내려갈 때마다 심곡 스님을 졸라 택견을 배웠어요. 심곡 스님도 택견이 몸과 마음을 단련하는데 좋은 운동이라며 성심껏 가르쳐주셨고요. 택견 품밟기를 하다 보면 나도 모르게 무아지경에 빠져들게 돼요!"

─그럴 즈음, 언젠가부터 할아버지의 태도가 달라졌다. 평소 입도 벙긋 안 하던 바깥세상 이야기를 자주 꺼내는가 하면, 솔잎과 하루 두세 판씩 꼭꼭 두던 바둑도 두지 않았고, 예전처럼 솔잎의 행동도 간섭하지 않았다. 까만 머리카락이 풋밤송이처럼 제법 소복이 자라나도 삭발해 줄 생각을 안 했다. 그러다 솔잎이 스무 살이 되던 해 봄, 출타했다 돌아온 뒤로 몸살처럼 시름시름 앓다가 두세 달 만에 그만 갑자기 돌아갔다. 간암이라고 했다. 솔잎만 몰랐지, 일 년 전 진단 받을 때 이미 돌이킬 수 없을 정도로 진행된 상태였고, 이런 사실을 심곡 스님은 다 알고 있었다.

할아버지 장례가 끝나고 솔잎은 심곡 스님이 있는 내원사로 거처를 옮겼다. 그때부터 솔잎은 심곡 스님한테 출가해 비구니계를 받을 수 있게 해달라고 졸랐다. 하지만 심곡 스님은 아직 연이 닿지 않았다며 미루고 또 미루었다. 그렇게 2년 남짓 지난 어느 날, 솔잎은 심곡 스님의 권유로 윤 여사를 따라 내원사로 나왔다.

"전 지리산을 벗어나는 경우가 거의 없었어요. 다리가 불편하신 우리 할아버지가 어린 저를 데리고 산길 다니는 것을 몹시 꺼리셨으니까요. 그래서 약초 내다 팔러 나가실 때도 언제나 저를 혼자 남겨 놓고 다녀오시곤 했어요. 그러다 제가 예닐곱 살 되어 웬만큼 산길을 걸을 수 있게 되자 할아버지는 일 년에 서너 번 정도 약초바구니를 저한테 들려 진주에 있는 한약방에 데리고 다니셨죠. 그때 저는 한참 뒤떨어져 따라오시는 할아버지를 돌아보고, 왜 어른이 빨리 못 걷냐고 타박하곤 했던 기억이 나요. 지금 생각하면 그때 할아버지 가슴이 얼마나 아팠을까, 너무 슬프고 후회되어요!"

솔잎이 다시 두 무릎에 얼굴을 얹고 흐느끼기 시작했다. 영채는 자기도 모르게 손으로 솔잎의 어깨를 토닥였다.

"자, 진정하고 그만 그쳐요. 할아버지와 가장 행복했던 순간을 떠올려봐요. 그게 언제였죠?"

"할아버지하고, 하모니카 불며 놀, 때요."

솔잎이 흐느끼는 중에도 아이처럼 띄엄띄엄 대답했다.

"그럼, 그때 불렀던 노래 한번 불러볼래요? 어떤 노래였죠?"

영채의 다정한 독촉에 멈칫거리던 솔잎이 이윽고 주먹으로 눈물을 쓱쓱 훔치며 옆 그루터기로 떨어져 앉았다. 잠시 뒤 솔잎이 흐느낌을 멈추고 하모니카를 불기 시작했다. 영채가 잘 아는 미국민요 '홍하의 골짜기(Red River Valley)'였다. 그러나 영채가 즐겨 부르는, 경쾌하게 흐르는 빠른 곡조가 아니고 애조 띤 음률의 느린 연주였다. 영채는 속으로 하모니카 연주에 맞추어 천천히 노래를 따라 불렀다. 그러자 가슴이 울컥해지며 눈시울이 아렸다. 영채한테 '홍하의 골짜기'는 야영장에서 캠프파이어를 피워놓고 여럿이 춤을 추며 함께 기타치고 부르는 즐겁고 경쾌한 노래였지, 이렇게 고즈넉한 곳에서 하모니카로 애절하게 연주하는 쓸쓸한 노래가 아니었다. 연주를 끝낸 솔잎이 작은 목소리로 노랫말을 속삭이듯 읊었다.

당신이 떠난다는 말을 들었어요./맑은 눈빛과 아름다운 미소가 그리울 거예요./가시는 길에 밝은 햇살이 비추길 빌게요./여기 와 내 옆에 앉아요./당신도 날 사랑하잖아요./작별의 인사는 천천히 하셔도 되어요./제발 홍하의 골짜기를 잊지 말아요./당신을 진정으로 사랑하는 이 멋쟁이 카우보이 소년도요./

잠시 침묵이 흘렀다. 솔잎도, 영채도, 아련해진 감동을 그대로 느끼며 숨죽이고 있었다. 애절한 노랫말과 하모니카 선율이 어우러져 밤안개처럼 두 사람을 휘감고 돌았다. 영채는 미국에서 '홍하의 골짜기'를 수없이 듣고 불렀다. 하지만, 이렇게 폐부를 쥐어짜는 애절함을 느껴보기는 처음이었다. 솔잎이 나직이 말했다.

"제가 다섯 살 때부터 할아버지한테 영어와 일본어를 배웠는데, 할아버지는 영어를 가르쳐 주실 때는 꼭 이 노래를 먼저 부르게 한 뒤 공부를 시작했어요. 일본어 공부할 때는 일본 동요 '고향 하늘 (故郷の空)'을 먼저 부르게 하셨고요."

"왜 그랬을까요?"

"외국어 공부는 먼저 그 나라 정서와 심정적 교감이 있어야 이해가 잘되고 능률이 오른다고 하셨어요."

"와, 할아버지, 정말 대단한 분이셨네요! 그렇게까지 세심하게 가르치셨다니! 지금도 일본 와세다대학은 세계적으로 인정받는 학교죠. 그 당시에는 조선인이 와세다대학에 입학하기가 쉽지 않았을 텐데 할아버진 정말 대단한 수재였던 모양이네요!"

"입학했을 때, 총독부에서도 황해도 도지사를 통해 축하해주었대요."

"그럴 만도 했을 겁니다. 그렇게 좋은 학교에서 끝까지 공부 못 하신 게 아쉽네요!"

"하지만, 저는 우리 할아버지가 올곧은 민족정신으로 그렇게 사신 삶이 학교 졸업한 것보다 더 자랑스러운걸요!"

"물론입니다! 할아버진 아무나 살 수 없는 삶을 사신 용기 있는 분입니다. 정말 존경합니다!"

"그렇게 우리 할아버지를 이해해주셔서 고마워요."

솔잎이 그윽한 눈으로 영채를 바라보았다. 두 사람은 희미한 어둠 속에서 한참 동안 서로의 눈길을 잡고 있었다. 영채가 나직이 말했다.

"'고향 하늘'이라는 노래는 어떤 노래죠?"

"스코틀랜드 민요 '밀밭 사이로'를 일본어로 번안한 노래예요."

솔잎도 눈을 떼지 않고 조그맣게 대답했다.

"한번 들려주실래요? 아까 '홍하의 골짜기'는 아주 좋았는데!"

솔잎이 고개를 돌리며 말했다.

"아깐 멋도 모르고 얼떨결에 불렀지만…, 창피해요!"

"괜찮아요. 우리 둘뿐인데요, 머! 자, 한번 불러봐요. 할아버지 생각하면서!"

"…그럼."

솔잎이 주위를 한번 슬쩍 둘러보고는 영채를 수줍게 쳐다봤다. 영채가 미소지으며 괜찮다는 눈짓을 보냈다. 솔잎이 하모니카를 불기 시작했다. 영채가 아는 행진곡풍의 씩씩한 '밀밭 사이로'가 아니었다. 꽃잎에 앉은 나비의 날갯짓처럼 느리고 편안한 음률이었다.

"아, 정말 듣기 좋습니다! 국민학교 때 배운 동요 '들놀이'도 역시 같은 곡을 번안한 노랜데, 리듬의 느낌은 판이하네요."

영채가 살짝살짝 박수를 치며 말했다.

"괜히…. 부끄러워요."

"아닙니다. 우리 동요 부를 때하고는 확연히 다른 정감이 느껴져요. 어디, 가사도 좀 들려줄래요? 어떤 내용인지 궁금하네요."

"노랫말은 우리하고 달라요. 어른들이 부르기엔 좀 멋쩍은 우리 노랫말과 달리 일본 가사는 아이, 어른, 누가 불러도 잘 어울리는 내용이에요. 대충 옮겨보면 이래요."

솔잎이 고개를 들어 어둠 속에 드러난 건너편 산등성이를 향해 고개를 까딱거리며 가사를 읊었다.

저녁 하늘 맑게 개어 가을바람 소슬 불고 / 달그림자 저무니 방울벌레 울음 운다.
생각하면 할수록 머나먼 고향의 하늘 / 아— 우리 부모님은 지금도 편히 계실까!
맑은 물결 위로 싸리꽃 드리워져 / 구슬 같은 이슬은 억새에 가득하고
생각하면 할수록 닮아있는 고향의 들녘 / 아— 내 동생은 지금쯤 누구랑 놀까!

솔잎이 노랫말을 다 읊은 뒤 고개를 돌려 영채를 그윽하게 쳐다봤다. 영채가 솔잎의 눈을 응시하며 나직이 말했다.

"고향을 그리는 심정이 가슴을 울리네요! 내가 예전에 이 노래를 알았더라면, 미국에서 참 많이 불렀을 것 같습니다!"

"할아버지는 이 노래만 부르시면 늘 두 눈이 촉촉이 젖었어요. 어릴 땐 아무 생각 없었지만, 지금 생각하면 할아버지가 갈 수 없는 이북의 고향과 부모님을 얼마나 그리워하셨는지 알 것 같아요!"

영채는 지리산 깊은 산속에서 할아버지와 단둘이 외롭게 살아온 솔잎의

지난날이 상상되어 가슴이 아팠다. 자신도 모르게 손을 내밀어 솔잎의 손을 가만히 잡았다. 솔잎이 다소곳이 몸을 젖혀 영채 어깨에 머리를 기댔다. 영채는 문득 솔잎 사무실에서 본 사진 속 아이 얼굴이 떠올랐다. '영도다리가 내려다보이는 갈매기 여인숙'이라는 글귀도 또렷이 기억났다. 어쩌면 사진 속 그 남자와 여자를 찾을 수 있을지도 모른다는 생각이 들었다.

제2부
유정만리 무정천리

터널 안에서 한 여자가 뛰어나왔다.
뒤에서 소련 군인이 총을 겨누며 뭐라고 소리쳤다.
여자는 멈추지 않았고, 군인은 총을 쏴 여자를 죽였다.
다른 군인들이 철로 위에 쓰러진 여자를
언덕 아래로 던져버리고 갔다.

1

　부산사무소 김 소장은 훤칠한 키에 성격도 활달했다. 영채가 사무실에 들어서서 잠시 머뭇거리고 있는데, 지나가던 젊은 남자가 친절하게 말을 걸었다.

　"어떻게 오셨습니까? 뭘 도와드릴까요?"

　"예. 전 노영채라는 사람인데, 사무소장님 좀 뵐까 하고요."

　"제가 바로 사무소장 김창열입니다. 그런데 혹시, 노영채 변호사님이 아니신지? 우리 윤 사장님 손자분!"

　"그렇습니다만, 어떻게 저를?"

　"며칠 전 한 비서와 통화하면서 이야기 들었습니다. 사장님 큰손자 노영채 변호사님이 미국서 귀국하셨다고요!"

　"그 아가씨 참, 별걸 다 이야기했네요!"

　"하하! 그런 게 비서 역할 아닙니까? 이렇게 뵙게 되다니 반갑습니다. 자, 들어갑시다."

　소장실에 마주 앉자마자 영채는 바로 본론을 꺼냈다.

"사실은, 김 소장님께 사적으로 도움받을 일이 좀 있어서 이렇게 찾아왔습니다."

여직원이 찻잔을 두 사람 앞에 놓고 나갔다. 김 소장이 영채한테 차를 권하며 말했다.

"뭡니까? 제가 도울 수 있는 일이라면 기꺼이 도와드리겠습니다."

"고맙습니다. 제가 사람을 좀 찾으려고 하는데요."

영채는 말을 끊고 가방에서 광고지 한 장을 꺼냈다. 솔잎이 가지고 있는 사진을 몰래 가져다 만든 사람 찾는 광고지였다.

"여기 이 사진은 25년쯤 된 것인데, 가운데 있는 이 아이의 어머니를 찾았으면, 해서요!"

"그런데 여자 얼굴이 왜….'"

김 소장이 광고지 속 사진을 유심히 들여다보며 혼자 말했다.

"아이 어머니인 것 같은데, 아마 본인 얼굴 알려지는 게 싫었던 모양입니다. 편지에 싸여 아이 품속에 있었다고 하니까요!"

"미혼모면, 그럴 수도 있겠네요"

김 소장이 광고지 내용을 다 읽어본 뒤 예상 밖이라는 표정을 지었다.

"보상금액이 커서 관심은 많이 끌 수 있겠습니다만, 그런데 이걸 어디다 뿌리려고요? 설마 부산 바닥에 다 뿌릴 생각은 아닐 테고!"

"우선 이 사진을 찍은 장소부터 찾아볼 생각입니다. 아이를 낳았다는 갈매기 여인숙도 찾아보고요. 그래서 그 일대에 뿌려볼까 하는데?"

"그렇지요. 그게 좋을 것 같습니다."

"그런데 제가 부산지리를 모르다 보니, 어디가 어딘지 도대체 감을 잡을 수가 있어야 말이죠. 그래서 소장님한테 좀 여쭤보려고요. 소장님이 보시기에 이 사진 찍은 데가 대충 어디쯤인 것 같습니까?"

"글쎄요. 영도다리가 멀리 내려다보이는 걸 봐서는, 잠시만요!"

김 소장이 말을 하다 말고 자리에서 일어나 뒤쪽 책장에서 부산 시내 지도를 가지고 와 탁자 위에 펼쳤다.

"자, 여기가 영도다리니까, 사진과 같은 배경이 나오려면 이쪽 이 각도에서 멀리 봐야 하니까…, 맞네요! 이쯤에서 찍으면 이 사진처럼 배경이 나올 것 같네요!"

"거기가 시내 어디쯤 됩니까?"

"그러니까 여기 서구 초장동이나 남부민동쯤 될 거 같습니다. 그런데 갈매기 여인숙을 바로 찾지 않고 왜 사진 찍은 데를 찾습니까?"

김 소장이 광고지 여백에 동 이름을 메모해주며 물었다.

"그러잖아도 갈매기 여인숙부터 찾으려고 했지요. 그런데 전화번호부를 다 뒤져봐도 부산 바닥에는 갈매기 여인숙이 없더라고요. 114에서도 없다 그러고!"

"그렇다면 사진 찍은 장소와 그 갈매기 여인숙과는 무슨 관계가 있습니까?"

"제가 보기엔 그 사람들이 사진 찍은 장소에서 그리 멀지 않은 곳에 살았을 것 같거든요! 갈매기 여인숙도 그 부근일 것 같고!"

"왜요?"

"이 사람들 복장을 보세요. 그냥 집밖에 잠시 바람 쐬러 나온 것 같지 않습니까? 먼 데서 왔다면 옷을 잘 갖춰 입었겠지요. 슬리퍼도 안 신었을 거고!"

"아, 정말 그렇네요. 역시 변호사님 눈은 예리하십니다. 그런데, 여기 연락처가 회사 부산사무소 주소와 제 전화번호로 되어있는데 맞는 겁니까?"

"아, 예. 그러잖아도 그것 때문에 지금 막 양해 말씀드리려고 했는데, 죄송합니다. 사전에 승낙받고 인쇄를 해야 하는데!"

"아, 아닙니다. 혹시 인쇄가 잘못됐나 싶어서 물어본 것뿐입니다."

"제 휴대전화로 하고 싶었지만, 제가 머무는 할머니 집이 워낙 산골이라 신호가 잘 안 터져요! 그런 데다, 연락하는 사람으로서는 시외 전화보다 부산 시내 전화가 심적 부담을 덜 느낄 것 같아서 그랬는데, 어렵겠습니까? 전화 오면 그냥 메모만 좀 해주시면 되는데!"

"아뇨, 괜찮습니다. 잘하셨습니다. 전화 오면 잘 받아 놓겠습니다."

"고맙습니다. 소장님. 그리고 이번 이 일, 우리 할머니나 한 비서한테는 말씀드리지 않았으면 좋겠습니다. 괜히 사적 일로 민폐 끼친다고 꾸중하실 테니까요."

"하하하! 알겠습니다. 걱정하지 마십시오!"

"감사합니다. 그럼 전 그만 나가보겠습니다."

영채는 가방을 챙겨 자리에서 일어섰다. 김 소장도 따라 일어섰다.

"시내 지리 잘 아는 직원 한 사람 데리고 가시겠습니까?"

"아닙니다. 제 개인 일인 걸요."

"차 보다는 지하철이 아마 편하실 겁니다. 여기저기 묻고 다녀야 할 테니."

"그렇겠네요. 그럼 차 여기 두고 가겠습니다. 그리고 일 끝나는 대로 바로 전화할게요. 점심이라도 같이하게."

"그거 좋지요! 기다리겠습니다."

사무실에서 얼마 안 떨어진 곳에 서면역이 있었다. 영채는 지하철을 타고 자갈치역에서 내렸다. 우선 그곳에서부터 수소문해보기로 했다. 마침 출입구 안내 지도에 부민동 방향이 표시되어있었다. 큰길로 나온 영채는 왼쪽으로 난 길을 따라 조금 내려오다가 바닷가로 나갔다. 먼저 손님이 없는 생선가게에 들렀다.

"죄송합니다만, 뭣 좀 여쭤봐도 될까요?"

"…?"

갈퀴로 커다란 고기를 찍어 올리던 아주머니가 영채를 힐끗 쳐다보았다. 영채가 광고지 사진을 내밀어 보이며 물었다.

"혹시 이 사진 찍은 데가 어디쯤 되는지 아시겠는지요? 사진 속에 영도다리가 보이는데…."

"아이고, 그런 걸 내가 어떻게 압니까?"

아주머니는 사진을 쳐다도 보지 않고 고개를 돌려버렸다. 민망할 정도로 퉁명스러웠다. 몇 군데 더 들러보았지만 마찬가지였다.

영채는 지도를 꺼내 부근을 다시 살펴보았다. 얼마 안 떨어진 곳에 천마산이 있었다. 영채는 천마산을 바라보며 남쪽으로 방향을 틀어 조금 더 내려가자 작은 고깃배들이 정박해 있는 부두가 나왔다. 영채는 나이 지긋한 어부한테 사진을 보여주며 물었다. 사진을 받아 쥔 어부가 주위를 둘러보며 사진과 비교해보더니 천마산 쪽을 가리키며 말했다.

"이거, 저기 칠보사 마당에서 찍은 거 같은데, 거기 가서 함 물어보소."

"그래요? 고맙습니다! 그런데 아저씨, 그 칠보사는 어디로 가지요?"

"바로 저기 보이는 저 까만 지붕이요."

어부가 가리키는 곳에 정말 산자락에 반쯤 가려진 까만 절 지붕이 보였다. 오륙 백 미터도 채 안 돼 보였다.

영채는 절 마당에 서서 사진을 꺼내 들고 영도다리를 바라보며 사진 속 배경과 비교해보았다. 그러다 영채는 자기도 모르게 웃었다. 눈에 보이는 풍경이 사진 속 배경과 한치도 틀리지 않고 똑같았기 때문이었다. 25년의 세월이 흘렀지만, 군데군데 빌딩 몇 개만 새로 생겼을 뿐 멀리 보이는 영도다리와 영도 섬 모양은 옛날 그대로였다. 남자가 아이를 안고 여자와 같이 절 앞마당 난간에 기대 찍은 사진이었다.

'그렇다면 이들이 살았던 집도 이 부근 어디쯤일 텐데….'

영채는 길목에 있는 불교용품 판매점으로 들어갔다. 오천 원 주고 염주 하나를 산 뒤, 사진을 보여주며 물었다.

"혹시 이 사람들 알아보시겠습니까? 오래전 사진이긴 합니다만."

사진을 받아 쥔 아주머니가 사진을 불빛에 비춰보며 말했다.

"저기 앞마당에서 찍은 거 같은데 사람들은 모르겠네요. 절에 오는 사람이 어디 한두 사람이어야지요."

"그럼, 혹시 요 부근에 '갈매기 여인숙'이라는 게 있습니까?"

"갈매기 여인숙요?"

"예. 한 이십 오륙 년 전쯤 여기 이 부근에 있었는데요. 잘 한번 생각해봐주세요."

"아이고, 저는 그리 오래된 거는 모릅니다. 이거 시작한 지 삼 년도 채 안 됐는데! 몰라, 요 아래 점집 할머니라면 또 알지도 모르지. 그 할머니는 그 집에서 50년도 더 넘게 살았다니까!"

"그래요? 고맙습니다, 아주머니!"

영채는 아까 골목을 올라오면서 점집을 보았다. 빨간 천이 달린 대나무 깃대를 문간에 높다랗게 세워놓아 눈에 쉽게 띄었다.

마루에서 화투패를 뜨고 있던 할머니가 마당에 들어서는 영채를 힐끗 쳐다보고 다짜고짜 말했다.

"오늘은 점, 안 봐. 낼모레 초하룻날 와!"

"저, 점 보러 온 게 아니고요."

영채는 마당을 가로질러가며 계속 말했다.

"혹시 갈매기 여인숙이 어딘지, 아시나 해서…."

영채 말에 할머니가 대뜸 몸을 고쳐 앉았다. 뜻밖이라는 표정이 역력했다. 영채는 축담으로 올라섰다.

"할머니. 옛날 이 부근에 갈매기 여인숙이라고, 혹시 없었나요?"

"있었지. 그런데 그걸 왜?"

"아, 할머니는 알고 계시는구나! 반갑습니다, 할머니!"

영채는 기뻤다. 이렇게 쉽게 갈매기 여인숙의 존재를 알게 될 줄은 정말 예상 밖이었다.

"그게 어디쯤 있었지요? 할머니!"

"근데, 왜 그걸 찾냐고?"

"아, 예. 오래전에, 그 여인숙 방에서 어떤 여자가 아이를 낳았는데, 그 여자를 좀 찾았으면 해서요!"

"그런 여자가 어디 한둘인가? 뱃사람 씨 받아서 오갈 데 없으면 다 여길 왔는데!"

"여기라니요? 할머니."

"여기가 그 여인숙이었으니까!"

"예? 정말이셔요? 할머니!"

"난 동란 때부터 여기 이 집에서 죽 여인숙을 했지. 서울서 피난 온 사람이 '갈매기 여인숙'이라고 이름을 붙여줬어! 저쪽 방에서 보면 영도다리 위로 날아다니는 갈매기 떼가 훤히 보였거든!"

"하! 그래요? 이름이 너무 좋네요! 할머니, 저 여기 좀 앉을게요."

영채는 마루에 앉아 가방에서 광고지를 꺼내 내밀었다.

"할머니. 이 사진 한번 봐주셔요. 여기 가운데 있는 이 아이가 25년 전 여기 갈매기 여인숙 방에서 태어난 아이입니다. 그리고 왼쪽 이 남자는 아이 아버지고요. 저 위 칠보사 마당에서 찍은 사진인데요, 혹시 이 남자 기억나셔요?"

"모르지! 내 나이가 몇인데…. 얼른 봐도 뱃사람은 아닌 거 같군. 근데, 여기 옆에 이 사람 얼굴은 왜 이렇지?"

"애 엄마인 것 같은데, 아마 얼굴 알려지는 게 싫었던 모양입니다. 사실은 제가 찾는 사람은 이 남자가 아니고 이 얼굴 까만 여잡니다. 여기 이 남자는 이미 오래전에 배 타다 바다에 빠져 죽었거든요. 이 사진 찍고 얼마 안 돼서 말이죠. 그래서 애 엄마가 아일 버리고 갔는데, 그 애가 지금 스물다섯 살이 되어 엄마를 찾고 있어요. 할머니!"

"불쌍한 것! 내 언제고 이런 일 생길 줄 알았지! 쯧쯧!"

할머니가 손가락으로 사진 속 아이 얼굴을 문질러보며 말했다.

"할머니. 저 좀 도와주셔요! 할머니는 여기 오래 사셔서 사람들도 많이 아시잖아요!"

"늙은이가 뭘 할 수 있다고?"

"그냥 소문만 좀 내주셔요. 이거, 저기 부둣가 뱃사람들한테도 좀 나눠주고요."

영채는 가방에서 준비해온 광고지 뭉치를 꺼내 할머니 앞에 놓았다.

"여자를 찾아주거나 단서를 제공하는 사람한테 보상금 오백만 원을 준다고, 여기 적혀있습니다! 사람 찾으면 할머니한테도 섭섭하지 않게 보상금을 드릴게요!"

오백만 원이라는 말에 할머니가 놀란 표정을 지었다. 손가락을 꼽으며 계산을 해보더니 눈을 치뜨고 물었다.

"이리 큰돈을, 정말이여? 쌀이 스무 가마도 넘는데?"

"그럼요, 할머니! 제가 왜 거짓말하겠습니까? 틀림없이 드릴 테니 좀 도와주셔요. 무슨 단서가 생기면 여기 전화번호로 연락 주시면 됩니다."

"어디 한번 놔두고 가보소. 우리 선녀님한테 부탁해 볼 테니!"

"선녀님이라니요?"

"점치는 우리 여도사님 말이지. 우리 집에 뱃사람들 점 보러 많이 오니까 소문은 금방 쫙 퍼질 거야!"

"아, 그거 잘됐네요! 할머니, 잘 부탁드립니다! 제발 좀 도와주세요! 그럼!"

영채는 가방을 들고 일어섰다. 축담을 내려서다 말고 다시 돌아서서 지갑에서 돈 만 원을 꺼내 할머니한테 드렸다.

"할머니. 이거 우선 용돈으로 쓰셔요."

할머니가 엉겁결에 돈을 받아쥐며 엉거주춤 일어섰다.

"아직, 사람도 안 찾았는데?"

"괜찮아요. 할머니! 우리 할머니도 지금 연세가 할머니 비슷하시거든요!"

골목을 걸어 내려오며 영채는 눈물 그렁하던 솔잎을 떠올렸다.

'어머니를 찾으면 되게 좋아하겠지!'

생각보다 쉽게 일이 풀렸지만, 영채가 사무실로 돌아왔을 때는 점심시간이 훌쩍 지난 뒤였다. 김 소장은 그때까지 점심을 먹지 않고 기다리고 있었다. 두 사람은 서면역 뒤 먹자골목 순두붓집으로 들어갔다.

"이리 변변찮게 대접해도 되는지 모르겠습니다."

김 소장이 영채 앞에 숟가락을 놓아주며 말했다.

"무슨 말씀을요. 저도 순두부 좋아합니다. 오히려 제가 소장님 시간 뺏는 거 같아 미안합니다. 이 점심은 제가 사겠습니다.”

"주인이 객한테 얻어먹는 법도 있습니까? 그리고 아무리 일이 바빠도 밥은 먹어가면서 해야죠. 어떻습니까? 반주 한잔?"

"괜찮겠습니까?"

"처음 만났는데 기념은 해야 안 되겠습니까? 딱 한 잔씩만! 아줌마, 여기 막걸리 한 병만 주세요!"

영채가 먼저 김 소장 잔을 채워주며 말했다.

"소장님은 결혼하셨습니까?"

"예. 했습니다. 아직 1년 채 안 됐습니다. 변호사님은?"

"아직 못 했습니다. 미국에 죽 있었거든요. 할머닌 귀국하자마자 증손자 타령이신데 큰일입니다. 상대는 없고."

"변호사님이야 뭐가 걱정입니까? 작심만 하면 바로 하실 수 있을 텐데!"

"에이, 별말씀을요! 결혼이라는 게 어디 그리 쉬운 건가요?"

영채는 솔잎이 입가에 짓는 작은 미소를 떠올렸다. 영채는 남겼던 술을 마저 마셨다. 김 소장이 다시 잔을 채우려 했지만, 영채가 손가락 하나를 펴 보이며 거절했다.

"한 비서가 그러던데 소장님 부모님도 이북에서 내려오신 실향민이시라면서요?"

"예. 할아버지가 연해주에 사셨지요. 그 덕에 사장님한테 큰 도움을 받았습니다. 목단강 장학금으로 대학을 다녔으니까요!"

"그럼 지금도 가족이 다 같이 사십니까?"

"아닙니다. 할머니만 모시고 삽니다. 아버지는 지금 원양어선 타고 있고, 어머니는 형님 집에서 손자 보며 같이 살고 있습니다."

"할아버지는요?"

"돌아가셨습니다. 제가 어릴 때. 집 앞 골목에서 강도한테 몽둥이를 맞아 2년 동안 고생하시다 그만."

"아니, 어쩌다 그런 일이!"

"할머닌 지금도 할아버지를 때린 사람이 강도가 아니라고 생각하셔요!"

"왜요?"

"못된 놈들이 할아버지를 죽여 입막음하려고 했다는 것이죠. 몸에 지니고 있던 돈과 시계를 가져간 것은 강도로 위장한 것이고."

"아니, 무슨 일이 있었기에 그렇게까지?"

"할아버지가 돌아가시기 전까지 옛날 만주에서 하시던 일을 계속하고 있었는데, 그 일을 막으려는 사람 짓이라는 거죠."

"누군가가 입막음할 정도였으면 할아버지께서 하시던 일이 예삿일이 아니었던 모양이네요!"

"글쎄요. 뭔진 몰라도 어릴 때 할아버지 방에서 서류를 얼핏 봤는데, 뭐 만주 관동군 헌병대와 관련된 글들이 기억납니다."

"그 서류 지금도 있습니까?"

"아뇨. 할아버지 돌아가시고 난 뒤 우리 아버지가 불태워버렸죠. 할머니 몰래. 살인 부른 흉물이라며!"

"그 시절 만주에서 살던 사람들은 무슨 사연들이 그리 많은지! 우리 할머니는 어떤지 아셔요? 그 시절로 돌아갈 수만 있다면 가진 것 다 버리고라도 돌아가시고 싶답니다!"

"사장님 같은 분은 지금 누구도 하기 어려운 훌륭한 일을 하고 계시는데, 왜 그러실까요?"

"누가 압니까? 아무리 물어봐도 입도 벙긋 안 하시는데!"

영채는 김 소장 할아버지가 만주에서 하시던 일이 관동군 헌병대와 관련된 일이라면 뭔가 비밀스러운 내력이 있을 거라는 생각이 들었다.

"다음에 기회 나면, 소장님 할머니한테라도 그 시절 만주 이야기 한번 들어봤으면 좋겠습니다."

"그야 뭐 어렵잖죠. 지금 바로 우리 집으로 갑시다!"

"지금요?"

"뭐 이런 일을 날 잡아서 합니까?"

김 소장이 들고 있던 숟가락을 내려놓고 카운터로 가서 어딘가에 전화를 걸었다.

"여보, 나요. 지금 귀한 손님 한 분 모시고 갈 테니 수고스럽지만 준비 좀 해놔요."

영채는 김 소장의 거침없는 행동에 당황했다.

"아니, 소장님! 어서 취소하셔요! 이렇게 갑자기 찾아뵙는 건 예의가 아닙니다. 할머니도 어떻게 생각하실지 모르는데!"

"괜찮습니다. 조금도 신경 쓰지 마십시오. 우리 할머니는 누가 옆에서 이야기 들어주면 밤도 꼬빡 새는 분입니다!"

"하, 이거, 아무리 그래도 너무 폐를 끼치는 것 같은데!"

영채는 소장의 투박한 인정을 뿌리칠 수 없었다.

아파트 초인종을 누르자 김 소장 부인과 할머니가 동시에 현관까지 마중 나왔다. 사장님 큰 손자라는 김 소장 소개에 할머니가 직접 영채의 손을 잡고 거실로 안내했다. 뒤따라온 김 소장 부인이 영채가 건네주는 과일바구니를 받아들며 어렵게 말했다.

"식사 안 하셨으면…, 생선 매운탕이 있는데 좀 드시겠어요?"

"아, 아닙니다. 소장님과 막걸리 한잔하면서 순두부 먹고 왔습니다. 그보다, 갑자기 이렇게 실례를 끼쳐 죄송합니다.”

“아니에요. 지금까지 우리 집에 오신 손님 중에 제일 귀한 손님이신데 오히려 우리가 감사하지요. 할머니, 안 그래요?”

“그래, 네 말 맞다. 조금도 어려워 말고 편히 쉬게.”

영채는 김 소장 부인과 할머니의 친절함에 감동했다. 특히 할머니의 자태와 말에는 후덕함이 배어있어 담박 친근감이 느껴졌다. 그러면서도 자신이 남편 회사 사장님의 큰 손자라는 것 때문에 김 소장 부인이 부담스러워하는 듯해서 민망했다.

“노 변호사님이 할머니 만주 이야기 좀 듣고 싶다고 해서 특별히 모시고 왔습니다.”

김 소장 말에 할머니, 표정이 더욱 환해졌다.

“자네 할머니도 만주 살다 오신 분인 걸로 아는데?”

“예, 맞습니다. 할머니, 하지만 우리 할머니는 그때 이야기를 절대 안 해주셔요. 심지어 그때 그 시절로 돌아갈 수만 있다면 지금 가진 것 다 버리고라도 돌아가고 싶다고 하시면서도, 제가 왜 그렇게 그 시절을 그리워하시냐고 물으면 ‘차차 말해주마.’ 하시고는 입을 꼭 다물어버리시거든요!”

“누군들 그때 이야길 하고 싶겠나! 다들 죽지 못해 산 세월인데! 하지만, 그토록 그 시절을 그리워한다면, 여기 와서 그만큼 소중한 그 무엇을 잃어버렸다는 말이 아니겠는가?”

“할머니 말씀 들으니 조금은 알 것 같습니다. 우리 할머니는 만주에서 낳은 당신 큰아들인 우리 아버지를 여기 와서 잃어버렸거든요!”

“그래. 어미한테 그보다 더 큰 상처는 없지. 쯧쯧!”

김 소장 부인이 차와 과일을 내왔다.

“그러니 할머니, 이렇게 노 변호사님도 오시고 했으니 할머니가 대신 만주 이야기 좀 해주셔요. 저도 우리 할아버지 이야기가 궁금하고요!"

김 소장 재촉에 소파 등받이에 기댔던 할머니가 몸을 일으키며 말했다.

"지금도 눈앞에 생생해."

손자며느리가 포크로 찍어주는 과일을 받아들며 할머니가 계속 말했다.

"내가 마당에서 절구통에 밀을 빻고 있는데, 그 양반이 갑자기 사립문 너머로 불쑥 나타났지 뭐냐! 얼마나 놀랐던지!"

"누가요?"

김 소장이 과일을 베물다 말고 물었다.

"누구긴, 네 할아버지 김칠용, 그 양반이지!"

김칠용이라는 말에 영채 머릿속에 어떤 사람이 퍼뜩 떠올랐다. 심곡 스님이 말한 한준서라는 사람의 친구 김칠용이었다. '설마 그 사람일까? 동명이인이겠지!' 영채는 속으로 생각하면서도 자신도 모르게 말이 튀어나왔다.

"그 김칠용이라는 분이."

얼떨결에 말을 뱉은 영채가 머뭇거리자 김 소장과 할머니가 영채를 빤히 쳐다봤다.

"아, 아닙니다. 그분이, 혹시 보성전문학교에 다니던 분 아닌가, 해서…요!"

"맞네. 보성전문에 다녔지."

김 소장 할머니가 담박 맞받았다.

"황해도 개성이 고향이고, 와세다대학을 다닌 한준서라는 분하고는 친구 사이고요?"

"아니, 자, 자네가! 지금, 한, 한준서라고 했는가?"

할머니가 별안간 몸을 앞으로 쑥 내밀며 놀라 물었다. 김 소장도 할머니의 난데없는 행동에 덩달아 놀라 눈을 동그랗게 뜨고 영채를 쳐다봤다.

"예. 한, 한준서요!"

영채가 더듬더듬 말했다.

"아이고, 아이고, 이런 우연이! 이런 우연이, 어떻게!"

할머니가 손바닥으로 소파를 툭툭 치며 혼잣말을 되뇌었다. 김 소장이 할머니의 팔꿈치를 잡고 흔들며 진정시켰다.

"할머니, 할머니, 고정하시고, 어떻게 된 일인지 차근차근 말씀해보셔요."

"오냐, 알았다. 난 괜찮다. 이렇게, 이렇게, 그 양반 소식을 듣게 될 줄이야!"

할머니가 자세를 바로 하고 조금 진정된 목소리로 영채에게 물었다.

"그래, 자네는 그 한준서라는 분을 어떻게 아는고?"

"예. 심곡 스님이라는 분한테서 들었습니다. 6·25 전쟁이 끝나고 지리산에서 한준서 그분을 만나 한참 동안 함께 지내셨다고 하더군요."

영채는 심곡 스님한테서 들은 한준서 이야기를 대충 말했다. 지리산에 숨어든 뒤 일본 헌병 앞잡이한테 총을 맞았고, 죽음 직전에 숯장수 딸 낭구의 도움을 받아 살아난 일, 숯장수 딸이 위안부로 끌려갈 위기에서 와세다 대학 선배한테 부탁해 구해주고, 숯장수 내외를 살리기 위해 고바야시 미노루 헌병 조장의 악랄한 괴롭힘에 맞서 싸운 이야기를 했다. 영채는 솔잎 이야기까지 하려다 그만두었다. 솔잎의 할아버지 문제가 걸려 있어 괜히 말했다가 나중에 솔잎 입장이 곤란해질까 봐서였다.

줄곧 놀란 표정으로 영채 이야기를 듣고 있던 할머니가 소파에 등을 기대며 탄식했다.

"그렇게, 그렇게, 유능하고 촉망받던 양반이, 어쩌다가, 그리도 고달픈 삶을 살았을꼬!"

할머니 눈에 눈물이 그렁했다. 손자며느리가 얼른 손수건을 내밀었다. 할머니가 손수건으로 눈물을 닦으며 천천히 말했다.

"나는 서울에서, 그러니까 그 당시는 경성이었지. 미술 전문학원엘 다녔다. 그때 보성전문학교에 다니는 김칠용 씨를 알게 되었고, 그 사람을 통해 동경에서 와세다대학을 다니는 한준서를 소개받아 알았다. 김칠용과 한준서는 경성에서 경기 중학을 같이 나온 동기동창이었다. 그때부터 우리 세 사람은 방학 때면 경성과 동경을 오가며 친구처럼, 연인처럼 어울려 다녔다. 나 정정애는 그림에, 김칠용은 러시아 문학에, 한준서는 영미 문학에 심취해 있던 낭만파들로 우리 셋은 모든 면에서 죽이 맞았다. 한준서는 미국민요 '홍하의 골짜기'를 즐겨 불렀고, 김칠용은 러시아 문호 푸쉬킨의 시 '삶이 그대를 속일지라도'를 멋지게 낭송하곤 했지. 그리고 나는 그 두 사람 초상화를 스케치해주곤 했는데, 서로 자기를 좋아해 더 잘 그려주었다고 실랑이를 벌이곤 했다. 그러다가도 마음이 울적해지면 우리는 잔디밭에 나란히 누워 '고꾜 노스라(고향 하늘)'를 합창하며 조선의 고향과 부모님을 그리워하기도 했다. 이런 우리를 다른 친구들은 이름 한 자씩을 따서 '정칠서' 콤비라고 부르기도 했지. 그러던 중 태평양전쟁과 맞닥뜨리게 되면서 우리는 좌절했고, 민족의식을 각성하게 되었다. 그때부터 반전과 학도병 거부 운동에 나서게 되었다. 하지만 나는 가산 몰락으로 학업을 도중에 중단해야 했고, 끝내 고향을 떠나는 부모를 따라 연해주로 이주할 수밖에 없었다. 그때가 쇼와 18년 봄으로, 이미 전쟁이 격해져 도쿄에도 배급제가 시작될 무렵이었지. 그런데 그해 가을 어느 날, 칠용 씨가 불쑥 나타났지 뭐냐! 징집을 피해 개성에 돌아와 한준서와 숨어 있던 중, 왜놈 사무라이를 죽이고 도망쳐 왔다고 하더구나. 그때부터 우리는 매일 한준서를 생각하며 그가 무사하길 빌었다. 이듬해 봄에 우리는 결혼했다. 결혼한 뒤로 우리는 블라디보스토크의 하바로프스키야 거리 조선인 촌에 살았는데, 네 할아버지는 연해주 주둔 소련군을 상대로 장사를 했다. 부대 안에 높은 사람과 줄을 댄 군인이 배낭, 수통, 칼, 담요 같은 자잘한 군수물자를 빼돌려 주면, 네 할아버지가 민간인한테 팔아 일부를 갖고, 나머지를 물건값으로 돌려주는 장사였다. 네 할아버지가 이런 장사를 한 것은 이문을 봐 돈을 벌려고 한 것도 있었지만, 그보다 더 큰 목적은 도망자로서 신분을 위장하기 위해 그런 것이었다. 그리고 당시 만주에는 말에다 물건을 싣고 산간벽지를 돌아다니며 생필품을 파는 보부상들이 많이 있었는데, 이들 중에는 비밀리에 독립운동하는 사람들의 가정 소식이나 편지 등을 전해주는 조선인 보부상도 있었다. 이 사람들은 대개가 본명을 숨기고 가명으로 장사를 했는데, 네 할아버지도 '게오르기 킴'이라는 소련의 조선인 2세로 행세하며 그런 비밀 보부상들과 친하게 지냈다. 조선인 보부상들은 간혹 네 할아버지를 통해 호신용 권총 같은 무기도 구해가곤 했다. 그렇다 보니 연해주는 물론, 멀리 서간도, 북간도, 목단강의 보부상들이 연해주에 오면 대부분 네 할아버지를 만나고 돌아갔다. 특히, 목단강성에서 제일 큰 보부상을 하던 박수언이라는 사람은 연해주에 오면 으레 우리 집에서 자고 갈 정도로 두 사람은 가깝게 지냈다. 물론 두 사람은 상대의 이름이 본명이 아니라는 것을 알았지만 서로 묻지 않았다. 그러다 쇼와 20년 초여름, 지금 기억에 단오절 무렵인 걸로 생각되는데, 밤늦게 술에 취해 집에 돌아온 네 할아버지가 주먹으로 벽을 치며 대성통곡을 했다. 내가 무슨 일이냐고 아무리 물어도 대답하지 않고 다음 날 새벽까지 술을 퍼마시더니 꺽꺽 울면서 그랬다. 관동군 헌병대 목단강성 보안대에서 조선인 보부상 여섯 사람을 간첩과 반역죄로 처형했는데, 그중에 친구 박수언도 있었다는 것이었다. 그날 뒤로 네 할아버지는 목단강시에 가 살다시피 했다. 나는 그 양반이 무엇을 하고 다니는지 알 길이 없어, 매일매일 불안감으로 밤을 지새웠다. 그 무렵은 이미 소련이 곧 참전해 일본군과 전쟁을 벌이고, 이에 관동군이 마지막 발악으로 사람들을 마구잡이로 죽일 거라는 소문이 떠돌고 있어 민심이 몹시 흉흉하던 때였다. 그런데 뒤에 알고 보니 그때 네 할아버지는 정말 위험천만한 일을 하고 있었다. 당시 목단강성 헌병대는 중국인, 조선인, 첩자들을 많이 만들어 온갖 정보들을 수집했는데, 네 할아버지는 그 첩자들이 수집한 정보를 다시 빼내오는 일을 했다니 얼마나 위험했겠느냐?"

"그럼 할머니, 할아버지가 가지고 있던 그 서류들이 다 그렇게 빼내온 것들이란 말입니까?"

"그래. 바로 그렇게 위험을 무릅쓰고 가져온 것들이지!"

"무엇 때문에 그런 위험한 일을?"

"그 첩자들이 갖다 준 정보들이 어디 조선인한테 이로운 것이었겠냐? 다 독립군 잡아내고, 그 가족들 해코지하는 정보들이지! 그래서 네 할아버지는 민족을 배신하고 일본을 위해 첩자 노릇을 한 자들이 누군지 알아내 처단하려고 했던 거야! 네 아비가 그때 그 서류를 불태워버리지 않았으면, 너희도 그때 그 당시 사정을 더 자세히 알 수 있을 텐데!"

"그런데, 할머니! 소장님 말씀으로는 그 서류 때문에 할아버지가 돌아가셨다고 하던데, 왜죠?"

영채가 소장과 할머니를 번갈아 보며 물었다.

"뻔하잖니?"

할머니가 허리를 곧게 펴며 단정적으로 말했다.

"그 양반이 강도한테 습격을 받기 전에 내게 말했다. 드디어 배신자 한 놈을 찾아내서 그 가족한테 그놈의 정체를 알려주었다고! 생각 같아서는 그놈 상관때기에 대고 만주에서 한 짓을 일일이 밝힌 뒤 직접 처단해버리고 싶었지만, 자식들의 판단에 맡겨 처리하도록 하는 게 더 낫겠다 싶어 그랬다더라! 그래서 내가 그놈이 어떤 놈이냐고 물었더니, '지금 상당한 권세를 누리고 있는 놈이라 보복이 있을지 모른다. 그러니 당신이 내막을 알면 당신도 위험해지니 모르는 게 좋다'고 하면서 입을 꾹 다무셨다! 아니나 다를까, 그리고 반년이 채 안 돼 강도한테 몽둥이를 맞았는데, 그놈들 짓이 아니면 누구겠나?"

"나쁜 놈들! 반성은커녕 그런 무도한 짓을 하다니!"

영채가 격한 목소리로 성토했다. 할머니가 뒤따라 일갈했다.

"북한에서라면 이런 일은 절대 일어날 수가 없지! 칠용 씨는 민족 영웅이 되었을 테니까! 그리고 보면 북한에선 해방 이후 친일 청산 하나는 확실하게 했어!"

"어? 우리 할머니가 말씀을 지나치게 하시는데?"

김 소장이 웃음 섞인 말로 할머니를 나무랐다.

"왜, 내가 틀린 말 했니?"

"아뇨, 할머니! 그런 게 아니고…."

"아니긴! 네 아비 안 닮았다고 할까 봐서 그러냐? 뭐가 무섭다고 그 소중한 문서들을 다 태워버려?"

"할아버지 강도당하신 뒤 아버지도 보안법 위반 혐의로 조사받으셨다면서요? 그러니 아버지로서는 그 문서들이 무서울 수밖에요! 어린 저도 간첩 어쩌고 하는 소리에 무서워서 잠을 못 잤는데요!"

"그래서 내가 이놈의 정치꾼들을 욕하는 게 아니냐? 잡아야 할 강도 놈은 잡을 생각 않고, 애먼 사람 빨갱이로 몰아 죽이려 드는 막돼먹은 놈들!"

할머니의 목소리가 점점 높아졌다. 영채가 손목시계를 흘긋 본 뒤 할머니 손을 모아쥐고 말했다.

"할머니, 고정하셔요! 그런 군사독재는 이제 다 끝났잖습니까? 앞으론 그런 일 안 일어나겠죠? 아, 벌써 시간이 이렇게 됐네요! 할머니, 오늘은 그만 돌아가고 다음에 또 찾아뵙겠습니다. 좋은 말씀 감사합니다, 할머니."

영채가 자리에서 일어서자 우르르 따라나섰다. 김 소장 부인이 걱정했다.

"저녁때가 다 돼가는데, 그냥 가시면."

"괜찮습니다. 멀리 산청 칠평산 골짝까지 가야 해서요. 할머니, 편안히 쉬셔요. 소장님도요."

2

영채는 해가 뉘엿뉘엿해서야 집에 도착했다. 할머니 혼자 촛불 밑에서 불경을 읽고 있었다. 할머니가 전깃불 대신 촛불을 켜고 불경을 읽을 때는 마음이 심란하다는 의미였다. 영채는 방해하고 싶지 않아 조용히 물러나 솔잎 사무실로 갔다. 사무실도 불이 꺼져 있었다. 영채는 의아한 생각이 들어 안으로 들어가 불을 켰다. 방안이 예전과 달랐다. 영채는 곧바로 솔잎의 옷가지 등 개인용품들이 모두 사라졌다는 것을 깨달았다. 인기척을 듣고 뒷방 서우실댁이 나왔다.

"저녁은? 차릴까요?"

"아닙니다. 오다가 먹었습니다. 그런데 솔잎 씨 어디 갔는지 모르셔요?"

"글쎄요. 낮 동안 죽 못 봤는데….."

'어딜 간 거지! 또 솔밭에 갔나?'

영채는 다시 할머니한테 올라갔다.

"할머니, 솔잎 어디 갔는지 아셔요?"

"거기 좀 앉아라."

할머니의 목소리는 예상밖에 차분하고 나지막했다. 영채는 몸을 사리고 앉았다. 할머니가 읽고 있던 불경을 덮어 한옆에 놓고, 손목에 둘렀던 염주를 돌돌 말아 불경 위에 올려놓았다. 그러고는 전깃불을 켜고 촛불을 혹 불어 끈 뒤 영채를 향해 돌아앉았다.

"심곡 스님한테서 무슨 이야기를 들었느냐?"

"이야기라니요?"

"한 보름 전에 솔잎과 다녀왔지 않느냐? 그때 솔잎에 대해 무슨 말씀을 하셨니?"

"아, 그 이야기요? 예. 솔잎 할아버지에 대해 말씀하셨어요."

"나카무라 타다시라는 사람이 정말 솔잎 할아버지냐?"

"아니, 할머니가 나카무라 박사를 어떻게 아셔요?"

"묻는 말에 대답만 해라."

"예. 맞아요. 솔잎이 그 때문에 충격을 많이 받은 것 같았어요! 더구나 지난번 부모님 일에 이어 이번에 할아버지까지 이렇게 되고 보니, 충격이 더 컸을 거예요!"

"부모님 일이라니? 그건 또 무슨 소리냐?"

"모르셨어요? 전 솔잎이 할머니한테 말씀드린 줄 알았는데."

"그 애가 속내를 쉽게 드러내는 앤 줄 아느냐. 혼자 삭이고 인내하는 게 몸에 밴 아인데."

"저도 직접 들은 게 아니고, 우연히 사진을 봤어요."

"사진?"

"예. 솔잎 어머니가 솔잎을 한준서 할아버지한테 보낼 때 강보에 넣어 보낸 편지와 사진이었어요."

영채는 우연히 책갈피에서 본 사진과 편지 이야기를 했다.

"그런 사진을 가지고 있었다고? 지금껏 이십 년을 넘게?"

"그게 아니고, 그동안 한준서 할아버지가 가지고 있다가 돌아가시기 직전에 심곡 스님한테 드렸고, 그걸 심곡 스님이 일 년 전쯤 솔잎을 불러서 준 모양이에요."

"그럼 나한테 오고 난 후에 일인데…, 그런 일이 있었구나! 한준서라는 분에 대해 자세히 말해보아라."

"예. 그러니까 솔잎을 키워준 할아버지 한준서 어른은 황해도 개성이 고향인데…"

영채는 심곡 스님한테 들은 이야기를 간략하게 말했다.

"그런데, 할머니. 그 나카무라 타다시 박사라는 사람이 아무래도 제 친구 기요시의 할아버지인 거 같아요!"

"그건 또 무슨 소리냐?"

"얼마 전에 친구가 그랬거든요. 자기 할아버지가 종전되기 직전 조선에서 행방불명되었는데, 행방불명 된 장소가 바로 산청 시천면이라고 했으니까요."

영채는 잠시 말을 멈추고 할머니의 안색을 살폈다. 자신이 그새 일본 친구를 만났다는 사실을 은연중에 드러내 버렸기 때문이었다.

"왜 그러느냐?"

"예, 할머니. 용서해주세요. 그동안 제가 할머니를 속였습니다. 사실은 지난번에 일본 가서 친굴 만나고 왔는데, 그때 자기 할아버지 유골 찾는 걸 좀 도와달라는 부탁을 받았습니다."

"짐작하고 있었다."

"아니, 할머니가 어떻게요? 혹시 솔잎 씨가?"

"왜, 둘이서 짜고 이 할밀 속인 게냐?"

"그게, 아니라, 저."

"솔잎은 입도 벙긋 안 했다. 네가 전에 일본 국제전화하는 것 듣고 알았다. 그래서 뭘 좀 알아낸 게 있느냐?"

"제가 알아낸 건 없고요, 심곡 스님 이야기를 종합해보면, 결국 기요시 할아버지 이야기였던 거죠!"

"그렇다면 솔잎과 네 친구 기요시는 할머니 배가 다른 4촌 간이란 말인데… 참으로 기이한 인연이구나!"

"그렇죠. 그렇게 되는 셈이죠."

"솔잎 아버지 한국남 씨라는 사람에 대해서는 심곡 스님도 모르고?"

"예. 어릴 때 본 뒤로는 전혀. 두 분이 다시 만난 뒤에도 한국남에 대해서는 통 말씀이 없었대요."

"실개천은 강을 찾아가기 마련이고, 아무리 큰일도 처음은 작은 일에서 시작된다더니, 정말 작은 인연들이 이렇게 큰 업을 만들어내는구나!"

영채는 오늘 솔잎 부모님을 수소문하기 위해 부산을 다녀왔다는 이야기를 하려다 그만두었다. 결과를 예측할 수 없었기 때문이었다.

"그럼, 그 이야기는 이 정도로 하고 그동안 내가 궁금히 여기고 있던 게하나 있는데 지금 물어보마. 솔직히 말해봐라."

"예. 할머니. 뭔데요?"

"넌 솔잎을 어떻게 생각하느냐?"

"솔잎을요? 그게 무슨 말씀이죠?"

"좋아하느냐는 말이다."

"예. 좋아합니다."

"결혼까지 생각할 정도로?"

"에이, 할머니도! 만난 지 얼마나 됐다고요!"

"말 돌리지 말고 지금 네 마음만 말하면 된다."

순간 영채는 할머니가 지금 뭔가를 매우 엄중하게 생각하고 있다는 것을 깨달았다. 영채는 솔직히 말했다.

"간혹 그런 생각을 할 때도 있습니다. 할머니."

"솔잎도 그러냐?"

"그건 잘 모르지만, 절 싫어하지는 않는 것으로 압니다."

"둘이 뭐 약속한 건 없고?"

"약속은 무슨! 그런 거 없어요!"

"그렇다면 잘됐다! 이쯤에서 단념해라! 솔잎은 이제 없다!"

할머니가 불경 갈피에서 종이를 꺼내 영채에게 주었다. 뜻밖에 솔잎 편지였다.

　　─사모님, 용서하세요!

　직접 뵙고 말씀드릴 염치가 없어 이렇게 글로 작별인사 올립니다.

　며칠 전, 심곡 스님한테서 제 할아버지에 관한 이야기를 들었습니다. 저를 낳아주신 친할아버지는 지금까지 절 키워주신 한준서 할아버지가 아니고, 나카무라 타다시라는 일본사람이라고 했습니다. 이 말은 제 몸에 흐르는 피가 한국 사람의 피가 아니고 일본사람의 피라는 말이지요.

　그렇다고 지금까지 저를 키워주신 한준서 할아버지를 밀어내고, 대신 나카무라 타다시 씨를 할아버지로 받아들이겠다는 뜻은 절대 아닙니다. 저한테 할아버지는 어제도, 오늘도, 그리고 앞으로도 영원히 한준서 할아버지 한 분뿐이니까요! 하지만 이런 제 신념과는 별개로 지금 저는 너무 혼란스럽습니다! 지금까지 제 영혼이 안락하게 머물던 집은 주춧돌을 빼버린 듯 한순간에 무너져버렸고, 이로 인해 25년간 저를 지탱해주던 모든 연줄이 엉망으로 헝클어져 버려 두렵기만 합니다! 비록 제 태생은 숙명적인 것이라 어쩔 수 없다고 해도, 그로 인해 주어진 삶은 오롯이 제가 감당

해야 할 몫이기에, 이제 사모님 곁을 떠납니다! 무슨 연유인지는 모르지만, 사모님께서 평소 일본사람을 몹시 원망하신다는 것을 잘 압니다. 오늘의 제 처지에 대해 부디 헤량하여 주시기를 빌며.

한솔잎 올림

편지를 읽은 영채가 할머니를 물끄러미 쳐다보았다.

"솔잎은 전부터 비구니 출가를 생각하고 있었다. 나한테 온 것도 출가 전에 마음 정리를 하기 위해서였다."

윤 여사는 처음 솔잎을 데리고 올 때 스님과 나눈 이야기를 모두 했다.

"솔잎이 비구니를요?"

할머니 말에 영채는 깜짝 놀랐다. 전혀 예상치 못했던 말이었다.

"그런데 너를 만난 뒤로 그 아이의 태도가 많이 달라진 것 같더라만."

"무, 무슨 말씀이죠?"

"평범한 처녀로 남자에 대한 사랑 같은 걸 느끼기 시작했다는 말이다. 이 말은 그간 생각하고 있던 출가에 대한 생각이 흔들린다는 뜻 아니겠냐? 그런데 이번에 자신의 출생 내력을 알고는 다시 마음을 굳힌 모양이다."

할머니 이야기를 듣고도 영채는 뭐가 뭔지, 여전히 황당하기만 했다.

'솔잎이 출가를 생각한다고? 나는 왜 조금도 눈치채지 못했지? 나와 할아버지 이야기하며 하모니카 불던 그날 저녁까지도 그렇게 다정다감했는데!'

"그, 그럼 어쩌죠? 할머니!"

"어쩌긴! 이런 일은 옆에 사람이 어떻게 할 수 있는 일이 아니다. 제 갈 길 가게 놔두는 수밖에!"

영채는 솔잎에 대한 할머니의 태도가 갑자기 쌀쌀하게 변한 데는 솔잎이 일본인 나카무라 박사의 핏줄이라는 사실을 알았기 때문이라고 생각했다.

"지금 내원사에 가보겠습니다. 할머니!"

영채는 머뭇거리지 않고 벌떡 일어섰다.

"그만 앉아라! 관여치 말고 이 할미 말 들어라!"

"용서하세요. 할머니! 보낼 때 보내더라도 본인 이야기 좀 들어봐야겠습니다!"

맨드라미처럼 도톰하게 차오른 상현달 어스름 달빛이 절 마당에 퍼지고 있었다. 대웅전 마당에서 뒷짐을 쥔 채 하늘을 올려다보고 있던 심곡 스님이 영채를 먼저 보고 낮은 기침 소리로 불렀다. 영채는 스님한테 다가가 합장하고 허리를 굽혀 인사했다. 스님이 아무 말 않고 불이 켜진 법당을 가리켰다.

"기도 중인가요?"

"일만 배 중이다. 그만 돌아가거라."

"끝날 때까지 기다리겠습니다, 스님!"

"아니다. 가 있다가 한 열흘쯤 후에나 오너라. 매일 일천 배씩 열흘 동안 하겠다고 했으니까!"

"그렇게나 많이요? 그래도 괜찮을까요? 스님!"

"지 알아서 할 일이다. 어서 돌아가거라!"

"그럼 기다렸다가 할머니 말씀만 전하고 가겠습니다."

"안 된다. 묵언 절 수행 방해하면 처음부터 다시 시작해야 한다."

말을 끝낸 심곡 스님이 다시 뒷짐을 쥐고 하늘을 쳐다봤다. 마치 옆에 아무도 없다는 듯한 모습이었다. 영채는 평소와 달리 자신을 냉엄하게 대하는 심곡 스님한테서 위엄을 느꼈다. 영채는 말없이 합장만 하고 돌아섰다.

영채로부터 스님의 말씀을 전해 들은 할머니는 크게 한숨을 내쉬었다.

"너도 맘 단단히 먹어라! 옭매듭을 지을지, 풀매듭을 지을지 모르겠다만,

그 여린 몸으로 일만 배라니! 나무 관세음보살!"

할머니가 합장한 뒤 옆에 놓인 불경을 집어 들었다.

열흘 후, 영채는 해거름 녘에 집을 나서 다시 내원사로 갔다. 먼저 심곡 스님 방을 찾아가 인사부터 드렸다. 스님이 전과 달리 빙그레 웃어 보였다. 영채가 오기를 기다린 듯했다.

"솔잎은 괜찮은가요? 스님!"

"아직 피로가 덜 풀렸겠지. 그래도 다른 사람보다는 용맹했다. 가봐라."

"예. 스님."

영채는 솔잎 방문 앞에 이르렀을 때 안에서 뭔가 타는 냄새를 맡았다. 영채는 깜짝 놀라 서둘러 방문을 열고 안으로 들어갔다. 솔잎이 뒤쪽 창문을 열어놓고 뭔가를 태우고 있다가 놀라 벌떡 일어섰다. 영채는 타고 있는 것이 솔잎 부모님 사진이라는 것을 한눈에 알아보았다. 하지만 영채는 못 본 척했다. 솔잎이 서둘러 사진 탄 재를 물그릇에 쓸어 붓고는 앞섶을 여미며 더듬거렸다.

"어, 어떻게, 영채 씨가 여, 여길?"

"놀라게 해서 미안합니다!"

영채가 벽에 걸린 눈익은 옷을 가져다 솔잎한테 걸쳐주었다.

"밖에서 기다릴게요."

그새 보름을 넘긴 달빛이 텅 빈 절 마당에 적막하게 흐르고 있었다. 살아 숨 쉬는 거라곤 간간이 울리는 풍경 소리가 유일한 듯했다.

영채와 솔잎은 마당을 가로질러 대웅전 옆 돌계단에 나란히 앉았다. 건너다보이는 요사채 기왓골에 내려앉은 휘영청한 달빛이 금방이라도 낙숫물이 되어 또르르 굴러떨어져 내릴 것 같았다.

"아, 적막강산, 말 그대로네요! 피곤하지 않아요? 언제 끝났습니까?"

"오늘 새벽녘에요. 낮 동안 쉬고 해서 괜찮아요."

"난 예전에 백팔 배 하려다 60배쯤 하고 그만둔 적이 있는데, 그래도 일주일간 다리가 아파 걸음을 제대로 못 걷겠더라고요!"

"처음엔 다 그래요. 그런데 왜 오셨어요?"

"부산사무소 김 소장 할아버지가 바로 김칠용 어른이래요."

"무슨 말씀이죠?"

"왜, 스님께서 한준서 할아버지 이야기하시면서, 개성 살인사건 때 김칠용이라는 친구와 함께 일본 무사를 죽였다고 하셨잖아요? 그 김칠용 어른이 바로 부산사무소 김 소장의 할아버지란 말입니다."

"정말이셔요?"

솔잎이 놀라 영채를 빤히 쳐다보았다. 달빛에 비친 하얀 얼굴이 많이 지쳐 보였다.

"그뿐 아니고, 그 김 소장 할머니도 한준서 할아버지를 잘 알고 있었어요!"

영채는 열흘 전 김 소장 할머니한테서 들은 이야기를 자세히 들려주었다. 대학 다닐 때 세 사람이 만나게 된 이야기, 김 소장 할머니는 그림에, 김칠용 씨는 러시아 문학에, 한준서 씨는 영미 문학에 심취해 있는 낭만파들로 세 사람은 모든 면에서 죽이 맞았다는 이야기. 그리고 한준서는 미국민요 '홍하의 골짜기'를 즐겨 불렀고, 김칠용은 러시아 문호 푸쉬킨의 시 '삶이 그대를 속일지라도'를 멋지게 낭송하곤 했다는 이야기. 또 세 사람은 울적한 날이면 잔디밭에 나란히 드러누워 '고꾜 노스라(故鄕の空)'를 합창하며 조선의 고향과 부모님을 그리워했다는 이야기를 들려주었다. 그러다 태평양전쟁과 맞닥뜨리게 되면서 모두 다 좌절했고, 그때부터 민족의식을 각

성하게 되었다는 이야기를 했을 때, 솔잎이 두 손으로 턱을 고이며 얕은 한숨을 내쉬었다.

"아, 그래서 할아버지가 저한테 그런 노래를 가르쳐주셨구나!"

"한준서 할아버지 이야길 했더니 몹시 안타까워하시더군요. 어째서 그리 유능하신 분이 그렇게 고달픈 삶을 살다 가셨는지 모르겠다면서!"

"저도 그 자리에 있었으면 좋았을걸…."

"그래요. 언제 우리 같이 찾아뵙고 그분들 이야기 더 들어봅시다."

영채 말에 솔잎은 아무 말도 안 했다.

"우리 할머니가 묻더군요."

"뭘요?"

"솔잎 씨 좋아하냐고. 결혼하고 싶을 만큼 좋아하냐고!"

"…."

"…간혹, 그런 생각할 때가 있다고 했죠."

솔잎이 고개를 숙인 채 머리를 살래살래 저었다.

"다시 묻데요. 솔잎도 그렇냐고. 내가 뭐랬는 줄 아셔요?"

솔잎이 가만히 있었다.

"그건 모르지만, 절 싫어하지는 않는 것 같다고 했죠!"

영채는 말을 해놓고도 속으로 실소를 금치 못했다. 스스로 생각해도 사랑 고백치고는 어설프기 짝이 없었기 때문이었다.

"자, 어서 가요! 할머니가 기다리셔요!"

영채는 민망한 기분을 떨쳐버리고 싶어 솔잎의 손목을 잡고 일어섰다. 그러나 솔잎이 앉은 채 살짝 손을 뺐다.

"갑자기 모든 게 낯설어요! 때까치 집에 들앉은 뻐꾸기 같다는 생각도 들고!"

"예?"

"지금 제 처지가 말이에요!"

"아, 그건, 지금부터 익숙해지도록 노력하면 돼요. 솔잎 씨 편지 봤습니다. 제가 옆에서 도와줄게요!"

"전 뻐꾸기처럼 그냥 뭉개고 견뎌낼 자신이 없어요. 막무가내 버틴다고 끝날 일이 아니잖아요?"

"그러니까 지금부터 새로운 인연을 많이 만들어내야죠."

"무슨 말씀이죠?"

"그렇잖아요? 지금까지 솔잎 씨의 삶이 나카무라 타다시라는 사람과 전혀 무관한 삶이었다면, 앞으로는 나카무라라는 새로운 사람이 한 사람 더 보태진 삶이 될 거라는 말이죠. 마치 까맣게 잊고 있던 친구가 이십오 년 만에 갑자기 옆집으로 이사를 왔을 때처럼 말이죠."

그때 갑자기 법당 옆문이 열리며 심곡 스님이 나왔다.

"허허허! 일만 배를 한 보람이 있구나!"

영채와 솔잎이 놀라 벌떡 일어섰다. 스님이 두 사람 곁으로 다가와 돌계단에 앉았다. 영채와 솔잎도 따라 앉았다.

"그래, 좀 전에 네가 때까치 집에 들앉은 뻐꾸기 같다는 소리를 듣고, 저놈이 그냥 헛절만 한 건 아니구나, 했다. 하지만 애야, 너만 때까치 집에 들앉은 게 아니다. 이 세상이 원래 커다란 때까치 집이고 보면 여기에 발붙이고 사는 사람 모두가 뻐꾸기인 셈이지. 하도 많은 사람이 한 둥지에 모여 알게 모르게 옆 사람과 얽히고설켜 살다 보니 모두가 자기 둥지로 착각하고 있을 뿐이다. 절간은 때까치 집 안에 있는 또 하나의 작은 둥지일 뿐이다. 그런데 너는 왜 이 작은 둥지 중의 둥지에 눌러앉을 생각을 하느냐? 네 전생업은 많이도 헝클어져 있다. 부처님께 절하고 기도만 해서 풀릴 일이 아니다. 오직 너 스스로 해결해야 할 일이니 어이 일어나 영채 따라가거라. 절간에 머물며 부처님께 빌붙어 살 게 아니라, 속세에 머물며 사랑에 기대 살아라. 그것이 곧 부처님을 진정으로 섬기는 길이다!"

스님이 솔잎의 머리를 한번 쓰다듬으시고는 절 마당을 휘적휘적 가로질러 갔다. 스님의 장삼 옷자락에 붙은 달빛이 물결처럼 너울거렸다. 영채가 늘어진 솔잎 머리카락을 귀 뒤로 넘겨준 뒤 손목을 잡았다.

"자, 할머니가 기다리셔요."

이번에는 솔잎도 손을 뿌리치지 않고 아이처럼 고분고분 일어섰다.

"참! 다음 달 중순쯤, 기요시 오빠가 올 겁니다!"

솔잎이 돌아오고 열흘이 지났다. 그동안 윤 여사는 아무 일도 없었다는 듯 여유롭고 자연스러웠다. 그러나 솔잎은 내내 마음이 심란했다. 자신이 떠난 날 저녁, 할머니와 손자가 나누었다는 대화도 계속 신경 쓰였고, 영채가 말한 기요시오빠라는 말도 생경하기 그지없었다. 앞으로 기요시라는 사람을 피해버려야 할지, 아니면 떳떳이 만나야 할지, 그것조차 결심을 못 내리고 있었다. 거기다 윤 여사는 기요시에 대해 까맣게 모르고 있으니, 솔잎은 이래저래 윤 여사 얼굴 대하기가 여간 쑥스럽지가 않았다. 그렇다고 한 집에 살면서 매번 얼굴을 피할 수도 없는 노릇이었다. 솔잎은 용기를 내 끓고 있는 무말랭이 차를 한잔 따라 법당으로 올라갔다. 불경을 읽고 있던 윤 여사가 안경을 벗어들며 바로 앉았다.

"사모님, 무말랭이 차를 한번 끓여봤는데 맛이 제법 깊어요. 한번 드셔보셔요."

"그래? 그러잖아도 입안이 칼칼하던 차에 잘됐구나. 나이가 드니 침도 잘 안 나오는 모양이다."

윤 여사가 차를 한 모금 마셔보고는 뜻밖이라는 듯 환한 표정으로 솔잎을 쳐다봤다.

"참 별나네! 그냥 그런 무에서 어째 이리 깊고 담백한 맛이 우러날 수가 있지?"

"그렇죠? 사모님. 옛날 할아버지와 끓여 마시던 생각이 나서⋯."

"앞으로 종종 좀 끓여다오. 정말 맛있구나."

"예. 사모님."

윤 여사가 몇 모금 연달아 마신 뒤, 받쳐 들었던 찻잔을 내려놓으며 물었다.

"요즘 영채는 뭐하고 돌아다니니? 어제오늘 코빼기도 안 비치는구나."

"시천면에 일이 있다며⋯."

"왜 그러니?"

"사모님, 죄송합니다."

"기요시라는 그 친구 일 때문에 간 게구나! 그래, 그 친구 언제 온다던?"

"다음 달 중순쯤⋯. 그런데 사모님이 어떻게?"

"생각보다 영채 그놈이 결기가 있구나. 그러잖아도 며칠 전에 영채랑 기요시에 관한 이야기를 잠시 나누었다. 네 사촌이라는데 오면 당연히 만나봐야 하지 않겠니?"

"저한텐 그런 사촌 없어요. 사모님!"

솔잎은 사촌이라는 말에 자기도 모르게 거부감이 들어 소리쳤다. 윤 여사가 빙그레 웃으며 솔잎의 손을 잡았다.

"그러면 못 쓴다. 천륜을 거역하면 벌 받는단다."

"⋯?"

"너도 이미 알고 있겠지만, 내가 일본인에 대해 원한을 갖고 한평생 살아온 건 사실이다. 그리고 네가 일본사람 피를 받은 일본 아이라는 걸 안 뒤로 네가 밉고 야속한 것도 진심이다. 하지만 내가 그렇다고 네가 네 핏줄에 대해 그러면 안 된다. 행여 내 앞이라 그러는 거라면 다시는 내 눈치 보지 말고 기요시 오빠를 만나거라. 형제자매가 옆에 있다는 게 얼마나 소중한지 넌 아직 모른다. 세상 어떤 보물보다도 소중한 게 피붙이니라. 지금 생각해보면, 내가 일본사람을 저주한다는 걸 알고 있는 심곡 스님이 그런 내 마음을 다스려 주시려고 일본인 핏줄인 너를 나한테 맡기신 게 아닌가 싶다."

"…"

"그건 그렇고, 솔잎아! 내가 네게 물어보고 싶은 게 있는데 솔직히 대답해주겠니?"

"예. 사모님."

"그래, 고맙다. 그럼 만만하게 물어보마. 넌 우리 영채를 어떻게 생각하니?"

그 순간 솔잎은 법당 옆 돌계단에서 영채가 하던 말이 생각났다.

"무슨 말씀이신지…?"

"우리 영채를 좋아하냐는 말이다."

"…예."

솔잎이 고개를 숙이며 조그맣게 말했다.

"그럼 우리 영채와 결혼 같은 것도 생각해봤니?"

"그, 그건, 아, 아니에요. 사모님. 저는 앞으로…."

"그래, 스님 말씀 들어서 나도 알고 있다. 네가 나를 따라 절을 나올 때 그러셨지. 오래전부터 출가를 생각하고 있다고. 하지만, 출가라는 것이 쉬운 게 아니란다. 웬만한 거였으면 나도 예전에 몇 번이라도 그렇게 했을 거다."

"죄송해요. 사모님. 전 지금 뭐가 뭔지 갈피를 잡을 수가 없어요. 정작 제가 누군지도 모르겠는걸요! 지금까지 핏줄이라 생각했던 할아버지는 피 한 점 물려받지 않은 사람이 되고, 난데없이 생면부지의 사람이 같은 핏줄이라며 오빠라고 나타났으니 말이에요! 그런 데다 이제 스님마저 절 물리셨어요! 내 앞에 놓인 문제는 제 혼자 스스로 해결하라시며!"

"그래. 그건 스님 말씀이 맞다. 이제 그 이야긴 그만하고, 맛있는 이 무말랭이 차 마시며 영채나 기다리자꾸나."

"예. 사모님. 차 더 가져올게요."

한편, 시천면 노인정을 찾은 영채는 장기를 두고 있는 어르신들과 이야기를 나누고 있었다. 심마니 어른을 찾는다는 영채 말에 노인들이 모두 한마디씩 거들고 나섰다.

"에이, 그 사람 얼굴 보려면 저승에 가야 된다. 죽은 지가 언젠데 여기서 찾으면 되는가!"

"그 사람 마누라라면 또 모르지. 바로 저쪽 여자들 방에 지금 있으니까!"

"거기 없다. 아까 내 올 때 나가더라. 진주 막내아들 집에 간다면서."

"그럼 그분 집에는 지금 아무도 없습니까?"

"왜 없어. 큰아들이 노모 모시고 사는데!"

"그것도 모르지! 집에 있는지, 들에 나갔는지."

"그러지 말고 집에다가 전화 한번 해보지?"

"그럴까?"

노인회장이라는 분이 앉은뱅이책상 밑에서 전화번호부를 꺼내 다이얼을 돌렸다. 한참 있다 수화기를 내려놓으며 영채를 쳐다보고 말했다.

"번홀 줄 테니 이따 직접 한번 해보소. 집에 없는가, 안 받구먼."

"예, 예. 그러지요. 정말 고맙습니다. 어르신!"

영채는 전화번호를 받아 적은 후, 돈 2만 원을 꺼내 노인한테 드렸다.

"도와주셔서 정말 감사합니다. 적은 돈이지만 제 성의니 약주라도 받아 같이 드십시오."

"아니, 이 사람아, 돈 같은 거 안 줘도 된다! 우리가 어디 이런 거 받으려고 사람 가르쳐줬나?"

"아닙니다. 어르신! 어르신들 뵈니 우리 할머니 생각이 나서 그럽니다. 우리 할머니도 일흔이 넘었습니다. 변변찮지만 약주 받아 잡수시고 오래오래 건강하세요."

"그럼 받지. 자, 우리 오늘 예절 바른 젊은이가 사주는 술 한잔 먹어보세! 고맙네, 젊은이!"

노인 말에 모두가 박수를 치며 좋아했다.

영채는 심마니 어른이 생존해있지 않는 것이 못내 아쉬웠다. 지금으로서는 그 사람 아들이 그 허리띠에 대해 알고 있기를 기대하는 수밖에 없었다.

영채는 돌아오는 길에 원지에서 차 기름을 넣기 위해 주유소에 들어갔다. 마침 공중전화를 발견하고, 혹시나 해서 심마니 아들 집에 전화를 걸어봤다. 다행히도 전화를 받았다. 나이 지긋한 남자 목소리였다.

"저, 안녕하셔요. 전 노영채라고 하는 사람인데요, 좀 전에 노인정에서."

"예. 지금 막 노인정 회장님한테서 전화 받았습니다. 그런데 무슨 일로 그럽니까?"

"아저씨한테 뭐 하나 물어볼 게 있어서…."

"그래요? 뭔데요?"

"한 이삼십 년 전에 아저씨 댁 어르신께서 산에서 신주 고리가 달린 허리끈을 하나 주운 적이 있다고 하던데 혹시 기억하시는지요?"

"예. 기억합니다. 엿 사 먹으려다 못 사 먹어서 똑똑히 기억합니다. 그런데 그게 왜요? 뭐가 잘못됐습니까?"

"아, 아닙니다. 그런 게 아니고 혹시 그 허리끈 주운 장소를 기억하십니까?"

"주운 장소요? 그거는 내 동생이 알 겁니다. 지가 주웠으니까!"

"동생분이 주웠다고요?"

"예. 동생이 갈비 끔으로 갔다가 주워왔거든요."

"그래요?"

"예. 그러니까 알고 싶으면 우리 동생한테 한번 물어보소."

"그럼 동생분도 같이 사십니까? 지금 통화 좀 할 수 있을까요?"

"아닙니다. 동생은 진주 삽니다."

"그럼 동생분 전화번호 좀…"

"그런데, 그 허리끈이, 머 잘못됐습니까?"

"아, 아닙니다. 절대 그런 게 아닙니다. 오히려 아저씨 쪽에 크게 감사드릴 일입니다. 그러니까 안심하시고 동생분 전화번호 좀 부탁드립니다."

"감사할 일이라니요, 그건 또 무슨 말입니까?"

남자는 쉽게 전화번호를 알려주지 않았다. 영채는 상대방이 자신을 의심하는 게 무리가 아니라고 생각했다. 아무리 노인정 회장님의 전화가 있었다고 해도, 생면부지의 외지인이 무턱대고 전화를 해서 이것저것 물어보니 의심하는 것은 당연했다. 영채는 솔직하게 말했다

"아저씨, 다른 뜻이 있는 게 아니고요. 해방 전에 그 부근에서 행방불명되신 우리 할아버지가 그런 허리끈을 차고 있었기 때문에 혹시나 해서 그럽니다!"

"아, 그래요? 그럼 진작 그렇다고 말하지 않고! 받아 적으소!"

"고맙습니다. 아저씨!"

영채는 전화번호를 받아 적은 후 다시 한번 다짐해놓았다.

"만약 우리 할아버지 유해를 찾게 되면 크게 보답하겠습니다. 아저씨!"

영채는 전화를 끊고 동생이라는 사람한테 전화를 걸었다. 그러나 통화 중이었다. 기름을 다 넣고 출발하기 전에 다시 걸어보았다. 신호가 갔다. 잠시 뒤 걸쭉한 목소리가 울렸다.

"네, 박동숩니다. 누구십니까?"

"아, 예. 선생님. 전 노영채라는 사람입니다. 다름이 아니고, 아까 형님 되시는 분한테서 전화번호를."

"아, 예. 압니다! 조금 전에 형님한테서 연락받았습니다! 그런데 행방불명 된 할아버지를 찾는다고요?"

"예. 그렇습니다. 우리 할아버지가 그런 신주 고리가 달린 허리끈을 차고 있었거든요!"

"잘 알겠습니다! 그럼 어디서 만날까요?"

"지금 당장은 제가 시간이 없어서 안 되고요, 다음에 다시."

"그러십시오. 시간 나면 언제든지 전화하셔요. 전 개인택시하고 있어서 언제든지 좋습니다!"

"아, 정말 고맙습니다! 다음에 연락드릴 테니 꼭 좀 도와주십시오! 부탁드립니다! 사례는 충분히 하겠습니다."

영채는 전화를 끊고 마음을 놓았다. 여간 다행한 일이 아니었다. 이제 장소 확인은 시간문제였다. 기요시가 알면 무척 좋아할 일이었다.

3

칠평산 석양이 숲속을 아름답게 비추고 있는 고즈넉한 해원암 법당. 할머니와 솔잎이 마주 앉아 차를 마시며 이야기하고 있는 모습을 보고 영채는 기분이 좋았다. 지금까지 그런 모습은 한 번도 본 적이 없었다. 더구나 솔잎이 집 나갔다 돌아온 뒤로 이런저런 눈치가 보였는데 다시 예전처럼 두 사람 사이가 친밀해진 것 같아 마음이 놓였다.

"할머니 저 왔습니다."

"그래, 어서 오너라. 어디 그 귀한 코빼기 한번 보자!"

"죄송합니다. 할머니!"

영채가 아이처럼 윤 여사 옆에 달라붙어 할머니를 끌어안았다. 솔잎이 찻잔을 들고 일어섰다.

"그럼, 사모님! 전 먼저, 장부 정리할 게 좀 있어서….."

솔잎은 서둘러 방을 나왔다. 장부는 핑계였다. 영채와 함께 있는 데서 할머니가 아까 같은 그런 말을 또 하면 대답하기 너무 거북할 것 같아 미리 자리를 피하고 싶었다. 솔잎이 방을 나가자 할머니가 불경을 펼쳐 들며 혼잣말처럼 했다.

"쟤가 이 할미 속을 눈치챘구나."

"무슨 말씀이셔요?"

"너희 둘 다 있는 데서 결혼에 대해 가타부타 매듭을 지으려고 했다."

"에이, 할머니도! 그런 건 저희한테 맡겨놓으시라니까요! 그보다도, 할머니! 오래전부터 할머니한테 꼭 여쭤볼 게 있었는데요."

"뭔데 그러느냐?"

"지난번 서울 갔을 때, 옛날 할아버지 운전기사를 우연히 만났습니다. 그런데 그분이…, 우리 부모님 사고 난 날 이야기를 하셨어요."

"사고 난 날…?"

할머니가 뜻밖이라는 듯 펼쳤던 불경을 다시 덮으며 영채를 쳐다봤다. 영채는 그동안 갖고 있던 의문을 이참에 확실히 알아보기로 하고 단도직입적으로 물었다.

"예. 그날 저녁에 우리 아버지와 할아버지가 대판 싸우셨다던데 그게 사실이에요?"

"그, 그렇다. 그런데?"

"그리고 또, 아버지가 그날 어머니한테 끌려나가시면서 '지금까지 40년 넘게 노명모로 산 것도 억울해 죽겠는데, 아이고, 내가, 내가 죽어야지!' 이러시면서 엉엉 우셨대요! 할머니, 도대체 그날 무슨 일이 있었던 거죠?"

"운전수가 정말 그, 그렇게 말했느냐?"

"예. 할머니, 그러니 이제 속 시원히 말씀 좀 해주셔요! 아버지가 40년간 노명모로 산 게 억울하다고 하신 게 무슨 의미인지, 그리고 또 할머니가 왜 이렇게 할아버지와 떨어져 사시는지, 잘 나가는 회사는 또 왜 둘로 나눠 가지셨는지, 저는 정말 궁금하고 걱정이 됩니다. 그리고 할머니가 만주 사실

때 도대체 무슨 사연이 있었기에 말끝마다 만주, 만주 하시는지, 그것도 궁금해 죽겠어요! 얼마 전에 부산사무소 김 소장님 할머니를 만났는데, 그분한테서 연해주 살던 시절 이야기를 듣고 몹시 놀랐거든요! 혹시 할머니도 그런."

"아니, 김 소장 할머니가 연해주에 사셨다고? 이북에서 월남한 실향민이라는 이야긴 들었어도 연해주 살았다는 말은 금시초문이구나!"

"예, 할머니. 그 할머니 말씀에 의하면, 김 소장 할아버지가 연해주와 만주 일대에서 우리 독립운동 하시는 분들을 위해 대단한 활약을 하셨더라고요! 그러니 할머니도 만주 시절 이야기 좀 해주세요. 네? 할머니도 혹시 그때 독립운동하시는 분들하고 알고 지낸 적 있으셔요?"

"그래! 가깝게 지낸 분들이 있다! 그런데 그 김 소장 할아버지라는 분은 무슨 일을 하셨다던?"

"일본 관동군 헌병대에 침입해 민족을 배신한 첩자들의 정보를 빼내는 아주 위험한 일을 하셨다고 했습니다."

"그래? 정말 위험한 일을 하셨구나! 혹시 그분 성함이 어떻게 되는지 아느냐?"

영채 말에 윤 여사가 뜻밖이라는 듯 영채를 향해 몸을 돌리며 물었다.

"예. 김칠용요! 연해주선 게오르기 킴이라는 가명을."

"뭐, 뭐, 뭐라고?"

윤 여사가 갑자기 비명을 지르며 영채 양어깨를 와락 거머잡았다.

"지, 지금, 게오르기 킴이라고, 했느냐?"

"예, 할머니. 본명은 김칠용이시고, 그런데 할머니 왜 그러셔요? 제가 뭘 잘못한…"

"아니다, 아니다! 아이고, 어째 이런 일이! 부처님, 부처님, 나무 관세음보살! 그래, 지금은 뭐하신다더냐? 김 소장하고 함께 사시던?"

"15년 전에 이미 작고하셨대요! 강도한테 맞아서!"

영채는 김 소장 할머니가 말한 누군가의 앙갚음으로 돌아가셨다는 말은 하지 않았다.

"저런! 저런! 어쩌다 그런 변을! 부처님, 부처님, 용서하소서! 나무 관세음보살!"

윤 여사가 연신 부처님을 찾으며 몸을 부들부들 떨었다. 그런 할머니 모습에 영채가 더 놀랐다. 자기도 모르게 손을 불쑥 내밀어 할머니 어깨를 잡았다.

"괘, 괜찮으셔요? 할머니!"

"그, 그래, 괜찮다."

할머니가 깊은숨을 내쉬며 엎어진 불경을 바로 폈다. 할머니의 충격은 아직 다 가시지 않은 것 같았다.

"그래, 그래. 옛날 운전수에 게오르기 어른까지, 부처님 뜻이 아니고는 이럴 수가 없다! 그래, 이게 다 부처님 뜻이야! 부처님 뜻! 나무 관세음보살!"

할머니가 윗목 책상에 놓인 부처를 향해 거듭거듭 합장했다. 어느새 할머니 눈에 눈물이 흐르고 있었다. 영채는 갑작스러운 상황에 어쩔 줄을 몰랐다. 자신이 무슨 큰 잘못을 저지른 것 같았다. 간신히 할머니 곁으로 다가가 어깨를 감싸 안았다.

"할머니 용서하셔요! 제가 잘못했어요!"

"아니다! 아니다! 네 잘못이 아니다! 모든 게 다 이 할미가 지은 업보다! 그래, 이제 때가 된 게야, 때가! 가서, 솔잎한테 무말랭이 차 좀 가져오라고 해라!"

"예, 할머니!"

영채는 허겁지겁 사무실로 달려갔다. 당황하는 영채 모습에 솔잎이 놀라 벌떡 일어섰다.

"무슨 일이죠?"

"할머니가 차 좀 가지고 오래요! 아무래도 내가 무슨 큰 잘못을 저지른 것 같아요! 어서 가요!"

솔잎은 서둘러 찻주전자를 들고 영채의 팔에 끌려 할머니 방으로 갔다. 할머니는 그새 안정을 되찾고 평소처럼 단정히 앉아 염주를 굴리고 있었다. 영채는 한결 마음이 놓였다.

"둘 다 거기 좀 앉아라."

"예. 할머니!"

영채와 솔잎이 동시에 대답했다. 할머니가 손수 차를 따라 천천히 몇 모금 마셨다.

"영채야, 지금부터 정신 똑바로 차리고, 내가 하는 이야기 단단히 들어라. 이 할미가 50년 넘게 가슴에 묻고 살아온 이야기다. 솔잎 너도 잘 들어두어라. 네가 출가를 하든, 우리 영채와 결혼을 하든, 네 앞날을 정하는데 반드시 들어 둬야 할 이야기니 새겨들어라. 이야기 중도에 하고 싶은 말이 있어도 참았다가 내 이야기 다 듣고 난 다음에 하도록 해라."

영채와 솔잎은 바짝 긴장했다. 할머니가 다시 찻잔으로 입술을 적신 뒤 차분하게 이야기를 시작했다. 표정도 담담했다.

"내가 태어나서 자란 곳은 만주 간도성 화룡면 명동촌이라는 곳이다. 명동촌은 조선 함경도 종성, 회령 사람들이 가뭄과 흉년을 피해 두만강을 넘어가 세우고 개척한 동네였다. 마을 앞에는 천불지산에서 흘러오는 조그마한 강이 있고, 뒤로는 우리 조선사람들이 개간해 만든 논과 밭이 널따랗게 펼쳐진 들판이 있었다. 마을 앞 강변의 고운 모래밭을 걸어 북쪽으로 죽 올라가면 용정이고, 강을 거슬러 남쪽으로 내려가 천불지산 준령을 넘어 두만강만 건너면 바로 조선 회령이었다. 우리 아버지 윤주호는 함경남도 길주가 고향인데, 같이 일본 유학 중이던 한동네 처녀인 어머니를 만나 서로 사랑해 대영 오빠를 낳았다. 그 당시 그런 혼전 출산은 양반가 어른들한테는 도저히 용서받을 수 없는 불효였다. 결국, 아버지와 어머니는 어른들의 미움을 사 집안에서 쫓겨나 간도 명동촌에 터를 잡았다. 나는 그곳에서 태어나 명동 여자학교 중학부를 졸업하고 명동 소학교에서 임시로 아이들한테 조선글을 가르쳤다. 마을 사람들은 '윤 선생 집에, 딸 윤 선생'이라며 우리 부녀를 몹시 존경하며 따랐다."

―어느 날, 한 젊은 남자가 윤주호 선생 집을 찾아왔다. 그 남자는 밤늦도록 윤 선생과 이야기를 나누고는 새벽같이 떠났다. 그런데 그날 이후로 윤 선생은 웬일인지 근심 걱정에 싸여 지냈다. 딸 소영이 무슨 일인지 물어도 걱정하지 말라는 말만 하고는 입을 열지 않았다. 한 달 정도 그렇게 지내던 윤 선생이 아내와 딸을 불러 앉혔다.

"아무래도 강 건너 있는 논을 팔아야겠다."

"예? 논을 팔아요? 안 돼요!"

윤 선생의 뜬금없는 말에 딸 소영과 부인이 깜짝 놀라 거의 동시에 안 된다고 외쳤다. 특히 부인의 반대는 결사적이었다. 그도 그럴 것이, 그 논은 윤 선생 내외와 아들 대영이 명동촌에 들어와 10년 넘게 매달려 피땀으로 일군 논으로 가족의 목숨 줄이나 마찬가지기 때문이었다. 더구나 그 논을 일구느라 윤 선생은 허리에 병까지 생겼고, 하나뿐인 아들 대영은 그때 얼은 골병으로 스무 살이 채 안 되어 세상을 뜨고 말았기에, 윤 선생 가족한테 그 논은 양식을 대주는 생명줄인 동시에 자식을 빼앗아 간 한이 맺힌 가족사의 현장이었다.

딸과 부인의 완강한 반대에 윤 선생은 한숨만 쉬었다. 그런 아버지가 안쓰러워 소영이 물어보았다.

"아빠! 그 논이 우리한테 얼마나 소중한지 아빠도 잘 아시잖아요? 그런데 갑자기 팔려고 하는 이유가 뭐죠?"

딸의 말에 윤 선생이 한참 동안 뜸을 들이다가 입을 열었다.

"소영아, 잘 들어라. 한 달 전에 왔던 그 청년은 박수언이라는 사람이다. 그 사람은 만주 일대를 돌아다니며 행상을 하는 장사꾼인데, 장사는 위장이고 실제는 조선 독립운동하는 사람들 심부름하는 숨은 의인이다. 서간도, 북간도는 물론이고 멀리 연해주 일대 장사치들과 손잡고 독립운동하는 사람들한테 필요한 생활용품도 몰래 대주고 가족들 소식도 전해주는 일을 하고 있다. 너와 네 어머니한테는 지금까지 말 않고 있었지만 예전부터 나는 그런 사람들과 연락을 하고 있었다. 그런데 얼마 전에 연해주서 활동하는 일꾼들이 왜놈 앞잡이들 습격을 받아 많은 사람이 죽었다고 한다. 이 일을 계기로 자신들도 호신용 무기를 휴대하기로 하고 권총 살 돈을 모으고 있지만, 그게 값이 만만찮아 그리 쉽지 않다고 하는구나. 그래서 내가 나도 조금 보태겠다고 약속하고 두 달 후에 들리라고 했다. 하지만, 난들 무슨 돈이 있나. 논이라도 팔아서 보태 볼까 했는데 가족이 이렇게 반대를 하니 그 이야기는 없었던 것으로 하겠다. 큰일 하는 사람들 앞에서 나랏일을 놓고 식언한 꼴이 되어 괴롭다만, 어쩌겠느냐 목구멍이 포도청인걸!"

소영은 아버지의 이야기를 듣고 가슴이 뭉클했다. 여학교 다니는 내내 선생님들한테서 듣고 배운 것이 조선독립을 위해 애쓰는 사람들 이야기였기 때문이었다. 그날 밤, 소영은 어머니를 달랬다.

"엄마, 아빠가 하시고자 하는 일은 우리 민족을 위한 일로 대단히 장하고 숭고한 일이에요. 그러니 강 건너 논은 우리 생명줄이라 팔 수 없지만 집 뒷밭은 그래도 덜 소중하니, 그거라도 팔아서 아버지가 그분께 한 약속을 조금이라도 지킬 수 있도록 우리가 도와드리면 어떨까요?"

"네가 그렇게 생각하면 이 어미도 괜찮다. 그 밭엔 네 돈도 꽤 많이 들어갔으니까!"

그렇게 해서 어머니의 승낙을 받은 소영은 뒷밭을 시세보다 헐값에 팔았다. 아버지가 한 약속 시한을 지키려면 헐값에 파는 수밖에 없었다. 소영은 밭 판 돈에 그동안 조금씩 모아두었던 저축금까지 합쳐 아버지께 드렸다.

한 달 뒤, 박수언이 윤 선생을 다시 찾아왔다. 윤 선생은 박수언에게 적은 돈이라 미안하단 말을 몇 번이고 했다. 사정을 들은 박수언도 몇 번이고 머리를 조아리며 감사의 절을 했다.

"선생님의 우국충정에 정말 감복했습니다. 동지들께 선생님의 거룩한 뜻을 꼭 전하겠습니다!"

그날 밤에도 두 사람은 밤늦도록 이야기했다. 소영이 아버지 옆에 앉아 이야기를 듣고 있다가 박수언에게 물었다.

"가족들 편지 같은 거 지니고 다니시다 갑작스레 검문이라도 당하시면 위험하지 않나요?"

"물론 위험하지요. 까딱하면 저나 그분들이나 신분이 탄로 나서 잡히거나 처형당할 수도 있지요. 그러나 가족들 대부분이 글을 모르는 탓에 편지를 못 쓰고 말로 안부를 전하기 때문에 그런 증거가 있을 턱이 없지요. 간혹 글을 배워 편지를 써주는 사람도 있긴 하지만, 그럴 때는 위험을 감수해야 하고요. 그 사람들한테는 나랏일 다음으로 소중한 게 가족 소식이잖습니까? 그리고 아무리 그런 일이 위험하더라도 우리 민족이 너나없이 우리글을 배워 모두가 편지를 쓸 수 있다면, 이런 어려운 시대에 얼마나 큰 국력이 되겠습니까?"

소영은 박수언의 말에 크게 감동했다. 앞으로 아이들한테 더욱 열심히 우리글을 가르쳐야겠다고 속으로 다짐했다.

그때부터 박수언은 두어 달에 한 번쯤 윤 선생 집에 들렀다. 한번은 게오르기 킴(Георгий Ким)이라는 조선인 2세와 함께 찾아와 감사 인사를 하고 갔다. 게오르기 킴은 연해주에 살면서 소련군을 통해 무기를 구해준 사람이라고 했다.

윤 선생은 박수언을 성심껏 도왔다. 소영은 몸이 불편해 멀리 다니지 못하는 아버지를 대신해, 박수언이 사는 목단강시까지 심부름을 가기도 했다. 간도성 명동촌에서 목단강성 성도인 목단강시까지 가려면, 먼저 용정으로 나가 연길까지 차를 타고 가서 도문 가는 기차를 타고, 도문에서 내려 또 목단강으로 가는 기차를 바꿔 타야 하는 먼 길이었다. 기차 시간이 뜸해 한 번 갔다 오려면 사나흘씩 걸리는 탓에 어머니는 처녀인 소영한테 심부름시키는 일을 극구 말렸지만, 윤 선생은 '그 사람은 믿을 만한 사람'이라며 아랑곳하지 않았다. 실제로 박수언은 윤 선생 말처럼 남녀 간에 있어서 예의가 아주 바른 사람이었다. 언행 하나하나 흐트러짐이 없었고, 소영을 조금도 불편하게 하지 않았다.

박수언은 워낙 바깥으로 많이 나다니는 사람이다 보니 그의 집은 항상 물건들이 흩어져 있었고, 소영은 갈 때마다 집안을 말끔히 정돈해주곤 했다. 더러는 빨래도 해주었다. 그러는 사이에 박수언과 소영은 서로 신뢰하게 되었고, 차츰 사랑으로 변해 결혼까지 하게 되었다. 나이가 열여덟 살인 소영보다 여덟 살이나 많은 스물여섯 살이었지만, 아버지도 어머니도 두말 안 하고 허락했다.

소영은 목단강시 남쪽 변두리 비교적 한적한 여우고개 언덕 밑에 신접살림을 차렸다. 결혼 뒤로도 박수언은 늘 바빴다. 예전처럼 서간도나 먼 연해주까지 장사 가는 일은 많이 줄었지만, 그곳에서 오는 사람들을 비밀리에 만나야 했기 때문에 소영은 늘 마음을 졸여야 했다. 그런 중에도 소영은 정말 행복했다. 박수언은 소영에게 자상하고 다정한 남편이었다. 개울에 나란히 앉아 함께 빨랫방망이를 두드리며 같이 빨래도 했고, 말 타는 기술도, 권총 다루는 법과 사격술도 가르쳐주었다. 박수언이 쉬는 날이면 두 사람은 함께 말을 타고 눈 덮인 산과 들을 쏘다니며 먼 장래를 계획하기도 했다. 소영은 그런 남편을 위해 아침부터 저녁까지 매사 정성을 다해 받들었다. 결혼을 하고 1년 만에 첫아이가 태어났다. 윤 선생이 '명동촌의 고운 모래'라는 뜻으로 '박명모'라고 이름을 지어주었다.

명모 첫돌이 되던 해인 쇼와 19년, 그러니까 해방되기 한해 전 11월 중순 어느 날 저녁 무렵 박수언이 피투성이가 된 어떤 사람을 업고 들어왔다. 소영이 놀라 물었다.

"무슨 일이죠?"

"여우고개에 쓰러져 있었소! 그냥 놔뒀다간 얼어 죽을 것 같아서, 어서 자리 좀 만들어요!"

소영은 서둘러 부엌방에 자리를 깔았다. 남편이 업고 온 사람은 거의 죽은 사람이나 마찬가지였다. 얼굴이 알아볼 수 없을 정도로 피범벅인 데다 사지가 축 늘어져 이미 숨이 끊어진 듯했다. 우선 부엌방에 갖다 눕히고 급한 대로 얼굴 피부터 닦고 전신을 살펴보았다. 왼쪽 얼굴 광대뼈가 깨져 있는 것 외에 달리 크게 다친 곳은 없어 보였다. 다행히 집에는 박수언이 먼 길 떠날 때 가지고 다니는 구급약이 있었다. 얼굴과 손등에 난 상처에 소독 약과 아까징기를 발라 응급조치를 했다. 그 사람은 그때까지도 깨어나지 못 했다.

한밤중에 의식을 찾은 그 사람은 이름이 정태호라고 했다. 조선 경상도 사람이고, 마을 사람들을 깔보고 괴롭히는 왜놈을 참고 볼 수가 없어서 쇠 스랑으로 찔러죽이고 만주 목단강성으로 피신하는 길에 여우고개 밑에서 목탄차를 얻어 탔다가 사고를 당했다고 했다. 박수언 내외는 정태호를 당분 간 집에 머물게 하고 계속 보살펴주었다. 박수언은 왜놈을 죽였다는 정태호 를 의인으로 대접했다. 정태호도 은혜에 보답하겠다며 무슨 일이든 시키기 만 하라면서, 성치 않은 몸인데도 사소한 집안일은 알아서 처리했다. 남편 이 출타하고 나면 집안일이 버거웠던 소영한테는 정태호의 손길이 큰 도움 이 되었다.

겨울을 넘기고 이듬해 봄이 되자 정태호의 몸도 완전히 나았고, 그때부 터 박수언은 정태호를 데리고 몇 번 장사를 다녔다. 그러다 정태호는 시내 자전거 수리점포에 취직이 되면서 박수언 집에서 나갔다. 그래도 정태호는 월급을 받으면 박수언 집으로 찾아와 조금씩 돈을 주고 갔다. 소영이 한사 코 거절했지만 사람이 은혜를 모르면 짐승이나 마찬가지라며 억지로 마루 에 두고 가곤 했다. 그렇게 행복하던 소영의 집에 청천벽력 같은 불행이 닥 친 것은 그해 단오절 날이었다.

쇼와 20년 초여름, 단오절. 매년 단오절이 되면 만주 일대에서 박수언과 같은 일을 하는 사람들이 모여 천렵을 하며 우의를 다졌다. 그해 단오절에 는 박수언 집에서 가까운 목단강성 목단강 상류 석가촌 부근 강변에서 모이기로 하고, 음식은 박수언이 준비하는 것으로 오래전에 정해져 있었다. 박수언은 정태호한테도 참석하도록 연락했고, 정태호도 좋아하며 제법 많은 찬조금을 기부했다.

단오절 전날, 소영은 음식을 준비하느라 바빴고, 박수언은 강변에 그늘막 치느라 저녁까지 씨름했다. 다음 날 아침, 소영은 소달구지에 음식을 싣고 집을 나가는 남편을 사립문 밖까지 배웅했다. 자기도 남편과 함께 가고 싶었지만 명모를 맡길 데가 없어서 할 수 없이 집에 남았다. 그런데 그날 밤 박수언은 집에 돌아오지 않았다. 멀리 장사를 떠나지 않은 날, 그렇게 밤에 들어오지 않은 일은 한 번도 없었다. 소영은 왠지 불안한 생각이 들어 조바심이 났다. 밤이 깊어질수록 불안감은 점점 더 커졌고, 이윽고 단오절 초승달이 서산으로 진 뒤에도 돌아오지 않자 불안감은 불길한 생각으로 변했다. 밤새 사립문을 들랑거리느라 한숨도 못 잤다.

다음 날 아침, 소영은 명모를 들쳐업고 시내 자전거 점포로 정태호를 찾아갔다. 그러나 가게는 아직 문이 잠겨있었다. 소영이 가게 앞에서 주인이 나타나기를 초조하게 기다리고 있는데 지나가던 사람이 걸음을 멈추고 말을 걸었다.

"혹시, 저기, 용정 명동촌 윤 선생님 댁 따님 아닙니까?"

"그런데요. 누, 누구시지요?"

"아, 역시 맞네요. 저는 박수언이 친구 게오르기 킴입니다. 삼 년 전에 명동촌 집엘 어르신 뵈러 수언이랑 한번 같이 간 적이 있지요. 왜, 삶은 감자를 밤참으로 갖다 준 적 있잖습니까?"

소영은 그때야 생각을 떠올렸다. 아버지한테서 돈을 받아간 뒤, 수언 씨가 인사차 왔을 때 함께 와서 하룻밤 자고 간 사람이었다.

"아, 이제 기억나요. 게오르기 씨. 몰라 봬서 죄송해요."

"아닙니다. 저도 긴가민가한걸요. 그런데 아침 일찍 여긴 웬일이죠? 집이 이 부근입니까?"

"예, 저기, 저….."

소영은 남편 이야기를 하려다 말았다. 깊이 알지 못하는 사람이라는 생각이 얼핏 들었기 때문이었다. 남자도 소영의 망설임을 눈치챘는지 더 묻지 않았다.

"그럼, 다음에 또 뵙지요."

"예. 안녕히 가세요."

남자와 헤어지고 한참을 기다려도 정태호도 나타나지 않았다. 소영은 더욱 불길했다. 정태호도 모임에 참가하겠다고 한 사람이었다. 소영은 더 기다릴 수가 없어 집으로 돌아왔다. 등에 업힌 채 잠이 든 명모를 방에 내려놓고도 계속 사립을 들락거리며 안절부절못했다.

그러구러 점심때가 되어도 남편은 돌아오지 않았다. 불길한 생각이 점점 확신으로 변하며 소영을 괴롭혔다. 소영은 더 앉아있을 수가 없었다. 석가촌 강변에 직접 가서 자기 눈으로 확인하지 않고는 불길한 생각을 떨쳐버릴 수가 없었다. 소영은 잠든 명모를 둔 채 서둘러 다녀오기로 하고 집을 나섰다. 그런데 집 앞 느티나무 밑에서 뜻밖에 정태호를 만났다. 그는 고개를 숙인 채 언덕길을 올라오다 소영과 마주치자 움찔했다. 한 보름 안 본 사이 정태호의 얼굴은 몰라보게 초췌했다. 소영은 그런 정태호를 보고 어제 무슨 큰일이 있었다고 확신하고 다급하게 물었다.

"우리 명모 아버지는 어떻게 되었어요? 지금 어디 계시지요?"

"아니, 형님 지금 집에 안 계십니까?"

"애 아빠 어젯밤에 안 들어오셨어요! 어제 몇 시에 헤어졌죠?"

"모르지요. 전 어제 거기 못 갔으니까요!"

"아니, 왜요? 같이 가기로 했잖아요?"

"갑자기 해림 시에 갈 일이 생겨서요. 하얼빈에서 자전거 스무 대를 기차편으로 보냈는데, 일본군들이 중간에서 열차를 징발하는 바람에 화물들을 모두 해림역에다 내려놓았다고 급하게 연락이 와서, 어제 아침에 부랴부랴 트럭을 가지고 해림역까지 가서 자전거를 싣고 왔지 뭡니까! 그런데, 형님은 왜 안 들어오셨죠?"

"저도 모르겠어요! 도대체 어디 가서 아직도 안 나타나는지 애가 타서 죽겠네요!"

"그럼 형수님, 제가 강변에 한번 가보겠습니다!"

정태호가 부리나케 앞으로 내달았다. 소영도 뒤따라 뛰기 시작했다.

시신은 강변 모래밭 여기저기에 널브러져 있었다. 모두 다섯 구였다. 모두 도망치다 총을 맞은 듯했다. 소영은 남편의 시신을 얼른 찾지 못했다. 여기저기 다니며 한 사람 한 사람 확인했지만 남편은 보이지 않았다. 정태호가 소영한테 한쪽을 가리켰다. 모랫바닥에 길게 끌린 자국이었다. 두 사람은 서둘러 자국을 따라갔다. 끌린 자국은 버드나무 숲을 지나 바로 옆 산자락까지 이어져 있었다. 그곳 관목 숲에 반쯤 가려진 사람의 하반신이 보였다. 소영은 바지를 보고 단번에 남편임을 알았다. 소영과 정태호가 거의 동시에 달려들어 시신을 끌어냈다. 시신은 산짐승들에 의해 얼굴이 심하게 훼손되어 옷차림이 아니면 누군지 알아볼 수 없을 정도였다. 소영이 아악! 하는 비명을 지르며 남편의 시신을 끌어안았다. 소영은 몸을 부들부들 떨기만 할 뿐, 아무 소리도 못 냈다. 눈물도, 울음도 없었다. 한꺼번에 북받치는 슬픔을 밖으로 토해내지 못하고 목구멍에서 꺽꺽대기만 했다. 정태호가 소영의 등을 쓸어내리며 달랬다.

"형수님, 형수님! 정신 차리셔요! 지금 이러고 있을 때가 아닙니다. 해지기 전에 서둘러 시신을 묻어야 합니다! 제가 저기 마을에 가서 삽 빌려 올게요!"

그러나 소영은 넋이 나간 채 남편 시신만 멍하게 내려다보고 있었다. 정태호가 구덩이를 다 판 뒤, 시신을 억지로 빼앗아 옮겼다. 그러자 소영도 구덩이로 뛰어들어 시신 위에 엎어졌다. 정태호가 소영을 부둥켜안고 밖으로 밀어내려 했지만 요지부동이었다. 정태호가 소영의 어깨를 심하게 흔들며 소리쳤다.

"형수님! 제발 정신 차리고 집에 있는 명모 생각을 하셔요! 명모를! 언제까지 애 혼자 내버려 둘 겁니까? 명모가 혹시라도 잘못되면 무슨 낯으로 형님을 보겠습니까?"

정태호의 말에 소영이 얼굴을 번쩍 들고 몸을 부르르 떨었다. 그러더니 갑자기 피 묻은 남편의 무명 적삼 자락을 북북 찢어내 핏물로 시커멓게 변한 모래를 한 주먹 싸서 들고 구덩이 밖으로 나갔다. 정태호가 얼른 삽으로 모래흙을 퍼 덮기 시작했다.

그렇게 허무하게 남편을 떠나보내고 소영은 모든 것을 잃어버렸다. 소영을 떠난 것은 남편만이 아니었다. 희망도, 삶의 의지도, 다 잃어버리고 남은 것은 아무것도 없었다. 매일 아침 아이를 업고 산소에 가 종일 우두커니 앉아있다가 오는 게 하루 일이 되었다. 한 달이 채 안 되어 양식은 바닥이 났고, 소영의 얼굴은 몰라보게 수척해졌다. 정태호가 며칠에 한 번씩 먹을거리를 싸 들고 와 정신 차리라며 채근했지만, 소영은 먹지도 않고 말도 듣지 않았다. 그러던 어느 날 정태호가 말했다.

"형수님, 정 이러시면 명몰 제가 데려다 키우겠습니다! 저 아이 빼빼 마른 거 보이지도 않습니까? 저 아이가 어떤 아입니까? 형수님이 형님을 얼마나 사랑하셨는지 잘 압니다! 그런 형님을 그렇게 억울하게 떠나보내시고 얼마나 애통하고 분하신지도 잘 압니다! 하지만, 하지만, 저 아이 명모는 형님의 유일한 혈육 아닙니까? 제대로 먹이고 입혀서 잘 키워야 하지 않겠습니까? 형수님과 형님은 제 생명을 구해주신 은인입니다! 형수님이 이렇게 끝까지 정신을 놓고 계시면, 구명 은혜에 조금이라도 보답하기 위해서라도 명모를 제가 데려다 키우겠습니다!"

그러고는 옆에서 잠들어 있는 명모를 안으려고 했다. 소영은 그때야 정신이 번쩍 들었다. 얼른 명모를 끌어안고 잘못을 싹싹 빌었다. 다시는, 다시는 이러지 않겠다고! 다시는, 다시는 넋 놓지 않겠다고! 정신 똑바로 차리고 악착같이 명모를 잘 키워 왜놈한테 복수하겠다고! 잠든 명모를 내려다보며 소영도 울고, 정태호도 울었다.

그때부터 소영은 아침이 되면 명모를 들쳐업고 산소 대신 시내로 나갔다. 상점이든 식당이든 여기저기 찾아다니며 허드렛일을 해주고 아이 먹일 음식을 얻어왔다. 정태호가 아이 먹일 돈은 자기가 얼마든지 벌 수 있다며 그런 일은 못 하게 했지만, 소영은 그의 도움을 일언지하 거절했다. 자존심도 허락하지 않았지만, 무엇보다도 정태호 도움에 의지하는 것은 죽은 남편을 욕되게 하는 일이라고 소영은 생각했다. 그러나 시대는 그들을 가만두지 않았다. 소영이 그렇게 닥치는 대로 허드렛일을 하며 한 달포 정신없이 사는 동안 전쟁의 먹구름은 어느새 목단강시까지 몰려오고 있었다.

얄타회담 이후 소련은 대일본 공격 계획을 서둘렀다. 독일이 항복하자 본격적으로 만주공격을 준비했다. 바실레프스키 원수를 극동군 사령관에 임명했다. 그가 지휘하는 병력은 150만 명에 이르렀다. 바실레프스키 사령관은 극동군을 연해주지방의 제1극동방면군, 소만국경 지역의 제2극동방면군, 만주와 몽고지역의 바이칼방면군으로 편성하고, 유사시 만주의 일본 관동군을 포위 섬멸할 수 있도록 했다. 조 · 소 국경 지대를 최남단 작전선 경계로 했던 제1 극동방면군은 발리勃利-목단강牡丹江-왕청汪靑으로 진격해 도문에서 두만강을 넘어 조선으로 진출하여, 서쪽의 길림吉林. 장춘長春 방면으로 진공하여 동진하는 바이칼 방면군과 조우하는 작전을 세웠다.

소련의 침공이 본격화되자 일본의 관동군은 무기력했다. 예전의 용맹 무쌍했던 기백은 찾아볼 수 없었다. 그들도 이제 승산이 없다는 것을 깨닫고 있었다. 그러나 그때부터 일본군의 잔인한 살육이 시작되었다. 먼저 스파이 색출이라는 이름 아래 대대적인 검거와 처단이 이루어졌다. 평소 자신들이 감시 대상으로 리스트에 올려놓았던 사람은 소련인이든 만주인이든 조선인이든 예외 없이 잡아들였다. 그러고는 일개 대위 신분의 정보장교 재량에 의해 석방이냐 즉결처단이냐가 결정되었다. 법에 따른 재판은 아예 처음부터 없었다. 소련 간첩으로 판명 나면, 먼저 구덩이를 파놓고 그 앞에 무릎을 꿇리고는 칼로 목을 쳐서 잔인하게 처단했다.

하얼빈시에 소련군의 포격이 시작되자 관동군사령부의 분위기도 일시에 어수선해졌다. 일전 불퇴를 외치는 지휘관들과 달리 예하 부대 장병들은 슬슬 꽁무니를 빼기 시작했다. 전세는 이미 소련이 완전히 장악했다. 8월 초순에 접어들자 목단강시에도 포격이 시작되었다. 목단강시는 목단강성 성도로 관동군의 동만주 핵심거점이었다. 원래 허허벌판촌락이었던 곳이 관동군 증강과 함께 급격히 발전한 도시였다.

관동군사령부로부터 목단강성 보안국에 통화通化로 철수해 집결하라는 명령이 떨어졌다. 목단강성 보안국장이 전 부대원을 모아놓고 다시 세부지

침을 내렸다.

　―대일본제국 관동군은 통화에 모두 집결해 소련군에 총반격을 가할 것이다. 우리 부대는 선발대와 후발대로 나누어 철수한다. 선발대는 지금 즉시 출발하고, 후발대는 기밀서류 은폐 공작을 끝낸 후, 기차를 이용해 통화에 집결한다. 기차 시간표는 별도 배부한다.

　―수감 중인 죄수들은 석방합니까?

　―얼간이 같은 소리 하지 마라! 그들도 다 기밀공작 대상이다!

　기밀공작이라는 말은 곧 그동안 부대가 펼친 공작작전의 흔적을 남기지 말고 말끔히 처리하라는 명령이었다. 이런 관동군 철수 작전계획은 삽시간에 시내에 퍼졌고, 그때부터 목단강시는 일시에 혼란 속으로 빠져들었다. 소영은 그런 혼란 속에서도 일을 쉴 수가 없었다. 저녁 늦게 피곤한 몸으로 집에 와 보니 정태호가 마루에 앉아 기다리고 있었다. 소영을 보자마자 그는 당장 목단강시를 떠나야 한다고 말했다. 며칠 안으로 소련군이 밀고 들어올 거라고 했다.

　정태호는 목단강시를 떠나 아예 조선으로 갈 거라고 했다. 소련이 본격 진주하면 상황이 어떻게 변할지 모르고, 여차하면 앞으로 조선에 못 들어가게 될지도 모른다고 했다. 그러면서 서둘러 같이 가자고 했다. 모든 준비는 자기가 다 해놨으니 소영은 명모만 데리고 나서면 된다고 했다. 필요한 용품은 물론, 명모 먹일 간식으로 값비싼 과일과 버터 치즈까지 일본인 상점에서 사놓았다고 했다. 소영은 목단강시를 떠나더라도 조선으로 안 가고 부모님이 계시는 간도성 용정 명동촌으로 가겠다고 했다. 그 당시 소영은 고향 부모님을 뵌 지가 2년도 넘었던 터라 부모님 안부가 제일 궁금했다. 소영의 말을 들은 정태호가 그러면 자신이 소영을 명동촌까지 데려다주겠다고 했다. 소영은 좋다고 했다.

목단강시에서 조선으로 가는 가장 빠른 길은 기차를 타고 도문으로 가는 것이었다. 도문에서는 두만강만 건너면 바로 조선이었다. 그리고 소영이 갈 명동촌은 도문에서 기차로 연길, 용정을 거쳐 가면 하루 반이면 갈 수 있는 거리였다.

4

시간이 흐르면서 혼란은 목단강시 전역을 공포로 몰아넣었다. 일본군이 철수하면서 저지른 살육으로 여기저기 사람시체가 뒹굴었고, 시설을 파괴하고 기밀문서를 태우는 화염과 연기가 목단강성 보안대 담장을 넘어 시내를 뒤덮었다. 이제 곧 소련군이 시내에 진입할 것이고, 그들은 닥치는 대로 약탈하고 아녀자를 겁탈할 것이라는 유언비어가 시내 골목골목 떠돌았다. 수많은 일본인과 시민들이 목단강시를 탈출하기 위해 기차역으로 몰려들었다. 철수하는 일본군 수송 열차를 타려는 피난민들과 이를 제지하는 군인들 사이에 몸싸움이 벌어졌다. 그 과정에서 쓰러지고 짓밟히고 서로 부딪쳐 다치는 사람들이 속출하자 군인들은 무차별 실탄사격을 가해 군중을 제압했다.

가까스로 일본군 폭압을 피한 정태호는 소영과 아이를 데리고 보안대 건물 귀퉁이 골목에 몸을 숨겼다.

"형수님, 여기서 꼼짝 말고 기다리셔요. 제가 기차 탈 방법을 찾아볼게요!"

"다, 다시 오실 거죠?"

소영은 아이를 보듬은 채 공포에 질려있었다.

"예! 걱정하지 마셔요. 꼭 올게요! 대신 절대 다른 곳으로 움직이시면 안 됩니다. 아셨죠?"

"예. 여, 여기 가만히 있을게요!"

정태호가 안심하라는 듯 싱긋 미소를 지어 보이고 건물을 돌아갔다.

소영은 최대한 몸을 웅크리고 담벼락 구석에 몸을 숨겼다. 골목 입구로 군중들이 바쁘게 움직이는 모습이 보였다. 귀를 찢는 사이렌 소리와 저벅거리는 군인들 군화 소리, 어딘가를 향해 갈겨대는 연발 기관총 소리가 바람을 타고 한꺼번에 몰려오는 통에 귀가 먹먹했다. 소영은 불안과 공포 속에서 앞으로가 더 걱정되었다.

'이런 난리 통에 어린 것을 데리고 무사히 명동까지 갈 수 있을까? 차라리 집에 그냥 남아있다가 난리가 좀 지난 후에 가는 게 옳지 않을까?'

소영은 괜히 집을 나섰다는 생각이 불쑥 들었다. 명모 아버지를 그렇게 남게 두고 이렇게 혼자 훌쩍 떠나는 것도 마음에 걸렸다. 정태호라는 사람도 그랬다. 비록 명모 아버지를 형님으로 받들고 잘 따르며, 자신들을 생명의 은인으로 깍듯이 모시는 성실한 사람이라는 데는 의심의 여지가 없었지만 어쨌든 외간 남자인 것만은 틀림없었다. 그런 사람을 따라 무턱대고 길을 나선 것이 어쩐지 경솔하게 느껴졌다. 그때 갑자기 가까운 곳에서 총소리가 탕탕 들렸다. 그리고 잠시 뒤, 반대쪽에서 인기척이 났다. 소영은 고개를 돌려 인기척을 확인하고는 깜짝 놀랐다. 깨끗한 기모노 차림의 일본인 남자가 권총을 손에 쥔 채 뒤를 연신 돌아보며 비틀비틀 다가오고 있었다. 소영은 자기도 모르게 아이를 안고 벌떡 일어섰다. 여차하면 달아날 생각으로 몸을 추스르는데 남자가 예닐곱 발자국 앞에서 푹 고꾸라졌다. 남자가 소영을 향해 어렵게 손을 치켜들며 중국말로 말했다.

"도, 도와주세요. 제발 좀 도, 도와주세요!"

소영은 갑작스러운 일에 당황해 머뭇거리다 용기를 내어 남자한테 다가갔다. 남자 뒷덜미에 단도가 꽂혀있고 윗도리가 피로 질퍽하게 젖어 있었다. 남자는 이미 숨을 거둔 뒤였다. 소영은 재빨리 남자가 쥐고 있는 권총을 빼냈다. 실탄은 아직 세 발이 남아있었다.

'비상시에 필요할 거야!'

소영은 권총을 명모 옷 가방 속에 숨겼다. 잠시 뒤 정태호가 헐레벌떡 뛰어왔다.

"어떻게 된 겁니까? 이 사람!"

"저도 모르겠어요? 그냥 저쪽에서 비틀거리며 오더니 여기서 꼬꾸라졌어요!"

"그래요?"

정태호가 엎어진 사내를 뒤집어 보며 아무렇지도 않게 말했다.

"이 자식, 아까 저기 사무실에서 총질하며 행패 부리던 놈이잖아! 그런데 권총 없었어요?"

"총? 그런 거 없었는데요?"

"어디다 던져버린 모양이군!"

정태호가 남자의 속주머니를 뒤져 금붙이 몇 점을 꺼냈다.

"뭐하시는 거예요?"

"앞으로 요긴하게 쓰일 겁니다. 우리한테 무슨 일이 닥칠지 모르잖아요?"

"그래도 이건 옳지 않은 거 같아요."

"우리가 안 가져도 누군가는 가져갈 겁니다. 신경 쓰지 마시고, 자, 어서 여길 피합시다! 누가 보면 괜히 우릴 살인자로 의심할 테니까!"

정태호가 돌아서 몇 발짝 걷다 말고 다시 남자한테 가서 칼을 뽑아 피를 쓱쓱 닦은 뒤 주머니에 넣었다.

"필요할 상 싶은 건 뭐든 다 챙겨야죠."

소영이 눈살을 찌푸렸다. 두 사람은 광장으로 나왔다. 광장은 조금 전보다 많이 진정 된 상태였다. 군인들의 실탄사격에 놀란 군중들이 어디론가 흩어져 숨어버린 모양이었다. 정태호는 소영을 목단강 중학교 뒷골목에 있는 국숫집으로 데리고 갔다.

구석 자리에 앉은 정태호가 품속에서 반으로 접힌 종이를 꺼내 소영 앞에 펴 보이며 은밀하게 말했다.

"이거 기차 탈 수 있는 통행증입니다."

"정말이에요?"

"쉿!"

주문받으러 온 점원에게 국수 두 그릇을 시키고 정태호가 다시 소곤거렸다.

"오늘 밤 열한 시, 도문 가는 기찹니다! 우리가 승차권 가진 걸 사람들이 알면 빼앗으려 난리가 날 테니 조심해야 합니다!"

"예. 그런데 이런 걸 어떻게 구했죠?"

"샀습니다. 금 열두 돈 반에. 제가 이럴 줄 알고 미리 돈을 모두 금으로 바꿔놨지 뭡니까! 난리가 나면 돈보다 이런 금 같은 게 더 유용하거든요!"

"그걸로 정말 기차를 탈 수 있을까요?"

"물론입니다! 여기 목단강성 보안대장 도장이 턱 찍혀 있지 않습니까! 이제 여기 빈칸에 우리 이름만 써넣으면 됩니다."

정태호가 만년필을 꺼내 맨 위 칸에 '본인 노달수'라고 쓴 뒤, 다음 칸을 가리키며 소영을 쳐다보았다.

"노달수가 누구예요?"

"제 본명입니다. 지금까진 왜놈 순사 때문에 정태호라고 가명을 썼지만, 이제 그럴 필요가 없잖습니까? 왜놈 새끼들이 다 줄행랑을 쳤는데! 당당하게 본명인 노달수를 쓸 겁니다!"

"그래요? 전 까맣게 몰랐네요!"

"제 본명 아는 사람은 형님뿐입니다! 죄송합니다. 형수님한테 말 안 해서."

"아니, 괜찮아요. 암튼 축하해요. 제 이름은 윤소영이에요."

"압니다. 그런데, 그게 아니고 형수님, 여길…, 어떻게…."

정태호가 이름 앞에 있는 '관계란'을 만년필 뚜껑으로 가리키며 말을 더듬었다.

"거길 꼭 써야 해요?"

소영이 뚱한 표정으로 달수를 쳐다보았다. 그러자 정태호가 이름 난에 '윤소영'이라고 써넣으며 혼잣말로 중얼거렸다.

"어떤 관겐지 안 써도 괜찮을지 모르겠네! 여기 직계가족만 동승 할 수 있다고 돼 있는데!"

"그럼 '형수'나 '동생'이라고 쓰면 되겠네요!"

"형수나 동생은 직계가족이 아니잖습니까? 허, 참! 이런 문제가 생길 줄은 꿈에도 몰랐네!"

정태호가 만년필 뚜껑을 닫고 팔짱을 꼈다. 소영은 달수가 무엇 때문에 고민하는지 알고 있었다. 답은 한 가지뿐이었다. 하지만 자기 입으로 차마 그 답을 말할 수 없었다. 비록 한번 쓰고 버릴 통행증에 불과했지만 다른 남자 밑에 '처'라고 이름을 올려놓는 것은 자신을 스스로 욕보이는 것은 물론이고, 죽은 남편에 대한 도리가 아니라고 생각했기 때문이었다.

점원이 국수를 탁자에 갖다 놓았지만 두 사람은 먹을 생각도 않고 각자 생각에 빠져 있었다. 이윽고 정태호가 무슨 결심을 한 듯 팔짱을 풀며 입을 열었다.

"형수님, 대단히 죄송합니다만, 한번 쓰고 마는 거니까….'"

"그냥 태호 씨 생각대로 써넣으셔요!"

소영의 빠른 말에 정태호가 조그맣게 '죄송합니다.'라는 말과 함께 관계란에 '처'라고 썼다. 그러자 소영이 담담하게 다음 칸을 불러주었다.

"아들, 명모. 성은 적지 말고 그냥 이름만 적으셔요!"

소영의 다부진 말에 정태호가 물끄러미 쳐다보았다.

"그렇다고 '노명모'라고 적을 수는 없잖아요?"

"마, 마, 맞습니다. 형수님!"

정태호가 재빨리 마지막 칸을 채웠다.

"명모 배고프겠다. 아직 국수는 못 먹지요?"

정태호가 고개를 숙인 채 국수 그릇을 소영 앞으로 밀어주었다.

"아직 어린앤데."

미묘한 침묵이 두 사람 사이에 흘렀다. 소영은 왠지 민망한 생각이 들어 이전처럼 정태호를 똑바로 볼 수가 없었다. 소영은 벽 구석으로 돌아앉아 명모한테 젖을 물렸다. 정태호가 나지막하지만 단호한 목소리로 불렀다.

"형수님!"

소영이 고개를 돌려 쳐다봤다.

"명심하셔야 합니다! 지금부턴 제 이름이 정태호가 아니고 노달수라는 거! 자칫 실수라도 하시면 큰일 나니까요!"

"알았어요."

소영이 심드렁하게 대답했다.

통행증이 있어도 기차를 타는 일은 쉬운 일이 아니었다. 마구잡이 밀려
드는 사람들로 개찰구는 수라장이었다. 거기다 통행증과 사람을 일일이 확
인하는 바람에 시간도 되게 많이 걸렸다. 조금만 의심스러우면 꼬치꼬치 캐
물었고, 얼른얼른 대답 못 하면 그냥 쫓아내 버렸다. 달수는 요령 좋게 인파
속을 누비며 소영을 안내했다. 소영 혼자서는 통행증이 아니라 그보다 더한
것이 있어도 명모를 데리고 기차를 탄다는 것은 불가능할 정도였다.

소영 일행이 검문소를 어렵게 통과해 기차 승강대 앞에 이르렀을 때, 총
을 메고 지나가던 젊은 군인이 소영을 불러세웠다. 그가 포대기 속 명모를
들여다보며 물었다.

"이 아이, 몇 살이요?"

"…?"

일본 말을 잘 모르는 소영이 군인과 달수를 번갈아 쳐다보았다. 달수가
얼른 군인 앞으로 나서며 대답했다.

"이제 막 두 돌 지났습니다, 요!"

달수는 내심 군인의 동정심을 유발하려는 속셈으로 세 살이라고 말하지
않고 일부러 두 돌을 강조했다. 그런데 군인의 말은 의외였다.

"안 됩니다. 너무 어려요! 이런 아인 태울 수 없으니 그만 돌아가시오!"

"아니, 기찰 탈 수 없다니요? 그러지 말고 좀 봐주세요! 이 아인 이래도
세 살입니다! 세 살!"

"세 살이라도 위험해요! 저기 저 사람들 봐요! 다 타면 어른도 잘못하면
깔려 죽을 수 있단 말이요!"

그때 뒤에서 기다리던 사내가 달수 들으라는 듯이 조선말로 중얼거렸다.

"애가 깔려 죽을 수도 있다는데 무슨 고집을 부려?"

옆에서 그 소리를 들은 소영이 깜짝 놀라며 그만 뒤로 주춤주춤 물러났다. 달수가 황급히 소영을 붙들었다. 실랑이를 더 벌이다가는 위장 부부가 탄로 나 큰 사달이 날 수도 있었다. 달수는 단단히 각오했다. 말참견한 사내를 무섭게 한번 쏘아본 뒤, 소영한테서 명모를 덥석 뺏어 안고는 군인을 향해 다부지게 말했다.

"충고 고맙소만 내 자식, 내가 책임지겠소!"

그러고는 망설이지 않고 기차에 올라서서 소영을 향해 손짓하고는 안으로 들어가 버렸다. 멍하게 서 있던 소영이 젊은 군인한테 고개를 한번 까딱하고는 재빨리 뛰어가서 기차에 올라탔다.

어렵게 기차에 올랐지만 자리는 없었다. 객차는 모두 군인들이 차지했고 민간인은 객차가 아닌 화물칸에 태웠다. 그것도 두 칸뿐이었다. 수백 명을 태우기에는 턱없이 부족했다. 하지만 사람들은 뒷사람에 밀려 꾸역꾸역 안으로 들어왔다. 대부분이 일본인들이었다.

사람들이 밀려들자 누웠던 사람들이 일어나 앉고, 앉았던 사람들이 무릎을 세웠다. 나중에는 옆 사람과 무릎이 서로 포개지고 어깨가 걸쳐졌다. 남자 여자가 따로 없었다. 그렇다 보니 울고불고 아우성에, 사람 살리라는 비명까지 터져 나왔다. 군인의 경고가 실감났다.

달수는 명모를 안고 있는 소영을 보호하기 위해 안간힘을 다썼다. 소영과 마주 보고 앉아 뒤에서 조여 오는 사람들을 등으로 받치고, 두 팔을 소영의 어깨 위로 뻗어 소영의 등 뒤에서 밀려오는 사람을 온 힘을 다해 밀어냈다.

"여러분! 여기 젖먹이 어린애가 있습니다! 제발 좀 밀지 마셔요!"

달수의 얼굴은 벌겋게 상기되었고, 굵은 땀방울이 얼굴을 타고 흘렀다. 그는 연신 소리를 질러대며 양쪽 팔죽지에 얼굴을 문질러 땀을 닦았다. 소영과 달수의 얼굴은 서로 맞닿을 정도로 가까웠다. 소영이 소맷자락으로 달수의 얼굴 땀을 닦아주었다. 달수가 작은 소리로 말했다.

"고맙습니다, 형수님!"

그의 얼굴은 감동한 표정이 역력했다.

기차가 출발하고, 이리저리 흔들리기 시작하자 사람들의 비명은 더욱 요란해졌다. 기차 지붕에서 사람이 떨어졌다는 소리도 들렸다. 소련 전투기의 기총사격을 막기 위해 방패막이로 민간인을 일부러 기차 지붕에 태웠다며 웅성거리는 소리가 여기저기서 들렸다.

기차는 가다서다를 반복했다. 영안을 지나 두어 시간 동안은 목단강변을 따라가는 길이라 그래도 제 속력을 내고 갔지만, 강변을 벗어나 산악지대로 들어서면서부터는 헐떡거리기 시작했다. 가파른 고갯길을 만나면 아예 못 올라가고 뒤로 미끄러져 내렸다가 가속을 붙여 다시 오르는 경우도 허다했다. 그럴 때마다 화물칸 사람들은 짐짝처럼 뒹굴며 아우성쳤다. 희붐한 새벽녘이 되어서야 산악지대를 벗어나 널따란 개활지가 시작되는 왕청현에 도착했다. 왕청현에서 도문까지는 기찻길로 백여 리 남짓했다. 기차는 왕청에서 급수를 받기 위해 잠깐 쉬었다 간다고 했다. 그러나 급수를 다 하고 한참이 지나도 기차는 출발하지 않았다. 한 시간 가까이 지난 뒤 화물칸 문이 열리고 누군가가 큰소리로 외쳤다.

"전방에 철로가 끊겨 기차는 더 못 간다. 다시 목단강시로 돌아간다. 조선으로 갈 사람은 여기서 내려라!"

이야기를 들은 사람들이 우르르 기차에서 내렸다. 달수도 명모를 안고 기차에서 내렸다. 바깥으로 나온 사람들은 너나없이 깊은숨을 들이쉬며 그동안의 답답함을 풀었다. 기관차가 방향을 돌려 기차 꽁무니에 다시 연결되자 일본사람들은 다시 기차에 올랐다. 기차를 타지 않은 사람은 열대여섯 명에 불과했다. 여자는 소영을 포함 다섯 사람, 남자는 달수를 포함해 여남은 명이었다. 어린애를 데리고 있는 사람은 달수 일행뿐이었다. 노모를 모신 젊은 부부 가족도 있었다.

기차가 온 길을 다시 되돌아가자 남은 사람들은 자연히 한 곳으로 모였다. 이구동성 도문까지 걸어가자고 했다. 기찻길을 따라 부지런히 걸어가면 오늘 해 중에 충분히 도착할 수 있다는, 도문 산다는 사람의 말에 아무도 이의를 달지 않았다.

사람들은 다시 짐을 챙겨 들고 길을 나섰다. 노모를 모신 젊은 부부 가족 세 사람과 달수 일행 세 사람을 제외한 나머지 사람은 모두 고향이 회령이라고 했다. 자연히 그 사람들은 한 무리가 되어 저만큼 앞서갔다. 달수도 명모를 업고 소영과 천천히 철길을 걸었다. 노모 가족도 아이를 안은 달수네와 걸음이 느릿느릿 비슷했다.

서너 시간 걸어 산모롱이를 돌아가자 저만큼 끊어진 철길이 보였다. 폭탄을 잘못 맞았는지, 한쪽 길만 푹 패인 채 끊어진 철로가 하늘로 치켜들려 있었다. 그리고 백여 미터쯤 뒤에 터널이 있었는데, 터널 바로 앞에 군인들이 모래주머니를 쌓아놓고 지키고 있었다. 앞서가던 일행들은 이미 군인들 가까이 가 있었다. 달수는 군인들을 보자마자 단번에 일본군이 아니라는 것을 알았다. 일본군은 둥근 테 모자를 쓰지 않았고, 더구나 모자에 붉은 별은 붙이지 않았다. 붉은 별은 소련군의 특징이었다. 달수는 재빨리 소영의 소맷자락을 잡아당겨 철로 변 숲에 몸을 숨겼다. 바로 가까이 있던 노모 가족 일행도 달수를 따라 숲으로 들어와 몸을 숨겼다.

"왜, 무슨 일이 있소?"

남자가 달수한테 물었다.

"아니요. 저놈들 동태를 좀 지켜봐야 할 것 같아서….."

그러는 사이 먼저 간 일행들이 군인들한테 저지당했다. 군인들이 총으로 위협해 남자들을 한옆으로 몰아놓고 여자들을 터널 안으로 데리고 들어갔다.

"죽일 놈들!"

달수 입에서 욕설이 튀어나왔다.

"왜 그러시오?"

남자가 다시 물었다.

"뻔하잖소! 여자들을 왜 따로 데려가겠소?"

달수의 말을 듣고 모두 군인들의 속셈을 눈치챘다.

한참 뒤 터널 안에서 한 여자가 뛰어나와 이쪽으로 달려왔다. 뒤따라 나온 군인이 여자를 향해 총을 겨누며 뭐라고 소리를 질렀다. 그래도 여자는 멈추지 않았고, 결국 군인은 총을 쏴 여자를 죽였다. 뒤이어 다른 군인 둘이 뛰어와 철로 위에 쓰러진 여자 시체를 언덕 아래로 던져버리고 갔다. 숲에서 그 모습을 지켜보고 있던 사람들은 놀라 몸을 떨었다. 특히 소영과 다른 젊은 여자의 공포심은 극에 달했다. 달수는 걱정이 이만저만 아니었다. 소영은 이제 겨우 스물한 살의 앳된 여자였다. 얼굴 곱기도 여자 일행 중 단연 뛰어났다. 아이를 낳아선지 몸매도 요염했다. 욕정에 굶주린 짐승 같은 군인들한테는 최상의 먹잇감으로 보일 수밖에 없었다. 달수는 먹다 남은 찐 감자를 번가장(蕃茄醬·토마토케첩)에 찍어 명모한테 먹이며 위기를 모면할 방법을 생각했지만 뾰족한 수가 떠오르지 않았다. 그러다 명모 손에 묻은 불그스름한 번가장 물을 보고 달수는 문득 한 가지 생각을 퍼뜩 떠올렸다. 자존심 센 소영이 순순히 들어 줄지는 모르지만, 지금의 위기를 모면할 길은 그 방법밖에 없다고 결론 내렸다. 그는 명모를 옆 사람한테 잠깐 맡겨 놓고 소영을 눈짓해 한옆으로 데리고 갔다. 그리고 번가장이 묻은 손바닥을 보여주며 자신 생각을 말하려고 하는데, 갑자기 바로 앞에서 탕! 하고 총소리가 났다. 깜짝 놀라 돌아보니 군인 두 사람이 이쪽으로 달려오고 있었다. 이쪽에 사람들이 숨어 있다는 것을 알고 잡으러 오는 모양이었다. 총소리에 놀란 명모가 울음을 터트렸고, 소영이 앞으로 달려나가려고 했다. 그 순간, 달수가 번개같이 소영을 뒤에서 꽉 끌어안고는 번가장 묻은 손을 소영의 몸뻬 속에 집어넣어 사타귀를 쓱쓱 문질렀다. 깜짝 놀란 소영이 팔꿈치로 달수의 턱을 사정없이 후려치며 몸을 빼냈다. 그러고는 주먹만 한 돌멩이를 집어 들고 달수를 내리치려 했다. 소영의 얼굴은 분노로 일그러졌고 눈에는 살기가 뻗쳤다. 달수가 휙 달려들어 돌멩이를 낚아채 던져버렸다.

"지금 이러고 있을 때가 아닙니다, 형수님!"

달수의 나지막하지만 단호한 말에 소영이 달수를 쏘아보고는 일행들한 테로 뛰어갔다. 일행 앞에 다다른 군인들이 뜻밖에 나타난 소영과 달수를 보고 총부리를 겨누었다. 달수는 손을 번쩍 들었고, 소영은 개의치 않고 여자한테서 명모를 빼앗아 안았다. 두 군인이 각자 앞서고 뒤서고 해서 일행을 터널로 끌고 갔다. 가는 도중에 달수는 소영한테 작은 소리로 재빨리 말했다.

"병에, 못된 성병에, 걸렸다고 말하셔요!"

소영이 살기 등등한 눈으로 달수를 노려보았다. 달수는 무시하고 계속 말했다.

"제 잘못은 나중에 따지고, 제발, 제 말 들으셔요. 절대로, 절대로, 닦지 마셔요! 그리고 병에 걸렸다고 꼭 말하셔요! 아셨지요?"

군인이 뭐라고 고함을 지르며 다가와 총 개머리판으로 달수의 어깨를 콱 쥐어박았다. 달수가 비명을 지르며 철길에 픽 쓰러졌다. 그래도 소영은 쳐다도 보지 않았다. 비틀거리며 일어난 달수가 다시 다가가 명모를 대신 안으려 했지만, 소영은 무섭게 노려만 볼 뿐 아이를 넘겨주지 않았다. 옆에 남자가 군인의 눈치를 보며 달수한테 조심스럽게 말을 걸었다.

"우린 별일 없겠지요?"

"아까 저놈들 하는 짓을 봤지 않습니까? 그냥 보내주지는 않을 것 같네요!"

터널 입구에 도착하자 앞서 먼저 왔던 사람들이 머리에 손을 얹고 무릎을 꿇고 앉아있는 모습이 보였다. 달수 일행도 남자와 여자를 갈라 앉혔다. 아이를 안은 소영을 빤히 쳐다보고 있던 군인이 가까이 다가가 자리를 만들어 주며 편히 앉게 했다. 그의 행동을 아무도 제지하지 않는 것으로 보아 계급이 제법 높은 모양이었다. 달수는 그가 소영을 눈독 들이고 있다는 것을 알고 불안감을 떨쳐버릴 수가 없었다.

군인들이 일행들에게 물을 나누어 준 뒤 소영한테 관심을 보였던 그 군인이 중년 중국인을 옆에 불러 놓고 연설을 했다. 중국인이 군인의 말을 조선말로 통역했다.

"우리 소비에트 붉은군대는 일본 제국군대를 무찌르고 조선 인민을 해방시키기 위해 왔다. 우리는 지금부터 여러분 중에 일본군 스파이가 있는지 조사할 것이다. 우리가 지시하는 대로 복종하면 다치지 않는다. 만약, 명령에 불복종하면 적으로 간주하고 즉시 처형하겠다! 우리는 선량한 인민은 절대 해치지 않는다! 조금 전 처형된 여자도 우리의 명령에 복종하지 않고 도망치다 사살되었다!"

통역이 끝나자 한 사람씩 불러 터널 안쪽에 있는 벙커로 데리고 갔다. 달수는 멍하게 앉아있는 옆 사람 귀에 대고 작은 소리로 물었다.

"아까 그 여자는 왜 죽었습니까?"

남자가 달수를 쳐다보지도 않고 혼잣말로 중얼거렸다.

"우리가 보는 데서 군인 두 놈이 강간했어요. 세 번째 놈이 달려들자, 여자가 더 못 참고 도망치다… 놈들이 입막음 한 거지요. 저기 저 젊은 애 엄마도 조심해야 할거요!"

달수는 남자의 불길한 소리에 한 대 쥐어박아 버리고 싶었다. 하지만 속으로 우려했던 일이 코앞에 닥치자 조바심으로 입이 바짝바짝 말랐다. 그사이 아까 연설한 군인이 손으로 소영을 부르며 중국인한테 뭐라고 했다. 중국인 통역이 누가 아이를 대신 좀 봐 달라고 했다. 달수가 얼른 일어나 명모를 받아 안으며 통역한테 재빨리 소곤거렸다.

"이 여잔 내 마누란데, 일본 놈들한테 많이 당해 몹쓸 성병에 걸려 지금 고생하고 있습니다. 약 좀 구해주면 은혜 잊지 않겠소!"

그러면서 주머니에서 금반지 하나를 꺼내 힐끗 보인 뒤 통역 주머니에 슬쩍 넣어주었다. 통역이 못 본 체하고 달수한테 물었다.

"병이라니, 정말이요?"

"이 마당에 총 맞아 죽으려고 거짓말을 하겠소!"

통역은 아무 말 않고 소영을 데려가는 군인을 따라 벙커 안으로 들어갔다. 달수는 조마조마한 마음으로 벙커문에서 눈을 떼지 못하고 있었다. 금방 소영의 비명이 들릴 것만 같아 안절부절못했다. 그런데 얼마 지나지 않아 벙커문이 열리더니, 소영이 발가벗긴 채 손바닥으로 가슴과 사타귀를 겨우 가리고 걸어 나왔다. 그 뒤로 아까 그 군인이 권총을 겨누고 따라 나왔다. 소영의 얼굴은 하얗게 질려있었다. 달수는 소영의 벗은 몸을 차마 쳐다볼 수가 없어 눈을 감아버렸다. 발가벗긴 소영을 사람들 앞에 세워놓고 군인이 총을 겨눈 채 뭐라고 고함을 질렀고, 통역이 큰소리로 외쳤다.

"이 여자는 우리 소비에트 군대의 적인 일본군 사기를 진작시켜주기 위해 자기 몸을 바쳤다. 그 대가로 고약한 성병을 물려받았다. 나는 우리의 적을 도운 죄를 벌하고, 성병 전염을 막기 위해 이 여자를 지금 즉결 처단하겠다!"

그 말에 놀란 달수가 명모를 안은 채 달려가 군인 발 앞에 엎드렸다.

"위대한 소비에트 붉은군대 장교님! 불쌍한 제 아내를 제발 용서해주십시오! 아내가 죽으면 이 어린것이 너무 불쌍하지 않습니까, 예? 제가 어떻게 해서든 아내 병을 고쳐 다시는 전염되지 않도록 하겠으니, 제발, 장교님! 제 아내를 불쌍히 여겨 한 번만 용서해주십시오! 예? 장교님!"

달수의 울부짖음에 장교가 통역한테 지금 무슨 소리 하느냐고 물었다. 통역이 달수가 한 말을 장교한테 간절하게 전달했다. 통역의 말에 장교가 고개를 끄덕이더니 겨누고 있던 권총을 다시 권총집에 쑤셔 넣었다. 그러고는 달수의 어깨를 툭툭 치고는 통역을 데리고 벙커로 갔다. 달수는 서둘러 명모 업은 포대기로 소영의 몸을 감싼 뒤 부축해 자리로 돌아왔다. 벙커에 들어갔던 통역이 소영의 옷을 가지고 나왔다. 달수는 옷을 얼른 소영한테 갖다 주었다. 소영이 옷을 들고 어둑한 터널 안으로 들어가 갈아입고 나왔다. 통역이 달수한테 말했다.

"하사관님이 좀 보잡니다."

"장교님이? 저를 말입니까?"

"그럼 누구겠소? 그 사람, 장교가 아니고 하사관이오."

"그래요?"

달수는 통역을 따라 벙커로 갔다. 의자에 앉아있던 하사관이 일어나 손을 내밀었다. 달수는 양손으로 하사관의 손을 잡고 머리를 조아렸다. 하사관의 말을 중국인이 통역했다.

"내 경솔함을 사과하오. 당신은 대단한 용기를 가진 조선인이요!"

"…?"

"용기도 대단하지만, 당신 부인한테 전해주시오. 당신들의 아름다운 부부 사랑에 존경을 표한다고! 또 내가 오해하고 무례를 범한 점 용서 바란다고! 사과하는 의미로 내가 작은 성의를 표할까 하오. 지금 중대본부로 가서 부인의 병을 낫게 하는 주사를 맞고 가시오. 내가 주선해주리다. 우리 중국 통역이 부대까지 안내할 거요. 그럼 잘 가시오!"

하사관이 다시 손을 내밀었다. 달수도 손을 잡고 몇 번 흔들었다. 벙커를 나오자마자 달수는 통역의 손을 꽉 잡았다.

"아저씨, 고맙습니다! 정말 고맙습니다! 이 은혜 평생 잊지 않겠습니다!"

"처음 하사관님은 병 걸렸다는 말을 믿지 않았소. 다른 여자들도 대부분 그런 거짓말을 하니까! 그러다 옷을 벗겨 보고는 질겁하며 화를 냈소! 허허! 당신 마누라 정말 병 걸린 덕에 험한 꼴 면한 거요!"

"처단한다고 총을 겨눌 땐 정말 숨이 막혔습니다! 그런데 하사관님이 왜 갑자기 저렇게 마음이 변한 겁니까?"

"당신이 한 말을 그대로 전했을 뿐이오. 한 가지 더 덧붙이긴 했지만."

"덧붙였다니요, 무슨 말을…?"

"당신 마누라 괴롭힌 그 못된 일본 놈을 당신이 낫으로 찔러 죽이고, 마누라를 구해 도망치는 중이라고 했소!"

"아이고, 참말로 이 은혜를 어찌 갚아야 할꼬!"

달수가 다시 머리를 조아려 고마움을 표했다. 소영한테도 고맙다는 인사를 드리게 하고 싶었지만, 소영은 그때까지 넋이 나간 채 흙벽에 머리를 기대고 멍하게 앉아있었다.

"하사관님이 당신 아내를 중대본부에 데리고 가서 주사 맞히라고 한 것은 대단한 호의요! 여태까지 이런 일은 없었으니까!"

"중대본부가 어디, 있지요?"

"이 산을 내려가 골짝을 조금 빠져나가면 베이펑이라는 동네가 있는데, 그 뒷산에 있소. 자, 하사관님 맘 바뀌기 전에 어서 갑시다!"

"저기 저 사람들은 어떻게 됩니까?"

"저 사람들은 철길 따라간다고 하니까, 아마 정찰병들이 돌아와야 보내든 말든 할 거요. 요 부근에 일본 패잔병들이 많이 돌아다닌다는 정보가 있으니까."

"아, 그래요."

달수는 통역의 호의라는 말을 액면 그대로 믿어도 될지, 알 수가 없었다. 위급한 난관이 아직 완전히 지나가지 않은 것 같아 불안했다. 거기다 실제로 병이 난 것도 아닌데 부대까지 따라간다는 것도 무모한 짓이고, 그렇다고 또 여기서 병은 거짓말이라고 이실직고할 수도 없는 노릇이었다. 달수는 가는 도중에 무슨 방도를 찾기로 하고 우선 여기서 벗어나기로 했다.

달수는 먼저 명모를 안고 소영을 일으켰다. 소영은 여전히 혼이 나가 지푸라기처럼 기력이 없었다. 통역을 따라 터널 옆으로 난 길을 조금 따라가자 공터에 튼실한 군마 한 마리가 매여 있었다. 통역이 말 안장을 얹고 두 사람을 쳐다보았다. 말을 본 소영의 얼굴에 갑자기 생기가 돌았다. 달수가 소영을 부축해 말에 태웠다. 소영이 양발을 등자에 끼워 고정한 뒤, 한 손으로 말고삐를 탁 감아쥐고 다른 손을 뻗어 명모를 받아 안았다. 말을 많이 타 본 동작이었다. 통역이 그런 소영을 보고 고개를 끄덕이고는 말 자갈을 손가락으로 가볍게 잡고 내리막길을 천천히 안내했다.

산에서 내려와 골짝 개울길을 따라 천천히 걸으며 달수는 일단 통역과 친밀해져야겠다고 생각했다.

"아저씨는 성함이 어떻게 되셔요? 전 노달수라고 하는데."

"내 이름은 리웨이(李偉)요 조선식으로는 이위라고 부르고."

"그럼 그냥 친숙하게 웨이 아저씨라고 불러도 될까요?"

"허허, 웨이 아저씨라, 그 좋네요."

"고맙습니다. 그런데 아저씨는 어떻게 조선말을 그렇게 잘하시죠?"

"조선 제물포에 있는 화교촌 청관 거리에서 한 십 년 넘게 살았소."

"청관 거리가 뭣 하는 덴데요?"

"청나라가 조선서 조차한 땅이요. 지금도 거기 우리 중국인 몇천 명이 살고 있는데, 우리 친척도 아직 거기 살고 있소."

"하, 그래요! 그런 데가 있는 줄 몰랐네!"

"조선에서 중국요리 먹고 싶으면 거기 가면 다 있소."

"알겠습니다. 조선에 가면 꼭 가서 북경요리 한번 먹어볼게요! 그런데 웨이 아저씨!"

"왜 그러시오?"

"그럼 지금은 왜 여기서 이런 일을 하고 있습니까?"

"우리 아버지는 원래 청나라 황궁에서 일했는데, 부의 황제가 폐위되자 가족을 데리고 조선 제물포로 나가 살았소. 그러다 부의 황제가 다시 만주국 황제로 즉위하자 황제를 따라 이곳으로 온 거요. 여기서는 처음 흑룡강성 흑하에서 황궁에서 쓰는 말을 키웠는데, 일본 관동군이 군마 사육장으로 바꿔버리는 바람에 나만 처가가 있는 이곳으로 오게 된 거요."

"와, 아저씨도 그럼 황족인가요?"

"아니요. 황궁에 황족만 사는 게 아니니까! 수많은 사람이 수만 가지 일을 하며 사는 곳이 바로 황궁이요!"

"그러고 보니 아저씨 삶도 참 파란만장하시네요. 세상 별별 경험을 다 해 보셨겠습니다!"

"그런 셈이지! 하지만, 사람 사는 건 세상 어디든 다 마찬가지 아니겠소? 그저 삼시 세끼 먹고 자고, 자고 일어나 또 먹고 자고!"

"맞습니다! 저도 그렇게 생각합니다. 세상만사가 다 먹고 살려고 하는 일 아니겠습니까! 그런데 지금 와서 이런 말을 해도 될지 모르겠는데요….."

"뭔데 그러시오? 어디 말해보시오!"

달수는 이 이상 더 에둘러 말할 필요가 없다고 판단하고 본론을 꺼냈다.

"아저씨는 중국사람이고 저는 조선 사람인데, 일본놈들이나 소련놈들하고는 달리 우리는 형제 같은 사이 아닙니까?"

"그렇다고 볼 수 있지."

"그래서 하는 말인데요, 저기….."

달수는 말을 멈추고 말 위에 앉은 소영을 올려다보았다. 소영은 눈을 감은 채 자는 듯 조용하게 있었다. 달수가 웨이 아저씨한테 눈짓하고 한옆으로 비켜섰다. 웨이 아저씨가 말 자갈을 놓고 말 엉덩이를 가볍게 한번 툭 치고는 달수 옆으로 다가섰다. 말 혼자 앞으로 끄덕끄덕 걸어갔다. 달수도 천천히 걸으며 소영한테 안 들리도록 작은 소리로 말했다.

"사실은 저 여자, 제 마누라가 아닙니다. 몹쓸 병도 안 걸렸고요."

"무, 무슨 말이요?"

웨이 아저씨가 걸음을 멈추고 놀란 얼굴로 달수를 쳐다보았다. 달수가 그간의 사정을 대충 말했다. 자신은 죽음 문턱에서 저 여자 남편 덕분에 목숨을 건졌다는 것, 여자 남편의 직업과 그로 인해 일본군한테 무참히 총살됐다는 것, 그래서 자신이 은혜를 갚기 위해 모자를 보살피며 지금 여자의 고향 명동촌으로 데려가고 있다는 사실을.

웨이 아저씨의 놀란 얼굴이 서서히 감동하는 표정으로 변했다. 혼자 고개를 몇 번 끄덕이다가 걸음을 옮기며 물었다.

"병이 아니면, 그, 그건?"

"예. 번가장 물을 묻혀놔서 그렇습니다."

"번가장을? 여자 거기다 번가장 물을? 정말 묘수다, 묘수! 하사관님이 감쪽같이 속았군!"

웨이 아저씨가 크게 감탄하고는 걸음을 멈추고 저만큼 가고 있는 소영을 지긋이 바라보았다.

"얼굴만 예쁜 게 아니었군! 지혜롭기도 보통이 아니야!"

달수는 웨이 아저씨의 소영 칭찬이 싫지 않았다. 번가장 묻힌 죄 때문에 자신이 지금 치르고 있는 곤욕을 이야기하려다 참았다.

"그래서 말인데요, 아저씨! 우린, 부대 들리지 않고 그냥 가던 길 가면 안될까요?"

"사실이 그런데 부댄 무엇하러 가? 당연히 갈 필요 없지!"

"그래도 괜찮겠어요? 아저씨가 곤란해지면 안 되는데!"

"난 신경 안 써도 되오. 부대에 소속된 사람이 아니니까. 난 그저 부대에 드나들며 적당한 물건 받아다 마을 사람들한테 파는 장사치니까. 그러다 오늘처럼 간혹 통역도 해주고, 이렇게 잔심부름도 해주는 사람. 그렇지만…"

"왜요?"

"부대 안 가는 건 그렇다 치고, 해가 다 저물었는데 가긴 어딜 가겠소? 차라리 우리 집에 가서 하룻밤 쉬고 낼 떠나는 게 좋지 않겠소?"

"아니, 그렇게까지? 정말 고맙습니다. 그렇지만 아저씨!"

달수는 진심으로 감사했다. 그냥 간다고는 했지만 사실 난감하기는 이루 말할 수 없었다. 기차만 타고 갈 생각으로 떠난 길이었기에 취사나 잠자리

준비는 하나도 한 게 없었다. 하지만 무턱대고 남의 집에 신세를 질 수는 없었다. 그때 웨이 아저씨가 급하게 앞으로 몇 걸음을 나서며 소리쳤다.

"저, 저, 저, 아이 안고 저러면 위험한데!"

달수가 쳐다보니 소영이 커다란 나무 밑에서 말을 멈추고 아이를 안은 채 말 위에서 내리려 하고 있었다.

"괜찮을 겁니다. 말에 익숙한 여자니까요."

달수 말대로 소영은 한 손으로 아이를 안은 채 몸을 살짝 돌려 다른 손으로 말 안장을 잡고 가뿐하게 땅에 내려섰다. 그러고는 이쪽을 한번 힐끗 쳐다보고는 나무 그늘에 돌아앉았다. 명모한테 젖을 물리려는 것 같았다. 웨이 아저씨가 달수를 돌아보고 한결 편안한 말투로 재차 권했다.

"보아하니, 노숙할 채비도 안 된 것 같은데 내 말대로 하게."

"좋습니다. 그럼 아저씨 말대로 하지요. 대신…"

달수가 주머니에서 시계를 꺼냈다.

"부족하겠지만, 숙식비 계산은 이걸로 하겠습니다."

웨이 아저씨가 시계를 받아 이리저리 살펴보며 말했다.

"좋은 시계군. 밥값으로 충분하겠어. 하지만, 조금 전에 자네가 우린 친구라고 하지 않았소? 친구 사이엔 이런 대가를 주고받는 게 아니오! 가지고 있다가 더 위급할 때 쓰시오."

그러면서 시계를 돌려주었다. 달수는 그 순간 가슴이 뭉클해져 자신도 모르게 웨이 아저씨의 손을 잡고 흔들었다.

"고맙습니다, 아저씨!"

"고맙긴!"

두 사람은 나란히 걸어 나무 밑으로 갔다. 두 사람을 힐끗 쳐다본 소영이 얼른 아이를 안고 일어나 말고삐를 잡았다. 달수가 아이를 받아주자 재빨리 말에 올라 다시 아이를 받아 안았다. 그러는 동안 소영은 한 번도 달수한테 눈길을 주지 않았다. 웨이 아저씨가 앞서가고 달수가 말 자갈을 잡고 웨이 아저씨 뒤를 따랐다.

해 질 녘이 다 되어 베이펑 촌에 도착했다. 마을 뒤 산자락에 군대 천막이 몇 개 보였다. 웨이 아저씨가 말한 소련군 중대본부였다. 웨이 아저씨의 집은 마을에서 조금 떨어진 독립가옥이었다

"오늘은 여기 웨이 아저씨 집에서 하룻밤 묵기로 했습니다."

달수가 소영을 올려다보며 작은 소리로 말했다. 그러나 소영은 눈을 감은 채 아무 대꾸도 안 했다.

마당에 들어서자 말 세 마리가 마른 풀을 먹고 있는 모습이 제일 먼저 눈에 들어왔다. 인기척을 들었는지 집 뒤에서 한 여자가 나타났다. 몸집이 소영 두 배나 됨직한 건장한 여자였다.

"우리 집사람이네. 그리고 이쪽은."

웨이 아저씨가 달수와 소영을 간단히 소개했다.

"처음 뵙겠습니다."

달수가 인사하자 소영도 얼른 말에서 내려 고개를 숙였다. 주인 여자가 그때야 얼굴에 웃음을 띠며 소영의 팔을 잡고 마루로 안내했다.

볶은 채소를 듬뿍 넣은 국수로 저녁을 먹었다. 주인 내외가 한참 동안 소련말로 이야기를 나눈 뒤 웨이 아저씨가 달수와 소영한테 설명했다.

"오늘 집사람이 도문을 다녀왔는데, 거기 큰 전투가 벌어졌다는군."

"전투라니, 누구랑요?"

"두만강을 건너려는 소련군과 강 건너 조선 쪽에서 막고 있는 일본군과 붙은 거지!"

"그래서 어떻게 되었답니까?"

"그건 모르지. 도문에 물건값 받으러 갔다가 무서워서 중간에 다 포기하고 그냥 돌아왔다니까!"

"하! 이거 큰일 났군! 도문까지만 가면 연길 가는 기차를 탈 수 있을 줄 알았는데!"

"기차를 타? 지금 만주 땅에 온전한 기찻길이 어디 있다고!"

"그럴까요?"

"그럼! 소련 놈들이 젤 먼저 폭격한 게 철도와 군부대 아닌가? 그리고 설령 폭격을 피했다고 해도 일본놈들이 후퇴하면서 그냥 갔겠어? 죄다 끊어놓고 갔지!"

"정말 그렇겠네요! 이거 어떡한담. 걸어서는 못 갈 텐데!"

"고향이 어디라고 했지요?"

웨이 아저씨가 소영을 쳐다보고 물었다. 소영이 웨이 아저씨가 아닌 아주머니를 쳐다보며 '명동'하고 짧게 대답했다. 주인 여자가 고개를 갸웃했다.

"용정에서 두만강 쪽으로 조금 가면 있는데….."

소영이 역시 중국말로 나직이 말했다. 소영 말을 들은 주인 여자가 남편한테 뭐라 하고는 방으로 들어갔다. 웨이 아저씨가 달수한테 말했다.

"집사람이 용정까지는 자주 다녀봐서 길을 아니까 약도를 그려주겠다는군."

"아, 잘됐네요!"

종이와 연필을 가지고 나온 주인 여자가 소영과 마주 앉아 그림을 그려가며 이야기하기 시작했다. 소영도 고개를 끄덕이며 열심히 들었다. 잠시 뒤 두 여자는 자러 간다며 서로 손을 잡고 방으로 들어갔다. 늦게까지 방에서 두 여자가 나누는 이야기 소리가 새어 나왔다. 달수는 오랜만에 소영의 목소리를 들을 수 있어서 기뻤다.

5

다음 날 이른 아침, 달수가 길 떠날 채비를 하는데 소영이 옆에 다가와 머뭇머뭇했다. 표정은 어제보다 밝았고 생기도 조금 살아난 듯했다.

"무슨 일입니까?"

소영이 먼 산을 쳐다보며 조그맣게 말했다.

"금가락지 있으면, 하나만 빌려, 주셔요."

"예, 예. 그러지요."

달수는 소영이 자신한테 말 거는 것이 몹시 기뻤다. 허리춤에 별도로 매단 주머니에서 얼른 반지 하나를 꺼내주었다. 소영이 고개도 돌리지 않고 손만 내밀어 반지를 받았다.

"다른 거 필요한 거 없습니까?"

그러나 소영은 아무 말 않고 돌아서 가버렸다. 그때 집 뒤에서 웨이 아저 씨가 조그마한 들것을 매단 말을 끌고 나왔다. 어제 마당에서 풀을 먹고 있던 바로 그 말이었다. 들것은 긴 대나무 두 개에 그물망을 얽어놓은 것으로, 한쪽을 말 안장에 매달아 끌고 가게 해놓았다. 폭이 좁은 데다 땅에 끌리는 부분이 자유롭게 움직여 산속 오솔길에도 다닐 수 있도록 만들어져 있었다. 잠시 뒤, 방에서 주인 여자가 큼직한 보따리를 들고 나왔다. 웨이 아저씨가 보따리를 받아 그물망에 실으며 그때까지 멀거니 쳐다보고 있는 달수한테 말했다.

"이 말은 우리 마누라가 몹시 아끼는 말이네. 힘이 세고 영리해 자네들한테 큰 도움이 될 거네. 그리고 여기 간단한 취사도구와 양식을 좀 챙겼으니 어려울 때 사용하게."

"아저씨! 어째 이렇게까지! 정말 이 은혜 백골난망입니다!"

"나한테 이러지 말게. 이 말 주인도 저기 저 여편네고, 이 보따리 챙긴 사람도 저기 저 여편네니까!"

"아이고, 그래요?"

달수가 주인 여자한테 달려가 넙죽 절을 했다.

"아주머니, 고맙습니다! 이 은혜, 잊지 않겠습니다!"

달수의 행동에 주인 여자가 소영을 멀뚱히 쳐다보았다. 소영이 중국말로 알려주었다. 아주머니가 달수를 보고 환하게 웃었다.

어제 하루는 소영에게 지옥과 같은 날이었다. 목단강시를 떠나면서 통행증에 '처'로 명시할 때부터 소영은 마음이 몹시 언짢았다. 어쩔 수 없는 상황이긴 했지만, 그렇게 자리매김 되는 순간 왠지 달수라는 사람한테 자신이 예속되는 기분이 들었기 때문이었다. 그런 데다, 터널 앞 숲에서 달수한테 그런 일을 당하자 언짢던 그녀의 마음은 분노로 폭발했다. 여자의 가장 은밀한 부위에 외간남자의 손길이 스친다는 것은 여자의 정체성을 흔드는 일이었다. 소영은 그 자리에서 당장 달수를 죽여 버리고 싶었다. 그러나 소영은 그럴 힘이 없었다.

터널에서 겪은 일은 여자로서 더 견디기 힘든 충격이고 고통이었다. 처음에는 많은 사람 앞에 발가벗긴 채 서 있다는 수치심이 극한의 분노로 변하며 몸을 떨게 했다. 그러다 총살로 처단한다는 통역의 말을 듣는 순간 그녀는 더 버티지 못하고 정신을 놓아버렸다. 눈앞이 흐릿해지며 아무것도 보이지 않고 아무런 소리도 들리지 않았다. 누군가가 자신의 몸을 무엇으로 덮어주고 있다는 것만 어렴풋이 느꼈을 뿐이었다. 그러다 명모의 칭얼거리는 소리를 듣고서야 자신이 아직 죽지 않았다는 것과 원래 자리에 돌아와 있다는 것을 깨달았다. 하지만 그 깨달음은 그동안 잊었던 수치심을 한순간에 다시 살아나게 했다. 사람들의 눈길이 자신의 벗은 몸을 벌레처럼 기어 다니는 듯해 그 자리에 앉아있을 수가 없었다. 당장에라도 바위에 머리를 박고 죽어버리고 싶었다. 철로 위에서 총 맞아 죽은 그 여자가 부럽다는 생각까지 들었다. 자신을 총살하지 않은 그 더러운 소련 군인이 원망스러웠다. 꼬물거리며 자신의 품을 만지는 명모를 힘껏 뿌리쳤다가는 까무러치는 아이 울음소리에 깜짝 놀라 다시 끌어안기도 했다.

터널을 떠나 두 남자와 같이 길을 걸으면서도 소영은 온전한 정신이 아니었다. 웨이 아저씨와 달수를 똑바로 볼 수가 없었다. 그들이 자신을 볼 때마다 터널에서의 모습을 떠올릴 거라는 생각을 하자 아이를 데리고 어디든 혼자 떠나버리고 싶었다. 하지만 그녀는 그럴 수가 없었다. 지금 같은 전쟁통에 보호자 없는 여자가 얼마나 힘없고 가련한 존재인지, 터널의 경험으로 이미 절실히 깨닫고 있었다. 이런 그녀의 아픔은 누구한테 쉽게 말할 수 있는 것이 아니었기에 혼자 가슴앓이하는 수밖에 없었다. 그러다 어젯밤 주인 아주머니를 만났다.

주인아주머니는 소련인 어머니와 중국인 아버지 사이에서 태어나 극동 연해주 훈춘에서 자랐다고 했다. 스무 살 때 친구들과 멀리 흑룡강 성 아무

르강 부근 혹하에 놀러 갔다가 그곳에서 말 목장을 하는 남편을 만나 결혼했다고 했다. 그래서 자신과 남편은 중국말과 소련말을 다 한다고 했다. 소영은 이야기를 나눌수록 다정다감한 주인아주머니가 언니처럼 느껴졌다. 그녀는 자기도 모르게 자신이 겪은 일을 모두 말하게 되었고, 두 여자는 서로 껴안고 소리 없이 울었다. 주인아주머니는 소영을 데리고 뒷마당으로 나가 산에서 흘러내리는 개울물에 함께 몸을 씻었다. 높은 산에서 흘러내리는 눈 녹은 물이라 그런지 몸을 담그자마자 청량감이 온몸을 훑으며 정신을 맑게 했다. 소영은 전신을 깨끗이 씻고 나니 어느 정도 자신감이 되살아났다. 두 여자는 밤새 이야기를 나누었다. 주인아주머니는 내일 길 떠날 때 자신의 말 '우다차'와 먹거리를 챙겨주겠다고 했다. '우다차'는 새끼 때 자신이 붙여준 이름으로, 행운을 뜻하는 소련말이라고 했다. 애초부터 군마로 납품하기 위해 훈련 시킨 말이라 힘이 세고 영리해서 아이를 데리고 먼 길 가는 데 큰 도움이 될 거라고 했다. 소영이 고맙지만 가진 돈이 없다고 하자, 고향이 그다지 멀지 않으니 간혹 한 번씩 들러 오늘처럼 서로 이야기하며 친하게 지내면 그것으로 좋다고 했다. 소영은 그런 아주머니가 너무 고마워 아침 일찍 달수한테 금반지 하나를 빌려 고맙다는 편지와 함께 화장대 서랍 안에 몰래 넣어놓고 왔다.

한 두어 시간 정도 골짝을 걸어 나오자 멀리 제법 큰 마을이 보였다. 주인아주머니가 그려준 지도를 보니 삼도구라는 마을이었다. 이제 조금만 가면 가야하라는 큰 강을 만나게 되고, 그 가야하 강물을 따라 죽 내려가면 도문에 이른다고 했다.

삼도구 마을 입구에 이르렀을 때 명모가 칭얼거리기 시작했다. 소영은 산 그늘 속으로 들어가 말을 세웠다. 들것에 타고 있던 달수가 명모를 안고 내렸다. 말에서 내린 소영이 말없이 명모를 받아 안고 저만큼 떨어져 돌아앉아 젖을 물렸다.

달수는 소영의 뒷모습을 물끄러미 바라보며 생각에 잠겼다. 자기와 단연코 눈길을 맞추지 않는 소영을 보고 마음이 아팠다. 어제 그 일 이후로 아직 한 번도 자기를 쳐다봐주지 않았다. 생각 같아서는 지금 당장이라도 앞에 불러 놓고 하나부터 열 가지 자초지종 따져 묻고 싶었지만, 한편 생각하면 여자로서 견디기 어려운 수치스러운 일을 당했는데, 그것도 모자라 그 일을 옆에서 훤히 지켜본 남자와 같이 온종일 지내야 하는 본인은 얼마나 고통스럽겠냐는 생각도 들어 꾹 참았다. 그리고 또 돌아가신 박수언 형님의 은혜를 생각해서라도 형수님의 마음을 조금이라도 불편하게 해서는 안 된다고 다짐했다.

아이에게 젖을 다 먹인 소영이 이번에는 명모를 달수한테 맡기지 않고 등에 들쳐업었다. 그러고는 아이 옷 가방을 말 안장 고리에 건 뒤, 등자를 딛고 말 위로 가뿐히 올라가 앉았다. 달수는 들것에 타지 않고 말 옆에 서서 천천히 걸었다.

골짜기를 다 빠져나오자 가슴이 탁 튀었다. 가야하 강은 생각보다 큰 강이었다. 강폭도 넓고 수량도 많았다. 오른쪽으로부터 활처럼 구부러져 흘러드는 강물은 넓은 백사장을 만들며 남쪽으로 유유히 넉넉하게 흐르고 있었다. 가야하 강은 남쪽으로 계속 흘러 도문 시내를 가로질러 두만강에 합쳐졌다. 따라서 이 강물만 계속 따라가면 도문에 도착할 수 있었다.

소영은 도문 전투상황이 어떤지 몰라 걱정이었다. 하지만 어제 주인 언니 말처럼 두만강 연안에서 전투를 벌이고 있다면, 어쩌면 연길 쪽은 무사히 갈 수 있을지도 모른다는 생각이 들었다. 연길로 가는 길은 도문 시내 못

가서 오른쪽에서 흘러드는 부얼하통하 강을 따라 서쪽으로 방향을 틀어 올라가기 때문이었다. 부얼하통하 강은 연길 시내 중심부를 관통해 동쪽으로 흘러, 마반, 장안진을 거쳐 도문 조금 북쪽에 있는 용성 부근에서 가야하 강에 합류해 도문을 지나 두만강으로 흘러들었다.

소영은 가야하 강변 언덕에서 무성하게 가지를 늘어드리고 있는 수양버들 나무 밑에서 말을 내렸다. 달수도 아주머니가 싸 준 보따리를 풀었다. 밀가루 두어 되와 옥수수 한 자루, 그리고 국수와 냄비도 들어있었다. 냄비뚜껑을 열어보니 수저 두 벌과 소금, 그리고 비닐에 싸인 성냥이 있었다.

"아주머니가 참 알뜰히도 챙기셨네!"

달수가 짐을 꺼내며 혼잣말을 한 뒤 뒤를 돌아보니 소영이 보이지 않았다. 명모가 그늘에서 잠들어 있는 것으로 보아 멀리 가지는 않은 것 같은데 주위에 없었다. 달수는 일단 옥수수를 삶아 점심을 해결하기로 하고 강물을 떠다가 불을 피웠다. 한참이 지나 강냉이가 다 익어가는 데도 소영이 오지 않았다. 달수는 슬슬 걱정되었다. 어느 방향으로 갔는지 몰라 찾아 나설 수도 없었다. 냄비 물이 다 졸아 강냉이가 타들어 가는 것도 모르고 달수는 사방만 두리번거리고 있었다. 그렇게 한참이 지나서야 소영이 옆 산기슭에서 돌아 나왔다. 머리를 감았는지 고개를 다소곳이 젖히고 손으로 머리를 털며 다가왔다.

"말씀 좀 하고 가시지…."

달수가 조그맣게 말하며 냄비에서 강냉이를 꺼냈다. 오후까지 두고 먹기 위해 많이 삶았는데 죄다 바닥 부분이 시커멓게 타 있었다. 그래도 조금 덜 탄 강냉이를 골라 명모 옆에 앉아 머리를 말리고 있는 소영한테 갖다 주었다.

"뜨겁습니다. 조심하세요."

역시 소영은 아무 말 안 했다. 고개도 돌리지 않았다. 자리로 돌아온 달수는 강냉이 먹을 기분이 나지 않았다. 왠지 마음이 아프고 갑자기 박수언 형님이 보고 싶어졌다. 달수는 강변 백사장을 터벅터벅 걸어 물가로 갔다. 강물은 멀리서 볼 때보다 더 맑고 깨끗했다. 달수는 쪼그리고 앉아 손바닥으로 강물을 한 움큼 떠서 마셨다. 문득 박수언 형님이 들려준 말이 떠올랐다.

"자네가 언제 어디서 어떤 모습으로 살든, 조선인이라는 것만 잊지 않으면 그것만으로도 훌륭한 삶을 살 수 있을 거네!"

달수는 몇 달 동안 박수언을 따라 장사를 다니며 많은 것을 배웠다. 박수언을 통해 자신이 지금까지 살아온 세계와는 전혀 다른 삶이 있다는 것을 깨달았고, 그 새로운 삶에 적응하기 위해 나름대로 최선을 다해 공부하고 노력했다. 박수언도 그런 달수의 노력을 가상히 여겨 성심껏 가르치고 도와주었다.

달수는 박수언과 노숙을 여러 차례 했다. 그때마다 하늘의 별을 올려다보며 나란히 누워 조용조용 들려주는 박수언의 인생 철학 이야기는 달수의 거친 성품을 부드럽게 어루만져 영혼을 순화시켜 주었고, 조선독립을 위해 고생하는 사람들을 돕는 일이라면 아무리 작은 일이라도 최선을 다하는 그의 모습은 그동안 잠들어 있던 달수의 양심의 맥박을 다시 뛰게 하였다. 그로 인해 달수는 박수언을 생명의 은인을 넘어 영원한 인생의 스승으로 모시고, 남은 삶을 스승처럼 살겠다고 마음속으로 결심하게 되었다. 그 실천의 첫걸음은 형님이 남겨 놓은 부인과 자식을 끝까지 보살펴주는 것이라고 믿었다.

소영은 소영대로 멀리 물가에 앉아있는 달수의 뒷모습을 바라보며 생각에 잠겼다.

'나는 지금 저 사람한테 몹시 화가 나 있고, 죽이고 싶도록 밉다. 저 사람은 나한테 어떤 사람인가? 여자를 욕보이는 막돼먹은 무뢰한인가, 아니면 진정으로 나를 위해 무례함도 걷어 차버린 용기 있는 남자인가? 저 사람에 대한 나의 미움과 원망은 정당한 것인가, 아니면 나의 잘못된 아집인가?'

'여자의 은밀한 곳이 외간남자의 손에 침탈되고, 뭇사람 앞에서 발가벗긴 수치심이 과연 군인들한테 집단강간 당하는 것보다 더 부끄럽고 화나는 일일까? 명모 아빠였으면 그때 어떤 방법으로 나를 그 지옥 같은 구렁텅이에서 구해주었을까?'

'철로 변의 그 여자처럼 죽어버리고 싶다는 내 생각은 과연 옳은 것일까? 내가 겪은 그 정도의 정조 훼손에 내가 죽음으로 자신을 단죄한다면 명모 아빠는 찬성할까, 반대할까?'

소영은 생각하면 생각할수록 자괴심에 빠져들었다. 어딘지 모르게 자신의 미움이 못마땅한 것 같으면서도 달수에 대한 저주는 쉽게 거둬들일 수 없었다. 용서한다는 것은 곧 자신의 정체성 훼손을 인정하는 것 같았기 때문이었다.

소영은 자기도 모르는 사이에 달수가 갖다 놓은 강냉이에 손이 갔다. 그러다 그녀는 이내 실소를 금치 못했다. 강냉이 알갱이가 딱딱한 게 하나도 익지 않았기 때문이었다. 물을 적게 부은 데다 센 불로 삶아 강냉이가 익기 전에 물이 졸아버려 결국 강냉이만 타버리고 말았다고 생각했다.

소영은 냄비에 강냉이를 다시 넣고 물을 더 부은 뒤 불을 다시 지폈다. 그새 달수가 다가와 끓고 있는 냄비를 내려다보고 물었다.

"뭐하십니까?"

"강냉이 하나도 못 삶아서…."

소영이 보따리에서 소금을 꺼내면서 혼잣말로 궁시렁댔다.

"왜요? 아까 삶아 갖다 드렸지 않습니까?"

"익기도 전에 타버린 걸 어떻게 먹으라고!"

소영이 냄비뚜껑을 열고 소금을 살짝살짝 뿌리고는 다시 뚜껑을 덮었다.

"다 익은 거 같던데…."

달수가 혼자 중얼거리며 소영을 물끄러미 쳐다보았다. 자고 있던 명모가 깨어나 엄마를 찾았다. 소영이 명모한테 가며 말했다.

"좀 이따 불 좀 줄여주세요!"

소영의 부탁에 달수는 마음이 한결 밝아졌다. 드디어 자신한테 말을 걸었기 때문이었다.

소영이 길 떠날 채비를 거의 마쳤을 때 달수가 다가와 밀짚모자를 내밀었다.

"이거 한번 써보세요."

"이걸 어디서?"

소영이 밀짚모자를 받아쥐며 달수를 쳐다보고 물었다. 달수는 멈칫했다. 소영이 이틀 만에 처음으로 자신과 눈을 맞추었기 때문이었다.

"저기 밭일하는 여자한테 가서 강냉이 몇 개하고 바꿨습니다."

"양식을 주고…?"

"양식이야 머 또 구하면 되지만, 형수님 얼굴이 타면… 형님도 그런 형수님 보시면 마음 아프실 겁니다."

달수의 말에 소영은 갑자기 가슴이 울컥했다. 콧잔등이 시큰해지며 눈물이 핑 돌았다. 그녀는 얼른 고개를 돌렸다. 달수에 대한 고마움 때문인지, 남편에 대한 그리움 때문인지, 아니면 왜놈에 대한 원한 때문인지, 소영 자신도 알 수 없는 눈물이었다.

달수가 말고삐를 잡았다. 소영은 몰래 손등으로 눈물을 닦은 뒤 명모를 안고 말에 올랐다.

골짝 길과 달리 강변길은 걷기가 훨씬 편했다. 강변에는 대체로 논밭이 많이 있었고, 그런 곳에는 다 농로가 있었다. 농로가 없는 곳은 그냥 강변 모래밭이나 목초지를 가로질러 가면 되었다. 8월 한여름이라 햇살은 뜨거웠지만 쉴 사이 없이 불어주는 강바람이 있어 기분이 상쾌했다.

소영은 오랜만에 시원한 강물에서 수영까지 해가며 마음껏 목욕한 데다, 따가운 얼굴 햇살을 가려주는 모자가 있어 한결 마음이 여유로웠다. 비로소 졸음이 왔다.

주인 언니가 적어준 대로라면 오늘은 목단을 지나 화북촌까지 가서 하룻밤 자는 것으로 되어있었다. 북평에서 화북촌까지는 대략 60리 길이라고 했다. 혼자 말을 달리면 연길까지도 하루 만에 갈 수 있지만, 어린 젖먹이까지 딸린 지라 하루 4, 50리만 쉬엄쉬엄 걸어도 사나흘이면 용정에 도착할 거라고 했다.

강변길이 걷기에는 편해도 강물이 뱀처럼 구불구불 흐르다 보니 간간이 절벽을 만나 길이 막히기도 했다. 그럴 때는 강을 건너 반대쪽 강변으로 가야 했다. 그래서 생각보다 많은 시간이 걸렸다.

화북촌에 도착했을 때는 해가 뉘엿뉘엿했다. 화북 마을은 강 건너 있었다. 혼자 몸이면 아무 데서나 밤을 보낼 수도 있지만, 명모와 소영 때문에 그럴 수가 없었다. 달수는 다시 강을 건너가 마을 헛간을 빌려 잠자리를 잡았다. 첫날 첫길이라 그런지 모두 지쳐 있었다. 강냉이 알곡에 밀가루를 풀어 끓인 죽으로 저녁을 때우기가 바쁘게 소영은 잠에 빠져들었다.

목단강시를 출발하여 귀향길에 오른 지 나흘째로 접어들었다. 첫날은 기차 안에서, 둘째 날은 웨이 아저씨 집에서, 그리고 사흘째 밤을 화북촌 헛간 목초 더미에서 보낸 소영 일행은 아침 일찍 길을 나섰다. 빨리 집에 가고 싶어 조바심하는 소영을 위해 달수는 어젯밤도 뜬눈으로 새운 뒤 캄캄한 새벽녘에 일어나 아침거리로 감자를 삶아 놓고, 짐까지 미리 다 챙겨놓았다. 말먹이도 어젯밤 주인한테 얻은 건초더미로 이미 배불리 먹여 놓고 소영이 일어나가만 기다렸다.

오늘은 도문지역 전투가 길을 막지 않는다면, 석현, 용성을 지나, 장안 촌까지 가서 자기로 했다. 장안 촌은 도문 초입에서 오른쪽으로 방향을 틀어 부얼하통 강을 끼고 서너 시간 가면 있다고 했다. 부얼하통 강은 연길 중심부를 지나 흘러나오는 강이기 대문에 이 강만 거슬러 올라가면 자연히 연길에 닿았다.

도문이 가까워지자 멀리서 포 쏘는 소리가 들리기 시작했다. 달수와 소영은 서로 말은 안 해도 속으로 제발 길이 안 막히기를 간절히 바라고 있었다. 멀리 도문 시가지가 얼핏얼핏 보이기 시작하는 곳에 이르렀을 때, 보따리 짐을 진 사람들이 간간이 눈에 띄었다. 소영이 그들 중 한 사람을 붙잡고 물었다.

"어딜 바삐 가시는 거예요?"

"일본놈들이 다시 강을 건너온다니 미리 피하는 겁니다."

"소련군은요?"

"자기들 말로는 이미 다 무찔렀다고 하는데, 시내 포 날라오는 거 보면 믿을 수가 있어야지!"

"그럼 요 앞 부얼하통하 강 입구까지는 아무 일 없는 거죠? 우린 거기까지 가는데."

"오다 보니 거긴 조용하더구먼!"

"고맙습니다. 아저씨! 조심하셔요!"

중국말을 모르는 달수가 궁금한 눈빛으로 소영을 쳐다보았다.

"서둘면 무사히 빠져나갈 거 같아요!"

소영이 빠르게 말하고 길을 재촉했다.

정오가 조금 지나 일행은 가야하 강과 부얼하통하 강이 만나는 지점 상류 부근에 도착했다. 걱정했던 것과 달리 강변은 조용했다. 맞은편에서 흘러드는 부얼하통하 강을 따라 올라가려면 가야하 강을 다시 건너가야 했다.

"여기쯤에서 건너는 게 좋겠습니다."

달수는 강폭이 넓어 수심이 얕아 보이는 지점을 골라 말을 끌고 강으로 내려섰다. 강 가운데로 들어갈수록 밖에서 보기와 달리 수심이 조금씩 깊어지면서 물살도 점점 세졌다. 지금까지 건너다닐 때와는 물의 흐름도 달랐다. 위치를 잘못 잡았다는 생각이 얼핏 들었다. 아니나 다를까, 강 한가운데 이르자 수심이 달수의 키를 넘었다. 달수는 어쩔 수 없이 말안장 손잡이에 매달렸다. 반대쪽 강변에 거의 다 이르렀을 때 어디선가 멀리서 우웅─ 하는 소리가 들리더니, 갑자기 전투기 두 대가 하늘을 찢는 듯한 요란한 굉음을 내며 바로 머리 위로 날아갔다. 그 소리에 놀란 말이 앞다리를 높이 치켜들고는 긴 울음소리를 내며 세차게 흔들어댔다. 말 등에 앉아있던 소영이 속절없이 옆으로 떨어지며 놀라 소리 질렀다. 옆에 있던 달수가 무의식적으로 떨어지는 소영을 덥석 받았다. 그러나 두 발이 물속에 떠 있는 데다 명모를 앞가슴에 싸 안고 있는 소영의 몸무게를 감당하지 못하고 그대로 셋 다 물속에 푹 잠겨버렸다. 달수는 서둘러 손을 뻗어 말안장을 더듬어 잡은 뒤, 다른 한 손으로 소영 앞가슴에 안겨 있는 명모 옷자락을 잡고 포대기 속에서 쑥 빼내 물 위로 번쩍 치켜들었다. 명모가 자지러지게 울음을 터뜨렸다. 달수는 안심했다. 그 사이 소영은 물속을 오르락내리락하며 허우적허우적 떠내려갔다. 달수는 그걸 빤히 보고도 어쩔 수 없었다. 놀랐던 말이 동작을 멈추고 몇 걸음을 내딛더니 강변 풀 섶에 불쑥 올라섰다. 달수는 명모를 얼른 풀 섶에 던지듯 눕혀놓고 소영을 찾아 강변을 내달았다. 물속을 오르락거리며 떠내려가는 소영이 저만큼 보였다. 달수는 있는 힘을 다해 소영을 추월한 뒤 강물로 뛰어들었다. 그러고는 소영이 떠내려오기를 기다렸다가 겨드랑이를 끌어안고 한 손으로 강변을 향해 헤엄을 쳤다. 그러나 강변에 부딪힌 물살이 안쪽으로 몰려오며 달수를 계속 강 가운데로 밀어붙여 생각만큼 쉽게 밖으로 나갈 수가 없었다. 거기다 정신을 반쯤 잃은 소영이 달수를 꽉 끌어안고 있어 몸도 마음대로 움직일 수가 없었다. 시간이 갈수록 달수도 지쳐가기 시작했다. 헤엄치는 왼손에 서서히 마비 증세가 나타났다. 어쩌다 발끝에 강바닥이 설핏설핏 닿는 것을 느꼈지만, 물살과 소영의 무게 때문에 몸의 균형을 도저히 잡을 수 없었다. 달수는 지금까지 어림잡아 백여 미터는 떠내려왔다고 생각했다. 조금만 더 떠내려가면 오른쪽에서 밀려드는 부얼하통하 강 물살에 휘말리게 될 테고, 그렇게 되면 영영 끝장이라는 생각이 들었다. 달수는 처음으로 죽을지도 모른다는 위기감을 느꼈다. 박수언 형님 얼굴이 떠올랐다.

'형님, 죄송합니다! 정말 죄송합니다! 제가 죽을죄를 지어 천벌을 받는 모양입니다! 이제 더는 형수님과 명모를 돌볼 수 없을 것 같습니다! 용서하십시오!'

바로 그때 소영이 정신을 차렸는지, 주위를 두리번거리며 중얼거렸다.

"명모는, 우리 명모는….'"

그러다 달수와 얼굴이 맞닿자 깜짝 놀라며 껴안고 있던 손을 풀었다. 양손이 자유로워진 달수가 외쳤다.

"형수님, 명모는 안전합니다! 어서 제 허리끈을 잡고 따라오셔요!"

달수는 강변을 향해 양손으로 악착같이 물살을 헤쳐나갔다. 이윽고 강바닥에 발을 딛는 순간 달수는 죽을힘을 다해 소영을 강변으로 힘껏 밀어올렸다. 그러고는 그만 기진맥진 되어버렸다. 정신이 가물거리고 손가락 하나 움직일 힘이 없었다. 가까스로 강변으로 올라온 소영은 엎어진 채 쿨럭쿨럭 물을 토했다. 그러다 무심결에 뒤를 돌아보고 깜짝 놀랐다. 사지를 축 늘어뜨린 달수가 서서히 물살에 떠밀려가고 있었다.

"안 돼! 안 돼! 달수 씨, 정신 차리셔요!"

소영이 소리치며 달려가 한 손으로 풀 섶을 잡고 다른 손을 뻗어 가까스로 달수의 옷깃을 잡았다. 그러나 온전히 끌어올릴 힘이 없었다. 겨우겨우 어깨만 끌어올려 물살에 떠밀지 않게 해놓고 소영은 풀 섶에 엎어진 채 헉헉거리며 가쁜 숨을 몰아쉬었다. 잠시 후, 먼저 정신을 차린 달수가 울컥울컥 물을 토하며 짐승처럼 천천히 기어 올라왔다. 소영이 달수를 와락 끌어안으며 울음을 터뜨렸다. 달수가 소영을 힘없이 밀어내며 꺼져가는 목소리로 말했다.

"형수님, 명모가, 명모가, 저기, 저기 혼자 있습니다. 어서 가, 가보셔요."

그 소리에 소영이 몸을 벌떡 일으켰다.

6

주인 언니가 챙겨준 먹거리와 취사도구는 강을 건너면서 모두 잃어버렸다. 그물망까지 통째로 떠내려 가버렸다. 그래도 말안장에 단단히 걸어놓았던 명모 옷 가방은 무사해 그나마 다행이었다.

위기 속에서 소영이 달수보다 먼저 기력을 회복했다. 달수는 강에서 기어 올라온 후로 계속 반 혼수상태에 빠져 있었다. 소영은 그동안 달수가 끼니때마다 자신을 돌보느라 정작 본인은 제대로 먹지 못했다는 걸 깨달았다. 자신의 부질없는 미움과 핍박을 후회했다.

소영은 명모에게 젖을 먹여 달수 옆에 재워놓은 뒤, 말을 타고 마을로 갔다. 남편이 혼수로 만들어 준 금목걸이 일부를 잘라주고 식량과 냄비, 그리고 닭 한 마리를 구해왔다. 김치와 감자 닭고기 등을 섞어 조선식으로 탕을 만들어 달수한테 먹였다. 그날은 더 가지 못하고 들녘 농막에서 하룻밤을 보냈다.

윤소영은 이튿날 느지감치 아침을 먹고 길을 나섰다. 달수가 늦게까지 일어나지 못했기 때문이었다. 오늘은 어제 못다 간 장안촌까지만 가기로 했다.

부얼하통 강변은 지금까지 걸어온 가야하 강변과 판이했다. 모래톱도 많지 않고 강변 초지도 별로 없었다. 그렇다 보니 길이 대부분 산기슭으로 나 있고, 강변으로 내려섰다가는 이내 또 산길로 접어들고 했다. 강이 깊은 산골짝을 돌아 흐르다 보니 그런 것 같았다. 자연히 힘은 더 들고 속도는 더뎠다. 달수가 강변을 따라 나란히 나 있는 철길을 따라가면 훨씬 가깝고 편하다고 은근히 말했지만 소영은 질색했다. 자기 앞에서 철길의 '철'자도 꺼내지 말라고 했다. 달수는 소영이 터널에서 겪은 악몽 때문에 그런다고 생각했다.

한참 만에 제법 큰 백사장을 만나자 소영이 먼저 쉬자고 했다. 삶아 싸온 감자 보따리를 달수 앞에 풀어 놓으며 혼잣말처럼 했다.

"생각보다 힘든 길이네요….."

"그래서 쉬엄쉬엄 가자고 하지 않았습니까?"

"쳇! 뒤도 안 돌아보고 간 사람이 누군데!"

달수가 감자 집은 손으로 강 건너 앞산을 가리키며 말을 돌렸다.

"기찻길을 보면 저기 저 산 너머가 바로 장안촌인 거 같은데, 곧장 산을 넘어 질러가면 가깝지 않을까요?"

"길이 있을까요?"

소영도 감자를 하나 집어 물며 물었다.

"있어도, 굉장히 가풀막일 거 같습니다. 명모 데리고 말 타는 게 쉽지 않겠네요."

"그럼 안 되죠."

"차라리 저기 터널로 빠져나가면 어떨까요! 어차피 기찻길도 장안촌으로 갈 테니까!"

그 말에 소영이 먹던 감자를 툭 내려놓으며 발딱 일어섰다.

"다신 그 이야기 안 하기로 하고선!"

"죄송합니다. 너무 지치신 것 같아서 나도 모르게 그만….'

"지쳐 죽어도 철길론 안 가요!"

소영은 달수가 기차 터널을 볼 때마다 자신의 벗은 몸을 떠올릴 걸 생각
하자 소름이 돋았다. 하지만 달수의 자신을 위한 걱정이 은근히 기쁘기도
했다.

"미안해요. 화를 내서. 아직 기력도 덜 회복되셨는데."

"전 이제 괜찮습니다. 형수님! 걱정하지 마셔요!"

달수가 감자 보따리를 거둬 들고 일어서며 쾌활하게 말했다.

"자, 출발합시다! 까짓것, 강 길이 아무리 멀어도 오늘 해 안에는 가겠지
요!"

소영이 명모를 달수한테 불쑥 안겨주며 말했다.

"이제 제가 좀 걸을게요. 명모랑 타셔요."

"명모는 제가 업고 가겠지만, 말은 안 탑니다. 형수님이 타셔요!"

달수가 명모를 업고 뚜벅뚜벅 걷기 시작했다. 소영이 말에 올라 달수 옆
에 멈춰섰다.

"그럼 같이 타고 가요."

달수가 소영을 힐끗 한번 올려다보고는 그냥 걸음을 옮겼다.

"불편해서 싫습니다."

"그럼 저도 걸을래요."

소영이 말에서 훌쩍 내렸다. 달수는 아무 말 안 했다. 소영은 말고삐를
잡고 천천히 달수 뒤를 따랐다. 소영은 달수가 자신을 진심으로 어려워한다

고 생각했다. 문득, 남편을 향한 달수의 존경심에 진정성이 느껴졌다. 소영은 지금까지 달수라는 사람을 내심 믿지 못하고 옹졸하게 굴었던 걸 후회했다.

일행이 산모롱이 길을 막 돌아 나서는데 갑자기 옆 숲속에서 일본군 두 놈이 툭 튀어나와 길을 막았다. 남루한 행색으로 보아 패잔병 같았다. 소영은 일본놈들을 보는 순간 남편의 비참했던 얼굴 모습이 떠오르며 몸이 부르르 떨렸다. 거기다 순간적으로 터널의 악몽이 되살아나 자기도 모르게 달수의 팔을 잡으며 바짝 붙어섰다.

먼저 총 든 놈이 총으로 달수를 겨누었고 다른 놈이 소영한테서 말고삐를 빼앗았다. 그러고는 두 사람을 산속으로 끌고 갔다. 잠시 뒤 숲속 개울가에 도착하자 먼저 달수를 바위에 기대 세우고 총을 겨눈 채 말했다.

"순순히 말을 들으면 죽이지 않겠다! 내 말 알아듣겠나?"

"알아듣겠다."

"다행이다. 일이 잘 풀릴 것 같다. 그럼 우리가 필요한 것을 말하겠다."

일본말을 모르는 소영은 두 사람이 무슨 대화를 하고 있는지 몰라 궁금했다. 표정들을 봐서는 그다지 위험한 상황이 아닌 것 같아 마음이 조금 놓였다. 달수가 일본말을 잘하는 것도 처음 알았다. 소영은 몰래 주먹을 불끈 쥐며 속으로 다짐했다.

'그래, 잘 만났다! 내 기필코 저놈들을 죽여 남편의 복수를 하리라!'

하지만 한 놈이 총을 들고 언제든지 자신들을 향해 쏠 수 있는 자세를 취하고 있어 만만하게 굴 수가 없었다. 두 사람은 일본말로 계속 대화했다. 달수가 먼저 물었다.

"무엇을 원하나?"

"우리는 부상 동료를 부대로 데리고 가야 한다. 그래서 저 말이 필요하다.”

“그건 곤란하다. 지금 내 아내와 아이도 몸이 아파 걷지 못한다.”

“그럼 네가 우리 부상 동료를 업고 가야 한다!”

“나는 가족을 돌봐야 한다.”

“이 새끼, 계속 말대꾸할 거야?”

일본군 얼굴이 험악하게 일그러졌다. 총 개머리판으로 달수의 어깨를 강타했다. 달수가 악! 하며 옆으로 나뒹굴었다. 소영이 달려들어 달수를 부축했다.

일본군이 다른 동료한테 눈짓했다. 동료가 옆 숲에서 부상병을 부축해 나왔다. 한쪽 다리가 걸레처럼 흐물거렸다. 다리가 떨어져 나간 것 같았다. 허벅지를 단단히 묶어놓은 것으로 보아 지혈을 한 모양이었다. 동료가 부상병을 어깨에 걸쳐 말 위에 태웠다. 그대로 가버리면 큰일이었다. 소영이 명모 엉덩이를 꼬집어 아이를 울린 뒤 소리쳤다.

“달수 씨, 명모 옷 가방!”

달수가 말안장에 걸린 옷 가방을 가리키며 일본말로 전했다.

“아이 옷 가방은 좀 돌려주시오!”

일본군이 가방을 벗겨 소영을 향해 휙 던졌다. 총 든 병사의 지시에 따라 다른 병사가 달수를 바위를 향해 꿇어 앉힌 뒤 먼저 발목을 묶고는 두 손을 목 뒤로 돌려 머리와 함께 묶었다. 그 사이 소영은 일본군 놈들이 방심하는 틈을 타 명모 옷 가방 속 권총을 더듬어 쥔 뒤 노리쇠를 조심스럽게 움직여 실탄을 장전해두었다. 소영은 이제 두렵지도 떨리지도 않았다. 오직 놈들을 죽여 남편 복수를 하겠다는 일념뿐이었다.

“좋아! 이제 가자!”

달수를 묶어 꼼짝 못 하게 한 일본군이 손바닥을 툭툭 틀고는 먼저 말에 탔다. 그런데 총을 든 놈이 몇 발짝 가다 말고 다시 돌아서서 소영한테로 다가오며 중얼거렸다.

"이런 여자를 그냥 두고 가긴 아깝잖아!"

소영은 일본군의 말은 알아듣지 못했지만 태도를 보고 불안을 느꼈다. 명모를 안으며 몸을 움츠렸다. 앞에까지 온 일본군이 총구로 소영의 불룩한 가슴을 슬슬 긁으며 은근하게 말했다.

"우리와 같이 가자!"

"저리 치워! 더러운 놈아!"

소영의 고함에 달수가 일본말로 소리를 질렀다.

"이런 개 같은 놈들! 그 여자한테 손만 대봐라! 절대 가만두지 않겠다!"

달수의 고함에 일본군의 표정이 험악하게 변했다. 갑자기 허리에 차고 있던 대검을 뽑아 총구에 꽂으며 소리쳤다.

"이 새끼가 죽으려고 환장을 했군! 말을 얻은 대신에 살려주려고 했는데, 도저히 안 되겠어! 날 보고 개 같은 놈이라니! 눈알을 뽑아버리겠다!"

일본군이 몸을 돌려 달수의 얼굴에 대검을 찌르려는 순간, 소영이 재빨리 옷 가방에서 권총을 빼내 방아쇠를 당겼다. 그러고는 다시 말 탄 놈을 향해 쏘았다. 총 든 놈은 그 자리에서 폭 꼬꾸라져 즉사했고 말에 타고 있던 놈은 굴러떨어진 뒤 잠시 버둥거리다 이내 축 늘어졌다. 총소리에 놀란 말이 앞다리를 높이 치켜들었다가는 내달리기 시작했다. 소영이 서둘러 달수 몸에 묶인 줄을 풀었다. 달수의 놀라움은 이만저만 아니었다. 줄이 다 풀린 뒤에도 달수는 일어서지 못하고 엉덩이를 깔고 앉은 채 소영을 올려다보고 주춤주춤 물러나기만 했다. 그는 계속 중얼거렸다.

"형수님이…? 형수님이…?"

"왜요? 놀라셨어요? 그날, 명모 아빠를 묻으면서 맹세했어요! 내 기필코 일본놈 열 놈을 죽여 복수하겠다고! 그리고 평생 일본놈과는 상종하지 않겠다고!"

"예, 예! 형수님, 맞습니다! 그래야지요!"

달수는 소영을 멀거니 쳐다보며 계속 중얼거렸다. 조금 전에 벌어졌던 일이 도저히 믿기지 않는다는 표정이었다. 그러나 소영은 비로소 모든 것이 명료해졌다.

남편의 비참한 시신 앞에서 무너져내렸던 억장이, 누군가의 '처'로 명시될 때부터 가슴을 짓눌렀던 주눅이, 엄밀한 부위를 외간남자의 손길에 침탈당한 분노와 뭇사람 앞에서 발가벗긴 수치심이, 그리고 죽음의 공포, 이런 것들이 범벅되어 엉망진창이던 아내의 울분과 여자의 자존심이, 두 방의 총성으로 한꺼번에 확 풀어지는 희열을 느꼈다. 그리고 그 희열은, 마치 뿌연 유리 창문을 활짝 열어젖혔을 때처럼 자신의 어지럽던 마음을 단번에 명료하게 정리해주었다. 소영은 전신으로 퍼지는 젊음의 맥박과 희열로 온몸이 가뿐해지는 기분을 느꼈다. 전에 없던 자신감과 긍지를 느끼며 달수한테 말했다.

"갑자기 권총이 어디서 났냐고요? 그래요! 그 기모노 일본놈한테서 뺏은 거예요! 얼마나 통쾌해요? 일본놈 총으로 일본놈을 죽여 복수했으니!"

"그, 그렇습니다! 형수님!"

달수는 여전히 말을 더듬었다.

"이제 말도 달아나 버리고, 식량도 냄비도 다 사라져버렸으니…."

달수가 명모를 등에 업으며 투덜댔다. 소영이 감자 보자기를 흔들어 보이며 말했다.

"잘 된 편이잖아요? 이렇게 공평하게 같이 걸어갈 수 있으니! 그리고 저

넉거리도 이렇게 남았고요!"

"나야 괜찮지만, 형수님이 걱정돼서 그렇지요. 용정까진 아직 길이 먼데!"

"저도 괜찮아요. 용정이 아니라 이제 회령까지도 걸어갈 수 있을 거 같으니까요! 그러니 달수 씨! 이제 제 걱정 그만하셔도 돼요! 그리고 앞으로는 달수 씨도…"

소영은 말을 하다 말고 얼른 멈추었다. '달수 씨도, 형수님! 형수님! 하지 말고, 소영 씨! 라고 부르셔요'라고 말하려 했다. 하지만, 순간적으로 '형수님'이라는 호칭이 달수와 자신 사이를 가로막고 있는 마지막 벽이라는 생각이 들었고, 그 벽을 허물어서는 안 된다는 것을 깨달았기 때문이었다.

끌려 왔던 길을 따라 숲을 반쯤 빠져나오는데 일본군 부상병이 길가 바위틈에 떨어져 죽어있었다.

"내 손으로 죽였어야 했는데!"

소영이 죽은 일본군을 노려보며 말했다. 달수가 소영의 소맷자락을 잡아당겼다.

"우리 우다차가 형님 대신 처리해주었네요. 어서 갑시다."

그때 어디서 말 울음소리가 들렸다. 마치 달수의 말을 말이 듣기라도 한 것 같았다. 두 사람은 서로 얼굴을 한번 마주 본 뒤 서둘러 숲을 빠져나왔다. 아니나 다를까, 우다차가 모래밭이 시작되는 강가에 우뚝 서서 건너편 산을 멀거니 쳐다보고 있었다. 달수가 다가가 고삐를 잡으려고 하자 훌쩍 피해 저만큼 뛰어가 다시 서서 이쪽을 쳐다보았다. 소영이 얼른 달수한테서 명모를 받아 안으며 소리쳤다.

"우다차! 나야, 나! 너, 나 몰라?"

그러자 말이 목을 치켜들고 소영을 빤히 쳐다봤다. 소영이 다시 명모를 들어 보이며 아이를 타이르듯 말했다.

"자, 이리 와. 우리 명모를 네 등에 태워야 하니까!"

그러자 정말 희한하게도 말이 소영을 향해 *끄덕끄덕* 걸어왔다. 마치 아이가 엄마의 부름에 응하는 것 같았다.

"요술이라도 부린 겁니까?"

고삐를 잡은 달수가 다시 명모를 받아 안으며 소영을 보고 말했다. 안장 손잡이에 옷 가방을 걸던 소영이 돌아보며 웃었다.

"본능적으로 우리 모자를 기억하고 있었던 게 아닐까요? 요 녀석도 한때는 엄마였던 적이 있었을 테니까요!"

"아, 정말 그, 그럴 수 있겠네요!"

달수는 소영의 말을 듣고 속으로 감탄했다. 정말 박수언 형님과 잘 어울리는 똑똑한 여자라는 생각이 들었다.

소영이 명모를 포대기로 업고 말에 올라탔다. 그러고는 포대를 빙 돌려 명모를 앞가슴 쪽으로 옮겨놓고 손을 내밀었다.

"자, 올라오셔요."

달수가 한 발짝 비켜서며 웃었다.

"싫다니까요!"

"그러지 말고 어서요!"

"셋이 타면 불편해요. 말도 힘들고…."

달수가 앞서 나가며 말고삐를 당겼다.

"고집불통!"

소영이 입을 삐죽했다. 그래도 그녀의 눈은 웃고 있었다.

장안 촌에서 하룻밤을 자고 아침 일찍 출발한 일행은 오후 새때쯤 연길 초입에 있는 부얼하통하 강과 해란강이 합류하는 지점에 도착했다. 여기서부터는 소영도 길을 잘 알았다. 아버지를 따라 몇 번 다녀봤기 때문이었다. 소영은 말에서 내려 달수와 의논했다.

"이제 연길까진 다 왔어요. 저기 저 야트막한 산모롱이만 돌아가면 바로 연길이에요. 그런데 여기서 우리 집으로 가는 길은 두 가지가 있어요."

"두 가지라니요, 어떻게요?"

"하나는 지금처럼 이 강을 따라 연길로 가서 모아산 고개를 넘어 용정으로 가는 길이고, 다른 하나는 연길 시내로 들어가지 않고, 여기서 바로 저 건너에 보이는 해란강을 따라 올라가 용정으로 가는 길이에요."

"거리는 어느 쪽이 가깝습니까?"

"연길 쪽이 조금 가깝죠. 대신, 아까 말한 대로 모아산이라는 큰 고개를 넘어야 하는 어려움이 있죠."

"그럼 해란강 길은 좋습니까?"

"그렇게 좋을 리가 없죠. 강 길이니까 아무래도 고불고불 돌아가고 지금처럼 모래밭과 산자락을 오르락내리락하겠죠."

"형수님 생각은 어떠신데요?"

"제 생각은 연길 쪽으로 갔으면 해요. 모아산 넘는 게 마음에 좀 걸리긴 하지만."

"그럼 형수님 생각대로 연길로 갑시다. 강 길 걷는 것도 이제 지겹습니다."

"그래요. 그럼 연길로 가요!"

소영이 말을 타려다 말고 달수를 돌아보고 웃으며 물었다.

"아직도 맘 안 변했어요?"

"무슨 말씀이죠?"

"말 안 타실 거냐고요?"

"그냥, 형수님이나 어서 올라가셔요."

달수가 명모를 치켜들어 보이며 무뚝뚝하게 대답했다.

"물어본 내가 그렇지!"

소영이 입을 한번 삐쭉거리고는 말 위로 훌쩍 올라갔다. 그러고는 명모를 넘겨받으며 혼잣말을 했다.

"오늘 저녁은 좀 편하게 먹고 잘 수 있을 거예요. 우리 아빠 친구분이 연길에서 약방을 하고 계시거든요!"

달수가 말고삐를 잡으며 웃었다.

"전 강냉이와 감자만 아니면 뭐든 좋습니다!"

일행이 산모롱이를 돌아 연길 초입에 들어서자 저만큼 앞에서 무리를 지어 오는 사람들이 보였다. 사람들은 다 지게를 지고 있었다. 소영은 불길한 생각이 들었다.

'연길에서도 전투가 벌어졌는가?'

소영이 속으로 생각하는 사이 앞서 온 노인이 옆을 지나갔다. 중국말을 모르는 달수가 노인을 불러 세워놓고 소영을 올려다보았다. 소영은 얼른 말에서 내렸다.

"무슨 일이죠? 다들 어딜 가시는 길인가요?"

그새 뒤따라 온 젊은 여자가 노인 앞으로 나섰다.

"어젯밤에 들어온 일본군들이 오늘 아침에 철수하면서 부역꾼을 많이 잡아갔어요!"

연길에 들어왔던 일본군들은 관동군사령부 예하 부대로 소련군에 밀려 통하로 후퇴하는 중이었다.

"그럼 아직도 일본군이 시내에 있나요?"

"아니요. 일본 군인은 다 가고 없소."

"그런데 왜 이렇게 피난을 떠나죠?"

"피난 떠나는 게 아니고 도문으로 식량 구하러 가는 거요."

"도문요? 거긴 여기보다 더 난리예요! 대포 쏘고, 비행기 폭격하고, 완전히 큰 전쟁이 붙었어요!"

"그게 정말입니까? 아가씨가 어떻게 압니까?"

주위를 에워싼 사람들이 모두 놀란 얼굴로 소영을 쳐다보았다.

"사흘 전에 그곳을 지나오면서 보았죠."

"사흘 전이면 지금은 다 지나갔을 거요! 갑시다! 그래도 거기 가면 식량은 있을 테니까!"

한 젊은이가 소리를 지르고 나서자 사람들이 우르르 그 사람을 따라갔다. 소영은 잠시 생각했다. 연길 분위기가 아무래도 심상찮았다. 지금이라도 뒤돌아가서 해란강 길로 가야 하는 게 아닌가 싶었다. 소영은 지금까지 사람들과 나눈 이야기를 달수한테 모두 말했다.

"어떡하죠? 돌아가서 해란강 길을 따라갈까요?"

"제 생각은 곧장 이 길로 가는 게 좋을 것 같습니다."

"어째서요?"

"적어도 큰 부대가 지나갔다면 어제 같은 부상병들을 남겨 놓고 가지는 않을 테니까요!"

"달수 씨 이야기 들어보니까 그럴 것 같네요! 어제 같은 놈들을 또 만나면 안 되니까요!"

"왜요? 또 복수하면 좋잖습니까?"

달수가 웃으면서 말했다.

"한 놈이면 그렇지만 어제처럼 세 놈이면."

소영이 권총을 꺼내 보이며 계속 말했다.

"총알이 하나밖에 없거든요!"

연길 시내는 생각했던 것보다 평온했다. 전투가 벌어졌던 흔적도 눈에 띄지 않았다. 일본군은 그냥 식량 등 약간의 필수품을 수집하여 장정들에게 운반을 맡긴 모양이었다.

소영은 연길 역전에 있는 탕웨이 약방으로 탕 아저씨를 찾아갔다. 그러나 집에는 아무도 없었다. 소영이 말을 헛간 기둥에 매 놓고 마당 평상에 앉아 명모한테 젖을 물리려고 하는데 탕 아저씨와 아주머니가 함께 들어왔다. 탕 아저씨는 소영을 보자마자 허겁지겁 다가와 물었다.

"아이고, 우리 소영이가 왔구나! 그런데 너 지금 어디서 오는 길이냐?"

"어디서 오긴요. 목단강시에서 오는 길이죠."

"그래, 잘 왔다. 그럼 이제 여기서 더 머뭇거리지 말고 어서 집으로 가라!"

"아저씨 왜 그러서요? 혹시 우리 집에 무슨 일이라도 있나요?"

소영이 불안한 기색으로 명모를 안고 일어서서 탕 아저씨와 아주머니를 갈마보며 물었다. 탕 아저씨가 마당 평상에 털썩 주저앉으며 고개를 절레절레 흔들었다. 옆에 섰던 아주머니가 소영의 손을 거머쥐며 말을 더듬었다.

"소영아, 이럴 어쩌면 좋나! 네 아버지가, 네 아버지가…"

"왜, 우리 아버지가 어떻게 되셨는데요? 아주머니 어서 말씀 좀 해보서요, 네?"

소영이 명모를 달수한테 넘겨주고 아주머니를 흔들어대며 다그쳤다. 평상에 앉았던 탕 아저씨가 대신 혼잣말처럼 했다.

"네 아버지가, 아무래도, 아무래도, 큰일을 당할 것 같다!"

"큰일이라니요?"

"네 어머니가 어제 새벽같이 여길 왔었다. 네 아버지가 많이 아파 아무래도 큰일 날 것 같다면서. 그래서 내가 서둘러 갔는데 이미 말문을 닫고 숨만 겨우 붙어있는 상태였다. 내가 할 일이 하나도 없었다! 어째서 그 지경이 되도록 놔두었는지, 더 지체 말고 어서 가봐라! 어쩌면 임종은 할지 모르겠다!"

"아니야! 아니야! 우리 아버진 괜찮으실 거야! 절 보면 웃으며 일어나실 거예요!"

탕 아저씨 말에 소영은 이미 제정신이 아니었다. 옆에서 지켜보고 대충 상황을 눈치챈 달수가 서둘러 말을 끌고 왔다. 소영이 부리나케 말에 올라타 내달리며 외쳤다.

"달수 씨! 우리 명모 좀 부탁해요!"

그러나 이내 말을 돌려 되돌아와 명모를 다시 받아안았다. 명모를 데리고 갈 모양이었다. 달수는 순간적으로 명모가 위험하다고 생각했다. 소영 성격에 명모를 한 손에 안고도 전속력으로 말을 몰 게 틀림없었기 때문이었다. 달수는 얼른 말고삐를 낚아챘다.

"형수님, 잠깐만요! 제가 명모를 안고 탈게요!"

달수가 명모를 받아 가슴에 안고 포대기로 둘둘 감았다. 그러고는 소영 뒤에 홀쩍 올라탔다. 소영이 고삐로 말 옆구리를 힘껏 때렸다.

달수가 염려한 대로 소영은 미친 듯이 말을 몰았다. 뒤에 탄 달수는 소영의 옷깃을 움켜쥐고 양발을 말 등에 꽉 조여 붙여 말에서 떨어지지 않으려고 안간힘을 다 썼다. 연길에서 용정까지 단숨에 달려온 소영이 주막 앞에서 잠시 말을 멈추었다.

"옥수수 술 한 병 하고, 감자떡 한 접시만 싸주세요. 어서요!"

소영이 말 위에 앉은 채 불같이 다그쳤다. 그녀의 눈에는 눈물이 그렁그렁했다. 뒤에 앉은 달수가 말없이 은가락지 하나를 꺼내 앞으로 내밀었다. 그러나 소영이 팔꿈치로 달수의 손을 넌지시 밀어낸 뒤 품속에서 토막 난 금목걸이 한 조각을 꺼내 계산을 치렀다. 그러고는 남은 십여 리 길을 눈 깜짝할 새 달려 명동촌 집에 도착했다. 나무 그늘이 길게 늘어지며 마을을 덮기 시작하는 해거름 녘이었다.

"아빠! 아빠!"

소영은 말 위에서부터 연신 아버지를 불러댔다. 마당에서 그 소리를 들은 어머니가 부리나케 뛰어나와 소영을 끌어안았다.

"엄마, 엄마! 아빠는? 아빠 어디 계셔? 어서 이거 드려야 해! 아빠가 좋아하시는 술과 감자떡 사 왔어!"

"소영아, 소영아, 정신 차려라! 이러면 안 된다! 아빠는 괜찮다! 지금 막 잠드셨으니 조용히 해라! 자, 어서 들어가자!"

"정말 아빠 괜찮은 거야? 내가 좀 봐야겠어. 엄마!"

"내 말 좀 들어라. 소영아! 응? 그런데, 박 서방은? 같이 안 왔니?"

어머니가 주위를 두리번거렸다. 소영이 어머니 품에 안겨 오열했다.

"그 사람! 명모 아빠가, 명모 아빠가, 그만 왜놈들한테… 으으흑!"

"그랬구나! 그랬구나! 이제야 알겠다! 네 아빠가 그 소식을 듣고 그만 넋이 나간 게로구나! 아이고, 저놈 우리 손자 명모 아니냐? 에고, 불쌍한 것. 어디 보자!"

달수가 얼른 포대기를 풀어 아이를 할머니한테 안겨주었다.

"이분은?"

어머니가 명모를 받아 안고는 딸을 쳐다보았다.

"저기, 명모 아빠하고 같은 일하던 분이셔."

"아이고, 그러셔요. 자, 이리 좀 앉으시지요."

"근데, 엄마! 아빤 도대체 어디가 아프신 거야? 탕 아저씨가 임종 어쩌고 저쩌고하는데 얼마나 놀랐는지 몰라! 정말 아빠 지금 괜찮은 거지? 안 되겠어. 내가 직접 가볼래!"

소영이 마루에서 벌떡 일어섰다. 어머니가 얼른 소영의 팔을 잡아당겨 앉혔다.

"어젯밤까지만 해도 나도 놀라 정신이 하나도 없었다! 하지만 이제 정말 괜찮다!"

"언제부터 아프신 건데?"

"나흘 전에 손님이 찾아와 네 아버지와 한참 이야기하고 돌아가셨는데, 문밖까지 그 손님 배웅 잘하고 들어오시더니 갑자기 마당에 털썩 주저앉아 넋 나간 사람처럼 멍해져 못 일어나시더라! 내가 끌다시피 해서 겨우 방에 갖다 눕혔지만, 그때부터 지금까지 한마디도 안 하시고 있다. 그래도 오늘 아침부터는 미음을 떠먹이면 받아 잡수신다. 네 말 듣고 보니 그때 그 손님한테서 박 서방 변고를 전해 듣고 크게 충격을 받은 모양이다!"

"손님이 누구였는데?"

"언젠가 박 서방하고 한번 왔다 간 사람이라고 하던데 난 기억이 없더라."

"박 서방하고? 그럼 그 사람이?

소영은 얼핏 게오르기 킴이라는 사람이 떠올랐지만 이내 도리질했다. 그 사람은 사고 다음 날 아침까지 아무런 것도 모르고 있었기 때문이었다.

그날 밤 자정 무렵에 윤 선생이 깨어났다. 소영을 본 윤 선생이 거짓말처럼 손을 들며 입을 열었다.

"소, 소, 소영아…."

"예, 아빠! 나 여기 있어!"

소영이 손을 잡고 와락 아버지 품에 안겼다.

"아빠! 나 소영이야! 그런데 아빠, 왜 이래? 소영이가 얼마나 놀랐는지 알아? 이제 괜찮지? 아빠!"

아버지가 고개를 연신 가닥이며 소영의 뺨을 어루만졌다. 눈가에 가느다란 눈물이 흘러내렸다. 소영이가 아빠의 얼굴을 쓰다듬으며 말했다.

"아빠! 조금 더 자 응? 소영이가 옆에 있을게!"

그러자 말 잘 듣는 아이처럼 아버지가 눈을 감았다.

윤 선생은 다음날 오전 새때쯤 일어났다. 어젯밤보다 한결 더 기력을 찾았다. 베개를 받치고 벽에 기대앉아 소영이 떠주는 미음을 한 사발 다 받아먹었다.

"우리 소영일 보니 이제 살 것 같구나."

"고마워, 아빠! 이렇게 기운을 차려줘서!"

소영이 눈물이 글썽글썽해지며 아버지의 손등을 계속 쓰다듬었다.

"지금 보니 딸이 보고 싶어 꾀병 부린 거구려."

"허허, 임자가 그새 눈치 채 버렸네!"

"엄마 원래 눈치 빠르잖아, 아빠!"

소영의 말에 모두 웃었다.

"그런데 어젯밤에 설핏 보니 손님이 온 것 같던데?"

윤 선생이 주위를 두리번거렸다.

"네, 아빠. 지금 명모랑 같이 있어요."

"손님을 그리 대해서 되느냐? 가서 모시고 오너라."

소영이가 나가서 명모와 달수를 데리고 왔다. 윤 선생이 몸을 곧추앉았다.

"우리 부모님이셔요. 인사 올리셔요."

"예, 형수님!"

달수가 윤 선생 내외 앞에 무릎을 꿇고 앉았다.

"저, 처음 뵙겠습니다. 수언 형님 의제 노달수라고 합니다."

"박 서방 의제라니 반갑네. 어서 오시게. 나는 소영이 아비 되는 윤주호라는 사람이올시다. 그런데 어떻게 이런 촌구석까지?"

"네. 형님이 그렇게 변을 당하신 뒤, 이 난리 통에 형수님 혼자 고향에 가시는 걸 두고 볼 수가 없어 이렇게 모시고 오게 되었습니다."

"아이고, 이렇게 고마울 수가! 자, 어서 편히 앉으시게!"

소영 어머니가 달수의 손을 잡으며 편한 자리를 권했다. 소영이 지금까지 겪은 일을 터널 사건만 빼고 대충 이야기했다. 소영의 말에 윤 선생 내외는 몹시 놀랐다. 소영 어머니가 두 손으로 달수의 손을 모아쥐며 다시 고마움을 표했다.

"고맙습니다! 고맙습니다! 이 은혜를 어찌 갚아야 할꼬!"

"아닙니다, 어머님! 은혜는 무슨, 가당치도 않습니다! 형님과 형수님이 제게 베푸신 구명 은혜에 비하면 아무것도 아닙니다! 거기다 제가 부족해 형님을 지켜드리지 못한 걸 생각하면 형수님과 아버님 어머님 앞에 죄송스러워 얼굴을 들지 못하겠습니다!"

"무슨 그런 겸손한 말을! 우리 소영이와 손자 명모를 구해준 은인이신데! 그런데, 자네, 혹시 게오르기 킴이라는 소련인 젊은이를 아시는가? 조선인 2세라고 하던데."

달수는 윤 선생 말에 속으로 흠칫했다. 목단강 헌병대 지하실에서 얼핏 본 헌병 차림의 남자가 외치던 말이 생각나서였다. 하지만 달수는 소영 앞에서 그때 일을 말할 수 없었다.

"아뇨. 처음 듣는 이름인데요?"

"소영이 넌 기억나지? 오래전에 박 서방하고 우리 집에 한 번 왔었는데."

"예. 돈 가져가고 감사 인사 왔을 때 말이죠? 목단강에서 한번 뵌 적 있어요. 명모 아빠 변 당한 다음 날, 그런데 그 사람이 왜요?"

"나흘 전에 그 사람이 찾아와서 박 서방 사고 소식을 전하고 갔다. 너도 한 번 잠깐 만났다던데!"

"그 사람이 애 아빠 변 당한 걸 어떻게 알았대요? 그래, 뭐라던가요?"

"자기는 주로 연해주에 거주하면서 소련과 관련된 일을 하고 있었는데, 박 서방이 연해주에 오면 꼭 자기와 만나 사업 이야기를 한다고 하더라. 그런데 어느 날 박 서방이 단오절 친목 모임 이야기를 하면서 그 자리에서 중요한 일을 결정할 건데 결정되면 알려줄 테니 그때 꼭 좀 도와달라고 하더란다."

"그래서요?"

"그 뒤로 잊고 있다가 마침 단오절 무렵에 목단강시에 볼일이 있어 갔다가 길거리에서 너를 잠깐 만나 몇 마디 나누고 헤어졌는데, 그때 비로소 친구 말이 생각나 다시 그 자릴 갔지만 너는 이미 어디론가 가버리고 없더라고 했다. 너희 집을 몰라 찾아갈 수도 없고 해서 연해주로 돌아가려고 열차표를 사는데 주위에서 석가촌 강변에서 독립운동하는 사람들이 떼죽음 당했다는 수군거림을 듣고 놀라 그곳에 가봤단다."

"아, 저랑 만난 다음 날인 모양이구나! 그랬더니요?"

"가서 보니, 석가촌 사람들이 강가 모래밭에 널브러진 시신들을 산자락에 모아놓고 커다랗게 구덩일 파고 있더란다. 시신은 모두 다섯 구였는데, 박수언도 없었다고 했다."

"우리가, 저분과 내가 명모 아빠를 먼저 묻었으니까요! 짐승 때문에 그냥 밤을 넘길 수가 없었거든요!"

"그랬었구나! 그러니 박 서방을 못 찾을 수밖에! 그런데 그때 구덩이를 파던 인부 한 사람이 자기를 보고, 찾는 사람이 혹시 저 사람 아니냐며 바로 주위에 있는 새로 쓴 묘를 알려줘서 가보니 바로 박수언 묘더라고 했다. 지저분한 판자때기에 흙물로 '박수언 지 묘'라는 글씨가 희미하게 적혀있더라고 했다. 그걸 보고 자기는 소영이 네가 이미 다녀간 줄 알았다더라. 다음 날 제대로 된 비목을 잘 만들어 갖다 세워주고 돌아갔다고 하더구나!"

'아, 그때 왜 그 사람한테 명모 아빠 이야기를 하지 못했을까!'

소영은 경황없던 그 순간이 너무도 아쉬웠다. 그나마 그분이 비목이라도 제대로 세워주었다고 하니 한결 마음이 가벼워졌다. 황망 중에 남편을 묻긴 묻었지만 아무런 표식도 않고 그냥 돌아설 수가 없었다. 그래서 눈에 띄는 판자때기를 주워다 핏물에 흙을 섞어 손가락으로 이름 석 자 써서 꽂아놓았던 것인데, 목단강을 떠나오는 동안 내내 그 일이 얼마나 가슴 아팠는지 몰랐다.

"언젠가, 이 난리 통이 끝나면 명모 데리고 가서 제대로 제사도 지내고 봉분도 잘 만들어 드려야지요!"

소영이 눈물을 훔치며 말했다.

"그래, 그러자! 이 어미도 같이 가마!"

어머니가 소영의 손을 쓰다듬으며 위로했다. 그러다 스스로 북받치는 서러움을 견디지 못하고 그만 딸을 와락 끌어안았다.

"아이고, 우리 소영이 불쌍해서 어쩌나! 저 어린 것 데리고 이 험한 세상 어찌 살아갈꼬! 그놈의 왜놈 웬수, 하늘도 무심치! 벼락이라도 때리지 않고!"

모녀는 서로 끌어안고 엉엉 소리 내 울었다. 윤 선생은 천장을 쳐다보며 눈만 껌벅거렸고, 달수는 주먹으로 눈물을 쓱 훔치며 밖으로 나갔다.

윤 선생의 병은 갑자기 치솟은 비분강개에서 비롯된 것이 확실했다. 사위에 이어 딸과 손자마저 비참하게 살해되었을지 모른다는 극한의 슬픔과 억울함이 밖으로 분출되지 못해 그만 기가 막혀 버린 것이었다. 그랬던 것이 딸과 손자가 살아 돌아오자 막혔던 기가 서서히 풀리며 기력을 회복하게 되었다.

한 보름 정도 지나자 윤 선생은 건강을 많이 회복했다. 그 한 보름 사이에 일본이 전쟁에서 패하고 조선해방이라는 천지개벽이 일어났지만, 윤 선생 식구는 물론 마을 사람들 다 모르고 지내다 8월 하순이 되어서야 알게 되었다.

뒤늦게 해방된 사실을 알게 된 윤 선생은 달수를 데리고 사흘 밤낮을 술 마시고 덩실덩실 춤을 추며 기뻐했다. 하지만 소영은 그저 덤덤하기만 했다. 해방 전과 해방 후가 다른 것이 아무것도 없었다. 무엇 때문에 남편이 그토록 위험을 무릅쓰고 그런 일을 했는지, 그리고 왜 그렇게 비참하게 세상을 떠났는지, 그저 모든 것이 허망하기만 했다. 오히려 눈앞에 다가온 겨우살이 준비가 더 실감 나게 걱정될 뿐이었다. 벼도 수확해야 하고, 땔감도, 김장도, 추워지기 전에 다 장만해 두어야 했기 때문이었다.

7

소영이 집에 돌아온 지 달포가 지났다. 9월 하순인데 벌써 아침저녁으로 찬바람이 매섭게 느껴졌다. 소영은 요즘 부모님의 시선이 마음에 걸렸다. 자신이 달수와 함께 있는 걸 은근히 바라고 좋아하는 눈치였다. 처음 소영은 가을걷이 일손 때문에 달수가 머무는 걸 반기는 줄 알았다. 그러나 부모님의 속내가 그뿐 아니라 자신의 장래와 연관해서도 생각한다는 것을 눈치채고 당황스러웠다. 어머니는 달수를 마치 박 서방 대하듯 했고, 아버지는 죽은 아들 대하듯 했다. 아직 나이 어린 소영은 혼자 된 딸을 걱정하는 이런 부모들의 심정을 이해하지 못했다. 딸 가진 어미라면 누구나 다 자기 딸이 죽은 서방 붙들고 살기보다 산 남자 붙들고 살기를 바란다는 걸 알기에는 소영은 아직 너무 젊고 어렸다. 그저 마을 사람들의 시선이 두렵기만 했다. 언제부턴가 마을 사람들은 자신과 마주치는 것을 피했다. 자기들끼리 숙덕거리는 모습이 자주 눈에 띄었다. 예전에는 그렇지 않았다. 나이는 어려도 조선어를 가르치는 어엿한 선생님으로 마을 사람들한테 존경과 부러움을 샀다. '그 어른에 그 딸'이라는 칭찬도 들었다. 그러나 지금은 아무도 소영을 그렇게 보지 않는 것 같았다. '서방 죽은 지 며칠이나 됐다고 외간남자를 끌어들여?' 사람들의 눈빛에서 그렇게 느껴졌다. 소영은 마을 사람들을 탓할 생각이 조금도 없었다. 소영은 마을 사람들이 자신을 그렇게 대하는 것도 당연하다고 생각했다. 달수와의 관계가 아무리 깨끗하다 해도 지금 달수와 함께 이러고 있는 것은 도덕적인 면에서도 그렇고, 돌아간 지아비에 대해서도 면목 없는 짓이었다. 모든 것은 자신이 해결해야 할 문제였다. 소영은 며칠 동안 생각한 끝에 독하게 마음먹었다. 달수를 고향으로 속히 돌려보내야겠다고 결심했다. 그렇다고 다시는 못 볼 달수와의 마지막 이별을 흐지부지 만들고 싶지는 않았다.

소영은 아침 일찍 아무도 모르게 용정에 다녀왔다. 머리를 감고 얼굴도 매만졌다. 참 오랜만에 바르는 분 화장이었다. 자기가 보아도 어른답지 않은, 아직 앳된 여자가 거울 속에서 자기를 쳐다보고 있었다. 소영은 혀를 한 번 살짝 문질러 입술연지에 물기를 묻힌 뒤 방을 나섰다. 마당에서 콩깍지를 햇볕에 널고 있던 아버지와 어머니가 소영을 보고 의아한 표정을 지었다. 소영은 말을 끌어내 안장에 들고 있던 보따리를 걸치며 말했다.

"달수 씨랑 어디 잠깐 나갔다 올게요."

그러고는 집 밖으로 나갔다.

"저들 둘이 그냥 저대로 잘 되었으면 얼마나 좋을꼬…."

"괜한데 신경 쓰고 그래!"

몸치장한 소영의 뒷모습을 물끄러미 쳐다보고 있던 부인의 혼잣말에 윤 선생이 타박했다.

저만큼 감나무 아래서 땔감 더미에 비갈망 하고 있던 달수가 소영을 힐끗 쳐다보았다. 소영은 말없이 다가가 달수 앞에서 말에 올랐다.

"뒤에 타셔요."

소영이 얼굴도 돌리지 않고 냉랭하게 말했다. 달수는 영문을 몰라 그냥 소영을 멀거니 올려다보았다. 그러다 햇빛에 비쳐서 그러는지, 소영의 화장한 얼굴이 눈부셔서 그러는지 손으로 이마를 가렸다.

"어서 타라니까요?"

소영의 독촉에 정신을 차린 달수가 들고 있던 새끼줄을 놓고 말 옆으로 다가섰다. 소영이 손을 내밀었고 달수가 소영의 손을 잡고 말 위에 올랐다. 소영이 천천히 말을 몰아 해란강 지류 모래밭으로 내려서며 말했다.

"떨어져도 전 몰라요!"

그러고는 말고삐로 말을 휙 쳤다. 그러자 말이 콧소리를 힝— 내고는 달리기 시작했다. 달수는 그동안 놓고 있던 손으로 재빨리 소영의 옷깃을 잡았다. 소영은 고삐로 계속해 말 등을 때렸고, 말은 질풍처럼 달렸다. 말발굽에 튕겨 오른 물방울이 달수의 얼굴을 적셨다. 그때야 달수는 떨어지지 않기 위해 자기도 모르게 소영의 허리를 감아 잡았다. 이제 말은 자신의 길을 스스로 알아서 달렸다. 작은 개울은 훌쩍 뛰어넘었고, 장애물이 나타나면 알아서 용하게 피해 달렸다.

한참을 달린 소영이 이윽고 말을 세웠다. 모래밭이 끝나고 강물이 휘어져 흐르는 한적한 곳이었다. 강변 수양버들 가지에 말을 묶어놓은 뒤 소영은 몸뻬 바짓가랑이를 걷어 올리고 강을 건너기 시작했다. 달수도 얼른 소영을 따랐다. 강물은 무릎 깊이로 잔잔하게 흘렀다. 맨발바닥에 밟히는 고운 모래가 기분 좋은 간지러움을 가져다주었다. 보따리를 든 소영이 간혹 몸을 비틀거릴 때마다 달수가 손을 내밀어 잡아주었다.

강 건너에서 바라보는 풍경은 아름다웠다. 십여 리는 족히 넘어 보이는 먼 곳까지 확 트인 들판에 고불고불 흐르는 해란강 물줄기가 햇빛을 받아 마치 살아 꿈틀대는 한 마리 은갈치처럼 보였다. 소영이 보따리를 풀어 잔디밭에 깔고 준비해온 음식을 차렸다.

"이거 용정에서 샀던 그 술과 감자떡 아닙니까?"

"새벽에 가 사 왔어요."

소영이 잔 두 개에 술을 따라 하나를 달수한테 건네주며 말했다.

"그동안 많이 도와주셨는데 아직 고맙단 말도 한번 못했네요! 죄송해요. 정말 고마웠어요!"

"무, 무슨 그런 말씀을!"

달수가 엉거주춤 몸을 일으켜 잔을 받으며 겸연쩍어했다.

"자, 우리 같이 한잔 쭉 해요!"

"예, 고맙습니다. 형수님!"

"같이 보낸 지난 두 달여가 마치 오랜 옛날처럼 아스라이 느껴져요."

반쯤 마신 술잔을 든 채 소영이 멀리 들판으로 시선을 보내며 혼잣말처럼 중얼거렸다. 소영의 말에 달수가 갑자기 무릎을 털썩 꿇었다.

"형수님, 용서하십시오! 형수님 모시고 오는 중에 형님한테 죽을죄를 지었습니다! 그때는 어떻게 해서든 형수님을 보호해야 한다는 생각에서."

"그만! 그만하셔요!"

소영이 다급히 말을 끊었다.

"달수 씨가 잘못한 거 하나도 없어요! 물론 그땐 죽이고 싶도록 미웠지만 이제 아무렇지도 않아요. 명모 아빠도 다 이해하실 거예요! 물에 빠진 명모와 절 구해주신 은혜가 어딘데, 애 아빠가 왜 달수 씰 미워하시겠어요?"

"형수님도 절 건져주시지 않았습니까? 제가 한잔 올리겠습니다!"

소영이 남은 술을 다 비우고 두 손으로 잔을 내밀었다. 달수가 두 손으로 술을 가득 따랐다.

"이제 우리 그 이야긴 그만 해요!"

"예, 형수님!"

두 사람은 잔을 부딪친 뒤 같이 다 마셨다. 소영이 아까처럼 멀리 들판을 쳐다보며 툭 내뱉었다.

"달수 씨는 이제 돌아가셔요!"

"옛?"

감자떡 안주를 집어 소영한테 주려던 달수가 멈칫 놀랐다. 젓가락 감자떡이 툭 떨어졌다.

"저를 집까지 데려다주셨으니, 이제 고향에 돌아가셔야죠!"

"전 안갑니다!"

"무슨 말씀이셔요?"

"전 형님 묻으면서 맹세했습니다! 죽을 때까지 형수님과 명모를 보살피겠다고!"

말을 마친 달수가 자작으로 술을 따라 단숨에 꿀꺽 마셨다. 마치 소영한테 자신의 결기를 보여주는 듯했다.

"말도 안 되는 소리!"

소영이 달수가 했던 것처럼 똑같은 방법으로 술을 따라 꿀꺽 마셨다.

"고향에 가셔서 결혼해 가정도 꾸리고, 아들딸 낳아 행복하게 잘 사는 게 정말 우리 명모 아빠를 위한 길이라는 걸 모르셔요?"

"제가 왜 모르겠습니까? 다 압니다!"

"그런데 왜 억지를 부리셔요?"

"그것도 다 형수님이 재혼하신 뒤 할 겁니다!"

"그건 또 무슨 말씀이죠?"

"형수님이 재혼해서 형수님과 명모가 다 함께 행복하게 사시는 걸 확인한 뒤에 저도 가정을 꾸릴 겁니다! 그러니 앞으로 다시는 그런 말씀 마십시오!"

그 순간, 소영은 가슴이 울컥하며 눈물이 핑 돌았다. 소영은 얼른 고개를 돌리고 눈을 깜빡거려 눈물을 말렸다. 소영은 몰래 깊은숨을 한번 몰아쉰 뒤 마음을 다부지게 먹었다.

"그토록 저와 명모를 위하신다면, 다른 말씀 마시고 얼른 고향으로 돌아가 주셔요!"

"싫습니다!"

달수가 한마디로 잘랐다. 소영이 버럭 소리를 질렀다.

"왜 그런 억지를 부리셔요? 지금 달수 씨가 절 얼마나 불편하게 하시는지 정말 모르셔서 그러는 거예요? 우리 엄마 아빠는 그래도 그렇다 쳐요! 명모 아빠가 그렇게 돌아가셨다는 걸 다 아는 동네 사람들이 서방 죽은 지 몇 달이나 지났다고 외간남자를 끌고 들어와 시시덕대냐고, 지금 절 얼마나 욕하고 있는지 아셔요? 전 이제 달수 씨 보살핌은 필요 없으니까 더 추워지기 전에 떠나주셔요!"

소영의 냉엄한 말과 태도에 달수가 눈을 동그랗게 뜨고 입을 다물지 못했다. 소영은 차마 그런 달수의 모습을 볼 수가 없어 고개를 돌려버렸다. 까닭 모를 서러움이 가슴을 저렸다. 남편과 산 삼 년보다 달수와 부대끼며 지낸 두세 달여가 더 많은 미련을 만들었다. 명모를 안아 준 것도 삼사 년 남편보다 두세 달 동안의 달수가 더 많았다. 그래서 이제 울던 명모도 달수가 안아주면 울음을 그쳤다. 그렇게 미운 정 고운 정 다 들었다.

소영은 눈앞이 빙 도는 심한 현기증을 느꼈다. 막 쓰러지려는 소영을 달수가 재빨리 끌어안았다. 소영은 달수의 가슴에 안긴 채 눈을 감았다. 처음 안긴 품이었지만 전혀 낯설지도 않고 조금도 부끄럽지 않았다. 그런 달수의 품이 스물한 살 소영의 젊은 여심을 두근거리게 했다. 달수가 턱을 소영의 머리에 얹고 나직이 말했다.

"정말 몰랐습니다! 형수님이 그런 마음 고통을 겪고 있는 줄! 당장 떠나겠습니다! 그러니 이제 마음 놓으십시오. 형수님!"

달수가 소영을 한번 힘있게 끌어안은 뒤 몸을 일으켜 자리를 챙기기 시작했다.

"달수 씨 떠날 거예요!"

소영의 말에 윤 선생 내외가 깜짝 놀랐다. 술자리를 겸한 저녁 식사가 마련되었다.

"조선에 가면 뭘 할 계획인가?"

술잔을 비운 윤 선생이 달수 잔을 채워주며 물었다.

"해방됐으니까 이제 누구 눈치 안 보고 할 수 있는 일을 한번 찾아볼 생각입니다."

"그것도 좋겠지. 내 고향은 함경북도 길주군 용호리라는 곳인데, 자네 고향은 어딘가?"

"예, 저는, 저는 전라도 남원이라는 곳입니다."

"남원이면, 성춘향과 이 도령, 그 남원 말인가? 반도 저 끝자락에 있는!"

"예. 맞습니다. 거의 끄트머립니다."

"내 생각에 지금 바로 조선에 들어가는 건 위험하다고 보네."

"왜죠? 빠르면 빠를수록 좋지 않을까요?"

"지금은 격동기라 치안이 매우 불안할 걸세! 해방이 이렇게 느닷없이 올 줄 누가 알았겠는가?"

"그럼, 언제쯤 안정될까요?"

"그거야 알 수 없지. 정치가 안정돼야 사회가 안정되는 건데, 정치가 언제 안정될지 누가 알겠나! 아무튼, 자넨 좋겠군. 이러나저러나 고향엘 갈 수 있어서!"

"선생님도 곧 돌아가셔야죠? 기다리던 해방이 되었는데!'"

"난 찾아갈 고향이 없네. 아니, 없는 게 아니라 버림받았네. 고향에서!"

갑자기 윤 선생의 표정이 어두워졌다.

"무슨 말씀이신지…?"

"아니네. 내가 괜한 말을 했네. 그런데 자넨 언제 떠날 생각인가?"

"전 내일 바로 떠나겠습니다."

"아니, 그렇게 빨리? 서둘러야 할 일이라도 있는가?"

"그런 건 없습니다. 멀리 남쪽까지 가려면 아무래도 날도 많이 걸릴 테고, 그 안에 시국이 또 어떻게 변할지 모르니까요!"

그때 잠을 깬 명모가 눈을 비비며 다가와 달수의 어깨를 잡고 '아빠'하며 엉덩이를 들이대고 무릎에 앉았다. 이 모습을 본 윤 선생 내외가 놀란 눈으로 소영을 쳐다보았다. 소영이 발딱 일어나 명모를 안고 다른 방으로 건너갔다. 잠시 뒤 소영의 꾸중 소리와 명모의 울음소리가 동시에 들렸다.

"죄, 죄송합니다. 전 이만 물러가겠습니다."

달수가 겸연쩍은 얼굴로 머리를 꾸뻑하고는 자리를 떴다.

"에구, 불쌍한 것. 어린 것이 무슨 죄가 있다고. 저 어린 것 데리고 앞으로 우리 소영이가 혼자 어찌 살아갈꼬!"

부인 넋두리에 윤 선생이 천장을 쳐다보고 한숨을 푹 쉬었다.

소영과 달수는 아침 일찍 집을 나섰다. 오늘 중으로 회령까지 가려면 서둘러야 했다. 소영과 달수는 말 양쪽에 나란히 서서 마을을 빠져나왔다. 마을을 다 벗어나자 소영이 걸음을 멈추고 말했다.

"먼저 말에 오르셔요."

"아닙니다. 형수님이 타셔요."

"저도 탈 테니까 오늘은 앞에 앉으셔요."

"싫습니다. 전 이대로 걸을게요."

"고집 피우시지 말고 어서 오르셔요! 얼쩡거리다간 오늘 중으로 회령까지 못가요!"

"못 가면 도중에 자고 가지, 머. 이제 노숙하는 것도 몸에 배었습니다."

'야속한 사람!' 소영은 속으로 중얼거렸다. 소영은 마지막으로 달수의 등에 머리를 기대보고 싶었다. 하지만 달수는 허용하지 않았다.

"그럼 저도 걸을래요!"

두 사람은 처음처럼 말 양쪽에 서서 천불지산 골짜기에서 흘러내리는 계곡물을 따라 천천히 걸었다. 두 사람은 아무 말도 하지 않았다. 소영은 입을 열면 울음이 터져버릴 것 같아 꾹꾹 참았다. 달수는 입만 열면 말도 하기 전에 그냥 소영을 와락 끌어안아 버릴 것만 같아 애써 먼눈만 팔았다. 그러는 사이 천불지산 밑에 다다랐다. 이제 헤어지는 수밖에 없었다.

"이 고개에 올라 조금만 내려가면 두만강이 보여요. 그 건너가 바로 조선 회령이고요!"

소영이 높다랗게 솟은 산마루를 올려다보며 혼잣말처럼 했다.

"알겠습니다. 이젠 그만 들어가셔요. 형수님!"

"가시는 길이 멀 텐데, 대충 생각은 해두셨어요?"

"조선 북쪽은 아무것도 모르니까 일단 회령에 가서 알아볼 생각입니다. 제 걱정은 마시고 어서 들어가셔요."

달수가 말고삐를 소영한테 넘겨주었다. 소영이 안장에 걸어두었던 보따리를 내려 달수 어깨에 걸쳐주었다.

"요깃거리 좀 하고 솜바지 하나 넣었어요. 곧 추워질 테니 갈아입으세요."

"고맙습니다. 형수님!"

달수가 자신의 어깨에서 막 내려지는 소영의 손을 잡았다. 그 순간, 두 사람은 서로를 와락 껴안았다.

"형수님, 부디 행복하세요!"

"달수 씨도, 부디 몸조심하세요!"

잠시 뒤 소영이 먼저 몸을 뺐다. 눈가가 촉촉이 젖어 있었다. 달수가 고개를 돌리고 헛기침을 했다. 달수가 말을 소영 옆으로 갖다 대고 팔꿈치를 잡아주었다. 소영이 안장을 잡고 천천히 말 위에 올랐다. 달수가 손바닥으로 말 등을 탁, 쳤다. 알아차린 말이 앞으로 뚜벅뚜벅 걸음을 내디뎠다. 두 사람은 그렇게 헤어졌다.

10월에 접어들자 기온이 급격히 떨어졌다. 나뭇잎들도 한순간에 초록빛을 잃고 누릇누릇 변했다. 소영도 들일로 하루하루를 힘들게 보내고 있었다. 아버지는 그날 이후부터 영 힘을 쓰지 못했다. 들일과 힘든 집안일 모두가 소영 몫이 되었다. 그나마 우다차가 있어 무거운 짐 운반에 도움이 많이 되었다. 벼 타작을 끝으로 겨우살이 준비가 끝나자 어느덧 11월 중순이 되었다. 그새 조금씩 내린 눈이 쌓여 천지는 하얗게 변했다. 소영도 기진맥진되었다. 입맛도 잃은 채 매일 창밖 눈 쌓인 들판만 멍하게 내다보며 지냈다. 아버지는 아버지 대로 갈수록 심해지는 기침 때문에 약을 입에 달고 살았고, 어머니는 어머니대로 아버지와 소영 사이에서 이 눈치 저 눈치 보느라 지쳐 있었다. 이래저래 집안 분위기는 눈 쌓인 들판처럼 삭막하기만 했다.

소영은 나른한 몸을 억지로 일으켜 오랜만에 사립문 밖으로 나섰다. 멀리 동서로 굽이굽이 뻗어 있는 천불지산 고산준령이 하얗게 눈을 뒤집어쓰고 있어 여느 때보다 더 황량해 보였다. 무정한 강산 앞에서 혼자 유정에 시름 앓는 자신이 서글펐다. 소영은 문득 산밑에서 헤어진 달수를 떠올렸다. 그새 몇 년이 흘러간 듯 아스라이 느껴졌다. 하지만 그 아스라함은 인화지 현상처럼 점점 선명해지며 이윽고 목소리까지 들리는 듯했다.

'안 돼!'

소영은 속으로 중얼거리며 고개를 저어 명모 아빠를 떠올리려고 애썼다. 그러나 잠시 떠올랐던 명모 아빠의 얼굴은 이내 달수의 얼굴에 묻혀버렸다.

'왜 이럴까? 이러면 안 되는데….'

소영은 눈을 한 움큼 집어 덥석 베물었다. 시린 이빨 사이로 찬물이 스며 목젖을 얼얼하게 했다. 그 얼얼함이 다시 달수의 얼굴을 불러냈다. 죽은 남편에 대한 윤리적 감성은 시간이 흐를수록 달수에 대한 본능적 감성에 밀려났고, 그럴수록 소영은 양심과 마주하기 싫어졌다.

'누가 강산이 무정하다 했는가? 유정한 사람에게 무정하고 무정한 사람에게 유정한 강산이거늘! 세월 앞에 유정 무정이 무슨 소용인가? 언젠가는 모든 것 다 잊어버릴 텐데!'

소영은 달수가 종종 기대서있던 담장 옆 감나무를 손바닥으로 툭툭 쳤다. 낌새에 잠을 깬 듯 바람이 휙 불었다. 잔가지가 후두두 쌓인 눈을 털었다. 명모 울음소리에 소영은 집으로 들어갔다.

8

  매일 같이 내리는 눈 속에서 해가 바뀌고 봄이 되어도 아버지 병세는 호전되지 않았다. 소영이 몇 번이나 연길까지 가서 탕 아저씨를 말에 태워와 병을 보게 했지만, 매번 '폐가 워낙 안 좋아 어쩔 수 없다.'라는 말밖에 하지 않았다.

  사월 초파일을 지나자 천불지산 꼭대기만 빼고 사방천지 눈과 얼음이 다 녹았다. 아버지가 소영을 불렀다.

  "소영아, 노달수라는 사람한테는 아무 연락도 없느냐?"

  "예. 없어요. 그런데 아빠, 왜 갑자기 그 사람을 찾아요?"

  "아무래도 나는 오래 못 살 것 같다. 네가 새 가정 만드는 걸 보고 싶은데…."

  "아빠, 무슨 말씀을 하셔요? 아빤 곧 나을 거예요! 소영이 어떡하든 아빠 병 고쳐드릴게요. 그러니 앞으론 그런 걱정은 마시고 마음 굳게 잡수셔요! 아셨죠?"

  소영이 아버지의 두 손을 움켜잡고 볼을 비비며 타일렀다. 뺨에 느껴지는 아버지의 차갑고 메마른 손등 촉감에 눈물이 절로 났다.

"그래, 알았다. 소영아. 하지만 이 아비가 정신 맑을 때 하는 이야기니 잘 들어라."

"예, 아빠. 말씀하셔요."

"사람은 누구나 다 죽는다. 나도 곧 죽을 거다. 너한테 어려운 부탁 좀 하마. 내일이라도 이 집과 논밭을 모두 내놓아라. 뭣하면 엄마 모시고 고향으로 가야 하니까 마을에 살 사람이 없으면 연길 탕 아저씨한테 팔아달라고 부탁하거라. 그리고 내가 죽거든 화장을 해서 엄마한테 맡겨라. 엄마한텐 내 이미 예전에 다 말해 두었다!"

"예, 아빠. 그럴게요. 하지만, 아빠! 그건 나중 일예요! 먼 훗날까지, 엄마 아빠 오래오래 함께 사시다가 돌아가시는 날 소영이 꼭 그렇게 해드릴게요! 그러니 지금은 어서 건강해져서 우리 식구 다 같이 길주로 가요! 낼모레 명모 아빠 기제사 지내고 와서 바로 아빠 모시고 갈게요! 그러니 아빠 눈으로 직접 그리운 길주 하늘, 땅, 다 보시고 남대천 강물에 얼굴도 씻어보셔요! 예? 아빠!"

"아니다. 나는 살아서는 고향 못 간다. 그때가 되면 엄마를 잘 부탁한다. 소영아! 피곤하구나. 좀 자야겠다."

소영은 터져 나오는 울음을 악다물고 참았다.

"예, 아빠. 아무 걱정 마시고 푹 주무셔요!"

소영은 아버지를 편하게 뉘고 이부자리를 다독인 뒤 방을 나왔다. 흐르는 눈물을 더 참을 수가 없었다.

'길주 땅 용호리가 어딜까? 너무 멀면 아빠가 힘드실 텐데….'

아버지 고향 길주 용호리는 명동촌에서 나고 자란 소영한테는 깃털만 한 기억도 없는 곳이었다.

기제사 성묘에는 명모를 집에 두고 혼자 다녀오기로 했다. 아버지 병시 중에 기력이 많이 떨어진 어머니가 집에 남아 명모를 돌보기로 했다. 또 이번 기회에 북평 웨이 아저씨 집에 들러 언니한테 말 우다차도 돌려주고 오기로 했다. 그러려면 적어도 한 사나흘 전에는 출발해야 했다.

이번 성묫길에 소영은 남자로 변장하기로 했다. 지난번 경험으로 볼 때 여자 혼자 다니는 것은 위험천만한 일이었다. 소영은 가진 돈을 모두 금붙이로 바꾸어 여비로 장만했다. 달수한테 배운 난세 대처 법이었다. 금붙이도 금반지가 아닌 목걸이를 샀다. 조금씩 떼어 쓸 수 있는 목걸이가 휴대하기도 쉽고 이용에도 편리했다.

전쟁이 끝났다고 하지만 아직 중국 시국은 어지러웠다. 일본군이 물러가기가 무섭게 잠잠했던 국민당 장개석 군대와 공산당 모택동 군대의 박 터지는 싸움이 다시 시작되었기 때문이었다. 그래선지 어딜 가나 사람들이 돈보다 금붙이를 좋아했다.

오월 초이튿날 아침 일찍 소영은 집을 나섰다. 소영의 모습은 누가 보아도 앳된 시골 청년이었다. 머리는 묶어 올려 모자로 감추었고, 아래는 달수가 들일 할 때 입던 바지를 입었다. 불룩하게 드러나는 젖가슴을 감추기 위해 명모 기저귀로 가슴을 동여매고 그 위에 허름한 인민복을 걸쳤다. 일본군 패잔병을 죽이는 데 두 발을 써버려 총알이 하나밖에 안 남은 권총은 허리춤에 꽂아 감추었다. 그녀가 가진 짐이라고는 요깃거리로 챙긴 삶은 옥수수 몇 개가 전부였다. 혼자 홀가분하게 길을 나선 소영은 오랜만에 자유를 느꼈다.

소영은 달수와 함께 왔던 길을 그대로 밟아갔다. 혼자 가는 길이라 그때

보다 빨랐다. 오후 새때쯤 부얼하통하 강 하류에 도착했다. 북평으로 가려
면 이곳에서 가야하 강을 건너 북쪽으로 가야 했다. 하지만 소영은 시간이
너무 늦어 도문에서 하룻밤 자고 내일 가기로 했다. 밤늦게 남의 집을 방문
하는 것은 옳지 않다고 생각했기 때문이었다. 다음날 점심 때쯤 북평에 도
착했다. 집안에는 아저씨도 언니도 안 보였다.

"아무도 안 계셔요?"

"누구시오?"

부엌에서 주인아주머니가 얼굴을 삐죽이 내밀고 쳐다보았다. 소영은 반
가움에 말에서 훌쩍 뛰어내렸다.

"언니, 저에요! 소영이!"

"소영이? 소영이가 누구더라? 아니, 저거 우리 우다차 아니냐?"

"예 맞아요!"

소영이 모자를 벗었다. 감춰졌던 긴 머리가 드러났다.

"아하! 이제 알겠다!"

아주머니가 소영을 알아보고 부엌에서 뛰어나왔다 두 사람은 서로 부둥
켜안았다.

소영은 자신이 다시 목단강에 가는 이유를 말했다. 언니도 만나고 말 우
다차도 돌려줄 겸해서 들렸다고 했다. 아주머니는 말 우다차의 주인은 이제
자기가 아니고 소영이라고 했다. 소영이 남장을 한 이유를 말하자 아주 잘
생긴 미남이라 처녀들이 많이 따르겠다며 웃었다. 그러면서 어지러운 현 시
국에 잘했다고 칭찬했다. 지금 같은 시국에서는 장사치들도 눈치껏 잘 처신
해야 한다고 했다.

주인아주머니는 소영이 예전에 보지 못 했던 소련 식빵, 통조림 등을 꺼
내왔다. 모두 소련 군용 식품들이었다. 주인아주머니는 소영이 며칠만 늦

게 왔으면 서로 못 만났을 거라고 했다. 사흘 후 친정이 있는 훈춘으로 이사 간다고 했다. 북평에 주둔하던 그 중대가 소련군 25군단을 따라 조선 주둔 군으로 들어가 지금은 두만강 건너 함경북도 경원군에 주둔하고 있는데, 중대장 주선으로 남편이 조선 천지를 왕래하며 사업을 한다고 했다. 남편이 하는 사업은 땅 짚고 헤엄치는 사업이라고 했다. 부대 실무자들이 빼돌리는 물건을 받아 중국사람이나 조선사람들한테 팔아서 2할 정도 떼고 나머지 돈만 갖다 주면 된다고 했다. 상급 지휘관한테까지 물건 판 돈이 올라가기 때문에 검문소든 어디든 만사 오케이로 통과된다고 했다. 그래서 아예 부대가 있는 경원에서 두만강 사투즈 다리 하나만 건너면 있는 훈춘에 무역사무소를 차릴 거라고 했다. 그 일로 남편은 지금 훈춘에 가 있다고 했다.

끊어진 철길은 아직 복구되지 않아 도문까지는 다니지 않고, 목단강에서 왕청까지는 예전처럼 하루 두 번씩 다닌다고 했다. 왕청에서 오전 11시, 오후 7시에 있다고 했다. 그러니 왕청까지 말을 타고 가서 역전에 있는 마구간에 말을 맡겨놓고 기차로 목단강에 갔다가 올 때 다시 말을 찾아 타고 오면 된다고 했다. 소영은 다음날 11시 기차를 타기로 했다. 아주머니는 돌아갈 때도 꼭 들렀다가 가라고 신신당부를 했다.

왕청 역전 마구간은 이름과 달리 온갖 마구를 파는 큰 점포였다. 보기에는 말을 맡기는 곳으로 보이지 않았다. 소영이 말을 끌고 점포 앞에서 기웃거리자 점원이 물었다.

"이봐, 젊은이. 뭘 찾지?"

소영은 젊은이라는 말에 퍼뜩 정신을 차리고 목소리를 굵직하게 냈다.

"말을 좀 맡기려는데요?"

"이리 따라오게."

점원이 소영을 데리고 점포 뒤 창고로 갔다. 말 대여섯 마리가 여물을 먹고 있었다.

"얼마지요?"

"찾아갈 때 계산하면 되네!"

소영은 말을 맡겨놓은 뒤, 목단강행 11시 기차를 탔다.

목단강 역은 피난민으로 아수라장이던 떠날 때와 달리 조용하고 한산했다. 소영은 우선 왕청으로 가는 기차 시간부터 확인했다. 아침 7시와 오후 4시로 역시 두 차례 있었다. 소영은 내일 제사를 지내고 오후 4시 차를 타면 되겠다고 생각했다.

달수와 같이 갔던 국숫집에 들러 늦은 점심을 먹었다. 내일 제사에 쓸 제물을 대충 사 들고 전에 살던 여우고개 밑 집으로 갔다. 급히 떠나느라 팔지도 못하고 방치를 해두었던 탓에 그새 폐허처럼 변해있었다.

다음날 일찍 소영은 석가촌으로 향했다. 그런데 산소에 이미 누가 왔다간 흔적이 있었다. 과자 싼 종이가 널려 있고 엎어진 술잔과 술병도 있었다. 조금 떨어진 곳에 마을 사람들이 만들었다는 합동 무덤에도 같은 흔적이 있는 것으로 보아 명모 아빠 친구가 다녀간 간 것 같았다. 친구가 말한 대로 명모 아빠 무덤에는 나무로 만든 비목이 반듯하게 세워져 있었다. 소영은 제물을 차려놓고 속으로 말했다.

'명모 아빠! 당신 떠난 지 벌써 일 년이 되었네요! 우리 명모는 잘 크고 있어요. 이제 두 달만 있으면 세 돌이 되어요. 오늘 데리고 와서 당신한테 보이고 싶었는데, 길이 너무 멀고 험해서 할머니한테 맡게 놓고 저만 왔어요. 죄송해요!'

말하는 동안 눈물이 하염없이 흘러내렸지만 소영은 닦지 않았다.

'아빠와 엄마가 당신을 몹시 그리워하세요! 또 당신의 의제 달수 씨도 당신을 많이 보고파 하시고! 그분은 명모를 아주 예뻐하시고 우리 명모도 그분을 잘 따라요. 그분은 당신한테서 받은 구명 은혜가 하늘 같다며 우리한테 잘해주고 있어요. 저는 그분의 도움이 당신 앞에 죄스러워 마냥 사양하지만, 어떨 때는 어쩔 수가 없어 받아들여요. 저 혼자 사는 게 너무 힘드니까요! 이제 그분도 멀리 자기 고향으로 돌아가셨고, 저 혼자 아빠 엄말 모시고 있어요. 아빠는 지금 병환이 위중하셔요. 얼마 전에는 유언까지 남기셨어요. 돌아가시면 화장해달라고! 오늘 이렇게 당신 뵙고 돌아가면 바로 엄마 아빠 모시고 길주로 갈 거예요. 그러면 이제 당신 뵙기가 더 힘들어질까 봐 걱정이네요!'

소영은 점심도 그른 채 산소를 돌보다가 오후 4시 기차에 맞추어 목단강역으로 왔다. 저녁 늦게 북평 탕 아저씨 집에 들러 하루를 더 자고 용정으로 돌아왔다.

그동안 아버지 병은 더 위중해져 있었다. 거동도 거의 못 하는 상태였다. 오늘은 아침부터 소영이 어디 갔냐며 찾고 있다고 했다. 소영은 그런 아버지를 모시고 고향에 간다는 것은 불가능하다고 판단했다. 기력을 되찾을 때까지 기다리는 수밖에 없었다. 용정 탕 아저씨는 이제 이상 더 어떻게 할 방법이 없다며 순순히 받아들이라고 했다. 진작 스러질 명이었는데 소영을 보고 생기를 되찾아 지금까지 버틴 것만 해도 하늘의 복이라고 했다.

그토록 고향 가길 원하던 아버지는 그해 추석을 며칠 앞두고 기어이 세상을 뜨고 말았다. 사위 죽음에서 받은 충격이 끝내 지병이 되어 목숨을 앗아간 것이었다. 윤 선생은 젊은 시절 일본에서 대학을 다녔던 터라 용정, 연길까지 이름이 알려진 사람이었다. 그래서 그의 장례는 많은 사람의 도움으로 별 어려움 없이 치렀다. 집 앞 강변에 장작을 쌓고 이틀에 걸쳐 화장했다. 소영은 아버지 유언대로 유골을 도자기 항아리에 담았다.

추석을 대충 넘긴 소영은 떠날 채비를 서둘렀다. 집이 벌써 팔려 비워주어야 할 날짜도 이미 지났는데, 집을 산 사람이 소영의 입장을 알고 달포 넘게 사정을 봐주어서 그나마 장례도, 추석 제사도 그럭저럭 지낼 수 있었다.

짐은 간소했다. 이불과 옷을 싼 보따리 하나, 세 식구 한 달 치 정도 양식 한 포대와 취사도구, 그리고 아버지 유골단지를 싼 상자가 다였다. 이 정도 짐이면 말에 다 싣고도 사람 하나 정도는 더 탈 수 있었지만 어머니는 말을 못 탔다. 그렇다고 어머니를 걷게 하고 자신이 탈 수는 없었다. 소영은 기제에 갈 때처럼 남장하기로 했다.

소영은 준비한 짐을 말안장에 하나하나 잘 묶어 실었다. 가파른 천불지산 고갯길을 넘자면 떨어지지 않게 단도리를 잘해야 했다. 짐을 다 실은 소영은 마지막으로 명모를 업었다. 떠날 차비가 다 되었는데 어머니가 보이지 않았다. 집안을 다 찾아보아도 없었다. 한참 뒤 어머니가 바깥에서 들어왔다.

"어디 있었어요?"

"대영이, 대영이한테….."

"오빠한테는 어제 가서 이야기 다 하고 왔잖아요?"

"어제는 어제고, 이제 다시는 못 볼 텐데…!"

어머니가 치맛자락을 걷어 올려 얼굴을 감쌌다. 소영도 그만 울음이 북받쳐 어머니를 끌어안았다.

"그래, 엄마! 우리 대영 오빠 영원히 잊지 말자! 응? 하지만, 엄마. 지금은 어서 가야 해! 아빨 언제까지고 저렇게 놔둘 수는 없잖아? 그러니 엄마! 이제 가자, 응?"

소영은 한 손으로 어머니 어깨를 감싸고 다른 한 손으로는 말고삐를 잡고 집을 나섰다. 집 문밖에 모여있던 마을 아주머니들이 우르르 어머니를 둘러쌌다. 또 한바탕 울음 소동이 난 뒤에야 온전히 출발할 수 있었다.

아이를 업은 채 말을 몰고 가파른 고갯길을 오르는 일은 소영한테 큰 고통이었다. 힘 하나 안 들이고 끄덕끄덕 올라가는 말을 뒤따라 가기는 정말 숨 가쁘고 힘들었다. 그렇다고 고삐를 놓을 수도 없었다. 말이 제멋대로 달아나버리면 다시 잡는다는 보장이 없었다. 명모는 구부정한 엄마 등이 불편해서 그런지 울음을 그치지 않았고, 어머니는 어머니대로 자꾸만 뒤처지며 힘들어했다. 소영은 전신이 먼지와 땀으로 범벅되었다. 가슴까지 동여매 더더욱 불편했다. 쉬는 것도 마음대로 되지 않았다. 잠깐 멈춰 섰던 말이 이내 다시 움직였다. 길이 가파른 데다 울퉁불퉁 바위투성이라 말도 자세가 불편해서 그런지 한자리에 가만히 있지를 못했다.

가까스로 고갯마루에 도착한 소영은 말을 나무에 묶어두고 준비해 온 주먹밥으로 점심을 때웠다. 겨우겨우 젖가슴을 헤집어 명모 젖을 먹인 후 서둘러 길을 재촉했다. 날이 저물기 전에 회령에 도착해 잠 잘 데를 찾아야 했다. 내리막길도 어렵기는 마찬가지였다. 오히려 몸이 앞으로 쏠려 더 힘들었다. 자칫하다가는 엎어지기가 십상이었다.

소영이 회령에 도착했을 때는 해가 뉘엿뉘엿했다. 소영은 우선 잠잘만한 데를 찾기 위해 역 앞으로 갔다. 역전 마당을 쓸고 있는 역무원한테 물었다.

"말도 먹이고 사람도 잘만한 데가 없을까요?"

역무원이 소영의 아래위를 한번 쓱 훑어보았다.

"여관 같은 거는 없고, 만주 사람들 쉬었다 가는 데는 이 길 따라 쭉 내려가면 오른쪽에 있소. 그리고 말은 그 집 주인한테 부탁하면 될 거요."

"내일 청진 가는 기차는 몇 시에 있나요?"

"오전 열한 시하고 오후 세 시에 있소."

"고맙습니다. 아저씨!"

소영은 역무원이 가르쳐 준 대로 만주 사람들이 쉬었다 가는 곳을 찾아 갔다. 그런데 그곳은 집이라기보다 가마때기로 칸을 막아놓은 헛간 창고 같은 곳이었다. 먼저 온 남정네들이 이미 여기저기 뒤엉켜있고, 한쪽에서는 화투놀이로 와자지껄했다. 그나마 소영 식구가 들어갈 빈방은 없다고 했다. 남자 같으면 사람들 틈에 끼어 몇 명은 더 잘 수 있지만 나이 많은 여자가 있으니까 안 된다고 했다. 소영으로서는 설령 방이 있다손 처도 도저히 잘 수 없는 곳이었다. 하지만 말이 문제였다. 자기야 길거리서 자도 잘 수 있겠지만 말은 여물을 먹여야 했다.

사실 소영은 집을 나서면서부터 말 때문에 걱정이었다. 마을 사람 이야 기로는 아버지 고향 길주는 함경북도에서도 맨 남쪽 끄트머리에 있다고 했다. 그래서 말 타고는 못 가고, 회령에서 기차를 타고 청진이라는 곳에 가서 다시 갈아타야 한다고 했다. 그렇다 보니 이제부터는 말이 필요 없게 된 셈이었다.

말 고삐를 쥐고 있는 소영을 보고 늙수그레한 영감이 물었다.

"말은 팔 거요, 맡길 거요?"

"말을 사기도 하나요?"

"쓸 만하면야!"

그러면서 영감이 말을 이리저리 살피기 시작했다.

"으음, 좋은 말이군! 제대로 키웠어!"

"꼭 팔려는 건 아니고…."

소영이 말을 더듬자 주인이 힐끗 쳐다보며 툭 쏘아붙였다.

"맡길 거면 저기 뒤쪽 기둥에 묶어 두고 가시오!"

"미안합니다, 아저씨!"

소영은 말을 묶으면서도 갈등했다. 지금 사정으로는 당연히 팔아야만 했다. 이제 길주로 가면 다시는 여기 올 일도 없다. 말을 찾기 위해 다시 온다는 것도 어불성설이었다. 그런데도 소영은 팔 생각이 없었다. 그동안 정말 많은 정이 들었다. 어떻게 보면 자신과 명모 생명을 지켜준 은혜로운 말이었다. 하지만 기차에 말을 싣고 갈 수는 없잖은가!

'지금 그만 주인아저씨한테 팔겠다고 다시 말할까? 아니, 내일 아침에 다시 생각하자!'

소영은 서둘러 몸을 돌렸다. 어느새 해가 지고 땅거미가 내리고 있었다. 소영은 초조해졌다. 서둘러 잠잘 곳을 찾아야 했지만 막막했다. 명모가 칭얼거렸다. 젖을 물린지 한참 되었다. 어머니는 아무 데나 자꾸 걸터앉았다. 노인이 종일 걸었으니 그러는 것도 무리가 아니었다. 역 앞에는 그새 전깃불이 들어와 있었다. 그걸 본 소영은 생각이 퍼뜩 떠올랐다. 역 대합실이면 바람막이도 되고 그런대로 하룻밤은 잘 수 있을 것 같았다.

대합실 구석 바닥을 대충 쓸고 가지고 온 이불을 깔았다. 그리고 점심때 먹다 남은 주먹밥 한 덩어리와 삶은 옥수수로 어머니와 저녁을 때우고 있는데 램프를 든 역무원이 다가왔다. 모녀와 아이까지 차례로 얼굴을 비춰보고는 안쓰러워 보였던지 혀를 쯧쯧 차고는 따라오라는 손짓을 했다. 소영이 망설이자 역무원이 부드러운 웃음을 띠며 말했다.

"여기서 자다간 저 어른 병 나요, 병! 염려 말고 이리 따라오시오. 나는 이 역 부역장이오."

소영은 부역장이라는 말에 믿음이 갔다. 그래서 어머니를 부축하고 따라갔다. 역무원은 대합실을 나와 뒤편으로 돌아가더니 자물쇠가 잠긴 문을 열고 안으로 들어갔다. 작은 물건들을 보관하는 창고 같은 곳이었다. 벽에 역무원이 입는 노란 조끼가 걸려 있고 구석에 가로 처진 줄에 군용 담요 몇 장이 아무렇게나 걸쳐져 있었다. 역무원이 담요 한 장을 걷어 깔아주며 말했다.

"잡동사니도 보관하고, 화부들이 옷도 갈아입는 탈의실이요. 시멘트가 아니고 마룻바닥이라 냉기는 없을 거요. 이따 새벽에 추우면 저것도 마저 걷어다 덮으시오."

역무원이 명모 머리를 한번 쓰다듬어주고 나갔다. 소영이 재빨리 따라 나가며 인사를 했다.

"아저씨, 고맙습니다! 그런데, 여기 우물은 없나…요?"

"왜 없어. 저기 저 문 열고 들어가면 바로 철길 가에 있소."

"고맙습니다. 아저씨!"

어머니는 한옆에 모로 눕더니 금방 잠이 들었다. 명모도 할머니 팔에 안겨 잠이 들었다. 소영도 그 옆에 피곤한 몸을 눕혔다. 하지만 낮 동안 흘린 땀으로 온몸이 끈적거리고 찌뿌드드해 잠을 잘 수가 없었다. 소영은 명모 기저귀 몇 장을 가지고 밖으로 나왔다. 역무원이 알려준 대로 문을 나서자 저만큼 펌프가 설치된 우물이 보였다. 사위는 적막했고 두 줄기 철로가 달빛을 받으며 푸르스름한 어둠 속으로 길게 뻗어 있었다. 소영은 주위를 살피며 조용히 우물로 다가갔다. 펌프 옆에 마중물로 쓰려고 받아 놓은 물이 커다란 통에 가득 있었다. 소영은 바가지로 물을 퍼 기저귀를 흠뻑 적신 뒤 창고로 돌아와 가슴까지 풀고 전신을 닦았다. 그러고는 다시 옷을 갖춰 입고 기저귀를 빨아다 줄에 널었다. 한결 개운해진 몸으로 잠든 명모 옆에 등을 벽에 기대고 앉았다. 달빛이 판자 틈 사이로 가느다랗게 흘러들어 반대쪽 벽에 긴 금을 긋고 있었다. 소영은 몸을 움직여 그 달빛을 따라 판자 틈 사이로 하늘을 올려다보았다. 저 먼 하늘에서 팔월 스무날 일그러진 달이 냉엄한 빛을 발하며 자기를 쳐다보고 있었다. 소영은 갑자기 서러운 생각이 들며 눈물이 나려고 했다. 그때 어디선가 휘파람 소리가 아련히 들렸다. 소영은 잠시 귀를 기울였다가 자기도 모르게 휘파람을 따라 속으로 노래를 불렀다.

—해는 져서 어두운데 찾아오는 사람 없어, 밝은 달만 쳐다보니 외롭기 한이 없네.

소영이 여기까지 따라 불렀을 때 갑자기 휘파람 소리가 뚝 끊어졌다. 그러더니 사람 발소리가 자박자박 들렸다. 이쪽으로 걸어오는 소리가 틀림없었다. 소영은 서둘러 풀었던 머리를 다시 말아 모자 속에 감추었다. 그러고는 명모 옷 가방에서 권총을 꺼내 들고 문손잡이를 꽉 잡고 섰다. 여차하면 권총을 겨누는 것만으로도 충분히 겁을 주어 쫓아낼 수 있다고 생각했다. 이윽고 발소리가 문 앞에서 멈춰지고 나직한 남자 목소리가 들렸다.

"아니, 누가 문을 열어놨지?"

그러고는 문을 열려고 했다. 소영이 문손잡이를 꽉 잡은 채 나직이 물었다.

"누구셔요?"

"아이고, 깜짝이야! 안에 누, 누구요?"

"그러는 댁은 누구셔요?"

"나는 이 역에 근무하는 역무원이요. 그런데 다, 당신은, 누구요?"

소영은 역무원이라는 말에 어느 정도 안심했다. 하지만 무슨 대답을 해야 할지 얼른 생각이 안 났다.

"저는, 저는, 잠시…."

소영이 말을 더듬고 있는 사이 남자가 문을 확 잡아당겨 열었다. 소영은 얼른 권총을 허리춤에 감추고 바깥으로 나섰다. 남자가 성냥불을 확 그었다. 불꽃이 확 일었다가 금방 바람에 꺼졌다. 양복을 깔끔하게 차려입은 남자 얼굴이 불빛에 잠깐 드러났다가 사라졌다. 소영은 깜짝 놀랐다. 옷차림이 역무원이 아니었기 때문이었다. 그런데 더 놀라운 것은 얼핏 본 남자 얼굴이 달수와 너무 닮았다는 것이었다. 어둑한 어둠 속을 향해 소영이 혼잣말처럼 중얼거렸다.

"혹시, 달, 달수 씨 아니에요?"

"뭐, 뭐라고요?"

이번에는 남자가 깜짝 놀라며 뒤로 한 걸음 훌쩍 물러섰다. 그러면서 다시 성냥불을 켜서 소영의 얼굴을 비쳤다.

"다, 당신 누구요? 저를 압니까?"

"어머! 달수 씨 맞네요! 저예요. 소영이!"

그러나 달수는 변장한 소영을 얼른 알아보지 못하고 아래위를 훑어보았다.

"저예요, 소영이!"

소영이 모자를 벗으며 재차 말했다. 그때야 달수가 눈을 동그랗게 뜨며 소영의 두 손을 와락 움켜잡았다.

"아니, 형수님! 이게 어찌 된 일입니까?"

달수가 믿기지 않는 표정으로 소영의 아래위를 몇 번이고 훑어보았다. 소영도 이 뜻밖의 만남에 가슴이 울컥하며 눈물이 핑 돌았다.

두 사람은 역 바깥으로 나와 철로 변 계단에 나란히 앉았다. 고개를 갸웃거리며 소영을 요리조리 살펴보던 달수가 짓궂은 웃음을 띠며 말했다.

"아가씨들이 반해서 줄을 서겠어요!"

"놀리지 마셔요. 이런 모습 보여 미안해요. 이럴 줄 알았으면 남장 안 하는 건데."

"아닙니다. 잘하신 겁니다. 세상이 여간 어지러워야지요!"

"저 흉하죠?"

"전혀, 그렇지 않습니다! 저한테 형수님은 언제나 처음 뵈었을 때 그 모습 그대롭니다!"

달수의 말에 소영의 눈빛이 그윽해졌다. 무슨 뜻이냐고 묻고 있었다. 그러나 달수는 대답 대신, 씩 웃기만 했다. 소영은 그동안 명동에서 있었던 일을 다 말했다. 달수는 윤 선생의 죽음을 몹시 안타까워했다.

"그런데 달수 씨가 여긴 웬일이셔요? 고향엔 잘 다녀오셨어요?"

"남쪽엔 안 갔습니다. 여기 회령에 쭉 있었습니다."

"아니, 왜요? 고향에 가신다고 떠났잖아요?"

"형님 기제 지내고 가려고요. 한번 가면 쉽게 올 수 있는 곳도 아니고, 또 형수님 놔두고 멀리 떠나는 것도 맘 안 편코."

"명모 아빠 생각해줘서 고마워요. 하지만 제가 머 어린앤가…요?"

소영은 자신과 남편을 위하는 달수의 진심이 고마웠다.

"형님 산소에는 기일 하루 전날 다녀왔습니다. 여기 근무시간하고 안 맞아서 하루 전에 다녀왔지요."

"아, 그러셨군요! 전 명모 아빠 친구가 다녀간 줄 알았어요! 달수 씨가 오셨을 거라고는 꿈에도 생각 못 했으니까요!"

"저도 그날은 형수님 볼 수 있을 거라고 손꼽아 기다렸는데, 동료가 몸이 아파 교대 근무를 하는 바람에 그만! 그냥 직장 때려치우고 달려가고 싶었지만, 그때 제 마음을 하느님이 알아준 것 같아 지금은 기분 되게 좋습니다!"

"저도 지금 이렇게 달수 씨 만난 게 꿈만 같아요!"

두 사람은 달빛에 비친 서로의 얼굴을 바라보며 웃었다. 달수는 헙수룩

하게 차려입은 소영한테서 처음으로 누이 같은 사랑스러움을 느꼈고, 소영은 자신이 달수를 진심으로 갈망하고 있었다는 것을 처음으로 깨달았다.

"조선은 지금 어때요? 해방됐으니 다들 좋아하죠?"

"그렇긴 하지만, 아직 뭐가 뭔지, 세상이 어떻게 돌아가는지, 사람들이 도통 감을 못 잡는 것 같습니다. 저 역시 그렇고요."

"억압에서 갑자기 풀렸으니 어리둥절할 수밖에요."

"그게 아니라, 일본놈들도 하지 않던 짓을 하니까 그렇죠."

"무슨 말씀이에요? 일본놈도 하지 않던 짓이라뇨?"

"네댓 달 전에 무슨 농지개혁인가 뭔가 하는 법을 만들어 지주들 논밭을 다 빼앗아 버렸다는 거 아닙니까!"

"정말요? 도대체 누가 그런 짓을 해요?"

"인민위원회라는 데서요. 그게 뭔지 저도 잘 모르지만, 머 자기들 말로는 지주들 땅 몰수해서 그동안 고생한 소작농들한테 무상으로 나누어 준다고 하는데 그걸 누가 믿어요? 그건 그렇고, 아버님 고향이 어디라고 하셨죠?"

"함경북도 길주요. 길주군 웅평면 용호리."

"거기가 어딘지는 아십니까?"

"잘 몰라요. 하지만 어머니가 청진까지만 가면 아신대요!"

"청진요? 청진은 제가 잘 아는데!"

"달수 씨가 어떻게?"

"사실은, 그동안 여기 회령역에서 기차 화부 일을 하고 지냈습니다. 그래서 청진은 이틀에 한 번씩 갑니다."

"어머! 그런데도 집에 한 번 안 들리셨어요?"

"형수님 불편하실까 봐서! 한번은 천불지산 고개까지 올라갔다가 그냥 돌아온 적도 있습니다."

"그런 줄도 모르고 전…"

소영은 갑자기 목이 메었다. 자신이 눈 덮인 천불지산을 바라보며 달수를 생각할 때 어쩌면 달수도 그곳에 서서 자기를 생각하고 있었을지 모른다는 생각이 들었다. 이웃 체면만 생각하고 달수를 돌려보냈던 자신이 미웠다.

"잘 됐습니다. 오늘 이렇게 형수님을 만났으니까 제가 모실게요!"

"고마워요. 그러잖아도 혼자 낯선 델 어떻게 찾아가나, 걱정 많이 했는데. 하지만 매번 이렇게 신세만 져서…."

"신세라니요, 형님 일인데! 그리고 아까도 말했지만 조선은 지금 예전 그 조선이 아닙니다. 형수님 혼자 아버님 유골 갖고 가는 것이 쉽지 않을 겁니다. 더구나 연세 많은 어머님까지 모시고는!"

"예전 조선이 아니라니요?"

"지금은 마음대로 다니지도 못합니다. 같은 군내는 괜찮지만 다른 군이나 멀리 가려면 통행증이 있어야 갑니다. 그것도 38선 북쪽에서만 가능하죠."

"남쪽은요?"

"그쪽은 아예 못 갑니다. 지금 38선 북쪽은 소련이, 38선 남쪽은 미국이 차지하고 있는데, 남쪽하고는 철길도 끊겼고 길도 군인들이 막고 있고!"

"그들이 왜 우리 다니는 길을 막아요?"

"일본놈들 쫓아내고 그놈들이 대신 엉덩이 깔고 앉은 거죠. 앞으로 조선이 소련 거, 미국 거, 두 토막 날 거라는 소문도 있어요!"

"그럼 해방 안 된 것보다도 못하잖아요?"

"글쎄요. 지금 이놈들이 하는 거 봐서는 그럴지도 모르죠. 그런데 길주는 언제 가실 겁니까?"

"낼 바로 가려고요. 열한 시에 청진 가는 기차가 있다던데….."

"예. 열한 시하고 오후 세 시에 있습니다. 하지만 열한 시 차는 좀."

"왜요? 무슨 일 있어요?"

"아까도 말했지만, 통행증이 있어야 하니까….."

"그런 건 어디서 받는데요?"

"회령읍 인민위원회서요. 그런데 아무래도 차 시간 전에는 통행증 받기가 힘들 것 같아서 그럽니다."

"그럼 어떡하죠?"

"이렇게 하면 어떨까요? 제가 낼 아침 일곱 시 반에 청진서 올라오는 차를 받아 타고 경원까지 올라갔다가 열한 시에 여기로 돌아올 거거든요. 그러면 낼 제 일은 다 끝나니까 그때부터 저랑 같이 인민위원회 가서 통행증을 받아 오후 세 시차를 타는 겁니다."

"전 아무래도 좋지만, 달수 씨가 저 때문에 또 너무 고생하시는 게 아닌지….."

"제 염려는 하시지 말라니까요. 형수님 만난 김에 한 사흘 쉴 생각입니다."

"그래도 괜찮아요?"

"예. 그동안 다른 사람 대신 일해준 날이 많습니다. 이번에 제가 좀 쉬겠다면 역장님도 들어주실 겁니다."

"아, 정말 잘 되었네요! 달수 씨가 이렇게 옆에 계시니 얼마나 든든한지 몰라요!"

소영은 너무 기쁜 마음에 자기도 모르게 달수의 팔을 껴안았다가 놓았다. 소영이 잠시 민망해하다가 다시 달수 옷깃을 매만지며 말했다.

"이렇게 양복으로 차려입으니 다른 사람 같아요!"

"형님 기제사 때 형수님 보려고 한 벌 구했는데 오늘 동료 결혼식에 그만 개시하고 말았습니다."

"잘하셨어요. 오늘 즐거웠겠네요."

"결혼식보다도 이렇게 형수님을 만났으니 진짜 재수 좋은 날인 셈이죠!"

"그러시다니…, 저도 기뻐요. 그리고 이거."

소영이 허리춤에서 권총을 꺼내 보이며 조그맣게 말했다.

"이제 달수 씨가 가지고 있으면 안 돼요?"

"아니, 이걸 아직도?"

달수가 깜짝 놀라며 주위를 두리번거렸다.

"이런 거 가지고 있다가 소련군한테 들키면 큰일 납니다! 총 소지했다가 반역자로 몰려 처형당한 사람도 있어요!"

"그럼 어떡하죠? 저기 쓰레기통에 버릴까요?"

소영은 놀라 갑자기 몸이 움츠러들었다. 목소리까지 떨렸다.

"안 됩니다! 발견되면 누구 짓인지 대대적으로 수사를 할 테니까요! 이리 주세요. 제가 내일 기차 타고 가다 강에 던져버릴게요!"

달수가 다시 주위를 두리번거리며 권총을 받아 안주머니에 넣었다. 소영은 자신의 괜한 짓이 혹여 달수를 잘못되게 할까 봐 불안했다.

"괜찮을까요? 괜히 저 때문에 달수 씨가….."

"너무 걱정하지 마셔요. 아무 일 안 생길 테니까!"

달수가 먼저 자리에서 일어섰다.

"그럼 낼 열한 시 반에 대합실에서 만나요. 그리고 참, 옷을 좀 가져가야 하는데…. 벽에 걸린 노란 조끼 낼 입어야 하거든요."

"예. 그 옷 봤어요. 제가 내드릴게요."

달수가 소영의 손목을 잡으며 나직이 말했다.

"진작 알았으면 제가 좀 더 좋은 데로 모셨을 텐데, 죄송합니다. 형수님!"

창고에서는 어머니가 아까부터 두 사람의 모습을 판자 틈으로 지켜보고 있었다.

회령 읍사무소에는 많은 사람이 모여있었다. 달수가 나서서 말을 팔고 오느라 시간이 좀 걸렸다. 총을 멘 소련 군인이 문 옆에 서서 드나드는 사람들을 지켜보고 있었다. 위원회 사람들은 그다지 친절하지 않았다. 위압적으로 호령하듯 말했다.

"자, 자! 어서, 어서 줄 서요! 몇 번 말해야 알아듣겠소? 혼자 온 사람은 저쪽, 가족하고 온 사람은 이쪽, 자, 자, 어서 서요, 서!"

달수는 안고 있던 명모를 소영한테 넘겨주고 저쪽 줄로 가기 위해 돌아섰다. 그 순간 소영이 달수의 옷소매를 잡았다. 두 사람 눈길이 서로를 붙들었다. 소영의 얼굴이 안타깝게 변하며 잡았던 소매를 살며시 놓았다. 달수가 씩 웃고는 저쪽 줄에 가 섰다. 줄이 반쯤 줄었을 때 갑자기 어머니가 저쪽으로 가더니 달수를 데리고 와 소영 앞에 세우며 나직이 말했다.

"우리가 싫지 않다면 자네도 이제부터 우리 가족 하게나."

달수가 소영을 쳐다보았다. 소영이 아무 말 않고 명모를 다시 달수한테 안겼다.

차례가 되어 달수가 책상 앞으로 나서자 위원이 무뚝뚝하게 말했다.

"어디서 왔소?"

"예. 연길 용정 명동에서 왔습니다."

"만주 동포구먼. 어디로 갈 거요?"

"함경북도 길주요."

"길주군 어디?"

"아, 예. 웅평면 용호리가 고향이라서."

"저 뒤 할머니까지 동행이요?"

"예. 이 아이까지 네 명입니다."

"그럼 신분부터 확인하겠소. 먼저, 당신 이름하고 나이부터 대보시오."

"노달수, 스물다섯입니다."

담당자가 고개를 숙인 채 달수 말을 읊조리며 종이에 적었다.

"본인, 노달수, 나이 스물다섯. 다음, 마누라 이름, 나이."

"…?"

달수가 얼른 대답을 안 하자 담당자가 고개를 들고 소영과 달수를 쳐다보았다. 옆에 섰던 소영이 얼른 나서며 말했다.

"윤소영. 스물세 살."

담당자가 다시 고개를 숙이고 읊조렸다.

"처. 윤소영. 나이 스물세 살. 다음, 저 할머니 이름, 나이."

소영이 대신 말했다.

"강순자. 마흔일곱."

"무슨 관계요?"

"우리 어머닙니다."

"친정, 시가, 어느 쪽?"

"친정어머니."

"그럼 장모군. 장모. 강순자. 마흔일곱 살."

담당자가 혼자 중얼거리며 다 기록한 뒤, 맨 끝에 '외, 어린아이 1명' 하고 적었다.

"자, 이제 소지품 한번 봅시다."

소영이 펼쳐놓은 보따리를 뒤적이며 일일이 검사한 뒤 유골 상자를 가리키며 물었다.

"이건 뭐요?"

"우리 아버지 유골입니다."

"그래요? 이건 어떡할 거요? 묻을 거요, 뿌릴 거요?"

"고향에 가봐서….."

"그럼 길주군 인민위원회에 가서 반드시 신고하고, 허락을 받은 뒤에 처리하도록 하시오! 그렇지 않고 맘대로 처리하면 엄중한 문책을 받게 될 거요! 알겠소?"

"예. 알겠습니다."

담당자가 자리로 돌아가 '만주 귀국 동포'라는 붉은 도장을 쾅 찍어 통행 허가 증명서를 내주었다.

오후 세 시, 청진 가는 기차 탈 사람은 그리 많지 않았다. 달수는 명모를 안고 소영을 개찰구가 아닌 역무원이 다니는 문으로 데리고 갔다. 개찰하던 사람이 쳐다보았다.

"우리 가족입니다."

달수가 손을 번쩍 들어 보이며 말했다. 개찰 역무원이 씩 웃었다. 잠시 뒤 멀리서부터 기적을 울리며 기차가 들어왔다. 달수는 소영 일행을 화차 바로 뒤에 붙은 1호 차에 태웠다. 차 안에는 손님이 절반 정도 드문드문 타고 있었다. 달수는 바로 문 앞에 자리를 잡았다.

"여기 앉아 좀 주무셔요. 두 시간 남짓 걸리니까요."

"달수 씨는요?"

"저는 바로 앞 화차 칸에 있을 겁니다."

달수가 나가고 잠시 뒤 기차가 출발했다. 소영은 명모를 안은 채 그대로 잠에 곯아떨어졌다. 얼마나 잤을까. 요란한 기적 소리에 소영은 눈을 떴다. 바로 앞에 달수가 앉아있다가 씩 웃었다.

"어머, 오래됐나요? 오신지?"

"아닙니다. 방금 왔습니다."

"벌써 청진 다 온 건가요?"

"아뇨, 이제 반쯤 왔습니다. 여긴 고무산 역인데 무산 탄광 가는 열차 비켜주고 갈 겁니다."

그때 반대쪽 문이 열리며 소련군 병사 두 명이 들어왔다. 희한하게 양손에 손목시계를 차고 있었다. 소영은 그들을 보자 무의식적으로 터널이 떠오르며 가슴이 철렁했다.

"쳐다보지 마셔요."

달수가 작은 소리로 말했다. 소련 군인이 한 젊은 조선 여자를 발견하고 자리에서 일으켜 세웠다. 그러고는 다짜고짜 여자의 저고리 앞섶을 들쳐 가슴을 주물렀다. 여자가 비명을 지르며 반항하자, 한 놈이 뒤에서 여자의 팔을 꺾어 꼼짝 못 하게 했다. 그런데도 아무도 나서서 말리는 사람이 없었다. 소영이 화난 표정으로 달수를 쳐다보았다. 달수가 고개를 살짝 흔들어 못 본 체하라는 신호를 보냈다. 대신 달수는 어머니 귀에 대고 뭐라 말한 뒤 소영을 살그머니 밖으로 데리고 나왔다.

"형수님은 절 따라오셔요!"

달수가 재빨리 말하고 소영의 손목을 잡고 화차에 올라탔다.

화차 속은 객실과 달리 찜통이었다. 벌겋게 달은 화통에서 뿜어대는 열기에 소영은 대번에 몸이 후끈했다. 엉겁결에 화차에 타게 된 소영이 주위를 두리번거리는데 수염이 덥수룩 화부가 소영을 빤히 쳐다보며 말했다.

"여자군! 자네 마누란가?"

"아, 그게 아니라…"

달수가 화부 말에 대답을 얼버무리며 변명했다.

"그게, 저, 자꾸 화통 구경 좀 시켜달라고 해서…"

"허허! 그래? 이거 난리 났군! 내가 20년 넘게 이 화통에 매달려 살았지만, 오늘처럼 미인 화부 모셔보기는 처음인걸! 자, 화차 탄 기념으로 한 삽퍼 넣어보시오!"

화부가 웃으며 들고 있던 삽을 소영한테 내밀었다. 달수가 얼른 나서서 대신 삽을 받아 들었다.

"에이, 아저씨도. 여자한테 시킬 걸 시켜야지!"

그러고는 석탄을 푹 떠서 화구에 휙 던져넣었다. 화부가 달수를 나무랐다.

"이 사람아, 구경시켜주려면 제대로 시켜 주어야지. 여기가 어디 아무 때나 탈 수 있는 덴가? 그것도 여자가!"

"그건 그렇지만, 좀!"

"전 괜찮아요. 아저씨! 제가 한번 해볼게요!"

소영이 달수한테서 삽을 빼앗아 석탄을 푹 떴다. 그러고는 뒤뚱거리며 화통 앞으로 다가서다 말고 그만 바닥에다 주르르 쏟아버렸다. 화통의 뜨거운 열기에 얼굴이 그냥 익어버릴 것만 같아 도저히 버틸 수가 없었다. 소영은 삽까지 떨어트리고 손으로 뜨거운 얼굴을 문질렀다. 그 바람에 얼굴이 그만 시커먼 석탄 칠로 범벅이 되었다. 달수와 화부 아저씨가 배꼽을 잡고 웃었다. 소영이 뒤늦게 눈치를 채고 웃으며 달수를 흘겨보았다. 달수도 소영의 눈길을 한참 동안 피하지 않았다. 이윽고 달수가 먼저 고개를 돌렸다.

"아저씨, 저 뒤에 소련군 두 놈이 타서 또 그 지랄을 하고 있어요!"

"오라, 그래서 마누라를 이리 피신시킨 게로군! 그럼 그렇지! 잘했네! 무슨 일이 있어도 자기 마누라는 자기가 지켜야지!"

"에이, 그런 게 아니라니까요!"

달수가 소영을 쳐다보며 겸연쩍어했다. 소영은 달수의 눈빛에 얼굴이 화끈했다. 달수가 갑자기 삽을 들고 석탄을 연달아 퍼넣기 시작했다. 소영은 땀으로 흠뻑 젖은 달수의 등에서 시선을 떼지 못했다. 화부 아저씨가 그런 소영한테 물 적신 수건을 건넸다. 소영이 얼굴을 닦으며 불만을 터뜨렸다.

"소련 군인이 저러는데도, 아저씨! 왜 옆에 사람들이 아무도 말리지를 않는 거죠?"

"허허! 그건 아무도 개죽음당하고 싶지 않아서겠지!"

"나쁜 놈들!"

소영이 벌겋게 타고 있는 화통을 쳐다보며 혼자 말했다. 기차가 기적을 길게 울리며 청진역에 천천히 들어섰다.

9

청진에서 원산 가는 기차는 밤늦은 시간밖에 없었다. 소영 일행은 할 수 없이 청진에서 하룻밤을 자고 다음 날 아침 첫차를 탔다.

길주군 인민위원회 사무실은 회령처럼 사람들로 북적거리지 않았다. 직원들도 여기저기 둘러앉아 한가롭게 이야기하고 있었다. 소영 일행이 들어서자 제일 젊어 보이는 사람이 자리에서 일어서며 아주 친절하게 물었다.

"어떻게 오셨습니까?"

"우린 귀국 동포입니다. 뭘 좀."

"아, 그러셔요? 어디 만주?"

"예. 용정에서 왔습니다."

"반갑습니다. 뭘 도와드릴까요?"

"돌아가신 아버지 유골을 고향에 좀 안장하려고…"

"알겠습니다. 우선 귀국 동포 증명서 좀 보여주셔요."

"예, 여기."

달수가 건네준 통행증을 보더니 주소를 고쳐 적었다.

"여기 적힌 주소, 웅평면 용호리는 얼마 전 쌍호리로 바뀌었습니다. 그런데 유골은 어느 분 유골이지요?"

"예. 윤주호입니다."

직원이 뒤에 가서 두툼한 장부를 꺼내왔다. 몇 번을 들추어 한 곳을 들여다보며 물었다.

"윤주호라면, 윤상세의 아들 윤주호가 맞습니까?"

"그건 잘…"

달수가 뒤에 선 어머니를 돌아보았다.

"예. 우리 시아버님이 상자 세자, 윤상세 어른입니다."

"틀림없이 윤상세 아들이 맞아요?"

"예."

어머니 대답에 상대의 표정이 담박 험악하게 변했다. 말투도 지금과 달리 반말로 싹 변했다.

"그럼 윤상용은?"

"예. 우리 애들 작은아버님이십니다."

"그럼 당신 친정아버지 이름은 뭐요?"

"우리 친정 아버님은 강, 호자 식자입니다."

"강호식 딸이라고?"

"예."

"이런! 이제보니 순 악질지주 집안 후손들이구먼!"

사무원이 들고 있던 펜대를 장부 위에 탁 내던지며 소리를 버럭 질렀다.

"그, 그게 무슨 말씀이신지?"

어머니가 놀라 더듬더듬 물었다. 사무원의 고함을 듣고 저쪽에 있던 나이 지긋한 사람이 다가왔다.

"김 서기, 뭔 일인가?"

"강 주임님. 이 사람들, 악덕 지주 윤상세와 강호식 후손들입니다."

"그래서?"

"그래서라니요? 그냥 대충 넘기란 말입니까?"

"안 그럼? 타국에서 고생하다 해방된 조선 조국을 찾아온 동포 아닌가? 그냥 조용히 넘기게."

"곤란합니다. 주임님! 이 사람들은 우리 길주군 명예를 더럽힌 사람들입니다. 그냥 넘기면 길주군의 수칩니다."

"그러지 말고 날 봐서 그냥 넘어가 주게. 이 후손들이 뭔 죄가 있나?"

"그럼 이후 문제는 주임님이 책임지시겠습니까?"

"김 서기도 참! 그럴 일 있으면 내 그렇게 하지!"

"좋습니다!"

강 주임이라는 사람이 자리로 돌아가자, 김 서기가 귀국 동포 증명서를 돌려주며 단호하게 말했다.

"당신들 그만 돌아가시오! 저 유골은 받아줄 수 없소!"

"아니, 왜요?"

"이런, 건방진 여자! 누구한테 따지고 들어? 소작인 피 빨아 호의호식한 악질지주 후손 주제에! 조상 산소 파버리지 않은 것만도 백 번 천 번 봐준 건데 어디 객사한 친일 악질 유골을 들고 와서 떠들어대? 절대 받아줄 수 없으니 도로 가져가시오! 만약 지시를 거역하고 길주 군내서 암매장하면 큰 처벌을 받을 줄 아시오!"

"아니, 무슨 말을 그렇게 하셔요? 당신 눈에는 어른도 보이지 않습니까? 그리고 돌아가신 부모님 유골도 못 묻게 하는 법이 세상천지 어디 있어요?"

아까부터 김 서기의 불손한 태도에 화가 나 있던 소영이 더 참지 못하고 김 서기한테 대들었다. 소영의 말에 김 서기가 주먹으로 책상을 탕 치며 자리에서 벌떡 일어섰다.

"이거 안 되겠구먼! 노골적으로 친일 행색을 드러내다니! 나랑 보안서로 좀 갑시다!"

어머니가 얼른 소영의 팔을 잡아끌었다.

"아이고, 서기님. 잘못했습니다. 유골을 매장 안 할 테니 용서하십시오. 소영아, 어서 가자. 어서!"

"그래요, 이러지 말고 그만 갑시다."

두 사람이 달려들어 소영을 데리고 밖으로 나왔다. 군청 밖으로 나온 일행은 우선 외진 길가 나무 그늘에 앉았다.

"어머님, 아까 그놈 말은 그냥 한 귀로 흘려버리셔요!"

달수는 청진역에서 사 온 삶은 달걀을 꺼내 껍질을 벗겨 두 사람한테 권했다. 그러나 소영은 받지 않고 길바닥만 노려보고 있었다. 아직도 화가 덜 풀린 게 분명했다. 어머니가 달걀을 달수 손에 건넸다.

"자네나 드시게. 난 생각 없네."

"그러지 마시고 자, 어서 드셔요!"

달수가 달걀을 억지로 어머니 손바닥에 잡혀주었다. 소영이 어머니를 보고 물었다.

"매장 안 하면, 어떡할 건데?"

"네 아빠가 시킨 대로 해야지!"

"아빠가 시킨 대로? 고향에 묻어달라는 거 아니었어?"

"이따가 이야기하마."

자전거를 타고 가던 사람이 일행 앞에서 멈춰섰다. 군청에서 보았던 강 주임이었다.

"아, 여기 있었군요."

"무슨 그런 사람이 다 있습니까? 어른도 몰라보고!"

달수가 기다렸다는 듯이 따졌다.

"이해하시오. 나도 어쩔 수 없는 사람이니까!"

"주임님도 어쩔 수 없다니요? 그 사람은 주임님 부하 아닙니까?"

"허허, 주임이면 뭐합니까? 그 사람은 평양까지 가서 중앙당 교육을 받고 온 당원인데! 당신들은 나라 바깥에 있어서 그간의 사정을 잘 모를 거요. 지금 조선은 옛날 조선이 아닙니다. 천지개벽도 이런 개벽은 없을 거요! 아까 그 김 서기가 어떤 사람인 줄 아시오? 저 옆에 있는 학성군에서 대대로 소작하던 사람 아들이오. 그런데 해방되고 왜놈 몰아내는 데 따라다니더니 어느 날 갑자기 학성군 서기가 턱 됩디다! 그러고는 또 두어 달 뒤에 평양 갔다 오더니만 여기 길주군 서기가 되어 모든 군청 일을 쥐고 흔들지 뭡니까! 그 사람, 몸은 여기 길주군에 있어도 도 인민위원회 지시를 받고 있습니다. 그러니 난들 어쩌겠소?"

강 주임이 담뱃갑을 꺼내 달수한테 권했다. 달수가 한 개비 뽑아 들고 성냥을 그었다. 강 주임이 연기를 후 불어냈다.

"윤상세, 강호식, 그 어른들 참 안 됐지! 하루아침에 재산 몰수당하고, 대대로 살아온 고향에서도 쫓겨났으니! 거기다 강호식 어른은 마누라까지 죽고!"

강 주임 말에 어머니가 깜짝 놀라며 소리쳤다.

"아저씨도 우리 아버지를 아십니까?"

"그분 모르는 사람이 어디 있겠소!

"말씀 좀 해주세요, 예? 우리 아버지 어머니가 어떻게 되었는지!"

"지난 3월에 갑자기 농지개혁인가 뭔가 한다면서 지주들 논밭을 다 몰수해서 소작농한테 무상으로 나누어 주었다, 아닙니까! 하루아침에 주인, 머슴이 바뀌어버린 거지요! 그런 데다 강호식 어른은 사위가 일본에서 대학 다니며 조선사람 팔아먹은 친일파라는 누명까지 쓰고 여기서 쫓겨났지 뭡니까? 그때 어땠는지 아십니까? 참 기가 막혔지요! 그날, 마을 지주 세 사람이 한날한시에 같이 쫓겨났는데 강 씨 어른이 젤 처참했지요! 괜찮은 가재도구는 죄다 빼앗기고 잡동사니 같은 물건 몇 개 소구루마에 싣고는 강 씨 어른이 직접 소를 끌고 떠나는데, 마을 사람들이 떼를 지어 따라가며 온갖 욕을 다 퍼붓고 손가락질을 했답니다! 그 바람에 달구지 짐짝에 앉아있던 부인이 길바닥에 떨어져 그길로 그만 죽고 말았지 뭡니까!"

"예? 우리 어머니가 그, 그렇게, 도, 돌아가셨다고요? 그게 저, 정말이오?"

어머니가 갑자기 강 주임의 팔을 움켜잡으며 물었다.

"정말이고 말고요! 길주 군민이 다 아는 일인데!"

"그럼 우, 우리 아버지는 어, 어디로, 어디로, 가, 가셨는지 모, 모르시오?"

"그건 아무도 몰라요. 전국에서 그런 사람들을 강제로 잡아들여 이리저리 뒤섞어서는 다시 전국 방방곡곡에다 뿔뿔이 흩어놓았다는 소리만 들었지요!"

강 주임 말에 갑자기 어머니가 컥! 하는 소리를 내며 옆으로 픽 쓰러졌다. 달수와 소영이 깜짝 놀라 얼른 어머니를 부축했다. 하지만 어머니는 이미 혼절한 뒤였다.

"어서 아주머니를 의원으로 모시게!"

놀란 강 주임이 달수한테 급히 말하고 서둘러 자전거에 보따리를 주워 실었다. 달수가 어머니를 들쳐업고 강 과장을 쫓아 뛰었다. 다행히 의원은 군청 바로 뒤에 있었다. 자전거에서 짐을 내려준 강 주임이 달수의 어깨를 툭툭 치며 격려했다.

"난 볼일이 있어 그만 가야겠네! 앞으로 조심하게!"

"예, 아저씨. 고맙습니다!"

의사는 왕진 나가고 없었다. 간호원이 먼저 손가락으로 맥박을 짚어보고는 말없이 나가버렸다. 조금 후에 왕진갔던 의사가 돌아와 진찰하고 말했다.

"충격을 받아 잠깐 기절했는데 곧 깨어날 겁니다. 그렇지만 지금 환자 기력이 극도로 쇠약해져 있어 잘못하면 큰일 날 수도 있으니 앞으로 주의하시오!"

"그럼 어떡하죠? 어떻게 해야 우리 엄마 살릴 수 있습니까, 예? 선생님!"

소영이 의사 손을 잡고 애원했다.

"우선 좀 기다려봅시다! 깨어나면 좀 더 상세히 진찰해보고 알려드리겠습니다!"

의사가 나가고 잠시 후 어머니가 눈을 떴다. 주위를 두리번거리다가 벌떡 일어나 침대에서 내려오려고 했다. 소영이 달려들어 못 내려오게 말렸다. 어머니가 소영의 팔을 뿌리치며 말했다.

"소영아, 어서 가자, 어서!"

"엄마, 가긴 어딜 가? 좀 더 누워 쉬서요! 예?"

"아니다! 어서 네 아빠 보내드려야 한다! 가자, 어서!"

"아니, 아빨 어떻게 보내드려? 엄마, 지금 몸은 괜찮은 거야?"

"내 몸이 어때서? 난 아무렇지 않다!"

정말 어머니는 겉으로 보기에 아무렇지도 않아 보였다. 되레 쓰러지기 전보다 더 활기차 보였다. 달수와 소영은 서로 쳐다보며 의아해했다.

"방금 네 아빨 만났다. 옛날에 한 말 잊었냐고 나무라시더라!"

"예?"

달수와 소영이 동시에 놀라며 어머니 손을 잡았다.

"무슨 말이야, 엄마! 아빠 이야기는 나중에 하고 지금은 좀 쉬어, 응 엄마! 자, 여기 좀 누워."

어머니는 몹시 흥분해있었다. 달수와 소영이 가까스로 진정시켰다. 명모를 옆에 눕혀주자 손자를 끌어안고 금방 잠들었다.

달수가 문밖 계단에 앉아 담배를 피우고 있는데 소영이 옆에 와 앉았다.

"날이 저무는데 어떡하죠? 저런 어머니를 데리고 나갈 수도 없고."

"왜요? 병원서 나가랍니까?"

"간호원이 와서 입원은 안 되니 환자가 깨어나면 바로 데리고 나가라고 하네요."

"그런 법이 어디 있어요? 환자 기력이 다 떨어졌다고 하고선! 제가 원장님 한번 만나보겠습니다!"

"다투지 말고 조용히 한번 부탁해보세요. 뭐하면 이걸로 어떻게 한번 해보시고요."

소영이 손가락 한 마디쯤 되는 금목걸이 토막을 내밀었다.

"넣어놓으셔요. 저한테 월급 받은 돈이 좀 있습니다."

달수가 주머니에서 돈을 꺼냈다. 소련군이 발행한 붉은군대 화폐였다. 1원짜리, 50원짜리, 100원짜리 모두 합쳐 300원이 좀 넘었다.

"그걸로 되겠어요? 이것도 가져 가보세요."

"모자라면 그때 달리 해보지요, 머. 갔다 오겠습니다."

달수가 담배를 비벼 끄고 자리에서 일어섰다.

달수는 의사를 만나 솔직하게 말했다. 자신들은 만주에서 엊그제 들어

온 귀국 동포다. 오늘 오전에 여기 길주에 아버지 유골 묻으러 왔다가 저렇게 어머니가 병이 났다. 길주에는 아무 연고도 없다. 그러니 오늘 밤 여기서 어머니를 쉬어가게 해주면 고맙겠다고. 그러면서 달수는 돈을 꺼내 내밀었다. 의사가 돈을 힐끗 쳐다보고는 고개를 저었다.

"보다시피 여긴 입원실이 없습니다. 지금 환자분이 누워있는 진찰 침대가 유일한 침댄데 나중에라도 다른 위중한 환자가 오면 어떡합니까? 저 환자분은 오늘 낼을 다투는 중병환자도 아니고, 이제 어느 정도 기력도 되찾았으니 그만 모시고 나가주시오!"

"그런 경우엔 마당에라도 나앉아 방해가 되지 않도록 하겠습니다!"

달수가 품속에서 시계를 꺼내 돈과 함께 책상 위에 올려놓았다. 의사가 못 본 체 태연히 말했다.

"그래도 원망하지 않겠습니까?"

"예. 조금도!"

"그럼, 낼 아침 일찍 나가도록 하시오."

"알겠습니다. 고맙습니다."

달수 이야기를 들은 소영이 거칠게 내뱉었다.

"도둑놈들!"

그러고는 몸을 돌려 주머니 속에서 조그마한 주머니를 꺼내 달수한테 건네주었다.

"이거 달수 씨가 가지고 있으셔요."

명동 집 판 돈으로 산 금붙이였다. 달수가 주머니를 열어보고 되돌려 주며 말했다.

"이리 큰돈을 왜 저한테 맡깁니까? 안 됩니다."

"그게 아니고, 지니기가 불편해서 그래요."

소영이 말을 못 하고 얼굴을 붉혔다. 달수가 금방 눈치채고 주머니를 품에 넣었다.

"그럼 제가 단단히 보관해드릴게요."

그날 밤, 침대에 누워야 할 중환자는 오지 않았다.

"엄마, 정말 이래도 될까? 고향 선산에 묻어달라는 게 아버지 유언 아니었어?"

남대천 물살을 물끄러미 바라보고 있던 소영이 고개를 돌리고 물었다.

"그러셨지. 하지만⋯."

어머니가 유골단지를 안은 채 멀리 강 하류를 하염없이 바라보며 혼잣말을 했다.

"그때도 우리는 이렇게 강가에 앉아있었다."

소영 어머니 강순자와 아버지 윤주호는 어릴 때부터 한동네에서 같이 자라 부부가 된 청매고우였다. 양가가 다 남대천 하류 평야에 대대로 물려받은 논이 많은 대지주였다. 그렇지만 두 집안은 선대부터 사이가 좋지 않았다. 부 축적에 대한 경쟁심이 시기로 변해 사사건건 다투게 되었다는 게 마을 사람들 이야기였다. 윤주호가 일본으로 유학을 가자 강호식도 이에 질세라 딸 강순자를 일본으로 유학을 보냈다. 자연히 윤주호와 강순자는 선남선녀로 서로 사귀게 되었고, 결혼하기 전에 아들 대영을 낳았다. 화가 날 대로 난 양가 부모는 서로가 상대방 자식 때문이라며 비난을 하다가 끝내 자존심 대결로 불붙게 되었다. 먼저 강호식이 딸을 호적에서 지워 천륜을 끊어버렸다. 그러자 윤상세도 너만 양반행세 하냐며 아들과 의절하고 집안에서 내쫓아 버렸다. 윤주호와 강순자가 아들을 안고 사흘을 마당에 꿇어앉아 용서를 빌었지만, 두 집 어른들은 꿈쩍도 안 했다. 결국, 윤주호와 강순자는 모지랑 숟가락 하나 받지 못한 채 빈 몸뚱이로 두만강을 건너 만주로 가 용정 명동에 터를 잡았다.

"집을 떠나는 마지막 날 밤, 네 아버지와 나는 바로 여기에 앉아 많은 이야기를 했다. 그때 네 아버지가 그러셨다. 여기 이 물은 동해로 흐르고, 동해 물은 또 태평양과 섞이니, 우리도 앞으로 넓디넓은 태평양 물결처럼 마음껏 출렁이며 자유를 누려보자고. 그러니 여기 이 강물에 흘려보내면 더 좋아하실 거다."

어머니가 이윽고 유골단지 뚜껑을 열고 재를 한 움큼 집어 강물에 던졌다.

"오늘 이렇게 당신을 먼저 보냅니다! 태평양에 먼저 가 기다리서요! 당신이 태평양 넓은 물결 그 어디에 있든, 저는 당신을 찾을 수 있어요!"

어머니가 다시 재를 한 움큼 집어 강물에 던졌다.

"우리 소영이도 이제 새 짝을 만났으니, 저도 걱정 없이 떠날 수 있을 것 같습니다! 부모님 원망, 불효한 자괴심, 다 털어버리시고 한없는 자유로를 함께 누려봐요!"

옆에 앉아 지켜보던 소영이 먼저 울음을 터뜨렸다. 달수도 묵묵히 주먹을 쥐었다. 마지막 재를 뿌린 어머니가 옆에 앉은 소영과 달수의 손을 끌어다 함께 모아줬었다.

"소영아, 이제 박 서방은 잊고, 이 사람과 새 출발 해서 행복하게 살아라. 이 어미 마지막 소원이다! 그리고 이보게, 내 이렇게 간절히 부탁하네! 우리 소영이 부디 잘 거두어주게나!"

"엄마, 엄마, 싫어, 싫어! 마지막이란 소리 하지 마! 소영이는 죽을 때까지 엄마랑 살 거야!"

소영이 엉엉 소리 내 울었다.

"어머님! 조금도 걱정하지 마셔요! 저는 형님이 돌아가신 그날, 형수님과 명모를 끝까지 지켜드리겠다고 형님 영전에 맹세한 사람입니다! 그러니 제발 마음 단단히 잡수시고 몸부터 추스르셔요, 예? 어머님!"

어머니가 두 사람의 손을 더욱 힘주어 잡았다.

─어머니는 길주에 더 머물고 싶지 않다고 했다. 아예 조선이라는 곳이 싫다고 했다. 25년 전 자신들을 내친 부모님들도 미웠지만, 그런 부모님을 그렇게 핍박해 죽음으로 내몬 조국도 싫다고 했다. 나는 어머니를 모시고 회령으로 다시 돌아왔다. 회령이 좋아서가 아니고 회령을 벗어나서는 딱히 갈 곳이 없었기 때문이었다. 달수 씨는 당분간 청진에 머물자고 했지만 나는 사람 많은 도시가 싫었다.

회령에 오자 어머니는 다시 명동으로 가고 싶다고 했다. 어머니로서는 25년 넘게 산 명동이 제일 정이 들고 만만하였을 것이다. 하지만 그곳은 이미 삶의 터전을 정리해버린 터라 다시 돌아간다는 것은 불가능했다. 어쩔 수 없이 우리는 달수 씨 동료 집에 방 한 칸을 얻어 회령에서 어정쩡한 생활을 시작했다. 생활비는 우선 달수 씨가 받는 월급으로 근근이 이어나갔다. 그렇게 가을이 저물어갈 무렵 어머니 생신이 돌아왔다. 나는 어머니한테 따뜻한 미역국이라도 한 그릇 끓여드리고 싶었다. 그러려면 돈이 필요했다. 물론 달수 씨한테 이야기하면 두말없이 주겠지만 나는 그런 것까지 달수 씨의 도움을 받고 싶지 않았다. 그리고 우리를 위해 고생하는 달수 씨한테 내 힘으로 고깃국이라도 한 끼 대접하고 싶었다. 수소문 끝에 귀중품 사고파는 데를 알아내고, 그동안 비상금용으로 챙겨놓았던 반쯤 잘라 쓰고 남은 목걸이 일부를 가지고 갔다. 나는 그 돈으로 미역과 돼지고기를 넉넉히 사서 그날 저녁 두 분한테 대접했다. 소주까지 곁들여진 저녁상을 받은 달수 씨는 그렇게 좋아할 수 없었다. 그날 밤 나는 정말 오랜만에 작은 행복감을 느꼈다. 가족과 함께 있다는 위안과 내가 그 가족을 위해 무엇인가 할 수 있다는 자신감을 동시에 느꼈기 때문이었으리라! 그런데 바로 그다음 날 아침 보안 서원들이 별안간 집에 들이닥쳤다. 그들은 다짜고짜 방 구석구석을 뒤지기 시작했다. 옷가지는 물론이고 우리 몸도 일일이 다 수색해, 돈과 금붙이를 압수하고는 달수 씨와 나를 보안서로 끌고 갔다. 그들은 먼저 우리가 금붙이를 어디서 훔쳤냐고 캐물었다. 그러다 훔친 것이 아니라 만주 살림 판 돈으로 사들인 것이라는 게 밝혀지자, 그때는 입국 때 신고하지 않은 불법 소지품이라며 전부 압수한다고 했다. 내가 그럼 우선 밥이라도 먹고 살게 금붙이 값으로 얼마간의 돈이라도 달라고 했지만, 그들은 불법 소지품에 무슨 값을 쳐주냐며 감옥 안 보내는 것만 해도 다행인 줄 알라고 했다. 귀국 동포가 아니면 금붙이를 불법으로 소지한 죄로 압수는 물론이고 징역을 살아도 몇 달은 살아야 한다고 되레 엄포를 놓았다. 우리는 어쩔 수 없이 빈털터리로 돌아왔다. 나는 비로소 내 나라 조선이 달라져도 너무 크게 달라졌다는 것을 깨달았다. 그리고 이런 조국을 만들기 위해 내 남편이 그토록 위험한 일을 감수했고, 또 끝내 그렇게 허무하게 세상을 떠났냐는 억하심정이 가슴을 아프게 후벼팠다. 나는 어머니처럼 조선이 싫어졌다. 그때부터 우리는 조선을 떠날 궁리를 했다. 어머니는 친숙한 중국 용정이나 명동으로 가는 것을 원했고, 나는 만주 훈춘시에 사는 웨이 아저씨를 찾아가 같이 장사를 하자고 했고, 달수 씨는 남쪽으로 내려가자고 해 세 사람 의견이 다 달랐다. 그런데도 달수 씨는 남쪽에 내려가면 모든 것이 자유로워 금방 터전을 마련해서 남부럽지 않게 살 수 있다고 계속 주장했다. 하지만 나와 어머니는 고향이나 마찬가지인 용정과 명동에서 멀어지는 것에 대한 두려움을 가지고 있었다. 거기다 그때는 이미 국경 단속이 심해져 어느 곳으로든지 예전처럼 쉽게 나갈 수가 없었던 데다, 노약한 어머니가 시름시름 앓기 시작해 우리는 이래저래 그냥 주저앉을 수밖에 없었다.

우리는 손바닥만 한 단칸방에서 미꾸라지처럼 오글거리며 하루하루를 보냈다. 달수 씨는 청진과 회령에서 하루씩 잠을 잤는데, 어머니는 달수 씨가 집에 들어오는 날이면 매번 갑갑하다는 핑계를 대며 명모를 안고 부엌 부뚜막에 나가 주무셨다. 그것은 우리더러 하루빨리 합방해서 부부가 되라는 무언의 시위였다. 달수 씨와 내가 어머니의 그런 속내를 알고 그러지 말라고 아무리 말려도 소용이 없었다. 달수 씨가 거북해 집에 들어오지 않으면 허약한 몸으로 역에까지 나가 기다렸다가 잡아끌고 오기도 했다. 그렇게 지내는 사이 우리는 어느 날 어쩔 수 없이 합방하고 말았다. 다음날 그걸 알게 된 어머니는 달수 씨를 끌어안고 엉엉 소리 내 울기까지 하셨다. 홀로 된 불쌍한 당신의 딸을 거두어준 데 대한 고마움의 눈물이었다. 그렇게 좋아하시던 어머니가 딸에 대한 근심을 덜어 긴장이 풀려서 그러셨는지 두 달 후에 갑작스레 돌아가시고 말았다. 달수 씨와 나는 어머니를 화장해서 아버지를 그랬던 것처럼 길주 남대천 하류에 몰래 뿌려드렸다.

연말에 공민증 발급을 위한 주민 거주지 일체 조사가 시작되었다. 여기 누락이 되면 앞으로 배급수령이 불가능하니 한 사람도 빠져서는 안 된다고 했다. 나는 그때 이미 명모 동생을 임신하고 있었던 터라 달수 씨를 세대 주로 해서 세 식구를 등록했다. 그것으로 우리는 서류상으로 부부가 되었다. 하지만 우리는 둘이 있을 때는 여전히 형수님과 달수 씨였다.

달수 씨는 본적지를 만주 목단강성 목단강시로 신고했다. 내가 왜 남쪽 출생지를 본적지로 하지 않았냐고 묻자 달수 씨가 심각한 얼굴로 대답했다.

"형수님, 전 3년 전 고향에서 일본놈을 죽이고 도망칠 때 이미 고향을 버린 몸입니다. 그래서 수언 형님 고향인 목단강시를 제 고향으로 하기로 했습니다. 그래야 형수님과 명모의 본적을 수언 형님 본적대로 살릴 수 있고, 또 한 핏줄이라는 걸 영원히 잊지 않을 것 아닙니까?"

달수 씨의 말에 나는 그만 목이 메어 아무런 말도 못 했다.

어머니가 돌아가시고 식구가 단출해지자 달수 씨는 나 몰래 월남행을 본격적으로 알아보기 시작했다. 그때는 이미 소련군이 38선을 봉쇄하고 있어서 남쪽으로 내려간다는 것은 쉬운 일이 아니었다. 더구나 가족이 함께 다른 곳으로 돌아다니는 것을 엄격히 제한하고 있던 터라 함경도에서 멀리 떨어진 38선 부근 철원까지 가는 것만도 어려운 상황이었다. 그런 중에도 한밤중에 며칠씩 산속을 걸어서 내려가는 사람들이 있었는데 그들 대부분은 소련군한테 잡혀 곤욕을 치르거나 감옥에 보내졌다는 소문이 종종 나돌았다. 처음부터 고향 명동을 떠나 멀리 남쪽으로 가는 것이 달갑지 않았던 나는 그런 소문을 들을 때마다 달수 씨를 말렸다. 그런데 어느 날 퇴근한 달수 씨가 나를 불러 앉혀놓고 엉뚱한 이야기를 했다.

"형수님, 닷새 후 떠나게 될 것 같습니다."
"무슨 말씀이셔요?"
"남쪽으로 내려가는 거요!"
"남쪽? 전 안 가요! 몸도 무겁고."

소영은 늘 그랬듯이 임신을 핑계로 단숨에 거절했다. 그러자 달수가 무릎을 덥석 꿇으며 소영의 손을 잡았다.

"형수님, 제 말씀 한번 들어보셔요. 어젯밤 청진역에서 우연히 평양에 다녀온다는 웨이 아저씨를 만났습니다. 오랜만에 너무 반가워 술을 한잔했는데, 그 자리에서 웨이 아저씨가 저한테 남쪽 사람이 남쪽에 안 가고 왜 여태 여기 있냐고 묻더군요. 그래서 제가, 우리 형수님이 원치 않고 또 설령 가고 싶다 해도 소련군들이 막고 있는데 어떻게 내려가냐고 했더니, 갈 생각이 있으며 자기가 도와줄 테니 형수님 설득해서 하루라도 빨리 모시고 내려가라더군요. 앞으로 얼마 안 있어 철조망을 쳐서 완전히 막아버릴 거라고 하면서 말입니다. 그리고 또."

"또 뭐요?"

"좀 무서운 이야기도 해주었습니다."

"무슨 이야길 했는데요?"

"앞으로 얼마 안 가, 모든 게 배급제가 될 거랍니다. 식량, 옷, 집, 심지어 숟가락, 젓가락까지도요!"

"그럼 더 좋잖아요? 공평하고."

"하, 참. 형수님도! 그건 공평한 게 아니고, 사람 모가지를 꽉 움켜잡고 꼼짝 달싹 못하게 하려는 수작인 겁니다. 한번 생각해보세요! 밥 한 끼라도 굶지 않고 먹으려면 뭐든 시키는 대로 다 해야 하고, 또 직장도 본인 의사와 상관없이 당에서 결정해 배치한다는데, 그게 노예지 어디 사람이라고 하겠어요? 목구멍이 포도청이란 말 안 들어보셨어요?"

소영은 달수 말에 속으로 뜨끔했다. 듣고 보니 정말 무섭고 끔찍한 일이었다. 달수 말이 아니더라도 소영은 그동안 말은 안 했지만 급속히 변해가는 북조선 사회에 불만과 불안을 동시에 느끼고 있었다.

인민들의 일상이 날이 갈수록 기계적으로 변해갔다. 아침 일찍 노동에 동원되어 종일토록 일했다. 조별로 할당된 일을 다 하지 못하면 횃불을 켜고 밤일을 해서라도 다 끝내야만 했다. 그렇다고 쉬는 시간이라고 편안히 쉬는 것도 아니었다. 쉬는 시간마다 당 강령이나 정강을 반복해서 학습해야 했다. 이런 노동과 학습은 남녀평등이라는 북조선 인민공화국 헌법에 따라 남자든 여자든 사무원이든 공사장 노동자든 모두 똑같았다. 임신한 여자들을 위한 것이라며 해산 전 35일, 해산 후 42일 쉴 수 있다고 딱 못 박아 놓은 것도, 형편에 따라 자기 마음대로 할 수 있었던 지금까지에 비하면 왠지 수족이 묶이는 듯해 소름이 끼쳤다.

계속 열차 화부로 일하는 달수도 마찬가지였다. 예전에는 열차운행이 끝나면 가족과 지내거나 친구도 만나 여유롭게 술잔도 나누곤 했는데 언젠가부터 그런 사생활시간이 사라졌다. 작업이 끝나는 즉시 함께 모여 인민위원회 지시사항이나 복무지침 학습을 받고 밤늦게 집에 돌아왔다.

"그, 그럼. 웨이 아저씨가 어떻게 도와준대요?"

"아저씨 말로 자기는 소련군에서 발급해준 통행증이 있어서 조선이든 중국이든 만주든 마음대로 다닐 수 있고, 또 장사하면서 38선을 경비하고 있는 소련군도 몇 번 상대한 적이 있어서 안전하게 통과시켜줄 수 있다고 했습니다."

"그러려면 돈이 제법 많이 들 텐데…?"

"그런 건 하나도 필요 없고, 제물포 사는 자기 이모한테 소식이나 좀 전해달라고 했습니다. 이모가 조선 사람과 결혼해서 제물포 청관 거리에 사는데, 어머니가 동생을 몹시 그리워한다면서! 두어 달 전에도 내려가는 사람 편에 소식을 전했답니다."

"아, 그분한테 그런 이모가 남쪽에 있었군요! 그렇지만 남쪽은 아무래도 너무 멀고 낯선 곳이라 전…."

"형수님, 조금도 걱정하지 마셔요. 제가 잘 지켜드리겠습니다. 또, 가서 보고, 만약 서울도 여기 같으면 제가 책임지고 형수님을 다시 북간도 용정으로 모셔다드리겠습니다!"

또박또박 끊어 힘주어 말하는 달수의 언약에 소영은 무한한 믿음이 갔다. 계속 고집부리다가는 달수를 놓칠지도 모른다는 생각이 울컥 들었다. 소영은 달수 가슴에 얼굴을 묻었다.

"달수 씨만 믿을게요!"

청진역에서 소영 일행을 만난 웨이 아저씨는 자신이 말한 대로 철원역까지는 기차로, 거기서부터는 소련군 트럭에 태워 미군 초소까지 데려다주었다. 소련 군인과 이야기를 한참 나눈 미국 군인은 또 소영 일행을 보급차에 태워 의정부 월남인 임시수용소까지 데려다주었다. 웨이 아저씨가 양쪽 군인들한테 무슨 수작을 부렸는지는 모르지만 소영 일행의 월남행은 일사천리로 이루어졌다. 남쪽 임시수용소에 인계된 소영 일행은 소지하고 있던 북조선 공민증에 의해 북한에서 내려온 가족임이 인정되어 대한민국 국민이 되었다.

긴 이야기를 끝낸 윤 여사가 깊은 한숨을 쉬고는 혼잣말처럼 했다.

"이렇게 해서 네 아버지인 박명모가 노달수 씨 큰아들 노명모로 호적에 오르게 된 것이다. 하지만 우리는 할 수 없이 부부의 연을 맺고 네 작은아버지 명근이를 낳았지만, 네 할아버지는 지금까지 이 할미를 아내로 취급한 적이 한 번도 없었다. 언제나 형수님이었다!"

영채는 할머니의 기막힌 이야기에 가슴이 먹먹했다. 할머니의 이야기가 계속될수록 처음 느꼈던 박수언 할아버지의 죽음에 대한 분노 대신, 할머니와 노달수 할아버지 두 분 사랑에 대한 애절한 마음이 더 가슴을 저리게 했다. 얼굴 한번 본 적 없고 목소리 한번 들은 적 없는 박수언 친할아버지의 죽음에 대한 이성적 분노가, 어릴 때부터 사랑을 받고 자란 노달수 할아버지의 강렬하고 애틋한 사랑의 감성적 정서에 한순간에 밀려버린 것은 당연한 일이었다.

윤 여사의 이야기는 두 사람에 대해 아무런 관련이 없는 솔잎한테도 커다란 감동을 주었다. 의형제의 의리를 지키기 위해 사랑을 억지로 밀어내는 노달수 회장님의 곧은 결기와 이미 세상을 떠나버린 남편과 눈앞의 사랑 사이에서 갈등하는 사모님의 순정이, 아직 사랑 경험이 없는 솔잎의 순결한 감성을 크게 흔들어 놓았다.

"지금 이, 이야기는 우리 아버지도 아, 알고 있었습니까?"

영채가 감동에 젖은 목소리로 더듬더듬 물었다.

"물론이다. 네가 태어나 첫돌을 맞았을 때 네 아버지와 어머니한테 모두 말했다. 그리고 네가 훗날 결혼해서 가정을 갖기 전에는 네게 말하지 않기로 서로 약속했다."

"그건, 왜요?"

"남자든 여자든 책임져야 할 가정이 있어야 웬만한 충격에도 쉬 무너지지 않고 이겨낼 수 있으니까!"

윤 여사 말에 영채와 솔잎이 서로를 쳐다보았다.

"우리 아버지는 어떤 사람이었어요? 저는 아버지에 대해 아는 게 별로 없습니다. 할머니!"

"그래, 네가 아직 아무것도 모르는 철부질 때 그렇게 돌아갔으니, 잘 모르는 게 당연하지! 네 아버진 참 효성이 지극하고, 활달하고 정의로운 사람이었다. 그런 만큼 또 어미 속을 많이 썩이기도 했지. 군엘 다녀와서 네 작은아버지 명근이와 같이 대학을 다녔는데, 군사독재와 한일회담 반대 데모하다가 감옥에도 갔다 왔단다. 지금 내가 한 이 이야길 듣고는 중국 밀입국을 해서라도 당장 목단강 석가촌에 묻힌 아버지한테 성묘하러 가겠다는 걸 간신히 말렸다."

윤 여사가 다 식은 차를 두어 모금 마신 뒤 손수건으로 입언저리를 닦으며 말했다.

"이제 때가 됐다! 이게 다 부처님 뜻이다! 서울 올라가 네 할아버질 만나야겠다!"

"예? 할아버지를 만나시겠다고요? 정말 잘 생각하셨습니다. 할아버지도 이제 온 가족이 다 함께 한번 모이자고 하셨거든요!"

영채는 할머니가 갑자기 서울까지 올라가 할아버지를 만나겠다는 말에 놀랍고도 반가웠다. 그러면서도 '이제 때가 됐다는' 말이 무슨 뜻인지 궁금했다

"오늘은 네 아버지가 노 회장님 성을 따를 수밖에 없었던 그간의 사정을 이야기했다. 하지만 정작 이보다 더 중요한 이야기는 따로 있다. 바로 네 아버지가 사고로 돌아간 날 저녁에 있었던 싸움의 내막이다! 무엇 때문에 네 아버지가 40여 년을 아버지로 모셔온 노 회장님을 죽일 듯이 몰아붙여 2층 난간에서 떨어지게 했는지, 그리고 내가 왜 네 할아버지와 떨어져 이처럼 살고 있는지, 또 눈에 넣어도 아프지 않을 어린 너를 왜 그토록 매정하게 떠밀어 미국까지 강제로 유학을 보냈는지, 그 자세한 이야기는 이다음에 할아버지가 함께 있는 자리에서 해주마!"

"예. 할머니. 잘 알겠습니다. 그런데 서울은 언제 올라가시려고요?"

"낼 모래는 올라가야지! 더 지체할 이유가 없으니까!"

"제가 모시고 올라갈게요, 할머니!"

"아니다. 아직은 혼자 다닐 수 있다. 넌 여기 남아서 할 일이 있다. 진주 촉석 병원 원장님한테 가서 내가 보내서 왔다고 하면 환자용 침대를 하나 줄게다. 그걸 여기 법당에 갖다 놓고 커튼을 쳐서 가려놔라. 네 할아버지가 오시면 편히 쉴 수 있도록!"

"예. 할머니. 그렇게 해놓겠습니다. 그런데 서울 가시면 얼마나 계실 거죠?"

"잘 모르겠다. 보름이 될지, 한 달이 될지. 네 할아버지도 마무리해야 할 일들이 있을 테니까! 올라가서 연락하마. 그리고 얘, 솔잎아. 사천공항까진 네가 좀 데려다 다오."

"예. 사모님!"

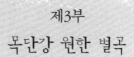

제3부
목단강 원한 별곡

"그 시절을 산 사람 중에는
용서받지 못할 민족의 죄인도 수없이 많습니다!
그런데도 그들은 지금 아무 부끄럼 없이 큰소리치며
뻔뻔스럽게 지도자 행세를 하고 있지 않습니까?
저는 오늘의 우리 아버지를 자랑스럽게 생각합니다!
트럭 운전수 조수 이름이면 어떻고, 강자갈이면 어떻습니까?
저는 앞으로도 자랑스럽게 노달수라는 이름의 아버지를 가질 것이고,
그 아버지의 아들 노명근으로 떳떳하게 살 것입니다!"

1

해거름 때쯤 영채가 병원 침대를 용달 트럭에 싣고 왔다. 침대는 생각밖에 무거웠다. 영채와 트럭 기사에 솔잎까지 달라붙어 간신히 법당에 들여놓았다. 그런 중에도 영채는 계속 얼굴이 밝지 않았다. 솔잎은 그런 영채가 여간 신경 쓰이는 게 아니었다. 할머니로부터 지난 이야기를 들은 이후, 벌써 며칠째 입을 닫고 윤 여사가 거처하는 부엌 골방에만 들어박혀 있었다. 솔잎이 기분을 돌려보려고 몇 번 말을 걸었지만 귓전으로 듣고 흘려버리거나 한두 마디로 싹둑 잘라버리고 끝냈다. 솔잎은 자신이 겪고 있는 혈연의 혼란으로 인한 심리적 공황상태를 지금 영채가 겪고 있다는 것을 잘 아는 터라 딱히 거들어주거나 위로해 줄 말이 없었다. 그렇다고 마냥 두고 보기에는 마음이 너무 아팠다.

솔잎은 트럭 기사한테 운임을 줘서 돌려보낸 뒤, 지금 막 부엌방으로 들어가려는 영채 등에 대고 작심하고 말했다.

"영채 씨 지금 그러는 거, 조금도 도움 안 돼요!"

솔잎 말에 영채가 우뚝 걸음을 멈추었다.

"수언 할아버지 때문에 괴로우신 거 알아요!"

"…?"

"저도 그러니까요! 아시잖아요? 나카무라 박사님!"

영채가 그때야 몸을 돌려 솔잎을 멀거니 쳐다보았다. 그러다 마당 가 바위에 걸터앉으며 혼잣말처럼 중얼거렸다.

"그래서 일만 배를 한 겁니까?"

"그래요. 하지만 온전히 그 때문만은 아니었어요!"

솔잎도 옆에 가 앉았다.

"일만 배 하니 혼란이 사라지던가요?"

"적어도 절하는 순간엔 요! 눈앞의 육신이 더 고통스러웠으니까! 하지만 그것으로 끝나는 건 아니었어요."

"그럼 어떡해야 온전히 끝낼 수 있을까요?"

"없어요! 이성이 무뎌질 때까지 기다리는 수밖에!"

"차라리 어릴 때 알았더라면 지금쯤은 그저 그런가 보다 하고 지낼 텐데…!"

"영채 씨 같은 경우엔 곧 그렇게 되겠죠. 언젠지는 모르지만."

"결국은 시간이 문제라는 말인데."

그동안 박수언 할아버지에 대해 막연한 부담감을 느끼고 있던 영채는 노달수 할아버지를 위해 침대를 갖다 놓는 순간, 갑자기 '나는 누구인가?' 하는 질문과 함께 박수언 할아버지에 대한 부담감이 피할 수 없는 현실적 문제라는 것을 깨달았다.

"그래요. 시간이 문제죠. 그러니 방안에 들앉아 고민한다고 해결될 일이 아니죠. 자, 우리 가요! 저한테 좋은 생각이 있어요!"

솔잎이 영채 손을 잡고 사무실로 데리고 갔다.

"여기서 잠시만 기다리셔요."

솔잎이 영채를 남겨두고 서둘러 나갔다가 이내 돌아왔다. 그녀의 손에는 작은 술병과 안주 그릇이 들려 있었다. 소영이 책상 옆에 붙은 작은 탁자를 끌어다 술상을 차리며 말했다.

"갑자기 술 생각이 나지 뭐예요! 자, 앉으셔요!"

"술 못 마시는 줄 알았는데…!"

영채가 잠시 머뭇거리다 슬며시 의자에 앉았다. 솔잎이 영채 잔에 술을 따라주며 말했다.

"서우실댁 아줌마한테 부탁했어요. 침대 일 끝내놓고 영채 씨랑 마시려고. 아저씨가 드시는 더덕주래요."

솔잎이 자신 잔도 채워 영채 잔에 툭 때렸다.

"자, 드셔요. 이거 몇 잔 하시면 기분이 훨씬 나아질 거예요!"

영채는 솔잎의 재촉에 잔을 쭉 들이켰다. 에라, 모르겠다는 심정이었다.

"다리가 불편하신 우리 할아버지는 오래된 더덕을 캐면 술로 담가 놓고 식사 때마다 약으로 한두 잔씩 드시곤 하셨어요. 그러다 어떨 땐 저한테도 한두 숟갈 주시면서, '과음하면 안 된다!' 하셨죠. 그런 날 밤엔 전 어머니가 더 보고 싶어 할아버지 몰래 울곤 했어요."

솔잎이 한 모금 꼴깍 마시고는 잔을 든 채 입술을 꽉 다물고는 한참 동안 미간을 찌푸리고 있었다. 영채는 그런 솔잎의 모습에서 또 다른 슬픔을 느꼈다. 솔잎이 이윽고 다 마신 잔을 내려놓으며 혼잣말을 했다.

"아무래도 감성은 이성을 이기지 못하나 봐요!"

"무, 무슨 말입니까?"

영채가 들고 있던 잔을 입에 툭 털어 넣고 물었다.

"처음 할머니 이야기를 들을 때만 해도 할머니와 노 회장님의 그 아름답고 순결한 러브스토리에 감동되어 수언 할아버지에 대해서는 별다른 감흥을 느끼지 못하셨죠? 그러다가 시간이 얼만큼 지난 지금에야 비로소 수언 할아버지가 신경 쓰이는 거죠? 왠지 친할아버지한테 큰 빚을 진 것 같기도 하고! 제 말이 틀렸나요?"

"마, 맞습니다! 바, 바로 그렇습니다!"

영채가 자작으로 술을 따라 꿀꺽 삼켰다.

"하지만 영채 씨의 그런 고통은 머잖아 치유될 거예요! 저와 달리 영채 씬 태생적인 정체성 혼란이 아니라, 도덕적이고 이성적인 혼란이니까요!"

"그럼 솔잎 씨는 뭐가 문젠데요?"

"저도 처음엔 그랬어요! 심곡 스님 이야기를 들을 때까지만 해도 준서 할아버지의 불운한 삶에 빠져들어 나카무라 박사는 마음에도 없었어요. 하지만 시간이 조금 흐르자 그동안 감성에 묻혀있던 이성이 서서히 고개를 내밀기 시작했죠. 그때부터 '내 친할아버지는 나카무라다'라는 혈연적 의무감이 신경을 따작따작 긁기 시작했어요! 이건 제 몸에 흐르는 피가 한국인의 피가 아닌 일본인의 피라는 태생적인 문제죠! 시간이 아무리 흘러도 변하거나 무뎌질 수 없는 이 문제를 저는 평생 마음의 티눈으로 안고 절름거리며 살아야 해요! '일본사람 핏줄'로 그냥 아무렇지 않게 살기에는 이 땅의 역사적 사실이 너무 가혹하잖아요?"

솔잎이 영채를 빤히 쳐다봤다. 그녀의 눈빛은 은근하면서도 절박했다. 영채는 솔잎의 눈빛을 맞받을 수가 없었다. 슬며시 고개를 돌리며 더듬거렸다.

"하, 하지만, 너무 괴로워 마셔요. 우리 할머니가 솔잎 씨의 그런 마음을 아시면 얼마나 자책하시겠어요?"

영채는 말을 하면서도 좀 더 나은 위로의 말을 생각했지만 떠오르지 않았다. 그때 전화벨이 울렸다. 전화기 가까운 곳에 앉아있던 영채가 움찔 놀라며 수화기를 들었다. 부산사무소 김 소장이었다. 영채 목소리를 알아보고 다급하게 말했다.

"아, 노 변호사님! 마침 직접 전활 받으시네요. 잘됐습니다!"

"왜, 무슨 급한 일이 있습니까?"

"예. 그 사진 속 인물에 대해 잘 아는 사람으로부터 전화가 왔습니다!"

"예? 그게 정말입니까?"

영채는 자신도 모르게 수화기를 손바닥으로 막고 옆에 있는 솔잎을 쳐다보았다. 솔잎은 돌아앉아 흐트러진 탁자를 정리하고 있었다. 영채는 되도록 작은 목소리로 태연하게 말했다.

"자신이 누군지는 말 않던가요?"

"예. 그냥 그 사람들을 잘 아는 사람이라고만 하였습니다."

"그래요? 여자였어요, 남자였어요?"

"여자였습니다."

"그럼 연락처는, 어떻게?"

"당사자가 지금 안 계신다고 했더니, 잠시 후에 다시 전화한다고 했습니다."

"다시 연락 오면 언제든지 좋으니 약속을 잡으서요! 꼭! 아셨죠?"

전화를 끊고도 영채는 잠시 멍해 있었다. 뜻밖의 전화에 흥분과 초조감이 동시에 몰려왔다. 이 일만 잘 성사되면 솔잎의 고통을 크게 덜어 줄 수 있다는 생각이 불쑥 들었다.

'세 사람을 다 잘 아는 여자라면, 그렇다! 솔잎 어머니일 가능성이 크다!'

"누구 전환데 그러서요?"

솔잎이 영채를 쳐다보며 물었다.

"아, 아니, 도, 동창이 갑자기 날 좀 만나자고 한대서."

영채는 얼떨결에 동창을 핑계 댔다. 그냥 밖으로 뛰쳐나가 흥분을 가라앉히고 싶었지만 전화가 언제 올지 몰라 그럴 수가 없었다. 그때부터 시간이 초조하게 흘렀다. 지금까지 갖고 있던 두 할아버지에 대한 복잡한 생각은 거짓말 같이 사라져버리고, 오직 전화벨이 다시 울리기만 기다려졌다. 이윽고 10여 분만에 다시 전화벨이 울렸다.

"내일 오후 세 시, 해운대 동백호텔 '가든 카페'에서 만나기로 했습니다."

"다른 말은 없었습니까?"

"파란 핸드백을 들고 오겠답니다."

"잘 알았습니다. 그런데, 아니, 됐습니다. 고맙습니다!"

영채는 바로 전화를 끊었다. 좀 더 구체적인 걸 물어보고 싶었지만 솔잎이 눈치챌 것 같아 그만두었다.

영채는 우선 자기가 먼저 여자를 만나보고 다음 계획을 세우기로 했다. 처음부터 무턱대고 솔잎을 데리고 나갔다가 자칫하면 모든 게 수포가 될 수 있다는 우려 때문이었다.

동백호텔 가든 카페는 이름 그대로 호텔 옆 정원 숲속에 있는 노천카페였다. 영채가 자리를 잡자 멜빵바지를 입은 웨이트리스가 쟁반에 받쳐온 물컵을 내려놓고 갔다. 영채가 물잔을 들어 한 모금 마시는데 맞은편에서 파란 핸드백을 가슴에 붙여 들고 다가오는 여자 모습이 보였다. 흰 블라우스에 감청색 재킷을 단정하게 입은 중년 여인이었다. 영채는 얼른 물잔을 내려놓고 자리에서 일어섰다. 여자가 영채한테 다가와 조심스레 물었다.

"저, 실례지만, 광고."

"예. 맞습니다. 제가 광고 낸 사람입니다. 자, 앉으시지요."

영채는 여인이 자리에 앉기를 기다렸다가 따라 앉았다. 두 사람은 자리에 앉아 잠시 서로를 쳐다보며 낯을 익혔다. 영채는 여자의 얼굴에 깊게 스며있는 우수를 보았다. 그것은 솔잎을 처음 보았을 때 느꼈던 약간 멍해 보이는 이미지와 매우 비슷했다. 영채가 먼저 자신을 소개했다.

"처음 뵙겠습니다. 저는 노영채라 하고 한솔잎의 친굽니다. 이렇게 찾아주셔서 감사합니다."

"별말씀을요. 만나서 반가워요. 그런데, 한솔잎이?"

"예. 그 사진 속의 여자아이 이름입니다."

"아, 그렇군요! 한 솔잎, 한 솔잎…."

여인이 입속으로 이름을 몇 번 되뇌더니 혼잣말을 했다.

"참, 예쁜 이름이네!"

그러고는 영채를 향해 미소를 지었다. 영채는 여자의 미소를 보는 순간 다시 한번 놀랐다. 솔잎의 미소와 몹시 닮았기 때문이었다. 영채는 속으로 생각했다.

'예상했던 대로 이 여자는 솔잎의 어머니가 틀림없다.'

그때 여자가 들릴 듯 말 듯 작은 소리로 말했다.

"저는 그 애 이모 되는 사람입니다. 물론, 이모 자격은 손톱만큼도 없다는 거, 잘 알지만."

여자가 말을 하다말고 갑자기 손수건을 꺼내 눈가를 찍었다.

"아, 솔잎 이모님이시군요! 전 솔잎 어머님이신 줄 알았습니다! 얼굴 모습도 그렇고, 미소도 그렇고, 솔잎과 너무 닮아서요. 다시 한번 이모님께 인사드립니다!"

영채가 자리에서 일어나 고개를 숙였다.

"조카 친구분을 이렇게 만날 줄은… 이십오 년도 더 되었는데… 주책없이 왜 자꾸 눈물이 나는지 모르겠네!"

여자가 다시 눈가를 훔쳤다. 영채는 이모의 눈물을 보자 자신도 콧등이 시큰했다. 손을 들어 웨이트리스를 불렀다.

"이모님, 뭘 드시겠습니까? 오늘은 제가 대접할게요. 커피 괜찮겠습니까?"

이모가 손수건으로 얼굴을 가린 채 고개를 끄덕거렸다.

"오늘, 솔잎과 같이 오려고 했는데…"

영채 말에 이모가 고개를 설레설레 흔들었다.

"압니다, 잘 압니다! 이제껏 자기를 버린 어미를 얼마나 원망하며 지냈겠어요? 나라도 어미 생각만 해도 치가 떨릴 것 같은데!"

"그, 그게 아닙니다. 이모님! 솔잎은 제가 지금 이렇게 이모님 만나는 걸 전혀 모릅니다!"

"그게 정말인가요?"

"그럼요! 심지어 광고도 솔잎 몰래 낸걸요!"

"왜죠? 그렇게나 어미를 미워해요?"

"그런 건 아니지만 덜컥 말했다가 이모님 말씀처럼 정말 안 만나겠다고 하면 피차 곤란하잖아요? 그래서 제가 먼저 만난 뒤 천천히 이야기하려고…."

"알 것 같네요, 그 마음. 사실은 저도 부두에 떠도는 소문을 듣고 만나야 할지, 말아야 할지, 많이 망설였으니까요!"

"그렇지만 이렇게 나오셨잖아요! 정말 잘 결심하셨어요, 이모님!"

"글쎄요. 잘한 짓인지, 못한 짓인지…. 무슨 염치로 이렇게 나선 건지 아직도 잘 모르겠네요!"

"아뇨, 오늘 일은 굉장히 잘 하신 일이니 조금도 염려하지 마셔요. 이모님! 그러니 솔잎도 한번 만나보셔요. 솔잎도 겉으로는 안 그런 척해도 속으로는 부모님을 애타게 그리워하고 있을 테니까요! 솔잎의 마음이 얼마나 여리고 순수한데요!"

영채의 말에 이모가 그쳤던 울음을 다시 터뜨렸다. 여태 억눌렸던 슬픔이 한꺼번에 북받치는 듯 손수건으로 얼굴을 가리고 심하게 흐느꼈다.

"걔 엄마 아빠가 그 앨, 얼마나 예뻐했는데! 그렇게, 그렇게, 모두가 허무하게 떠나버리고, 흑!"

"그러니, 이모님! 그런 부모님의 애틋한 사랑을 솔잎한테 들려줘서 조카의 가슴에 쌓인 수십 년 슬픔을 조금이라도 위로해주어야 하지 않겠습니까?"

이모가 흐느끼면서도 고개를 계속 끄덕였다.

"솔잎이 절 만나려고 할까요…?"

"안 만나겠다면 끝까지 설득해야죠. 이모님이 유일한 가족인데!"

"워낙 염치없는 일이라… 어떻게, 부탁도 못 드리겠네요!"

"아닙니다, 이모님! 수십 년 만에 조카를 만나는 데 무슨 염치가 있고 없곤 따지겠습니까? 걱정하지 마셔요! 제가 어떻게든 설득해서 이모님을 꼭 만나도록 하겠습니다!"

"그렇게, 애써주신다니 정말 고맙습니다만, 그래도 저로서는 두렵기만 합니다."

"이모님은 걱정하지 마셔요. 제가 꼭 설득시킬 테니까요."

"그냥, 잘 있다는 소식 들었으니까 좀 더 생각해보고, 다음에 제가 다시 연락을 드리면 안 될까요? 지금까지 잘 지내고 있는 아일 괜히 혼란스럽게 만들지도 모르니까요!"

"아닙니다! 이런 일은 미루어서 득 될 게 없습니다! 얼굴을 맞대기만 하면 아무리 오래 떨어져 있던 가족이라도 금방 정이 확 통하는 게 핏줄 아니겠습니까? 그러니 조금도 망설이지 마시고 일단 한번 만나보세요!"

영채 말에 이모가 고개를 끄덕거렸다. 손수건으로 눈물을 닦으며 혼잣말처럼 중얼거렸다.

"그, 그럼, 염치없지만, 한번 부, 부탁드리겠습니다! 그런데."

"무슨, 달리하실 말씀이라도?"

"제가 오래 기다릴 형편이 안 돼서…"

"왜, 무슨 사정이라도 있습니까?"

"제가 지금 한국에 살지 않아서, 요!"

"아, 그러셔요? 어디 사시는데요?"

"좀 먼 곳에…."

여자가 얼른 대답하지 않고 망설였다.

"좋습니다. 그럼 한 닷새 후면 괜찮겠습니까? 저도 솔잎 씨 설득하려면 시간이 좀 필요할 것 같은데!"

"그 정도면, 좋습니다."

"그럼 그렇게 하죠. 오늘이 수요일이니까, 다음 주 월요일 이 시간에 여기서 만나는 것으로!"

"아무래도 제가 너무 무리한 부탁을 하는 것 같아서…, 죄송해요!"

"아, 아닙니다. 이모님! 솔잎 씨는 제가 꼭 데리고 나오도록 하겠습니다. 너무 자책하지 마셔요!"

"고맙습니다. 그럼 그때 뵙기로 하고, 전 이만."

이모가 손수건으로 눈가를 훔치며 자리를 떴다.

"안녕히 가셔요! 이모님! 다음 주 월요일 여기서 뵙겠습니다!"

영채는 집으로 돌아오면서 솔잎을 설득할 방법을 생각해봤지만 뾰족한 수가 떠오르지 않았다. 언젠가 솔잎이 심곡 스님 앞에서 한 말이 혼란을 부추겼다.

—낳아 준 것이 곧 키워 준 것이고, 키워 준 것이 곧 낳아 준 것이라 깨닫자, 은혜와 원망 두 마음이 모두 다 사라졌습니다.

무슨 뜻일까? 어떻게 생각하면 부모님에 대한 모든 원망이 없어져 이모님을 만나는 데 아무런 부담이 없을 것 같기도 하고, 또 한편으로는 부모님 자체를 마음에서 완전히 지워버려 이모님의 존재를 인정하지 않을 것 같기도 했다. 일만 배를 한 뒤 부모님 사진을 태워버린 걸 보면 후자일 확률이 높았다. 만약 그렇다면 이모님 말씀처럼 만나는 것 자체가 솔잎한테 새로운 고통을 안겨주는 게 되니, 차라리 안 만나느니보다 못하다는 생각도 들었다.

'하지만, 이유 불문하고 두 사람은 만나야 한다. 핏줄이니까!'

2

 김포공항에는 영주가 차를 가지고 마중 나와 있었다. 게이트를 나서는 윤 여사를 영주가 먼저 발견하고 달려와 껴안았다.

 "할머니! 어서 오세요! 영채 오빠한테 전화 받았어요. 피곤하시죠? 근데, 할머니가 갑자기 웬일이셔요? 서울 오신 게 한 3년 됐나?"

 "2년 반만이다. 그래, 네 에미애비도 잘 있고?"

 "예. 잘 지내셔요."

 윤 여사가 차에 오르자 영주가 물병을 꺼내주었다. 윤 여사가 물을 한 모금 마시고 물었다.

 "넌 지금도 오피스텔에서 혼자 지내니?"

 "왜요? 할머니! 누구 남자친구 하나 붙여주려고요? 영채 오빠 말론 증손자 타령하신다면서요?"

 "못된 녀석! 말하는 것 봐라! 할미 걱정이 타령으로 들리냐?"

 "쏘리, 쏘리! 죄송해요. 할머니! 근데 그건 왜 물어보셔요? 저 혼자라는 거 잘 아시면서."

"시집간단 소리가 안 들려서 그냥 물어봤다. 그건 그렇고 앞으로 한 달 정도는 어디 출장 나가지 말고 국내 있거라."

"어머! 진짠가 봐!"

"진짜라니, 뭐가?"

"지금, 저 중매 때문에 그러시는 거 아녜요? 할머니!"

"머, 중매? 네가 그리도 못났냐? 늙은 할미한테까지 기대지 않고는 시집도 못 가게!"

"휴, 살았다! 깜짝 놀랐네! 전 그 일 때문인 줄 알았잖아요! 그게 아니면 무슨 일이죠? 할머니!"

"그럴 일이 있다! 때가 되면 전화하마!"

노 회장 집 앞에서 윤 여사는 영주를 집안으로 들이지 않고 바로 돌려보냈다. 옆에서 수다를 떨어 방해만 될 거라는 생각이 들어서였다.

윤 여사는 간병인의 안내를 받아 노 회장 방으로 갔다. 2년 반 만에 들어가 보는 방이었다. 노 회장은 휠체어에 앉은 채 책상 앞에 앉아 뭔가 들여다보고 있었다.

"제가 방해한 건가요?"

윤 여사의 말에 노 회장이 힐끗 돌아보고는 부리나케 휠체어를 밀고 와 윤 여사의 두 손을 덥석 잡았다.

"아니요, 아니요! 방해라니요! 형수님! 조금도 그런 거 아닙니다!"

노 회장이 윤 여사의 손을 계속 쓰다듬으며 울먹였다. 윤 여사가 노 회장의 어깨를 다독이며 말했다.

"애들같이…."

그러는 윤 여사의 목소리도 잠겨 나왔다.

"이틀 전 꿈에 형수님을 봤는데, 오늘 이렇게 오셨구먼요!"

노 회장은 윤 여사를 만나 여간 기쁜 게 아닌 모양이었다. 윤 여사의 손을 꼭 잡은 채 놓지 않았다.

"우리 갑갑한 방에 있지 말고 바람 쐬러 나가요! 어디, 정원으로 갈까요, 옥상으로 갈까요?"

윤 여사가 휠체어를 밀고 복도 끝에 있는 리프트로 가며 물었다. 리프트는 15년 전에 하반신불수 노 회장을 위해 윤 여사가 설치해 준 간이 승강기였다. 정원에서 침실이 있는 2층. 그리고 옥상까지 휠체어를 탄 채 자유롭게 오르내릴 수 있어 노 회장이 무척 좋아했다.

노 회장 집은 대지가 3백 평이 넘는 큰 저택이었다. 회사에서 퇴직한 전 총무과장이 간호사 출신 부인과 함께 1층에 살면서 정원사와 운전기사, 그리고 가정부, 경비원 등 여러 사람을 관리하고 있었다.

"옥상에도 가고, 정원에도 가고, 그리고 이따 중국집에 가서 짜장면도 먹읍시다!"

노 회장은 어느새 아이들처럼 들떠 있었다.

"그래요. 우리 가보고 싶은 곳은 다 가봐요. 달수 씨 원하는 곳이면 어디든 제가 모시고 갈게요!"

"아니, 아니, 그게 아니고, 형수님 가고 싶은 곳에 가요! 형수님 가시는 데는 어디든 따라가겠습니다!"

"그럼 먼저 옥상으로 올라가서 넓은 하늘부터 구경해요!"

리프트가 옥상에 멈추자 윤 여사는 휠체어를 밀고 옥상 가장자리에 있는 벤치로 갔다. 그런데 벤치 옆에 예전에 없던 망원경이 세워져 있었다. 휠체어에 앉은 채 볼 수 있는 높이였다. 또 바퀴가 달려있어 옥상 여기저기로 밀고 다닐 수도 있었다. 윤 여사는 노 회장이 혼자 옥상에서 망원경을 보며 소

일하는 모습을 상상하자 마음이 아팠다.

"형수님, 그 망원경으로 저기 문수봉 흰 바위 위를 한번 보십시오."

"뭐가 있는데요?"

"잘 보시면 바위틈에 솔개 둥지가 보일 겁니다!"

"정말요?"

윤 여사는 벤치에 앉아 망원경을 끌어다 노 회장이 말한 문수봉 흰 바위를 찾았다. 그러나 솔개 둥지는 보이지 않았다.

"못 찾겠는데요?"

"이리 주십시오. 제가 맞춰 드리겠습니다."

노 회장이 망원경 원근을 조절해서 윤 여사한테 주었다.

"바위 옆에 선 소나무 밑둥치 부근을 보셔요. 지금 어미가 새끼들한테 먹이를 주고 있어요!"

윤 여사는 망원경을 넘겨받아 노 회장이 말한 곳을 찾아보았다.

"아, 있어요! 달수 씨! 새끼가 두 마리네요! 어머, 정말 귀엽다! 저 앙증맞은 새끼들 주둥이 좀 봐! 서로 받아먹으려고 난리네, 지금!"

"그렇죠? 형수님! 하루 한두 번씩 어미가 먹이를 물어다 주는데, 어떨 땐 이틀 동안 한 번도 안 먹일 때도 있더라고요!"

"왜 그럴까요?"

"먹잇감을 못 잡아 그런 거 아닐까요?"

"불쌍해라! 저 어린 것들을 이틀씩이나 굶기다니!"

"그런데 형수님, 어미 발을 좀 보셔요. 링 같은 게 채워져 있지요?"

"예. 있어요! 근데 달수 씨, 저게 뭐죠?"

"조류학자들이 달아 놓은 추적 장치 같아요."

"왜요?"

"저 녀석들 생태를 관찰하는 거겠죠. 저 녀석은 참 행복한 놈입니다!"

"왜요?"

"누군가가 항상 관심 가지고 지켜봐 주니까요. 형수님이 절 지켜봐 주시
듯이."

"그래서 달수 씨도 지금 행복하셔요?"

"그럼요! 만주에서 형님과 형수님을 만나지 못했으면 저는 아직도 죄악
의 굴레에서 벗어나지 못했을 테고, 또 15년 전 그때 만약 형수님이 절 잡아
주지 않고 죽도록 내버려 두었다면 저는 영영 속죄할 기회를 얻지 못했을
것 아닙니까? 그래서 저 수리를 볼 때마다 절 옆에서 바라보고 있는 형수님
을 떠올리며 행복해합니다!"

"죄송해요. 달수 씨. 전 그렇게 너그러운 여자가 못 돼요. 늘 까탈스럽게
괴롭히기만 한 걸요! 자, 여기 벤치로 내려와 앉아요!"

소영이 일어나 달수를 부축해 벤치에 앉혔다. 예전보다 달수의 몸은 많
이 마르고 가벼웠다. 소영은 불쑥 안쓰러운 마음이 들며 눈시울이 뜨거워졌
다. 달수 옆에 바짝 붙어 앉아 팔로 허리를 안고 머리를 어깨에 기댔다. 까
마득한 옛날, 회령 단칸방 시절이 떠올랐다. 월남해서 서울 생활을 시작할
때 일도 주마등처럼 스쳤다.

─의정부 임시수용소에서 이틀을 보낸 소영 일행은 서울 용산 해방촌이
라는 곳으로 옮겨졌다. 해방촌에는 북에서 넘어온 사람들로 북적거렸다.
소영 일행도 그들과 함께 천막 속에서 서울 생활을 시작했다.

해방촌 생활은 북쪽에서 살 때보다 더 혹독했다. 숙소는 다닥다닥 붙여
쳐 놓은 군용 천막 한구석에 배정받았고, 미국이 주는 원조물자 배급으로
하루하루 살았다. 배급은 시간과 양이 일정치가 않아 자칫하면 배급을 놓치

거나 정해진 양을 받지 못해 굶는 날도 있었다. 그래서 소영은 배급을 놓치지 않기 위해 명모를 들쳐업고 한두 시간 전부터 줄을 서서 기다리곤 했다. 달수는 이곳으로 옮긴 뒤로 일자리를 찾는다며 매일 같이 바깥으로 나돌았다. 아침 느지막이 들어와 점심 배급을 받아먹고 나가면 다음 날 오전에나 다시 나타났다. 이런 달수를 소영은 처음에는 이해를 못 했다. 하루 이틀도 아니고 한 달 가까이 계속되자 달수가 변심한 게 아닌가, 하고 불안한 마음도 들었다. 그러다 달수가 저녁 잠자리가 불편해 옆 동네 남자들만의 천막에서 자고 온다는 사실을 한참 후에 알고는 혼자 몰래 울기도 했다. 또 그동안 달수가 자신의 몫으로 지급되는 담요와 끼니를 모자를 위해 희생했고, 그 덕으로 명모를 좀 더 따뜻하게 재우고 배불리 먹일 수 있었다는 것도 알고, 달수의 변심을 의심했던 자신을 크게 나무랐다.

해방촌 사람들 가운데는 유독 평안도 사람들이 많았다. 그들은 남산 기슭에 있는 영락교회 신자들이 대부분이었는데, 소영도 그들로부터 예배당에 가자는 권유를 많이 받았다. 그러나 소영은 어릴 때부터 불공을 드리는 어머니를 보고 자란 탓에 교회예배당은 애초부터 마음에 없었던 데다, 명모 아버지를 그렇게 떠나보낸 뒤로 마음속으로 부처님께 극락왕생을 빌고 있던 터라 선뜻 따라갈 수가 없었다.

해방촌에서 생활하면서 소영은 만주 동포 두 사람을 알게 되었다. 두 사람 다 소영 보다 열 살 정도 많은 30대 중반이었다. 한 사람은 봉천 출신으로 순자 엄마였는데, 남편이 일본군에 끌려가 소련군과 싸우다 전사했다고 했다. 그녀한테는 열 살배기 아들과 두 살 터울인 딸이 있었다. 다른 한 여자는 연길 출신으로 한쪽 다리를 사고로 잃은 남편과 노모를 모시고 있었다. 그녀는 친정집 친척과 소식이 닿는 대로 충청도 청주로 갈 것이라고 했다. 소영은 그들과 말동무하며 하루하루 어려움을 견딜 수 있었다.

해방촌으로 옮기고 두 달쯤 지나자, 아직 천막생활에 익숙해지지도 않았는데 첫 겨울이 찾아왔다. 천막 속에서 맞는 서울 겨울은 북만주 목단강 겨울 못지않았다. 천막 안도 한데나 마찬가지였다. 정부에서 설치해 준 화목난로가 있었지만 땔감이 턱없이 부족해 있으나 마나 했다. 동상환자가 부지기수로 생겨났고, 사람이 얼어 죽었다는 소리도 심심찮게 들렸다. 그런 중에서도 소영의 해산달은 점점 다가왔다. 소영은 제발 해산이 늦어져 한겨울이라도 넘긴 뒤에 해산하게 해달라고 속으로 빌었다. 하지만 되레 한 달 가까이 빨리, 그것도 새벽녘에 갑자기 산기가 찾아왔다. 소영은 본능적으로 위기감을 느꼈다. 생사람도 얼어 죽는 판국이었다. 잘못하다가 아이를 잃을 수도 있다는 불안감에 겁이 더럭 났다. 그런 데다 무엇 때문인지 달수는 닷새째 코빼기도 안 보이고 있었다.

산통을 견디다 못한 소영은 이를 악물고 일어나 담요를 뒤집어쓰고 기어가다시피 해서 만주 동포 순자 엄마가 있는 옆 천막으로 갔다. 소영의 상태를 알아챈 두 사람이 옆 사람들을 물리고 서둘러 해산준비를 했다. 주위 사람들도 자진해서 담요를 모아 난로 가에 칸막이를 해주고 아껴두었던 나무를 꺼내 난롯불을 활활 피워주었다. 그렇게 천막 안 모든 사람의 도움으로 소영은 무사히 아이를 낳았다. 그런 중에도 달수가 보이지 않자 옆에 사람들이 '아이 삼촌이라는 사람이 이럴 때 큰아이라도 돌봐주지 않고 어디 가서 뭐하냐'며 달수를 나무랐다. 그때마다 소영은 시골 친척 집에 양식 구하러 갔다고 둘러댔다.

달수는 열흘 만에 나타났다. 그는 소영이 안고 있는 갓난아이를 보고도 고개를 돌려버렸다. 고생했다는 말 한마디 없었다. 소영이 아이를 넌지시

달수한테 안겨 주었지만, 달수는 슬며시 몸을 돌려 엉뚱한 짓을 했다. 아이가 달갑잖은 태도를 노골적으로 드러냈다. 소영은 눈물이 왈칵 났다. 고개를 돌리고 옆 사람들이 눈치채지 못하게 입을 꽉 다물어 울음을 참았다. 달수는 아무 소리 않고 휭허케 밖으로 나가버렸다. 소영은 그런 달수가 야속했다. 아무리 엄마의 억지에 못 이겨 한 합방이라고 해도 엄연한 부부 사이의 일이었는데, 그 뒤에 보여 준 달수의 행동을 소영은 도저히 이해할 수가 없었다. 합방을 마치 큰 죄라도 지은 듯이 뉘우치고 후회했다. 그리고 어쩌다 잠자리에서 소영이 옆으로 다가가면 벌떡 일어나 앉아 얼음처럼 차갑게 말했다.

"형수님! 저는 한 번만 더 실수하면 제 몸에 스스로 칼을 대겠다고 수언 형님 영혼 앞에 맹세했습니다!"

그런 달수의 태도는 소영이 자기의 아이를 가져도 달라지지 않았다. 아예 낳지 않기를 은근히 바라는 눈치였다. 그래도 소영은 정말로 자신의 아이가 태어나면 아버지의 본성이 살아나 틀림없이 아이를 사랑하게 되고, 또 부부의 애정도 생겨날 것이라고 믿었다. 그런데 조금 전 달수의 태도는 그동안 소영이 기대하고 소망했던 태도와는 거리가 멀었다. 달수의 마음에 아이에 대한 사랑은 눈곱만치도 없을 뿐 아니라, 오히려 태어난 아이를 저주하고 있는 게 분명했다. 소영은 비로소 깨달았다. 자신과 달수의 사랑은 서로 떠날 수도 없고, 가질 수도 없는 사랑이라는 것을!

어둑어둑해졌을 때 다시 돌아온 달수가 명모를 번쩍 안아 들며 조그맣게 말했다.

"형수님, 잠깐만."

소영이 미처 못 알아듣고 달수를 올려다보았다.

"저 좀 따라오셔요."

달수가 조금 크게 말하고는 먼저 천막을 나갔다. 산후조리를 제대로 못해 몸이 퉁퉁 부은 소영은 혼자 몸도 건사하기 힘들었다. 잠든 아이를 업으려다 말고 옆 사람한테 잠시 부탁하고 천막 밖으로 나갔다. 저만큼 어둑한 나무 그늘에서 달수가 손짓으로 불렀다. 달수는 소영을 남산 자락 숲속으로 데리고 갔다. 소나무가 제법 울창한 곳에 이르러 달수가 명모를 내려놓고는 눈이 수북이 쌓인 마른 풀숲에서 제법 큼직한 보따리를 꺼냈다.

"이게 뭐죠?"

소영의 물음에 달수가 재빨리 손가락으로 입술을 가리며 작은 소리로 타일렀다.

"조용히! 누가 들으면 안 되니까요!"

달수가 입고 있던 두툼한 외투를 벗어 추위로 움츠리고 있는 소영한테 걸쳐주고는 주섬주섬 보따리를 풀었다. 소영은 보따리 속 물건을 보고 헉! 하고 숨을 들이쉬었다. 빵과 과자 봉지와 함께 크고 작은 통조림 깡통이 가득 들어있었다.

"이게 다 어디서 났죠?"

소영이 물건들을 헤집어 보며 소곤거리듯 물었다.

"제물포 웨이 아저씨 이모님이 주셨습니다. 언니 편지를 보고 어떻게나 기뻐하시든지!"

"아! 거기 가셨었군요! 그래도 말 좀 하시고 가시지! 얼마나 걱정했다고요!"

"죄송합니다, 형수님! 그냥 잠깐 편지만 전해주고 오려고 했는데, 가는 날이 장날이라고, 제가 가니까 이사를 막 하고 있더라고요. 그래서 그냥 올 수가 없어서 이삿짐 좀 날라주고 뒷정리도 좀 해주고 서둘러 나서는데 좀 쉬었다 가라면서 어떻게나 붙잡던지, 해방촌 수용소 생활 고된 줄 다 안다면서!"

"전 그런 줄도 모르고 달수 씨가 혹시…."

소영이 말을 하다 말고 멈칫거리자 달수가 짓궂은 웃음을 띠며 말했다.

"그러잖아도 형수님 그냥 놔둬 버리고 혼자 도망이라도 쳐버릴까 했습니다! 그것도 몰래 명모만 데리고 말입니다!"

그러면서 달수가 태연히 과자 봉지를 찢어서 명모한테 주었다. 소영이 뜯어진 봉지에서 과자 두 개를 집어 달수 입에 하나를 넣어준 뒤 자신도 먹으며 생글거렸다.

"제발 좀 그러시지! 보기 싫어 죽겠는데!"

"걱정 마셔요. 앞으로도 얼마든지 그럴 기회는 있으니까요. 그건 그렇고, 형수님 이걸 여기 놔둘 테니, 제가 없더라도 저녁으로 몰래 명모 데리고 와서 한두 개씩 잡숫고 가셔요."

"그건 싫어요! 도둑고양이도 아니고!"

"그럼 어떡하려고요?"

"지금 가져가서 같이 나눠 먹을래요!"

"그 많은 사람들 다하고? 괜히 싸움만 붙이지 말고 제 말대로 하셔요!"

"아니에요. 다른 사람은 몰라도 이번 출산 때 도와준 옆 천막 사람들한테는 어떻게든 보답해야 해요! 다해서 한 열댓 사람 되니까 이거 갖다가 다문한 개씩이라도 나눠줄래요!"

"하, 참! 명모 주려고 애써 얻어온 건데! 하지만 형수님 뜻이 그렇다면 어쩔 수 없지요, 머! 그렇게 하십시오!"

"그리고, 이제 명모한테만 명모, 명모, 하시지 말고 제발 둘째 애도 생각 좀 해주셔요! 이름도 빨리 지어주시고, 출생신고도 하시고요!"

"출생신고는 무슨! 앞으로 어떻게 될지도 모르는데! 이따 천천히 하기로 하고, 이름은 형수님이 적당히 지어 부르십시오!"

달수가 퉁명스럽게 내뱉고는 명모를 안고 벌떡 일어나 성큼성큼 걸어갔다. 소영이 그런 달수의 뒷모습을 잠시 쏘아보고 있다가 얼른 보따리를 집어 들고 달수 뒤를 따랐다. 그날 밤 천막 안은 다들 모포를 뒤집어쓰고 뭘 먹느라 늦게까지 수다스러웠다.

몇 달이 지나도록 달수는 아이 이름을 지어주지 않았고, 안아주지도 않았다. 소영은 어쩔 수 없이 아이 이름을 '명근'이라고 지어 불렀다.

달수는 그 뒤로 제물포에서 살다시피 했다. 웨이 아저씨 이모가 부업으로 하고 있던 요릿집 앞 가판장사를 달수한테 해보라며 물려주었기 때문이었다. 달수는 장사수완이 좋았다. 가판을 떠맡아 장사를 시작한 지 네댓 달만인 이듬해 초여름에 서울역 뒤쪽 청파동에 사글셋방을 얻었고, 소영은 1년도 채 안 되어 해방촌에서 나오게 되었다.

셋방을 얻어 나온 며칠 뒤, 저녁에 달수가 제법 큼직한 상자를 안고 들어왔다. 그는 상자를 윗목에 놓고 무릎을 꿇더니 합장하고 절을 꾸뻑꾸뻑했다. 그러다 영문을 몰라 멀뚱히 서 있는 소영의 팔을 잡아 옆에 꿇렸다. 얼떨결에 달수를 따라 절을 한 소영이 상자를 가리키며 물었다.

"도대체 이게 뭔데 이러죠?"

"형수님이 엄청 좋아할 분입니다!"

달수가 싱글싱글 웃으며 그러나 매우 조심스럽게 나무상자 뚜껑을 열었다. 그 순간 소영은 자기도 모르게 합장을 하며 조그맣게 외쳤다. '나무 관세음보살!'

달수가 상자에서 끄집어낸 물건은 흙으로 빚은 베개만 한 부처였다. 투박한 모습에 법신 군데군데 칠이 벗겨지고 홈집이 난 상태였지만 부드러운 어깨선과 인자스러운 미소가 잘 살아있는 부처였다.

"웬 부처님이에요?"

"형수님을 위해 특별히 구했습니다! 제물포서!"

"자세히 좀 말씀해보셔요! 절 위해서라니요?"

"평소 수언 형님 극락왕생을 지극정성으로 빌고 계시는 형수님을 위해 오래전부터 부처를 구해드리고 싶었습니다. 하지만 돈도 없는 데다 모셔놓을 마땅한 자리도 없고, 부처님 구하기도 쉽지 않아 못했는데 이번에 셋방이지만 방도 이렇게 구했고 해서!"

"부처님은 어떻게?"

"오늘 웨이 아저씨 이모님 물건 배달하러 부근 암자에 갔었는데, 얼마 전에 새 부처를 들였다며 이게 헛간에 방치되어 있더군요. 그래서 스님한테 제가 가져가고 싶다고 했더니 이렇게 좋은 상자에 정성 들여 싸 주시데요! 잘 모시라고 하시면서! 비싼 고급부처가 아니라서 죄송합니다. 형수님, 앞으로 돈 좀 벌면 큰집에 좋은 부처님 모셔드리겠습니다!"

"아, 아니에요, 달수 씨! 전 이 부처님이 너무 맘에 들어요! 비싸고 좋은 부처 필요 없어요! 이 부처님이 우리 형편하고 딱 맞아요! 이건 분명 수언 씨가 우리한테 보내준 부처님일 거예요!"

"저도 헛간에서 보자마자 형님 생각이 언뜻 들었습니다. 그래서 더 모셔오고 싶었지요! 형님이 언젠가 저한테 그랬거든요!"

"뭐라고 하셨는데요?"

"연해주로 장사 나갔을 때 눈밭에 야영하면서 의형제결의를 했는데 제가 형님한테, 저는 죄를 많이 지은 사람이라 아우 될 자격이 없다고 했더니, 그러셨어요. 세상 살면서 죄 안 짓고 사는 사람이 어디 있나! 아무리 많은 죄를 지어도 뉘우치고 반성해서 참회하면 모두 다 부처가 되는 거라고요! 그 말씀을 듣고 그때부터 평생 형님의 아우가 되기로 맹세했습니다!"

"아, 그런 일이 있었군요! 저도 이제 오늘부터 이 부처님을 평생 옆에 두고 모시기로 맹세하겠습니다! 달수 씨, 정말 고마워요!"

그날 이후로 목단강 여섯 원혼을 달래는 소영의 기도는 더욱 간절해졌다. 그리고 스스로 맹세했듯이 소영은 지금까지 50년이 넘도록 그 불상을 옆에 두고 모셨다.

소영은 해방촌을 나온 뒤에도 두 언니와 연락을 하고 지냈다. 그들의 소개로 소영은 청파동에 2년 남짓 사는 동안 만주서 살다 온 동포를 예닐곱 명 더 알게 되었다. 그렇게 남쪽 생활이 조금씩 자리를 잡아가는 중에 6·25 동란이 터졌고, 소영과 달수 가족도 부산으로 피난을 갔다가 5년 만에 서울로 다시 올라왔다. 그리고 둘째 아들 명근이가 국민학교 입학할 나이가 되어서야 달수는 출생신고를 했다.

둘째 아들 명근이를 낳은 후에도 달수는 여전히 소영을 아내가 아닌 형수로 대했다. 달수는 명근이를 볼 때마다 수언 형님에 대한 배신의 소산으로 생각했다. 그러나 소영은 지어미로 명근이가 불쌍했고, 달수의 지아비 사랑이 하루빨리 되살아나길 소망했다. 그렇게 밀고 당기며 미운 듯 고운 듯 살기를 한 달, 두 달, 십 년, 이십 년이 가고 어느새 사십 년 세월이 흘렀다. 그리고 청천벽력같은 큰아들 명모의 교통사고로 두 사람은 별거 아닌 별거에 들어갔다.

어디선가 제법 센 바람이 휙 불어왔다. 생각에서 깨어난 윤 여사가 고개를 들고 머리를 매만졌다. 노 회장이 멀리 북한산 쪽을 쳐다보며 혼잣말처럼 했다.

"이제 영채도 성공해 돌아왔고, 영주 영수도 다 컸으니…."

"그러게요. 어느덧 15년 세월이 흘렀네요."

"어떻게, 이제 때가 된 것 같잖습니까? 형수님!"

"그래서 달수 씨 모셔가려고 왔어요. 영채도 이미 눈치챈 것 같고."

"영채가?"

"달수 씨가 친할아버지 아니라는 걸…. 그리고 제 부모에 대해서도."

"걔가 어떻게 그걸. 온 지도 얼마 안 되는데!"

"지난번 서울 왔을 때, 예전 우리 집 운전수를 우연히 만났대요. 그 사람한테서 자기 부모님이 돌아가신 날 큰 싸움이 있었다는 이야기를 들었답니다. 사고 나던 날, 명모가 '40년 넘게 노명모로 산 것도 억울한데, 내가 죽어야지, 내가 죽어야지!' 했다는 말을 들었다면서, 도대체 그게 무슨 말이냐고 따져 묻더군요!"

"그래서요?"

"명모를 달수 씨 호적에 올릴 수밖에 없었던 사연을 다 이야기해줬어요. 30여 년 전, 우리가 명모한테 해줬던 것처럼."

"그러니, 뭐라던가요?"

"이해하는 것 같았어요."

"고맙군!"

"고맙고 말고요! 그리고 우리 손주며느리 감도 같이 들었는데, 걔도 마찬가지였고요!"

"아니, 손주며느리 감이라니, 형수님! 영채한테 그런 아가씨가 있단 말입니까?"

"아직 확답은 안 했지만 우리 영채를 좋아하고 있는 건 분명해요."

"그렇다면 데리고 오시지 않고!"

"곧 보시게 될 거에요. 그런데 그 아이 운명이 너무 얄궂어서 좀…."

"왜, 어떤데요?"

윤 여사는 솔잎의 출생에 대해 대충 이야기했다. 친할아버지 나카무라 박사와 양 할아버지 한준서에 관한 이야기를 들은 노 회장이 갑자기 헉! 하고 깊은 신음 소리를 내며 몸을 부르르 떨었다.

"왜 그러셔요?"

윤 여사가 달수의 어깨를 어루만지며 물었다.

"아, 아, 아닙니다! 어서 보고 싶어서…. 그깟 운명 같은 건 따지지 맙시다. 형수님! 본인들만 좋다면야, 머 그런 게 대수겠습니까?"

"하긴 그래요! 달수 씨만 괜찮다면 저도 좋아요!"

"그럼, 손자며느리 감은 그렇게 하고, 그런데, 절 어디로 데려가시려고?"

"제가 사는 곳에요. 여기보단 그곳이 여러모로 좋을 것 같아서요. 달수 씨가 꼭 만나보셔야 할 분도 있고."

"제가요? 누군데요?"

"게오르기 킴 어른의 부인요!"

"옛? 정말입니까? 정말 그분의 부인을 만날 수 있단 말입니까?"

"예. 저도 이번에 영채한테 그분 이야기를 듣고 깜짝 놀랐어요! 바로 우리 회사 부산사무소 김 소장이 그분 손자랍니다. 게오르기 킴 어른은 안타깝게도 15년 전에 이미 돌아가셨고, 지금 할머니만 모시고 있답니다."

"세상에 이럴 수가! 그분의 가족을 지금 와서 만날 수 있다니! 이건 분명 부처님 뜻일 겁니다! 그, 그렇지 않습니까? 형수님!"

노 회장이 말을 하다 말고 그만 훌쩍훌쩍 울기 시작했다. 윤 여사가 얼른 노 회장을 끌어안았다.

"그래요! 정말 부처님 뜻이에요! 15년 전에 우리 앞에 갑자기 나타나 그런 큰 시련을 안겨주시더니, 이제 후손이 또 이렇게 나타난 걸 보면 그동안 우리의 기도가 헛되지 않은 거 같아요!"

"맞습니다. 형수님! 형수님 말씀대로 참고 기다리길 백번 잘한 것 같습니다. 안 그랬더라면 영원히 속죄의 길은 어긋나고 말았을 것 아닙니까? 어서 갑시다. 형수님! 가서 다들 만나 용서를 빌어야겠습니다!"

"하지만, 달수 씨. 여기 일 정리하는데 약간의 시간이 필요하지 않나요? 거기 준비는 영채한테 다 시켜놨지만."

"시간은 무슨! 전 내일도 좋고 모레도 좋고, 오늘 당장 여기서도 좋습니다! 지난 15년간, 어서 오늘 같은 날이 오기를 기다리며 살았습니다. 그러니 언제 어디든 형수님을 따라갈 수 있습니다."

"저도 이날 이때까지 수언 씨와 달수 씨, 두 분이 부디 원한을 풀고 서로 손잡고 극락왕생하게 해달라고 주야장천 빌고 빌었습니다!!"

"아! 형수님!"

노 회장이 두 손으로 얼굴을 가렸다. 윤 여사가 노 회장의 얼굴을 끌어다 다시 가슴에 품었다.

"달수 씨! 울지 마셔요! 전 지금도 달수 씨를 사랑하는 마음에는 변함이 없어요! 달수 씨의 사랑을 의심해본 적도 없고요! 수언 씨도 이미 달수 씨를 용서하셨을 거라 믿어요!"

어느새 윤 여사의 목소리도 울먹이고 있었다. 노 회장의 흐느낌이 점점 격렬해졌다.

다음날부터 윤 여사는 매일 같이 노 회장을 데리고 시내 구경을 다녔다. 남산타워도 오르고 한강 유람선도 탔다. 서울 생활을 처음 했던 용산 해방촌에도 가보고, 청파동 첫 월셋집에도 찾아가 보았다. 그러나 그때의 흔적은 하나도 찾아볼 수 없었다. 그리고 서울 마지막 저녁에는 두 사람이 옛날에 자주 가던 중국집에 가서 마지막 짜장면을 먹었다.

3

이모와 약속한 날이 내일로 다가왔지만 영채는 아직 솔잎한테 이모 '이' 자도 끄집어내지 못했다. 자신이 이모를 만난 일을 솔잎이 안다면 큰 충격을 받을 것은 명약관화했다. 그래서 영채는 바로 이야기 못 하고 할아버지 이야기부터 에둘러 시도해 봤지만 솔잎은 부모님 '부'자만 나와도 딱 끊어버렸다. 이제 이모님과 한 약속을 지키려면 내일 아침 일찍 출발해야 했다.

'어떻게 할까? 지금이라도 이모 이야기를 다 해버릴까? 아니다. 그냥 밀어붙이자! 일단 부산까지 데리고 간 뒤, 만나고 안 만나고는 그때 봐서 결정하자!'

영채는 저녁을 먹은 뒤 이야기를 꺼냈다.

"저, 솔잎 씨한테 부탁할 게 있는데요?"

"무슨 일이죠?"

"다른 게 아니고, 낼 운전 좀 해줄 수 있는지. 급히 부산 병원엘 좀 가봐야 할 것 같아서!"

"병원이라뇨! 몸이 불편하서요?"

영채 말에 솔잎이 놀라 물었다.

"뭐, 그렇게 많이 아픈 건 아니고요, 전에 침대 옮기면서 옆구리를 삐끗했는데 그게 쉬 낫질 않네요. 그래서 큰 병원에 가서 정밀검살 한번 받아 볼까 해서요."

"잘 생각하셨어요! 제가 모시고 갈게요!"

"고맙습니다. 그럼 낼 아침 먹고 바로 출발하도록 합시다!"

"이참에 아예 종합검진을 한번 받아 보셔요! 그동안 미국 계시면서 몸 관리도 부실했을 텐데!"

"에이, 그 정도로 저 몸 약하지 않습니다! 솔잎 씨!"

영채는 솔잎의 걱정이 고마웠다. 거짓말한 게 미안했지만 어쩔 수 없었다. 무조건 약속장소까지는 끌고 가야 했다.

다음 날 아침, 차가 출발해 진주를 지나자 영채는 바로 거짓말을 실토했다. 도저히 모른 체하고 있을 수가 없었다. 하지만 정작 솔잎은 입가에 엷은 미소만 지었을 뿐, 담담했다.

"그런데, 왜죠?"

"그냥, 이렇게 솔잎 씨와 둘이 드라이브가 하고 싶어서…. 바다가 보이는 아늑한 숲속 카페에서 같이 커피도 한 잔 마시고 싶고!"

영채가 솔잎의 표정을 살피며 굼뜨게 말했다.

"그렇다고 몸 아프단 핑곌 대셔요? 사람 걱정하게!"

"달리, 생각이 안 나서…. 오늘 솔잎 씨한테 깜짝 놀랄 선물을 하고 싶은 조급한 마음에 그만, 미안합니다."

"깜짝 놀랄 정도로 큰 선물이라면 전 사양할래요."

말과 달리 솔잎의 눈은 웃고 있었다.

부산 해운대에 도착한 영채는 동백섬 호텔이 멀찍이 보이는 바닷가 주차장에 차를 세웠다. 솔잎과 백사장을 천천히 걸어 호텔 가든 카페로 갔다. 솔잎은 매우 기쁜 듯 붙잡고 있는 영채의 손을 연신 흔들어댔다.

커피를 시켜놓고 영채가 말했다.

"여기서 오늘 귀한 사람을 만날 겁니다."

"전에 전화 왔던 그 친구분 말씀이군요."

"예. 25년여 만입니다."

"얼마나 반가우실까! 축하드려요! 그럼 전 저기 바닷가에 나가 있을게요. 친구분과 이야기 끝나면 백사장으로 오셔요."

"안 됩니다. 같이 만나야 합니다."

"왜요?"

"왜냐면, 솔, 솔잎 씨를 소개해 주기로 했으니까요!"

"예? 그런 농담 마셔요. 전 그런 분 필요 없어요! 이따 저기 모래밭으로 오셔요!"

솔잎이 발딱 일어섰다. 영채가 얼른 솔잎의 팔을 잡았다.

"그러지 말고 앉아요! 얼굴이라도 한번 보여주고 가도 가요! 정말 어렵게 만든 자리니까요! 잠깐, 저기 오셔요!"

여자가 테이블로 다가와 자리에 앉지 않고 멈칫거렸다. 솔잎은 영채가 소개해 주겠다던 사람이 남자친구인 줄 알고 있다가 뜻밖에 중년의 여자가 나타나자 호기심 어린 눈으로 여자를 쳐다보았다. 영채가 얼른 일어나 솔잎 옆 의자를 빼주며 여자한테 자리를 권했다. 솔잎이 슬며시 일어나 영채 곁으로 옮겨 앉았다. 영채가 솔잎이 도망 못 가게 재킷 자락을 몰래 움켜잡으며 재빨리 말했다.

"솔잎 씨, 인사드리셔요! 이모님이셔요!"

"영채 씨한테 이모님이 계신 줄 몰랐네요. 저….."

"제 이모님이 아니고, 솔잎 씨 이모님이셔요!"

영채 말에 솔잎이 깜짝 놀랐다.

"예? 그게 무슨 말씀이셔요?"

"미안합니다. 사전에 이야기 못 해서!"

"그런 말씀 마셔요! 저한텐 어머니도 없는데 이모가 어떻게 있어요?"

그러고는 발딱 일어서다 영채 손에 걸려 다시 털썩 주저앉았다. 솔잎이 영채의 손을 뿌리치려고 애쓰는 사이 영채가 재빨리 여자를 향해 눈짓했다. 영채의 눈길을 받은 여자가 다부지게 말했다. 이미 모든 걸 예상하고 내심 단단히 각오하고 나온 듯했다.

"한솔잎이라고 했지? 나는 네 이모 정숙경이다! 지금 네 마음이 어떤지 잘 안다. 얼굴 보기는커녕 말 한마디 붙이기도 싫겠지! 하지만, 네가 꼭 알아야 할 몇 가지만 들려주고 가마!"

이모가 말하는 중에도 솔잎은 영채의 손을 뿌리치려고 몸부림을 쳤다. 그런 솔잎을 향해 여자가 버럭 소리 질렀다.

"내가 이모 자격 없다는 거 안다! 잘못했다, 용서해라, 하는 소리는 안 하겠다! 하지만 세상에 부모 없는 자식이 어디 있냐? 네 엄마 이름이라도 알려줘야겠다 싶어 이렇게 나왔다. 듣기 싫으면 언제든 달아나도 좋으니 영채 씨! 그 손 놔주셔요!"

이모의 다그침에 솔잎이 멈칫하며 영채를 쳐다봤다. 영채가 고개를 까딱거려 용기를 주었다. 솔잎이 움직임을 멈추고 창밖으로 슬며시 고개를 돌렸다. 이모가 조금 전과 달리 착 가라앉은 목소리로 이야기를 시작했다.

─네 엄마 이름은 정숙미다. 나보다 두 살 밑이었다. 우리 부모님은 부산

토박이로, 발동기가 달린 고깃배를 가지고 있는 선주 집이었기 때문에 여유가 있었다. 그때만 해도 발동선은 귀했고 어부들도 서로 발동선을 타려고 했다. 노 젓는 일이 없어 일이 쉬운 데다 무엇보다 어획량이 많기로 전마선 같은 것과는 비교가 되지 않아 수입이 좋았기 때문이었다. 아버지는 아들이 없어 아쉬워하시면서도 우리 자매를 몹시 사랑하셨다. 내성적이고 수줍음이 많은 나와 달리 네 엄마는 매사 적극적이고 활동적이었다. 그래서 아버지는 늘 '우리 숙미가 사내였다면 훌륭한 마도로스가 됐을 텐데!' 하며 예뻐하셨다. 그런 우리 집에 날벼락이 떨어진 건 내가 고등학교 2학년, 네 엄마가 중학교 3학년 때였다. 고기잡이 나갔던 우리 배가 불이나 침몰해 버린 것이다. 배에 탔던 어부 다섯 사람은 물론 배를 몬 아버지까지 모두 돌아가시는 큰 사고였다. 배는 침몰했고 사람도 다 사망해버렸기 때문에 정확한 사고 원인을 밝힐 수가 없었다. 결국 경찰은 선박 정비 불량과 어획량에 욕심을 낸 선주가 무리하게 작업을 한 게 사고 원인이라며 모든 것을 선주 책임으로 돌렸다. 이렇게 되자 선원 유가족들이 우리 집으로 몰려와 몇 날 며칠을 지새우며 사람 살려내라고 아우성을 쳤다. 하루아침에 가장을 잃어버린 우리는 속수무책이었다. 결국 우리는 두 달 만에 거리로 나앉고 말았다. 평소 발동선을 시기하던 전마선 선주들이 모두 유가족 편을 드는 바람에 우리는 터무니 없이 많은 배상금을 지급하지 않으면 안 되었고, 결국에 살던 집까지 몽땅 넘겨주고 말았다. 마지막 짐을 챙길 때 어머니가 하신 말씀을 나는 지금도 생생히 기억한다. 아버지가 쓰시던 책상을 두고 내가 물었다.

─엄마, 이 책상도 버려야지?

─아, 아니다. 가져가자!

─왜? 놔둘 데도 없는데!

─그건 아빠가 몹시 아끼던 책상이다. 한밤중에도 아빠는 거기 앉아 창

밖 달을 쳐다보며 혼자 위스키를 드시곤 했단다. 둘 데 없으면 한데라도 어디 달 보이는 곳에 놔두자꾸나. 행여 아빠가 오시면 앉을 자리는 있어야 하지 않겠니?

우리 어머니는 정말 다부지셨다. 모든 걸 잃었지만 아직 철부지인 두 딸을 위해 당신은 이내 정신을 차리시고 살길을 찾아 나섰다. 손가락에 끼고 있던 결혼반지를 빼주고 부둣가 판자 움막을 월세로 빌려 국숫집을 열었다. 그때부터 나는 어머니와 국숫집을 하고 네 엄마는 그대로 학교에 다녔다. 우리는 정말 열심히 일했다. 네 엄마도 학교를 그만두고 가게 일을 돕겠다고 했지만, 엄마가 둘 다 학업을 포기해서는 안 된다며 네 엄마를 말리셨다. 그때부터 네 엄마는 고생하는 언니와 엄마를 위해서라도 열심히 공부해서 꼭 여상에 들어가 장학금을 받겠다며 열심히 공부했다. 그리고 정말로 네 엄마는 여상에 장학생으로 진학했고, 3년 내내 장학금을 받았다. 그렇게 네 엄마는 여상을 우등생으로 졸업하고 곧바로 신발 만드는 큰 회사에 취직했다. 네 엄마가 첫 월급을 받아오던 날 밤, 우리 세 모녀는 아빠 사진 앞에 네 엄마의 월급봉투를 놓고 서로 끌어안고 얼마나 울었는지 모른다.

이듬해 우리는 조금씩 모은 돈으로 제법 큼직한 음식점을 차릴 수 있었다. 손님은 많았다. 일손을 안 데리고 엄마가 주방일을 맡고, 나는 홀을 도맡았기 때문에 손님 맞기에 눈코 뜰 새가 없었다. 손님은 대개가 부둣가 상선회사 노무자들이었다. 네 엄마도 회사가 끝나면 옆도 돌아보지 않고 집으로 달려와 가게 일을 도왔다.

그러던 어느 토요일 저녁이었다. 건장한 외국인 두 사람이 가게에 들어왔다. 얼른 봐도 외항선 마도로스로 보였다. 그중 한 사람은 얼굴도 우락부락한 데다 팔뚝에 검은 문신을 잔뜩 새기고 있어 무서웠다. 그들은 처음부터 안하무인이었다. 가게에 있는 다른 손님들은 아랑곳하지 않고, 연신 파이프 담배 연기를 뿜어대며 큰소리로 거칠게 행동했다. 우리는 불안했지만 어쩔 수 없어 지켜보고만 있었다. 이윽고 네 엄마가 용기를 내 쟁반에 물컵을 받쳐 들고 그들 앞으로 갔다. 그리고 메뉴판을 보여주며 주문을 받으려고 하는데, 문신 새긴 사람이 메뉴판을 옆으로 휙 던져버리고는 갑자기 네 엄마 팔목을 덥석 잡았다. 놀란 네 엄마가 비명을 지르며 뿌리치려 했지만 억센 남자의 손아귀 힘을 당할 수가 없었다. 네 엄마가 다른 손으로 사내의 손을 떼 내려고 악을 쓰며 버둥거렸다. 그런데도 아무도 말리는 사람이 없었다. 문신 사내는 네 엄마의 그런 모습이 재미나는지 자리에서 일어나 네 엄마 허리에 손을 대고 춤을 추려고 했다. 그때, 갑자기 어디서 '스톱!(그만해!)' 하는 영어 소리가 들렸다. 사람들이 모두 소리 나는 쪽을 쳐다보았다. 두 외국인도 동작을 멈추고 그쪽을 쳐다봤다. 가게 구석에서 모자를 푹 눌러쓴 청년이 외국인 앞으로 천천히 다가왔다. 전에 몇 번 가게에 왔던 손님이었다. 청년이 네 엄마 손을 잡은 문신 팔뚝을 툭툭 치며 뭐라고 말했다. 그러자 그 외국이 조금 놀라는 표정이 되며 얼른 네 엄마 손을 놓았다. 그 뒤로도 그 청년은 두 사내와 영어로 제법 많은 이야기를 나누었다. 나중에 세 사람은 서로 손을 내밀어 웃으며 악수했고 청년도 제자리로 돌아갔다.

청년이 술값을 계산할 때 네 엄마가 물었다.
"아까 그 못된 놈한테 뭐라고 하셨죠?"
"별말 안 했습니다."
"그런데도 대번에 물러나요?"
"내 약혼자라고 했소!"
청년이 쳐다도 보지 않고 무뚝뚝하게 말하고 돌아섰다.

"뭐라고요? 참, 오지랖도 넓네! 꼴에 잘난 척하기는!"

네 엄마도 지지 않고 쌀쌀맞게 응수했다. 청년이 문을 나가다 말고 돌아보았다.

"왜요? 계속 그놈한테 잡혀 춤 못 춘 게 아쉽습니까?"

"아니, 뭐라고요? 이봐요! 잠깐!"

네 엄마가 재차 대들었지만 청년은 아무 말 않고 그냥 문을 닫고 나가버렸다.

그날 이후로 청년은 일주일에 한두 번 정도 식당에 들러 술을 마시고 갔다. 그는 늘 혼자였다. 사람이 있는지 없는지도 모를 정도로 조용히 머물다 가곤 했다. 그런데 언젠가부터 나는 네 엄마가 그 청년이 오기를 기다린다는 걸 알게 되었다. 그 청년이 올성싶은 날이면 네 엄마는 일찍 집에 왔다. 가게 일도 더 활기차게 도왔다. 그리고 유독 그 청년한테 신경을 많이 썼다. 네 엄마는 안 그런 척했지만 나는 다 알면서도 모른 척했다. 그렇게 서너 달을 보내는 동안 우리 세 모녀는 어느 때보다 즐겁고 행복했다.

그해 늦가을쯤 되었을 때부터 네 엄마의 퇴근 시간이 간간이 늦어졌다. 어떨 때는 통금시간이 임박해서 들어올 때도 있었다. 그럴 때면 어머니는 딸 걱정에 잠시도 쉬지 못하고 문밖을 들랑거렸다. 네 엄마는 그때마다 회사에 일이 많아서 야근했다고 했다. 하지만 나는 네 엄마가 그 청년을 만나고 다닌다는 것을 눈치채고 있었다. 네 엄마도 언제까지고 나를 속일 수 없다고 생각했던지 어느 날 내게 고백했다.

"언니, 나 한국남 씰 사랑하는 거 같아."

어느 날 잠자리에 들면서 네 엄마가 말했다. 나는 예상은 하고 있었지만, 정작 네 엄마가 그렇게 말하자 놀랍기도 하고 부럽기도 했다. 나 같으면 죽어도 내 입으로 그런 말은 못 할 것 같았기 때문이었다.

"그 청년 이름이 한국남 씨니?"

"응."

"그 사람도 널 사랑한대?"

"몰라. 물어보지 않았으니까! 나도 그 사람한테는 아직 사랑한다는 말 안 했어!"

"직업이 뭐래?"

"상선회사서 노동자들 통역해준 지 한 2년 됐대. 오늘 내 말, 엄마한테 이를 거야?"

"숨길 일이 아니잖니?"

"그래도 겁나!"

"그러니 먼저 말해. 엄마가 알기 전에!"

"되게 실망하고, 뭐라 하실 텐데!"

"걱정 마. 언니가 도와줄게."

그렇게 해서 가게 쉬는 날을 잡아 그 청년을 내실로 초대했다. 나는 어머니한테 네 엄마가 청년과 서로 사귀고 있다고 말했다. 그러나 어머니는 지난번 외국인 일도 있고 해서 그런지 별반 놀라지 않았고 친절하게 청년을 대했다.

─바깥에서 우리 숙미를 만난다는데, 난 자네에 대해 아는 게 하나도 없어 걱정이네.

어머니는 청년을 만나자마자 단도직입적으로 말했다.

─예. 어머님, 충분히 이해합니다. 진작 찾아뵙고 말씀드려야 하는데 죄송합니다.

─그렇게 죄송해할 것까진 없고, 지금이라도 우리 가족 앞에서 자네 소

개 좀 해주면 안 될까?

　─예. 그러겠습니다. 보잘것없는 사람이지만.

　청년이 찻잔을 들어 한 모금 마신 뒤 자신을 소개하기 시작했다. 그의 목소리는 조용조용했고, 순간순간 진실과 마주하는 눈빛이 역력해 듣는 이로 하여금 믿음을 갖게 했다.

　─저는 경남 산청 덕산이라는 곳에서 태어났습니다. 제 기억 중에 가장 어렸을 때 기억은 제가 예닐곱 살 때입니다. 그때 저는 내원사라는 절에 자주 내려가 놀았는데, 이유는 그 절에 계시는 시루 보살님이라는 분이 저한테 참 잘해주셨기 때문입니다. 갈 때마다 맛있는 산채 나물로 비빔밥을 비벼 주시고, 부처님한테 올렸던 떡이나 과일 같은 것도 챙겨 났다가 아버지랑 먹으라며 싸주시곤 했거든요! 그러다 6·25 전쟁이 일어났는데 아버지와 저는 몇 달이 지나도록 전쟁이 일어난 줄도 몰랐습니다. 그 당시 아버지와 외할머니, 그리고 저 세 사람은 지리산 깊은 골짝에서 약초를 재배하며 살고 있었거든요. 봄가을에 한 번씩 진주 한약방에 약초 내다 파는 일 외는 산을 나오는 일이 없었으니까요. 그런데 그해 가을에는 외할머니 대신 제가 다리가 불편하신 아버지를 모시고 처음으로 진주 약초 팔러 가는 날이었습니다. 새벽같이 외할머니가 챙겨주신 약초 보따리를 챙겨 들고 아버지를 모시고 덕산 장터 버스정거장으로 나갔는데 사람들이 하나도 보이지 않았어요. 가게들도 다 문이 닫혀 있고요. 아버지와 저는 아직 차 시간이 안 돼 그런 줄 알고 약초 보따리를 내려놓고 기다렸지요. 그런데 지나가던 어떤 할아버지가 우리 아버지를 알아보고는 알려주었어요. 몇 달 전에 공산군이 쳐들어와서 큰 난리가 나 차 안 다닌 지가 벌써 달포도 더 됐다고요. 그리고 면사무소 사람들도 다 피난 가고 없으니 앞으로 꼼짝하지 말고 약초밭에 엎

드려 있으라고 했어요. 공산군한테 발각되면 그냥 총 맞아 죽는다고 하면서. 그래서 우리는 그때야 진짜 큰 전쟁이 난 줄 알고 부랴부랴 되돌아왔지요. 그 뒤로 우리 세 식구는 약초밭을 떠나 더 깊은 산중으로 들어가 지냈습니다. 그렇게 한 3년을 지내고 전쟁이 끝나갈 무렵에는 산속에서 나와 내원사 앞뜰에서 공비 잡는 국군들하고 같이 지낸 기억도 납니다. 그땐 참 재미있었습니다. 군인 아저씨들과 공터에서 축구도 하고, 축구가 끝나면 사탕과 껌 같은 걸 나눠 먹으며 전쟁 이야기를 들려주곤 했습니다.

―그럼, 전쟁이 끝난 뒤에는 어떻게 지냈지요?

―그냥 그대로 약초 재배하고 살았습니다. 우리 아버지는 다리가 몹시 불편하셔서 혼자서는 바깥세상에 나다니시기가 어려웠거든요.

―그 정도로 몸이 불편하셨는가? 어쩌다, 큰 병을?

―병이 아니고요. 해방 전 일본에서 유명한 대학에 다니셨는데, 일본군대에 안 가려고 대학 그만두고 조선으로 도망 나오셨대요. 그런데 그 뒤 일본놈 앞잡이 노릇을 하는 조선인한테 총을 맞아 다리가 불구가 되셨다고 하셨어요!

―쯧쯧, 그런 못된 놈 봤나! 하긴, 여기 뱃사람 중에서도 왜놈 앞잽이가 돼서 같은 조선인 뱃사람 피 빨아 먹은 놈이 한두 놈이 아니었지!

―저는 전쟁이 끝나고 열 살 때 국민학교에 입학했는데 다른 아이들 보다 두세 살이 더 많았지요. 하지만 저는 입학하자마자 학교를 그만두고 말았습니다.

―왜요?

―절 왜놈 쪽발이 새끼라며 놀려대는 아이를 두들겨 패서 반쯤 죽여놨거든요! 그런데 다음 날 그 아이 어머니가 온 마을을 돌아다니며 '왜놈 새끼보고 쪽발이 새끼라 하고, 다리 병신 자식 보고 쩔뚝발이 새끼라고 한 게 뭐

가 잘못되었냐?'며 난리를 쳤어요! 그러고는 마을 사람들을 끌고 학교 교장
실에 몰려가 국남이 퇴학시키지 않으면 아이들을 모두 학교 보내지 않겠다
고 했지요! 결국, 교장 선생님이 우리 아버지한테 연락했고, 저는 아버지 손
에 끌려 학교에서 나왔습니다!

청년은 하던 이야기를 잠시 멈추고 담배를 꺼내 피우며 천장을 향해 혼
잣말처럼 중얼거렸다.

―그날, 저는 우리 아버지한테 평생 씻을 수 없는 상처를 안기고 말았지
요.

―왜, 아이 때렸다고?

―아뇨. 그 일은 지금도 후회하지 않습니다!

―그럼?

―그날 아버지 손에 잡혀 운동장을 걸어 나오는데 학생들이 우르르 몰려
나와 우리 뒤를 따라 왔습니다. 나는 부끄러워서 고개를 푹 숙이고 걸었지
요. 그런데 운동장 바닥에 내 그림자와 아버지 그림자가 눈에 들어왔습니
다. 똑바로 움직이는 내 그림자와 달리 아버지 그림자는 휘적휘적, 걸음을
옮길 때마다 허수아비처럼 춤을 추었어요. 그걸 본 나는 더 참지 못하고 아
버지 손을 홱 뿌리치며, '이 손 좀 놔요! 안 잡아줘도 되니까!' 하고 소리쳤습
니다. 엉겁결에 당한 아버지는 그 자리에 풀썩 엎어졌고, 저는 그런 아버지
를 쳐다도 보지 않고 도망쳐버렸습니다!

―쯧쯧, 저런! 아버지 몹시 서운하셨겠네!

―그렇죠. 천하에 불효막심한 짓을 하고 말았죠! 하지만 우리 아버지는
그때도 그 이후에도 그거에 대해서는 단 한마디 꾸중도 안 하셨어요! 그런
데, 저 지금 맥주 한잔할 수 있을까요?

청년이 네 엄마를 쳐다보고 말했다.

─어머, 내 정신 좀 봐. 진작 대접했어야 했는데!

네 엄마가 얼른 일어나 냉장고에서 맥주를 꺼내왔다.

─그런 아버지한테 오히려 제가 씩씩거리며 대들었죠! '아버지가 정말 왜놈 쪽발이 맞냐? 그래서 어머니도 아버지 버리고 도망간 거냐고!' 그러는 저한테 아버지가 그러셨어요. '그런 헛소문에 사내가 흔들리면 안 된다! 네 어머니에 대해서는 네가 어른이 되면 말해주마! 네 어머니는 널 두고 도망친 게 절대 아니다! 지금은 말해도 너는 너무 어려 이해를 못 한다! 그러니 어머니 생각은 잠시 접어두고 공부나 열심히 해라! 이왕 이렇게 된 거 학교는 포기하고 집에서 나하고 공부하자!' 그때부터 저는 아버지한테서 모든 걸 배웠습니다. 말하자면 독학을 한 거지요. 아버지는 일반 공부는 물론, 학교에서는 가르치지 않는 영어도 가르쳐 주었습니다. 아버지는, '한글은 우리끼리만 통할 수 있지만, 영어는 세상 사람들 누구와도 다 통할 수 있는 말이다.' 또 '사람은 아는 것만큼 세상을 볼 수 있고, 또 그만큼 큰일을 할 수 있다. 세상을 넓게 볼 수 있는 가장 좋은 방법은 영어를 아는 것'이라고 하시면서 매일 영어로 읽고 영어로 말하는 법을 가르쳐주셨습니다. 그리고 진주 한약방에 나갈 때마다 저를 큰 서점에 데리고 가서 책을 한 보따리씩 사주시고는, 다 읽고 나면 꼼꼼히 내용을 물어보셨지요!

한국남이 담뱃재를 털자 네 엄마가 가득 채워진 맥주잔을 들어 국남이 손에 건넸다. 그러고는 멸치에 고추장을 찍어 기다리고 있다가 국남이 잔을 비우자 입에 넣어주었다. 나와 어머니는 서로 쳐다보며 웃었다.

─제가 군대 제대를 하고 온 날 저녁 아버지가 제게 말했습니다.

'이제 너도 다 컸고 사회에 나가 네 삶을 살아야 하니 네 출생에 대해 모두 이야기해주마. 먼저 네 출생과 어머니에 대해서는 내가 예전에 말한 그대로다. 너는 해방되던 해 5월에 태어났고, 그때 네 어머니는 산파도 없이 저기 저 흙마루에서 혼자 너를 어렵게 낳은 뒤 바로 돌아가셨다. 출혈이 멈추지 않아 손 쓸 틈이 없었다. 오늘 내가 네게 들려줄 중요한 이야기는 네 아버지에 관한 이야기다. 나는 네 친아버지가 아니다. 네 친아버지는 해방 전에 조선에 나와 있던 나카무라 타다시 박사라는 분이다. 그분은 학식과 인격이 아주 고매한 분으로, 네 어머니가 처녀 시절 일본군 정신대로 징발돼 전쟁의 구렁텅이로 끌려갈 때 위험을 무릅쓰고 구해주셨다. 그런 인연으로 뒤에 두 분은 서로 사랑하게 되었고, 너를 가졌다. 그러나 불행하게도 네 아버지는 끝까지 너를 지켜주지 못하셨다. 네가 태어나기 전에 일본에 잠시 다녀온다며 집을 나간 뒤 그만 소식이 끊겼다. 나는 네 아버지를 잘 안다. 와세다 대학 동문 선배로서뿐만 아니라, 인간의 존엄성에 대해서도 서로 공감하고 있었기 때문에 당시 그런 엄중한 전쟁 상황 속에서도 우리는 의기투합할 수 있었다. 그래서 하는 말인데, 나는 네 아버지가 그때 돌아오시지 않은 데는 틀림없이 그만한 이유가 있었을 것이라고 믿는다. 다시 말해, 네 아버지가 안 돌아오신 게 아니고, 못 돌아오신 것이라고 말이다. 그러니 너도 네 아버지에 대해 억하심정을 가져서는 안 된다.'

하지만 전 제 생부가 저를 버린 이유보다 지금까지 함께 살아온 아버지가 친아버지가 아니라는 말씀에 더 충격을 받았습니다. 스물세 살이 되도록 꿈에도 생각해본 적 없는 청천벽력 같은 말이었으니까요! 저는 굉장히 혼란스러웠습니다. 그날 이후 어떤 일도 손에 잡히지 않았습니다. 옆에서 이런 저를 지켜보신 아버지가 어느 날 저를 불러 말씀하셨습니다.

'나가라! 이 골짝 약초밭을 떠나라! 그래서 저 넓은 세상으로 나가 네 뜻대로 살아라! 여기서 늙어 죽는 것은 나 혼자로 충분하다! 지금까지 공부한 어학이 바깥에 나가 네 한 몸 간수하는 데는 도움이 될 거다. 그러니 낼이라

도 당장 나가서 네 삶을 살아라!'

그러나 아버지의 그런 말씀에도 저의 혼란은 가시지 않았습니다. 그래서 아버지께 말씀드렸지요.

―아버지, 저는 먼저 일본에 가서 그분부터 만나보고 오겠습니다.

―그래야겠지. 천륜은 어길 수 없는 거니까.

―그런 거 때문이 아닙니다. 아버지.

―그게 아니면 그분을 왜 찾아가려는 거냐?

―제 정체성을 확실히 깨닫고 싶어서입니다. 그러지 않고는 제가 이곳을 떠나 바깥세상에 나가 산다고 해도 한 발짝도 앞으로 나갈 수 없을 것 같습니다.

―네 말을 이해는 하겠다만, 어떤 방법으로 정체성을 확립하겠다는 말이냐?

―아버지의 말씀을 들은 이상, 저는 이제 앞으로 친부와 의부라는 두 정체성의 혼란 속에서 살아야 합니다. 저는 이 혼란이 누구의 잘잘못에 의한 게 아니라, 잘못된 시대에 태어난 제가 필연적으로 떠안게 된 혼란이라고 생각합니다. 그래서 제가 혼란을 벗어날 수 있는 유일한 방법은 두 정체성 중 하나를 스스로 선택해서 굳건히 지키는 것이라고 믿습니다. 그러기 위해서는 먼저 일본에 가 그분을 한번 만나봐야 하지 않겠습니까?

―그래, 장하다! 내 아들! 네 입으로 그런 소릴 듣다니, 그동안 애써 한 공부가 헛되지 않았구나! 그런데 일본은 어떻게 갈 생각이냐? 요즘 한일관계가 시끄러워 쉽지 않을 텐데!

―그 문젠 나가서 방법을 찾아보겠습니다. 저도 이제 다 컸으니 아버지 너무 걱정하시지 마셔요!

이렇게 해서 저는 산을 나왔습니다. 그러나 일본을 가겠다는 제 계획은 참 순진한 생각이었습니다. 마음같이 쉽지가 않았어요. 한국과 일본 국교가 정상화된 지 3년밖에 안 된 데다 엄청 비싼 뱃삯도 뱃삯이었지만, 저 같은 사람한테는 일본 비자를 받는 것부터 하늘의 별 따기보다 더 어려웠습니다. 할 수 없이 밀항을 생각하고, 이곳 부산으로 내려와 2년 넘게 부두에서 날품으로 돈을 모아 밀항 배를 탔지요. 하지만 오륙도 조금 벗어나서 바로 순찰선에 잡혀 돌아오고 말았습니다. 어떤 놈이 찔러 바치는 바람에 돈만 날리고 말았죠. 그뿐 아니고, 밀수 덤터기까지 써서 2년 6개월 동안 감옥 살고 나온 지 이제 16개월 되었습니다. 앞으로 숙미 씨 만나지 말라면 더이상 만나지 않겠습니다.

우리 세 모녀는 말없이 서로 얼굴을 쳐다보며 잠시 그대로 있었다. 그러자 국남 씨가 벌떡 일어나 방을 나갔다. 어머니가 동생한테 얼른 나가서 잡지 않고 뭐하냐며 나무라셨다. 그날 이후부터 국남 씨는 하루 세끼를 다 우리 가게에 와서 우리와 같이 식사를 하고 갔다. 그렇게 조용히 시간이 흐르는 동안 네 엄마와 국남 씨의 사랑은 무르익어갔다. 그리고 얼마 후 우리는 두 사람의 결혼식을 서둘렀다. 네 어머니가 이미 너를 가지기도 했지만, 어머니의 병세가 날로 깊어져 자칫하다가는 생전에 딸의 결혼식을 못 볼 것 같았기 때문이었다. 아니나 다를까, 우리 어머니는 네 부모님 결혼식을 보고 열흘 만에 돌아가셨다.

가게 구석에 칸을 막아 신방을 꾸미고 세 사람이 함께 가게를 운영했다. 가게에 없던 남자 가족이 생기자 우리 자매는 든든했다. 국남 씨는 여전히 부두에서 통역 일을 하고 저녁에는 식당일을 도왔다. 네가 태어날 때쯤 되어서는 부근에 있는 갈매기 여인숙에 방을 빌려 네 엄마가 잠시 머물렀다.

손님들이 들락거리는 가겟방에서 출산과 산후조리를 할 수 없었기 때문이었다. 하지만 네 어머니는 한 보름 여인숙에 머무는 동안 혼자 모든 일을 다 해결했다. 갑자기 찾아온 산고도 혼자 견뎌내야 했고, 출산도 스스로 해냈다. 출산 예정일을 아직 보름 넘게 남겨 놓은 어느 날이었다. 식당 점심 일을 마치고 느지막이 내가 네 어머니 점심을 가지고 갔는데, 네 어머니가 피 범벅이 된 채 탯줄 달린 너를 끌어안고 혼절해있었다. 나는 너무 놀라 기절초풍했다. 하지만 당시 난들 무엇을 알았겠느냐! 그냥 엉엉 울며 뛰쳐나가 사람 살려 달라고 외칠 수밖에 없었다. 내 고함소리에 달려온 여인숙 식모가 서둘러 탯줄을 끊었고, 나는 네 엄마를 들쳐업고 동네 병원으로 갔다. 의사 선생님이 그러시더라. 참으로 아슬아슬했다고. 조금만 늦었으면 둘 다 잃을 뻔했다고! 그렇게 너와 네 엄마가 회복되고, 우리는 다시 평화를 되찾았다. 네가 태어나고 두어 달이 되어도 너는 이름이 없었다. 네 아버지가 이름을 지으려고 했지만, 네 어머니가 반대했다. 국남 씨와 같이 덕산 지리산에 계시는 아버지한테 가서 결혼 인사도 드리고 손녀 이름도 받아오자고 했기 때문이었다. 그래서 우리는 너를 그냥 '예쁜이'라고 불렀다.

그런데 네가 백일을 지났을 때, 갑자기 국남 씨가 일본에 다녀오겠다고 했다. 밀항으로 건너가 일본서 터 잡고 살던 사람이 한국에 나왔다가 다시 들어가는데 함께 갈 기회가 생겼다는 것이었다. 우리는 반대했다. 그러나 네 아버지의 태도는 단호했다. 그 사람이 일본에 오래 살았기 때문에 아버지를 찾는 일을 도와주겠다고 약속했다며 뜻을 굽히지 않았다. 모레 밤에 떠나면 아무리 오래 걸려도 한 달 안에 충분히 돌아올 수 있다며, 조금도 걱정하지 말라고 우리를 안심시켰다. 예전부터 국남 씨한테서 일본에 꼭 갔다 와야 하는 이유를 듣고 잘 알고 있던 네 어머니와 나는 안 된다고 말릴 수가 없었다. 그렇지만 지금은 아이까지 있는 터라 나는 끝까지 말리고 싶었지만 네 엄마가 그러더라.

'사랑은 상대방을 위한 것이지, 자신을 위한 것이 아니잖아? 나는 마음이 편안한 국남 씨를 원하지 마음 혼란한 국남 씨를 원하지 않아. 언니!'

그리고 또 그 당시엔 국남 씨와 사정이 비슷한 한국인과 일본인들이 밀항으로 많이 드나들고 있었기 때문에 큰 걱정 안 해도 된다며 되레 날 위로했다. 다음 날 네 어머니는 사진관에 가서 사진기를 빌려왔다. 네 모습을 찍어 네 아버지한테 줄 생각이었다. 우리는 가게 문을 닫고 천불사로 올라갔다. 옛날 너와 함께 광주리에 넣어 보낸 사진은 그때 내가 찍은 사진이다.

그렇게 네 엄마가 사진까지 찍어 넣어주면서 반드시 무탈하게 돌아오라고 눈물로 부탁하며 보냈는데 결국 국남 씨는 돌아오지 않았다. 떠날 때 그가 약속했던 한 달이 훌쩍 넘어도 아무런 소식이 없었다. 그러자 네 엄마는 새벽같이 너를 들쳐업고 부두에 나가 끼니도 거른 채 하루 내내 국남 씨 소식을 묻고 다녔다. 그것도 아무한테나 드러내놓고 물어볼 수도 없는 밀항 일이라 은밀히 수소문하고 다니다 보니 여간 힘 드는 일이 아니었다. 그렇게 한 달이 지나자 그런 쪽에 사정을 아는 사람들은 네 엄마를 모르는 사람이 없게 되었고, 누군가가 은근히 국남 씨의 소식을 전해주었다. 국남 씨를 데리고 간 사람 쪽 말에 의하면 국남 씨는 일본에 무사히 도착해 길 안내까지 받고 동경으로 들어갔다는 것이었다. 이 소식을 전해 들은 우리는 안심했다. 그동안 우리는 국남 씨가 도중에 어떻게 잘못되었을까 애를 태웠기 때문이었다. 그러나 네 엄마는 내 생각과 달리 그때부터 또 다른 불안에 안절부절못했다. 혹시 국남 씨가 아버지를 만나 그냥 일본에 주저앉아버리지나 않을까 걱정하는 눈치였다. 그런 네 엄마의 걱정은 두 달이 넘도록 국남 씨 소식 없자 극에 달했다. 국남 씨는 절대 그럴 사람이 아니라고 내가 아무리 달래도 소용이 없었다. 그토록 활기차고 자신만만하던 네 엄마가 풀이 죽어 시름 겨워하는 모습은 나로서는 차마 옆에서 눈 뜨고 볼 수가 없을 정도였다. 그렇다 보니 하루가 다르게 몸은 야위어졌고, 결국에는 젖이 나오지 않아 7개월도 채 안 된 너한테 분유를 먹이기 시작했다. 하지만 네 엄마의 시련은 이게 다가 아니었다. 비가 억수로 오는 어느 날, 국남 씨 소식을 알아보러 부두에 나갔던 네 엄마가 길에서 쓰러져버렸다. 병원에 있다는 연락을 받고 내가 달려가 보니, 너는 침대 한옆에 누워 젖병 꼭지를 문 채 팔다리를 치켜들고 흔들며 옹알거리고 있고, 네 엄마는 실성한 눈으로 멍하게 천장만 올려다보고 있더라. 나는 네 엄마를 진찰한 의사를 찾아갔다. 그런데 의사 말은 의외였다. 환자 기력은 좀 쉬면 회복되겠지만 아무래도 결핵에 걸린 것 같으니 큰 병원에 가보라는 것이었다. 나는 그 소리를 듣고 너무 놀라 주저앉을 뻔했다. 지금은 좋은 약이 많아 결핵이 그다지 무서운 병이 아니지만, 그 당시엔 결핵에 걸려 죽는 사람이 부지기수였기 때문이었다. 나는 간신히 정신을 차리고 따지고 물었다. 그럴 리 없다. 우리 집에는˜ 결핵에 걸린 사람도 없고, 동생은 기침도 하지 않는데 어떻게 그런 흉측한 병에 걸렸겠냐고! 그러나 의사는 내 말에는 대꾸도 않고 주의사항만 알려주었다. 하루라도 빨리 큰 병원에 가서 정밀검사를 받아 약을 복용하고, 아직은 초기라 옆 사람한테 전염은 안 되지만 그래도 혹시 모르니 조심해야 한다. 가급적 환자와 접촉을 피하고 식기나 숟가락을 같이 사용하지 마라. 아이도 모유 대신 분유를 먹이고 환자한테서 떼어 놓아야 한다. 의사가 말하는 동안 나는 다리가 후들거려 옆 책상을 짚고 간신히 버텼다. 그런 중에도 네 엄마는 기력이 조금 회복되자마자 다시 너를 업고는 부두에 나가봐야 한다며 병원을 나섰다. 나는 잘됐다 싶어 네 엄마를 얼른 택시에 태워 대학병원으로 데리고 갔다. 검사 결과, 잠복기를 지나 막 발현하는 초기 단계라고 했다. 그러면서 지금이 치료에 있어 중요한 시기니 절대 가볍게 생각해서는 안 된다고 했다. 6개월 이상 약을 먹되, 중도에 복용을 걸러거나 멈추게 되면 저항력이 생겨 치료가 어려워지니 규칙적으로 꾸준히 먹어야 한다고 했다.

　그때부터 나는 너를 업고 가게 일을 볼 수밖에 없었다. 그러나 네 엄마는 병에 대해 그다지 신경을 쓰지 않았다. 내가 식당에 매달려 있는 시간에는 약을 놓치기 일쑤였고, 틈만 나면 여전히 부두에 나가 어슬렁거렸다. 내가 붙잡고 타이르기도 하고 윽박질러도 봤지만 그때마다 잘못했다며 펑펑 울기만 할 뿐 아무 소용이 없었다. 그렇게 두어 달이 지나는 동안 병세는 더 심해졌고 끝내 목으로 피가 나오기 시작했다. 나는 더이상 그대로 두었다가는 안 되겠다 싶어 서둘러 네 엄마를 마산 결핵요양소에 강제로 입원시켰다. 그곳은 일단 한번 들어가면 엄격히 격리되어 가족이라도 면회가 쉽지 않았다. 일주일에 한 번, 마스크를 쓴 채 멀리 떨어져 5분 정도 이야기 나누는 게 고작이었다. 병원에서 아이 데리고 오는 것을 금했기 때문에 나는 면회 갈 때 늘 혼자 다녔다. 그렇다 보니 네 엄마는 너를 한번 안아 보면 소원이 없겠다며 하염없이 울었다. 그러다 헤어질 때쯤이면 어김없이 국남 씨 소식을 물었고, 내가 고개를 저으면 깊은 한숨을 쉬며 우리 예쁜이 잘 부탁한다는 말을 했다.
　그런데, 그렇게 좋은 시설에서 엄격하게 치료받는데도 왠지 네 엄마의 병세는 계속 나빠져만 갔다. 나중에는 면회도 유리창 밖에서 글씨를 써가며 했다. 그러던 어느 날, 경찰서에서 국남 씨에 관한 연락이 왔다. 일본 밀수 단속반이 대마도 부근에서 한국으로 가는 밀수선을 붙잡았는데, 수색 중에 한국인 세 사람이 바다에 뛰어들어 실종되었다는 연락을 일본 측으로부터 받았다고 했다. 나는 차마 그 소식을 네 엄마한테 말할 수가 없었다. 만약 그런 걸 네 엄마가 알게 되면 그냥 모든 걸 포기해버릴까 봐 두려웠다. 하지만 면회 때마다 국남 씨 소식을 묻는 네 엄마를 언제까지고 속일 수만은 없었다. 나는 결국 편지를 써서 알리고 말았다. 그런데 내가 편지를 보낸 뒤로 두 번이나 면회를 가도 날 만나주지 않았다. 나는 네 엄마가 정말 모든 걸 포기해버린 것만 같아 일주일 내내 잠을 잘 수가 없었다. 그러다 세 번째 면회를 가면서 나는 단단히 결심하고 너를 업고 갔다. 먼저 병원 측에 그간의 사정 이야기를 하고 어쩌면 마지막이 될지도 모르니 한 번만 모녀상봉을 해달라고 부탁했다. 그러자 병실에는 못 들어가니 창문 밖에서 보여주라고 했다. 그렇게 해서 입원 여섯 달 만에 너와 네 엄마가 서로 얼굴을 보게 되었다. 나는 그날의 네 엄마 모습을 지금까지 하루도 떠올리지 않은 날이 없었고, 앞으로도 평생 잊을 수 없을 것이다. 스무날 만에 나를 만난 네 엄마는 나한테 손짓으로 다가오라고 했다. 나는 네 엄마가 널 더 가까이 보고 싶어서 그런다는 걸 알고, 작디작은 네 얼굴을 창문에 바짝 갖다 대주었다. 그러자 네 엄마는 말없이 손바닥으로 유리를 부드럽게 어루만지며 쉴새 없이 눈물을 흘렸다. 이제 겨우 스물두 살 나인데도 피골이 상접해 늙은이처럼 변해버린 얼굴 그 어디서 그렇게 많은 눈물이 나오는지, 네 엄마는 하염없이 울기만 했다. 그런데도 너는 창 너머서 어른거리는 엄마 그림자가 신기한지 그 작은 손바닥을 유리에 대고 계속 꼼지락거렸다. 30분 면회시간이 다 가도록 네 엄마와 나는 말 한마디 없이 그렇게 울기만 했다. 그렇게 헤어지고 이틀 만에 병원으로부터 네 엄마가 사망했다는 전화를 받았고, 내가 병원에 갔을 때는 이미 화장까지 끝난 뒤였다. 1급 전염병 사망자라 즉시 화장 처리했다고 하더라. 그런데 놀랍게도 그다음 날 네 엄마 편지를 받았다. 날짜를 보니 마지막으로 면회했던 날 쓴 편지였다. 편지에는 널 절대로 고아원이나 외국에 입양하지 말라는 부탁과 함께, 약초 재배하시는 네 할아버지한테 보내는 편지가 별도로 들어있었다. 나는 그 편지에 쓰인 부탁대로 네 엄마의 얼굴을 지운 사진을 함께 넣어 보냈다.

너를 할아버지한테 보내는 것도 어려운 문제였다. 무턱대고 찾아가 막무가내로 덜컥 안겨줄 수도 없는 데다, 솔직히 내 얼굴도 드러내고 싶지 않았다. 나는 생각 끝에 국남 씨를 어릴 때부터 예뻐하고 보살펴주었다는 시루 보살님을 통해서 보내기로 마음먹었다. 나는 내원사에 전화를 걸어 시루 보살님이 아직 계신다는 걸 확인한 후 너를 안고 내원사로 갔다. 그날은 마침 절 구경 온 사람도 몇 안 돼 한산했다. 나는 법당 뒤뜰에서 너를 광주리에 담은 뒤 우유병을 물리고는 법당으로 들어갔다. 법당에는 다행히 불공드리는 사람이 없었다. 나는 혼자 엎드려 부처님한테 용서를 빌었다. 내가 기도드리는 동안 너는 아무것도 모른 채 새록새록 잠을 잤다. 나는 그런 너를 내려다보며 울고 또 울었다. 그냥 너를 데리고 다시 돌아가고픈 마음이 굴뚝같았지만, 솔직히 나는 너를 키울 자신이 없었다. 잠든 너를 그대로 두고 법당을 나와 시루 보살을 찾아가, '지금 법당에 한국남 씨 아이가 있으니 할아버지한테 좀 데려다주세요.'라고 말한 뒤, 나는 쏜살같이 도망쳐 와버렸다. 그때부터 나는 너를 버린 죄로 이날 이때까지 맘 편한 날이 없었다. 그런데 닷새 전, 여기 노영채 씨로부터 네가 건강하게 잘 커서 예쁘고 슬기로운 아가씨가 되었다는 이야기를 듣고 얼마나 기뻤는지 모른다! 네 엄마와 네 이름을 부르며 밤새도록 울었다. 이 사진은 그날 관광객이 찍어준 사진이다. 이제 네가 가지고 있는 게 좋겠다.

이야기를 끝낸 이모가 핸드백에서 사진 한 장을 꺼내 솔잎 앞에 내밀었다. 네 사람이 다 나온 사진이었다. 그 사진에는 솔잎 어머니의 얼굴도 온전히 나와 있었다. 지금 솔잎과 놀랄 정도로 닮아있었다. 사진을 뚫어지게 쳐다보고 있는 솔잎 눈에 눈물이 글썽거리더니 이내 사진 위로 뚝 떨어졌다. 솔잎이 얼른 손바닥으로 사진의 눈물을 훔쳤다. 그걸 본 이모가 손수건으로 얼굴을 가리며 흐느꼈다. 지금까지 잘 견디고 있던 솔잎이 갑자기 탁자에 몸을 푹 엎드리며 심하게 흐느꼈다. 이모가 옆으로 다가가 솔잎 어깨를 껴안았다. 솔잎이 '이모!' 하면서 덥석 안겨 대성통곡했다. 홀에 있던 몇몇 손님이 놀라 쳐다보았다. 영채가 일어나 그들을 향해 고개를 숙여 보이며 양해를 구했다.

두 사람이 조금 진정되기를 기다렸다가 영채가 나직이 말했다.

"이모님, 이제 우리 요 앞 백사장으로 나가시지요."

"그, 그게 좋겠네요. 솔잎아, 우리 바닷가로 가자."

이모가 솔잎을 부둥켜안고 일어섰다. 솔잎이 눈물로 얼룩진 얼굴로 이리저리 주머니를 뒤졌다. 영채가 얼른 자신의 손수건을 건네주었다.

세 사람은 모래사장으로 나와 천천히 걸었다. 영채는 두 사람을 위해 일부러 뒤처져 걸었다. 이모와 솔잎 두 사람 다 아직도 현실이 믿기지 않는지 서로 손만 꼭 잡고 걸을 뿐, 말이 없었다. 비록 조카와 이모 사이였지만 몇십 년 만에 만나다 보니 금방 만만해지기는 쉽지 않은 모양이었다. 한참을 걷던 솔잎이 걸음을 멈추고 영채가 가까이 오기를 기다렸다가 이모 손을 놓고 대신 영채 손을 잡고 걸었다. 영채가 이모 곁으로 다가서며 물었다.

"저, 이모님! 지난번에 곧 어딜 가신다고 하셨는데, 어딜 가세요?"

"참, 그땐 말씀 못 드렸는데, 전 지금 여기 안 살고 뉴질랜드 살아요!"

"어머! 뉴질랜드에?"

솔잎이 먼저 놀랐다.

"그래, 뉴질랜드 오클랜드에. 그때 널 그렇게 보내고 2년 후, 원양어선 항해사인 네 형부를 만나 결혼했는데 그때부터 죽 오클랜드에 살고 있어! 그런데 보름 전에 네 이모부 모친상이 나서 같이 왔다가 이모부는 곧바로 돌아가고, 나는 저기 천마산에 있는 어머니 산소에 들렀다가 우연히 부두에 나도는 네 소식을 듣게 되었단다! 정말이지 어머니가 조카 만나라고 날 부르신 게 아닌가 싶어 꿈만 같았어!"

"그럼 우리 엄마 산소에도 들렀겠네요? 어디 있어요? 여기 부산에? 아님, 마산에?"

"아니다. 그 당시에는 그런 병으로 죽은 사람들은 가족들이 시신을 챙기지 않았기 때문에 병원에서 화장해서 한곳에 다 뿌려버린다고 했어! 아까도 말했지만, 그때 내가 갔을 때 네 어머니도 이미 그렇게 처리되어버린 뒤였단다!"

"그럼, 우리 엄만 산소도, 산소도 없이….."

솔잎이 말을 하다 갑자기 목이 메는지 말을 못 하고 모래밭에 무릎을 털썩 꿇었다. 그러고는 두 손으로 얼굴을 감싸며 아이처럼 엉엉 울었다. 이모가 그런 솔잎을 감싸 안고 함께 울었다. 영채는 솔잎을 위해 할 수 있는 게 아무것도 없었다. 이모가 눈물 이 글썽한 채 영채를 올려다보고 물었다.

"모레 떠날 때까지 조카와 함께 있고 싶은데…. 어떻게 안 될까요?"

"왜 안 돼요! 이모님! 그렇게 하셔요! 정말 좋은 생각입니다! 제 차를 두고 갈 테니, 두 분이 천천히 말씀 나누도록 하십시오! 솔잎 씨 부산 구경도 좀 시켜 주고요! 아마 부산 처음일 겁니다!"

"고맙습니다. 그렇게까지 생각해주셔서! 그리고 이번 일, 어떻게 감사를 해야 할지…."

"감사는 무슨 감사 요! 일이 잘 풀려서 정말 다행입니다. 조카 만나신 거 진심으로 축하드려요! 그리고 솔잎 씨, 이모님하고 천천히 쉬었다 와요! 전 이만 가보겠습니다."

영채는 솔잎의 어깨를 한번 쓰다듬어주고 돌아섰다. 솔잎이 영채의 손을 잠시 잡았다가 놓았다.

영채는 천마산 점 짐에 들러 할머니와 약속한 보상금을 건네주었다.

4

영채는 기요시 데리러 김해공항에 가면서도 솔잎이 기요시를 어떻게 대할지 몰라서 내심 불안했다. 지난번, 이틀을 이모와 같이 보내고 돌아온 솔잎의 기분이 어느 때보다 밝아 그나마 마음이 좀 놓이기는 하지만 워낙 나카무라 박사에 대해 거부감이 심해 안심할 수가 없었다. 그런데 막상 영채가 기요시를 데리고 들어서자 솔잎은 담담하게 기요시를 대했다. 영채를 처음 만났을 때처럼 고개를 살짝 숙여 보이고는 아무 말 않고 바로 찻상을 차렸다. 영채도 두 사람 다 사전에 상대방에 관해 이야기를 들어서 대충 알고 있는 터라, 이런저런 소개나 어색한 인사보다는 그냥 만만한 이야기부터 나누는 게 좋겠다 싶어 대뜸 기요시한테 물었다.

"전에 말한 집안 소송문제는 이제 다 끝난 거야?"

"아니, 아직 안 끝났어."

"도대체 그 사람들이 왜 소송을 한 거니? 어떻게 집안사람끼리 말로 하지 않고 소송까지 한대?"

"우리 증조부님이 돌아가신 뒤, 그분 형제분들이 우리 할아버지를 가문에서 파문해버렸대! 우리 어머니는 그 소릴 들으시고 얼마나 화가 나셨던지, 이참에 아예 성을 바꿔버리자고까지 하셨어!"

"그래도 그건 아니지! 성을 바꾼다는 게 어디 그리 쉬운 일인가? 지금까지 살아온 모든 발자취가 헝클어지는 일인데! 그래, 할아버질 파문한 이유가 뭐래? 가문에 무슨 큰 죄라도 지으셨대?"

"죄는 무슨! 그 사람들 말로는, 일본이 전쟁에 패하자 우리 할아버지가 일본으로 돌아오지 않고 조선에 눌러앉아 천황과 가문을 배신했다는 거야! 그러면서 할아버지가 파문된 후에 물려받은 아버지 재산은 상속재산으로 인정할 수 없으니 과자점을 내놓으라고 했어!"

"그런 억지가 어딨어! 과자점 뺏으려고 작당을 했군! 왜, 그 미노루 헌병 조장 있잖아? 그를 증인으로 세우지 그랬어? 그 양반은 네 할아버지가 그냥 조선에 눌러앉은 게 아니라는 걸 누구보다 잘 알고 있잖아?"

"그 생각도 해봤지만 이미 그 사람은 죽었고, 지금 할아버지 유골도 확인 못 한 상태라서 반증하기가 쉽지 않아!"

"그럼 네 할아버지가 조선에 눌러앉으신 게 아니라 종전되기 전에 이미 돌아가신 게 밝혀지면 재판에서 이길 수 있는 거야?"

"글쎄. 그건 어떻게 될지 모르지만, 우리 할아버지 명예 회복은 확실히 되겠지!"

"좋아! 그렇다면 내일이라도 당장 할아버지 문제부터 확인해보자! 내가 그 허리끈 주운 사람을 찾아냈으니까!"

"뭐? 그 사람을 찾아냈다고? 정말이니?"

"그럼! 전화번호까지 다 알고 있어."

영채가 그동안의 일을 상세히 말했다. 영채 이야기를 들은 기요시가 영채의 손을 불끈 잡았다.

"고맙다! 그토록 신경 써줘서!"

"고맙긴, 기요시! 난 지금까지 우리 친할아버지를 찾는 심정이었다고!"

솔잎은 영채의 말이 가슴에 와닿았다. 윤 여사님이 들려준 석가촌 이야기가 새삼 가슴을 울렸다. 기요시가 솔잎을 향해 조심스럽게 말했다.

"저, 솔잎 씨도, 아니 도, 동생도 내일 같이 가준다면, 좋겠는데! 할아버지도 기뻐하실 테고!"

"전 윤 여사님 전화 기다려야 해요!"

솔잎이 조금 냉정하게 말했다. 영채가 얼른 기요시 마음을 달랬다.

"그래. 우선 우리끼리 먼저 갔다 오자. 서울 가신 할머니가 언제 전화하실지 모르니까!"

영채가 그 자리에서 진주 사는 박동수한테 전화를 걸어 약속을 잡았다.

다음날, 영채와 기요시는 원지 시외버스 정류소에서 박동수라는 사람을 만났다. 박동수는 개인택시를 끌고 왔다. 40대 중반쯤 되어 보이는 건장한 남자였다. 영채가 먼저 손을 내밀었다.

"이렇게 시간 내 주셔서 고맙습니다. 제가 전번에 전화 드렸던 노영챕니다. 이 사람은 제 친구고요."

"아, 예. 박동숩니다. 자, 얼른 타셔요. 빨리 갔다 오게."

통성명하자마자 사내는 서둘러 차 시동을 걸었다.

"우리는 우리 차로 가겠습니다."

"뭐하러 차를 두 대씩이나 가져갑니까? 서로 불편하게. 그냥 내 차로 갑시다! 너무 오래전 일이라 어딘지 확실히 찾을 수 있을지 모르겠네."

"현장 부근에 가보면 기억이 안 날까요?"

영채가 먼저 기요시한테 택시 뒷문을 열어준 뒤 박동수 옆자리에 타며 말했다.

"그렇지만 하도 오래전이라. 한 35년쯤 됐나…?"

"아무튼, 오늘 수고비는 단단히 쳐서 드리겠습니다. 조금도 주저하지 마시고 말씀해주십시오."

"수고는 무슨 수고! 돈 바라고 온 거 아닙니다."

"그래도 영업하시는 분한테 그러면 안 되지요. 제 맘이 편치 않습니다. 아저씨!"

"꼭 그러면 이따 점심이나 한 그릇 사주소."

"그야 당연히 대접해야 할 일이고, 기름값이라도…."

"아닙니다. 기름도 오면서 만땅 넣어 왔습니다. 내가 그냥 맘 내켜서 온 일이니, 신경 쓰지 마시오."

"그럼 아저씨 말 따를게요. 다시 한번 감사드립니다. 정말 고맙습니다."

"그나저나 그동안 조부님 때문에 애 많이 태웠겠습니다. 그 심정 내가 잘 압니다."

"아저씨가 어떻게?"

"우리 장인어른도 육이오 때 돌아가셨는데, 유골을 아직도 못 찾고 있다, 아닙니까."

"아, 그러세요? 어디서 돌아가셨는데요?"

"그걸 알면 찾아라도 보지요. 들에 나갔다가 그만 인민군한테 끌려갔다는데, 어디로 끌려갔는지 아무도 몰라요! 우리 마누라는 지금도 틈만 나면 세 살 때 아버지랑 찍은 사진 쳐다보며 훌쩍거리는데, 옆에서 보고 있는 내 가슴도 그만 무너져내립니다."

영채는 기사한테서 진솔한 정감을 느끼고 정말 좋은 사람이라고 생각했다.

"아저씨. 그때 허리끈은 어떻게 발견하게 되었어요?"

"그때 말입니까? 참 그때 생각하면 지금도 정신이 번쩍 듭니다."

"왜요?"

"갈비를 한참 긁는데, 갑자기 갈쿠리에 뭐가 걸리더니 빤짝빤짝하더라고요. 그래서 이게 뭔가 하고 손으로 잡아당겨 봤더니, 아, 글쎄, 제법 큼직한 사람 뼈가 쑥 끌려 나오잖아요? 얼마나 놀랐던지 그 자리에서 뒤로 그만 벌렁 나자빠지고 말았지요!"

"사람 뼈가 나왔다고요?"

"그렇다니까요! 한번 생각해보소! 얼마나 놀랐겠습니까?"

"그래서 어떻게 했습니까?"

"집에 가서 울 아버지한테 그 이야길 했더니, 울 아버지가 어쨌는지 압니까?"

"어떻게 하셨는데요?"

"얼른 양조장에 가서 막걸리 한 되 받아오라고 하대요. 제사 지내줘야 한다면서."

"제사를? 누구한테, 왜요?"

"울 아버지는 그 뼈가 틀림없이 육이오 때 죽은 우리 국군 아저씨 뼈라는 겁니다. 그러니 다시 그 자리에 단단히 묻어 주고 혼을 달래주는 게 사람도리라는 거지요!"

기사의 말에 영채는 갑자기 가슴이 뭉클했다. 뒷자리의 기요시도 헉! 하고 숨을 들이쉬었다. 기사가 웃으며 다시 말했다.

"아버지가 그렇게 말씀하시는데 어떡합니까? 형하고 엿 사 먹으려고 몰래 숨겨놨던 그 구리 고리도 도로 갖다 묻어 줄 수밖에. 막걸리 부어놓고 절까지 하고!"

영채는 쉽게 가시지 않는 감동을 누르며 떠듬떠듬 말했다.

"정, 정말 훌륭한 일을 하 하셨습니다!"

덕산마을 입구에서 기사가 '요기쯤 되는 거 같은데….' 하고 혼잣말로 중얼거리며 차를 세웠다. 영채도 얼른 차에서 내렸다. 기사가 혼자 주위를 둘러보며 이리저리 한참 살피다가 말했다.

"요쯤에서 올라가는 길이 있었는데…. 아, 조 아래 저 경운기 길이 맞는 거 같습니다! 우리가 너무 왔네요."

기사가 차를 백여 미터 후진해 경운기 길목에 세우고 영채가 다가오길 기다렸다. 경운기 길을 따라 산으로 50여 미터쯤 올라가자 널따란 감나무 밭이 나타났다.

"어! 밭이 되어버렸네!"

기사 아저씨도 예상 밖인 모양이었다. 기사가 다시 주위를 이리저리 살피다가 멀찍이 떨어진 소나무숲 속에 있는 바위를 가리키며 말했다.

"맞습니다. 저기 이층집처럼 생긴 바위 보니까 생각납니다. 바로 저 밑입니다. 저리 가봅시다."

기사가 앞장서 밭두렁을 조금 더 걷다가 소나무 숲으로 들어섰다. 숲속은 바깥에서 볼 때와 판이했다. 온갖 잡목들이 우거져 바닥도 보이지 않았다. 거기다 청미래덩굴이 여기저기 덤불을 이루고 있어 한 발짝 내딛기도 여간 힘이 드는 게 아니었다. 앞서가던 기사가 뒤따르는 영채를 돌아보고 말했다.

"내 발자국만 딛고 따라오소! 아따! 이거 넝쿨들이 장난 아니네!"

"정말 그래야겠네요. 아저씨도 조심하십시오."

세 사람은 어렵게 바위 밑에 도착했다. 기사가 바위 주위를 둘러보다가 한 지점을 발로 툭툭 밟으며 당시 일을 설명했다.

"여기가 확실합니다! 그때 내가 바위 저쪽 부근을 지나가다가 갈비가 엄청 많이 쌓여 있는 걸 보고, 바로 지게 터를 잡았거든요. 그래놓고 이쯤에서 이렇게 아래를 향해 서너 번 갈쿠리질을 하는데 그 허리끈이 끌려 나온 겁니다."

"잘 알겠습니다. 아저씨. 이제 위치를 알았으니까 다음에 제가 장비 챙겨서 다시 오겠습니다! 정말 고맙습니다. 아저씨!"

"그런데, 좀 더 있다가 한겨울에 오는 게 좋을 거 같네요. 아무래도 서리가 내려 이파리들이 다 떨어져야 유골 찾기가 안 쉽겠습니까?"

"그렇네요. 아저씨 말씀대로 하겠습니다."

영채가 기사 뒤를 따라 나오다 기척이 없어 돌아보니, 그때까지 기요시가 합장을 한 채 그곳에 서 있었다. 영채는 갑자기 석가촌 목단강변의 박수언 할아버지가 생각나며 콧등이 시큰했다. 합장을 푼 기요시가 뭔가를 주워 손수건에 싸서 주머니에 넣었다. 기요시 오길 기다렸다가 영채가 물었다.

"뭐 한 거니?"

"아니, 그냥. 뼛조각 같은 게 있기에 혹시나 해서…."

세 사람은 원지로 나와 매운탕으로 점심을 먹었다. 지금까지 아무 말 않고 있던 기요시가 처음으로 기사한테 물었다.

"아저씨, 좀 물어보고 싶은 게 있는데요."

"멉니까?"

"유골 수습을 어떻게 해야 할지, 막막해서요. 부근을 다 파헤칠 수도 없고, 머 좋은 방법이 없을까요?"

"그거요? 도굴꾼들이 쓰는 탐침봉 쓰면 됩니다. 도굴꾼들도 그거 갖고 땅속에 있는 유물을 찾아내니까! 침을 찔러서 살살 돌려보면 돌멩인지, 도자긴지, 사람 뼈인지, 대번에 안다더라고요. 내가 한 사람 소개해 줄까요?"

"아는 사람이 있습니까?"

"몇 다리 걸치면 다 아는 수가 있지요. 어릴 때 우리 동네도 도굴하는 사람이 있었습니다. 오일륙 혁명 나고 감옥까지 갔다 온 사람인데 지금은 서울 아들한테 가 있습니다. 소문에 서울 어디 머 인사동인가 하는 데서 골동품 중개하고 있다는 이야길 들었습니다. 나중에 유골 찾을 때 연락하면 내가 수소문해 줄게요."

박동수 씨는 건장한 몸피에 걸맞게 정말 시원시원하고 호쾌했다. 영채가 그의 손을 잡으며 부탁했다.

"예. 꼭 좀 그렇게 해주십시오. 사례는 충분히 하겠습니다."

"아이고, 그런 거보다도 거기 있는 뼈가 조부님 유골이면 얼마나 좋겠습니까! 그럼 나도 마누라한테 체면이 좀 설 건데! 장인어른 유골 못 찾아 저리 훌쩍거리는데도 내가 머 당최 해줄 게 있어야지요!"

"고맙습니다, 아저씨! 그렇게까지 생각해주셔서! 그리고 이거…."

영채는 미리 준비해 온 돈 봉투를 재빨리 기사 주머니에 넣어주고는 멀찍이 물러섰다. 기사가 봉투를 꺼내 들고 멀뚱히 영채를 쳐다보았다.

"이래야 제가 다음에 또 맘 편히 부탁할 거 아닙니까? 아저씨, 그때 봐서 또 전화 드릴게요!"

영채와 기요시가 집에 돌아와 보니 솔잎이 법당 마루에 누워있었다. 옆에 앉아있던 서우실댁이 두 사람을 보고 손가락으로 입을 가렸다. 놀란 영채가 서둘러 다가갔지만, 솔잎은 잠이 들었는지 영채의 기척을 알아채지 못했다. 서우실댁한테 영채가 작은 소리로 다급하게 물었다.

"무, 무슨 일입니까?"

"쓰러졌어요!"

"쓰러지다니, 어쩌다가요?"

"나하고 같이 법당 청소하고 나오는데 갑자기 어지럽다고 하더니 잠시 뒤에 그냥 쓰러지데요!"

영채 목소리가 버럭 높아졌다.

"그런데도 왜 병원 안 데리고 갔습니까? 아저씨 지금 집에 안 계셔요?"

"사모님 전화 받고 진주 물건 사러 가고 없어요."

영채 목소리에 잠을 깬 솔잎이 벌떡 일어나 앉으며 영채를 나무랐다.

"아주머니 다그치지 마셔요! 그러잖아도 저 때문에 놀라 울기까지 하셨는데!"

"다그치는 게 아니고… 그냥 좀 놀라서, 죄, 죄송합니다. 아주머니!"

영채가 우물쭈물 서우실댁한테 사과했다. 그때 일어나 앉은 솔잎 코에서 갑자기 피가 주룩 흘렀다. 멋모르고 얼굴을 문지르던 솔잎이 손등에 묻은 피를 보고 기겁하며 소리쳤다. 피가 앞섶에 뚝뚝 떨어졌다. 옆에 있던 기요시가 황급히 손수건을 꺼내 솔잎의 코를 막았다. 영채가 달려와 솔잎을 안아 머리를 뒤로 젖혀 눕혔다. 솔잎이 쥔 손수건으로 피가 배어 나왔고, 목으로도 꿀꺽꿀꺽 넘어갔다. 서우실댁이 서둘러 찬물에 수건을 적셔와 솔잎 이마에 얹었다. 잠시 뒤 피가 멈춘 듯 솔잎이 조용했다. 영채가 솔잎 이마의 수건을 갈아주며 말했다.

"좀 나아지면 바로 병원에 가봅시다!"

"괜찮아요. 병원 갈 필요 없어요!"

"고집부리지 말고 제 말 들어요! 이게 어디 예삿일입니까?"

"예전에도 신경 많이 쓰거나 되게 피곤하면 종종 코피가 터졌어요. 병원서도 그때마다 별 이상 없다 그랬고요!"

솔잎이 일어나 앉아 쥐고 있던 손수건을 펴 뭔가를 꺼냈다. 기요시가 산에서 주워온 뼛조각이었다. 코피에 젖어 불그죽죽했다.

"어머! 이게 뭐죠?"

"벼, 별 것 아닙니다. 이, 이리 주셔, 요."

기요시가 엉거주춤 어렵게 말하며 뼛조각과 손수건을 받아줘었다. 기요시는 동생이 자신을 못마땅하게 생각하는 것 같아 만만하게 말을 붙일 수가 없었다. 솔잎이 기요시를 돌아보고 얌전하게 말했다.

"죄송해요! 손수건 이리 주셔요. 빨아서 드릴게요!"

"그럴 필요 어, 없어, 요. 다 낡아서 버릴 거니까!"

"그래도, 저 때문에 더러워졌는데…. 고맙습니다. 도와주셔서!"

"고맙긴, 요! 영채 말 대로 병원에 가보는 게 안 좋을까, 요?"

"정말 괜찮아요! 너무 신경 쓰지 마셔요! 그보다도, 저, 영채 씨! 할머니가 전화하셨어요. 낼모레 금요일 아침 비행기로 내려오신대요."

"그래요? 달리 뭐 하신 말씀은 없고요?"

"부산 김 소장님한테 전화해서 토요일 오후에 할머니 모시고 이리 올라오라고 하시래요."

"김 소장만 아니고 할머니까지?"

"예. 꼭 할머니를 모시고 오라고 몇 번 말씀하셨어요!"

"그래요? 무슨 일이지…?"

영채는 궁금했다. 김 소장 조모님이 게오르기 킴 김칠용 어른의 부인이라는 걸 할머니가 아시면서도 부르는 것을 보면 그분들과도 무슨 특별한 사연이 있을 것이라는 생각이 들었다.

5

윤 여사가 서울 올라간 지 스무날 만에 노명근 사장 내외가 윤 여사와 노 회장을 모시고 내려왔다. 다음 날 영주와 영수가 뒤따라 내려왔다. 또 부산 김 소장도 할머니를 모시고 왔다. 영문을 몰라 어리둥절하고 있는 영채한테 되레 김 소장이 윤 사장님한테 전화를 받았다며, 무슨 일이냐고 물었다.

방안에 모인 사람은 모두 열한 명이었다. 노 회장과 윤 여사, 노명근 사장 내외와 영주, 영수. 영채와 솔잎, 기요시. 그리고 김 소장과 그의 할머니였다. 이들은 모두 입을 닫은 채 왜 이렇게 모였는지 궁금해하는 표정으로 앉아있었다.

윤 여사가 목에 걸고 있던 염주를 벗어 손에 말아 쥐고 또박또박 말했다.

"오늘, 이 자리는, 노 회장님이 여러분께 직접 하실 말씀이 있어서 마련한 자립니다. 회사와 관련된 말씀이 아니고, 지극히 사적인 말씀이라고 하시니 아마도 특별한 말씀을 하시지 않을까 싶습니다. 그리고 처음 뵙는 김 소장 조모님께는 이 자리를 빌려 인사드립니다. 끝까지 함께 자리해주시면 감사하겠습니다."

말을 끝낸 윤 여사가 노 회장을 향해 고개를 끄덕였다. 노 회장이 침대 옆 탁자에 놓인 물컵을 들어 한 모금 마신 뒤 방안을 둘러보며 입을 열었다.

"우리 영채는 알겠고, 그 옆에 앉은 아가씨는?"

"예. 저는, 윤 여사님 모시고 있는 회사 직원 한솔잎입니다."

영채가 옆에서 거들었다.

"할아버지, 솔잎 씨는 할머니 말동무 겸, 비서셔요. 해방 전에 조선에 나와 있던 나카무라 박사님 손녀이기도 하고요."

영채 말에 노 회장이 옆에 앉은 윤 여사를 쳐다보았다. '형수님이 말씀하신 우리 손자며느리 감 처녀가 저 아가씬가요?'하고 묻고 있었다. 윤 여사가 가볍게 웃으며 고개를 끄덕였다. 노 회장이 솔잎을 지그시 바라보았다.

"나카무라 박사님 손녀라면, 네 할머니는 솔낭구라는…."

"예. 그분이 제 할머님이십니다."

"그렇구나! 이렇게 만나다니 정말 뜻밖이군! 그럼, 부모님은?"

"예. 두 분 다 제가 태어나자마자 돌아가셨습니다."

"쯧쯧…. 네 할아버지와 할머니는 나도 잘 안다! 오늘 뜻밖에 두 분의 손녀를 만났으니, 아가씨한테도 내가 용서를 빌어야겠다! 그리고 영채 옆에 앉은 청년은 누구?"

"예. 저는 영채와 미국 대학 친구로 저 역시 나카무라 박사님 손잡니다. 여기 솔잎 씨와는 할머니가 다른 사촌 간인 셈입니다."

"그렇다면 일본 본가에 있던 타케루 아들이겠구나!"

"예. 맞습니다. 제 부친이 나카무라 타케루입니다."

"그래, 네 아버지도 태어나자마자 어머닐 잃고 유모 젖으로 자랐지. 조선에 나와 있던 네 할아버지가 그런 네 아버질 무척 그리워했다네! 내가 죽일 놈이지…!"

노 회장이 혼자 중얼거렸다. 그러다 김 소장을 보고 물었다.

"자네는?"

"예. 저는 회사 부산사무소 소장 김창열입니다."

노 회장이 윤 여사를 쳐다봤다. 윤 여사가 귀에 대고 뭐라고 말했다. 노 회장이 고개를 끄덕이며 김 소장을 쳐다봤다.

"할아버지가 게오르기 킴 어른이라고?"

"예 맞습니다. 연해주에서 사셨습니다. 본명은 김칠용이시고요. 그리고 옆에 계시는 이 분은 우리 할머니십니다."

"그렇구나! 그 어른은 내가 딱 한 번 보았지. 그분은 나를 못 봤지만. 하지만 김칠용 씨라면 사진으로도 봤다네. 해방 전에 황해도 개성에서 한준서라는 친구와 일본 헌병을 때려죽인 죄로 전국에 지명수배됐던 적이 있었으니까! 그 어른한테도 내가 죄를 지었지!"

노 회장이 김 소장 할머니한테 고개를 살짝 숙여 예를 표한 뒤 물컵을 들어 입술을 적셨다.

"그러고 보니 내가 만나서 죄를 빌어야 할 분들은 여기 다 모인 셈이구나! 나는 너희들 할아버지께 많은 죄를 지은 사람이다. 비단 너희 선대뿐 아니라, 지금 생각해보면 내 칠십 평생 중에 철부지 시절을 뺀 오십여 년은 죄만 지으며 산 것 같다. 오늘 이 자리는 내가 그동안 살아오시면서 저지른 불미스러운 일에 관해 이야기하는 자리로, 이는 내가 지은 죄의 고백이자 참회이고 용서를 비는 처음이자 마지막 자리가 될 것이다. 여기 있는 한 사람, 한 사람, 모두와 관련된, 지난 50여 년의 긴 이야기이니 잘 들어주기 바란다. 특히, 김 소장 조모님께서는 제 말씀이 말 같잖더라도 부디 끝까지 잘 들어주시기를 부탁드립니다."

노 회장의 난데없는 말에 방안에 앉아있던 사람들이 놀라 서로를 쳐다보았다. '노 회장님이 죄를 고백한다니 도대체 무슨 말이지?' 눈빛은 그렇게 서로에게 묻고 있었다. 그러나 그것도 잠시, 모두가 잔뜩 긴장된 표정으로 노 회장을 주시했다. 사람들 시선에 긴장한 듯 노 회장이 물컵을 들고 윤 여사를 쳐다보았다. 윤 여사가 고개를 가볍게 끄덕여 용기를 돋아주었다. 노 회장이 물컵을 손에 든 채 말을 계속했다.

"그럼 지금부터는 내가 여기 있는 사람들의 선조들과 관련해서 그동안 저지른 죄를 이실직고하겠다. 어쩌면 너희들 듣기에는 내 변명이고 합리화로 여겨질지도 모르겠다. 하지만 나는 있었던 사실을 그대로, 조금도 숨기거나 돌려서 이야기하지 않고 고백하겠다는 것을 여기 계시는 윤 여사님 앞에 맹세한다. 자, 그럼 누구든지 자기 할아버지에 대해 궁금한 게 있으면 물어보도록 하게!"

말을 끝낸 노 회장이 마음의 각오를 하듯 입술을 굳게 다물고 방 안에 있는 사람들을 둘러보았다. 그러나 누구 하나 쉽게 말하지 못했다. 할 말은 많으나 무엇을 어떻게 물어봐야 할지 모르는 듯했다.

영채가 먼저 입을 열었다. 영채는 할머니로 부터 박수언 할아버지 이야기를 들어 알게 되었다는 사실을 간략하게 말한 뒤 부모님의 죽음에 관해 물었다.

"할아버지, 저는 할머니한테서 해방 전후 만주와 북한에서 있었던 할아버지와 할머니에 관한 이야기를 듣고 몹시 감동했습니다. 하지만 할아버지가 제 친할아버지가 아니라는 사실을 알고는 하늘이 무너지는 슬픔을 느꼈습니다. 그때부터 제 부모님이 교통사고 난 그날 밤 도대체 무슨 일로 할아버지와 큰 다툼을 벌였는지 몹시 궁금했습니다. 그래서 할머니한테 여쭈었더니 할아버지한테 직접 이야기를 들으라고 하셨습니다. 그러니 할아버지께서 이 자리에서 자세히 좀 말씀해주셔요!"

"그래. 영채 너에겐 그때 바로 모든 걸 이야기했어야 마땅했다. 하지만 네 할머니와 나는 네가 성인이 되어 가정을 갖기 전에는 알리지 않기로 약속했다. 그때 넌 아직 철부지 소년에 불과했으니까. 그런 너에게 엄청난 비극적 사실을 말했다가는 네가 충격을 감당 못 하고 인생을 망칠지도 모른다고 네 할머니가 걱정했기 때문이었다. 이제 너는 성인이 되었고 훌륭하게 성공했다. 그래서 네 할머니께서 이제 비로소 때가 되었다고 하시면서 오늘 이런 자리를 만드셨다. 그러니 이제 모든 걸 이야기할 텐데, 아무래도 그 이야기는 나보다 네 할머니가 하는 게 좋을 것 같다. 그날 네 아버지로부터 이야기를 직접 들은 사람이 네 할머니니까."

노 회장이 윤 여사를 쳐다보았다. 윤 여사가 고개를 끄떡였다.

"그러지요. 그날 밤 있었던 부자간 싸움 이야기는 제가 할 테니 듣고 있다 틀린 사실이 있으면 고쳐주세요."

윤 여사가 잡고 있던 노 회장의 손을 내려놓고 솔잎을 불렀다.

"애, 솔잎아. 차가 떨어졌구나. 가서 차 좀 더 가져오느라."

"예. 사모님."

솔잎이 빈 찻주전자를 가지고 가 무말랭이 차를 담아와 할머니 찻잔에 따랐다.

"드시기 좋게 미지근한 차를 가져왔는데요. 어떻게, 뜨겁게 다시 끓여 올까요, 사모님?"

"아니다. 잘했다. 이래야 마시고 싶을 때 바로바로 마실 수 있지!"

윤 여사가 솔잎이 따른 차를 몇 모금 마신 뒤, 일어나 불상 앞으로 다가가 합장하고 절했다. 그러고는 부처 밑을 열고 조그마한 보따리를 꺼내와 영채 앞에 놓았다. 보따리는 거무스름한 얼룩이 얼룩덜룩 져 있었다. 영채와 솔잎이 의아스러운 표정으로 보따리를 내려다보았다.

"풀어 봐라."

"예. 할머니."

영채가 솔잎을 한번 쳐다본 뒤 천천히 보따리를 풀었다. 그러자 거무스름한 모래흙과 반으로 접힌 종이 한 장이 나왔다.

"이 흙은?"

"그래, 이 보따리는 55년 전, 만주 목단강 석가촌 백사장에서 왜놈 총에 맞아 돌아가신 네 친할아버지 수언 씨를 묻을 때 그분이 입고 있던 옷자락을 찢어낸 것이고, 이 흙은 그분 핏물이 밴 그때 그 산자락 흙이다. 나는 이걸 가져다 부처님 가까이에 두고 지금까지 일구월심 그분의 극락왕생을 빌었다!"

"아, 할머니! 이제야 알겠습니다! 왜 할머니가 그토록 저를 어릴 때부터 절에 데리고 다니셨는지!"

영채가 아이처럼 울먹이며 무릎걸음으로 엉금엉금 기어가 윤 여사 품에 넙죽 안겼다. 윤 여사가 영채의 등을 토닥이며 눈을 감았다.

"네가 이 나이 되도록 내가 얼마나 기다렸던고! 우리 손자 이렇게 지켜주셔서 감사합니다, 부처님! 나무 관세음보살!"

옆에서 지켜보던 솔잎은 마치 자신이 할아버지 품에 안겨 이야기를 듣고 있는 듯해 눈시울이 뜨거웠다.

"자, 일어나거라. 솔잎 보기 부끄럽지도 않니? 다 큰 녀석이."

영채가 몸을 일으켜 뒤로 물러났다. 윤 여사가 종이를 가리키며 말했다.

"그 종이는 15년 전, 네 부모가 교통사고를 당하던 날 밤, 네 아버지가 들고 와 나한테 보여준 것이다."

"그럼 그날 큰 싸움이 있었던 게 바로 이것 때문이었습니까?"

"그렇다. 그 종이는 저기 김 소장의 할아버지인 게오르기 킴 어른이 네 아버지한테 준 서류로, 그걸 본 네 아버지가 여기 계시는 노달수 할아버지를 죽일 듯이 몰아붙이고 돌아가다 그렇게 사고가 났다. 지금부터 그 이야길 자세히 해주마. 부산 김 소장 조모님께서도 제 이야길 잘 들어주시기 바랍니다. 바로 게오르기 킴 어른의 이야기이기도 하니까요! 그날은 가을비치고는 몹시 사납게 내렸습니다. 창문을 때리는 빗소리가 태풍 같았지요."

―윤 여사는 수십 년을 그래왔듯이, 그날 저녁에도 자신의 방에서 흙부처 앞에 앉아 박수언의 극락왕생을 빌면서 불경을 읽고 있었다. 아홉 시쯤, 갑자기 큰아들 명모가 방문을 열고 들어왔다. 머리와 어깨가 축축이 젖어 있었다. 우산도 없이 정원을 걸어온 듯했다.

평소에는 독경에 방해가 되지 않도록 살그머니 방문을 열었다. 그런데 오늘은 마루를 부산하게 가로질러와서는 다짜고짜 방문을 왈칵 열고 들어섰다. 윤 여사가 염주를 든 채 돌아보고 물었다.

"아범이 갑자기 웬일이니?"

"어머니!"

명모는 격한 소리로 불러 놓고 가만히 있었다. 윤 여사가 염주를 말아 쥐며 돌아앉았다.

"왔으면 앉아야지, 왜 우두커니 섰니?"

"예, 어머니!"

명모가 무슨 각오라도 한 듯 윤 여사 앞에 털썩 주저앉았다. 술내가 훅 풍겼다.

"왜 그러느냐? 안 하던 술까지 하고!"

"예, 어머니. 좀 마셨습니다! 그런데 어머니! 제가 좀 여쭤볼 말이 있는데 솔직히 대답해주시겠어요?"

"도대체 뭔 일인데 어밀 이리 다잡는 게냐? 못 믿을 거면 말하지 마라!"

"그런 게 아니고요, 어머니! 제가 오늘 하도 어처구니없는 말을 들어서…. 지금 아버지 노달수가 제 친아버지 박수언을 죽인 게 맞습니까?"

큰아들의 뜻하지 않은 말에 윤 여사가 후닥닥 뒤로 물러앉으며 고함을 버럭 질렀다.

"못하는 소리가 없구나! 어디서 무슨 소릴 들었기에 그런 버릇 없는 소리를 다 하는 게냐?"

"어머니, 화내시지 말고 솔직히 말씀해주세요. 그럼 혹시 김칠용이라는 사람은 아세요?"

"어민 그런 이름 들어보지도 못했다! 어떤 미친놈인진 모르지만 다시는 그런 허튼소리 듣고 다니지 마라!"

"그래요? 해방 전에 연해주 살면서 '게오르기 킴'이라고 불렸다던데!"

"뭐, 게오르기? 아, 아니, 네가 그 사람 이름을 어떻게 아니? 이럴 수가!"

윤 여사가 놀란 눈으로 명모의 손을 덥석 잡았다.

"그래, 그 사람을 만났니? 어디, 여기 서울서?"

"아, 어머니가 그 사람을 아시는 거 보니, 그 사람 말이 사, 사실이군요! 세상에!"

명모가 넋 나가는 신음을 내며 부스스 일어섰다. 윤 여사가 얼른 명모의 소매를 잡아당기며 다그쳤다.

"애야, 애야! 왜 그러니? 정신 차려라! 그리고 어서 말해봐라! 그 사람이 무슨 말을 하든?"

"좋아요, 어머니! 다 말할게요!"

명모가 뒷걸음질 치며 고함을 질렀다.

"제 친아버지 박수언과 친구분들이 석가촌 목단강 변에서 왜놈 헌병들한테 사살될 때, 누군가가 사전에 밀고했는데 기, 기가 막힌 건, 그때 아, 아, 아버지를…!"

말을 하던 명모가 갑자기 목을 잡고 헉헉거리며 주저앉았다. 눈동자까지 허옇게 뒤집혔다. 놀란 윤 여사가 명모를 끌어안고 등을 두드리며 울부짖었다.

"애야, 애야! 진정하고 제발 숨 좀 쉬어라, 응? 이 어미가 잘못했다! 아이고, 이 일을 어쩌면 좋나! 부처님, 부처님! 제발 굽어살피소서!"

윤 여사는 연신 부처님을 찾으며 헉헉거리는 명모의 등을 계속 쓰다듬었다. 이윽고 명모가 트림 같은 긴 숨을 토하며 호흡을 가다듬기 시작했다. 잠시 뒤, 어느 정도 평정을 되찾은 명모가 양복 주머니에서 종이를 꺼내 윤 여사한테 주었다. 윤 여사가 종이에 적힌 글을 훑어보며 물었다.

"이게 뭐니?"

"아버지가 석가촌에서 친구분들과 모이는 것을 밀고한 증겁니다! 거기 적힌 '센사리'라는 놈이."

"아니, 그게 정말이냐?"

"그 사람, 게오르기라는 사람이 줬어요! 그런데, 그보다도 더 기막힌 건, 서류에 정보 보고자로 되어있는 그 '센사리'가 누군지 아셔요? 바로, 노, 노달수래요!"

"뭐, 뭐, 뭐라고? 이놈이 이제 미쳤구나! 못 하는 소리가 없어!"

윤 여사가 버럭 소리치며 명모의 뺨을 후려쳤다. 명모가 벌떡 일어나 벽에다 이마를 쿵쿵 쥐어박으며 울부짖었다.

"그래요, 어머니! 저 미쳤어요! 지금까지 40년 넘게 아버지 죽인 원수를 아버지라 부르며 살아왔는데 제가 안 미치고 배기겠어요?"

윤 여사가 일어나 명모의 등을 끌어안았다.

"그래, 아범아! 모든 게 다 이 어미 잘못이다! 하지만 네 아버지는 절대로 밀고자가 아니다! 이 어미가 부처님 앞에 맹세할 수 있다! 지금 네 아버지는 너와 내 목숨을 두 번이나 구해주신 분이고, 예전에 말했듯이 네 친아버지 박수언을 깍듯이 형님으로 받들어 모시는 분이다. 그리고 너도 보았듯이 지금까지 우리 모자를 위해 평생을 다 바친 분이다! 자, 앉자. 앉아서 그 게오르기 씨가 도대체 무슨 이야기를 했는지 자세히 말해보아라."

"그 사람은 어머니와 우리 아버지를 너무 잘 알고 있었어요!"

명모가 몸을 돌려 윤 여사를 끌어안은 채 벽을 타고 주르르 미끄러져 앉았다.

―명모가 마지막 서류에 결재하고 담배를 피워 무는데 인터폰이 울렸다. 여비서였다.

"사장님, 손님이 오셨는데요?"

"손님? 누구지?"

"회장님 사모님을 잘 아신다고 합니다."

"우리 어머니를? 어서 모시고 와요."

손님은 사무실에 들어서면서 쓰고 있던 중절모를 벗어들었다. 어머니보다 조금 더 나이 들어 보이는 수더분하게 생긴 노인이었다. 그러나 눈빛은 아직도 매서웠다.

"차 좀 갖다 줘요."

명모는 비서한테 차를 부탁하고 노인에게 자리를 권했다.

"우리 어머니를 잘 아신다고요?"

"그렇습니다. 나는 김칠용이라는 사람으로 솔직히 말하면 자당하고는 두어 번 얼굴 본 사이이고, 사장님 부친과 각별했습니다."

"아, 그러시면 지금 저희 아버지가 회장실에 계시니 거기로 제가 모셔드리겠습니다."

"아닙니다! 지금 부친이 아니고, 그게, 예전…."

"아, 돌아가신 우리 친아버지 말씀이시군요."

"그분, 그러니까 박수언 씨에 대해 다 알고 있는 모양입니다?"

"예. 그 아버님에 대해서는 어머니한테 자세히 들었습니다."

"그렇군요. 그럼 어머니께서 친아버지가 왜 일본 헌병들한테 사살되었는지도 말씀하시든가요?"

"물론입니다. 독립운동하시는 분들 도와드리다 비적으로 몰려 총살당하신 거죠. 친구 다섯 분과 함께요!"

비서가 커피를 두 사람 앞에 놓고 나갔다. 김칠용이 먼저 커피를 후루룩 한 모금 마신 후 잔을 내려놓으며 엉뚱한 질문을 했다.

"그렇다면, 왜놈 헌병들이 부친 친구들 모임을 어떻게 알고 급습해서 무참하게 사살했을까요?"

"그, 그건…."

명모는 얼른 대답을 못 하고 더듬거렸다. 김칠용이 다시 커피를 한 모금 홀짝 마신 뒤 중절모를 집어 들며 일어섰다.

"자리를 좀 옮길까요? 잠깐이면 됩니다."

명모는 처음 만난 김칠용의 행동이 어쩐지 엉뚱해 보여 얼른 따라나서지 못하고 엉거주춤했다.

"아주 중요한 일입니다!"

문 가까이서 김칠용이 뒤돌아보고 말했다. 명모는 그 말에 자기도 모르게 옷걸이에 걸린 바바리코트를 걸쳤다.

회사 건물 지하 카페에 두 사람은 마주 앉았다. 명모를 잘 아는 카페 사장이 직접 달려와 접대했다.

"사장님, 어서 오십시오. 뭐로 드릴까요?"

"커피 두 잔 주십시오."

명모가 먼저 주문을 했다.

"아니요! 난 위스키로 한 병!"

김칠용이 카페 주인 팔을 잡으며 주문을 고쳤다.

"술은 이럴 때 마시라고 있는 거니까!"

김칠용의 단호함에 명모는 아무 소리 않고 카페 사장을 향해 고개를 끄떡였다. 술이 나오자 김칠용은 독한 위스키 두 잔을 연달아 들이킨 뒤 담배를 피워 물었다.

"먼저 내가 자네 부모님을 만나게 된 이야기부터 하겠네! 그래야 자네가 내 말을 믿을 테니까!"

그의 말투가 금방 하대로 바뀌었다. 명모는 부모님 나이뻘이니 그럴 수 있다고 생각하고 개의치 않았다.

"나는 해방 이태 전, 그러니까 1943년이었지. 일본 와세다 대학에 다니다 징집을 피해 도망쳐 나온 한준서라는 친구와 황해도 개성 집에 숨어 있던 중, 조선사람들을 무참히 살해하는 일본 사무라이 낭인 두 사람을 돌로 내려쳐 죽이고 연해주로 도망갔다네! 거기서 나는 소련 조선인 2세 게오르기 킴으로 신분을 가장하고 독립운동하는 사람들과 친교를 맺었지. 그때 북간도에서 행상하며 역시 독립운동하는 사람들을 물밑에서 돕고 있는 자네 아버지 박수언을 알게 되었고 그 후 우리는 의기투합해 의형제가 되었다네!"

김칠용이 다시 술을 한 잔 들이켰다. 명모도 이번에는 그냥 있을 수 없어 잔을 채워 같이 마셨다.

"당시 연해주에 사는 조선인들이 관동군 핍박에 대항할 호신용 무기를 구하기 위해 돈을 모으고 있었는데 박수언도 이 일을 알고 제법 큰 돈을 내놓았지. 그렇게 모은 돈으로 나는 소련군 부대 내 지인과 접선해서 권총을 수십 정 사주었네. 그런 일이 있고 얼마 뒤, 박수언이 날 찾아와 자기한테 돈을 만들어 준 우국지사한테 인사하러 가자고 하더군. 그래서 둘이 북간도 용정 명동촌으로 가서 나중에 자네 외할아버지가 된 윤 선생을 찾아뵈었고, 그때 명동 소학교에서 조선어를 가르치고 있던 자네 어머니 윤소영 여사를 처음 보게 되었다네. 그런데."

김칠용이 다시 술잔을 기울였다. 명모는 상대가 술잔을 기울일 때마다 조급증이 났다.

"그 이후 박수언과 윤소영은 결혼했고."

"그 이야긴 이미 15년 전에, 우리 영채 첫돌 때 어머니한테 들어 잘 알고 있습니다!"

"그럼 이제 나라는 사람을 믿을 수 있겠는가?"

"예. 믿습니다. 그러니 이제 어떻게 일본 헌병 놈들이 석가촌 모임을 알고 급습했는지나, 어서 말씀해보셔요!"

"알았네. 그걸 알려주려고 이렇게 자넬 불러냈으니까 당연히 말해야지! 하지만 이야기가 워낙 엄중해서."

김칠용이 아예 위스키병을 통째 들고 한 모금 크게 마셨다. 그러고는 얼굴을 찡그리고 입술을 꽉 다문 채 한참 동안 삼키지 않고 있었다. 목구멍을 태우는 독한 위스키 자극을 참는 중인지, 아니면 앞으로 하고자 하는 말이 너무 엄중해 내심 각오를 다지는 중인지, 명모는 알 수가 없었다. 이윽고 김칠용이 입에 머금고 있던 술을 한꺼번에 꿀꺽 삼키고는 속주머니에서 종이 한 장을 꺼내 탁자 위에 탁 올려놓으며 소리쳤다.

"밀고, 밀고한 거야! 바로 이놈이!"

김칠용의 말에 술내가 훅 몰려왔다. 마치 목으로 넘겼던 술을 다시 토해 낸 듯했다.

명모는 종이를 집어 들고 펼쳐보았다. 일본어로 작성된 문서에 한글로 깨알같이 토를 달아 놓았는데, '첩보보고서'라는 제목 밑에 '보고자 센사리' 라는 글이 선명했다. 그리고 비적단(조선독립운동가) 협조자 6명 비밀모임, 석가촌 강변 버드나무 숲, 쇼와 20년 6월, 등의 내용으로 보아 아버지 친구 들 모임과 관련된 첩보라는 것을 명모는 한눈에 알 수 있었다. 또 종이 아랫 부분에 거무스름한 선이 비스듬히 그어져 있고, 그 선에 물린 글자들이 온 전하지 않은 것으로 보아 불에 타다 남은 문서를 복사한 것이라는 것도 어 렵지 않게 알 수 있었다.

"여기 첩보보고자 '센사리'라는 자가 도대체 누구죠? 이름 보니 소련인 같은데."

"소련인이 아니고 조선인이네!"

"조선사람이 이런 이름을 써요?"

"밀정의 암호명이니까! 일본 말로 '강자갈'이라는 뜻이지!"

"이런 걸, 아저씨는 어, 어디서?"

"관동군 헌병사령부 목단강시 헌병대 지하 서류창고에서 탈취한 거네! 당시는 유럽에서 독일을 물리친 소련군이 극동지역으로 이동해 일본군과 전투를 막 시작할 때였지."

─소련 극동군 침공이 시작되자 소련군과 가까이에 있던 목단강 주둔 병 력이 제일 먼저 타격을 받고 봉천 지역으로 철수하기 시작했다. 이때 일본 군에 하달된 명령은 자신들이 저지른 죄악상을 은폐하기 위해 모든 서류를 불태워버리라는 것이었다. 그리고 지금까지 밀정으로 활용했던 조선인이

나 중국, 만주인 등 모든 첩자도 깨끗이 정리하라는 것도 포함되어 있었다.

그때까지 목단강시에 머물며 석가촌 강변에서 죽임을 당한 동지들의 밀고자를 은밀히 탐문하고 있던 김칠용은 주력부대가 철수하자 목단강 주둔 헌병대에 몰래 숨어들었다. 후문 부근에서 맞닥뜨린 헌병 한 놈을 처치하고 옷을 바꿔입은 김칠용은 그때까지 연기가 나고 있는 지하로 내려갔다. 사복 차림의 헌병 한 놈이 마지막 남은 문서를 태우고 있었다. 김칠용이 막 헌병을 처치하려는데 갑자기 기모노를 입은 일본인이 들어와 기차표를 흥정하기 시작했다. 김칠용은 어쩔 수 없이 민간인이 나가기를 숨어서 기다렸다가 헌병을 처단하고 화덕에서 타고 있는 서류뭉치를 황급히 끄집어냈다. 요행히 그 서류뭉치는 일본군이 독립운동하는 조선인 토벌에 앞장세웠던 밀정들의 보고서였다.

"정말 아슬아슬했지. 한발만 늦었어도 석가촌 사건을 밀고한 원흉을 영원히 모를 뻔했으니까! 나는 지금도 그때 그 일을 하늘이 내게 민족반역자를 처단하라는 기회를 준 것이라고 믿고 있네!"

"정말 대단하십니다! 하지만 이미 40년이라는 긴 세월이 지난 일이라 이 '센사리'라는 밀정 놈의 정체를 밝히는 건 불가능하겠죠? 그것도 여기 이 땅에서 일어난 일도 아니고, 저 먼 만주 땅에서의 일이니까요! 참 안타깝네요!"

"너무 실망하지 말게, 젊은이!"

명모의 탄식에 김칠용이 술잔을 들며 말했다.

"아버지를 사지로 몰아넣은 놈이 누군지 밝혀졌는데도 아들로서 속수무책인데 어찌 안타깝지 않겠습니까?"

"그런 뜻이 아니네. 자, 한잔 쭉 하게나. 조카 같은 자네한테 이런 이야기를 해야 하는 내 심정도 찢어질 듯 아프니까!"

"무슨 말씀이죠?"

"그 원흉이 누구고, 지금 어디 살고 있는지도 아니까!"

"예? 그게 정말이셔요? 누굽니까? 지금 어디, 여기 서울 삽니까?"

"그렇다네! 그것도 자네와 아주 가까이 살고 있네!"

"세상에, 이, 이럴 수가! 누, 누구죠?"

명모가 앞에 놓인 술잔을 단숨에 털어 넣고 김칠용의 팔을 잡아당겼다.

"어서 말씀해보셔요! 누구죠? 제 가까이 있는 사람이라니, 누, 누구죠?"

김칠용이 아무 말 않고 지갑에서 사진 한 장을 꺼내 명모한테 주었다.

"이건 우리 회사 창립기념일 체육대회 사진 아닙니까?"

"맞네."

"그런데 이 사진을 왜?"

"거기 '센사리'가 있으니까!"

"옛? 그럴 리가!"

"거기, 자네 모친 윤소영 여사 오른쪽에 앉아있는 사람이 바로 '센사리'
네!"

"우, 우리 아버지가? 당신 지금 미, 미쳤소? 지금 보니 정신 나간 양반이
구먼!"

명모가 험악하게 쏘아붙이고는 자리에서 벌떡 일어서서 나가려고 했다. 그
러자 김칠용이 명모 소맷자락을 잡으며 나지막하게 말했다.

"흥분하지 말게. 지금 애들 장난하는 거 아니니까!"

"이거 봐요! 저도 지금 낮술 취한 사람 술주정 듣고 있을 시간 없으니까
요!"

"젊은이 말이 심하군! 그러지 말고 앉아서 내 이야기를 더 들어보게! 자

네 모친 생각하지 않았으면 이렇게 자넬 찾아오지도 않았을 테니까!"

"우리 어머니 들먹거리지 마시고 이거나 놔요! 미친 늙은이 같은 이라고!"

명모가 손목을 휙 비틀어 김칠용의 손아귀를 털어냈다. 김칠용이 손목을 주무르며 혼잣말처럼 중얼거렸다.

"어쩔 수 없군! 내가 직접 처단해서 수언 동생 원수를 갚는 수밖에!"

귓전으로 그 소리를 들은 명모는 몸이 오싹했다. 자기도 모르게 돌아서서 자리에 다시 앉았다. 김칠용은 그런 명모를 거들떠보지도 않고 술만 마셨다. 서너 잔을 연거푸 들이마신 뒤 정면의 진열장을 향해 이야기를 시작했다.

―불타다 남은 서류 속에서 밀고자를 알아낸 김칠용은 기필코 '센사리'라는 놈을 처단하여 억울하게 죽은 여섯 분의 우국지사 원혼을 풀어주겠다고 맹세했다. 그때부터 김칠용은 '센사리'의 정체를 캐기 시작했다. 일본이 전쟁에 패하고 조선이 해방되자 만주 살던 동포들이 조선으로 귀국하기 시작했지만, 김칠용은 만주에 남아 수년 동안 놈의 정체를 수소문하고 다녔다. 하지만 아무런 흔적도 찾을 수가 없었다. 할 수 없이 김칠용도 가족을 데리고 1948년 초에 고향인 개성으로 돌아왔다. 그러나 2년 후 전쟁이 터졌고, 그는 부산으로 피난했다. 부산 피난처에서 터를 잡은 그는 북에서 넘어온 피난민들 상대로 다시 '센사리'를 수소문하기 시작했다. 그러나 얼굴도, 이름도, 고향도 모르는 '센사리'를 찾는다는 건 불가능했다.

세월이 갈수록 김칠용은 지쳤고, 그럴수록 동지들의 억울한 영혼들에 대한 죄책감은 커져만 갔다. 그렇게 40년 가까운 긴 세월을 비통한 마음으로 지내다 어느 날, 친구 집에 놀러 갔다가 친구 집 사랑방 벽에 도배된 오래전

신문에서 우연히 사진 한 장을 보게 되었다. 대통령이 주최하는 통일주체국민회의 간부들이 부부동반으로 참석한 만찬장 모습 사진이었는데, 사진설명에서 '… 대통령 왼쪽 세 번째부터 노달수 대의원과 부인 윤소영 여사'라는 글을 본 것이었다. 윤소영이라는 이름은 김칠용한테 각별한 이름이었다. 얼굴 모습은 희미해도 목단강 석가촌만 생각하면 박수언과 함께 늘 떠오르는 이름이었기 때문이었다. 김칠용은 신문 사진 속의 윤소영을 들여다보며 옛날 얼굴을 되살려 보려 했지만 기억나지 않았다.

'… 그 여자일 리가 없지. 동명이인이 얼마나 많은데!'

김칠용은 자신의 추측을 나무라며 고개를 저었다. 그러면서도 마음 한구석에서는 박수언 아우의 처일 지도 모른다는 한 가닥 미련을 버리지 못했다. 집으로 돌아온 김칠용은 자료를 통해 통일주체국민회의 대의원 노달수의 이력을 확인해보고 깜짝 놀랐다.

－노달수(63) 출생지 만주(목단강시), 직업 사업가, 가족 부인 윤소영, 아들 노명모, 노명근.

김칠용은 생각해보았다.

'큰아들 노명모는 원래 박수언 아들 박명모였다. 그런데 어머니 윤소영이 노달수에게 재가하는 바람에 노달수 성을 따라 노명모가 되었다. 작은아들 노명근은 재가 후에 낳았다.'

김칠용은 자신 생각이 틀림없을 것이라고 믿었다. 그렇게 윤소영 신원이 짐작으로나마 어렴풋이 확인되자 김칠용은 만주 목단강변 산기슭에 외롭게 잠들어 있는 박수언 동지가 더욱 불쌍했다. 동시에 억울하게 죽은 여섯 동지의 원한을 다시금 가슴에 새기지 않을 수 없었다.

김칠용은 노달수라는 사람에 대해 좀 더 알아보기로 했다. 먼저 그동안 처박아 두었던 서류뭉치를 다시 꺼내 한 장 한 장 세밀하게 살펴보았다. 혹시라도 노달수에 대한 첩보가 있을지 모른다는 생각에서였다. 지금까지 '센사리' 첩보보고서에만 너무 집착한 나머지 다른 첩보 내용은 그다지 눈여겨보지 않은 것이 사실이었다. 2백여 페이지가 넘는 첩보서류는 하단부가 다 타버리고 없었지만 다행히 철이 된 상단부는 온전해서 첩보 제목과 보고자 이름은 알 수 있었다.

며칠째 아픈 눈을 비벼가며 서류뭉치를 살펴보던 김칠용은, '鄭太鎬 失踪事件の報告書(정태호 실종사건 보고서)'라는 문서를 보고 정신이 번쩍 들었다. 보고자가 '竹林(대나무숲)'이었는데 내용이 이렇게 되어있었다.

ー ジョンテホを殺し名前を盜用した者は' 朝鮮全羅道南原駅ギャング出身の川砂利という者
(정태호를 죽이고 이름을 도용한 자는, 조선 전라도 남원역 깡패 출신의 강자갈이라는 자….)

다음 부분은 불에 타버리고 없었다. 여기서, 강자갈을 뜻하는 '川砂利'가 일본 발음으로 '센사리'였다. 다음 장 윗부분에 이렇게 이어져 있었다.

ー晉州の憲兵隊として移送後' 小山という名で釈放された。
(진주 헌병대로 이송 후, 소산이라는 이름으로 석방되었음.)

김칠용은 두 문장을 연결해 생각해보았다.

'남원역 폭력배 출신인 강자갈(센사리)이 무슨 이유인지는 모르지만 체포되어, 진주 헌병대에 이송된 후, 고야마(小山)가 되어 석방되었다?'

김칠용은 뭔가 실마리를 찾은 듯해 가슴이 뛰었다. 좀 더 자세한 내막을 알아보기 위해 먼저 남원역에 가서 센사리 행적부터 수소문해보기로 했다. 40년 가까이 된 옛일이지만, 아직 그를 기억하는 사람이 분명히 있을 것이라고 믿었다. 만약 그곳에서 센사리와 고야마의 연결고리가 밝혀지면, 고야마의 이후 행적을 추적할 수 있는 실마리도 잡힐지 모른다는 생각이 들었다.

남원역은 생각보다 작고 초라했다. 콘크리트 건물이었지만 페인트칠이 여기저기 벗겨져 마치 방치된 창고처럼 보였다. 열차 시간이 어중간해서 그런지 역전 마당도 한산했다. 김칠용은 역광장 한옆에 서 있는 커다란 포플러 나무 밑에 차를 댔다.

김칠용은 저만큼 떨어진 곳에서 화단에 흐드러지게 핀 노란 국화꽃을 들여다보고 있는 역무원을 발견하고 다가갔다.

"안녕하셔요? 국화꽃이 참 예쁘게 피었네요."

"…?"

김칠용 인사에 역무원이 고개를 돌려 물끄러미 쳐다봤다.

"저는 김칠용이라고 합니다. 전국 철도역 역사를 연구하는 사람입니다."

"아, 예. 그렇습니까? 저는 차상대라는 사람입니다."

역무원이 웃으며 손을 내밀었다. 김칠용도 손을 잡았다.

얼떨결에 내뱉은 '철도역 역사(驛舍) 연구가'라는 거짓말이 마음에 걸렸지만 김칠용은 악의가 아니라고 자위하며 그냥 그대로 밀고 나가기로 했다.

"역사가 지은 지 오래된 모양이지요?"

"예. 6·25 때 불탄 걸 새로 지은 거니까, 그러구러 한 30년 넘었네요."

"일제시대 때, 그러니까 처음 역이 생겼을 때 지은 건물은 어땠습니까? 이만했나요?"

"그야, 전 모르지요. 6·25 때 타버렸다고 하니까! 그냥 조그마한 목조건물 아니었겠어요? 그 시절엔 사람들도 별로 없었을 테고!"

"아저씨는 여기 근무하신 지 얼마나 되었습니까?"

"얼마 안 됐습니다. 올해 십오 년쨉니다."

"그럼 해방 전 일은 잘 모르겠네요?"

"그렇지요."

"그 시절에, 그러니까 해방 전에 이 역에서 근무한 분 중에 혹시 아시는 분 계십니까? 초창기 남원역 내력을 알만하신 분."

"그런 분이라면…, 은퇴하신 박종윤 선배님한테 알아보면 되겠네요."

"오래 근무하신 분인가요?"

"5년 전, 정년 퇴임하실 때 딱 40년 채웠다고 했으니까 해방 전부터 일했다는 말 아닙니까?"

"그렇지요. 남원역의 산 역사시네. 그분 아직 살아계십니까?"

"그럼요. 지금도 한 달에 한 번씩 우리 철도직원들 친목회에 참석하시는데."

"잘됐습니다. 그분을 어떻게 하면 만날 수 있을까요? 전화번호 같은 거라도 좀…."

"그러지 말고, 여기서 가까우니 그냥 댁으로 가면 됩니다. 요즘 몸이 안 좋으셔서 집에 늘 계시니까. 저기 저 양복점 간판 보이죠? 그 옆 골목길로 나가서 큰길을 따라 오른쪽으로 죽 내려가면 광한루 뒷문이 나오는데, 그 앞에 있는 사진관이 바로 그분 아들이 하는 거요."

"예. 알겠습니다. 이거 정말 고맙습니다!"

김칠용은 친절한 역무원한테 고마움을 표했다.

김칠용은 담배 두 갑을 사 들고 사진관으로 들어갔다. 박종윤 씨는 역에서 차상대라는 사람한테 소개받고 왔다는 김칠용 말에 친절히 안으로 맞아들였다. 김칠용은 인사가 끝나자마자 에둘러 이야기를 꺼냈다. 철도역 역사 연구라는 거짓말 때문에 단도직입적으로 센사리부터 물을 수가 없었다.

"어르신은 남원역에 언제부터 근무하셨습니까?"

"내가 열다섯 살 때, 그러니까 해방 4년 전인 쇼와 16년부터 청소부로 일하기 시작했지요."

"그 당시 남원역은 어땠습니까? 이용하는 손님이 많았습니까?"

"제법 많았지요. 전라도 내륙지방 사람들이 경성이나 만주를 가려면 여기서 열차를 타는 게 제일 빨랐으니까! 경상도 함양 사람들도 여기 남원역을 이용했을 정도니까요."

"혹시 반일운동하는 사람들이 철로 운행을 방해한다거나 역을 공격하고 하는 뭐 그런 적은 없었습니까?"

"그런 일은 별로 없었고, 도둑이 많았지요."

"도둑이라니, 무슨 도둑인데요?"

"그냥 화물 도둑이지 뭐. 대체로 석탄이나 소금, 곡식, 이런 데 손을 많이 댔지요. 그때는 너나없이 춥고 배고팠던 시절이었으니까요. 그래서 그냥 보고도 못 본 척할 때가 많았습니다. 일본인 역장이나 주재소 소장한테만 안 걸리면 그냥 넘어가는 거지요. 화물칸에 가득 찬 석탄 몇 바가지 퍼낸다고 표나는 것도 아니고! 하지만 도둑질해다 돈을 받고 팔아먹는 진짜 큰 도둑들은 정말 골칫거리였습니다."

"그런 도둑들도 있었습니까?"

"나보다 두서너 살 더 먹은 청년들로 센사리(川砂利)라는 놈이 우두머리였는데 나한테 노골적으로 화물 훔치는 걸 도와달라고 협박까지 했지요."

박종윤 씨 입에서 난데없이 '센사리'라는 말이 나오자 김칠용은 속으로 깜짝 놀랐다. 그렇지만 그런 티를 낼 수 없어 목소리를 가다듬었다.

"그 우두머리라는 사람 아직 살아있습니까? 한번 만나볼 수 있을까요?"

"에이, 그 양반 여기 남원 떠난 지가 언젠데요!"

"떠나다니요?"

"해방되기도 전에 순사한테 잡혔으니까!"

"도둑질하다?"

"그것도 석탄 같은 게 아니고, 군수물자를 훔쳐 팔아먹으려다 잡힌 거지! 소문에 헌병대로 끌려갔다는 소릴 들었습니다."

"하! 정말 간 큰 사람이네요! 그 시절에 그런 짓을 했다니!"

"기생이던 어미가 그놈을 낳고 그냥 '센사리'라고 불렀다더군요! 어디서 굴러온 어떤 놈의 씨인지 몰라 그냥 '센사리'라고 불렀답니다! 그때도 조선 팔도에서 광한루 보러 오는 한량들이 한두 명이 아니었으니까!"

"아하! 그래서 이름을 강자갈이라 불렀군요!"

"그렇지요. 센사리가 바로 강자갈이라는 일본말 아니요? 어디서 굴러왔는지 모르는 게 강자갈이니까!"

"그 뒤로는 어떻게 됐는지 모릅니까?"

"모르지요! 통 소식이 없었으니까! 헌병한테 잡혀갔으니 몸뚱이가 성했겠어요? 아마 살아도 산 게 아니었을 겁니다!"

"그렇지요. 헌병 놈들이 좀 포악했습니까! 그런데 센사리 행적을 더 알아볼 수 있는 사람이 달리 어디 없을까요?"

"모르긴 해도, 나보다 더 많이 아는 사람은 없을 거요! 눈곱만한 일이라도 대번에 소문이 쫙 돌아버리는 동네니까! 참, 소문 말이 나왔으니까 하는 말인데, 그 뒤…"

박종윤 씨가 말을 하다 말고 김칠용을 쳐다보았다.

"왜 그러십니까?"

"이건 어디까지나 소문인데, 그러니까 센사리가 떠나고 2년쯤 지난 뒤였지요. 어느 날, 송월이라는 기생한테 드나들던 남정네 세 사람이 하룻밤 새 칼에 찔려 죽었는데, 그 사람들을 죽인 사람이 센사리라는 소문이 있었습니다!"

"그래요? 범인이 센사리라는 무슨 근거라도 있었습니까?"

"목격자나 증거 같은 건 없었지만, 그 오입쟁이들이 모두 센사리 어미 송월이 치마폭 남자들인 데다 모두 사타귀를 난도질당해 죽었거든요!"

"아, 정말 무지막지하게 죽였네요! 살인귀가 아니고서야 어찌 사람을 그렇게 잔인하게 죽일 수 있겠소!"

"그만큼 원한이 컸다고도 볼 수 안 있겠소! 그런데, 그 일이 있고 얼마 안 되어 송월이가 미쳐버렸는데, 내 아들이 꿈에 칼 차고 와서 내 낭군을 다 죽이고 갔다며 떠들고 다녔답니다!"

"그렇다면, 범인은 잡았을 것 아닙니까?"

"그랬으면 소문으로 끝나지 않았지요! 못 잡았어요!"

"그렇게 큰 사건인데요?"

"처음엔 난리를 떨더니 한 달 정도 지나자 그냥 흐지부지되어 버렸지요! 사람들도 관심이 없어지고."

"그럼, 혹시 고야마라는 이름은 들은 기억이 있습니까?"

"고야마? 일본사람인가요?"

"일본인 행세하는 조선인인 걸로 압니다만."

"해방 전이나 이후에 그런 이름은 들은 적이 없습니다. 그 시절에 일본 이름을 쓰면서 그런 도둑질을 했다면 조선사람한테도, 일본사람한테도, 살아남지 못했을 테니까요!"

"그랬겠지요. 잘 알았습니다! 오늘 재미나는 남원역 역사 이야기 잘 들었습니다. 감사합니다!"

박종윤 씨와 헤어져 집 밖으로 나온 김칠용은 차에 앉아 생각해보았다.

남원에서 센사리의 이후 행방을 찾는다는 것은 불가능하다. 또 센사리와 노달수의 연결고리를 찾는다는 것도 어렵다. 따라서 센사리가 헌병대에 끌려간 이후로 이곳 남원에서는 완전히 종적을 감추었다고 생각할 수밖에 없었다. 이제 할 수 있는 일은 자신이 노달수 가까이 접근해서 직접 알아보는 수밖에 없었다.

6개월 후.

김칠용은 부산을 떠나 혼자 서울로 올라왔다. 노달수의 정체를 본격적으로 알아보기 위해서였다. 먼저 서울 구로공단 입구 가리봉 오거리에 월세 쪽방을 얻었다. 그리고는 노달수 회사인 가죽장갑 공장 '알프스' 정문 앞에 있는 버스정류소에서 양말 노점을 시작했다. 동대문시장에서 여성용 양말과 액세서리를 떼다가 출퇴근하는 공단 여공들 상대로 하는 장사였다. 장사는 쏠쏠하게 되었다. 부근 공장 여공들이 출퇴근 시간에 버스정류소로 많이 모여들었기 때문이었다. 그렇게 되자 '알프스' 공장 수위를 보는 양판석이 차량 출입이 불편하다며 자리를 다른 곳으로 옮기라고 겁박했다. 김칠용은 양판석한테 이익금 일부를 떼주는 조건으로 합의를 보았다.

수입금 배분은 매일 저녁 열 시에 했다. 오후 8시부터 시작되는 여공들의 오후 교대가 끝나면 공단 내 거리에는 거짓말같이 인적이 뚝 끊어졌다.

그러면 양판석은 경비실에서 어슬렁거리며 나왔고, 김칠용은 그의 몫을 정확히 셈하여 주었다. 그렇게 네댓 달을 지나자 양판석은 김칠용을 완전히 신뢰하고 경비실 출입도 자유롭게 허락했다. 그것으로 '양판석과 친해지는' 원래 목적은 쉽게 달성되었다. 그는 경비 주임보다 경비대장이라고 부르는 것을 좋아했다. 어느 날 김칠용은 술자리에서 넌지시 노 회장에 관해 운을 떼보았다.

"경비대장님, 우리 이런 장사하는 거 노 회장님이 아시면 당장 쫓겨나는 거 아닙니까?"

"그런 걱정은 조금도 할 필요 없소."

"대장님이야 이런 거 안 해도 먹고 사는 데 걱정 없지만 전 장사 못 하면 당장 밥을 못 먹는데 걱정 안 할 수 없잖습니까?"

"그런 일 절대 안 생기도록 할 테니 맘 놓고 장사나 잘하시오!"

"대장님이 그러시니 알겠습니다만, 그래도 영 불안해서….""

"어따! 이 양반 참, 사람 말 못 믿네! 회장님과 나는 친형제나 진배없는 불알친구란 말이오! 알겠소? 그러니 내 말은 회장님도 절대 거절 못 하니 안심하시오! 다 내가 책임지겠소!"

"아무리 불알친구라도 형편이 비슷할 때 말이지, 회장님과 경비대장은 하늘과 땅 차인데!"

김칠용은 양판석 경비 주임이 잔을 비우기가 바쁘게 술을 따라주며 계속 부추겼다.

"형편 같은 소리 하고 있네! 우리한테는 그런 거 안 통해요! 일제시대 때부터 생사를 같이한 형제니까! 그뿐인 줄 아시오? 나와 회장님은 실제로는 동업자란 말이요, 동업자! 설마 동업자가 뭔지 모르지는 않겠지? 사업을 같이 한 사람이라는 말이요!"

"아, 그래요? 이제 보니 경비대장님이 그냥 경비대장님이 아니시네요! 회장님과 사업 동업자라니! 정말 대단하십니다! 그런데, 저로서는 정말 믿기 힘드네요! 어떻게 경비대장님이 회장님과 동업을 하게 됐는지!"

"그거 다 이야기하려면 길지, 길어! 해방 전부터니까!"

양판석이 술잔을 쭉 비우고는 손등으로 천천히 입가를 문질러 닦았다. 김칠용이 두 손으로 술을 따르며 얌전히 물었다.

"그 시절엔 형편이 다들 어려웠을 땐데 어떻게 이런 큰 사업을 하게 되었습니까?"

"아, 이 회사는 나중에 인수한 거고, 처음엔 그 뭐야 전당포를 했지! 부산 피난 시절에!"

"전당포라는 것도 현금이 많이 있어야 할 텐데요?"

"돈이야 어른 허벅지만 한 금덩어리가 있었으니까!"

"옛! 금덩어리요?"

"사실은."

양판석이 말을 하려다 말고 주위를 슬쩍 둘러본 뒤 나지막이 말했다.

"해방 전에 일본 헌병 놈이 조선에서 모은 금덩어리를 일본으로 가져가려는 걸 우리 회장님이 중간에서 그놈을 죽이고 빼앗았다, 이 말이지!"

"아! 회장님, 정말 용감한 분이시네요! 그러고도 안 잡히고 무사했습니까?"

김칠용도 따라서 얼굴을 숙이며 나직이 말했다.

"무사하긴! 만주까지 도망갔다가 해방 후에 왔는데!"

"그럼, 그 금덩어리로 사업자금 한 겁니까?"

"그렇지! 해방 후에 다시 만났는데 그때 묻어놨던 금덩어리를 가져다 사업을 시작했지! 부산 피난 시절에 전당포를 했는데 한 마디로 노다지였어!

떼돈 벌었지! 금덩어리를 잘게 쪼개 암시장에서 판 뒤 그 돈으로 내가 시골에서 양식거리를 구해서 회장님한테 갖다 주면, 회장님은 그 양식을 피난민한테 비싸게 팔아 그 돈으로 다시 피난민들이 맡기는 금붙이들을 헐값에 사 모았지! 그땐 물가가 자고 나면 두 배 세 배씩 오를 때니까 전당포에 금이 넘쳐났어! 어떨 땐 금반지 하나와 보리쌀 한 됫박 하고 맞바꾸기도 했으니까! 그렇게 모은 돈으로 정치꾼도 사귀고, 판검사도 사귀고, 빌딩도 사고 했지!"

"그럼, 지금 이 회사도 그때 같이 만든 회삽니까?"

"그런 셈이지! 권력 끼고 일부러 부도나게 만들어서 헐값에 샀으니까!"

"아, 정말 노 회장님 사업수완이 가히 천재적이었네요!"

"그렇지? 나도 그전까진 우리 센사리 형님 능력이 그 정돈 줄은 몰랐으니까!"

순간, 김칠용은 깜짝 놀랐다. 예기치 않게 양판석 입에서 '센사리'라는 말이 튀어나왔기 때문이었다. 김칠용은 가슴이 후끈해지는 흥분을 억누르며 넌지시 물었다.

"센사리 형님이 누군데요?"

"우리 회장님 일제시대 때 별명이 센사리였거든! 남원역과 진주역에서 센사리 하면 모르는 사람이 없었지! 금덩어리 빼앗아 묻어놓고 헌병한테 쫓겨 도망갈 때, 썩어가는 손가락 치료도 내가 해주었고 기차도 내가 몰래 태워서 만주까지 달아나게 해주었는데, 그때까지만 해도 난 우리 형님이 나중에 이렇게 출세할 거라곤 상상도 못 했지!"

김칠용은 양판석의 이야기를 들으면 들을수록 흥분을 억누르기 힘들었다. 김칠용은 양판석 몰래 숨을 몇 번을 깊게 들이마셨다 내쉬며 흥분을 가라앉혔다.

"아이고! 우리 대장님이 회장님과 그런 사인 줄 정말 몰랐습니다! 이제 안심입니다!"

김칠용은 그날 밤 한숨도 잠을 못 잤다. 수십 년 이를 갈며 추적한 원수를 드디어 눈앞에서 찾았다는 흥분에 여느 때처럼 방바닥에 몸을 누일 수가 없었다. 그러나 그날부터 김칠용은 어떻게 이 원수를 처단하느냐를 두고 또 다른 고민에 빠졌다. 김칠용은 그냥 간단히 죽여서는 안 된다고 몇 번이고 속으로 다짐했다. 생각 같아서는 목단강변 석가촌으로 끌고 가서 여섯 동지 앞에서 보란 듯이 처단하고 그 피를 묘지에 뿌려주고 싶었다. 하지만 김칠용은 그렇게 할 수가 없었다. 죽음이 두려워서가 아니었다. 박수언 아우가 그토록 사랑한 윤소영 씨가 이미 원수 '센사리'와 부부가 되어 자식까지 낳고 살고 있는데, 차마 자신이 직접 그를 처단할 수가 없었다. 박수언 아우가 그걸 원치 않을 거라는 생각이 들었기 때문이었다.

"나는 한 달 넘게 고민하다가 결론을 내렸네! 바로 박수언의 친자식인 명모 자네한테 이 사실을 알리고 자네의 결심에 맡기기로 한 거네! 그러니 이제 자네가 알아서 처리하게! 내가 할 수 있는 일은 여기까지니까! 마지막으로 한마디 하겠네! 자네 부친뿐만 아니라 다른 다섯 분 동지들의 억울한 죽음도 있다는 것을 잊지 말게!"

노명모가 이야기를 마치고 한숨을 푹 내쉬었다.

"어머니! 이것이 오늘 오후에 그 김칠용 아저씨한테서 들은 이야기입니다! 이렇게 진실이 밝혀졌는데 저는 이제 어떡하면 좋습니까? 어머니!"

"아니다! 아니다! 그럴 리가 없다! 그 사람이 뭔가 잘못 안 거다! 애, 아범아! 우리가 다시 자세히 알아보자, 응?"

그때 2층 계단 올라오는 발자국 소리와 함께 노 회장 목소리가 들렸다.

"누구, 우리 큰아들 명모가 왔나?"

그 순간, 명모가 벌떡 일어나 문을 박차고 나가며 고함을 질렀다.

"이런 죽일 놈! 누가 네놈의 아들이냐? 당장 네놈을 죽여 우리 아버지 원수를 갚겠다!"

윤 여사가 부리나케 뒤따라 달려갔지만 손 쓸 틈이 없었다. 이미 명모가 노 회장의 멱살을 잡고 흔들어대며 복도 구석으로 밀어붙이고 있었다.

"며, 며, 명모야, 이거, 이거, 캑, 캑, 놔, 놔라! 놔!"

노 회장이 숨 끊어지는 소리를 내며 명모의 손아귀에서 벗어나려고 했지만 명모의 공격은 더욱 거칠어졌다. 윤 여사가 주먹으로 명모 등을 세차게 두드리며 뜯어말리려 했지만 역부족이었다.

"애, 아범아! 아범아! 제발 이 손 좀 놔라, 놔! 이 어미가 잘못했다! 내가 죽을죄를 지었다! 응? 아범아! 이 손 좀 놓아라! 제발!"

숨을 캑캑거리며 뒤로 밀려가던 노 회장이 더 견디지 못하고 명모의 손등을 꽉 물었다.

"악! 이런 죽일 놈이!"

명모가 비명을 지르며 노달수를 확 밀쳤다. 비틀거리던 노 회장이 순식간에 계단 아래로 굴러떨어졌다. 노 회장은 한동안 그 자리에서 꼼짝 안 했다. 윤 여사가 재빨리 내려가 노 회장을 끌어안았다. 그때 큰며느리 영채 어미가 현관문을 열고 들어왔다.

"애야, 애야, 어서 저기 영채 아범 좀 데리고 가거라!"

윤 여사가 잠시 이야기를 멈추고 찻잔을 들어 한 모금 마셨다. 그러고는 영채의 손을 잡고 나직이 말했다.

"지금까지 네 아버지와 노 회장님이 싸운 이유에 대해 말했다. 하지만 이 할미는 그때까지만 해도 센사리가 누구고 고야마가 누군지 몰랐다. 이 할미가 알고 사랑한 사람은 오직 노달수라는 사람 한 분뿐이었다. 이제, 왜 이 할미가 노 회장님과 떨어져 살고, 회사를 둘로 나누어 가지게 됐는지 그 이야기를 해주마."

　─예로부터 복은 쌍으로 오지 않고, 화는 혼자 오지 않는다고 했다. 윤 여사에게도 그랬다. 큰아들 명모와 싸우다 떠밀려 2층에서 계단으로 굴러떨어진 노 회장의 부상은 심각했다. 병원에 옮겼을 때 이미 척추를 다쳐 하반신불수가 된 상태라고 했다. 의사는 수술은 해보겠지만 이런 경우 효과를 크게 기대할 수 없다고 했다. 윤 여사는 어떤 대가를 치러도 좋으니 무슨 수를 써서라도 고쳐 달라고 애원했다.

　하지만, 윤 여사에게 불어닥친 그 날의 화는 노 회장이 크게 다친 것으로 끝나지 않았다. 다음 날 오후, 노 회장을 수술실에 들여보내고 둘째 아들 명근이와 복도 의자에 앉아 기다리고 있는데, 두 번째 불행이 청천벽력같이 날아들었다. 바로 맞은편에 있는 간호사 대기실 카운터에서 노달수 환자 보호자 전화 받으라는 소리가 들렸다. 윤 여사가 일어나 카운터로 가 전화를 받았다. 그런데 전화를 받던 윤 여사가 갑자기 몸을 휘청거리며 전화기를 떨어트렸다. 그리고는 이내 물 먹은 종이처럼 허물어져 병원 복도에 널브러져 버렸다. 옆에서 지켜보던 명근이가 깜짝 놀라 소리를 질렀고, 간호사가 재빨리 구조원을 불러 들것에 싣고 응급실로 옮겼다. 명근이가 간호사한테 어디서 온 전화였냐고 물었다. 간호사가 환자 집에서 온 전화였다고 알려주었다. 명근이가 집으로 전화를 다시 걸었다. 가정부가 울먹이며 말했다. 경찰이 어젯밤 한강에 빠진 승용차를 건져 올렸는데, 남자가 노명모 사장님으로 밝혀졌다며, 경찰서로 나와 신원을 확인해 달라고 했다는 것이었다. 그 소리를 듣는 순간, 명근이도 그만 복도에 털썩 주저앉았다. 지나가던 사람이 명근이의 어깨를 흔들며 괜찮냐고 물었다. 명근이는 간신히 정신을 차리고 일어나 아내를 병원으로 불렀다. 그러고는 어머니가 실려 간 응급실로 달려갔다.

윤 여사는 갑작스러운 충격으로 혼절했다고 했다. 곧 깨어나겠지만 당분간 절대 안정이 필요하다고 했다. 명근이는 아내한테 어머니를 맡기고 경찰서로 갔다.

시신은 노명모 내외가 맞았다. 경찰이 그동안 파악한 사고 경위를 설명했다. 무슨 이유인지는 모르지만 사망자가 탄 승용차가 지그재그로 과속하다 앞차를 들이받으며 뒤집혔고, 곧이어 뒤에서 따라오던 화물차에 받혀 튕겨 나가 강으로 추락했다고 했다. 그러면서 승용차가 지그재그로 운행한 원인이 음주운전이거나 아니면 운전 중에 서로 싸운 것으로 보이는데, 상세한 사고 원인을 파악하기 위해서는 사체 부검이 필요한데 어떻게 하겠냐고 물었다. 명근이는 원치 않는다고 말했다. 장례식은 어린 영채가 상주가 되고 명근이가 호상이 되어 간소하게 치렀다. 노 회장은 그때까지 사고를 몰랐고, 윤 여사는 기력이 회복되지 않아 장례식에 참석조차 못 했다. 장례가 끝나고 영채는 사촌 동생 영주와 영수가 있는 작은아버지 집으로 옮겨 생활했다.

노 회장 수술은 의사가 처음 말했던 대로 결과가 그다지 좋지 않았다. 휠체어를 타지 않고는 거동을 할 수가 없었다. 노 회장은 수술에서 깨어나자마자 명모를 찾았다. 그러나 윤 여사가 명모 교통사고에 대해 당분간 함구하라고 했기 때문에 아무도 노 회장한테 사실을 말해주지 않았다. 그냥 회사 일로 외국 출장 중이라고만 했다. 하지만 윤 여사로서는 그날 밤 명모한 테서 들은 게오르기 킴 이야기를 노 회장한테 직접 확인해보지 않을 수 없었다. 노 회장이 어느 정도 정신을 차리자 윤 여사는 명모의 교통사고 이야기를 했다. 그리고 명모가 게오르기한테서 들었다는 이야기를 모두 말했다.

"저는 명모의 말을 도저히 믿을 수가 없어요! 달수 씨는 절대 그럴 분이 아니니까요!"

"…"

"그렇죠? 사실이 아니죠? 게오르 킴이라는 사람이 뭘 잘못 안 거죠?"

"…"

"제발, 대답 좀 해보세요! 예? 아니죠? 달수 씨가 아니죠? 그 밀고자라는 센사리는 달수 씨와 전혀 관계없는 사람이죠?"

윤 여사가 노 회장의 가슴을 잡아 흔들며 울부짖었다. 그러나 노 회장은 입을 굳게 다문 채 천장만 노려보고 있었다. 윤 여사는 점점 절망감을 느끼기 시작했다. 노 회장의 침묵이 윤 여사는 두려웠다. 무슨 소리냐고! 날 그런 사람으로 보느냐고! 벼락같이 호통치길 간절히 바라는데 노 회장은 끝까지 침묵했다. 오, 부처님! 윤 여사는 그만 노 회장 가슴에 엎어져 미친 듯 절규하기 시작했다.

"아, 이 일을 어쩜 좋아! 이 일을 어쩜 좋아! 제발, 제발, 아니라고 말 좀 해줘요! 제발, 제발! 아니라고 말 좀 해줘요! 이 일을 어쩌면 좋아!"

놀란 간호사들이 달려와서 억지로 윤 여사를 떼어내 병실에서 내보냈다.

그날 이후 윤 여사는 병원 발길을 끊고 집안에 틀어박혔다. 아무리 생각해도 지금의 현실이 수긍 되지 않았다. 명모가 들려준 이야기도 믿을 수 없었지만 노 회장의 침묵도 믿을 수가 없었다. 눈앞이 캄캄해 아무것도 보이지 않고 들리지도 않았다.

'부처님! 부처님! 제발 저에게 지혜를 주옵소서! 저는 이제 어떡하면 좋습니까? 제가 어쩌다가, 어쩌다가, 지아비를 죽음으로 몰아넣은 사람을 사랑하게 되었는지, 제발, 제발 대답 좀 해주소서! 오른손 칼로 왼손을 쳐내야 합니까? 왼손 칼로 오른손을 쳐내야 합니까? 지아비를 위해 복수를 하자니 지금 제 사랑이 서럽고, 지금 제 사랑을 지키자니 죽은 지아비의 원혼이 두렵습니다! 제발 저에게 지혜를 주옵소서!'

윤 여사는 식음도 거른 채 불경만 읽었다. 내막을 모르는 명근이와 며느리가 매일 같이 들러 몸 생각하시라며 달랬지만, 윤 여사는 하루 한 끼에 물 몇 모금만 마시며 독경으로 버텼다. 그렇게 두 달을 보낸 뒤에야 윤 여사는 마침내 자신이 해야 할 일을 깨닫고 마음을 추스를 수 있었다.

병원에 있는 노 회장은 노 회장대로 그날 이후 입을 닫은 채 누구하고도 말을 하지 않았다. 심지어 의사나 재활치료사들이 무엇을 물어봐도 고개를 젓거나 끄덕일 뿐 입은 열지 않았다. 간혹 친구인 회사 경비 대장 양판석을 불러 휠체어를 밀게 해서 같이 정원을 산책하며 이야기 나누는 것이 전부였다.

입원 5개월 만에 노 회장은 퇴원했다. 그런데 퇴원하고 한 달도 채 안 돼 회사 양판석 경비 대장이 오토바이에 치여 사망하는 사고 일어났다. 노 회장 퇴원을 축하하기 위해 회사 사람들이 집으로 찾아왔는데, 양판석도 인사하러 오던 길에 변을 당하고 병원으로 옮기는 중에 죽었다고 했다. 이런 어수선한 분위기 속에서도 윤 여사는 노 회장을 위해 집을 개조했다. 문턱을 없애고, 욕실을 고치고, 휠체어를 탄 채 혼자 자유자재로 오르내릴 수 있도록 간이 승강기도 설치했다.

집에 온 뒤로도 노 회장과 윤 여사는 서로 얼굴을 마주치지 않았다. 그새 마음을 추스른 윤 여사는 굳이 피할 생각이 없었지만, 노 회장은 아예 윤 여사의 목소리만 들려도 피해버렸다. 윤 여사는 그나마 노 회장이 스스로 휠체어를 밀고 다니는 것만도 다행이라고 생각하며 모르는 척했다. 그러던 어느 날, 윤 여사는 노 회장 침대가 여느 때와 달리 깨끗하게 정리되어있는 것을 발견하고 멈칫했다. 침대뿐만이 아니었다. 옷장도, 책상도, 책장도 말끔히 정리되어있었다. 문득 불길한 생각이 들었다. 여기저기 둘러보다 책상서랍을 열어보았다. 아니나 다를까 조그마한 메모지가 있었다. 간단해서 한눈에 들어왔다.

─형수님, 이제 저는 수언 형님한테 갑니다.

윤 여사는 후닥닥 노 회장을 찾아 나섰다. 이리저리 찾아 헤맸지만 집안에서는 노 회장을 찾을 수 없었다. 정원에 나가보기 위해 계단으로 달려가는데 빠끔히 열린 문틈으로 거실 욕실이 힐끗 보였다. 윤 여사는 혹시, 하는 생각에 달려가 욕실 문을 열어보고는 깜짝 놀랐다.

"안 돼요! 안 돼!"

노 회장이 휠체어에 앉은 채 옷걸이에 빨랫줄로 목을 매 놓고 휠체어를 뒤로 밀어내려 애를 쓰고 있었다. 윤 여사는 부리나케 달려들어 휠체어가 뒤로 안 밀려나게 몸으로 막아선 뒤 서둘러 옷걸이에 묶인 빨랫줄을 풀었다. 그러고는 휠체어를 잡은 채 그대로 욕실 바닥에 주저앉아버렸다. 노 회장이 두 손으로 얼굴을 가린 채 고개를 푹 숙이고 꺽꺽 울기 시작했다. 한참 동안 두 사람은 그렇게 가만히 있었다.

"절 놔두고 혼자 가시려고 했어요?"

이윽고 윤 여사가 정신을 차리고 일어나 노 회장의 흐트러진 앞섶을 여며주며 말했다.

"모든 것이, 다, 끝났는데, 더 살아, 머, 뭐합니까?"

노 회장이 흐느끼며 더듬더듬 말했다.

"왜 다 끝났다고 생각하시는데요?"

"전, 수언 형님께, 형수님과 명모를 끝까지 잘 지켜드리겠다고 맹세했습니다! 그, 그런데, 머, 명모가 그렇게 가버렸으니!"

"그렇다고 달수 씨마저 가버리시면 전 어떡해요?"

윤 여사는 어떡하든 노 회장의 자살만은 막아야 한다고 생각했다. 자살을 알고도 막지 못하는 것은 살생 못지않은 죄악이고, 이는 부처님의 뜻을 거스르는 일이라고 판단했다. 그리고 무엇보다 자신이 그동안 피를 토하는 심정으로 계획한 일을 잘 마무리하기 위해서라도 노 회장은 반드시 오래 살아야만 했다.

윤 여사는 휠체어를 밀고 정원 연못으로 나왔다. 노 회장을 안아 연못가 그네에 앉히고 옆에 같이 앉았다.

"달수 씨는 그냥 이렇게 세상을 떠나실 수 없어요!"

"왜요? 죽어 형님한테 가서 용서를 빌려는데!"

"수언 씨한테요? 안 돼요! 그건 제가 용서 못 해요! 전 달수 씨가 정말 떳떳하고 당당하게 수언 씨와 만나길 원해요!"

"저도 그러고 싶습니다만, 저는 평생 죄만 짓고 살았습니다. 명모한테 들어서 이제 형수님도 아시겠지만, 저는 지금까지 신분을 감춰가며 많은 죄를 저질렀습니다. 민족을 배신하고, 사람을 죽이고, 그러면서도 형님과 형수님까지 속였습니다! 이런 제가 죽는 것 말고 다른 무슨 길이 있겠습니까? 이제라도 제가 그동안 지은 죄를 모두 실토하겠습니다. 다 들으시고 나면 형수님도 제 죽음을 막지 못할 것입니다! 저는 원래…"

"그만, 그만하셔요! 달수 씨! 전 지금 제가 알고 있는 달수 씨 외의 다른 달수 씨는 알고 싶지 않아요! 그러니 아무 말씀 마셔요! 그리고 지금 말씀하신 대로 다른 여죄가 많다면 더더욱 지금 죽어선 안 되죠!"

"무슨 말인지 전 모르겠습니다. 좀 자세히 말씀해보셔요!"

"먼저 제 말을 듣겠다고 약속부터 해주셔요!"

"수언 형님 혼백 앞에 맹세하겠습니다!"

"좋아요! 그러면 지금 먹은 마음을 미뤄 주세요! 앞으로 15년 정도만!"

"무, 무슨 뜻이지요?"

노 회장이 윤 여사를 의아한 눈으로 쳐다보았다.

"죽겠다는 생각을 15년쯤 미루라는 거예요!"

"15년 후로?"

"저승의 수언 씨가 지금 제일 바라시는 게 뭐겠어요? 손자 영채가 아픔을 이겨내고 무사히 잘 커서 훌륭한 사람이 되는 것을 제일 바라지 않겠어요? 영채는 이제 겨우 열다섯 살, 중학교 3학년이에요. 한창 사춘기 소년이에요. 달수 씨 때문에 부모님이 돌아가셨다는 것을 알면 어떻게 되겠어요? 지금까지 할아버지로 따르던 영채가 빗나가지 않고 온전히 커갈 수 있을까요? 영채마저 제 아비처럼 그렇게 되길 원하셔요? 만약에 영채가 잘못되기라도 한다면 우리가 나중에 어떻게 수언 씨 얼굴을 볼 수 있겠어요? 달수 씨나 저나 나중에라도 수언 씨를 떳떳이 만나기 위해서는 무엇보다 먼저 영채를 잘 키워야 해요! 그런 후, 달수 씨가 저지른 일을 영채한테 직접 고백하고 용서를 받아야 해요! 이 두 가지를 잘 이루어야만 비로소 우리는 수언 씨를 떳떳하게 만날 수 있을 거예요! 제 말이 틀렸나요? 그러니 영채가 철이 들고, 결혼해서 가정을 이루고, 사리 분별을 할 수 있는 성인이 될 때까지 달수 씨는 돌아가시면 절대 안 돼요! 그러지 않고 오늘처럼 섣부른 생각을 한다면 저도, 수언 씨도 결코 당신을 용서치 않을 거예요!"

"그 안에 영채가 어떻게든 알 게 될 텐데요? 또 그때까지 제가 살지도 모르고."

"영챈 미국으로 유학 보낼 거예요!"

"미국 유학? 그 어린 것을?"

"걜 이대로 우리 옆에 둘 수는 없어요! 몇 달 후 중학교 졸업만 하면 곧바로 보낼 거예요. 명모 내외가 죽은 뒤로 죽 생각한 일이에요. 병원에서 제가 게오르기 씨의 말이 사실이냐고 묻자 달수 씨는 침묵으로 인정했어요! 그때 저는 정말 하늘이 무너지는 듯했습니다! 그길로 당장 집에 돌아와 곡기를 끊고 죽으려고 했는데, 부처님의 가피로 문득 내가 해야 할 일을 깨닫고 정신을 차렸어요! 지금까지 말한 모든 계획이 그때 결심한 일이니 절 믿고 맡겨주세요! 그리고 달수 씨도 무슨 일이 있어도 그때까지 악착같이 살아계셔야 해요! 그러니 건강 잘 챙기셔요!"

"하지만, 형수님! 그냥 여기서 제 목숨을 끊어 속죄하면 안 되겠습니까? 이제 제 할 일도 없고, 더 살고 싶은 생각도 없고, 영채 볼 면목도 없고!"

"안 돼요! 그건 절대로 안 돼요! 저는 게오르기 킴이 우리 앞에 나타나고, 이렇게 큰일이 벌어진 게 우연이 아니라고 생각해요! 이번 일은 달수 씨가 그동안 지은 죄에 대해 부처님이 참회와 구원의 기회를 주신 거라고 믿어요! 그런 부처님의 자비로운 손길을, 그냥 자기 목숨 하나 뚝딱 끊어 뿌리쳐 버리시겠다고요? 그러고도 수언 씨와 그 다섯 분의 원혼이 반겨주실 거라고 생각하셔요? 아니에요! 무슨 일이 있어도 달수 씨는 그때까지 참회하며 기다리시다가, 때가 되면 달수 씨 스스로 석가촌 내막을 영채한테 직접 다 밝히고 용서를 구하셔야 해요! 그 죄에 대해 진정으로 용서할 수 있는 사람은 제가 아니고 수언 씨 손자인 영채니까요! 그렇게 한 후, 우리 함께 수언 씨를 만나러 가요! 그땐 저도 기꺼이 달수 씨를 따라가겠습니다!"

"아, 형수님, 형수님! 절 용서하십시오! 그래요, 맞습니다! 내가 지은 죄가 얼만데, 안 되지! 안 되지! 나 같은 놈이 쉽게 죽어서는 안 되지! 형수님, 고 맙습니다! 아이들이 다 크고 나면 내가 내 입으로 내가 지은 죄 다 고백하고 용서를 구한 뒤에 깨끗하게 생을 마무리하겠습니다! 할 수만 있다면 저로 인해 고통받고 죽은 사람들 후손 한 사람, 한 사람, 다 만나 용서를 구하고 싶지만, 아!"

노 회장 얼굴은 어느새 눈물범벅이 되었다. 윤 여사가 손바닥으로 노 회 장의 뺨에 흐르는 눈물을 닦아주고는 가슴에 품었다. 그리고 자신의 얼굴을 노 회장 머리에 얹고 천천히 비볐다.

"고마워요, 달수 씨! 정말 고마워요! 그리고."

"…?"

"저는 이제 이 집을 나갈 거예요! 그러니 내 몫으로 재산을 좀 주세요!"

윤 여사 말에 노 회장이 깜짝 놀라 휠체어 팔걸이를 짚고 벌떡 몸을 일으 키다 다시 털썩 주저앉았다. 그는 주먹으로 팔걸이를 탁탁 치며 단호하게 말했다.

"재산은 몽땅, 다 드릴 수 있지만, 형수님이 이 집을 나간다는 것은 절대 안 됩니다!"

"화내지 마시고 제 말 잘 들어보세요. 지금부터 달수 씨와 저는 각자 할 일이 따로 있어요! 달수 씨한테 앞으로 15년은 참회의 시간이 돼야 하고, 저 한테 15년은 석가촌 여섯 분의 원혼을 풀어드리는 기도의 시간이 돼야 해 요! 그러기 위해서는 우리가 함께 있어서는 안 돼요! 달수 씨의 원죄를 제가 안 이상, 수언 씨의 영혼을 봐서라도 저는 절대 달수 씨와 같이 한집에 살 수 없어요! 저는 나가서 저만의 작은 암자를 짓고 살겠어요. 그러려면 돈이 필요해요!"

윤 여사 말을 듣고 있던 노 회장이 갑자기 고개를 푹 숙였다. 윤 여사가 그의 얼굴을 끌어안고 머리를 쓰다듬었다.

"그렇다고 제가 달수 씨를 영영 떠나는 건 아니에요. 저한테 달수 씨와 수언 씨는 똑같이 소중해요! 저는 저승에서 두 분이 정말 떳떳하게 만날 수 있길 간절히 원해요! 그래서 앞으로 죽을 때까지 부처님께 두 분의 화해를 위해 불공드릴 겁니다!"

"아, 알겠습니다! 혀, 형수님! 모두 다 형수님 말씀대로 따, 따르겠습니다!"

노 회장이 윤 여사의 팔을 쓰다듬으며 훌쩍였다.

그렇게 해서 노 회장과 윤 여사는 별거하게 되었고, 회사를 나눠 가지게 되었다. 집을 나온 윤 여사는 서울 근교에 거처를 정하고 10여 년 혼자 살며 절에만 다니며 불공을 드렸다. 그러다 5년 전 심곡 스님 주선으로 암자 터를 산 후 지금의 해원암으로 거처를 옮겼다.

긴 이야기를 끝낸 윤 여사가 떨리는 손으로 천천히 차를 따라 마셨다. 그러고는 노 회장의 손을 잡아 다시 자신의 무릎 위에 올려놓고 손등을 쓰다듬으며 말했다.

"미안해요. 그때 명모를 어떡하든 말렸어야 했는데!"

"아닙니다! 이 모든 게 다 제가 지은 죄 업보지요. 그때 저도 그 헌병대 지하실에서 총 맞아 죽어버렸어야 했는데! 이 못난 놈이 목숨이 아까워 그러지도 못하고…!"

"자, 차 좀 드시고, 이제 제 한도 좀 풀어주서요! 그때 왜 단오절 모임을 밀고하게 되었는지, 저와 영채, 그리고 여기 모든 사람들 앞에 이실직고해 보서요."

"예, 예. 그래야지요! 하지만, 그 이야기를 하기 전에 제가 어떻게 왜놈 앞잡이가 되어 수많은 죄를 짓고, 민족을 배신하게 되었는지, 그 이야기부터 하는 게 순서일 것 같습니다. 그러니 영채야, 궁금하더라도 조금만 기다려라."

윤 여사가 건네주는 차를 받아 마신 노 회장이 담담하게 이야기를 시작했다.

6

　"나는 태어날 때부터 미천한 신분이었다. 집안 내력은커녕 내 아버지가
누군지도 모른다. 어머니가 남원 광한루 부근 술집에서 송월이라는 이름으
로 기생 노릇 하면서 나를 낳았기 때문이다. 그래서 나는 태어나자마자 '센
사리'라는 이름으로 불리게 되었는데, 처음에 나는 그게 무슨 뜻인지도 몰
랐다. 그러다 예닐곱 살이 되어서야 그것이 '강자갈(川砂利)'을 뜻하는 일
본말이라는 걸 알았다. 그리고 내가 그렇게 불리게 된 이유가 조선 팔도 어
디서 굴러왔는지도 모르는 남자의 씨를 받아 태어난 터라, 마치 어디서 굴
러왔는지도 모르는 강자갈 같다고 해서 어머니가 그렇게 부른다는 것을 알
고는 부끄럽고 창피해서 사람들을 만날 수가 없었다. 또 나를 그렇게 부르
는 어른들이 죽이고 싶도록 미웠다. 그렇다 보니 자연히 속으로 오기가 생
겼다. '그래! 너희들 마음껏 날 비웃고 무시해라! 언젠가는 내 힘으로 네놈
들을 모두 짓밟아버리고 말 테니까!' 이렇게 이를 갈았다. 그래서 나는 열
대여섯 살 되면서부터 또래 아이들을 끌고 다니며 대장 노릇을 하는 것으
로 울분을 삭였다. 그러면서 한편으로는 남원역을 통과하는 기차에서 석탄,

소금, 쌀, 등을 훔쳐 술을 사 먹었고, 더러는 불쌍한 사람들한테 나누어주어 인심을 얻기도 했다. 그렇게 스무 살이 다 되도록 남원역을 중심으로 빈둥거리며 세월을 보냈다. 그러던 어느 날, 군수물자를 훔쳐 팔면 큰돈이 된다는 소리를 듣고, 만주로 올라가는 군수품 열차에서 폭파용 다이너마이트 한 상자를 훔쳐 함양 장바닥에서 팔려다 그만 들키고 말았다. 그래서 진주로 도망쳐 진주역전 패거리들과 어울렸다. 그러나 나는 두 달도 채 안 되어 잡히고 말았다. 갑자기 나타난 날 눈여겨보고 있던 사복 경찰을 끝까지 속일 수가 없었다. 경찰은 곧바로 군수품 절도범으로 헌병대에 신고했고, 채 한 시간도 안 돼 나는 진주 헌병 지구대로 끌려갔다. 지금 생각해보면 그때가 바로 내가 죄악의 길로 들어서는 운명이 바뀌는 순간이었다는 생각이 든다.”

─헌병대 지하 취조실은 마치 흡혈귀 침실 같았다. 사방 벽에는 온갖 고문 도구들이 주렁주렁 걸려 있었고, 불그스름한 핏물로 범벅이 된 질퍽한 시멘트 바닥은 희미한 전등 불빛을 받아 괴기스러운 공포를 자아냈다.

큰 덩치에 비해 목소리가 덜 트인 듯 쉰 소리를 내는 사내가 센사리를 의자에 앉힌 뒤 소매를 걷어붙이고 취조하기 시작했다.

“이름은?”

“센사립니다.”

“이 자식이!”

센사리의 말이 떨어지기가 무섭게 사내가 사정없이 주먹으로 센사리의 얼굴을 후려쳤다. 센사리는 급작스러운 주먹질에 의자에 앉은 채 시멘트 바닥으로 벌렁 굴러떨어졌고 얼굴은 단번에 피범벅이 되었다. 취조하던 사내가 쓰러진 센사리의 가슴을 구둣발로 꽉 누르며 고함을 질렀다.

"네놈이 대일본제국의 신성한 군수품을 훔친 절도범 센사리라는 건 이미 알고 있다! 하지만 그런 조센진 이름은 없다! 정확한 네 조센진 이름을 대란 말이다!"

"조, 조선 이, 이름이 어, 없습니다! 어릴 때부터 그냥 죽 세, 센사리로 컸습니다! 저, 정말입니다!"

센사리는 가슴이 으깨지는 듯한 통증을 느끼며 간신히 대답했다.

"정말이냐?"

사내가 구둣발에 힘을 주며 다그쳤다.

"예, 예. 저, 정말입니다!"

"좋아!"

사내가 짓밟고 있던 구둣발을 거두고 자리로 돌아갔다. 옆에서 지켜보고 있던 사람이 센사리를 잡아 일으켜 다시 의자에 앉혔다. 센사리는 터진 코피가 멈추지 않고 계속 흘렀다. 취조관이 휴지를 북 찢어 건네주었다. 콧구멍을 틀어막자 피가 목구멍으로 꿀꺽꿀꺽 넘어갔다. 그때 지하실 문이 열리며 체구가 건장한 중년 남자가 들어왔다. 그를 본 취조관과 옆에 있던 사내가 동시에 부동자세를 취하며 경례를 붙였다.

"이 친군 뭐야?"

건장한 사내가 센사리의 종아리를 툭 차며 취조관한테 물었다.

"옛! 남원역 군수물자 훔친 범인입니다!"

"그래? 수고했군!"

중년 사내가 손가락으로 센사리의 턱을 치켜들고 얼굴을 이리저리 살펴보고는 고개를 끄덕거렸다.

"이놈이 태어나서 지금까지 저지른 절도 행각을 빠짐없이 알아내도록 해! 총살하더라도 기록은 남겨야 하니까!"

"옛! 알겠습니다!"

총살이라는 말에 센사리는 혼비백산했다.

"정직하게 다 불면 총살은 면할지도 모르지!"

중년의 사내가 혼잣말처럼 툭 던지고는 지하실을 나갔다. 그때부터 센사리는 몇 시간에 걸쳐 온갖 기억을 다 동원해 그동안 저지른 사소한 것까지 모두 진술했다. 그리고 철창에 갇혔다. 사흘 뒤 부산으로 이송되어 군사재판을 받을 거라고 했다. 상습범에다 전시 군수품 절도라는 중죄를 범해 사형을 면하더라도 최하 20년 징역형은 받을 거라는 소리를 듣고 센사리는 그만 자포자기했다.

이윽고 사흘째 되는 날 아침, 철창문이 열리고 센사리는 수갑이 채인 채 차에 태워져 어디론가 끌려갔다. 센사리가 차에서 내려 들어간 사무실에는 뜻밖에 첫날 만났던 그 중년 사내가 앉아있었다. 그는 센사리를 보자마자 수갑을 풀어주라고 명령했다. 그리고 다짜고짜 센사리에게 물었다.

"20년 징역을 살 테냐, 개과천선해서 내 밑에서 천황폐하를 위해 일할 테냐?"

그 소리에 센사리는 조금도 망설이지 않고 그 사람 앞에 넙죽 엎드렸다.

"제발, 제발, 살려주십시오! 무엇이든 명령만 내리시면 목숨 바쳐 일하겠습니다!"

센사리 말에 사내는 서랍에서 종이를 꺼내 내밀었다. 그것은 천황폐하에 대한 충성맹세서였다. 센사리는 단숨에 맹세하고 지장을 찍었다. 그때부터 센사리는 그 사람 사무실에서 그 사람을 위해 먹고, 자고, 일하게 되었다. 그 사람은 대일본제국 조선 헌병대사령부 진주지구대 소속 헌병 조장曹長 고바야시 미노루였다.

고바야시 헌병 조장은 센사리에게 '고야마(小山)'라는 새 이름을 붙여주고 자신의 심복으로 만들기 위해 애썼다. 그 첫 번째 일이, 자신이 신원보증을 선 가짜서류로 한 달 넘게 내지 농촌에 농업 보국청년대로 다녀오게 했다. 고야마는 일본 복정현 조그마한 농촌에 40여 일을 다녀왔다. 그때 받은 대접으로 고야마는 뼛속까지 일본인이 되었고, 미노루의 둘도 없는 충견이 되었다.

당시 조선총독부는 '내지 농촌의 진보된 영농법을 반도 청년들이 직접 체득하도록 하여, 통치의 최고목표인 내선일체의 구현과 조선농업생산력의 획기적인 증산을 도모한다'라는 취지 아래 '농업 보국청년대'라는 이름으로 선발된 조선 청년들을 일손이 부족한 일본농촌에 강제 동원하고 있었다. 따라서 총독부는 이들을 내선일체의 선봉장이라며 대대적으로 선전했다.

농업 보국청년대가 일본농촌으로 출발할 때는 그냥 흐지부지 조용히 보내지 않았다. 대대적으로 선전했다. 전국에서 선발된 대원들을 총독부에 모아놓고 결단식을 한 뒤, 경성 부민관에서 조선총독부가 직접 장행회를 열고 사기를 북돋아 주었다. 이들이 일본농촌에서 노동을 끝내고 귀국할 때는 더 요란하게 환송식과 환영식을 열어주었다. 농촌 일을 끝내고 일본을 떠날 때는 먼저 도쿄에 모여 궁성 요배와 명치 신궁을 참배한 후, 내무대신과 수상관저까지 구경시켜주는 성대한 환송식을 열었다. 그러고는 나고야와 교토를 거쳐 시모노세키에서 배를 타고 귀국했다.

농업 보국청년대가 일본을 떠나 경성역에 도착하면 다시 엄청난 환영식을 베풀어주었다. 먼저 조선총독부 정무총감이 직접 경성역에 나가 이들을 맞이했고, 뒤이어 시가행진을 거쳐 조선 신궁에 참배한 후 조선총독부에서 해단식을 거행했다. 이 자리에서는 정무총감이 기념장을 수여해 그간의 노고를 치하했다. 이것으로 끝내는 것이 아니었다. 해단식이 끝나면 조선총독부 농림국이 주최하는 경성부민관 환영회장에서 술과 노래로 회포를 푼 뒤 해산했다. 이 부민관 회식에는 총독이 직접 참석해서 훈시하는 경우도 있었다. 이런 일련의 과정에서 받은 조선총독부 대우에 감읍한 고야마는 대일본제국 천황폐하의 충직한 신민이 되기로 맹세했고, 자신을 키워준 미노루 헌병 조장을 아버지처럼 섬기게 되었다. 그때부터 고야마는 미노루를 위해 궂은일을 마다하지 않았다. 미노루가 신통찮게 생각하는 것은 뭐든 사전에 알아채고 자신이 눈치껏 처리했다. 미노루는 고야마의 충성심에 만족했다. 자신의 관용과 용서, 그리고 농촌 보국대에서 받은 감동이 고야마를 뱃속까지 황국신민으로 만들었다고 믿었다. 그래서 미노루는 고야마를 정식 헌병보조원으로 추천해 채용했다. 거기다 앞으로 일을 열심히 하면 상등병까지 진급시켜주겠다는 말에, 고야마는 죽음으로 보답하겠다며 몇 번이고 미노루한테 충성맹세를 했다. 미노루도 그런 고야마를 믿고 자신한테 부여된 권한을 많이 넘겨주었다. 호신용 권총도 지급했고 급할 때는 자신의 오토바이도 몰 수 있도록 해주었다. 일련의 이런 조치들은 그동안 멸시와 조롱으로 주눅 들었던 센사리로하여금 천하를 얻은 듯한 권력의 날개를 달아주었다. 그렇게 미노루의 신임을 얻게 된 고야마가 제일 먼저 한 일은 자신을 천대한 사람들에 대한 복수였다. 그는 야밤에 남원으로 넘어갔다. 먼저 복면을 하고 양조장에 숨어들어 박 사장을 잡았다. 박 사장은 일찌감치 일본 이름으로 창씨개명하고 고야마가 어릴 때부터 송월이 집에 드나들며 고야마를 괴롭혔다. 또 일본인 관객이나 기관장들에게 송월이를 성 노리개로 상납해 자신의 출세에 이용했다. 고야마는 박 사장을 협박해 자신의 어머니를 괴롭힌 남자들 이름을 알아낸 뒤, 걸레로 입을 틀어막아 놓고 복부와 사타귀를 스무 번도 더 찔러 죽였다. 그러고는 차례차례 집에 찾아가 같은 방법으로 다 죽인 후 동트기 전에 진주 헌병대로 돌아왔다. 고야마는 미노루가 출근하기를 기다렸다가 자신이 저지른 일을 다 자백했다.

"나으리의 어떤 처벌도 달게 받겠습니다!"

고야마의 자백에 미노루도 어이가 없는 듯 잠시 멍하게 쳐다보기만 했다. 그러다 곧 책상을 탕! 치며 말했다.

"그런 사적인 복수, 앞으로는 절대 용서치 않겠다! 대신, 천황폐하에 대한 더 큰 충성으로 오늘의 죗값을 치르도록!"

"하이!"

고야마가 무릎을 털썩 꿇고 마룻바닥에 머리를 쿵쿵 찧었다. 그런 일이 있고 난 뒤로 고야마의 조선인 괴롭힘은 더욱 심해졌다. 순식간에 고야마는 불량선인 고문 전문가가 되었다. 말이 불량선인이지, 모두 고문으로 거짓 자백을 받아 만들어낸 억울한 누명이었다. 그렇게 고문으로 만들어낸 절도범, 강간범, 사상범 숫자가 많아지면서 고문 중에 죽는 사람도 생겨나기 시작했다. 얼마 지나지 않아 그의 이름은 진주 헌병 지구대 내에서는 물론 멀리 마산, 부산까지 명 취조관으로 이름을 날렸다.

노 회장이 이야기를 잠시 중단하고 물을 찾아 입술을 적셨다. 방안에 앉은 사람은 누구 하나 쉽게 입을 열지 못하였다. 모두 노 회장의 이야기에 마음속으로 깊은 회한을 느끼고 있는 모습이었다. 노 회장도 방 분위기에 긴장한 듯 침대보를 살짝 움켜잡으며 깊은숨을 내쉬었다. 옆에 앉은 윤 여사가 노 회장의 어깨에 손을 올려놓으며 용기를 북돋아 주었다. 노 회장이 어깨에 놓인 윤 여사의 손을 두어 번 다독인 뒤 다시 입을 열었다.

"이렇게 해서 나는 왜놈 앞잡이가 되었다. 그리고 그때부터 여기 있는 여러분의 선조들과 악연이 시작되었고, 이제 그 모든 걸 하나하나 다 고백하겠다. 먼저 나카무라 박사에 관한 이야기부터 하는 게 순서일 것 같다. 이보게, 기요시! 자네 할아버지에 대해 궁금한 게 있으면 물어보게!"

"예. 회장님! 그, 그럼."

갑작스러운 노 회장 말에 당황한 기요시가 말을 더듬으며 주위를 둘러보았다. 영채가 눈짓으로 다 여쭤보라는 신호를 보냈다.

"종전 수십 년 후, 미노루 헌병 조장이 우리 부모님을 찾아와 쇼와 19년 산청 시천면 주재소에서 있었던 일을 소상히 들려주었다고 했습니다. 그래서 회장님께 여쭤보는데요, 그날 회장님께서 짐을 어깨에 메시고 우리 할아버지와 함께 주재소를 나가신 뒤, 회장님은 오늘까지 이렇게 건재하시고 우리 할아버지는 그날 이후 지금까지 행방이 묘연합니다. 회장님과 우리 할아버지가 언제 어디서 헤어지셨는지, 그리고 그 이후에 우리 할아버지 소식을 혹시라도 들으신 게 있는지 말씀 좀 해주시면 감사하겠습니다."

"그래, 자넨 그것이 가장 중요하고 궁금하겠지. 나한테도 그때 그 일이 그 뒤에 이어지는 모든 죄의 근원이 되는 중요한 사건이었다!"

노 회장이 잠시 말을 끊었다가 토하듯 내뱉었다.

"용서하게, 젊은이! 자네 할아버지는 그날 밤에 바로 돌아가셨네! 내가 해쳤네!"

"옛? 그, 그게 정말입니까?"

기요시의 외침에 솔잎도 몸을 움찔했다. 영채도 할아버지의 놀라운 고백에 깜짝 놀랐다. 그동안 심곡 스님한테서 솔잎 할아버지에 관한 이야기를 듣고 고야마를 의심하긴 했지만, 할아버지 입으로 직접 듣게 되자 아연실색하고 말았다. 영채는 자신도 모르게 큰소리로 다그쳐 물었다.

"할아버지, 좀 더 자세한 내막을 말씀해주세요!"

"그래. 다 말하겠다."

─고야마를 확실하게 신뢰하게 된 미노루 조장은 고야마를 산청군 단성면, 시천면, 삼장면, 3개 면 주재소를 순회하며 불량선인 및 입영 기피자 첩보를 수집하라는 임무를 주었다. 그러면서 시천면에서 약초를 연구하고 있는 나카무라 박사의 행동을 특별히 잘 감시하라는 특명을 내렸다. 고야마는 불량선인 감시는 이해가 갔지만, 나카무라 박사를 철저히 감시하라는 명령에는 이해가 안 되었다. 같은 일본인으로 박사까지 된 천황폐하의 충직한 신민인데 왜 감시를 하라는 건지! 거기다 소문으로 듣기에는 조선총독부에 있는 고관이 나카무라 박사의 가까운 친척이라는데 뭘 못 믿어서 몰래 감시를 하라는지 도무지 영문을 알 수 없었다. 그래서 고야마는 단순히 자기보다 빽이 좋은 나카무라 박사를 미노루 조장이 질투하고 시기해서 그러는 줄로 알았다. 하지만 그렇게 보기에는 미노루 조장이 지나치게 나카무라 박사를 싫어했다. 나카무라 박사가 약초를 채집하러 갈 때도 신변 보호라는 핑계를 대서 그를 따라가 감시하게 했고, 그를 찾아오는 조선인 환자들과도 무슨 이야기를 하는지 모두 염탐해 보고하도록 했다. 그렇지만 고야마가 보기에는 나카무라 박사도 그렇게 인격자는 아니었다. 까닭도 없이 자신을 능멸하고 개돼지 보듯 하는 시선이 얄미웠다. 그래서 미노루 조장의 명령을 아무 거리낌 없이 수행했다. 그러던 중 고야마는 미노루 조장 사무실에서 우연히 나카무라 박사에 관한 서류를 보고서야 왜 나카무라 박사를 철저히 감시하라고 했는지 이유를 알게 되었다. 서류는 나카무라 박사가 일본 철도청에 들어갈 때 작성한 신원조회서 복사본이었는데, 참고란에 붉은 글씨로 이렇게 기록되어 있었다.

中村画伯の息子 早稲田大学で機械工学専攻 大正12年(1923年)′関東大震災の時′山梨で建物に敷かれた中村釈伯の命を救い′養女として養子になった朝鮮人女性慶子と結婚した。

－나카무라 화백의 아들. 와세다대학에서 기계공학 전공. 다이쇼 12년 (1923년) 관동대지진 때 야마나시(山梨)에서 건물에 깔린 나카무라 화백의 목숨을 구해주고 양녀로 입양된 조선인 여자 케이코(慶子)와 결혼.

　당시 나카무라 화백은 야마나 지역을 관광하고 있었다. 그때 지진이 일어났고, 그는 무너진 건물 잔재에 깔려 손발을 꼼짝 못하고 있었다. 그런데 얼마 뒤 멀리서 튀어온 불똥이 바로 옆 목재 지스러기에 옮겨붙어 나카무라 화백을 향해 살금살금 타들어오기 시작했다. 불길은 조금씩 커지기 시작했고, 나카무라 화백은 속절없이 불길에 휩싸여 타죽을 수밖에 없는 상황이 되었다. 다급해진 나카무라 화백은 사력을 다해 살려달라고 고함을 질렀다. 그때 치마저고리를 입은 예닐곱 살쯤 된 조선 여자아이가 지나가다가 나카무라 화백의 고함 소리를 듣고 다가왔다. 나카무라는 물, 물, 하고 소리쳤다. 상황을 알게 된 여자아이가 부리나케 달려가 물 한 바가지를 퍼와 지금 막 화백의 옷깃에 옮겨붙는 불길을 향해 확 끼트려 불을 꺼주고는 도망치듯 달아났다. 그 뒤 구조대에 의해 구사일생으로 온전하게 목숨을 건진 나카무라 화백은 온 동네를 뒤져 그 소녀를 찾아냈고, 지진으로 가족을 모두 잃은 그 조선 여자아이를 양녀 케이코(慶子)로 입양해 대학까지 졸업시켰다. 그러고는 동생들의 반대를 무릅쓰고 아들 타다시의 결혼 요청을 받아들여 적장자 며느리로 삼았다. 그러나 케이코는 첫아들을 낳고 얼마 안 되어 열병에 걸려 죽었다.

　"나카무라 박사의 신원을 알고 난 뒤로 나는 속으로 다짐했다. '조선인 여자가 좋아서 마누라까지 삼은 주제에 나를 조선인이라고 욕하고 무시해? 그래, 어디 두고 보자! 이제 앞으로는 너 같은 놈한테 절대 꿀리지 않을 테다!' 이렇게 결심하고 대일본제국 헌병 상등병이 되기 위해 미노루 조장 명령을 더욱더 열심히 수행하기로 결심했다. 그러다 나와 나카무라 박사 사이에 운명적인 순간이 오고 말았다. 바로 쇼와 19년 가을, 시천면 주재소에서 있었던 바로 그 사건이었다. 그날 나는 미노루 조장의 명령에 따라 짐을 어깨에 메고 약초농장으로 가기 위해 나카무라 박사를 따라 주재소를 나섰다."

—바깥은 어느새 해가 진 뒤였다. 주재소 맞은편 구곡산 골짝에는 이미 땅거미가 짙게 깔렸고 덕천강 강변도 저녁 이내로 시야가 어둑어둑했다. 고야마는 무거운 궤짝을 양어깨에 번갈아 메가며 나카무라 박사 뒤를 터벅터벅 걷다가 불쑥 입을 열었다.

"나리!"

"왜?"

"뭐 좀 물어봐도 될깝쇼?"

"뭐냐?"

"저기, 고바야시 헌병 나리가 되게 미웁지요?"

"그게 뭔 소리냐?"

"나리는 헌병 나리보다 학식도 높고 박사님이기도 한데, 그걸 몰라보고 나리를 막 대하잖습니까?"

"네놈은 그런 거 신경 쓸 것 없다. 물건이나 조심해 다루어라. 잘못해 떨어트리면 큰일 나니까!"

"예. 나리! 그런데 나리, 아까 고바야시 나리가 말씀하신 그 한준서라는 살인범 말입니다."

"그자가 왜?"

"언젠가 제가 숯쟁이 영감 숯가마에서 본 산적 놈하고 엄청 닮았던데, 혹시 그놈이 바로 그놈 아닐까요?"

고야마 말에 나카무라는 속으로 뜨끔했다. 자칫하다가는 한준서 정체가 드러날 판이었다. 그렇게 되면 한준서는 물론이고 자신을 포함해 몇 사람이 다칠지 모를 일이었다. 나카무라는 생각만 해도 소름이 끼쳤다.

"그래서, 고바야시한테 보고했느냐?"

"아니요. 아까는 생각이 안 나서! 이따가 돌아가서 보고해야지요!"

"아니다! 나중에라도 보고할 필요 없다! 그런 살인범이 산적질 할 리가 있느냐? 네놈이 잘못 본 게지! 그런 확실하지도 않은 정보를 보고해서 수사에 혼란을 일으켜서는 안 된다! 알았느냐, 이놈아?"

"예. 알겠습니다, 나리! 그런데, 이 물건은 도대체 뭘까요? 보통 물건은 아닌 것 같고… 그 참, 궁금해 죽겠네!"

"어허, 그놈 참 말도 많다! 엉뚱한 데 신경 쓰지 말고 발밑이나 조심해라!"

"아, 알겠습니다요, 나리! 그런데, 어, 어, 어이쿠!"

고야마가 무슨 말을 하려다 말고 갑자기 낮은 비명을 질렀다. 돌부리에 발이 걸렸기 때문이었다. 그는 궤짝을 떨어트리지 않으려고 뒤뚱거리다 그만 길가 언덕 밑으로 굴러떨어지고 말았다. 그 순간 궤짝이 바위에 나가떨어지면서 부서졌다. 고야마는 고야마 대로 몇 바퀴를 데굴데굴 굴러 내려가 강변 모래밭에 나가떨어졌다. 잠시 뒤 정신을 차린 고야마는 자기 옆에 부서져 흩어진 궤짝 속의 물건을 보고는 깜짝 놀랐다. 누릇누릇한 금덩어리들이 여기저기 흩어져 있었다. 어떤 것은 팔찌처럼 둥글고 어떤 것은 찹쌀모찌처럼 모난 것도 있었다. 또 주먹만큼 큰 것도 있었다. 그런데 그를 더욱 놀라게 한 것은 풀어 헤쳐진 담요 속에 비집고 나온 금덩어리였다. 어른 허벅지만 한 황금불탑이었다. 불탑은 맨 위 꼭대기 부분이 떨어져 동강 났을 뿐 탑신은 말짱했다. 고야마는 눈앞에 벌어진 광경에 넋이 나갔다.

언덕 위에서 내려다보고 있던 나카무라도 놀라긴 마찬가지였다. 배로 운반할 수 없는 물건이라고 할 때 예사 것이 아니라는 건 알았지만 이런 엄청난 금궤일 줄은 예상 못 했다. 나카무라는 상황이 심상찮다는 것을 직감했다. 고바야시가 이 일을 알면 절대 그냥 넘어가지 않을 것이라는 생각이 들자 눈앞이 캄캄했다. 두려움은 고야마가 훨씬 더 컸다. 고야마는 이제 죽은 목숨이나 다름없다고 생각했다. 그는 정신을 차리고 흩어져 있는 금덩어리들을 주섬주섬 주워 담았다. 그리고 낑낑거리며 언덕을 기어올라 왔다. 위에 있던 나카무라가 대뜸 고야마의 뺨을 후려쳤다.

"이놈의 자식, 정신을 얻다 팔고 있다가 이 지경을 만들어?"

그는 다시 발길로 고야마의 가슴을 걷어찼다. 얼떨결에 뺨과 가슴을 얻어맞은 고야마는 자기도 모르게 나카무라의 발을 거머잡고 휘둘러버렸다. 그러자 나카무라가 뒤로 벌렁 넘어졌다. 화가 난 나카무라가 씩씩거리며 일어나 고야마의 목덜미를 움켜쥐고 소리쳤다.

"이놈이 이제 죽고 싶어 환장했군! 감히 날 쳐? 그래, 어디 한 번 더 날 때려봐라!"

목을 잡힌 고야마는 그의 팔을 벗어나려고 했지만 쉽게 벗어날 수가 없었다. 그는 숨이 막혀 더이상 견디지 못하고 나카무라의 턱을 힘껏 밀어제쳤다. 두 사람은 잠시 뒤엉켜 버둥거리다 언덕 아래로 함께 굴러떨어졌다. 고야마는 그 순간 재빨리 궁리했다. 어차피 죽을 몸, 지금 여기서 나카무라를 죽이고 금궤를 가로채자는 생각이었다. 이 정도 금덩이면 평생 먹고사는데 걱정 없을 것 같았다. 결심이 서자 그의 눈에서 살기가 번뜩였다.

고야마는 언덕을 엉금엉금 기어 올라가는 타다시의 바짓가랑이를 잡고확 끌어내렸다. 그러고는 땅바닥에 쓰러트린 뒤 목을 조르기 시작했다. 엉겁결에 당한 나카무라 타다시는 발버둥을 치며 벗어나려고 발광을 했지만 작심하고 목을 조르는 고야마의 손아귀 힘을 당할 수가 없었다. 나카무라는 대번에 정신이 가물거리기 시작했다. 그는 있는 힘을 다해 턱을 옆으로 뒤튼 뒤 자신의 입언저리에 있는 고야마의 새끼손가락을 꽉 깨물었다. 얼마나 힘껏 깨물었던지 제법 큼직한 살점이 뚝 떨어졌다. 손가락을 깨물린 고야마가 악! 하고 비명을 지르며 벌떡 일어났다. 그는 북받치는 악을 참지 못하고 큼직한 돌멩이를 집어 들고 막 몸을 일으키려는 나카무라의 머리를 사정없이 내려쳤다. 탁! 하는 무딘 소리와 함께 나카무라가 털썩 널브러지더니 몸을 한차례 부르르 떨고는 이내 축 처져버렸다. 그것으로 사위는 다시 조용해졌다.

고야마는 그때야 손가락의 상처를 살폈다. 오른쪽 새끼손가락 첫마디 부분이 뭉텅 잘려나가고 없었다. 그는 나카무라의 셔츠 옷깃을 이빨로 죽죽 찢어 피가 흐르는 손가락을 칭칭 감았다. 그래도 피가 계속 흘렀다. 고야마는 다시 옷자락을 찢어 손목을 힘껏 졸라맨 뒤 손가락을 여러 겹으로 동여맸다. 그런 뒤 나카무라의 목을 발로 한 번 더 꽉 눌러 확실하게 죽였다.

고야마는 서둘러 흩어진 금붙이들을 주섬주섬 담요에 주워 담고 풀어진 철사 토막으로 얼기설기 묶었다. 그러고는 부서진 판자 조각들은 모조리 강물에 던져 떠내려 보내버렸다. 현장을 깨끗이 수습한 고야마는 금궤와 시체를 가까운 풀숲에 숨기고 주위를 둘러보았다. 날은 완전히 어두워져 있었고 길에는 아무런 인기척도 없었다. 길 건너편으로 나카무라 박사 약초밭으로 올라가는 길이 어렴풋이 보였다. 그는 먼저 시체를 다시 들쳐 메고 신작로를 잽싸게 가로질러 약초밭으로 올라갔다. 약초밭 창고에서 삽과 괭이를 챙긴 고야마는 다시 시체를 메고 쉽게 인적이 미치지 못할 곳을 찾았다. 그는 밭두렁 옆 소나무숲으로 들어가 널따란 바위가 시루떡처럼 포개진 바위 밑에 구덩이를 파고 시체를 묻었다.

일단 시체 매장이 마무리되자 고야마는 금궤 묻을 자리를 찾았다. 그는 시체를 묻은 곳에서 좀 더 산 위로 올라갔다. 그러다 특이하게 생긴, 마치 두꺼비 모양을 한 커다란 바위를 발견하고 그 밑에 구덩이를 깊게 파고 금궤를 묻었다. 작업이 끝나자 그는 바위의 위치와 형태를 한 번 더 확인해 머릿속에 각인했다.

고야마는 땅바닥에 퍼지고 앉아 잠시 생각을 가다듬었다. 지금까지 일어난 일들이 마치 꿈속처럼 실감이 나지 않았다. 여태까지 잊고 있던 손 상처가 아프기 시작했다. 얼떨결에 감아 붙인 헝겊 조각은 흙으로 칠갑이 되어 있어 피가 나는지 안 나는지도 모를 지경이었다. 그는 욱신거리는 손등을 주무르며 속으로 욕을 퍼부었다.

'지독한 놈! 손가락을 잘라 먹다니!'

그러나 마냥 욕만 하고 있을 처지가 아니었다. 그는 마음을 다잡고 앞으로의 일을 궁리했다. 먼저 한준서를 붙잡아 가면 고바야시 조장이 이번 일을 용서해줄지도 모른다는 생각이 들었다. 하지만 숯가마 터에서 본 그놈이 살인범 한준서라는 확신이 없었다. 자칫하면 죽음을 자초하는 꼴이 될 수도 있었다. 고야마는 고개를 저었다.

'아니다! 이러고 앉아 시간만 보내고 있을 때가 아니다! 여길 어서 벗어나야 한다! 어디로 갈까? 부산? 경성? 아니야. 고바야시가 어떤 놈인데? 내일 아침이면 사고를 알게 될 거고, 그러면 눈이 뒤집혀 미친 듯이 찾아 나서겠지! 하지만 고놈도 불법도굴품을 탈취한 죄가 있어 대놓고 공개수배는 못할 것이다. 당장은 자기 수족이 널려 있는 산청 함양 지역을 샅샅이 뒤지겠지. 그렇다면 고 새끼 구역부터 벗어나야 한다. 어디로 갈까?'

고야마는 급해지는 마음을 진정시키며 도망갈 방향을 생각해봤다. 차편을 이용해 도망치기는 원지로 나가 진주 쪽으로 가는 게 빠르긴 하지만 그러면 당장 코앞에 있는 칠정 삼거리 검문소가 문제였다. 그는 자동차보다는 기차를 이용하기로 했다.

'그래, 남원으로 가서 기차를 타자! 그러고는 경성이 아니라 만주까지 도망쳐야 그놈한테서 완전히 벗어날 수 있다!'

방향이 결정되자 그는 지체 않고 자리에서 일어섰다. 시간이 얼마나 되었는지 알 수가 없었다. 반달이 중천에 떠오른 것으로 봐서 밤이 이슥해진 것만은 틀림없었다. 고야마는 삽과 괭이를 창고 원래 자리에 갖다 놓고 마지막으로 주위를 표나지 않게 수습했다. 사소한 단서라도 쉽게 발견되어서는 안 되기 때문이었다. 고야마는 조심스럽게 신작로로 내려와 주위를 살폈다. 어슴푸레한 달빛에 묻힌 채 사위는 조용했다.

고야마는 시천면 주재소 앞을 지나지 않고 삼장면 쪽으로 가기로 했다. 그는 시천 들머리에서 오른쪽 시무산 골짝으로 들어섰다. 수양산 밑을 끼고 산등성이를 넘어 시천면 소재지를 피해 갈 생각이었다. 그는 약초 캐는 나카무라를 따라 1년 넘게 산을 헤맨 까닭에 지리산 봉우리는 물론 능선이든 골짜기든 안 다녀 본 곳이 없었다. 그는 머릿속으로 시무산 산세를 어림잡으며 산등성이를 넘은 뒤 다시 사리 골짝을 따라 북쪽으로 계속 걸었다. 왼쪽으로 높다랗게 솟은 이방산을 지나 맞은편 감투봉 밑에서 다시 좌측 산등성이로 올랐다. 그러자 바로 아래 덕교 마을의 희미한 불빛이 보였다. 그는 산을 내려가 신작로를 가로질러 삼장면에서 흘러오는 덕천강 지류인 삼장천을 건넜다. 그러고는 개천가 논둑길을 따라 북쪽으로 걷기 시작했다. 어느새 몰려든 구름이 달빛을 가려버려 주위는 더욱 어둡고 괴기스러웠다.

삼장면 대포 마을을 지나 대원사 입구 삼거리에서 그는 잠시 걸음을 멈추었다. 남원을 가려면 대원사 골짝으로 들어가 외고개를 넘어가는 지름길도 있었다. 하지만 그는 이내 그 길을 포기했다. 밤길로는 너무 험했기 때문이었다. 그는 애초 생각대로 홍계를 거쳐 밤머리재를 넘기로 했다. 그 길은 약초꾼과 나무꾼들이 무시로 지나다니며 닦아놓은 길이라 칠흑 같은 어둠 속이라도 길을 잃을 염려는 없었다.

　오른쪽에 치솟은 웅석봉을 길잡이로 해서 그는 걸음을 재촉했다. 날이 새기 전에 한 걸음이라도 더 멀리 달아나야만 했다. 홍계를 지나고부터 고갯길이 가팔라졌다. 그는 이마에 흐르는 땀을 닦을 여유도 없었다. 숨을 헐떡이며 밤머리재에 올라서자 갑자기 비가 내리기 시작했다. 빗줄기는 점점 거세져 이내 폭우로 변했다. 그는 속으로 '옳거니!'하고 쾌재를 불렀다. 하늘도 자신을 도운다고 생각했다. 폭우가 사건 현장을 말끔하게 씻어 내버릴 것이기 때문이었다.

　그는 손의 상처를 다시 한번 매만진 뒤 서둘러 고개를 내려가기 시작했다. 고개 밑에 자리 잡은 금서면 소재지는 동네 전체가 깊은 잠으로 정적에 묻혀있었다. 그는 동네로 들어서지 않고 변두리 논두렁길을 돌아 필봉산 골짝으로 들어섰다. 그의 기척을 알아챈 어느 집 개가 늙은이 해수 같은 소리로 짖어댔지만 누구 하나 방문을 열어보는 사람은 없었다.

　쌍재몽을 넘어 임천강 가에 이르렀을 때 날이 희붐하게 밝아왔다. 고야마는 날이 밝아지기 시작하자 마음이 더 초조해졌다. 그런데 오른쪽 손이 뻣뻣이 굳어지며 마비가 되었다. 손목을 꽁꽁 묶은 데다 상처가 나뭇가지에 닿지 않도록 지금까지 계속 손을 가슴에 올리고 왔기 때문이었다. 그는 강가에서 잠시 쉬기로 했다. 비는 그쳤지만 그새 강물은 붉은 황토물로 변해 있었다. 한 손으로 강물을 퍼서 대충 얼굴의 땀을 씻은 뒤 상처를 살펴봤다. 완전히 지혈되었는지 피가 더 번지지는 않았다. 상처가 어떤지 궁금했지만 동여맨 헝겊을 풀 엄두가 나지 않았다. 자칫 잘못해 간신히 멈춘 피가 다시 터지는 날엔 어떻게 해볼 방법이 없었기 때문이었다.

　고야마는 앞으로 갈 방향을 다시 생각해봤다. 지금부터는 밝은 낮이기 때문에 각별한 주의가 필요했다. 이곳에서 남원까지 가는 길은 두 갈래였다. 하나는 임천강을 따라 계속 위쪽으로 올라가 지리산 북쪽 기슭의 가흥리를 지나 인월로 가는 길이었다. 이 길은 첩첩 산길이라 행인을 만날 염려가 없어 안전하긴 하지만 시간이 너무 많이 걸린다는 게 좋지 않았다. 지금으로서는 시간이 곧 목숨이었다. 오늘 중으로 기차를 타고 남원을 빠져나가지 못하면 고바야시의 수사망에 갇힐 위험이 컸다. 그는 조금 위험하더라도 시간을 단축할 수 있는 길을 택하기로 했다. 그러려면 큰길로 가야 했다. 고야마는 주상과 목현, 구룡리를 거쳐 팔령치를 넘어 인월로 가기로 했다. 그런데 막상 팔령치 밑에 다 달았을 때 예상 밖의 일이 벌어졌다. 경상도와 전라도 경계인 팔령치 고갯마루에 순사 두 사람이 총을 메고 검문을 하고 있었다. 그는 얼른 길가 바위 뒤에 숨었다. 그리고 재빨리 궁리했다. 다시 왔던 길을 돌아가 가흥리로 가기에는 시간이 너무 없었다. 그렇다고 검문을 피해 갈 길이 따로 있는 것도 아니었다. 다락논 논두렁 밑을 뱀처럼 기어가면 검문소를 피할 수는 있겠지만, 많은 시간이 걸릴 뿐만 아니라 그러다 만에 하나 순사들 눈에 띄는 날이면 의심을 더 받게 되어 꼼짝달싹 못 하고 잡힐 게 뻔했다.

　고야마가 초조하게 생각을 굴리고 있는데 갑자기 어디서 워낭소리가 들렸다. 고개를 내밀어보니 어떤 영감이 바지게를 진 채 소를 몰고 고개를 올라오고 있었다. 그는 얼른 방책을 떠올리고는 논두렁 밑을 기어 영감 곁으로 다가가 아는 체를 했다.

"할아버지. 아침부터 어디 가십니까?"

난데없이 인사를 받은 노인이 그를 힐끔 쳐다보고는 시큰둥하게 대답했다.

"인월 가네."

고야마는 노인 옆으로 바짝 붙어 섰다.

"잘됐네요. 저도 인월 가는데. 소고삐 이리 주소. 제가 몰게요!"

그는 얼른 소고삐를 받아 쥐었다. 얼결에 손을 하나 덜게 된 영감이 기분 좋은 듯 싱긋 웃었다.

"아침에 쇠꼴 베다 그만 손가락을 뱄지 멉니까!!"

고야마는 영감이 묻기 전에 먼저 손 상처에 대해 말했다. 그래야 덜 의심받는다고 생각했기 때문이었다. 영감이 고야마의 손을 힐끗 쳐다보며 말했다.

"쯧쯧. 큰일 날 뻔했구먼!"

"엉뚱한 생각을 하다 그만….”

검문소가 가까워지자 고야마는 영감 곁에 더 바짝 붙어서 다정하게 말을 걸었다. 누가 봐도 한 가족처럼 보이기 위해 그는 노력했다. 순사가 두 사람을 멍하게 쳐다보고 있다가 가까이 다가가자 큰소리로 물었다.

"두 사람 어디 가오?"

"고개 너머 인월에 갑니다."

고야마가 먼저 대답했다. 옆에 있던 순사가 고야마의 손을 쳐다보며 물었다.

"당신 손 왜 그래?"

"이거 예…?"

고야마가 잠시 망설이는데 영감이 대뜸 나섰다.

"소 꼴 베다 다쳤소!"

영감 말은 고야마의 대답보다 확실히 효과가 더 있었다. 순사들은 두 사람을 가족으로 봤던지 더이상 고야마의 신분에 대해서는 묻지 않았다.

"병원엔 갔었소?"

"병원은 무신 병원! 그냥 인월에 가서 마른 양귀비나 좀 구해 바르면 되는데!"

"그럼 어서 가보시오!"

검문소를 지나며 고야마는 속으로 안도의 숨을 길게 내쉬었다. 영감 덕분에 위험을 모면했다. 하지만 이제 더이상 영감과 머뭇거릴 필요가 없었다. 모롱이를 돌아 검문소가 보이지 않자 고야마는 소고삐를 노인한테 돌려주었다.

"전 그만 먼저 가보겠습니다! 할아버지 고맙습니다!"

영감이 무슨 말을 하려고 했지만 고야마는 뒤 한번 돌아보지 않고 내리막길을 뛰다시피 내달았다.

"이게 그날 나와 나카무라 박사 사이에 있었던 진실이다. 그때부터 내 앞길은 도망자의 연속이었고, 도망을 위한 도망자의 죄악은 자꾸만 쌓여갔다. 오늘, 비로소 처음 말하건대 나카무라 박사님과 후손인 기요시 그대에게 진심으로 용서를 비는 바이다! 이제부터는 내가 어떻게 영채 너의 조부모님을 만나게 되었고, 또 그분들을 왜 밀고하게 되었는지 말해주마."

7

─함양 팔령치 고개 검문소를 무사히 넘은 고야마는 인월 부근에서 뱀사
골에서 나오는 벌목 차를 만났다. 고야마는 붕대가 감긴 손을 보여주며 사
정해서 트럭을 얻어 타고 남원 입구에서 내렸다. 그는 남원 시내로 들어가
지 않고 요천 변을 따라 죽 내려가다가 왼쪽 장백산 골짜기에서 흘러내리는
원천천 입구에서 다시 왼쪽으로 돌아 여싯골로 들어갔다. 그는 여싯골 숲에
숨어서 해가 지기를 기다렸다가 어둠을 틈타 상엿집으로 갔다. 고야마가 진
주로 도망치기 전까지 친구들과 모여 지내던 아지트였다. 거기서 남원역은
요천 건너 10여 분 거리에 있었다.

혼자 저녁을 먹고 있던 옛 졸개 양판석이 고야마를 보고는 깜짝 놀라 숟
가락을 손에 든 채 벌떡 일어섰다. 고야마는 얼른 손가락으로 입을 가리며
조용히 하라고 눈짓을 한 뒤 양판석의 어깨를 눌러 자리에 앉혔다. 그러고
는 나지막한 목소리로 자신이 도망치게 된 이유를 다 말했다.

"그러니 내 말 믿고 빨리 나가서 다이찡 가루 좀 구해와!"

고야마가 바깥을 살피며 말했다. 그러나 양판석은 느긋하게 등을 기대고

앉은 채 물었다.

"금덩어리 숨겨놨다는 거 참말이여?"

"몇 번을 말해야 알겠냐? 지금 내가 거짓말하는 거 같아? 금덩어리 빼앗다 싸워서 이렇게 다친 걸 보고도 몰라?"

"주먹만 한 거 한 덩어리 떼 준다는 것도 참말이고?"

"하, 정말 이 자식 사람 못 믿네! 우린 친구 아니냐? 한 개가 아니라 두 개도 떼 줄 수 있다! 그러니 어서 다이찡 가루 좀 구해오고, 밤 기차 타고 무사히 도망가게 좀 도와줘. 한 일 년 피했다 돌아올 테니 나랑 같이 금 가지러 가자. 내가 지금 거짓말하면 니 새끼다, 새끼!"

"새끼 같은 건 없어도 좋고, 금덩어리만 확실히 주면 된다. 그래, 어디로 도망갈 건데?"

"미노루 조장 새끼 피하려면 만주까지는 도망쳐야 안 되겠어?"

"그럼 오늘 밤 11시 소금 기찰 타야겠네."

"어디까지 가는데?"

"고것이 아마 평양으로 해서 만주 봉천까지 갈걸?"

"딱 됐다! 그 기차 몰래 좀 태워 주라."

"근데 요새 남원역에 순찰이 엄청 엄해져서 어쩨 탈 수 있을지 모르겠다. 며칠 전에 조무래기들이 쌀가마를 통 채 훔쳐 먹었거든! 암튼, 좀 기다려 봐라. 하꼬데 약방에 다이찡 가루가 있을지 모르겠다. 갔다 오마."

양판석이 자리에서 일어나 판자 문을 나갔다. 양판석은 이제 고야마를 확실히 믿는 모양이었다. 그래도 고야마는 문틈으로 양판석의 뒤를 주시했다. 양판석이 요천 시궁창 징검다리를 껑충껑충 건너 시내 쪽으로 사라지자 고야마는 뒷산 쪽 주위를 자세히 살폈다. 만약 양판석이 마음을 바꾸고 누굴 데리고 오기라도 하면 도망칠 방도를 미리 마련해놔야 했다. 한참 뒤 양판석이 약을 구해왔다. 고야마는 바깥을 살펴 뒤따른 사람이 없다는 것을 확인하고 손등에 칭칭 감긴 천 조각을 양판석한테 풀라고 했다. 스스로 풀기에는 자신이 없었다. 양판석이 잠시 망설이다가 자리에서 일어나 구석 빨랫줄에 널린 무명 적삼을 가져와 이빨로 북북 찢어서 긴 조각부터 만들어 놓은 뒤 고야마의 손등에 감긴 천을 풀었다. 고야마의 새끼손가락은 끝 마디가 완전히 떨어져 나가버리고 없었다. 꾸덕꾸덕 달라붙어 있던 천이 떨어져 나가자 다시 피가 뚫고 나왔다. 양판석이 시커멓게 변한 손등을 잡고 손가락 끝에다 다이징가루를 쏟아부은 뒤 미리 만들어 놓은 천 조각으로 손등까지 야무지게 감았다. 그때까지 이를 악다문 채 쳐다보고 있던 고야마가 씩 웃으며 말했다.

"아따, 되게 따갑네! 그런데 판석이 너 간호원 해도 되겠다?"

"독이 쎄게 퍼졌는데 이걸로 괜찮을지 모르겠다!"

양판석이 정색으로 말하고는 담배를 피워 물었다. 그는 진정으로 고야마의 상처를 걱정하는 표정이었다. 고야마도 따라 담배를 꺼내 물었다. 양판석이 자신의 담뱃불을 건네주며 말했다.

"여서 좀 쉬고 있어라. 기차 사정 알아보고 애들 보낼 테니 그때 와."

"고맙다! 오늘 이 신세 꼭 갚으마!"

"됐다. 약속만 지키면 된다!"

친구 양판석의 도움으로 소금 기차를 몰래 타고 남원을 무사히 빠져나온 고야마는 평양에서 봉천으로 가지 않고, 회령을 거쳐 열흘 만에 연길에 도착했다. 그러나 연길에는 조선사람들이 너무 많았다. 조선사람이 많다는 것은 자신의 신원이 드러날 우려가 크다는 말이었다. 그는 더 먼 북쪽으로 가기로 하고 도문시에서 기차를 타고 하얼빈으로 갔다. 그런데 하얼빈에는 일본군 천지였다. 지레 놀란 고야마는 다시 하얼빈을 떠나 북만주 목단강성으로 도망쳤다.

목단강시가 멀찍이 내려다보이는 남쪽 외곽 고갯마루에 이르렀을 때 저만큼 앞에 느릿느릿 언덕을 기어오르고 있는 목탄트럭이 보였다. 목탄차는 빈 차인데도 가다 섰다를 반복해 걸어가는 고야마 발걸음보다 그다지 빠르지 않았다. 언덕 부근에서 고야마는 멈춰선 채 털털거리고 있는 목탄차를 발견했다. 트럭을 밀고 있던 조수가 고야마를 보고 조선말로 말을 걸었다.

"어디까지 가시오?"

고야마는 조선사람을 만나 반가웠다.

"저기, 목단강시까지 갑니다. 왜, 차가 고장 났소?"

"힘이 부친 거요. 좀 밀어주면 태워 주리다."

"그럽시다."

그렇게 해서 고야마는 목탄차를 얻어 탔다. 핸들을 잡고 있던 운전수가 옆에 올라타는 고야마를 보고 물었다.

"고향이 어디요? 여기 사람 아닌 거 같은데."

"멀리 조선 남쪽 끝에서 왔소. 형씬 여기 사람이요?"

"아니요. 하얼빈에서 나고 자랐소. 나는 정태호라 하고 저기 내 조수 이름은 노달수요. 그런데, 그쪽은 성함이?"

"아, 예. 저는 화, 황순팔이요."

고야마는 잠시 망설이다 조선 이름을 얼른 지어냈다. 만약 운전수가 조선사람이 아니었으면 그는 센사리라고 했을 것이다.

"어떻소? 여기 만주는 조선사람들이 먹고살 만합니까?"

"여기도 힘들지요. 하지만 어디 가든 다 제하기 나름 아니겠소?"

"형씬 무슨 일 하시오? 뭐하면 나 같은 사람도 일 할 데 좀 알아봐 주면 고맙겠소."

"전에 무슨 일 했소?"

"이것저것 닥치는 대로 다 해봤소. 부끄럽소만, 지금 찬 거 더운 거 가릴 형편이 아니라서 초면 불구하고 이렇게 부탁하는 거요."

"그렇다면 우리 매형한테 한번 부탁해보리다. 이렇게 만난 것도 큰 인연이니까!"

"매형이 탄탄한 사람인가 보지요?"

"김영수라는 사람이 바로 우리 매형이요."

"김영수? 실례지만 뭐하시는 분인데요?"

황순팔 말에 옆에 있던 조수 노달수가 갑자기 열을 올렸다.

"허, 참! 김영수를 몰라요? 만주에서 김영수 하면 하얼빈 성장도 예, 예, 하고, 관동군사령부에서도 깍듯이 대접하는 사람인데!"

"에이, 그 정도는 아니고, 그냥 만주서는 이름 대면 웬만한 사람은 다 압니다."

"아, 그래요? 정말 대단한 분이시네요! 매형한테 잘 말해서 밥 좀 먹고 살게 해주시오. 은혜 잊지 않겠소!"

"낼모레 하얼빈 돌아가면 바로 이야기해보겠소, 앗! 차가, 차가, 왜 이러지? 어, 어, 차가! 차가! 아이고 나 죽네!"

운전수의 갑작스러운 외침과 동시에 목탄차가 언덕 아래로 구르기 시작했다. 고야마는 차가 두세 바퀴 구를 때까지 견디다 그 뒤로 그만 정신을 잃고 말았다.

한참 후 고야마는 정신을 차렸다. 바로 옆 바위틈에 운전수가 처박혀 있었다. 그의 얼굴은 온통 피로 얼룩져 얼굴 윤곽도 알아볼 수 없었다. 이미 죽은 게 분명했다. 고야마는 주위를 둘러보다가 운전수의 주머니를 뒤지기 시작했다. 돈 몇 푼과 신분증이 나왔다. 고야마는 그것을 자기 안주머니에 넣었다. 그 순간, 운전수가 고야마의 손목을 덥석 잡았다.

"사, 살려, 주시오. 제, 제, 제발, 좀 살려 주, 주시오!"

고야마는 그를 끌고 갈 힘이 없었다. 못 들은 척 운전의 손을 뿌리치고 언덕을 기어오르기 시작했다. 그러자 운전수가 다시 고야마의 바짓가랑이를 거머잡았다. 고야마는 그를 뿌리치려고 발버둥을 쳤다. 그러나 힘이 없어 그의 손아귀를 쉽게 빠져나올 수가 없었다. 고야마도 점점 정신이 혼미해졌다. 옆에 있는 돌멩이를 집어 들었다.

"어차피 당신은 살 수 없으니 그만 편안하게 가시오!"

그러고는 운전수의 손목을 내려쳤다. 운전수의 손이 부르르 떨리더니 바짓가랑이를 스르며 놓았다. 고야마는 있는 힘을 다해 언덕을 기어올랐다. 어떻게 해서든 사람들 눈에 쉽게 띄는 찻길까지 올라가야 했다. 그의 얼굴에서는 피가 계속 흘러내렸다. 왼쪽 광대뼈가 깨져 살갗을 뚫고 허옇게 불거져 있었다. 그는 피 닦을 엄두도 내지 못하고 조금씩 조금씩 위로 기어 올라갔다. 흐르는 피가 그대로 얼어붙는지 갈수록 얼굴이 뻣뻣해졌다. 죽어도 여기서 이렇게 죽을 수는 없다는 생각이 끊임없이 맴돌았다. 묻어놓고 온 금 궤짝을 떠올릴 때마다 정신이 들며 힘이 솟았다. 그는 그렇게 용기를 내어 찻길까지 겨우 기어올랐다. 그렇지만 더는 버틸 수가 없었다. 맨땅에 머리를 처박으며 푹 꼬꾸라졌다. 눈발을 몰고 온 삭풍이 그를 조금씩 얼리기 시작했다.

얼마나 지났을까, 고야마는 얼굴 가죽을 벗기듯 아픈 통증에 자기도 모르게 비명을 지르며 눈을 떴다.

"다됐소. 조금만 더 참으시오!"

묵직하면서도 근엄한 사내의 목소리에 고야마는 정신을 차리고 주위를 살펴봤다. 맨 먼저 희미하게 켜진 호롱불이 눈에 들어왔고, 한 사내가 자신의 얼굴에 붕대를 감고 있었다. 그런 사내 등 뒤에서 얼굴이 하얀 여인이 걱정스러운 눈으로 자신을 내려다보고 있었다. 그 순간, 고야마는 천사가 지금 자신을 내려다보며 지켜주고 있다고 생각했다. 그렇지 않고서야 그렇게 아름답고 인자스러울 수가 없었기 때문이었다. 고야마는 자기도 모르게 안도의 숨을 내쉬었다.

"눈을 다치지 않았기 망정이지, 자칫했다간 장님 될 뻔했소. 그래, 어쩌다 이 지경이 되었소? 광대뼈가 깨질 정도니 살아난 게 천운이요! 이 추위에 얼어 죽지 않은 것도 그렇고!"

사내의 묵직한 말에 고야마는 퍼뜩 정신을 차렸다. 자신의 얼굴 상처가 어느 정도인지 대충 짐작이 갔다. 사내 말처럼 살아난 게 정말 천운이라는 생각이 들었다.

"우선 응급조치는 했으니, 날 밝으면 병원에 가서 치료를 받으시오."

"아, 아니요! 아니요! 됐습니다! 그냥 이대로 됐습니다!"

고야마는 병원이라는 말에 놀라 소리 질렀다. 병원에 가면 사고 원인을 물을 테고 그러면 자신의 신분이 들통 날 우려가 있었다.

"왜, 병원 가면 안 될 사연이라도 있소?"

"그, 그런 게 아니고, 저, 아무것도 없습니다."

"그러지 말고 다 이야기해보소. 조선사람끼리 도울 일이 있으면 돕고 살아야지. 여기 목단강시 사람이요?"

"아, 아닙니다. 저, 저는 경상도에서 나고 자랐는데, 여기저기 돌아다니느라…, 아이고 아파라!"

"그런 사람이 목단강시엔 무슨 일로 왔소?"

"그게…, 그러니까 좀 복잡한 일이…."

"당신 도망친 게로군! 사기꾼이요?"

"아, 아닙니다!"

"그럼 살인했소?"

"예."

고야마는 자신도 모르게 고개를 끄떡이고 말았다.

"그럼 왜놈 순사들이 지명수배 내려놨겠구먼! 널 신고해서 상금이라도 타볼까?"

사내의 말에 고야마가 벌떡 일어나 앉았다.

"그런 소리 마시오! 난 살인 안 했소! 조선사람 괴롭히는 왜놈은 한 놈 때려죽였지만!"

"뭐요? 정말 못된 왜놈을 때려죽였단 말이요?"

"내가 생명을 구해준 은인한테 뭣 때문에 거짓말하겠소! 어디 그놈들 하는 짓을 그냥 두고 볼 수가 있어야지!"

고야마는 한번 거짓말을 하고 나자 그 뒤는 자연스레 술술 나왔다.

"허허, 정말 대단하시네! 왜놈을 때려잡았다니! 그러고 보니 내가 조선의 영웅 한 사람을 살렸구먼! 이제 아무 걱정하지 말고 편하게 쉬시오! 우리 집은 사람 출입이 뜸하니 바깥에만 안 나가면 안전할 거요! 그런데 성함이 어떻게 되시오?"

"예. 저는, 저는, 아이고 아파라!"

말을 많이 하자니 얼굴이 찢어지는 듯 아팠다. 고야마의 비명에 사내가 상처 부위를 다시 살폈다. 고야마는 그 사이에 주머니에 든 신분증을 얼른 생각했다.

"제 이름은, 정, 정태호입니다."

"알았소! 흥분하지 말고, 자, 자, 자리에 누워요! 나는 박수언이라는 사람이외다! 여기저기 다니며 보따리 장사로 먹고살지요!"

"고 고맙습니다. 이 은혜를 어떻게….."

"은혜는 무슨. 내가 봤기 망정이지 다른 사람이 먼저 봤더라면 어떻게 될 뻔했소?"

"트럭에 있던 사람들은…?"

고야마는 죽은 줄 알면서도 혹시나 해서 물었다.

"사고현장까지 내려가 보았는데 둘 다 죽어있었소. 그래서 당신만 황급히 집으로 떠메고 온 거요."

"고, 고맙습니다! 이 은혜 평생 잊지 않겠습니다!"

"가당치도 않소! 어서 몸이나 쾌차하시오!"

그때부터 고야마는 정태호라는 이름으로 박수언 집에서 머물렀다. 고야마는 비로소 이름까지 완벽하게 바꾸고 안전한 은신처를 마련하게 되었다. 두 달 정도 지나자 정태호는 상처가 거의 아물고 기운도 완전히 회복되었다.

"나는 박수언 선생 가족과 오랜만에 설날을 즐겁게 보냈다. 설을 쇠자마자 박 선생은 다시 장사 나갈 준비를 했다. 나도 박 선생한테 같이 데려가 달라고 부탁했다. 처음에는 몸도 아직 성치 않고 겨울이라 위험하다며 거절했지만 내가 몇 번이고 부탁하자 마지못해 겨우 승낙했다. 행상은 목단강 시를 출발해서 북간도 동쪽 끝에 있는 훈춘을 거쳐, 블라디보스토크의 하바로프스키야까지 갔다 오는, 두 달 가까이 걸리는 긴 여정이었다. 박 선생은 떠나기 전에 나에게 말 타는 기본적인 기술을 가르쳐주었다. 정월 대보름을 지내고 우리는 바로 장도에 올랐다. 우리가 타고 갈 말에는 식량과 취사도구 이부자리 등을 싣고, 다른 말 두 필에 장사할 물품을 가득 싣고 사모님 배웅을 받으며 집을 나섰다. 그때 사모님은 갓 난 명모를 등에 업고 십리 길을 따라오며 우리의 장도에 무탈을 빌어주셨다."

―처음 이틀은 정태호의 말몰이가 서툴러서 시간을 많이 낭비했다. 그래도 박수언은 조금도 다그치지 않고 차분하게 말고삐 다루는 법과 눈밭 비탈길 오르내리는 요령을 가르쳐주었다. 사흘째부터는 정태호도 제법 익숙해졌다. 겁 없이 혼자 멀리 앞서나가기도 했다.

제법 큰 마을 네댓 곳을 들러 열흘 만에 훈춘시가 내려다보이는 산마루에 도착했다. 그때가 오후 새때쯤이라 시간이 어중간했다. 야영하기엔 아직 이르고, 시내까지 가기에는 시간이 부족했다. 박수언은 중간에서 고생하지 말고 일찌감치 야영 준비를 하자고 했다. 두 사람이 평지를 찾아 천막으로 눈갈망을 만들고 있는데, 갑자기 예닐곱 명의 말 탄 장정들이 우르르 몰려왔다. 그들은 모두 사냥꾼 복장에 털모자를 쓰고 장총을 들고 있었다. 박수언이 즉시 두 손을 반쯤 들어 보이며 무슨 일이냐고 물었다. 무리의 대장인 듯싶은 털보가 큰 소리로 말했다.

"나는 관도협조회 훈춘시 지부 특별 행동대장 권오식이다! 최근 방물장수를 가장하고 조선 비적단과 내통하는 첩자들이 있다는 정보가 있다. 너희 두 놈도 매우 수상쩍으니 조사를 해봐야겠다! 조금이라도 반항하면 바로 총살하겠다!"

일본 관동군은 조선 항일무장단을 비적이라고 불렀다. 권 대장의 지시에 장정들이 우르르 달려들어 짐을 뒤지기 시작했다. 장정들은 짐을 모두 풀어헤치고, 낫, 톱, 호미 같은 농기구와 식칼, 망치, 못 같은 것을 모두 압수했다. 비적들한테 들어가면 공격무기가 된다는 이유였다. 그렇다 보니 값나

가는 물건은 대부분 빼앗기고 말았다. 그래놓고, 그다음은 박수언과 정태호의 몸수색을 했다. 박수언이 우리는 그런 사람 아니라며 사정을 이야기했지만, 대장은 눈도 깜짝 안 했다.

놈들은 몰래 감춘 밀서 같은 것을 찾는다며 두 사람 속옷까지 벗겨 고무줄 틈새까지 다 훑어봤다. 그래도 아무것도 나오지 않자 직접 취조하기 시작했다. 먼저 부하들이 속옷 차림인 두 사람을 각각 눈밭에 꿇어 앉힌 뒤 밧줄로 꽁꽁 묶었다. 대장이 권총을 쓱 뽑아 공포를 한방 탕! 쏜 뒤, 정태호 앞으로 다가가 머리에 총구를 갖다 대고는 박수언을 향해 차갑게 말했다.

"어디서, 비적 누구와 만나기로 했나?"

"우리는 절대 그런 사람이 아니오! 믿어주시오!"

박수언의 대답에 대장이 아무 말 않고 정태호 무릎 사이에다 갑자기 권총을 발사했다. 귀청을 찢는 듯한 총소리와 함께 눈 녹은 질퍽한 흙물이 정태호 얼굴까지 튀었다. 정태호는 너무 놀라 자기도 모르게 오줌을 싸고 말았다.

"제, 제발 사, 살려주세요! 저, 저는 아무것도 모, 모릅니다!"

정태호는 울면서 눈밭에 머리를 연신 조아렸다. 그러나 대장은 그런 정태호를 아랑곳하지 않고 다시 권총을 머리에 갖다 대고는 박수언을 향해 또 물었다.

"이번에는 이놈이 죽는다! 말해라! 어디서, 어떤 비적 놈과 만나기로 했나?"

"그 사람 말이 맞소! 그 사람은 멀리 조선 남쪽 끝에서 먹고 살기 위해 여기 북간도까지 온 사람이고, 장사를 배운다기에 내가 이번에 처음 데리고 온 사람이오! 그러니 이곳 사정은 아무것도 모르는 사람이오!"

"그래서 네놈한테 묻잖아?"

"나 역시 그냥 물건 팔아 먹고사는 장사치일 뿐인데, 무슨 이득이 있다고 그런 비적들과 내통하겠소? 그러니 밧줄부터 좀 풀어주시오! 이러다간 정말 얼어 죽겠소!"

박수언은 조금도 당황하지 않고 차분하게 말했다. 정태호는 박수언의 그 대범함에 감탄했다. 대장도 박수언의 말을 믿었던지 더 추궁하지 않고 두 사람을 풀어주었다. 대신 빼앗은 물건을 말 두 필에 싣고 가려고 했다. 박수언이 서둘러 옷을 입고는 대장 앞을 가로막고 섰다.

"이런 법이 어디 있소? 물건은 무기가 될 수 있다니 그렇다고 처도, 말은 그냥 가져가면 안 되지요! 이러면 당신들이 말하는 비적들과 뭐가 다릅니까?"

박수언의 항의에 대장이 아무 말 않고 말 머리로 박수언을 밀어붙였다. 그러자 박수언이 옆으로 슬쩍 피하며 재빨리 말 자갈을 잡고 휙 당겼다. 그 바람에 말 등에 앉았던 대장이 옆으로 기우뚱하며 떨어질 뻔했다. 화가 난 대장이 권총을 뽑아 들었다. 박수언이 말 자갈을 놓고 손을 반쯤 든 채 뒤로 주춤주춤 물러서며 말했다.

"좋소! 그냥 갈 테면 가시오! 그러면 나는 훈춘시 본부로 찾아가 높은 사람한테 따지겠소! 내가 아는 간도협조회는 우리 같이 어려운 인민들을 잘 보호해주는 것으로 알고 있소!"

박수언 말에 대장이 어이가 없는 듯 '허, 참!'하고 웃었다.

"좋다! 그렇다면 말은 한 필만 가져가겠다! 대신 말값은 본부에 와서 받아가라!"

"알겠소. 하지만, 저기 저 사람이 가지고 있는 말채찍은 내 것이오! 돌려주시오!"

"아니, 채찍 하나까지 다 셈을 쳐 받을 생각이요?"

"셈을 하자는 게 아니오. 저건 팔 물건 아니니 그냥 돌려달라는 거요!"

박수언 말을 들은 장정이 채찍을 휘둘러 보이며 고집을 부렸다.

"나는 이 채찍이 맘에 드니 꼭 가져가야겠소!"

"그러지 말고 돌려주시오! 당신한테는 그냥 그렇고 그런 채찍이지만 나한테는 십 년도 더 된 손때 묻은 채찍이오! 그리고 내 말도 그 채찍에 익숙해서 그 채찍이 아니면 말을 잘 안 듣소! 그러니 어서 돌려주시오!"

"그래도 못 주겠다면?"

"정 그러면 채찍 대신 여기 이 털옷을 한 벌 주겠소. 보아하니 옷이 많이 낡은 것 같은데 수지맞는 일 아니겠소?"

"뭐? 그 옷을 준다고? 정말이오?"

"옛소!"

박수언이 털옷을 장정한테 휙 던졌다. 뜻밖에 옷을 받아 쥔 장정이 채찍을 박수언한테 돌려주며 너무 큰 횡재에 겸연쩍었던지 씩 웃었다.

"이것 참! 미, 미안해서!"

그러면서 슬그머니 대장 눈치를 살폈다. 대장이 외쳤다.

"출발!"

그날 밤, 박수언과 정태호는 바로 그 자리에서 야영했다. 저녁을 지어 먹고 두 사람은 나란히 누워 하늘의 별을 구경했다. 눈 쌓인 산속에서 올려다보는 밤하늘은 정말 장관이었다.

"박 선생님, 전 아직도 이해가 안 됩니다!"

"뭐가요?"

"그깟 채찍이 뭐라고 비싼 털옷을 줘요?"

"눈에 보이는 게 다가 아니오! 때론 하찮은 게 더 소중할 때가 있는 법이요!"

"근 또 무슨 말씀이지요?"

"그 채찍에 밀서가 숨겨져 있기 때문이오"

"옛?"

정태호가 깜짝 놀라며 몸을 벌떡 일으켰다.

"그게, 정말입니까?"

박수언이 일어나 담배를 피워 물었다. 그러고는 머리맡에 세워 둔 채찍을 가져다 손잡이를 비틀어 빼고 속에서 돌돌 말린 종이를 꺼냈다. 어두컴컴해서 글씨가 잘 보이지 않았다. 박수언이 종이를 정태호 얼굴에 가까이 대고 담배를 세게 빨아주었다. 담뱃불에 조선어로 삐뚤삐뚤하게 쓰인 글이 보였다.

— 여식, 갑신년 섣달 스무이튿날 초저녁.

"이게 무슨 뜻입니까?"

"지난해 섣달 스무이튿날 초저녁에 딸을 낳았는데 아이 이름을 지어 달라는 거네!"

"누구한테요?"

"누군 누구야. 아이 아버지한테지! 낼모레 우리가 만날 사람이지!"

"아니, 이런 자질구레한 일에 우리 목숨을 걸어요?"

"자질구레한 일이라니? 다시는 그런 소리 하지 말게!"

박수언이 갑자기 언성을 버럭 높였다. 정태호가 민망해져 가만히 있자 박수언이 담배 연기를 후 불어낸 뒤 차분히 이야기했다.

"나는 열일곱 살 때부터 지금까지 십 년 가까이 이런 일을 했네. 처음엔 먹고살기 위해 시작한 일이지만, 어쩌다 이런 부탁을 한두 번 들어주다 보니 이게 결코 자잘한 일이 아니라는 걸 알게 되었지. 생각해보게! 왜놈들이 비적이라는 사람들은 모두 가족들과 떨어져 연락도 끊은 채 목숨을 내놓고 일본군과 싸우고 있는 사람들인데 가족의 소식이 얼마나 궁금하겠는가? 가족 관계가 밝혀지면 당장 식솔이 위험해지니 연락도 못 하고, 일 년이고 이 년이고 애만 태우는 처지에서 이런 소식 한번 들으면 얼마나 힘이 솟고 용기가 나겠는가? 나는 어느 순간부터 이 일이 내가 그분들을 위해 할 수 있는 가장 큰 일이라는 걸 깨달았네! 저기 저 우람하게 하늘로 뻗은 나무를 보게! 저 나무의 뿌리는 어떻겠는가? 장딴지만 한 것도 있고, 팔뚝만 한 것도 있고, 손가락만 한 것도, 또 그보다 훨씬 작은 실낱같은 뿌리들도 있지 않겠나? 그런 뿌리들이 다 힘을 합쳐 물을 빨아들이고, 그 물이 저렇게 우람한 큰 나무로 키우지 않았겠는가? 조선이라는 나라도 저 나무와 같이 키워야하네! 나무둥치와 가지, 그리고 잎 역할 같은 큰일 하는 사람들은 지금 멀리상해임시정부에서 열심히 노력하고 있으니, 나 같은 사람은 여기서 실뿌리처럼 작은 일이나마 열심히 하는 것이 우리 명모가 나중에 활개 치며 살 수 있는 세상을 만드는 일이라고 믿고 있네!"

정태호는 박수언의 말을 듣고 있는 동안 뜨거운 감동으로 숨을 제대로 쉴 수가 없었다. 가슴속 어디에선가 그동안 생각도 못 했던 '나도 조선사람'이라는 자각이 번개처럼 번쩍! 튀어나와 전류처럼 전신을 휘감았다. 정태호는 그 순간 몸을 부르르 떨며 자신도 모르게 무릎을 털썩 꿇었다.
"선생님, 용서하십시오! 저는 지금까지 정말 많은 죄를 지었습니다! 지금 선생님의 말씀을 들으니 마치 벼락을 맞은 것 같습니다!"

"허허! 왜 이러는가? 지난날 죄 안 짓고 산 사람이 어디 있겠나? 아무리 큰 죄를 지은 사람이라도 개과천선해서 앞으로 좋은 일 하고 살면, 그게 바로 부처가 되는 길 아니겠는가? 그리고 선생님이 무슨 소린가? 그냥 우리 형 아우 하세나! 자, 어서 일어나게!"

"예, 예! 형님! 그럼 이제부터는 형님으로 모시겠습니다! 자, 형님! 동생 절 받으십시오!"

정태호는 진심으로 존경의 절을 올렸고, 평생 박수언 선생을 형님으로 받들 것을 속으로 맹세했다. 하지만 그때까지만 해도 정태호는 사람의 맹세가 바람처럼 얼마나 허망한 것인지 미처 깨닫지 못하고 있었다.

첫 장사를 다녀온 뒤로 정태호는 몸살로 일주일을 앓았다. 정태호 체력으로는 그런 일이 무리였다. 박수언도 정태호에게 목단강시내에서 할 수 있는 다른 일을 찾아보라고 했다. 그때부터 정태호는 일거리를 찾아 목단강시내를 혼자 자주 나다녔다. 한 보름쯤 지나자 길거리에서 아는 체하는 사람이 생길 정도로 낯이 익었다. 연길이나 하얼빈에서처럼 일본 헌병을 의식할 필요가 없었다. 설령 심문을 당한다 해도 정태호는 완벽한 신분증을 가지고 있어서 조금도 걱정할 필요가 없었다.

정태호는 목단강 중학교 옆에 있는 자전거포 주인과 친해졌다. 그는 그곳에서 자전거 수리를 도와주고 끼니를 때우곤 했다. 그의 손재주는 주인의 환심을 사기에 충분했다. 얼마 안 되어 타이어 펑크도 능숙하게 때울 정도가 되자 사장은 그를 종업원으로 데리고 쓰며 월급까지 주었다. 정태호는 처음 받은 월급을 박수언 부인 윤소영한테 봉투째 갖다 주었다. 소영이 봉투 속을 들여다보고는 놀라 물었다.

"이게 뭐죠?"

"오늘 받은 첫 봉급입니다. 앞으로도 봉급 받으면 다 형수님 갖다 드리겠습니다."

"이러면 안 됩니다. 이런 걸 바라고 도움 준 거 아니니까요."

"저도 그 은혜에 대한 대가로 드리는 거 아닙니다. 그냥 제 마음입니다. 형님과 형수님이 제게 베풀어 주신 구명 은혜를 어찌 이 몇 푼의 돈에 비교하겠습니까?"

정태호는 윤소영의 예쁜 보조개를 쳐다보며 극진히 예를 차려 말했다.

"은혜는 무슨, 그런 말씀 마셔요! 수언 씨가 이런 소리 들으면 저는 쫓겨납니다. 조선 영웅을 하찮게 대한다고요!"

"그런 것을 따지면 형님과 형수님이야말로 진짜 조선 영웅이지요. 독립운동하는 사람들보다 더 큰 영웅이 어디 있습니까? 그리고 그런 걸 다 떠나서, 제가 먹는 밥값은 드려야 할 것 아닙니까? 그래야 제 맘도 편하고요."

"정 그러시다면, 이건 너무 많고요, 요만큼만 받을게요."

소영이 봉투 속에서 돈을 조금 떼어낸 뒤 다시 정태호한테 봉투를 돌려주었다. 정태호는 태어나서 처음으로 가족 같은 따뜻한 대우에 눈물이 날 지경이었다. 지금 자신이 천사들의 품에 안겨 있다는 생각을 다시 한번 했다.

여기서 노 회장이 이야기를 잠시 멈추고 한숨을 크게 한번 쉬었다. 윤 여사가 차를 따라 노 회장 손에 들려주었다. 몇 모금 연달아 마신 노 회장이 한스러운 목소리로 말했다. 그의 표정은 자괴와 연민으로 가득했다.

"박수언 형님 내외의 가족 같은 따뜻한 사랑을 받으며 태어나 처음으로 누리게 된 그런 평화와 행복도 오래가지 못했다. 그동안 나를 완벽한 자유인으로 만들어 주었다고 생각했던 정태호의 신분증이 내 운명을 또 한 번 뒤집어놓는 올가미가 될 줄은 꿈에도 몰랐으니까!"

─어느 날 자전거포에 갑자기 두 사람이 들이닥쳤다. 그들은 다짜고짜 정태호의 두 팔을 우악스럽게 뒤로 꺾어 잡고 밖으로 끌고 나가 차에 태웠다. 순식간의 일이었다. 정태호는 반항 한 번 못했고, 자전거포 사장도 그냥 멀거니 쳐다만 보고 있었다.

"왜 이럽니까? 이거 놓으세요!"

차 속에서 정태호는 때늦은 항의를 했다. 두 사람은 대답 대신 정태호의 얼굴에 검은 천 보자기를 뒤집어씌웠다. 정태호는 머리를 심하게 흔들며 반항했다. 주먹이 명치에 날아들었다. 숨이 턱 멈춰졌다. 소리치고 싶어도 목소리가 나오지 않았다. 정태호는 그때야 공포심이 몰려왔다. 죽을지도 모른다는 생각이 들었다.

고불고불 한참을 달리던 차가 이윽고 멈추고, 정태호는 지하실로 끌려 내려갔다. 그들은 정태호 옷을 모두 벗기고 알몸으로 의자에 꽉 묶었다.

"이봐요! 죄 없는 사람을 왜 이럽니까, 예? 풀어주시오, 제발!"

그러나 정태호의 말에 대답하는 사람은 아무도 없었다. 잠시 뒤 눈을 가린 수건이 풀렸다. 그러나 정태호는 앞을 볼 수 없었다. 강렬한 불빛이 눈을 비추고 있었기 때문이었다. 지금까지 웅성거리던 사람들이 모두 어디로 사라져버렸는지 사위는 쥐죽은 듯 조용했다. 그렇게 한참 시간이 흘렀다. 이윽고 눈앞의 조명이 꺼지고 뒤쪽에서 함석 긁는 소리 같은 목소리가 들렸다. 조선사람이 분명했다.

"이름이 뭐냐?"

정태호는 서걱거리는 목소리를 얼른 알아듣지 못했다.

"예? 뭐라고요?"

그 순간, 뒤쪽에서 몽둥이가 날아와 정태호의 어깻죽지를 내려쳤다. 입에서 자신도 모르게 으악! 비명이 터졌다.

"두 번 묻게 하지 마라! 이름이 뭐냐?"

"예, 정태호입니다."

다시 몽둥이가 날아왔다

"이름이 뭐냐?"

"정, 정태호입니다. 진짭니다!"

다시 몽둥이가 어깻죽지를 쳤다. 세 번째였다. 몽둥이는 갈수록 힘이 세졌다. 양쪽 어깻죽지가 부서져 내리는 것 같았다. 정태호는 상대가 원하는 이름이 따로 있다는 것을 깨달았다. 그렇다고 정태호는 고야마도, 센사리도 댈 수가 없었다. 어느 이름이든 밝히는 순간 자신은 죽은 목숨이나 다름없었다. 끝까지 가는 수밖에 없었다.

"제, 이, 이름은 정말 정, 정, 태호입니다."

정태호가 기력이 빠져 혼잣말처럼 중얼거리자 이번에는 몽둥이가 양쪽 허벅지를 내려쳤다. 두 다리가 단번에 부러져 나가는 것 같았다. 정태호는 더이상 버틸 수 없다고 판단했다. 가물거리는 의식 속에서도 그는 고야마와 센사리를 생각했다. 어느 쪽이 덜 위험할까. 네 번째 물음이 어둠 속에서 들렸다.

"이름이 뭐냐?"

"고, 고, 고야마입니다!"

그 순간 천장에 매달린 전구에 불이 들어왔다. 험상궂게 생긴 사내가 몽둥이를 손에 쥔 채 고야마 앞으로 다가왔다. 그는 책상 위에 놓인 종이를 집어 들어 고야마 눈앞에 흔들어 보이며 물었다.

"이게 어떻게 네놈 주머니에 들어있는지 말해라!"

고야마는 간신히 고개를 들고 종이를 보았다. 자신이 가지고 다니던 정태호 신분증이었다. 고야마는 그때야 자기가 잡혀 온 이유를 깨달았다. 여우고개 트럭 전복사고 이야기를 할 수밖에 없었다.

고야마가 사칭한 정태호는 '간도협조회'의 핵심인물인 김영수의 처남이었다. '간도 협조회'는 간도 일대에서 활동하는 항일유격대 조직을 와해시키기 위해, 관동군 동남 방위지구 사령관 사토 중좌(佐藤 中佐), 연길 헌병대장 가토 백차 중좌(加藤伯次郞 中佐), 연길 독립수비대장 다카 모리 중좌(鷹森 中佐) 등이 손잡고, 김동환, 손지환, 김길준, 태리훈, 김영수, 김송렬, 허기락, 김우근 등 친일파 13명을 앞장세워 1934년에 만든 조직이었다. 이 조직은 만주국 전역에 지부를 둔 방대한 조직을 토대로 만주국에 반대하고 일본에 항거하는 모든 조직의 정보를 수집하고, 항일단체 지휘관 암살, 항일유격대 물자지원 차단, 등의 활동을 주도했다. 특히 지부, 지구대 소속 회원 중에 특수요원들을 차출해 만든 '특별 공작대'와 '의용자위대'는 북간도와 서간도에 활동하던 항일투사들에게는 공포의 대상이었다. 태평양전쟁이 발발하면서 이들의 활동이 많이 위축되고 세력도 약해졌지만 막강한 배후세력을 가진 '간도협조회'의 영향력은 여전했다. 목단강시에 영업 간 정태호가 오랫동안 소식이 없자, 그의 아버지가 사위인 김영수한테 아들의 실종을 알렸고, 김영수는 목단강시 헌병 대장한테 처남을 찾아달라는 부탁을 하게 되었다.

"그놈들은 정말 철저했다. 어느새 내 신원을 다 파악해 산청 일까지 다 알고 있었다. 그들은 음흉한 미소를 지으며 나한테 두 가지 길을 제시했다. 하나는 그 길로 바로 진주 헌병대로 압송되어 처단 되는 길이고, 다른 하나는 자기들을 위해 일하라는 것이었다. 나는 선택의 여지가 없었다. 그들은 나한테 정태호라는 이름을 그대로 사용하되 첩보원 이름은 '센사리'로 정해주었다. 나는 닷새 동안 갇혀 이런저런 교육을 받은 뒤 풀려났지만 이런 일을 수언 형님과 형수님한테 털어놓을 수가 없었다. 그 대신 나는 그들을 해코지하는 짓은 절대로 하지 않겠다고 속으로 명세 했고, 실제로 박수언 형님에 관한 일은 눈곱만한 것도 보고하지 않았다."

―그러나 그것도 정태호의 뜻대로 되지 않았다.

그해 2월 초, 미국과 영국, 소련이 우크라이나 얄타에서 정상회담을 했다. 그 자리에서 미국 루스벨트 대통령이 소련 스탈린 서기장한테 대일참전을 요구했고, 스탈린은 처음에는 일본과 중립조약을 맺고 있다는 이유를 들어 승낙을 안 했다. 그러다 루스벨트의 거듭된 요청에 스탈린은, 러일전쟁 때 일본이 가져간 사할린과 치시마 열도를 소련에 돌려준다면 대 일본전에 참전할 수 있다고 했다. 미국과 영국은 소련의 이런 조건을 승낙했다.

회담이 있은 지 3개월 후, 유럽전쟁의 주축을 이루고 있던 독일이 5월 8일 연합군에 무조건 항복함으로써 일본은 이탈리아에 이어 독일이라는 동맹국을 잃게 되었다. 이렇게 되자 소련과 가장 가까이서 대척을 이루고 있는 일본 관동군사령부는 머지않아 벌어질 대소련전 준비를 서두르지 않을 수 없었다. 이때 선제적으로 조치한 일들이 지금까지 활용했던 조선인, 만주인, 중국인 등 외국 첩보원들을 숙청하는 문제였다. 이들은 이미 자신들이 저지른 비인간적인 일들을 많이 알고 있는 터라 그대로 놔둘 수 없는 존재들이었다. 그래서 그들을 상대로 비밀리에 대대적인 숙청 작전을 벌였다. 먼저 첩보원들을 불러 지금까지 미처 보고하지 못한 첩보가 있는지 없는지를 따져 묻고, 없다면 그대로 반역죄를 씌워 처단해버리는 작전이었다. 물론 작전 수행자는 조선인이나 중국인을 앞세웠다. 센사리도 그들의 손아귀를 벗어날 수 없었다.

독일이 항복하고 한 달이 지난 6월 초, 정태호는 헌병대에 불려갔다. 단오절을 사흘 앞둔 날이었다. 지하실에 내려가 보니 두 사람이 먼저 와 긴 탁자에 앉아있었다. 모두 처음 보는 사람이었다. 정태호도 그들과 같이 약간의 간격을 두고 탁자에 앉았다. 스피크에서 지시사항이 나왔다. 중국말 음색이 간간이 튀어나오는 것으로 보아 중국 조선족 같았다.

―지금부터 각자가 수행하는 첩보업무 중 아직 보고서를 작성하지 않은 사항이 있으면 육성으로 보고하기 바란다. 먼저, '대나무숲'!

정태호 옆에 앉은 가운데 사람이 멈칫멈칫 일어섰다.

"대나무숲입니다. 저는 이미 보고한 '정태호 실종사건' 외에는 아직 새로운 첩보가 없습니…!"

말이 채 끝내기도 전에 픽! 하는 소음기 장착 권총 소리와 함께 '대나무숲'이 앞으로 푹 거꾸러졌다. '대나무숲' 머리에서 흘러나온 핏물이 정태호의 신발을 적셨다. 누군가가 다가와 시체를 치우려고 했다. 그러자 스피커에서 명령이 떨어졌다.

―옮길 필요 없다! 그대로 둬라! 건물을 폭파해 묻어버릴 것이다!

그때, 끝에 앉았던 사람이 벌떡 일어나 문 쪽으로 도망갔다. 그러나 문까지 채 가지도 못하고 똑같은 소음기 총탄 소리와 함께 픽 쓰러졌다.

정태호는 순식간에 벌어진 눈앞의 상황에 사지가 얼어붙어 버렸다. 머릿속이 하얗게 변해 아무 생각도 없었다. 어디선가 '센사리!' '센사리!'하는 소리가 어렴풋이 들리는 듯했지만 정태호는 대답할 수가 없었다. 누군가가 정태호 얼굴에 찬물을 뒤집어씌웠다. 정태호는 희미하게 정신을 차렸다. 자기도 모르게 중얼거렸다. 있습, 니다! 센, 사, 리는 있, 습. 니. 다!

정태호는 사무실로 옮겨졌다. 반 시간 넘게 계속된 혼미에서 가까스로 깨어난 정태호는 정식으로 첩보보고서를 작성했다.

"나는 어쩔 수 없이 박수언 형님의 '단오절 밀회'를 보고하고 말았다. 그러면서도 속으로 그들이 잡혀 오면 무슨 수를 써서라도 구해내겠다고 다짐했다. 하지만 단오절날 그들이 떠드는 소리를 듣고 나는 넋을 잃고 말았다. 출동한 헌병들이 체포하려는 순간, 한 사람이 권총을 꺼내 들고 위협하는 바람에 어쩔 수 없이 모두 사살했다는 것이었다. 그들은 내 옆에서 내 처리 문제를 의논했다. 용도가 끝났으니 당장 총살해 버리라는 말에 누군가가 나를 풀어주는 게 더 효과적이라고 말했다. 왜냐니까, 그래야 흉악한 민족 배신자로 낙인찍혀 자손 대대로 손가락질받을 것 아니냐는 것이었다. 그 말에 그들은 다 같이 옳거니! 하고, 다음날 나를 풀어주었다. 나는 바로 형님댁으로 달려갔다. 내 죄를 고백하기 위해서였다. 하지만, 애타게 형님을 찾고 있는 형수님을 보자 그만 용기가 사라져버렸다. 나는 순간적으로 그만 자전거를 들먹이며 엉뚱한 거짓말을 하고 말았다. 그리고 현장에 도착해서도 처참한 형님 모습에 형수님이 넋을 놓아버리는 바람에 또다시 고백할 기회를 놓치고 말았다. 그래서 나는 형님 묻을 구덩이를 파면서 마지막으로 다짐하고 또 다짐했다.

'이 구덩이를 다 판 후에, 내 죄를 형수님께 고백하고, 삽으로 내 머리를 내리쳐 여기 함께 묻히자!'

그러나 그것마저 여의치 않았다. 정작 구덩이를 다 파고 형님의 시신을 옮겨놓자 형수님이 먼저 구덩이에 뛰어들어 같이 묻히겠다고 울부짖었기 때문이었다. 그 순간 나는 집에 혼자 있는 명모를 문득 떠올리고 정신이 번쩍 들었다.

'지금은 내가 죽을 때가 아니다! 형수님과 명모가 안전하게 된 뒤에 죽어도 죽어야 한다! 이것이 형님 은혜에 조금이라도 보답하는 것이고, 또 내 죄에 대한 속죄이기도 할 것이다!'

그때부터 나는 한평생 형수님과 명모를 안전하게 지키는 데 내 모든 것을 다 바쳤다. 그러나."

노 회장이 말을 멈추고 윤 여사를 향해 고개를 깊숙이 숙였다. 그러나 윤 여사는 두 손으로 치맛자락을 꽉 움켜쥔 채 눈물만 흘리고 있을 뿐 노 회장의 행동을 알아채지 못했다.

윤 여사는 15년 전, 큰아들 명모 이야기를 듣고 노 회장의 밀고 사실을 알았지만, 정작 노 회장한테 밀고한 이유는 따져 묻지 않았다. 목숨과 맞바꿀 정도의 피치 못할 사정이 아니고는 그런 배은망덕한 짓은 하지 않을 사람이라고 믿었기 때문이었다. 그런데 오늘 노 회장의 고백을 듣고 정말로 자신이 생각했던 대로 목숨을 건지기 위한 어쩔 수 없는 선택이었다는 것을 알고는, 노 회장에 대한 원망보다 왜놈들이 한 짓에 더 큰 분노를 느끼고 있었다. 윤 여사는 속으로 계속 관세음보살을 찾았다.

윤 여사가 별다른 반응을 보이지 않자 노 회장도 계속 머리를 숙이고 있었다. 방 안에 있는 사람들도 모두 숨을 죽였다.

한참 만에 안정을 찾은 윤 여사가 구부리고 있는 노 회장의 등을 가볍게 문지르며 말했다.

"자, 그만 일어나셔요."

노 회장이 천천히 고개를 들고 윤 여사를 쳐다보았다. 그의 얼굴도 눈물에 젖어 있었다.

"그, 그때, 그냥, 그 자리에서, 나도 총 맞고, 칵, 주, 죽어버렸어야 했는데…."

노 회장이 다시 머리를 푹 꺾으며 흐느꼈다. 윤 여사가 조용히 고개를 저었다.

"울지 마셔요! 누구라도 다 그렇게 했을 거예요!"

윤 여사가 치맛자락으로 노 회장의 눈물을 닦아준 뒤, 물잔을 가져다 노회장 입에 대주었다. 영채가 내쉬는 깊은 한숨 소리가 방안에 퍼졌다.

윤 여사가 영채와 솔잎을 쳐다보고 말했다.

"노달수 할아버지의 그 뒷이야기는 내가 서울 올라가기 전에 들려준 그대로다."

안정을 찾은 노 회장이 윤 여사의 손을 끌어다 자신의 무릎 위로 옮겨놓고 방안을 둘러보며 말했다.

"이제 끝으로 게오르기 킴이라는 분에 관한 이야기를 할 차롄 거 같다. 나는 게오르기 킴이라는 분을 아주 옛날 먼발치에서 딱 한 번 보았고 목소리도 들었다. 그때 나는 계단 아래 깊숙이 숨어 있었기 때문에 그분은 날 못봤을 것이다. 그러니까 지금부터 55년 전, 해방되던 해 여름 관동군 목단강시 헌병대 지하실이었던 것으로 기억된다. 그때 나는 윤 여사와 어린 명모를 데리고 목단강시를 탈출하기 위해 기차역으로 나갔다. 그러나 기차역에는 이미 탈출하려는 사람들로 뒤엉켜 무법천지였다. 그리고 승차권 없이는 기차를 탈 수 없었다. 나는 윤 여사와 명모를 골목에 숨겨두고 승차권을 구해보려고 헌병대로 숨어들었다. 승차권이 있는 곳은 그곳뿐이었으니까!"

8

　－소영을 남겨두고 보안대 후문으로 다가간 정태호는 안쪽을 살폈다. 어떻게 해서든 기차를 탈 수 있는 통행증을 구해야 했다. 재수가 좋으면 돈 받고 표 장사하는 놈을 만날 수 있을 거라는 생각도 들었다. 이런 난리판에는 어디든 그렇게 사리사욕을 챙기는 놈이 있기 마련이었다.

　군인 대부분이 이미 철수해서 그런지 부대 내는 한산했다. 정태호는 쪽문을 통해 부대 안으로 들어섰다. 그러자 바로 옆 담벼락 밑에 옷이 벗겨진 채 일본군 하나가 엎어져 있는 모습이 눈에 띄었다. 정태호는 죽은 군인을 지나치다 잠시 걸음을 멈추고 생각했다.

　'앞으로 조선까지 가는 길은 멀고 험할 것이다! 돈이 많으면 많을수록 좋겠지!'

　정태호는 군인이 차고 있는 손목시계를 벗겨 주머니에 넣었다. 그러고는 사무실로 보이는 건물 계단을 막 오르는데 지하실에서 일본말로 두런두런 이야기하는 소리가 들렸다. 정태호는 고개를 살며시 내밀고 계단 밑을 내려다보았다. 무슨 서류들을 태우는지 연기가 사무실 문틈으로 새 나오고 종이 타는 냄새가 매캐했다. 사무실 문밖에서 멜빵바지 차림에 헌팅캡을 쓴 일본인이 청색 기모노를 입은 중년 남자와 이야기를 하고 있었다. 정태호는 몸을 감추고 귀를 기울였다.

"어디까지 가는 기차요?"

"도문행 밤 11시 차요. 열차가 모두 하얼빈으로 차출되어 도문 열차는 이것 한 대뿐입니다. 이 열차도 나중에 어떻게 될지는 모르지만."

"몇 사람까지 탈 수 있소?"

"본인 외 직계가족 두 사람이오. 빈칸 맨 위에 본인 이름 쓰고, 그 밑에 가족 관계와 이름만 써넣으면 되오."

"열다섯 돈이라…, 어째 열 돈에 좀 안 되겠소?"

"박사님이니까 이 값에 드리는 겁니다. 안 되면 두 사람 승차권을 사시요."

"그건 안 되오. 처자식을 데려가야 하니까."

"그럼 돌아가시오! 나도 바쁜 사람이외다!"

"좋소. 내가 열다섯 돈에 사리다."

"금부터 봅시다."

"여기 있소. 이 팔찌가 열 돈, 이 반지가 다섯 돈짜리요."

"순금이 틀림없소?"

"당신이 날 의심하면 난 당신이 주는 그 통행증을 어떻게 믿겠소?"

"알았소. 자, 받으시오. 도문 도착할 때까지 함구하고 비밀을 지키시오! 발각되면 나뿐 아니라 박사님도 총살이오, 총살!"

문 닫는 소리를 듣고 정태호는 얼른 바깥으로 나와 몸을 숨겼다. 잠시 뒤, 기모노 남자가 건물을 나와 뒤를 흘깃흘깃 돌아보며 후문 쪽으로 걸어 갔다. 정태호는 그의 뒷모습을 바라보며 잠시 생각했다. 지하실로 내려가 방금 본 사실을 폭로하겠다며 협박해서 통행증을 요구하는 것이 좋을지, 아니면 저 남자를 따라가 적당한 곳에서 승차권을 빼앗는 게 좋을지를. 결국, 정태호는 지하실 쪽 협박보다 기모노 남자 쪽이 상대하기 쉽고 안전하다고 판단했다. 정태호가 막 자리에서 일어서려는데 갑자기 지하실에서 우렁찬 목소리가 들렸다. '죽더라도 내가 누군지는 알고 죽어야 덜 원통하겠지? 나는 조선의 대장부 게오르기 킴, 김칠용이다!' 그러고는 이내 총소리가 탕! 났다. 정태호는 깜짝 놀라 몸을 바짝 웅크렸다. 살그머니 고개를 내밀고 안을 살펴보았다. 조금 전에 통행증을 판 남자가 바닥에 널브러져 있고, 관동군 헌병 복장의 남자가 바닥에 흩어진 불에 타다 만 서류들을 가방에 주워 담고 있었다. 정태호는 소리 나지 않게 몸을 움직여 계단 뒤로 더 깊숙이 숨었다. 들키면 바로 죽는다는 생각뿐이었다. 하지만 그 헌병도 바빴던지 이내 지하실을 빠져나와 정문 쪽으로 뛰어갔다. 정태호도 곧 몸을 일으켜 나오려다 말고 혹시나 해서 지하실로 내려가 죽은 사내의 주머니를 뒤져보았다. 통행증은 없고 조금 전에 통행증 판 금붙이가 그대로 있었다. 얼른 챙겨 넣고 후문으로 달려나가 기모노 차림의 일본인을 뒤쫓았다. 사람들이 많은 큰길로 나서기 전에 일을 해결해야 했다. 쪽문을 나서기가 바쁘게 정태호는 저만큼 가는 남자를 불러 세웠다.

"이봐요, 거기 기모노 아저씨!"

정태호는 처음부터 위압적으로 소리쳤다. 정태호의 외침에 기모노 남자가 뒤를 돌아보았다.

"그래, 아저씨. 잠깐 나 좀 봅시다!"

갑작스러운 정태호의 출현에 기모노 남자가 당황해 말을 더듬거렸다.

"무, 무슨 일이요?"

"그 승차권 저한테 파시죠!"

"스, 승차권이라니? 무, 무슨 소리요?"

"조금 전에 보안대서 금 열 닷 돈에 샀지 않소? 당신은 일본인이니 다시 구할 수 있잖소? 내가 열 돈 드리리다. 저한테 넘기오! 가진 게 그것뿐이니까!"

"이런 날강도 조센진 놈! 그만 저리 꺼지지 못해?"

"젊잖으신 박사님인 거 다 압니다. 자꾸 시간 끌지 말고 승차권이나 어서 내놓으시오! 다른 사람들이 알면 피차 안 좋으니까!"

"이놈! 감히 누구한테 공갈 행패를 부려? 버러지 같은 조센진이!"

기모노 남자가 욕설을 퍼붓고는 돌아서 가려고 했다. 정태호가 얼른 다가가 기모노 목덜미를 잡았다.

"좋게 해결하려고 했더니 안 되겠군. 나랑 저 보안대 사무실로 좀 갑시다!"

"뭐, 보안대? 당신이 뭔데 그래?"

"지금이 어느 땐데 통행증을 돈으로 사고팔아? 총살당하고 싶어 환장했어?"

말과 동시에 정태호는 기모노 멱살을 확 휘감아 꼼짝 못 하게 했다. 상대가 뿌리치고 달아나버리면 만사 헛일이었다. 정태호는 한 손으로 남자의 목덜미를 그대로 꽉 움켜잡은 채 다른 한속으로 주머니를 뒤져 승차권을 빼냈다. 그 순간, 남자가 기모노 허리춤에서 권총을 빼 들었다. 놀란 정태호가 재빨리 멱살을 놓고 권총 잡은 손목을 움켜잡고 하늘로 치켜들었다. 탕! 탕! 두 발의 총성이 허공에 울리고, 순식간에 두 사람 사이에 사투가 벌어졌다. 정태호를 향해 총을 쏘려는 기모노와 어떡하든 자신을 겨냥 못 하게 하려는 정태호. 그러나 목이 자유로워진 기모노의 완력은 달수보다 훨씬 셌다. 총구가 조금씩 정태호를 향해 방향을 틀었다. 정태호는 죽음의 위기를 느꼈다. 사생 결단해야 할 순간이었다. 정태호는 평소 신변 보호를 위해 주머니에 넣고 다니던 잭나이프를 떠올렸다. 잽싸게 몸을 움직여 기모노의 등 뒤로 비켜선 뒤 칼을 꺼내 기모노의 목덜미를 힘껏 찌르고는 앞으로 확 떠밀었다. 기모노가 비명을 지르며 비틀거리는 사이 정태호는 부대 쪽문 안으로 비호같이 몸을 날렸다. 그와 동시에 날아온 총알이 철문에 맞아 튕기는 소리가 정태호의 귀청을 울렸다. 정태호는 한참 동안 담벼락 뒤에 숨어 바깥이 조용해지기를 기다렸다가 윤소영 있는 곳으로 갔다.

정태호는 이제 자신의 이름을 또 바꾸어야 한다고 생각했다.

"지하실에서 불타다 남은 서류를 챙겨간 그 사람이 외친 소리를 듣고 나는 그때 비로소 그가 한준서와 같이 일본 헌병 둘을 돌멩이로 때려죽이고 전국에 지명수배된 인물이라는 걸 알았다. 후문에 쓰러져 있던 군인도 그분이 처단했을 거고! 아무튼, 나는 그분한테도 큰 죄를 지었다. 내가 그분을 해코지한 것은 단 하나, 나한테서 명모를 빼앗아 간 데 대한 원망과 복수심에서 비롯된 것이라고 고백한다."

―허리를 다쳐 하반신불수로 병원에 누워있으면서도 노 회장은 명모를 원망하는 마음이 하나도 들지 않았다. 오히려 진작 이런 형벌을 받았어야 했는데 너무 늦게 받았다고 생각했다. 그리고 당장 느끼는 육신의 불편과 고통보다 수언 형님과의 약속을 지키지 못한 죄책감에 괴로웠고, 앞으로는 윤 여사가 다시는 자신을 보지 않으려 할 것이라는 절망감이 더 고통스러웠다.

최후까지 숨기고 싶었던 목단강 석가촌 비밀, 그래서 그 비밀을 가슴에 묻고 숨이 끊어질 때까지 형수님과 명모를 지켜주어, 그나마 수언 형님에게 조금이라도 속죄하고팠던 마음이 명모의 죽음으로 산산이 부서져 버리자 노 회장은 매 순간순간 견디는 것이 지옥 같은 고통이었다. 그는 그때부터 자살을 결심하고 방법을 찾기 시작했다. 하지만 하반신불수인 그로서는 죽는 일도 쉽지 않았다. 혼자서는 침대에서 내려서지도 못하다 보니 누군가의 눈앞에서 자살을 기도한다는 것은 언감생심이었다. 휠체어를 밀고 병원 옥상에 올라가 간호사가 한눈팔 사이 뛰어내리려고 해봤지만, 두 발을 딛고 일어설 수가 없어 그것도 자신의 능력 밖이었다.

명모의 죽음에 고통스러워하던 죄책감은 어느새 게오르기 킴에 대한 원망으로 변하기 시작했다. 죄를 물으려면 당사자인 자신을 직접 찾아와서 고발하든 처단하든 해야지, 아무 상관도 없는 명모한테 고자질해서 그를 억울하게 죽게 만든 데 대한 분노였다. 그런 억하심정은 시간이 갈수록 저주와 복수심으로 변했다. 노 회장은 어떻게든 게오르기 킴으로 하여금 상응하는 대가를 치르게 하고 싶었다.

노 회장은 게오르기 킴이 어떻게 자신의 실체를 알았는지 궁금했다. 40년 넘도록 자신의 신분을 의심하는 사람은 없었다. 그는 맨 먼저 양판석을 떠올렸다. 자신이 '센사리'라는 것을 아는 사람은 양판석밖에 없었기 때문이었다.

노 회장은 비밀리에 비서실장을 병원으로 불러, 최근 6개월 동안, 경비대장 양판석에 관한 회사 안팎에서 있었던 일을 사소한 것까지 다 조사해서 보고 하라고 지시했다. 일주일쯤 뒤 보고가 올라왔다. 누군가가 회사 앞 버스정거장에서 노점을 했는데, 그 노점상이 양판석과 친하게 지냈다. 그런데 수상한 점은 장사가 아주 잘 되었는데 어느 날 갑자기 그만두고 사라져버렸다는 것이었다.

노 회장은 그 노점상이 바로 게오르기 킴이고, 평소 친구 의리를 즐겨 입에 올리는 양판석이 자신들의 과거 이야기를 했다고 의심했다. 그러나 노 회장은 확실한 증거가 필요했다. 또 게오르기 킴이 지금 어디에 사는지 그의 행방도 알아야 했다. 궁리 끝에 양판석을 병원으로 불렀다.

"내가 누굴 손 좀 봐야겠는데, 자네가 좀 도와줘야겠어."

"형님 일이라면 당연히 도와드려야지요! 누굽니까?"

"몇 달 전에 우리 회사 앞에서 노점상 하던 사람 알지?"

"예. 박덕규라는, 아니, 형님! 손 볼 사람이 그 사람입니까?"

"그래."

"왜요? 제가 보긴 사람 괜찮아 보이던데!"

"다 속임수였어! 우리 회사 비리 캐내려고 위장한 거였지! 지금 그놈이 회사 문제로 날 고발하겠다고 협박하고 있어! 그냥 두었다가는 회사가 곤란해져!"

"그 새끼가 그런 놈이었다니! 형님, 죄송합니다! 그런 줄도 모르고 제가 그놈한테."

"왜? 자네가 회삿일을 말했나?"

"아, 아닙니다! 저야 사시사철 경비만 서는 놈인데, 회삿일에 아는 게 있어야 뭐 말을 하든 말든 하지요! 그저 회장님 자랑 좀 한 것 말고는 없습니다!"

"내 자랑을?"

"예. 해방 전에 왜놈 순사 때려죽이고 만주까지 도망 다닌 독립운동 애국자라고 자랑 좀 했습니다. 그랬더니 그놈이 그러데요. 아따, 그런 분인 줄 몰랐다며 담에 만나면 길바닥에 엎드려 큰절해야겠다고요!"

양판석이 신나게 말하고는 노 회장을 쳐다보며 눈치를 살폈다.

"제가 자, 잘못했습니까? 형님!"

"괜한 소릴 했군. 하지만, 괜찮아! 지금도 늦지 않았으니까!"

노 회장은 양판석에 대한 자신의 의심을 확신했다. 그렇다고 지금 와서 그 일로 왈가왈부할 때가 아니었다.

"제게 맡겨주십시오! 소리소문없이 처리해버리겠습니다!"

"안돼! 자네가 직접 나서면 곤란해! 자넨 내 둘도 없는 친구고 형제니까!"

"아, 고맙습니다. 형님! 절 아직도 그렇게 생각해주시니!"

"그래서 하는 말인데, 다른 누구 없을까? 돈은 얼마든지 좋으니까!"

"돈만 많이 준다면 왜 없겠습니까? 제게 생각이 있으니 한번 알아보겠습니다."

"어떤 생각인데?"

"오토바이 사고로 위장하는 겁니다!"

"오토바이 사고? 그거 괜찮겠군! 그런데 그런 사람을 구할 수 있겠나?"

"쉽진 않겠지만, 한번 만나 볼 사람이 있습니다. 알아보고 보고드리겠습니다. 형님!"

"조심해야 해! 밖에 새나가선 절대 안 되는 일이니까!"

"걱정하지 마십시오! 저도 그런 것쯤은 압니다. 형님!"

보름쯤 지난 뒤, 양판석이 적당한 사람을 찾았다며 한 젊은 친구를 데리고 왔다. 노 회장은 그와 단둘이 잠시 이야기를 한 후 그냥 돌려보낸 뒤 양판석한테 말했다.

"안 되겠어. 믿음이 안 가! 아무래도 자네가 직접 나서줘야겠어!"

"알겠습니다! 형님!"

"그런데, 박덕규라는 그놈, 어디 사는지는 아나?"

"글쎄요. 집이 부산이라고 했는데, 주소는….."

"부산에서 매일 아침 올라와서 장사했을 리는 없고, 여기 회사 부근 어디에 살았을 거 아닌가?"

"아, 맞습니다! 예전에 술 먹고 가리봉동 오거리에 있는 그놈 셋방에 따라가서 잔 적이 한 번 있습니다!"

"그래? 그럼 그 집 월세 계약서를 보면 주솔 알 수 있겠군! 죽이진 말고 다리 몽둥이 하나만 분질러 놔!"

한 달쯤 뒤, 양판석이 부산 내려갔다 올라온 다음 날 신문에 부산 강도 기사가 났다. 밤길 집 앞에서 야구방망이로 무릎을 맞은 남자가 넘어지면서 담벼락에 머리를 부딪쳐 생명이 위험하다는 내용이었다. 노 회장은 기사를 보자 그동안 쌓였던 울분이 조금은 풀렸다. 너무 심했다는 생각을 하면서도 담벼락에 부딪힌 것은 그놈 운이라고 생각했다. 사건은 그 뒤로 다시는 세인의 입에 오르내리지 않았다. 그러나 그다음이 문제였다. 그날 이후로 양판석이 노 회장을 대하는 태도가 달라지기 시작했다. 말할 때 고개를 빳빳이 치켜들었고, 허리를 굽히는 일도 없었다. 그렇게 어영부영 맞먹기 시작하더니 급기야는 회사까지 넘봤다. 상무나 전무 자리를 꺼내는가 싶더니 끝내 주식 절반을 달라고 요구했다. 하지만 양판석의 이런 태도는 노 회장이 처음부터 예상했던 일이었다.

노 회장은 병원에서 퇴원하자마자 망설이지 않고 다음 단계에 착수했다. 고속버스터미널 물품보관함에 현금 1억을 넣어놓은 사진을 오토바이 녀석한테 보여주며 지령을 내렸다. 열흘 뒤에 지령은 실행되었다. 양판석은 오토바이에 치여 병원 이송 도중에 사망했고, 양판석을 치고 달아나던 오토바이 녀석은 마주 오던 차를 피하려다 옆 전봇대를 들이받고 현장에서 즉사했다. 오토바이 사내의 죽음은 노 회장으로서도 전혀 예상하지 못했던 일이었다. 이 뜻밖의 사고로 사건은 뒤끝 없이 말끔하게 처리되었다. 양판석을 이렇게 처리한 노 회장은 마지막으로 빨랫줄로 목을 매 자살을 시도했다. 그러나 윤 여사한테 들켜 그는 죽지 못했다.

"그때부터 나는 자살을 단념하고 숨죽이고 살았다. 오늘 같은 날이 어서 오기를 15년 동안 기다리면서. 윤 여사님과 약속한 대로, 영채가 성인이 되면 내 죄를 스스로 고백하고 용서를 구하기 위해서였다. 이제 나는 내 죄에 대해 모두 고백했다. 물론, 말 몇 마디로 내 죄가 용서되거나 용서받을 수 있다고는 생각하지 않는다. 하지만 내가 할 일은 다 했다고 본다. 나머지는 여러분 판단에 맡기겠다."

말을 끝낸 노 회장이 고개를 푹 숙였다. 옆에 앉은 윤 여사가 노 회장의 팔을 잡았다. 노 회장이 얼굴을 들고 윤 여사를 쳐다보았다. 윤 여사가 입가에 미소를 지으며 고개를 천천히 끄덕였다. 평생 가슴에 안고 산 한을 다 토해내서인지 두 사람의 표정은 몹시 평온해 보였다. 노 회장이 가슴을 쓰다듬으며 말했다.

"가, 가슴이 좀 아픕니다."

"말씀을 많이 하셔서 그래요. 이제 좀 쉬셔요."

윤 여사가 노 회장의 어깨를 받치고 몸을 편하게 잡아주었다. 눈을 감은 채 자신의 어깨 위에 얹힌 윤 여사의 손을 어루만지고 있던 노 회장이 다시 몸을 일으켰다.

"저기, 내 가방에 평소 먹던 심장약이 있는데 좀 꺼내주겠소? 아무래도 약을 좀 먹어야겠습니다."

"그렇게 쉬엄쉬엄 말씀하시지 않고."

윤 여사가 약을 꺼내 물컵과 함께 노 회장한테 건넸다.

"고맙습니다. 형수님!"

노 회장이 하얀 약을 손바닥에 올려놓고, 윤 여사를 향해 웃음을 지어 보인 뒤 단숨에 약을 입에 털어 넣고 물과 함께 꿀꺽 삼켰다. 그러고는 어금니를 꽉 다물고 숨을 깊게 들이마셨다. 그 순간 노 회장 목에 길게 핏줄이 불거졌다. 윤 여사가 노 회장을 와락 끌어안았다.

"형수님, 이제 저는 수언 형님한테 갑니다!"

윤 여사가 말없이 고개를 끄덕였다. 눈물이 노 회장 얼굴에 떨어졌다. 윤 여사가 노 회장 귀에 대고 속삭였다.

"지금껏 긴 세월 동안 참고 기다려주셔서 고마워요! 저에게 달수 씨는 버릴 수 없는 사랑이었어요! 이제 놓아드릴게요! 모든 것 훌훌 털고 편히 가셔요. 구천에 있는 석가촌 영령들도 달수 씨를 용서하고 기다리고 있을 거에요! 저도 곧 뒤따라 갈게요! 제가 달수 씨께 저지른 잔인한 형벌은 내세에서 갚겠습니다!"

노 회장의 가슴이 크게 한번 꿈틀거렸다. 윤 여사가 노 회장을 다시 보채서 힘껏 끌어안았다.

"혀, 형수님! 형수님은 저, 저한테, 처, 천사였고, 부, 부처님이었습니다! 그래서 가질 수 없는 사, 사랑이었지요. 부디 오래, 오래, 행복, 하시기⋯."

윤 여사가 흐느끼며 노 회장 얼굴에 뺨을 문질렀다. 이윽고 윤 여사 옷소매를 잡고 있던 노 회장의 팔이 툭 떨어졌다. 윤 여사가 흑! 하며 어깨를 심하게 들썩거렸다.

갑작스럽게 벌어진 노 회장의 자결에 방에 있던 사람들은 모두 할 말을 잃어버렸다. 너나없이 아연실색, 입을 벌린 채 옆 사람만 쳐다보고 있었다. 노명근 사장과 영채가 거의 동시에, 아버지! 할아버지! 외치며 노 회장한테 달려들었다. 윤 여사가 눈물 젖은 얼굴을 들고 영채를 떠밀었다.

"어서 최 씨한테 가서 심곡 스님 빨리 모셔오라고 해라!"

9

밤늦게 안정을 찾은 윤 여사가 커튼을 열고 사람들 앞에 나타났다. 손에는 하얀 봉투가 들려있었다. 놓쳤던 염주도 다시 목에 걸고 있었다. 윤 여사가 커튼을 다시 쳐서 노 회장의 침대를 가린 뒤 김 소장 할머니를 향해 낮은 목소리로 말했다.

"노 회장님의 자결은 오늘 갑자기 일어난 일이 아닙니다. 조금 전 우리 가정사 이야기에서도 말씀드렸듯이 15년 전에 이미 저와 노 회장님이 약속하고 도모해놓은 일입니다. 그동안 석가촌 밀고 사건만 알고 있던 저로서도 오늘 노 회장님의 고백이 너무나 뜻밖이라 날벼락 같기만 합니다. 누구를 잡고, 무슨 말을, 어떻게 해야 할지 황망하기만 합니다! 하지만, 이제 노 회장님은 스스로 결자해지하셨습니다! 나무 관세음보살!"

윤 여사가 합장하고 삼배를 한 뒤 손에 쥔 봉투를 들어 보이며 말했다.

"이 봉투는 조금 전 회장님 옷에서 발견한 노 회장님이 여러분한테 드리는 부탁의 말씀입니다. 지금 여기서 공개하겠습니다. 한꺼번에 다 쓰신 것으로 보아, 여러 사람 앞에서 공개하라고 한 듯합니다."

윤 여사가 봉투를 열어 담담하게 읽었다.

─아들 명근에게.

아들아, 이 못난 애비를 용서해라. 네 보기가 한없이 부끄럽다. 이 시간부터 난 네 애비가 아니다. 내 이름은 센사리도, 고야마도, 정태수도, 노달수도 아니다. 네가 지금까지 알고 있는 아버지 노달수는 목단강 여우고개에서 만났던 트럭 운전수의 조수 이름일 뿐이다. 그러니 너는 앞으로 이 애비를 버리고 박수언 형님의 양자가 되어 성실히 살기 바란다.

─영채에게.

영채야, 나는 네 할아버지와 다섯 분의 우국지사를 왜놈 헌병한테 밀고해 죽게 만든 천하의 반민족 대 역적죄인이다. 그뿐만 아니라, 네 부모마저 비명에 돌아가게 한 불구대천지원수다. 오늘부터 너는 나를 할아버지라고 부르지 마라. 나를 할아버지라고 부르면 네 부모님과 친할아버지를 욕보이는 것이다. 그리고 솔잎 너에게도 이 늙은이가 고개 숙여 용서를 빈다. 네 친할아버지 나카무라 박사는 이유야 어떻든 나로 인해 돌아가셨고, 또 너를 키워주신 양할아버지 한준서 어른은 나라를 위해 큰일을 할 수 있는 훌륭한 분이셨는데 내 총을 맞아 평생 불구로 불행하게 살다 돌아가셨다. 이 죄 또한 말로 씻을 수 없다는 것 잘 안다. 부디 나를 용서하고, 영채와 서로 의지해 행복하게 살기 바란다.

─게오르기 킴 후손에게

김칠용 어른은 나 같은 사람은 감히 쳐다보기도 부끄러운 영웅이시다. 우국지사들을 억울하게 죽음으로 몰아넣은 원흉을 찾는 일에 평생을 바쳐온 정의로운 분을 나는 내 작은 적개심 때문에 그만 돌아가시게 하고 말았다. 하찮은 목숨이나마 내 기꺼이 바쳐 속죄하니 부디 내 죄를 용서해주기 바란다.

마지막으로 이 자리에는 없지만, 내 오랜 친구였던 양판석이와 오토바이 그 젊은이, 그리고 솔낭구와 그녀의 부모님, 그 외에도 나한테 고문받고 고통받은 많은 사람들, 이 못난 노달수 아니, 센사리를 부디 엄벌하여 주시기 바랍니다!

"이상이 노 회장님이 여러분한테 남기신 당부의 말씀입니다. 이제 회장님의 마지막 당부 말씀에 대해 각자의 의견을 듣고 싶습니다. 이 자리에 있는 사람은 다 노 회장님과 관련이 있는 분이기에 여기 사람들 앞에서 공개적으로 말해주면 좋겠습니다."

윤 여사가 영채를 쳐다보았다. 영채가 주먹으로 눈물을 훔치고 말했다.

"할머니! 저는 박수언 할아버지는 얼굴도 모릅니다. 그래선지 그분에 대해서는 솔직히 아무런 정감도 없습니다. 그냥 이성적 판단만 갖고 있을 뿐입니다. 박수언 할아버지는 조국독립을 위해 애쓰시는 분들을 성심껏 도우신 분이었는데, 다른 동지들과 함께 노달수 할아버지의 밀고로 무참히 사살당하셨습니다. 그런데 그런 사실을 모른 채 밀고한 사람을 사랑하게 된 할머니! 뒤늦게 그 사실을 알고, 말 못 할 고통과 아픔을 안고 원수지간인 두 사람의 화해와 용서를 위해 평생을 참회하고 기도하신 할머니의 헌신에 저는 그저 감동할 뿐입니다! 그래서 저는 오늘, 노달수 할아버지의 고백과 사죄를 모두 받아들이고 앞으로 작은할아버지로 모시겠습니다! 이렇게 하는 것이 노달수 할아버지가 박수언 할아버지의 변함없는 의제임을 인정하는 것이고, 동시에 제 아버지가 노달수 할아버지의 양자임을 인정하는 것이라 생각하기 때문입니다. 할머니, 사랑합니다!"

영채가 말을 끝내고 채 마르지 않은 눈물을 손바닥으로 훔쳤다. 눈을 감고 묵묵히 듣고 있던 윤 여사가 솔잎을 쳐다보았다. 솔잎이 영채를 흘깃 쳐다보고는 조용히 말했다.

"한준서 할아버지는 당신께 총을 쏜 고야마라는 사람에 대해 단 한 번도 입에 올리신 적이 없습니다. 심곡 스님 말씀에 따르면 그 모든 것이 당신의 운명이었다고 하셨습니다. 지금 미루어 보면, 우리 한준서 할아버지는 당신을 비롯해 많은 사람이 겪은 고통과 아픔이 당시의 시대 상황 속에서 어쩔 수 없는 운명으로 생각하시고 당당히 받아들이신 게 아닌가 싶습니다. 따라서 저는 오늘 노 회장님이 보여주신 진실 된 참회로 모든 죄가 용서받아야 마땅하다고 생각합니다!"

솔잎의 말이 끝나자 기요시가 일어섰다.

"저는 오늘 우리 할머니가 조선 여자였다는 사실을 처음 알았습니다. 노 회장님의 말씀이 사실이라면 그동안 우리 부모님도 이 사실을 몰랐을 거라는 생각이 듭니다. 왜냐하면, 우리 증조부님 형제들은 당신들의 맏형이 조선 여자아이의 도움으로 목숨을 구했다는 사실에 자존심이 상했을 터이고, 이를 가문의 수치로 여겨 누구한테도 알리고 싶지 않았을 것이기 때문입니다. 그것은 지금도 우리 부모님을 멸시하는 그들의 태도를 보아도 분명합니다. 아무튼 저는 오늘 노 회장님의 고백을 아무나 할 수 없는 용기 있는 결단이라고 높이 평가합니다. 또, 한편으로는 우리 할아버지에 대해 좀 더 자세히 여쭤볼 기회를 주시지 않아 안타깝기도 합니다. 노 회장님의 명복을 빕니다!"

기요시가 자리에 앉자 노명모 사장이 일어섰다.

"저는 몇 년 전에 아버지 말씀을 듣고 아버지의 삶에 대해 대충 알고는 있었습니다만, 오늘 이렇게 자세한 말씀을 듣고 큰 충격을 받았습니다. 하지만, 어머니! 저는 아버지 말씀을 따를 수 없습니다! 박수언 어른이 싫어서도 아니고, 아버지의 죄상을 무조건 이해하고 용서하고 싶어서도 아닙니다!

저는 오늘 아버지의 말씀을 듣고 예전보다 더 뜨거운 존경심을 갖게 되었습니다! 왜냐면, 우리 아버지는 누구도 갖지 못한 용기를 가지신 분이기 때문입니다! 그 시절을 산 사람 중에는 우리 아버지보다 더 엄중한 죄를 지은 사람들도 헤아릴 수 없이 많습니다! 그런데도 그들은 지금도 각계각층에서 아무런 부끄럼 없이 오히려 큰소리치며 뻔뻔스럽게 지도자 행세를 하고 있지 않습니까? 저는 오늘의 우리 아버지를 자랑스럽게 생각합니다! 트럭 운전사 조수 이름이면 어떻습니까? 또 강자갈이면 어떻습니까? 저는 어머니한테 맹세합니다! 저는 앞으로도 자랑스럽게 노달수라는 이름의 아버지를 가질 것이고, 그 아버지의 아들 노명근으로 떳떳하게 살 것입니다! 그리고 아버지가 보여주신 오늘의 이 용기를 매일매일 가슴에 새겨 영주와 영수한테도 이어지도록 최선을 다해 여생을 살겠습니다! 제 앞으로 상속되는 아버지 유산은 모두 어머니가 하시는 장학사업에 내놓고 저는 새롭게 시작하겠습니다!"

노명근 사장의 목소리는 담담하던 시작 때와 달리 뜨거운 열정으로 끝을 맺었다. 지금까지 염주를 굴리며 조용히 듣고 있던 윤 여사의 얼굴에 눈물이 주르륵 흘러내렸다. 뒷자리에 앉아있던 영주가 조용히 일어나 손바닥으로 얼굴을 가리고 밖으로 나갔다. 그걸 본 기요시가 뒤따라 나갔다.

갑자기 김 소장이 벌떡 일어서서 큰 소리로 말했다.

"저는 그렇지 않습니다! 솔직히 말해 저는 지금 엄청난 분노를 느낍니다! 노 변호사님과 한 비서님 이하 여러분들은 저간의 사정을 어느 정도 알고 있어서 그러시는지는 모르겠으나, 저로서는 오늘 노 회장님 말씀은 말 그대로 청천벽력입니다! 노 회장님은 자신이 평생을 바쳐 참회의 대상으로 지켜온 노명모 사장님을 핍박하여 죽게 만든 데 대한 분노로 우리 할아버지를 해쳤다고 하셨습니다! 그리고 자결했습니다! 저는 이것이 분합니다! 왜 그냥 돌아가십니까? 제게 멱살잡이라도 한번 할 기회조차 주지 않고, 후딱! 가 버리면 저의 이 울분은 누구에게 풀란 말입니까? 아, 우리 할아버지가 저를 얼마나 예뻐하시고 사랑하셨는데! 으으흑!"

김 소장의 흐느낌은 애절했다. 윤 여사가 다가가 김 소장의 손을 잡았다.

"자, 이리 와서 노 회장의 얼굴에 침도 뱉고 뺨도 때리게! 누구보다 나는 자네 심정 이해하네! 십오 년 전, 나도 지금 자네 같은 심정으로 울부짖었으니까!"

윤 여사 말에 김 소장이 기다렸다는 듯이 성큼 앞으로 나섰다. 그때, 김 소장 할머니가 버럭 소리 질렀다!

"네 이놈! 어서 자리에 앉지 못해? 이 할민들 원통함이 없어서 지금 이러고 있는 줄 아느냐?"

할머니의 호통에 김 소장이 멈칫하고 돌아보았다.

"자리에 앉아라! 다 끝난 일이다! 죄를 고백하고 죽음으로 진정성을 보여주었는데, 뭘 더 바라느냐? 네 그 일시적인 울분 삭이려고 천하에 없는 무례한 짓을 하려고 드느냐! 그만 앉아라!"

"그, 그렇지만! 할머니! 저는 도저히."

"어서 앉지 못해!"

할머니의 거듭된 호통에 김 소장이 주먹으로 눈물을 쓱쓱 훔치며 미적미적 자리에 앉았다. 윤 여사가 김 소장 할머니를 향해 합장했다.

"너그럽게 이해해주셔서 고맙습니다. 게오르기 킴 어른은 저도 두세 번 뵌 적이 있습니다. 참으로 존경스러운 분이셨지요! 저희 노 회장님으로 인해 그렇게 돌아가시게 된 데 대해 다시 한번 이렇게 사죄드립니다! 저는 지아비를 죽인 원수를 사랑해 부부의 연을 맺은 천하의 몹쓸 여잡니다. 아무리 모르고 한 일이라 해도 도저히 용서받을 수 없는 부도덕한 죄인이기에 합당한 벌을 받겠습니다!"

윤 여사가 고개를 깊숙이 숙였다. 김 소장 할머니가 담담하게 말했다.

"말이 나왔으니 저도 한 말씀 올리겠습니다. 우리 바깥양반의 죽음에 대해 당시 경찰은 단순 강도에 의한 것이라고 결론 냈습니다. 하지만 우리 바깥양반이 해방 전 연해주에서 했던 일을 한국에 와서도 계속하고 다녔다는 걸 아는 저는, 우리 영감의 죽음에 대해 경찰 판단과 달리 뭔가 석연찮은 점이 많다고 생각했고, 그 의문을 가슴에 응어리로 안고 여태껏 살아왔습니다! 그런데 오늘, 노 회장님의 고백으로 비로소 그 내막을 알게 되었습니다. 저기 한솔잎 아가씨의 양할아버지인 한준서 어른과 우리 바깥양반, 그리고 나, 세 사람은 암울한 시대에 서로 만나 젊은 청춘을 함께 보낸 친구이자 연인들이었습니다. 그런데 두 분은 노 회장을 만나 그렇게 험난하게 사시다가 비명에 돌아가시고 이제 저만 남았습니다! 참으로 슬프고 안타까운 일이 아닐 수 없습니다! 그러나 노 회장님과 윤 사장님 역시 우리처럼 동시대의 비탈길을 같이 살아온 사람이라는 것을 오늘 이 자리에서 깨달았습니다! 특히 윤 사장님이 깊은 불심으로 노 회장을 끝까지 사랑으로 이끌어 참회토록 한 그 자비심에 존경을 표합니다! 우리 바깥양반의 억울함을 생각하면 제 가슴속 한이 오늘내일에 당장 풀릴 수야 없겠지만, 저 또한 같은 시대를 산 한 여자로서 내 운명이라 생각하고 앞으로도 한을 인고하며 살겠습니다! 아무쪼록 건강하시기 바랍니다!"

김 소장 할머니가 윤 여사한테 허리를 굽혀 보이고 자리에 앉았다. 윤 여사가 다시 합장하며 나지막하게 말했다.

"고맙습니다. 정말 고맙습니다! 김칠용 어른의 극락왕생을 비옵니다! 게오르기 킴 어른이 바로 김칠용 어른이라는 걸 일찍이 알았더라면, 그날 밤 그런 비극을 막을 수 있었을 텐데, 참으로 한스럽습니다!"

윤 여사는 합장하고 한 번, 두 번, 세 번, 단정하게 절했다. 그러고는 돌아와 영채와 솔잎 앞에 무릎을 꿇고 앉았다.

"영채야, 이렇게 잘 커 줘서 고맙다. 이 할미가 너한테 면목이 없구나! 죄 많은 할밀 용서해다오!"

"할머니, 왜 이러서요? 할머니 잘못하신 거 하나도 없어요! 전 할머니 사랑해요!"

"그래, 그래, 잘 안다! 고맙다! 영채야, 잘 들어라! 너는 한준서 할아버지를 비롯한 게오르그 킴 어른과 석가촌 다섯 분의 대의를 가슴 깊이 새겨서 절대로 잊어서는 안 된다!"

"예, 명심하겠습니다! 할머니!"

"그리고, 솔잎아! 너한테도 미안하구나! 그동안 내가 모질게 군 거 용서해다오!"

"아니에요, 사모님! 사모님이 저한테 얼마나 잘해주셨는데요!"

"그래. 그렇다니 고맙구나! 내가 그동안 너희들 결혼을 원했던 것도 오늘 같은 일을 염두에 두고 있었기 때문이었다. 하지만 모든 건 다 부처님 뜻인 걸 어떡하겠느냐? 너흰 너희들 길을 스스로 결정해 가도록 해라!"

윤 여사가 영채와 솔잎의 손을 모아쥐고 몇 번 쓰다듬어주고는 조용히 일어나 커튼 안으로 들어갔다.

서둘러 도착한 심곡 스님의 목탁 염불이 시작되었고, 그것에 맞추어 솔잎의 낭랑한 독경 소리가 울려 퍼지기 시작했다. 노구임에도 심곡 스님은 쉼 없이 목탁을 두드렸고, 심곡 스님 옆에 단정히 꿇어앉은 솔잎은 눈을 감고 합장한 채 반야심경을 목탁 소리에 맞추어 끊임없이 읊었다. 심곡 스님과 솔잎의 염불은 이틀 내내 계속되었다. 윤 여사는 합장한 채 단정히 꿇어

앉아 기도만 할 뿐 말 한마디 하지 않았다.

　노 회장 주검은 경찰의 간단한 사인 확인 절차를 거친 뒤, 화장되어 솔잎이 살던 옛 숯가마 터에 묻혔다.

　노 회장의 장례가 끝난 뒤에도 윤 여사는 법당에서 한 발짝도 나오지 않았다. 끼니도 하루 한 끼로 끝내고 낮이나 밤이나 부처님 앞에 꿇어앉아 있었다. 영채와 솔잎이 아무리 매달려 부탁하고 애원해도 소용이 없었다. 노 회장 49재까지는 옆에 얼씬거리지 말라고 했다.

　날이 갈수록 하루가 다르게 윤 여사의 기력은 쇠잔해졌다. 그런데도 윤 여사는 한 끼 식사마저 미음으로 때우다가 한 달쯤 지나서는 그나마 끊고 물만으로 버텼다. 영채가 의사를 불러와 강제로 영양제를 놓으려 했지만, 완강히 거절했다. 그렇게 가까스로 49재를 지낸 다음 날 새벽, 윤 여사는 거짓말같이 세상을 떠났다. 옆에 같이 있던 영채가 졸음을 못 견디고 잠깐 눈을 붙인 순간이었다. 손에 염주를 말아쥔 채 무릎에 불경을 펼쳐놓고 비스듬히 벽에 기대 눈을 감고 있었다. 온화하고 평화로운 표정이었다. 심곡 스님조차 참으로 부러운 적멸이라며 감탄했다.

　무릎 위 불경에서 유서가 나왔다. 윤 여사가 서울 올라갔을 때 노 회장과 함께 작성한 공동유서였다. 내용은 간단했다. 장갑회사를 매각하여 장학재단을 설립하고, 그 운영을 게오르기 킴 후손한테 맡기라는 것과 속리산 내의 주식을 박수언, 한준서, 김칠용, 노달수의 3대 직계후손이 균등하게 나누어 가지되, 경영은 지금처럼 전문경영인에게 맡기고 간섭하지 말라고 했다. 그리고 노명근 사장은 회사 소유가 아닌 노달수 개인 명의의 부동산만 갖고 독립하라는 것이 전부였다.

　윤 여사의 장례가 끝나자 솔잎은 심곡 스님을 따라 다시 내원사로 돌아갔다. 자신은 유산이 필요 없다며 영채한테 넘겼다. 김창열 조모 정 여사는 윤 여사가 돌아가고 6개월 뒤에 돌아갔다. 이듬해 봄, 영주는 일본 디자인 유학길에 올랐다.

◆◆ 에필로그

3년 후, 미국 엘에이 코리아타운.

영채는 늘 그랬듯이 일층 현관 옆에 있는 이스트웨스트 커피숍에서 커피 한 잔을 테이크아웃 한 뒤, 천천히 계단을 걸어 3층 자신의 법률사무소로 올라갔다. 그는 사무실에 들어서자마자 창 쪽 벽에 걸린 솔잎 사진을 향해 커피잔을 살짝 들어 보인 뒤 가볍게 한 모금 마셨다.

2년 반 전이었다. 영채는 심곡 스님의 연락을 받고 솔잎이 행자계를 받는 자리에 참석했다. 행자계를 받은 스님들과 친지들이 마지막 인사를 나누는 순서였다. 주황색 가사를 걸친 솔잎이 두 손을 모으고 영채 앞으로 다가왔다. 영채가 합장하고 조용히 말했다.

"이제 제 신심을 스님의 법당에 촛불로 공양하겠습니다."

"그 촛불 받들고 구도의 길을 굳건히 걷겠습니다!"

간단한 인사가 끝나자 솔잎이 몸을 돌려 다소곳이 부처님을 올려다보았다. 영채도 부처님께 합장한 뒤 법당을 나왔다. 절 마당을 걷는데 누가 불렀다. 커다란 카메라를 목에 건 젊은 청년이 다가왔다. 자신을 불교 사진작가라고 소개하고는 카메라 속의 디지털 영상을 보여주며 말했다.

"이 사진 정말 멋지지 않습니까?"

사진은 조금 전 법당에서 솔잎이 영채한테 인사를 끝내고 돌아서서 부처님을 올려다보고 있는 장면이었다.

"스님 모습이 하도 평화스러워 보여 저도 모르게 셔터를 눌렀습니다. 두 분이 나누는 인사말도 인상적이었고요!"

영채는 청년의 말을 들으면서도 무슨 의도인지 얼른 이해를 못 했다. 영채의 표정을 눈치챈 청년이 씩 웃었다.

"원하시면 이 사진 기념으로 드릴 수 있습니다. 제가 찍었지만 정말 멋진 작품이 될 겁니다!"

영채는 청년 말에 자기도 모르게 명함을 건넸다. 일주일쯤 지난 뒤 제법 큼직한 사진이 액자에 담겨 배달되었다. 사진을 보는 순간 영채는 가벼운 전율을 느꼈다. 지금까지 영채가 보아온 솔잎이 아니었다. 말끔하게 삭발한 해맑은 얼굴은 이미 모든 근심 걱정을 다 잊은 완연한 수행자 모습이었다. 그동안 마음에 품고 있던 솔잎에 대한 미련과 아쉬움, 그리고 안타까움이 홀연히 사라지며 무한히 낮은 곳으로 침잠해가는 영혼의 아늑함을 느꼈다. 지금까지 경험하지 못했던 심신의 평화였다.

영채가 미국으로 돌아와 법률사무소를 차릴 때 제일 먼저 한 일이 그 솔잎 사진을 벽에 거는 일이었다. 그때부터 지금까지 2년 반 가까이, 영채는 출근 때마다 커피 한 잔을 들고 올라와 사진 속 솔잎과 첫 대면으로 하루를 시작했고 어느새 출근습관이 되었다. 하지만 그동안 솔잎의 행방은 묘연했다. 심곡 스님이 살아계실 때는 간간이 소식을 전해 들을 수 있었지만, 1년 반 전 스님이 열반하신 뒤로는 딱 끊겼다. 영채도 굳이 솔잎의 행방을 궁금해하지 않았다. 깊은 산중 어디선가 벽에 걸린 사진 모습 그대로 늘 평온하게 지내고 있을 것이라 믿고 있었기 때문이었다.

영채는 의자에 앉아 솔잎 사진과 창밖 먼 하늘을 한눈에 감상하며 천천히 커피를 마신 후, 의자를 돌려 컴퓨터를 켰다. 세 개의 메일이 도착해 있었다. 장학재단과 기요시, 그리고 광고성 짙은 낯선 메일에 붙는 '주의'표시가 된 메일이었다. 영채는 습관대로 광고성 메일을 스팸 처리한 뒤 장학재단 메일을 열었다. 선조 합동 제례 준비와 관련한 협조요청이었다.

　　ー노영채 이사님. 그간 별고 없으신지요? 여기 재단 사무실에도 별일 없이 다 무사합니다. 오는 가을에 있을 선조 합동 제례 때 설치할 표지석 모양과 조각할 글 내용을 보내드립니다. 노 이사님께서 한번 보시고 의견 주시면 참고해서 확정 짓도록 하겠습니다. 그럼 또 연락드리겠습니다.
　　　　　　　　　　　〈박수언 장학재단〉 사무총장 김창열 올림

표지석 글
　　ー시대의 비탈길에서 서로 만나 험난한 삶을 살다 가신, 한준서 솔낭구 김칠용 정정애 박수언 윤소영 노달수 나카무라 타다시, 그리고 무명인 숯장수 내외, 열 분의 혼백을 이곳에 합장하여 모시고, 이분들이 보여주신 용기와 사죄와 용서, 그리고 화해 정신을 기리기 위하여 후손들이 뜻을 모아 작은 표지석을 설치합니다. 3대손 노영채 한솔잎 김창열 노영주 노영수 나카무라 기요시

영채는 표지석 글을 보자 감회가 새로웠다. 3년 전, 할머니가 돌아가신 뒤 영채는 혼자 중국 목단강 변 할아버지의 무덤을 찾아갔었다. 솔잎과 함께 가고 싶었지만, 그때 솔잎은 이미 출가한 뒤여서 어쩔 수 없었다. 영채는 할머니 이야기를 떠올리며 먼저 석가촌을 찾아갔다. 다행히 나이 많은 어른 몇 분이 조선사람들이 모래밭에서 총 맞아 죽은 사건을 기억했고. 또 그들을 묻었다는 사람도 있었다. 하지만 무덤 찾는다는 이야기를 하자 모두 고

개를 절레절레 저었다. 그동안 몇 차례 대홍수로 강 주변은 완전히 변해, 그때 시신을 묻었던 버드나무숲은 지금 강 한가운데가 되었다고 했다. 어쩔 수 없이 영채는 빈손으로 돌아왔다. 할머니가 당시 챙겨 온 옷자락과 산자락에서 담아 온 피 묻은 모래흙이 결국 수언 할아버지가 남긴 유일한 유품이 되어버렸다.

영채는 기요시 메일을 열었다.

　－친구, 오랜만이군! 건강하게 잘 지내지?
　어제 서울 김 총장한테서 메일을 받고 긴급히 너하고 의논할 일이 있어 이렇게 메일 쓴다. 그동안 소송에 매달려 미루고 있던 우리 할아버지 유골 확인을 위해, 예전에 내가 한국서 갖고 온 뼛조각의 디엔에이를 검사 의뢰했는데, 그 결과가 바로 엊그제 나왔다. 그 뼛조각은 우리 할아버지 왼쪽 손가락뼈로 밝혀졌다. 거기 있는 유골이 우리 할아버지라는 사실이 확실히 밝혀진 것이다. 이로써 우리 아버지의 50년 넘는 한이 풀린 셈이지! 다 친구인 네 덕분이다. 정말 고맙다! 이번에 밝혀낸 DNA 검사법은 최신기술로 정확도가 99.99%라고 하니 결과는 틀림없다고 본다.
　그런데, 친구! 그 과정에서 뼈에 묻은 솔잎 씨 혈흔도 같이 디엔에이 검사를 했는데, 우리 할아버지와 아무 관련이 없는 것으로 밝혀졌다. 이 말은 한국남 씨와 솔잎 씨가 우리 할아버지 자손이 아니라는 뜻이다. 그래서 하는 말인데, 우리 할아버지 유골은 그곳 여러 어른과 합장할 수 없다는 것이 나의 생각이다. 그러니 네가 김창열 총장과 의논해서 오는 가을 합동 제례 때 우리 할아버지 유골은 그곳에 그대로 두도록 해다오. 차후 내가 대사관을 통해 한국 정부의 허락을 받아 일본으로 모셔올 생각이니까! 이런 내용을 서울 장학재단에도 보냈다.
　가까운 시일 내 미국 한번 건너갈 테니 만나서 이야기하자. 영주 씨와 결혼에 대해서도 의논할 게 좀 있고! 잘 있어라! 도쿄에서 기요시가.

추신―내 반패권주의 신념이 조선 여자인 우리 할머니한테 뿌리를 둔 게 아닌가, 하고 잠시 생각도 해봤지만, 역시 무리라고 판단했다. 또, 할머니에 대한 할아버지의 애정을 생각해 아예 할머니 유골을 한국에 있는 할아버지 옆으로 옮기는 것도 생각해봤지만, 이 역시 내 입장에서는 무리라고 판단했다.

영채는 기요시 메일을 읽고 가슴이 뭉클했다. 다른 이야기는 눈에 들어오지도 않았다. 오로지 '솔잎은 한준서 어른의 손녀가 맞다!'라는 생각뿐이었다. 그동안 가슴에 얹혀 있던 무엇이 시원하게 뚫리는 느낌을 받았다. 영채는 자기도 모르게 솔잎 사진을 향해 손을 번쩍 치켜들었다. 심곡 스님 앞에서 솔잎이 하던 말이 오롯이 생각났다.

'전 제 아버지가 나카라무라 박사 아들이 아니라, 한준서 할아버지 아들일지도 모른다는 생각이 자꾸 들어요! 한준서 할아버지는 사지에 처해서 기적처럼 솔낭구 할머니를 만나셨고, 그 뒤로 두 분은 함께 아픔을 극복하며 오랫동안 오붓하게 지내셨지 않습니까? 그때 이미 솔낭구 할머니와 한준서 할아버지가 부부의 연을 맺었는지도 모르잖아요? 솔낭구 할머니가 숯가마에서 한복차림을 하셨던 것이나, 나카무라 박사한테서 도망쳐 나온 것을 보면, 솔낭구 할머니가 한준서 할아버지를 얼마나 사랑하셨는지 알 수 있으니까요!'

영채는 사진을 향해 속으로 말했다.

'당신이 그토록 아파하던 마음의 티눈이 깨끗이 제거되었답니다!'

머무는 사찰을 알면 당장 달려가 와락 끌어안아 주고 싶은 충동을 느꼈다. 영채는 눈을 감고 흥분을 가라앉혔다. 전화벨이 울렸다. 서울 김창열 사무총장이었다.

"노 이사님, 조금 전 일본 기요시 이사님 메일을 받았습니다. 노 이사님도 보셔서 아실 텐데, 어떻게 할까요?"

"그 문젠 당사자 뜻에 따르는 게 좋을 것 같습니다. 그리고, 표지석 글도 훌륭합니다. 전 찬성이니 총장님 알아서 하십시오."

"잘 알겠습니다. 이사님! 그럼 그대로 집행하도록 하겠습니다. 그리고, 참!"

"왜 달리하실 말씀이라도?"

"저, 며칠 전에 솔잎 씨 이모님이 노 이사님 메일 주소를 물어서 알려주었는데, 괜찮으시죠?"

"그럼요! 괜찮고 말고요!"

그 순간 영채는 뭔가 번쩍 떠올랐다. 서둘러 전화를 끊고 조금 전 스팸 처리한 메일을 복원해 열었다. 첫 문장을 읽는데 자기도 모르게 몸이 컴퓨터 앞으로 바짝 당겨졌다.

　– 솔잎 이모입니다.

　부산 김 소장님한테서 메일 주소 알았습니다. 많이 망설이다 글 씁니다. 솔잎 몰래. 궁금해하실 것 같아서요. 지금 솔잎은 뉴질랜드 우리 집에 있습니다. 작년 가을, 사찰 스님한테서 연락을 받고 가서 데리고 왔습니다. 비구니 교육받던 중에 쓰러졌다고 하더군요. 산중에서 구도의 길을 걷기에는 몸이 너무 쇠약하다며 하산하는 게 좋겠다고 했습니다. 병원에서는 신경쇠약에 극심한 빈혈이 겹쳤다고 했습니다. 그러나 지금은 완전히 회복되어 건강합니다. 가끔 드러내는 우울증 말고는 요. 변호사님께 연락하랬더니 면목 없어 못 하겠답니다.

　추신–일주일 후 우리 가족 요트 여행에 같이 갈 수 있는지, 여쭈어보랍니다. 솔잎 이모부가요.

잠시 가라앉았던 흥분이 다시 맹렬히 살아나며 가슴을 뛰게 했다. 영채는 마우스를 잡은 채 고개를 돌려 솔잎 사진을 보았다. 독한 더덕주를 입안에 머금고 고통스러운 표정을 짓던 까만 머리의 솔잎 얼굴이 겹쳐 떠올랐다. 자신이 박수언 할아버지 때문에 괴로워할 때 위로해주던 말이 생각났다.

"영채 씨의 아픔은 그래도 세월이 가면 무뎌질 아픔이에요! 하지만 전 달라요! 제 친할아버지가 '나카무라'라는 사실은 태생적으로 제 몸에 흐르는 피가 한국인의 피가 아닌 일본인의 피라는 뜻이죠! 시간이 아무리 흘러도 변하거나 무뎌질 수 없는 이 문제를 저는 평생 마음의 티눈으로 안고 절름거리며 살아야 해요! '일본사람 핏줄'로 그냥 아무렇지 않게 살기에는 이 땅의 역사가 너무 가혹하니까요!"

영채는 메일 회신 난에 'OK!'라고 친 뒤, 인터폰을 들었다.

"미스, 제인! 뉴질랜드 오클랜드행 비행기 표 예약 좀 해줘요! 가장 빠른 것으로! 모든 약속은 2주 후로 미루고!"

비탈길에서 만난 사람들

초판 1쇄인쇄 2021년 4월 17일
초판 1쇄발행 2021년 4월 20일

저 자 김현진
발행인 박지연
발행처 도서출판 도화
등 록 2013년 11월 19일 제2013 - 000124호
주 소 서울시 송파구 중대로34길 9-3
전 화 02) 3012 - 1030
팩 스 02) 3012 - 1031
전자우편 dohwa1030@daum.net
인 쇄 (주)현문

ISBN | 979-11-90526-34-0 *03810
정가 20,000원

도화道化, fool는
고정적인 질서에 대한 익살맞은 비판자,
고정화된 사고의 틀을 해체한다는 뜻입니다.